《闲情偶寄》译注

（清）李渔 著

李国庆 宋燕青 主编

上卷译注：宋燕青 邓辉敏 何诗瑜 郭伊芸

上卷

中山大学出版社
SUN YAT-SEN UNIVERSITY PRESS
·广州·

版权所有　翻印必究

图书在版编目（CIP）数据

《闲情偶寄》译注/（清）李渔著；李国庆，宋燕青主编；邓辉敏等译注．—广州：中山大学出版社，2022.1
　　ISBN 978－7－306－07402－7

Ⅰ.①闲…　Ⅱ.①李…②李…③宋…④邓…　Ⅲ.①杂文集—中国—清代 ②《闲情偶寄》—译文 ③《闲情偶寄》—注释　Ⅳ.①I264.9

中国版本图书馆 CIP 数据核字（2022）第 020464 号

《XIANQING OUJI》YIZHU

出 版 人：	王天琪
策划编辑：	熊锡源
责任编辑：	熊锡源
封面设计：	曾　斌
责任校对：	叶　枫
责任技编：	靳晓虹
出版发行：	中山大学出版社
电　　话：	编辑部 020－84110283，84113349，84111997，84110779，84110776
	发行部 020－84111998，84111981，84111160
地　　址：	广州市新港西路 135 号
邮　　编：	510275　传　　真：020－84036565
网　　址：	http://www.zsup.com.cn　E-mail：zdcbs@mail.sysu.edu.cn
印 刷 者：	广州市友盛彩印有限公司
规　　格：	787mm×1092mm　1/16　35 印张　630 千字
版次印次：	2022 年 1 月第 1 版　2022 年 1 月第 1 次印刷
定　　价：	88.00 元（上、下卷）

如发现本书因印装质量影响阅读，请与出版社发行部联系调换

《闲情偶寄》译注团队介绍

李国庆 语言学博士,暨南大学应用语言学与外语教学研究所所长,暨南大学外国语学院教授、研究生导师。兼任中山大学功能语言研究所教授、教育部学位中心评议专家。研究方向为功能语言学、翻译学、语篇分析。近年来在《外国语》《外语教学》《外语学刊》《当代语言学》《四川外语学院学报》《外语与外语教学》等外语核心期刊和《暨南学报》等全国中文核心期刊上发表论文50余篇,出版专著和译著20余部,主持国家级、省部级课题多项。

宋燕青 广东医科大学外国语学院副教授,暨南大学外国语学院硕士研究生副导师,广东省翻译协会专家会员。研究方向为翻译理论与实践。出版译著3部,公开发表论文数篇。

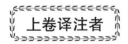

宋燕青(见主编介绍)
邓辉敏 香港中文大学文学翻译硕士,现任教于广州商学院。研究方向为文学翻译。出版多部译著、教材。
何诗瑜 毕业于英国诺丁汉特伦特大学(Nottingham Trent University),获硕士学位。公开发表论文数篇。
郭伊芸 暨南大学翻译硕士,现任教于广州商学院。研究方向为翻译理论与实践。公开发表论文数篇。

前　言

　　《闲情偶寄》是明末清初著名的文学家、戏曲家及美学家李渔的名著，位列"中国名士八大奇著"之首，是李渔一生艺术创造与生活智慧的结晶。李渔（1611—1680），原名仙侣，字谪凡，号天徒，后改名渔，字笠鸿，号笠翁。李渔一生著作颇丰，主要有《十二楼》《无声戏》《笠翁十种曲》《闲情偶寄》等。其中，《闲情偶寄》为李渔最重要的著作之一。全书包括《词曲部》《演习部》《声容部》《居室部》《器玩部》《饮馔部》《种植部》《颐养部》等八个部分，内容涉及戏曲编剧与导演、服饰化妆与歌舞技艺、家居装饰与庭园设计、古玩器皿与饮食烹调、花木栽培与养生之道，多方面、细致地展示了中国古代文人家居的生态之乐，有极高的艺术造诣、生活审美情趣和实用价值，堪称中国古代生活艺术的小百科全书。

　　本译注主要以翼圣堂本为底本，同时参校其他多个版本。为便于读者理解，译者对一些章节段落进行了重新划分。不当之处，敬请读者予以批评指正，不胜感激。

上卷目录

词曲部上

结构第一　　计七款 ··· 2
　　戒讽刺 ··· 9
　　立主脑 ·· 14
　　脱窠臼 ·· 16
　　密针线 ·· 18
　　减头绪 ·· 21
　　戒荒唐 ·· 22
　　审虚实 ·· 25
词采第二　　计四款 ·· 28
　　贵显浅 ·· 29
　　重机趣 ·· 33
　　戒浮泛 ·· 35
　　忌填塞 ·· 38
音律第三　　计九款 ·· 40
　　恪守词韵 ·· 49
　　凛遵曲谱 ·· 51
　　鱼模当分 ·· 54
　　廉监宜避 ·· 56
　　拗句难好 ·· 57
　　合韵易重 ·· 61
　　慎用上声 ·· 63
　　少填入韵 ·· 65
　　别解务头 ·· 66

词曲部下

- 宾白第四　计八款 ·· 70
  - 声务铿锵 ·· 71
  - 语求肖似 ·· 74
  - 词别繁减 ·· 76
  - 字分南北 ·· 79
  - 文贵洁净 ·· 80
  - 意取尖新 ·· 82
  - 少用方言 ·· 83
  - 时防漏孔 ·· 86
- 科诨第五　计四款 ·· 87
  - 戒淫亵 ·· 88
  - 忌俗恶 ·· 89
  - 重关系 ·· 90
  - 贵自然 ·· 91
- 格局第六　计五款 ·· 94
  - 家门 ·· 95
  - 冲场 ·· 97
  - 出脚色 ·· 99
  - 小收煞 ··· 100
  - 大收煞 ··· 100
- 填词余论 ·· 103

演习部

- 选剧第一　计二款 ··· 107
  - 别古今 ··· 109
  - 剂冷热 ··· 111
- 变调第二　计二款 ··· 113
  - 缩长为短 ··· 114
  - 变旧成新 ··· 116

附：
　　《琵琶记·寻夫》改本 ············ 123
　　《明珠记·煎茶》改本 ············ 128

授曲第三　计六款 ············ 133
　　解明曲意 ························· 135
　　调熟字音 ························· 136
　　字忌模糊 ························· 139
　　曲严分合 ························· 140
　　锣鼓忌杂 ························· 141
　　吹合宜低 ························· 142

教白第四　计二款 ············ 146
　　高低抑扬 ························· 147
　　缓急顿挫 ························· 151

脱套第五　计四款 ············ 153
　　衣冠恶习 ························· 154
　　声音恶习 ························· 156
　　语言恶习 ························· 157
　　科诨恶习 ························· 160

声容部

选姿第一　计四款 ············ 164
　　肌肤 ····························· 166
　　眉眼 ····························· 169
　　手足 ····························· 172
　　态度 ····························· 175

修容第二　计三款 ············ 180
　　盥栉 ····························· 182
　　薰陶 ····························· 188
　　点染 ····························· 190

治服第三　计三款 ············ 195
　　首饰 ····························· 197
　　衣衫 ····························· 202
　　鞋袜 ····························· 211

附：妇人鞋袜辨　余怀 ………………………………………… 215
习技第四　计三款 …………………………………………………… 217
　　文艺 ……………………………………………………………… 219
　　丝竹 ……………………………………………………………… 225
　　歌舞 ……………………………………………………………… 229

词曲部上

◎结构第一　计七款

【原文】

填词①一道，文人之末技也。然能抑而为此，犹觉愈于驰马试剑，纵酒呼卢②。孔子有言："不有博弈者乎？为之犹贤乎已。"③博弈虽戏具，犹贤于"饱食终日，无所用心"；填词虽小道，不又贤于博弈乎？吾谓技无大小，贵在能精；才乏纤洪，利于善用。能精善用，虽寸长尺短④，亦可成名。否则才夸八斗，胸号五车⑤，为文仅称点鬼之谈⑥，著书惟供覆瓿⑦之用，虽多亦奚以为？

　　填词一道，非特文人工此者足以成名，即前代帝王，亦有以本朝词曲擅长，遂能不泯其国事者。请历言之：高则诚⑧、王实甫⑨诸人，元之名士也，舍填词一无表见。使两人不撰《琵琶》《西厢》，则沿至今日，谁复知其姓字？是则诚、实甫之传，《琵琶》《西厢》传之也。汤若士⑩，明之才人也，诗、文、尺牍，尽有可观，而其脍炙人口者，不在尺牍、诗文，而在《还魂》一剧。使若士不草《还魂》，则当日之若士，已虽有而若无，况后代乎？是若士之传，《还魂》传之也。此人以填词而得名者也。历朝文字之盛，其名各有所归，"汉史""唐诗""宋文""元曲"，此世人口头语也。《汉书》《史记》，千古不磨，尚矣。唐则诗人济济，宋有文士跄跄，宜其鼎足文坛，为三代后之三代⑪也。元有天下，非特政刑礼乐一无可宗，即语言文学之末，图书翰墨之微，亦少概见。使非崇尚词曲，得《琵琶》《西厢》以及《元人百种》⑫诸书传于后代，则当日之元，亦与五代⑬、金、辽同其泯灭，焉能附三朝骥尾⑭，而挂学士文人之齿颊哉？此帝王国事，以填词而得名者也。由是观之，填词非末技，乃与史传诗文同源而异派者也。

　　近日雅慕此道，刻欲追踪元人、配飨⑮若士者尽多，而究竟作者寥寥，未闻绝唱。其故维何？止因词曲一道，但有前书堪读，并无成法可宗。暗室无灯，有眼皆同瞽目⑯，无怪乎觅途不得，问津无人，半途而废者居多，差毫厘而谬千里者，亦复不少也。

　　尝怪天地之间有一种文字，即有一种文字之法脉准绳，载之于书者，不异耳提面命；独于填词制曲之事，非但略而未详，亦且置之不道。揣摩其故，殆有三焉：

　　一则为此理甚难，非可言传，止堪意会。想入云霄之际，作者神魂飞越，如在梦中，不至终篇，不能返魂收魄。谈真则易，说梦为难，非不欲传,不能传也。若是,则诚异诚难,诚为不可道矣。吾谓此等至理,皆言最上一乘,非填词之学节节皆如是也,岂可为精者难言,而粗者亦置弗道乎?

一则为填词之理变幻不常,言当如是,又有不当如是者。如填生旦之词贵于庄雅,制净丑之曲务带诙谐,此理之常也;乃忽遇风流放佚之生旦,反觉庄雅为非,作迂腐不情之净丑转以诙谐为忌。诸如此类者,悉难胶柱⑰。恐以一定之陈言,误泥古拘方之作者,是以宁为阙疑,不生蛇足。若是,则此种变幻之理,不独词曲为然,帖括⑱诗文皆若是也。岂有执死法为文,而能见赏于人,相传于后者乎?

一则为从来名士以诗赋见重者十之九,以词曲相传者犹不及什一,盖千百人一见者也。凡有能此者,悉皆剖腹藏珠⑲,务求自秘,谓此法无人授我,我岂独肯传人。使家家制曲,户户填词,则无论《白雪》⑳盈车,《阳春》㉑遍世,淘金选玉者未必不使后来居上,而觉糠秕㉒在前。且使周郎渐出,顾曲者多㉓,攻出瑕疵,令前人无可藏拙,是自为后羿而教出无数逢蒙㉔,环执干戈而害我也,不如仍仿前人,缄口不提之为是。

吾揣摩不传之故,虽三者并列,窃恐此意居多。以我论之:文章者,天下之公器,非我之所能私;是非者,千古之定评,岂人之所能倒?不若出我所有,公之于人,收天下后世之名贤悉为同调㉕,胜我者我师之,仍不失为起予之高足;类我者我友之,亦不愧为攻玉之他山。持此为心,遂不觉以生平底里,和盘托出,并前人已传之书,亦为取长弃短,别出瑕瑜,使人知所从违,而不为诵读所误。知我,罪我,怜我,杀我,悉听世人,不复能顾其后矣。但恐我所言者,自以为是而未必果是;人所趋者,我以为非而未必尽非。但矢一字之公,可谢千秋之罚。噫,元人可作㉖,当必贯㉗予。

填词首重音律,而予独先结构者,以音律有书可考,其理彰明较著。自《中原音韵》㉘一出,则阴阳平仄画有塍区㉙,如舟行水中,车推岸上,稍知率由㉚者,虽欲故犯而不能矣。《啸余》㉛《九宫》㉜二谱一出,则葫芦有样,粉本㉝昭然。前人呼制曲为填词,填者,布也,犹棋枰之中画有定格,见一格,布一子,止有黑白之分,从无出入之弊,彼用韵而我叶㉞之,彼不用韵而我纵横流荡之。至于引商刻羽㉟,戛玉敲金㊱,虽曰神而明之,匪可言喻,亦由勉强而臻自然,盖遵守成法之化境也。

至于结构二字,则在引商刻羽之先,拈韵抽毫之始。如造物之赋形,当其精血初凝,胞胎未就,先为制定全形,使点血而具五官百骸之势。倘先无成局,而由顶及踵,逐段滋生,则人之一身,当有无数断续之痕,而血气为之中阻矣。工师之建宅亦然。基址初平，间架未立，先筹何处建厅，何方开户，栋需何木，梁用何材，必俟成局了然，始可挥斤运斧。倘造成一架而后再筹一架，则便于前者，不便于后，势必改而就之，未成先毁，犹之筑舍道旁㊲，兼数宅之匠资，不足供一厅一堂之用矣。故作传奇者，不宜卒急拈毫，袖手于前，始能疾书于后。有奇事，方有奇文，未有命题不佳，而能出其锦心、扬为绣口者也。尝读时髦所撰，惜其惨淡经营，用心良苦，而不得被管弦、副优孟㊳者，非审音协律之难，而结构全部规模之未善也。

词采似属可缓，而亦置音律之前者，以有才技之分也。文词稍胜者即号才人，音律极精者终为艺士。师旷㊴止能审乐，不能作乐；龟年㊵但能度词，不能制词。使之作乐制词者同堂，吾知必居末席矣。事有极细而亦不可不严者，此类是也。

【注释】

①填词：元明以来，曲剧亦须按曲牌选用字词进行创作，故亦称填词。

②呼卢：古代一种赌博游戏。共五子，五子全黑叫"卢"，即得头彩。掷子时高声喊叫，希望得全黑，是以为"呼卢"。

③不有博弈者乎？为之犹贤乎已：语出《论语·阳货》："子曰：'饱食终日，无所用心，难矣哉！不有博弈者乎！为之犹贤乎已！'"

④寸长尺短：语出《楚辞·卜居》："尺有所短，寸有所长。"比喻人各有长处和短处。

⑤才夸八斗，胸号五车：形容才华出众，知识广博。谢灵运云"天下才有一石，曹子建独占八斗"（见宋无名氏《释常谈·八斗之才》）。《庄子·天下》："惠施多方，其书五车。"

⑥点鬼之谈：语出唐张鷟《朝野佥载》："时杨（杨炯）之为文，好以古人姓名连用，号为点鬼簿。"后用"点鬼簿"讥刺诗文的滥用古人姓名或堆砌故实。

⑦覆瓿：覆，盖；瓿，盛酱的瓦罐。形容著作没有什么价值，把著作比作只能用来盖盛酱的瓦罐。

⑧高则诚：名明，字则诚，元末明初南戏作家，其代表作是《琵琶记》。

⑨王实甫：名德信，元代前期杂剧作家，其代表作品《西厢记》在中国文学史和戏剧史上占有重要地位。

⑩汤号士：汤显祖，字义仍，号若士，江西临川人，明代戏曲作家、

文学家，代表作有《还魂记》（即《牡丹亭》）等。

⑪三代后之三代：儒家认为夏、商、周三代为文化"盛世"。李渔认为"汉史、唐诗、宋文"亦文坛"盛世"，故说"三代后之三代"。

⑫《元人百种》：即《元曲选》，明代臧懋循编，为元代杂剧选集，收录元人杂剧近百种。

⑬五代：唐朝灭亡之后，在中原地区依次建立更替的后梁、后唐、后晋、后汉和后周五个朝代以及割据于西蜀、江南、岭南和河东等地的十几个政权，合称五代十国。

⑭骥尾：语出《史记·伯夷列传》。成语"苍蝇附骥尾而致千里"，意为依附别人而成名。

⑮配飨：指后死者附于先灵下合祭。飨，祭献。

⑯瞽目：盲人。

⑰胶柱：典出《史记》，胶住鼓瑟上的弦柱，以致不能调节音的高低。比喻拘泥成规，不知变通。

⑱帖括：唐制，明经科以帖经试士。把经文贴去若干字，令应试者对答。后考生因帖经难记，乃总括经文编成歌诀以便应试，称"帖括"。明清时亦用指八股文。

⑲剖腹藏珠：剖开肚子把珍珠藏进去。《资治通鉴·唐太宗贞观元年》："上谓侍臣曰：'吾闻西域贾胡得美珠，剖身而藏之。'"

⑳《白雪》：楚国的高雅名曲之一。

㉑《阳春》：楚国的高雅名曲之一。

㉒糠秕：谷皮或瘪谷，意指没有价值的东西。

㉓周郎渐出，顾曲者多：语出《三国志·吴书·周瑜传》，周郎即周瑜，周瑜精通音乐，每当演奏有错，"瑜必知之，知之必顾"。"顾"意指鉴赏。

㉔逢蒙：后羿的徒弟，逢蒙学成后，为了成为天下第一神箭手而射杀了老师后羿。

㉕同调：即相同音调，比喻志趣相同的人。陈志岁《结交辞》："人生交契求同调，有缘异调也相交。"

㉖可作：再生；复生。

㉗贳（shì）：宽容，原谅。

㉘《中原音韵》：元代散曲作家周德清（1277—1365）撰写的北曲曲韵专著，是我国最早的一部北曲曲韵论著，对后世影响深远。

㉙画有塍（chéng）区：指画出明显的界区，有所遵循。塍，田埂。

㉚率由：遵循章法。

㉛《啸余》：即明代程明善所编《啸余谱》。

㉜《九宫》：即明代沈璟所编《南九宫十三调曲谱》。

㉝粉本：中国古代绘画施粉上样的稿本。比喻底本、基础等。

㉞叶（xié）：通"协"，押韵。

㉟引商刻羽：语出《古文观止·宋玉对楚王问》。商、羽：古代乐律中的两个音名。引商刻羽，意指仔细推敲声律。

㊱戛玉敲金：语出蒲松龄《聊斋志异·八大王》。戛，轻轻敲打。敲击金玉发出的声音，形容声调有节奏而响亮好听。

㊲筑舍道旁：语出宋代司马光《资治通鉴·晋孝武帝太元七年》："此所谓筑舍道傍，无时可成。"

㊳副优孟：副，符合。优孟，春秋时代楚国宫廷艺人。此处意指符合演出要求。

㊴师旷：春秋时著名乐师。他生而无目，但博学多才，尤精音乐，辨音力极强。

㊵李龟年：李景伯之子，唐朝音乐家。李龟年善歌，还擅吹筚篥，擅奏羯鼓等。

【译文】

填词这一技能，在文人看来是不足挂齿的本领。但倘若有文人愿意屈尊而为，我觉得至少要比骑马练剑、酗酒赌博好。孔夫子曾说："不是有掷骰下棋之类的游戏么？干干这些也比闲着要好啊。"掷骰下棋虽然都是游戏，但也比"饱食终日、无所事事"强；填词虽是雕虫小技，却也胜过游戏。在我看来，技能没有大小之分，贵在精通；才能也无巨细之分，重在善用。即便是微才薄技，只要能做到精通并好好加以利用，也能让人得名于世。否则，即使才高八斗、学富五车，但作起文章来只知道堆砌典故，写的书毫无价值，只能用来盖酱罐，著作再多又有何用？

填词这件事，不但能让擅长这一技能的文人功成名就，即便是先代帝王，也有凭借当朝擅长的词曲而让他的国家流芳千古，请允许我一一道来。高则诚和王实甫等人是元代的名士，除填词之外别无所长。倘若两人未写《琵琶记》《西厢记》，那么到了今天又有谁知道他们的姓名呢？可见高则诚和王实甫之所以能名流千古，全凭《琵琶记》和《西厢记》的流传。汤显祖，明代才子，在诗文、尺牍方面都颇有造诣，但他最脍炙人口的作品，不是诗文和尺牍，而是《牡丹亭》这部戏剧。假如汤显祖没有创作《牡丹亭》，那么在当时的他便名不见经传，更谈不上留名后世了。汤显祖之所以能名流千古，全靠《牡丹亭》的流传。上面所列文人全因填词而扬名。历朝历代文学的繁盛都源于不同的文体，如汉朝的史书、唐朝的诗、宋朝的散文、元代的戏曲，这些世人都耳熟能详了。汉朝的《汉书》《史记》千古不朽，唐代诗人济济，宋代文人辈出，这三个朝代是继夏、商、周之后的又三个文化盛世。元朝统治时期，非但在政令、刑罚、礼法、乐教等方面没有值得推崇的地方，即便在语言文字、图书翰墨这些细微领域也鲜有建树。倘若不是推崇词曲，留下《琵琶记》《西厢记》和《元曲选》这样的作品流传后世，那么元朝也会和五代、金、辽一样湮没在历史长河中了，哪里还能紧随汉、唐、宋三朝之后，常被学士文人挂在嘴边呢？这便是古代帝王因当朝词曲繁盛而流芳千古的例子。由此看来，填词并不是微不足道的技艺，而是与史传、诗文一样属于不同的文学流派而已。

近来，有很多人倾心于填词这一技艺，想要效仿元人、比肩汤显祖，却鲜有能得其精髓者，没听说过什么可以堪称绝唱的作品。原因是什么呢？只因填词作曲这一技艺，只有前人的作品可供借鉴，却没有既定的方法可供效仿。这就好比在一间没有光的黑屋内，有眼睛也跟瞎子一样什么都看不见。难怪很多人半途而废，因为找不到方法，也无人指点迷津，也难怪有很多人在填词作曲时差之毫厘，谬以千里。

有件事一直令我费解，天地之间只要有一种文字，书中便会有相对应的法则记载，就好像有人在耳边教导一样，唯独填词制曲这件事，不但没有详细记载，而且故意被放在一边，不予细说。仔细想想，大概有三个原因：

第一，填词制曲的方法非常难，不可言传，只可意会。灵感闪现时，作者便灵魂出窍，如同在梦境一般，不等到创作结束是无法收回魂魄的。谈论真实的事情简单，描述梦境却很难，因此并非不想传授，而是没有办法。这样的创作方法确实难以捉摸，实在说不清也道不明。在我看来，这些精深的道理描述的都是创作中最高的境界，不单填词，所有的文学创作都是如此。但怎么能因为高深的学问难以表达，便对浅显之处也置之不谈呢？

第二，填词的方法变幻不定，有时候可以这样，有时候又不可以这样。例如，通常生角和旦角的唱词宜庄重、文雅，而净角和丑角必须带点诙谐，但倘若突然遇到风流放纵的生角和旦角，庄重、文雅反倒不适合，同样，为迂腐而又不通人情的净角和丑角编曲，诙谐反倒成了一种禁忌。像这些情况，很难一概而论。前人担心一成不变的陈词滥调会误导那些不知变通的创作者，因此宁愿对这些疑惑不解的东西不加评论，也不愿意画蛇添足般赘言。若果真如此，这种变幻不定的规则，不只填词制曲会如此，科举八股、诗歌散文也都这样。墨守成规而作出的文章怎能令人赏识，流传于后世呢？

第三，一直以来，凡是那些有名望、得到器重的读书人，十个有九个靠的都是诗赋；而凭词曲流传于后世的不足十分之一，大概千百人中才有一个。凡是擅长词曲创作的人，全都把创作秘诀当宝贝一样珍藏起来，秘不示人，认为既然没有人将这个方法传授给我，那么为什么我要告诉别人呢？如果每个人都会制曲填词，那么且不说《白雪》《阳春》之类的高雅作品遍地都是，能人高手未必不会后来者居上，认为前人作品粗鄙。如果像周瑜这样通晓乐曲的人才涌现出来，懂得戏曲鉴赏的人越来越多，那他们便能指出前人的过失，让前人的粗陋之处无法隐匿。这就好比后羿教出了无数像逢蒙一样的徒弟，个个拿着武器来围攻自己。既然如此，还不如效仿前人，闭口不提自己的秘诀为好。

我认为这三个原因都很重要，但恐怕还是第三个更重要一些。在我看来，文章是天下共有的东西，并不是我一个人能私藏的，是是非非当留给历史去评定，岂是一个人能改变的？倒不如倾我所有，公诸于世，以此来汇集世间及后代那些志趣相投的贤人们，互为知音。才能超过我的人，我尊他为师，我也不失为一个有悟性的得意门生；和我水平相当的人，我把他当成朋友，也能助我自省纠错。本着这样的态度，我就在不知不觉间将自己的毕生所学和盘托出，并借鉴前代已流传的书籍，一方面为了取长补短，一方面为了明辨书中是非，从而告诫人们什么该做，什么不该做，避免被所读之书误导。世人懂我也好，怪我、同情我、诋毁我也罢，悉听尊便，我也顾不了那么多了。但我很清楚，尽管我认为自己的观点是正确的，恐怕也不一定对；世人所遵从的，我认为是错误的，也不一定都错。但如果有一个字有用，便能求得大家的谅解了。哎，倘若元人在世的话，一定会原谅我的。

填词首先注重音律，但是我却独独将结构置于首位，因为音律有书可供参考，其中的规律也比较明显。自《中原音韵》问世以来，阴阳平仄都划分出了分明的界限，犹如舟行进于水中，车马来往于岸上，只要是稍微通晓门道的人，即便是有意犯错也出不了什么差错。《啸余谱》《南九宫十三调曲谱》问世之后，便有了参照的模板，有章可循。前人将制曲称作填词，填，即是布置，就像棋盘上划分好的格子，一个格子里，布局一个棋子，只有黑子白子之分，从未有过例外。该用韵的地方我便押韵，不用押韵的地方我便挥洒自如。至于依照典范制作乐曲、协调声律，虽说只可意会，不可言传，却也是可以通过努力而逐渐达到自然完美，似乎也是可以通过遵守章法而达到出神入化的境界。

至于结构二字，更是在音律之前，创作之始。就像造物主赋予万物形体，精血刚开始凝聚，胚胎还未成形的时候，就先设计整体的形状，使点滴精血也具备五官、骨骼的形态。如果事先没有设计总体格局，从头到脚，逐段生长，那么人的身体上就会有无数断裂和接续的痕迹，血气也会因此被阻断。工匠造房也是如此。基址刚刚铺设，架构还未建立，就要先规划哪里建厅堂，哪里开窗户，脊檩和房梁用什么木材，一定要等到格局清晰了才能动工。如果建成一部分后再去筹划下一步，虽然前一步容易，却不便于后一步的进行，必定要调整已建成的部分来迁就整体，房子还未建成便已经毁了。这就像作舍道旁，筹集建造几座房子的资源，却不够建造一个厅堂。因此创作戏曲的人，不应该仓促动笔，先要系统地构思，才能在下笔时奋笔疾书。先有奇事，才有奇文。如果命题选得不好，是不可能妙笔生花般将自己深邃的思想表达出来的。我曾经读过时下才子英贤所撰写的文章，可怜他们惨淡经营、用心良苦，却无法施于管弦，搬上戏台演出。不是因为斟酌音韵和协调音律太难，而是因为他们没有事先规划出完善整体的结构。

词采的考量似乎可以不急，但我也把它放在音律之前，因为文采和技艺不能一概而论。文采稍微好一些的人，便能称呼"才子"；极其精通音律的人，也只能称为"艺人"。春秋时期晋国的乐师师旷只能鉴赏乐曲，却不能创作乐曲；唐朝的宫廷乐师李龟年只能依词谱曲，却不能创作曲词。将他们与谱曲填词的人相提并论的话，我想他们必定是居于末席的。有的事虽然极其细微却也不能不严肃对待，上面提到的事便是如此。

○戒讽刺

【原文】

武人之刀，文士之笔，皆杀人之具也。刀能杀人，人尽知之；笔能杀人，人则未尽知也。然笔能杀人，犹有或知之者；至笔之杀人较刀之杀人，其快其凶更加百倍，则未有能知之而明言以戒世者。予请深言其故。

何以知之？知之于刑人之际。杀之与剐①，同是一死，而轻重别焉者。以杀止一刀，为时不久，头落而事毕矣；剐必数十百刀，为时必经数刻，死而不死,痛而复痛,求为头落事毕而不可得者,只在久与暂之分耳。然则笔之杀人,其为痛也,岂止数刻而已哉!窃怪传奇一书,昔人以代木铎②,因愚夫愚妇识字知书者少,劝使为善,诫使勿恶,其道无由,故设此种文词,借优人说法,与大众齐听。谓善者如此收场,不善者如此结果,使人知所趋避,是药人寿世之方,救苦弭灾之具也。后世刻薄之流,以此意倒行逆施,借此文报仇泄怨。心之所喜者,处以生旦之位,意之所怒者,变以净丑之形,且举千百年未闻之丑行,幻设而加于一人之身,使梨园习而传之,几为定案,虽有孝子慈孙,不能改也。

噫,岂千古文章,止为杀人而设?一生诵读,徒备行凶造孽之需乎?苍颉造字③而鬼夜哭,造物之心,未必非逆料至此也。

凡作传奇者,先要涤去此种肺肠,务存忠厚之心,勿为残毒之事。以之报恩则可,以之报怨则不可;以之劝善惩恶则可,以之欺善作恶则不可。人谓《琵琶》一书,为讥王四④而设。因其不孝于亲,故加以入赘豪门,致亲饿死之事。何以知之?因"琵琶"二字,有四"王"字冒于其上,则其寓意可知也。噫,此非君子之言,齐东野人之语也。

凡作伟世之文者,必先有可以传世之心,而后鬼神效灵,予以生花之笔,撰为倒峡之词,使人人赞美,百世流芳。传非文字之传,一念之正气使传也。《五经》⑤《四书》⑥《左》⑦《国》⑧《史》⑨《汉》⑩诸书,与大地山河同其不朽,试问当年作者有一不肖之人、轻薄之子厕于其间乎?但观《琵琶》得传至今,则高则诚之为人,必有善行可予,是以天寿其名,使不与身俱没,岂残忍刻薄之徒哉!即使当日与王四有隙,故以不孝加之,然则彼与蔡邕⑪未必有隙,何以有隙之人,止暗寓其姓,不明叱其名,而以未必有隙之人,反蒙李代桃僵之实乎?此显而易见之事,从无一人辩之。创为是说者,其不学无术可知矣。

予向梓⑫传奇,尝埒誓词于首,其略云:加生旦以美名,原非市恩于有托;抹净丑以花面,亦属调笑于无心;凡以点缀词场,使不岑寂而已。但虑七情以内,无境不生,六合之中,何所不有。幻设一事,即有一事之偶同;乔命一名,即有一名之巧合。焉知不以无基之楼阁,认为有样之葫芦?是用沥血鸣神,剖心告世,倘有一毫所指,甘为三世之喑,即漏显诛,难通⑬阴罚。

此种血忱,业已沁入梨枣⑭,印政⑮寰中久矣。而好事之家,犹有不尽相谅者,每观一剧,必问所指何人。噫,如其尽有所指,则誓词之设,已经二十余年,上帝有赫,实式临之⑯,胡不降之以罚?

兹以身后之事,且置勿论,论其现在者:年将六十,即旦夕就木,不为夭矣。向忧伯道之忧⑰，今且五其男，二其女，孕而未诞、诞而待孕者，尚不一其人，虽尽属景升豚犬⑱，然得此以慰桑榆，不忧穷民之无告⑲矣。年虽迈而筋力未衰，涉水登山，少年场往往追予弗及；貌虽癯而精血未耗，寻花觅柳，儿女事犹然自觉情长。所患在贫，贫也，非病也；所少在贵，贵岂人人可幸致乎？是造物之悯予，亦云至矣。非悯其才，非悯其德，悯其方寸之无他也。生平所著之书，虽无裨于人心世道，若止论等身，几与曹交食粟之躯⑳等其高下。使其间稍伏机心，略藏匕首，造物且诛之夺之不暇，肯容自作孽者老而不死，犹得佯狂自肆于笔墨之林哉？

吾于发端之始，即以讽刺戒人，且若嚣嚣自鸣得意者，非敢故作夜郎，窃恐词人不究立言初意，谬信"琵琶王四"之说，因谬成真。谁无恩怨？谁乏牢骚？悉以填词泄愤，是此一书者，非阐明词学之书，乃教人行险播恶之书也。上帝讨无礼，予其首诛乎？现身说法，盖为此耳。

【注释】

①剐："凌迟"的俗称，古时候分割人体的酷刑。

②木铎：以木为舌的大铃，铜质。古代宣布政教法令时，巡行振鸣以引起众人注意。此处引申为宣传政教的媒介。

③苍颉造字：苍颉，传说为黄帝的史官，汉字的创造者。《淮南子·本经》中记载："昔者苍颉作书而天雨粟，鬼夜哭。"

④王四：王四早年以博学闻名，高则诚与他结交为友。后来王四中状元，做了宰相的女婿，并打算休掉糟糠之妻。高则诚写信劝王四回心转意，但是王四没听忠告，反而送来一张休书休了发妻张氏，张氏被活活气死。民间传说，高则诚创作《琵琶记》与他的朋友王四有关。

⑤《五经》：即《诗经》《尚书》《礼记》《周易》《春秋》。

⑥《四书》：即《大学》《中庸》《论语》《孟子》。

⑦《左》：《左传》。

⑧《国》：《国语》。

⑨《史》：《史记》。

⑩《汉》：《汉书》。

⑪蔡邕：字伯喈，东汉时期名臣，文学家、书法家。《琵琶记》主人公假名于其人。

⑫梓：指用木头雕刻成印刷用的版。此处指付梓出版。

⑬逋（bū）：逃避，逃脱。

⑭梨枣：旧时刻版印书多用梨木或枣木，故以"梨枣"为书版的代称。

⑮印政：即"印证"，通过其他事物进一步证明。

⑯上帝有赫，实式临之：语出先秦《诗经·大雅·皇矣》："皇矣上帝，临下有赫。监观四方，求民之莫。"临：监视。

⑰伯道之忧：无子绝后之忧。伯道，晋代邓攸，为了躲避战乱，带着儿子和侄儿一起逃难，在危难关头，舍弃自己的儿子，保全了侄儿，后来终身没有孩子。

⑱景升豚犬：语出《三国志·吴书·孙权传》裴松之注引《吴历》："生子当如孙仲谋，刘景升儿子若豚犬耳！"后因以"豚犬"蔑称不成器的儿子，故世人用"景升豚犬"谦称自己的子女。

⑲穷民之无告：语出《孟子·梁惠王下》："老而无妻曰鳏，老而无夫曰寡，老而无子曰独，幼而无父曰孤；此四者，天下之穷民而无告者。"

⑳食粟之躯：语出《孟子·告子下》。大意为"我听说文王身高一丈，汤身高九尺，如今我身高九尺四寸多，却只会吃饭罢了，要怎样做才行呢？"

【译文】

习武者的刀，读书人的笔，都是杀人利器。世人都知道刀可以用来杀人，却未必知道笔也能够杀人。虽然有些人也知道笔能杀人，但用笔杀人比用刀杀人锐利凶狠一百倍这件事，却没有人能够明确指出并告诫世人。那么就让我来道出其中的缘由吧。

我是如何知道这些的呢？是从犯人受刑的过程中悟出来的。杀头和凌迟，犯人都逃不过一死，但是轻重程度却大不相同。因为杀头往往一刀毙命，时间极其短暂，头颅落地便结束了；而凌迟时犯人要挨上千刀，受尽折磨几小时，其间犯人意识清醒，痛苦持续不断，这些犯人渴望人头落地死个痛快，却无法如愿。其实两种死法的差别只在于持续时间的长短而已。然而用笔杀人，受害者承受的痛苦，又岂止数刻钟呢？我曾不解为何前人要将传奇戏曲当作宣扬政教的媒介，原来是因为当时能识文断字的百姓很少，要劝导世人行善，告诫他们不要作恶，没有别的办法，只能借用这种文体，再借助戏子的演绎，传入大众的耳朵里。告诉世人做善事便能得到好报，做坏事便要自食恶果，让人们知道什么该做，什么不该做，这本是济世救民的良方，消弭苦难的工具。后世却有一群刻薄的人，偏要违背这一意图，利用戏曲来报仇泄愤。自己偏爱的人物，便放在生角和旦角的位置；自己怨恨的角色，便虚构成净角和丑角，并杜撰出千百年来闻所未闻的丑陋行径，全加诸于这一人身上，让梨园戏子来演绎传播，这就几乎成了定论,即便此人后代都是孝子贤孙,也没有办法改变。

唉!难道千古流传的文章,只是为了用来杀人吗?用尽一生去读书,只是为行凶造孽做准备吗?相传苍颉造字之时,夜里有鬼怪在哭泣,由此看来造物主未必没预料到笔能杀人这一点。

但凡是创作戏曲的人,先要把这种邪恶的念头清除干净,一定要保持忠实厚道的内心,不要做残忍恶毒的事。可以用文章报答恩情,但不要用来发泄怨恨;可以用文章来扬善惩恶,但不要用来欺善作恶。有人说,《琵琶记》这本书是为讽刺王四而写的。因为他对双亲不孝,所以书中加入了他入赘富豪人家作女婿,导致双亲饿死的情节。怎么知道的呢?因为"琵琶"这两个字,有四个"王"字在上面,由此可知它意味着什么。唉!这不像是有修养的君子会说的话,倒像是乡野之人的浅言陋语。

但凡能创作出流传后世的伟大作品的人,必先要具备能流传后世的伟大品格。而后神鬼才会显灵,赐他生花妙笔,使他文思泉涌,让他的文章被世人称赞,流芳百世。文章的传世并非仅仅是文字的流传,使其经久不衰的正是文中的一腔正气。《五经》《四书》《左传》《国语》《史记》《汉书》等作品,与大地山河一样永垂不朽,试问当年创作这些书籍的人中,有一个不肖之人、轻薄之徒混杂其间吗?只要看看流传至今的《琵琶记》,便能知道作者高则诚的为人必定有为人称道的善行。所以上天让他的名字永垂不朽,而不是与其肉身一起消散,他怎会是残忍刻薄的人呢?即使他当年与王四有嫌隙,故意给王四冠上不孝的罪名,但是他与蔡邕未必有嫌隙。为什么对有矛盾的人,只是暗寓他的姓,而不公开他的名字,然而与自己未必有矛盾的人,却让人家李代桃僵、替人顶罪?这样显而易见的悖论,从来没有一个人为此辩白。由此可见,捏造这种说法的人是多么的不学无术。

我以前在推出自己的戏曲作品时,总要将一段誓词放在开头,大意是:将美名加在生、旦两角身上,并不是在向有恩于我的人报恩;给净、丑抹个花脸,也不是故意要调笑;这都只是为了给戏曲增加点缀,使氛围不那么冷清罢了。但是考虑到在七情六欲之内,没有什么事情是不会发生的;乾坤之中,没有什么东西是不存在的。虚构一个故事,现实中就会有一件事与之契合;杜撰一个名字,就会有一个名字与之巧同。谁知道会不会有人把凭空捏造当作是依样画瓢呢?因此我滴血向神明起誓,剖开心腹向世人坦白,倘若有丝毫的影射,甘愿做三辈子的哑巴,即便逃过了人世的声讨,也难以逃脱阴间的责罚。

这条血誓,我早已将它付诸我的戏曲中,在世间久已得到印证。但好事之徒仍不肯彻底放过我，每看一场戏，必定要问剧中角色暗指哪个人。唉！如果这些剧本均有所影射，那么自我发誓起，已经过去二十多年了，苍天在上，随时可以应验，为什么不降罪于我呢？

这是死后的事了，暂且搁置一边不再谈论，先说一说现在的状况：我年近六十，就算马上死去，也不算早逝了。以前我担心自己没有子嗣，现在已经有五个儿子、两个女儿，正怀着孕还没有生产的、已经生育过又怀了胎的也不止一人。虽然子女都不争气，但是还能靠他们来慰藉我的晚年，不用担心会像穷苦人家一样无儿无女了。我虽然年迈，但筋骨还算健硕，跋山涉水，年轻人也常常追不上我。虽然我外形瘦削，但精血还没有耗尽，寻花觅柳，仍会儿女情长。虽然我为贫困所忧心，但贫困并不是疾病；我所缺少的是富贵，但富贵又岂是人人可得？这是造物主对我的怜悯，也可以说是仁至义尽了。上天怜悯的并不是我的才华，也不是我的德行，而是怜悯我心中没有杂念。我生平所写的书，虽然对人心世道没有什么裨益，但如果只论数量之多，那么几乎可以和曹交所说的"食粟之躯"一比高低。假如我心里有一丝叵测居心，有一点害人之意，造物主诛杀我、剥夺我的性命尚且来不及，岂能容忍我这个作孽的人活到现在，甚至疯疯癫癫地舞文弄墨呢？

本书开头我便劝诫过人们不要讽刺，可能显得过于狂妄自大、自鸣得意，不是我敢于故作夜郎自大之态，而是我担心创作词曲的人无法体会我写这些话的本意，而错误地相信"《琵琶记》是在影射王四"这种说法，将谬论当成事实。谁人没有恩怨？何人没有牢骚？如果填词作曲都是用来发泄怨恨的，那么我这本书，就不是阐明词曲学问的书，而是教人作恶杀人的书了。如果上天要责罚不合礼法的人，我难道不是第一个受死的人吗？我现身说法，原因在此。

○立主脑

【原文】

古人作文一篇，定有一篇之主脑。主脑非他，即作者立言之本意也。传奇①亦然。一本戏中，有无数人名，究竟俱属陪宾，原其初心，止为一人而设。即此一人之身，自始至终，离合悲欢，中具无限情由，无穷关目②，究竟俱属衍文③，原其初心，又止为一事而设。此一人一事，即作传奇之主脑也。

然必此一人一事果然奇特，实在可传而后传之，则不愧传奇之目，而其人其事与作者姓名皆千古矣。如一部《琵琶》，止为蔡伯喈一人，而蔡伯喈一人又止为"重婚牛府"④一事，其余枝节皆从此一事而生。二亲之遭凶，五娘之尽孝，拐儿之骗财匿书，张大公之疏财仗义，皆由于此。是"重婚牛府"四字，即作《琵琶记》之主脑也。一部《西厢》，止为张君瑞一人，而张君瑞一人，又止为"白马解围"一事，其余枝节皆从此一事而生。夫人之许婚，张生之望配，红娘之勇于作合，莺莺之敢于失身，与郑恒之力争原配而不得，皆由于此。是"白马解围"四字，即作《西厢记》之主脑也。余剧皆然，不能悉指。后人作传奇，但知为一人而作，不知为一事而作。尽此一人所行之事，逐节铺陈，有如散金碎玉，以作零出则可，谓之全本，则为断线之珠，无梁之屋。作者茫然无绪，观者寂然无声，无怪乎有识梨园，望之而却走也。此语未经提破，故犯者孔多，而今而后，吾知鲜矣。

【注释】

①传奇：最早特指唐代的短篇文言小说。元末明初时也有人将元杂剧称为"传奇"。自从宋元南戏在明代规范化、典雅化、声腔化和全国化之后，传奇就成为不包括杂剧在内的明清中长篇戏曲剧本的总称。

②关目：戏曲的主要情节。

③衍文：原指抄写刊刻古籍误增的文字，此处指传奇戏本里起铺垫陪衬作用的剧情描写。

④"重婚牛府"：《琵琶记》的主要情节。写的是新婚两个月就被父亲所逼进京赶考的书生蔡伯喈一举夺魁后又被逼入赘牛府一事。

【译文】

古人写一篇文章，必定会为这篇文章立"主脑"。这"主脑"不是别的，而是作者写作文章的本意。戏曲创作也是一样，在一部戏里，穿插无数的人名，但到底都是陪衬的角色。因为在作者的本意中，这出戏仅为一人而写。即便只是这一个人，却从头到尾经历了离合悲欢，中间穿插了无限情缘、无数情节，但这都是些无足轻重的文字。因为在作者的本意里，所有的情节都只为一件事而写。这一个人一件事，就是创作戏曲话本的"主脑"。

然而这个人、这件事必须十分奇特，确实值得传扬，这样才能广为流传，才不会愧对"传奇戏曲"的名目，其中的人物、事件和作者才能流传千古。就像《琵琶记》这部戏，它只是为蔡伯喈一人而写，而蔡伯喈这个人又只是为"重婚牛府"这一件事而存在，其余的情节都围绕这件事而展开。比如蔡伯喈父母遭难，妻子赵五娘尽孝，拐儿为骗钱藏匿家书，张大公仗义疏财，都是由此事引发。"重婚牛府"这四个字，就是创作《琵琶记》的"主脑"。一部《西厢记》，只为张君瑞一个人而写，而张君瑞这一个角色，又只为"白马解围"这一件事而存在，其余次要情节都源于这一件事。比如老夫人许婚，张生欲娶崔莺莺，红娘勇于做媒，莺莺敢于失身，郑恒力争原配而不得，都由这件事而起。"白马解围"这四个字，就是创作《西厢记》的"主脑"。其他戏曲也都是这样，无法一一道来。后人创作戏曲传奇，只知道围绕一个人来写，而不知道写有关这个人的主要事件，只是把这个人做的所有事情逐条铺开，犹如散落的金子和破碎的玉石一样。用此可以作为折子戏；但就整部戏来说，就像断线的珠子、没有横梁的房屋。作者茫然无绪，观众寂静无声，难怪有懂戏的，看到这样的戏就不敢上前。这个道理从没被人点破过，所以犯错的人很多，但从今往后，我知道这样的人会少之又少了。

○ 脱窠臼

【原文】

"人惟求旧，物惟求新①。"新也者，天下事物之美称也。而文章一道，较之他物，尤加倍焉。戛戛乎陈言务去②，求新之谓也。

至于填词一道，较之诗赋古文，又加倍焉。非特前人所作，于今为旧；即出我一人之手，今之视昨，亦有间焉。昨已见而今未见也，知未见之为新，即知已见之为旧矣。古人呼剧本为"传奇"者，因其事甚奇特，未经人见而传之，是以得名，可见非奇不传。"新"即"奇"之别名也。若此等情节业已见之戏场，则千人共见，万人共见，绝无奇矣，焉用传之？

是以填词之家，务解"传奇"二字。欲为此剧，先问古今院本③中，曾有此等情节与否，如其未有，则急急传之，否则枉费辛勤，徒作效颦④之妇。东施之貌未必丑于西施，止为效颦于人，遂蒙千古之诮。使当日逆料至此，即劝之捧心，知不屑矣。吾谓填词之难，莫难于洗涤窠臼⑤，而填词之陋，亦莫陋于盗袭窠臼。吾观近日之新剧，非新剧也，皆老僧碎补之衲衣，医士合成之汤药。取众剧之所有，彼割一段，此割一段，合而成之，即是一种"传奇"。但有耳所未闻之姓名，从无目不经见之事实。语云"千金之裘，非一狐之腋"⑥，以此赞时人新剧，可谓定评。但不知前人所作，又从何处集来？岂《西厢》以前，别有跳墙之张珙？《琵琶》以上，另有剪发之赵五娘乎？若是，则何以原本不传，而传其抄本也？

窠臼不脱，难语填词，凡我同心，急宜参酌。

【注释】

①人惟求旧，物惟求新：用人应用世家旧臣，用物应用新制物品。语出《尚书·盘庚上》。

②戛戛乎陈言务去：语出唐代韩愈《与李翊书》："惟陈言之务去，戛戛乎其难哉！"戛戛，形容困难。

③院本：金、元时代行院演唱用的戏曲脚本，明清泛指杂剧、传奇。

④效颦：模仿。颦，皱眉。语出《庄子·天运》："西施病心而颦其里，其里之丑，人见而美之，归亦捧心，而颦其里。"后"效颦"指机械模仿，弄巧成拙。

⑤窠臼（kē jiù）：指旧式门上承受转轴的臼形小坑。比喻旧有的现成格式，老套子。

⑥"千金之裘，非一狐之腋"：价值千金的皮衣，不是从一只狐狸的腋下采来的。比喻做事要通过点滴积累。

【译文】

"人惟求旧，物惟求新。"新，就是对世间万物的美称。而文章与其他事物相比，更是要追求新颖。即便困难，也务必摒除陈旧的话语，这就是所谓的追求新意。

至于创作戏曲这件事，和古文诗赋相比，求新的程度又更要加倍。不仅前人的作品，在今天成了过时的东西；即使出自我一人之手，今天看昨天的作品，也会感到有距离。这是因为昨天的事物都已经见过了，而当今的事物却还未曾见过。没见过的就觉得新鲜，而见过的就感觉陈旧。古人把戏本称为"传奇"，就是因为其中讲述的事情尤为奇特，将人们没有见过的奇事传扬出来，所以才被称为"传奇"。可见剧情不够奇特就不能得以流传。"新"就是"奇"的别名。如果此类情节已经在戏台上演过了，那么成千上万的人都看过，一点都不新奇了，哪里用得上传扬此事呢？

因此搞戏曲创作的人，一定要懂得"传奇"二字的内涵。想写出某种剧本的，先要考证古今所有剧作中是否曾经有过此类情节，如果没有，就赶紧写出来，否则便是白费力气，成了个滑稽的效仿者。东施的容貌未必比西施丑，只因为盲目地效仿西施皱眉，才被千秋万代的人讥笑。假使东施当时已经预料到今日境地，即便别人劝她捂住心口装病，她也不屑于这样做。我认为创作戏曲的困难，莫过于摆脱他人的影子；而创作戏剧最为鄙陋的做法，莫过于剽窃他人作品。我看近日的新戏，都不算"新"戏，倒像是老和尚用碎布头拼接而成的衲衣，或是医生们合成的汤药。就是从各个戏本的情节中，这儿剪一段，那儿剪一段，拼凑一起当作一部传奇戏剧。里面只有没听过的人名，却从没有人们没见过的剧情。古话说"千金之裘，非一狐之腋"。用这句话来"称赞"当今人们创作的新戏，可以说是非常贴切的评价了。只是不知道前人的作品，又是从什么地方拼凑来的？难道《西厢记》问世前，别的戏本就写过跳墙的张珙？《琵琶记》问世前，别处就有过剪发的赵五娘吗？若真是如此，那么为什么原作没能流传，反而抄袭的作品流传下来了呢？

不摆脱前人的影子，就无法谈论戏曲创作，凡是和我有相同想法的人，都应该早点斟酌这个问题了。

○密针线

【原文】

编戏有如缝衣，其初则以完全者剪碎，其后又以剪碎者凑成。剪碎易，凑成难，凑成之工，全在针线紧密。一节偶疏，全篇之破绽出矣。每编一折，必须前顾数折，后顾数折。顾前者，欲其照映，顾后者，便于埋伏。照映埋伏，不止照映一人、埋伏一事，凡是此剧中有名之人、关涉之事，与前此后此所说之话，节节俱要想到。宁使想到而不用，勿使有用而忽之。

吾观今日之传奇，事事皆逊元人，独于埋伏照映处，胜彼一筹。非今人之太工，以元人所长全不在此也。若以针线论，元曲之最疏者，莫过于《琵琶》。无论大关节目背谬甚多，如子中状元三载，而家人不知；身赘相府，享尽荣华，不能自遣一仆，而附家报于路人；赵五娘千里寻夫，只身无伴，未审果能全节与否，其谁证之？诸如此类，皆背理妨伦之甚者。

再取小节论之，如五娘之剪发，乃作者自为之，当日必无其事。以有疏财仗义之张大公在，受人之托，必能终人之事，未有坐视不顾，而致其剪发者也。然不剪发，不足以见五娘之孝。以我作《琵琶》，《剪发》一折亦必不能少，但须回护张大公，使之自留地步。吾读《剪发》之曲，并无一字照管大公，且若有心讥刺者。据五娘云，"前日婆婆没了，亏大公周济。如今公公又死，无钱资送，不好再去求他，只得剪发"云云。若是，则剪发一事乃自愿为之，非时势迫之使然也，奈何曲中云："非奴苦要孝名传，只为上山擒虎易，开口告人难。"此二语虽属恒言，人人可道，独不宜出五娘之口。彼自不肯告人，何以言其难也？观此二语，不似怼①怨大公之词乎？然此犹属背后私言，或可免于照顾。迨②其哭倒在地，大公见之，许送钱米相资，以备衣衾棺椁，则感之颂之，当有不啻③口出者矣，奈何曲中又云："只恐奴身死也，兀自④没人埋，谁还你恩债？"试问公死而埋者何人？姑死而埋者何人？对埋殓公姑之人而自言暴露，将置大公于何地乎？且大公之相资，尚义也，非图利也，"谁还恩债"一语，不几抹倒大公，将一片热肠付之冷水乎？

此等词曲，幸而出自元人，若出我辈，则群口讪之，不识置身何地矣。予非敢于仇古，既为词曲立言，必使人知取法，若扭于世俗之见，谓事事当法元人，吾恐未得其瑜，先有其瑕。人或非之，即举元人借口，乌知圣人千虑，必有一失；圣人之事，犹有不可尽法者，况其他乎？

《琵琶》之可法者原多，请举所长以盖短。如《中秋赏月》一折，同一月也，出于牛氏之口者，言言欢悦；出于伯喈之口者，字字凄凉。一座两情，两情一事，此其针线之最密者。瑕不掩瑜，何妨并举其略。

然传奇一事也，其中义理分为三项：曲也，白⑤也，穿插联络之关目也。元人所长者止居其一，曲是也，白与关目皆其所短。吾于元人，但守其词中绳墨⑥而已矣。

【注释】

①怼（duì）：怨恨。

②迨（dài）：等到。

③啻（chì）：止于，限于。

④兀自：仍然，还是。

⑤白：宾白，或叫念白。

⑥绳墨：木匠用来画墨线矫正曲直的工具，这里指规矩、规则。

【译文】

编戏就如同缝衣服，首先要将整块的布裁剪成小块，然后再把碎布拼凑在一起。把布剪成小块容易，但要将碎布拼凑成衣服却很难，要做成一件衣服，关键在于细密的针线排布。某个环节稍有疏漏，便会让整篇戏文露出破绽。每编一折戏，就必须仔细检查前几折的情节，再提前编排好后几折的剧情。回顾前情，是为了照应前文；考量后文，是为了便于埋下伏笔。照应与伏笔，不应只是照应一个人物事件，或只为一个角色、情节埋伏笔，只要是戏里有名字的人、牵涉到的事，还有前后所说的话，每个环节都要考虑到。宁可弃用构思好的内容，也不能忽略有价值的内容。

　　我看如今的戏曲创作，各方面都不如元人，唯独在照应伏笔方面，略胜他们一筹。不是因为现在的人更注重写作技巧，而是因为元人的长处根本不在此。要论剧情的衔接，元曲中结构最粗疏的莫过于《琵琶记》。其中无论是大关还是小节，总是出现许多违背常理的谬误。比如儿子中状元三年，家人却一无所知；做了相府的乘龙快婿，享尽荣华富贵，却差遣不动一个仆人，竟然把家书托付给一个过路人；赵五娘千里寻夫，路上孤身一人，作者却不考虑她是否能够保全贞节，又有谁能证明？诸如此类，都非常不符合常理道德。

　　再拿一些细节来说，比如赵五娘剪发这一情节，应当是作者自己杜撰的，当时肯定没有此事。因为有仗义疏财的张大公在，他受人之托，一定会帮忙到底，不可能坐视不理而迫使赵五娘不得不剪发卖钱。然而没有剪头发的情节，就不足以表现赵五娘的孝顺了。若是让我来写《琵琶记》，"剪发"这一折也是必不可少。但也要回顾一下张大公这个角色，给他留有余地。我读"剪发"的戏词，里面没有一个字提及张大公这个人物，并且仿佛在故意讥讽他一般。根据赵五娘的说辞："前天婆婆死了，幸亏有张大公的接济。如今公公又死了，没有钱去送葬，不好再去求张大公，只能剪发换钱"等等。如果是这样的话，那么剪头发这件事就是赵五娘自愿做的，而不是时势迫使她这么做。那为什么她在戏中有这样一段台词："不是我非要传播什么孝名，只是因为上山抓老虎容易，开口求人难啊！"这两句话看似平常，每个人都可以这么说，但唯独不该出自五娘之口。她自己不肯求人，怎么会说求人难呢？读这两句话，难道不像是在埋怨张大公吗？然而这尚且属于背地里的话，或许可以免于照应。待到她哭倒在地，张大公见了，允诺资助她钱粮，为她公公置办寿衣棺椁，那么她对张大公的感激称颂，应是溢于言表，然而戏中却又写道："只怕我自己死了，没人帮忙料理后事，那么谁来偿还你的恩债？"试问公公死了给他办丧事的是什么人？婆婆死了帮忙办丧事的又是什么人？对给自己公婆收殓的人说这样的话，是将张大公置于何等境地呢？况且张大公资助她是讲义气，而不是图谋私利。"谁来偿还你的恩债"这一句话，不是全盘否定了张大公的善举，往人家的一片好心上泼冷水吗？

　　这样的戏曲，得亏是出自元人笔下，如果是出自我们这代人的笔下，作者将会被众人耻笑，无地自容。我不是敢于抨击前人，既然要为戏曲著书立说，就必须让世人知道戏曲创作的章法。若是被世俗的成见所误导，认为事事都应当效法元人，恐怕元人的精华没学到，反倒先得其糟粕。一旦有人批评这样的作者，他就推诿于元人的作法，根本不懂"圣人千虑，必有一失"这个道理；圣人做事，尚且不能完全效法，况且其他人呢？

其实，《琵琶记》中的可取之处很多，瑕不掩瑜，请允许我列举几处来说明。例如《中秋赏月》一折，同一轮月亮，从牛氏的口中说出，每个字都满怀喜悦之情；而从蔡伯喈口中说出，每个字都透着一股悲凉之意。他们坐在同一个地方，却有着两种截然不同的心情；两种不同的心情，却又是因为同一件事情，这就是戏中情节编织得最密集的地方。瑕不掩瑜，举出其中的几个失误又何妨？

然而在戏曲创作这件事上，其中的义理分为三类：词曲、宾白、关目。元代戏剧家只精通其中一方面，那就是词曲。宾白和关目都是他们的短处。对待元人，我也只是遵循他们作词的规则罢了。

○减头绪

【原文】

头绪繁多，传奇之大病也。《荆》《刘》《拜》《杀》①之得传于后，止为一线到底，并无旁见侧出之情。三尺童子观演此剧，皆能了了于心，便便于口，以其始终无二事，贯串只一人也。后来作者不讲根源，单筹枝节，谓多一人可增一人之事。事多则关目亦多，令观场者如入山阴道中②，人人应接不暇。殊不知戏场脚色，止此数人，便换千百个姓名，也只此数人装扮，止在上场之勤不勤，不在姓名之换不换。与其忽张忽李，令人莫识从来，何如只扮数人，使之频上频下，易其事而不易其人，使观者各畅怀来，如逢故物之为愈乎？作传奇者，能以"头绪忌繁"四字，刻刻关心，则思路不分，文情专一，其为词也，如孤桐劲竹，直上无枝，虽难保其必传，然已有《荆》《刘》《拜》《杀》之势矣。

【注释】

①《荆》《刘》《拜》《杀》：中国宋元南戏四部作品的合称，即《荆钗记》、《刘知远白兔记》、《拜月亭》（或《幽闺记》）、《杀狗记》。

②如入山阴道中：《世说新语·言语》载："王子敬（王献之）云：

'从山阴道上行,山川自相映发,使人应接不暇。'"指景色优美,让人目不暇接,这里指情节人物繁多复杂,让人摸不着头脑。山阴:今浙江绍兴。

【译文】

头绪繁多是戏曲创作的大忌。《荆钗记》《刘知远白兔记》《拜月亭》《杀狗记》之所以能流传于后世,关键在于它们都能将一条主线贯穿到底,并没有脱离主线的旁支末节。刚懂事的孩童观看这些戏,都能对剧情了然于心,复述的时候也能说个明白,因为这些戏从头到尾只讲一件事,串联整个故事的只有一个角色。后世的作者不讲究主线,一味在旁枝末节上下功夫,认为加入一个角色就可以加入与这个角色相对应的事件,情节多关目就多,让观众应接不暇,就像进了山阴道。这样编排是欠考虑的,因为戏班里的演员就那么几个,就是变换千百个名字,也只能由这几个人扮演,戏曲的效果,只在于演员上场勤不勤,不在于姓名换不换。与其一下张三一会儿李四,让人分不清他们的身份来历,不如让他们只扮演几个人、上台下台频繁一些,情节变动而人物不变,让观众都能畅怀而来,看戏时就像看见自己的旧物一般亲切,这样不是更好吗?搞戏曲创作的人,如果能把"头绪忌繁"四个字时刻铭记于心,就能保证写作思路不会涣散,文思情意一脉相传。这样创作出词曲,就像孤傲的桐树和坚韧的竹子一样,主干挺直,没有多余的旁枝,即使无法保证一定能千古流传,也已经有了《荆钗记》《刘知远白兔记》《拜月亭》《杀狗记》等作品中的那种气势。

○ 戒荒唐

【原文】

昔人云:"画鬼魅易,画狗马难①。"以鬼魅无形,画之不似,难于稽考;狗马为人所习见,一笔稍乖,是人得以指摘。可见事涉荒唐,即文人藏拙之具也。而近日传奇,独工于为此。噫,活人见鬼,其兆不祥,矧②有吉事之家,动出魑魅魍魉为寿乎?移风易俗,当自此始。

吾谓剧本非他,即三代以后之《韶》《濩》③也。殷俗尚鬼,犹不闻以怪诞不经之事被诸声乐、奏于庙堂,矧辟谬崇真之盛世乎?王道本乎人情,凡作传奇,只当求于耳目之前,不当索诸闻见之外。无论词曲,古今文字皆然。凡说人情物理者,千古相传;凡涉荒唐怪异者,当日即朽。《五经》《四书》《左》《国》《史》《汉》,以及唐宋诸大家,何一不说人情?何一不关物理？及今家传户颂，有怪其平易而废之者乎？《齐谐》④，志怪之书也，当日仅存其名，后世未见其实。此非平易可久、怪诞不传之明验欤？

人谓家常日用之事，已被前人做尽，穷微极隐，纤芥无遗，非好奇也，求为平而不可得也。予曰：不然。世间奇事无多，常事为多；物理易尽，人情难尽。有一日之君臣父子，即有一日之忠孝节义。性之所发，愈出愈奇，尽有前人未作之事，留之以待后人，后人猛发之心，较之胜于先辈者。即就妇人女子言之，女德莫过于贞，妇愆⑤无甚于妒。古来贞女守节之事，自剪发、断臂、刺面、毁身，以至刎颈而止矣。近日矢贞之妇，竟有刲⑥肠剖腹，自涂肝脑于贵人之庭以鸣不屈者；又有不持利器，谈笑而终其身，若老衲高僧之坐化⑦者。岂非五伦⑧以内，自有变化不穷之事乎？古来妒妇制夫之条，自罚跪、戒眠、捧灯、戴水，以至扑臀而止矣。近日妒悍之流，竟有锁门绝食，迁怒于人，使族党避祸难前，坐视其死而莫之救者；又有鞭扑不加，囹圄不设，宽仁大度，若有刑措之风，而其夫慑于不怒之威，自遣其妾而归化者。岂非闺阃⑨以内，便有日异月新之事乎？此类繁多，不能枚举。此言前人未见之事，后人见之，可备填词制曲之用者也。

即前人已见之事，尽有摹写未尽之情、描画不全之态。若能设身处地，伐隐攻微，彼泉下之人，自能效灵于我，授以生花之笔，假以蕴绣之肠，制为杂剧，使人但赏极新极艳之词，而竟忘其为极腐极陈之事者。此为最上一乘，予有志焉，而未之逮也。

【注释】

①画鬼魅易，画狗马难：语出《韩非子·外储说左上》："客有为齐王画者，齐王问曰：'画孰最难者？'曰：'犬马最难。''孰最易者？'曰：'鬼魅最易。夫犬马，人所知也，旦暮罄于前，不可类之，故难。鬼魅，无形者，不罄于前，故易之也。'"

②矧（shěn）：另外，况且，何况。

③《韶》《濩》：亦作"韶护"，传为虞舜和商汤时的乐舞。

④《齐谐》：传为齐国人专门记录神奇怪异事情的笔记小说。《庄子·逍遥游》有云："齐谐者，志怪者也。"

⑤愆（qiān）：罪过，过失。

⑥刲（kuī）：割取。

⑦坐化：佛教用语，指和尚盘膝端坐而逝。

⑧五伦：在封建时代指的是君臣、父子、兄弟、夫妇、朋友五种伦理关系。

⑨阃（kǔn）：旧时指妇女居住的内室，也可借指闺房隐私。

【译文】

古人有云："画鬼魅易，画狗马难。"因为鬼魅是无形的，画得不像，也难以考证。狗和马是人们常见的事物，画错一笔，就会被人挑毛病。可见那些荒诞的事物，就是文人用来藏拙的道具。而当今的戏曲，尤其偏好在这种荒唐伎俩上下功夫。哎！活人见鬼，本是不祥之兆，何况是办喜事的人家，怎么会动辄便让妖魔鬼怪出来拜寿呢？改造不良风气，应当从这里开始。

我所理解的剧本无非就是夏、商、周三代后，像《韶》《濩》一样雅正的古乐。在普遍崇尚神鬼之说的殷代，都没听说他们将荒诞不经的事情加诸在礼乐中于庙堂上演奏，更何况是在如今这个摒除谬误、崇尚真理的鼎盛时代呢？戏曲创作的王道在于把握人情，但凡要创作戏曲，都应该取材于自己的所见所闻，而不该将见闻之外的事物当成素材。不仅是词曲，古往今来的文章习作都是这样，凡是讲述人情事理的都能流传千古；凡是涉及荒诞离奇的，便很快没落了。《五经》《四书》《左传》《国语》《史记》《汉书》，以及唐宋诸大家的作品，哪一部不讲述人情？哪一部不关乎事理？直到今天仍被家家户户传颂，何曾有人因为这些作品过于寻常而将其束之高阁呢？《齐谐》是本记载志怪奇闻的书，当时只留存了书名，后世根本无人真正读过这本书。这不就是寻常之事方能长久，荒诞离奇之事难以流传的力证吗？

有人认为日常生活中的事已经被前人写完了，就连最细微、最隐秘的方面都探究过了，一个细节都没有遗漏；不是现在的人喜欢写志怪奇闻，而是想写寻常之事但已经无处下笔了。要我说，并非如此。世上奇闻异事并不多，寻常之事才多，事理容易写尽，人情却无法道完。君臣父子存在一天，忠孝节义就存在一天。由人性催发的事件，一件比一件奇特，到处都有前人未曾做过的事，留下空白待后人去填补；也有一些事件激发后人更强烈的情感，为创作提供了新的素材。就以妇人女子为例，在当中，守住贞洁是女子最重要的德行，妒忌生恨是女子最严重的罪过。古代贞节女子为了维护自己的名节，不过剪掉头发、斩断手臂、割脸毁容、伤害身体，最极端也就是刎颈自杀。然而在近来的戏曲情节中，失志守贞，为了表明自己的坚贞不屈，竟然剖腹割肠，在富贵人家厅堂里自涂肝脑；还有不用利器，在谈笑中安然死去的，就如得道高僧的坐化一般。这不就证明了人伦关系中本就存在无穷的变化吗？古时候妒忌心强的妇人管制丈夫的手段，不过是罚跪、不准睡觉、罚捧灯盏、头顶水碗,最严重也就是打板子。但近来有妒忌凶悍的妻子,竟然把丈夫锁在屋里不供吃喝,甚至将怒气发泄到无辜的人身上,使得亲戚族人都为了避免被迁怒而不敢上前,只能眼睁睁看着她丈夫饿死;还有妇人既不鞭打,也不囚禁,宽仁大度,就如同在实行仁政一般,而她的丈夫反而被她这种不怒自威的作派所震慑,主动把小妾打发走,最终回归家庭。这不就说明了女子闺阁中,也上演着变幻无穷的故事吗?这样的事情多如牛毛,不胜枚举。这些都是后人把前人未曾听闻过的故事用作填词作曲的素材。

即便是前人已经见过的事,也处处都有未能写尽的情感、未能充分描摹的姿态。如果能设身处地去推究那些隐秘微妙的细节,那些死去的前人,自然会为我显灵,赠予我生花妙笔,借我细腻才情,助我写成戏剧,让人们只顾欣赏它新鲜艳丽的曲词,却全然不在意戏里所讲的都是些陈年往事。这是戏曲创作最高的境界,我虽有志于此,但目前仍是力有不逮。

○审虚实

【原文】

传奇所用之事,或古或今,有虚有实,随人拈取。

古者,书籍所载,古人现成之事也;今者,耳目传闻,当时仅见之事也;实者,就事敷陈,不假造作,有根有据之谓也;虚者,空中楼阁,随意构成,无影无形之谓也。

人谓古事实多,近事多虚。予曰:不然。传奇无实,大半皆寓言耳。欲劝人为孝,则举一孝子出名,但有一行可纪,则不必尽有其事。凡属孝亲所应有者,悉取而加之,亦犹纣之不善①,不如是之甚也,一居下流,天下之恶皆归焉。其余表忠表节,与种种劝人为善之剧,率同于此。若谓古事皆实,则《西厢》《琵琶》推为曲中之祖,莺莺果嫁君瑞乎?蔡邕之饿莩其亲,五娘之干蛊②其夫,见于何书?果有实据乎?

孟子云:"尽信书,不如无书③。"盖指《武成》而言也。经史且然,矧杂剧乎?凡阅传奇而必考其事从何来、人居何地者,皆说梦之痴人,可以不答者也。

然作者秉笔,又不宜尽作是观。若纪目前之事,无所考究,则非特事迹可以幻生,并其人之姓名亦可以凭空捏造,是谓虚则虚到底也。

若用往事为题,以一古人出名,则满场脚色皆用古人,捏一姓名不得;

其人所行之事，又必本于载籍，班班可考，创一事实不得。非用古人姓字为难，使与满场脚色同时共事之为难也；非查古人事实为难，使与本等情由贯串合一之为难也。予既谓传奇无实，大半寓言，何以又云姓名事实必须有本？要知古人填古事易，今人填古事难。古人填古事，犹之今人填今事，非其不虑人考，无可考也；传至于今，则其人其事，观者烂熟于胸中，欺之不得，罔④之不能，所以必求可据，是谓实则实到底也。

若用一二古人作主，因无陪客，幻设姓名以代之，则虚不似虚，实不成实，词家之丑态也，切忌犯之。

【注释】

①纣之不善：语出《论语·子张》："子贡曰：'纣之不善，不如是之甚也。'"纣，商（殷）末代君王。

②干蛊：担当应做之事。语出《易经·蛊卦》："干父之蛊。"原指子承父业，完成父亲未完成的事业。这里指赵五娘替丈夫侍奉父母，养老送终。

③尽信书，不如无书：语出《孟子·尽心下》。此句意在劝诫人们读书不要迷信书本。

④罔：通"惘"，蒙蔽。

【译文】

戏曲里讲述的故事，有古代的也有当今的，有虚构的也有真实的，桩桩件件都任凭剧作者们取用。

古代的事，书上有所记载，是古人身上现成的故事；当今的事，全凭耳闻目睹，是发生在当下的故事。真实的事，就是客观陈述事情的本身，不加以矫饰改编，是有根有据的故事；虚构的事，则毫无根据，随作者的想象编撰而成，是无中生有的故事。

有人说古代的事大多是真实的，当今的事大多是虚构的。我认为并非如此。戏曲里几乎没有真事，大部分都是寓言故事而已。如果想规劝世人孝敬亲长，就借用一个孝子的名字，只要他身上有一处孝行为人称道，就不必强求戏里的事都确有其事。凡是属于孝敬亲长所应具备的品质，都拿来安在这个角色的身上，就如商纣王原本的罪恶，其实并没有人们说的那样不堪，但一旦他被置于恶人的角色，天下所有的坏事都会被归结到他的头上。其他为了表现忠诚气节，以及各种劝人为善的戏剧，都如出一辙。如果说古代的事都是真事，那么在《西厢记》《琵琶记》这些被推举为戏曲开山之作的戏剧里，崔莺莺真的嫁给张君瑞了吗？蔡邕饿死双亲，赵五娘替丈夫掩盖过失，哪本书里有所记载？真的有真凭实据吗？

孟子说："尽信书，不如无书。"针对的是《尚书》中的《武成》一篇。经书史籍尚且如此，更何况是戏剧呢？凡是看戏却偏要考究剧情出自何处、人物居于何地的都是胡言乱语的傻子，可以不去回应他。

话虽如此，作者创作时应该灵活应变。如果是记录眼前的事，没有什么可以考证的，那么非但其中的事情可以虚构，里面人物的姓名也可以凭空捏造，这就叫"编就编全套"。

如果以前人的事情为题材，其中有一名古人用了真名，那么整场戏的角色都得用真实存在的古人，捏造一个人名都不行；里面的人所做的事，又必须基于史书中的记载，每件事都要经得起考据，一件都不得凭空杜撰。用古人姓名不难，难的是让这个人物与整场戏的其他角色以真实事件交织在一起；搜寻古人事迹不难，难的是使这件事与这场戏的其他情节串联整合成为一体。我既然说过戏曲里几乎没有真事，大多是寓言，那为什么又说姓名事实必须有根据呢？要知道古代的人写古代的事容易，而现在的人写古代的事情却很难。古代的人写古代的事，就像现在的人写当今的事一样，不是作者不担心别人来考据，而是根本无据可考。这些作品流传至今，其中的人物和事件，观众早已烂熟于心，即使有心蒙骗观众也无法办到，所以写古人必须要让剧情有据可循，这就叫"真就真到底"。

如果用一两个古人做主角，因为在真实事件中没有配角，就杜撰出一些人名来充当这些角色，就会杜撰不像杜撰，写实又不像写实，令创作者丑态毕露，切记不要犯这样的错误。

◎ 词采第二　计四款

【原文】

曲与诗余①,同是一种文字。

古今刻本中,诗余能佳而曲不能尽佳者,诗余可选而曲不可选也。诗余最短,每篇不过数十字,作者虽多,入选者不多,弃短取长,是以但见其美。曲文最长,每折必须数曲,每部必须数十折,非八斗长才,不能始终如一。微疵偶见者有之,瑕瑜并陈者有之,尚有踊跃于前,懈弛于后,不得已而为狗尾貂续②者亦有之。演者观者既存此曲,只得取其所长,恕其所短,首尾并录。无一部而删去数折、止存数折,一出而抹去数曲、止存数曲之理。此戏曲不能尽佳,有为数折可取而挈带全篇,一曲可取而挈带全折,使瓦缶与金石齐鸣③者,职是故也。予谓既工此道,当如画士之传真,闺女之刺绣,一笔稍差,便虑神情不似,一针偶缺,即防花鸟变形。

使全部传奇之曲,得似诗余选本如《花间》④《草堂》⑤诸集,首首有可珍之句,句句有可宝之字,则不愧填词之名,无论必传,即传之千万年,亦非侥幸而得者矣。吾于古曲之中,取其全本不懈、多瑜鲜瑕者,惟《西厢》能之。《琵琶》则如汉高用兵,胜败不一,其得一胜而王者,命也,非战之力也⑥。《荆》《刘》《拜》《杀》之传,则全赖音律。文章一道,置之不论可矣。

【注释】

①诗余:词是由诗发展而来,被认为是诗的降一格的文学式样,故称"诗余"。元代以后,"诗余"便成了词的别称。

②狗尾貂续:典出《晋书·赵王伦传》:"每朝会,貂蝉盈坐,时人为之谚曰:貂不足,狗尾续。"比喻把不好的东西补接在好的东西后面,致使前后两部分非常不相称。

③瓦缶(fǒu)与金石齐鸣:瓦缶,指劣质乐器。金石,指优等乐器。这里指写得差的和写得好的放在一起才是一出完整的好戏。

④《花间》:即《花间集》,由五代十国时期后蜀人赵崇祚编纂,是我国文学史上的第一部词集。

⑤《草堂》:即《草堂诗余》,由南宋何士信编辑,其中词作以宋词为主,兼收一小部分唐五代词,《草堂》在明代被广泛流传,其繁盛流行情况

⑥命也，非战之力也：汉高祖刘邦于垓下之战大败项羽。羽曰："此天之亡我也，非战之力也。"这场战役后，刘邦统一了中国，建立了汉朝。

【译文】

曲和词，都是一种文字。

在古往今来的刻本中，词差不多都能写好，但曲却不是首首都好听；词尚且可以有所选择，曲却少有选择余地。词的篇幅短，每首不过几十字，作词的人虽然很多，入选刻本的却不多，抛弃差词只取好词，所以人们只会读到精彩的词。曲的篇幅长，每折里必有几首曲子，每部又必有几十折，不是才高八斗，便无法从头到尾都保持高水准。因此有的戏曲只是偶尔出现瑕疵，有的瑕瑜参半，也有前文紧凑，后文松散，不得已只能草草结尾的。演员、观众既然留下了这些戏曲，就只能发扬它的长处，宽容它的短处，从头到尾一并收录进来。没有把一整部戏删去几折，只留下其中几折，或者从一出戏里删去几首曲子，只留下其中几首的道理。这是因为戏曲不可能整部都保持高水准，有时是由其中精彩的几折带动全篇，有时则是因为一首好曲带动了全折，一部戏里的曲词往往有好有坏，就是因为这个原因。我认为从事戏曲创作这个行当，就应该像画师画像、女子刺绣一般，画像稍微有一笔画错，就要担心人物的神情会不自然；刺绣偶尔有一针缺漏，就要提防花鸟图样变形。

假如让所有戏曲里的曲子，都像《花间集》《草堂诗余》等词的选集一样，每首都有精彩的句子，每句都有可取的措辞，才算是没有愧对戏曲的名目，别说必定会流传，即便是流传千万年，也不是侥幸而得。在古典戏曲中，我认为算是全文紧凑、瑕不掩瑜的，只有《西厢记》。而《琵琶记》则像汉高祖用兵，有胜有败，他因为一次胜利而成为帝王，是命里注定，而不是因为他善于作战。《荆钗记》《刘知远白兔记》《拜月记》《杀狗记》的流传，则完全依靠音律，至于文章编排，可以置于一边不必谈论。

○贵显浅

【原文】

曲文之词采，与诗文之词采非但不同，且要判然相反。何也？诗文之词采，贵典雅而贱粗俗，宜蕴藉而忌分明。词曲不然，话则本之街谈巷议，事则取其直说明言。凡读传奇而有令人费解，或初阅不见其佳，深思而后得其意之所在者，便非绝妙好词，不问而知为今曲，非元曲也。

　　元人非不读书，而所制之曲，绝无一毫书本气，以其有书而不用，非当用而无书也。后人之曲则满纸皆书矣。元人非不深心，而所填之词，皆觉过于浅近，以其深而出之以浅，非借浅以文其不深也，后人之词则心口皆深矣。无论其他，即汤若士《还魂》一剧，世以配飨元人，宜也。问其精华所在，则以《惊梦》《寻梦》二折对。予谓二折虽佳，犹是今曲，非元曲也。《惊梦》首句云："袅晴丝，吹来闲庭院，摇漾春如线。"以游丝一缕，逗起情丝，发端一语，即费如许深心，可谓惨淡经营矣。然听歌《牡丹亭》者，百人之中有一二人解出此意否？若谓制曲初心并不在此，不过因所见以起兴①，则瞥见游丝，不妨直说，何须曲而又曲，由晴丝而说及春，由春与晴丝而悟其如线也？若云作此原有深心，则恐索解人不易得矣。索解人既不易得，又何必奏之歌筵，俾雅人俗子同闻而共见乎？其余"停半晌，整花钿，没揣菱花，偷人半面"及"良辰美景奈何天，赏心乐事谁家院"，"遍青山，啼红了杜鹃"等语，字字俱费经营，字字皆欠明爽。此等妙语，止可作文字观，不得作传奇观。至如末幅"似虫儿般蠢动，把风情扇"，与"恨不得肉儿般团成片也，逗的个日下胭脂雨上鲜"，《寻梦》曲云："明放着白日青天，猛教人抓不到梦魂前"，"是这答儿压黄金钏匾"，此等曲，则去元人不远矣。而予最赏心者，不专在《惊梦》《寻梦》二折，谓其心花笔蕊，散见于前后各折之中。《诊祟》曲云："看你春归何处归，春睡何曾睡，气丝儿，怎度的长天日。""梦去知他实实谁，病来只送得个虚虚的你。做行云，先渴倒在巫阳会。""又不得困人天气，中酒心期，魆魆的常如醉。""承尊觑，何时何日，来看这女颜回？"《忆女》曲云："地老天昏，没处把老娘安顿。""你怎撇得下万里无儿白发亲。""赏春香还是你旧罗裙。"《玩真》曲云："如愁欲语，只少口气儿呵。""叫的你喷嚏似天花唾。动凌波，盈盈欲下，不见影儿那。"此等曲，则纯乎元人，置之《百种》前后，几不能辨，以其意深词浅，全无一毫书本气也。

　　若论填词家宜用之书，则无论经传子史以及诗赋古文，无一不当熟读，即道家佛氏、九流百工之书，下至孩童所习《千字文》《百家姓》，无一不在所用之中。至于形之笔端，落于纸上，则宜洗濯殆尽。亦偶有用着成语之处，点出旧事之时，妙在信手拈来，无心巧合，竟似古人寻我，并非我觅古人。此等造诣，非可言传，只宜多购元曲，寝食其中，自能为其所化。而元曲之最佳者，不单在《西厢》《琵琶》二剧，而在《元人百种》之中。《百种》亦不能尽佳，十有一二可列高、王之上，其不致家弦户诵，出与二剧争雄者，以其是杂剧而非全本，多北曲而少南音，又止可被诸管弦，不便奏之场上。今时所重，皆在彼而不在此，即欲不为纨扇之捐，其可得乎？

【注释】

①起兴：又叫"兴"。"兴者，先言他物以引起所咏之辞也。"（朱熹《诗集传》）就是说，先说其他事物，再说要说的事物。它一般用在诗章或各节的开头，是一种利用语言因素建立在语句基础上的"借物言情，以此引彼"的艺术表现手法。

【译文】

戏曲的措辞，与诗文的措辞不但不一样，而且还截然相反。为什么呢？因为诗文的措辞注重典雅而鄙视粗俗，提倡含蓄而忌讳直白。戏曲却不是这样，戏曲中的对白要以世俗的街谈巷议为依据，故事叙述则要注重清楚直白。凡是看戏时有些地方令人费解，或者初看看不出精彩之处，深入思考后才能理解其内涵的，都不是绝妙的好词，不用问便知道这是当代的戏曲，而不是元代的戏曲。

元代人也读书，但他们所创作的戏曲，绝对没有一丝一毫的书本气，他们并非才疏学浅，而是不喜欢有意卖弄才学，后人写的戏曲则整篇都透着书本气。元代人并非思想浅薄，但他们创作的曲词，都让人觉得浅显易懂，这是因为他们深入浅出，而并非语言上浅显易懂，思想上也浅薄，后人所作的戏曲则是从内容到语言都比较晦涩难懂。不说别的，只论汤显祖的《牡丹亭》，世人认为它可以和元人创作的戏曲相媲美，的确可以这么说。若问它的精华是哪几折，人们便说是《惊梦》和《寻梦》这两折，但我认为这两折虽然精彩，只是较今曲而言，其仍旧无法与元曲相媲美。《惊梦》第一句有云："袅晴丝，吹来闲庭院，摇漾春如线。"用一缕飘荡在半空的蜘蛛丝挑起人物情丝，开篇第一句话就花费这般心思，可谓是苦心经营啊。然而听《牡丹亭》这出戏的人，一百个人里是否有一两个能体会作者的用心良苦呢？如果说汤显祖编曲的初心并不在此，不过是利用眼前所见来起兴，那么看见游丝，不妨直说，何必这样东拉西扯，由晴空下的游丝讲到春天，又由春天与晴丝而悟出春光如一缕游丝呢？如果说这样编曲原本就是暗含深意的，那么恐怕是曲高和寡。又何必要把它搬到戏台子上去演出，让风雅之士与凡夫俗子共同观看呢？其余句子，譬如"停半晌，整花钿，没揣菱花，偷人半面"及"良辰美景奈何天，赏心乐事谁家院"，"遍青山，啼红了杜鹃"等，每个字都费尽心血，但每个字都不够清楚直白。这样的妙语，只能视为文学作品，而不能当成戏曲来观赏。直到譬如末篇中"似虫儿般蠢动，把风情扇"和"恨不得肉儿般团成片也，逗的个日下胭脂雨上鲜"，以及《寻梦》一曲中"明放着白日青天，猛教人抓不到梦魂前"，"是这答儿压黄金钏匾"这些曲词，就与元代人的作曲相差不远了。而最令我欣赏的，不仅仅集中在《惊梦》《寻梦》这两折，可以说《牡丹亭》中最为精彩的部分，其实零散地分布在前后各折之中。比如，《诊祟》曲中所说的"看你春归何处归，春睡何曾睡，气丝儿，怎度的长天日。""梦去知他实实谁，病来只送得个虚虚的你。做行云，先渴倒在巫阳会。""又不得因人天气，中酒心期，魆魆的常如醉。""承尊觑，何时何日，来看这女颜回？"《忆女》一折中所唱的"地老天昏，没处把老娘安顿。""你怎撇得下万里无儿白发亲。""赏春香还是你旧罗裙。"《玩真》里的"如愁欲语，只少口气儿呵。""叫的你喷嚏似天花唾。动凌波，盈盈欲下，不见影儿那。"这些曲词，则完全能与元曲中的词相媲美，即便是把它与《元人百种》放在一起，也几乎分辨不出哪一部为今人所写，这是因为这些曲词含义深刻而语言浅显，没有一丝一毫的书本气。

如果要说作曲家应该读哪些书，那么经、传、子、史以及诗赋古文自然不用说，即便是道家、佛家、九流、各个行业的书，下至孩童的启蒙读物《千字文》《百家姓》，没有一样是用不上的。而自己一旦开始创作，就应该摒弃书本气，避免堆砌典故。即使偶尔用到成语的地方、提及到往事的时候，如果能做到信手拈来、顺其自然，就像古人为我而来，而不是我刻意去仿效古人，才能体现文章的精妙。这般造诣，是无法言传的，只能通过多多收集元代的剧本，不分昼夜专心致志地研读，自然就能被这些作品熏陶。但是元曲中最经典的词曲，不仅仅出现在《西厢记》和《琵琶记》这两部戏曲里，也收录在《元人百种》这部曲集中。虽然《元人百种》中也不尽是佳作，但是每十篇里能有一两篇水准在高则诚和王实甫的作品之上。这些作品之所以没能使家家吟唱，户户诵读，也没能与《西厢记》《琵琶记》齐名，就是因为它们是杂剧而不是长篇全本，大多是北方的曲子，南方的只占少数，又只能搭配管弦奏唱，不便在台上演出。现如今人们所偏好的，都是后者而非前者，因此，这些作品注定是要被冷落的。

○ 重机趣

【原文】

"机趣"二字，填词家必不可少。机者，传奇之精神；趣者，传奇之风致。少此二物，则如泥人土马，有生形而无生气。因作者逐句凑成，遂使观场者逐段记忆，稍不留心，则看到第二曲，不记头一曲是何等情形，看到第二折，不知第三折要作何勾当。是心口徒劳，耳目俱涩，何必以此自苦，而复苦百千万亿之人哉？故填词之中，勿使有断续痕，勿使有道学气。

所谓无断续痕者，非止一出接一出，一人顶一人，务使承上接下，血脉相连，即于情事截然绝不相关之处，亦有连环细笋伏于其中，看到后来方知其妙，如藕于未切之时，先长暗丝以待，丝于络成之后，才知作茧之精，此言机之不可少也。所谓无道学气者，非但风流跌宕之曲、花前月下之情，当以板腐为戒，即谈忠孝节义与说悲苦哀怨之情，亦当抑圣为狂，寓哭于笑，如王阳明①之讲道学，则得词中三昧矣。阳明登坛讲学，反复辨说"良知"二字，一愚人讯之曰："请问'良知'这件东西，还是白的？还是黑的？"阳明曰："也不白，也不黑，只是一点带赤的，便是良知了。"照此法填词，则离合悲欢，嬉笑怒骂，无一语一字不带机趣而行矣。

予又谓填词种子，要在性中带来，性中无此，做杀不佳。人问：性之有无，何从辩识？予曰：不难，观其说话行文，即知之矣。说话不迂腐，十句之中，定有一二句超脱，行文不板实，一篇之内，但有一二段空灵，此即可以填词之人也。不则另寻别计，不当以有用精神，费之无益之地。

噫，"性中带来"一语，事事皆然，不独填词一节。凡作诗文书画、饮酒斗棋与百工技艺之事，无一不具凤根，无一不本天授。强而后能者，毕竟是半路出家，止可冒斋饭吃，不能成佛作祖也。

【注释】

①王阳明：本名王守仁，字伯安，自号阳明子，世称阳明先生，明代哲学家、思想家。他所创立的阳明学派是明清之际早期启蒙思潮的思想源头。

【译文】

"机趣"这两个字，对填词家来说必不可少。"机"指的是戏剧的精神要旨,"趣"即为戏剧的风格韵味。没有这两样,就会像泥人土马,徒有样子而毫无生气。因为创作者一味地把句子拼凑在一起,所以观众也只能逐段记忆,一不留神,就到了下一首曲子,忘记了前一首讲述了什么情节,或者看到第二折戏,无法预料第三折将要发生什么事情。这样一来,演员们白费心力和口舌,观众们看得耳鸣眼涩,何必要以这种方式来难为自己,顺带折磨成千上万个无辜的人呢?因此在所创作的曲词之中,不要留下中断和接续的痕迹,不要有死板迂腐的说道习气。

所谓没有断续痕迹,并不仅仅是说戏一出接着一出演,演员一个接一个上台,而是确保在情节上做到承上启下,联系紧密,即使是与当下的情节事件毫不相关的地方,也暗藏着与前后场相关联的线索,看到后面才知道其中的奥妙,就像莲藕还未被切开的时候,先长出里面的丝,等所有的丝连成网络后,才能体会到这个过程的精妙,这里所说的就是"机"的必要性。所谓没有说道习气,不单是说那些风格超脱放荡、抒发浪漫情怀的曲目要避免死板迂腐,即便是在谈论忠孝节义、抒发悲苦哀怨之情时,也应该将崇高的情结暗藏在狂放的文字中,让悲伤的情绪通过欢快的意象表现出来,就像王阳明讲授道学那样,便是抓住了写作曲词的要领。王阳明有次登台讲学,反复解释"良知"二字,一个愚钝之人问他:"请问'良知'这件东西,是白的?还是黑的?"王阳明说:"也不白,也不黑,只是带一点红色的,便是良知了。"照这个办法创作曲词,那么所写的无论是悲欢离合,还是嬉笑怒骂,一字一句便都充满着机趣。

我还觉得曲文中的感情,要从作者本身的性情中带出,性情中没有这种感情,至死都无法写出好词。有人问:性情中有没有,怎样去辨别?我说:不难,只要观察那人的说话和写作的方式,就知道了。说话不迂腐,十句话里,一定有一两句超然物外;行文不板实,一篇文章中有一两段境界空灵,这样就有了成为填词家的资格了。若是做不到,就去找别的营生,不应当把精力耗费在没有意义的地方。

唉,不仅词曲是"从性情中带来",凡事都如此。但凡诗文书画、喝酒下棋、各行各业的技艺,无一不需灵根,无一不需天赋。强行通过后天的努力上道的,毕竟是半路出家,只够勉强混口饭吃,但无法在这个领域做到极致。

○戒浮泛

【原文】

词贵显浅之说，前已道之详矣。然一味显浅而不知分别，则将日流粗俗，求为文人之笔而不可得矣。

元曲多犯此病，乃矫艰深隐晦之弊而过焉者也。极粗极俗之语，未尝不入填词，但宜从脚色起见。如在花面口中，则惟恐不粗不俗，一涉生旦之曲，便宜斟酌其词。无论生为衣冠①仕宦，旦为小姐夫人，出言吐词当有隽雅春容②之度。即使生为仆从，旦作梅香③，亦须择言而发，不与净丑同声。以生旦有生旦之体，净丑有净丑之腔故也。元人不察，多混用之。观《幽闺记》④之陀满兴福，乃小生脚色，初屈后伸之人也。其《避兵》曲云："遥观巡捕卒，都是棒和枪。"此花面口吻，非小生曲也。均是常谈俗语，有当用于此者，有当用于彼者。又有极粗极俗之语，止更一二字，或增减一二字，便成绝新绝雅之文者。神而明之，只在一熟。当存其说，以俟其人。

填词义理无穷，说何人，肖何人，议某事，切某事，文章头绪之最繁者，莫填词若矣。予谓总其大纲，则不出"情景"二字。景书所睹，情发欲言，情自中生，景由外得，二者难易之分，判如霄壤。以情乃一人之情，说张三要像张三，难通融于李四。景乃众人之景，写春夏尽是春夏，止分别于秋冬。善填词者，当为所难，勿趋其易。批点传奇者，每遇游山玩水、赏月观花等曲，见其止书所见、不及中情者，有十分佳处，只好算得五分，以风云月露之词，工者尽多，不从此剧始也。善咏物者，妙在即景生情。如前所云《琵琶·赏月》四曲，同一月也，牛氏有牛氏之月，伯喈有伯喈之月。所言者月，所寓者心。牛氏所说之月，可移一句于伯喈？伯喈所说之月，可挪一字于牛氏乎？夫妻二人之语，犹不可挪移混用，况他人乎？

人谓此等妙曲，工者有几，强人以所不能，是塞填词之路也。予曰：不然。作文之事，贵于专一。专则生巧，散乃入愚；专则易于奏工，散者难于责效。百工居肆⑤，欲其专也；众楚群咻⑥，喻其散也。

舍情言景，不过图其省力，殊不知眼前景物繁多，当从何处说起？咏花既愁遗鸟，赋月又想兼风。若使逐件铺张，则虑事多曲少；欲以数言包括，又防事短情长。展转推敲，已费心思几许，何如只就本人生发，自有欲为之事，自有待说之情，念不旁分，妙理自出。如发科发甲⑦之人，窗下作文，每日止能一篇二篇，场中遂至七篇。窗下之一篇二篇未必尽好，而场中之七篇，反能尽发所长，而夺千人之帜者，以其念不旁分，舍本题之外，并无别题可做，只得走此一条路也。

吾欲填词家舍景言情，非责人以难，正欲其舍难就易耳。

【注释】

①衣冠：原指士大夫的穿戴，用以借指士大夫、官绅。
②舂（chōng）容：形容声调宏大响亮而又舒缓不迫，这里形容雍容畅达。
③梅香：《牡丹亭》中丫鬟角色的名字，这里用以作为丫鬟的统称。
④《幽闺记》：《拜月亭》的别称。
⑤百工居肆：语出《论语·子张》，子夏曰："百工居肆以成其事，君子学以致其道。"众多工匠聚在作坊里完成他们的工作，专心致志。
⑥众楚群咻：语出《孟子·滕文公下》："一齐人傅之，众楚人咻之，虽日挞而求其齐也，不可得矣。"指来自外界的众多干扰。
⑦发科发甲：发科，科举考试应试得中；发甲，科举考试，考中甲等。

【译文】

前文已详述曲词宜浅显易懂。但是一味浅显却不懂灵活变通，就会逐渐流于粗俗，就算有心写文雅篇章也写不出来了。

元曲中有一个常见的毛病，就是对艰深晦涩的弊病矫枉过正。极其粗俗的语言，并非不可用于填词，但应该视戏中角色而定。譬如从花脸口中说出的话，就只怕不够粗俗，一旦涉及生、旦的曲目，便应该仔细斟酌用词。别说生角是衣冠楚楚的官宦子弟，旦角是养尊处优的小姐夫人，说话吐词应该有优美典雅、雍容华贵的风度，即使生角的身份是仆人随从，旦角为丫鬟婢女，也要注意措辞，谈吐应该与净角和丑角区分开来。这是因为生旦有生旦的规矩，净丑有净丑的腔调。元代填词者没有注意到这一点。看《幽闺记》里的陀满兴福，在戏中属于小生角色，是个一开始地位卑下，但在后续剧情中崭露头角的人物。他在《避兵》这出戏里唱道："遥观巡捕卒，都是棒和枪。"这是花脸的口吻，而非小生的曲词。同是常用的通俗语句，却因情节需要而进行不同的处理。还有一些极其粗俗的话语，只要更改一两个字，或者增减一两个字，便成为了新奇至极、文雅至极的曲文。要做到下笔如有神，取决于语言运用得是否娴熟。现在我先保留这个观点，等待他人来验证。

填词的道理规则是无穷无尽的，描述某个人，就要像这个人，议论某件事，就要紧紧围绕这件事，文章类型中头绪最为繁杂的，莫过于曲词。我认为戏曲创作的主要纲领，不过是"情景"二字。"景"即是把看到的写出来，"情"即是把想说的抒发出来，"情"由作者内心而发，"景"则是来源于外界，两者写作的难度，有天壤之别。因为情是个人的性情，说张三要像张三，与李四就应该是截然不同的角色设定。景则是众人眼中的景物，描摹春夏则不管写什么都是春夏，应与秋冬区别开来。善于填词的人，应该从难点入手，不要只拣容易的做。评论戏曲的人，每每遇到游山玩水、赏月观花的曲子，看到里面只写了所见之景，却没有提及所感之情，景物描绘得再好，也只能算作五分，因为从古至今，擅长描绘风云月露等景观的人和相关词曲比比皆是，并不是从此剧才出现的。善于描写景物的人，妙在能从景物描写中引出思想感情。就像前文所说的《琵琶·赏月》四篇曲文，说的都是同一个月亮，但是牛氏有牛氏的月亮，伯喈有伯喈的月亮。说的是月亮，但喻的是人的心思。牛氏对月亮的评论，能拿出一句放在伯喈的台词里吗？伯喈对月亮的描述，能借用一个字作为牛氏的台词吗？夫妻两个的台词，都不能互换，何况是其他人物呢？

　　有人认为，能作出此等妙曲的人少之又少，强迫别人去做做不到的事，这是在堵塞曲词创作的道路。对此，我有不一样的看法。写文章这件事，贵在专一。专一就能创作出好作品，散漫便只会令作品愚钝浅陋；专一的人很容易就能成功，散漫的人则很难取得成效。"百工居肆"是想告诉人们专心才能成事，而"众楚群咻"这个典故正是暗喻精力不集中就会一事无成。

　　舍弃抒情一味写景，不过是因为这样省力，殊不知眼前景物繁多，要从哪里写起。咏花又担心把鸟儿给遗漏了，赋月又想把风也写上。如果把这些景物每件都展开来讲，就要担心内容太多但曲文篇幅有限；想用几句话概括一下，又怕寥寥数语无法表达深长的情意。如此反复推敲，已经耗费不少心力，还不如从自身出发，自然有想做的事和想叙的情，思想集中，自然就悟出精妙的道理了。就像参加科举考试的人，在家里写文章，每天最多写一两篇，在考场却能一口气就写出七篇。在家写的一两篇未必都是佳作，而考场上写的七篇，反而都能发挥所长，打败一众考生拔得头筹，这是因为这个人思想集中，除去这些考题之外，并没有别的题目来作文章，只能专心走这一条路。

　　我呼吁作词者舍弃多余的景物描写，多去抒发内心的感情，这并不是在为难他人，正是希望能帮助他们避开难点，从简单容易的部分入手。

○忌填塞

【原文】

填塞之病有三：多引古事，迭用人名，直书成句。其所以致病之由亦有三：借典核①以明博雅，假脂粉以见风姿，取现成以免思索。而总此三病与致病之由之故，则在一语。一语维何？曰：从未经人道破；一经道破，则俗语云"说破不值半文钱"，再犯此病者鲜矣。古来填词之家，未尝不引古事，未尝不用人名，未尝不书现成之句，而所引所用与所书者，则有别焉；其事不取幽深，其人不搜隐僻，其句则采街谈巷议。即有时偶涉诗书，亦系耳根听熟之语，舌端调惯之文，虽出诗书，实与街谈巷议无别者。

总而言之，传奇不比文章。文章做与读书人看，故不怪其深；戏文做与读书人与不读书人同看，又与不读书之妇人小儿同看，故贵浅不贵深。使文章之设，亦为与读书人、不读书人及妇人小儿同看，则古来圣贤所作之经传，亦只浅而不深，如今世之为小说矣。人曰：文人之传奇与著书无别，假此以见其才也，浅则才于何见？予曰：能于浅处见才，方是文章高手。

施耐庵之《水浒》，王实甫之《西厢》，世人尽作戏文小说看，金圣叹②特标其名曰"五才子书""六才子书"者，其意何居？盖愤天下之小视其道，不知为古今来绝大文章，故作此等惊人语以标其目。噫，知言哉！

【注释】

①典核：此处指写文章时频繁借用典故。

②金圣叹：名采，字若采，自称泐庵法师，号鲲鹏散士。明末清初著名的文学家、文学批评家，主要成就在于点评《水浒传》《西厢记》等文学作品，提出"六才子书"之说。

【译文】

填塞的毛病表现为三类：过多地引用古代典故，频繁地提及人名，直接照抄书本上的语句。导致这些毛病的原因也有三点：引用典故来表现文章内容丰富、文辞优美；利用华丽的辞藻来显示人物的风姿；懒于思考而摘抄现成的句子。而之所以会存在这三类毛病与犯这三种毛病的原因，则是因为一句话。是什么话呢？回答是：从来没有被人点破过。一旦被人指出,那么就如俗语所云"说破不值半文钱",再犯这些毛病的人就会大大减少。古往今来的填词家未尝不引经据典、借用人名、引用现成的句子,但是所引用的故事、套用的人名、借用的语句有所不同。他们引用的典故不会过于隐晦难懂,人名不会过于生僻,句子则采用大家耳熟能详的。即便偶尔涉及诗文,也是耳熟能详、人们经常挂在嘴边的文段,虽然出自诗文,其实和街谈巷议也无区别。

  总而言之,戏曲与文章不同。文章是写给读书人看的,所以它文字艰深是情有可原的;戏文是同时写给读书人和不读书的人看的,其中更是有不读书的妇人和儿童,所以提倡浅显不深奥。假使文章也是写给文化水平参差不齐的人看,那么从古至今的圣贤所创作的经典和传记,也只会浅显而不深奥,就像现在创作小说一样。有人说:文人写作传奇与著书立传没什么差别,都是借创作来展现自己的才华,如果写得浅显,如何展现才华呢?我说:能通过浅显的地方展现自己的才华,才是写文章的高手。

  施耐庵的《水浒传》、王实甫的《西厢记》,世人都把它们当戏文小说读,金圣叹特地将它们分别称为"第五才子书""第六才子书",有什么用意?是不满世人轻视这些作品,不知道它们是古今以来极其伟大的文学作品,所以才故意写出这样惊人的话来突出它们。啊,真是明智啊!

◎音律第三　计九款

【原文】

　　作文之最乐者，莫如填词，其最苦者，亦莫如填词。填词之乐，详后《宾白》之第二幅，上天入地，作佛成仙，无一不随意到，较之南面百城①，洵②有过焉者矣。至说其苦，亦有千态万状，拟之悲伤疾痛、桎梏幽囚诸逆境，殆有甚焉者。请详言之。

　　他种文字，随人长短，听我张弛，总无限定之资格。今置散体弗论，而论其分股、限字与调声叶律者。分股则帖括时文是已。先破后承，始开终结，内分八股，股股相对，绳墨不为不严矣；然其股法、句法，长短由人，未尝限之以数，虽严而不谓之严也。限字则四六排偶之文是已。语有一定之字，字有一定之声，对必同心，意难合掌③，矩度不为不肃矣；然止限以数，未定以位，止限以声，未拘以格，上四下六可，上六下四亦未尝不可，仄平平仄可，平仄仄平亦未尝不可，虽肃而实未尝肃也。调声叶律，又兼分股限字之文，则诗中之近体是已。起句五言，则句句五言，起句七言，则句句七言，起句用某韵，则以下俱用某韵，起句第二字用平声，则下句第二字定用仄声，第三、第四又复颠倒用之，前人立法亦云苛且密矣。然起句五言，句句五言，起句七言，句句七言，便有成法可守。想入五言一路，则七言之句不来矣；起句用某韵，以下俱用某韵；起句第二字用平声，下句第二字定用仄声，则拈得平声之韵，上去入三声之韵，皆可置之不问矣；守定平仄、仄平二语，再无变更，自一首以至千百首皆出一辙，保无朝更夕改之令，阻人适从矣。是其苛犹未甚，密犹未至也。

　　至于填词一道，则句之长短，字之多寡，声之平上去入，韵之清浊阴阳，皆有一定不移之格。长者短一线不能，少者增一字不得，又复忽长忽短，时少时多，令人把握不定。当平者平，用一仄字不得；当阴者阴，换一阳字不能。调得平仄成文，又虑阴阳反复；分得阴阳清楚，又与声韵乖张。令人搅断肺肠，烦苦欲绝。此等苛法，尽勾磨人。作者处此，但能布置得宜，安顿极妥，便是千幸成幸之事，尚能计其词品之低昂，文情之工拙乎？

　　予襁褓识字，总角成篇，于诗书六艺④之文，虽未精穷其义，然皆浅涉一过。总诸体百家而论之，觉文字之难，未有过于填词者，予童而习之，于今老矣，尚未窥见一斑。只以管窥蛙见之识，谬语同心；虚赤帜于词坛，以待将来。作者能于此种艰难文字显出奇能，字字在声音律法之中，言言无资格拘挛之苦，如莲花生在火上，仙叟弈于橘中，始为盘根错节之才，八面玲珑之笔，寿名千古，衾影何惭⑤！而千古上下之题品文艺者，看到传奇一种，当易心换眼，别置典刑。要知此种文字作之可怜，出之不易，其楮墨笔砚非同己物，有如假自他人，耳目心思效用不能，到处为人掣肘，非若诗赋古文，容其得意疾书，不受神牵鬼制⑥者。七分佳处，便可许作十分，若到十分，即可敌他种文字之二十分矣。予非左袒词家，实欲主持公道，如其不信，但请作者同拈一题，先作文一篇或诗一首，再作填词一曲，试其孰难孰易，谁拙谁工，即知予言之不谬矣。然难易自知，工拙必须人辨。

词曲中音律之坏，坏于《南西厢》。凡有作者，当以之为戒，不当取之为法。非止音律，文艺亦然。请详言之。

填词除杂剧不论，止论全本，其文字之佳，音律之妙，未有过于《北西厢》者。自南本一出，遂变极佳者为极不佳，极妙者为极不妙。推其初意，亦有可原，不过因北本为词曲之豪，人人赞羡，但可被之管弦，不便奏诸场上，但宜于弋阳、四平等俗优，不便强施于昆调，以系北曲而非南曲也。兹请先言其故。北曲一折，止隶一人，虽有数人在场，其曲止出一口，从无互歌迭咏之事。弋阳、四平等腔，字多音少，一泄而尽，又有一人启口，数人接腔者，名为一人，实出众口，故演《北西厢》甚易。昆调悠长，一字可抵数字，每唱一曲，又必一人始之，一人终之，无可助一臂者，以长江大河之全曲，而专责一人，即有铜喉铁齿，其能胜此重任乎？此北本虽佳，吴音不能奏也。作《南西厢》者，意在补此缺陷，遂割裂其词，增添其白，易北为南，撰成此剧，亦可谓善用古人，喜传佳事者矣。然自予论之，此人之于作者，可谓功之首而罪之魁矣。所谓功之首者，非得此人，则俗优竞演，雅调无闻，作者苦心，虽传实没。所谓罪之魁者，千金狐腋，剪作鸿毛，一片精金，点成顽铁。

若是者何？以其有用古之心而无其具也。今之观演此剧者，但知关目动人，词曲悦耳，亦曾细尝其味，深绎其词乎？使读书作古之人，取《西厢》南本一阅，句栉字比⑦，未有不废卷掩鼻，而怪秽气熏人者也。若曰：词曲情文不浃，以其就北本增删，割彼凑此，自难贴合，虽有才力无所施也。然则宾白之文，皆由己作，并未依傍原本，何以有才不用，有力不施，而为俗口鄙恶之谈，以秽听者之耳乎？且曲文之中，尽有不就原本增删，或自填一折以补原本之缺略，自撰一曲以作诸曲之过文者，此则束缚无人，操纵由我，何以有才不用，有力不施，亦作勉强支吾之句，以混观者之目乎？使王实甫复生，看演此剧，非狂叫怒骂，索改本而付之祝融⑧，即痛哭流涕，对原本而悲其不幸矣。

嘻！续《西厢》者之才，去作《西厢》者，止争一间，观者群加非议，谓《惊梦》以后诸曲，有如狗尾续貂。以彼之才，较之作《南西厢》者，岂特奴婢之于郎主⑨，直帝王之视乞丐！乃今之观者，彼施责备，而此独包容，已不可解；且令家尸户祝⑩，居然配飨《琵琶》，非特实甫呼冤，且使则诚号屈矣！予生平最恶弋阳、四平等剧，见则趋而避之，但闻其搬演《西厢》，则乐观恐后。何也？以其腔调虽恶，而曲文未改，仍是完全不破之《西厢》，非改头换面、折手跛足之《西厢》也。南本则聋瞽、喑哑、驼背、折腰诸恶状，无一不备于身矣。非但责其文词，未究音律。从来词曲之旨，首严宫调，次及声音，次及字格。九宫十三调，南曲之门户也。小出可以不拘，其成套大曲，则分门别户，各有依归，非但彼此不可通融，次第亦难紊乱。此剧只因改北成南，遂变尽词场格局：或因前曲与前曲字句相同，后曲与后曲体段⑪不合，遂向别宫别调随取一曲以联络之，此宫调之不能尽合也；或彼曲与此曲牌名巧凑，其中但有一二句字数不符，如其可增可减，即增减就之，否则任其多寡，以解补凑不来之厄，此字格之不能尽符也；至于平仄阴阳与逐句所叶之韵，较此二者其难十倍，诛之将不胜诛，此声音之不能尽叶也。词家所重在此三者，而三者之弊，未尝缺一，能使天下相传，久而不废，岂非咄咄怪事乎？更可异者，近日词人因其熟于梨园之口，习于观者之目，谓此曲第一当行，可以取法，用作曲谱；所填之词，凡有不合成律者，他人执而讯之，则曰："我用《南西厢》某折作对子，如何得错！"噫，玷《西厢》名目者此人，坏词场矩度者此人，误天下后世之苍生者，亦此人也。此等情弊，予不急为拈出，则《南西厢》之流毒，当至何年何代而已乎！

向在都门，魏贞庵相国取崔郑合葬墓志铭示予，命予作《北西厢》翻本，以正从前之谬。予谢不敏，谓天下已传之书，无论是非可否，悉宜听之，不当奋其死力与较短长。较之而非，举世起而非我；即较之而是，举世亦起而非我。何也？贵远贱近，慕古薄今，天下之通情也。谁肯以千古不朽之名人，抑之使出时流下？彼文足以传世，业有明征；我力足以降人，尚无实据。以无据敌有征，其败可立见也。时龚芝麓先生亦在座，与贞庵相国均以予言为然。向有一人欲改《北西厢》，又有一人欲续《水浒传》，同商于予。予曰："《西厢》非不可改，《水浒》非不可续，然无奈二书已传，万口交赞，其高踞词坛之座位，业如泰山之隐，磐石之固，欲遽叱之使起而让席于予，此万不可得之数也。无论所改之《西厢》，所续之《水浒》，未必可继后尘，即使高出前人数倍，吾知举世之人不约而同，皆以'续貂蛇足'四字，为新作之定评矣。"二人唯唯而去。

　　此予由衷之言，向以诫人，而今不以之绳己，动数前人之过者，其意何居？曰：存其是也。放郑声者，非仇郑声⑫，存雅乐也；辟异端者，非分⑬异端，存正道也；予之力斥《南西厢》，非仇《南西厢》，欲存《北西厢》之本来面目也。若谓前人尽不可议，前书尽不可毁，则杨朱、墨翟亦是前人，郑声未必无底本，有之亦是前书，何以古圣贤放之辟之，不遗余力哉？予又谓《北西厢》不可改，《南西厢》则不可不翻。何也？世人喜观此剧，非故嗜痂⑭，因此剧之外别无善本，欲睹崔张旧事，舍此无由。地乏朱砂，赤土为佳，《南西厢》之得以浪传，职是故也。使得一人焉，起而痛反其失，别出新裁，创为南本，师实甫之意，而不必更袭其词，祖汉卿之心，而不独仅续其后，若与《北西厢》角胜争雄，则可谓难之又难。若止与《南西厢》赌长较短，则犹恐屑而不屑。予虽乏才，请当斯任，救饥有暇，当即抵毫。

　　《南西厢》翻本既不可无，予又因此及彼，而有志于《北琵琶》一剧。蔡中郎夫妇之传，既以《琵琶》得名，则"琵琶"二字乃一篇之主，而当年作者何以仅标其名，不见抬弄真实？使赵五娘描容之后，果然身背琵琶，往别张大公，弹出北曲哀声一大套，使观者听者涕泗横流，岂非《琵琶记》中一大畅事？而当年见不及此者，岂元人各有所长，工南词者不善制北曲耶？使王实甫作《琵琶》，吾知与千载后之李笠翁必有同心矣。予虽乏才，亦不敢不当斯任。向填一折付优人，补则诚原本之不逮，兹已附入四卷之末，尚思扩为全本，以备词人采择，如其可用，谱为弦索⑮新声。若是，则《南西厢》《北琵琶》二书可以并行。虽不敢望追踪前哲，并辔时贤，但能保与自手所填诸曲（如已经行世之前后八种，及已填未刻之内外八种）合而较之，必有浅深疏密之分矣。

　　然著此二书，必须杜门累月，窃恐饥为驱人，势不由我。安得雨珠雨粟之天，为数十口家人筹生计乎？伤哉！贫也。

【注释】

①南面百城：身居尊位，坐拥百城。旧时比喻尊贵富有。
②洵：实在。
③合掌：这里指出句与对句之间意思相同或相似，犹如两掌相合。
④六艺：指礼、乐、射、御、书、数六种技艺。
⑤衾影何惭：语出南朝北齐刘昼《新论·慎独》："故身恒居善，则内

无忧虑，外无畏惧，独立不惭影，独寝不愧衾。"衾，被子。指不做亏心事，独处时内心不感到惭愧。

⑥神牵鬼制：指受到多方面牵制而不能任意行事。

⑦句栉字比：犹言逐字逐句仔细推敲。

⑧祝融：传说中帝喾时管火的官，死后被尊为火神。

⑨郎主：旧时奴仆对主人的称呼。

⑩家尸户祝：这里指《西厢记》受到大众的普遍欢迎，家喻户晓。尸，指古代祭祀时代表死者受祭的活人；祝，主持祭祀的司仪。

⑪体段：指诗文的形式或结构。

⑫郑声：原指春秋战国时郑国的音乐，因与孔子等提倡的雅乐不同，故受儒家排斥。后来凡与雅乐相背的音乐，甚至一般的民间音乐，均被斥为"郑声"。

⑬分：通"忿"，怨恨。

⑭嗜痂：嗜好吃病人身上疮痂的癖好，借指怪癖。

⑮弦索：指用琵琶、三弦等弦乐伴奏的戏曲，常以代指北曲。

【译文】

文学创作中最快乐的，莫过于填词；文学创作中最痛苦的，也莫过于填词。填词的快乐，在后文《宾白》的第二篇中有详细介绍，就如上天入地、成仙成佛一般，逍遥自在，即使与南面称王、坐拥百城的快乐相比，也实在是有过之而无不及啊。至于填词的痛苦，也是千状万态，与悲伤、病痛、失去自由等逆境相比，大概程度更甚。请允许我细细说来。

一般的文体，书写起来并无法则，只管自我挥洒，任凭别人说长道短。现在暂且不谈散体，只谈论那些需要分股、限制字数或协调音律的文体。要说分股的文体，科举考试中的八股文体便是一个例子。先破题后承题，起首展开末尾总结，全文分为八股，各股之间两两对仗，格式上可谓非常固定；然而其中段落、句子的长短则由作者自由发挥，并无字数上的限制，虽然书写规则看似固定，实则灵活多变。要说限制字数的文体，骈文就属其中之一。句子有固定的字数，而字有固定的声调，对句必须要表达同一个中心思想，意思上却又不能重叠，规矩可谓是非常的严格。然而这种文体只是限定了字数，并没规定句子的位置；只限定了句子的韵脚，而没有规定文章的格律。上句四个字下句六个字可以，上句六个字下句四个字也不是不行；又如押韵，"仄平平仄"可以，"平仄仄平"也未尝不可，看似严格，实则富于变通。要说三个要求兼而有之的文体，近体诗就是典型。

如果第一句有五个字，那么后面都必须是五个字一句；如果第一句有七个字，那么后面都要是七个字一句；第一句用哪个韵，后面的句子也都要押这个韵；第一句第二个字用平声，那么下句第二个字一定要用仄声，第三、第四句又要颠倒过来。前人设的规矩，可以说是既苛刻又严密。然而这样一来，就有了现成的规律可循：打算写五言诗，就不要插入七个字的句子；首句用哪个韵，下面各句就依样画瓢；首句第二个字用平声，第二句第二个字就一定用仄声，这样用了平声的字，就无须再去斟酌上声、去声、入声三声的字。坚守这些亘古不变的规律，从第一首直到第一千万首都如出一辙，这样一来便也不会因为变化无常而令人无所适从。这些规则虽然看似苛刻严密，但并不算过分。

而曲词这种文体，句子的长短、字数的多少、声调的平上去入、音韵的清浊阴阳，都有固定不变的规则。应该长的短一点儿也不行，应该短的多一个字都不行；又往往一会儿该长一会儿该短，时而要求字多，时而要求字少，让人很难把握。该用平声时就必须得用平声，出现一个仄声都不行；该用阴调就得用阴调，换一个阳调也不可。把平仄调好了，又担心阴声阳声反复；把阴阳分清楚了，又在声调韵律的问题上反复纠结。让人费尽心思，烦闷苦恼。这种苛刻的规则，总是令人饱受折磨。作者在这些问题上如果能安置妥当，已是万幸，哪里还能去顾及其词品的高低、文采的优劣呢？

我幼年认字，少年开始写文章，对诗书和六艺的学习虽然没有达到精通，然而每种都有所涉猎。结合我对各种文体的了解，我觉得最难写的莫过于曲词。我从小就开始练习写曲词，到现在一把年纪，也没能掌握其中的诀窍，只因凭借自己一点浅薄的见识糊弄了同行，迟早会被后人取代。填词者只有能在这种艰难的创作中展露过人的才华，每个字都合声调音律，写每句话都不因受制于规则而感到痛苦，就像莲花生大师在火上、神仙老人在橘中下棋一样悠然自得，才算是具备根基牢固的才华、八面玲珑的文笔，才能流芳千古、无愧于世。因而古往今来的文学批评者们，对于曲词这种文体，应当改变自己的看法，另外制定一个范型来衡量。要知道这种文体的创作难能可贵，写之不易，写作时笔墨纸砚仿佛不是自己的，就像从别人那儿借来的一样，自己的见闻感想也不能作为创作的素材，处处受到限制。不像诗赋、散文一样，容作者随心所欲地创作，而没有过多牵制。词曲创作若是有七分优点，就可以算作十分；如果达到十分的水平，就抵得上其他文体创作的二十分。我并不是在偏袒词曲创作者，其实是想为他们主持公道，如果不相信我的话，就请创作者们用同一个题目，先写一篇文章或一首诗，再作一首曲词，比比哪个容易哪个难，孰优孰劣，就可以验证我的话是否正确。然而写作的难易只有自己知道，但是作品的优劣就要让别人来评判了。

戏曲中音律处理得最糟糕的，要数南本《西厢记》。凡是创作戏曲的，应该把它作为反面教材，而不应将它当作学习的对象。这部剧中不仅音律不可取，文字也如此。接下来我将一一详述。

说到创作曲词，先不谈杂剧，只说全本戏。其中文采音律俱佳的，当属北本《西厢记》。南本的问世，就是将最精妙的文字变得拙劣，最美妙的音律变得粗鄙。推究写《南西厢》的初衷，也情有可原。不过是因为北本虽然是是戏曲的典范，人人称赞，但只能配乐演唱，不适合舞台演出，只适合弋阳腔、四平腔等通俗艺人来演唱，不便强加以昆曲，因为它是北曲，而非南曲。请先让我来说说其中缘由。在演奏一折北曲的时候，虽然台上有若干人表演，但唱词只由其中一人演唱，从来不会出现你一言我一语的情况。弋阳、四平等唱腔，字数多、节奏快，一口气就能唱完，又是由一个人担任主唱、几个人接腔的，所以名义上是一个人在唱，实际上是几个人唱，所以演唱北本《西厢记》十分容易。而昆曲调子悠长，一个字抵得上几个字，每首曲子，又必然是由一个人从头到尾唱完，没有人帮腔。把这样一首如长江大河般悠长的曲子全交给一个人演唱，就算有铜喉铁齿，谁又能担当如此重任？也就是说北本虽然写得好，但不适合昆曲演唱。南本《西厢记》的作者，本意是为了填补这个缺陷，于是把北本《西厢记》中的曲词截断，增添对白，把北本改成南本，完成了这部作品，这样做也可以说是善用古人，想要将佳作传承下去。然而要我评价，这个人对于原版《西厢记》的作者来说，可以说既是功臣又是罪魁祸首。之所以说他劳苦功高，是因为如果没有这个人，这出戏就会由通俗艺人争相演出，高雅的曲子不为世人所知，可怜作者的一片苦心，作品虽然被传唱，实则是被埋没了。之所以说他是罪魁祸首，即因其改写，原文已无全貌，好比价值千金的狐裘被剪成碎片，一块品质上乘的黄金却被变成废铁。

导致这种结果的是什么原因呢？是因为他有利用古代素材的心，却不具备相应的文采。现在观看和演出这出戏的人，只知道其中的关目动人，词曲听起来悦耳，但他们是否曾经细细品味过其中的滋味，深入推究里面的词句了呢？让那些读书人和钻研古籍的人把南本《西厢记》拿来看看，他们若是逐字推敲里面的词句，肯定都会弃书而逃，并且捂着鼻子指责它臭气熏天。如果说词曲文理不通是因为它是在北本的基础上进行增删的，东拼西凑，自然难以贴合，即使有才气和能力，也无计可施，但里面的宾白就全是自己所著，并没有依傍原本，为什么不在此处将自己的才气和能力施展出来，却只写一些粗陋低俗的语句来污染听众的耳朵呢？并且这部剧的曲文中有多处并非基于原文的增加和删减。作者在这些地方自行增加一折来补充原本描写不足之处，或者自己另作一首曲子来衔接前后各曲。这些地方就没有原文的束缚，完全由自己发挥，为什么有才气不利用，有能力不施展，也只是写些勉勉强强、吱吱呜呜的句子来应付观众呢？假如王实甫复生，观看了《南西厢》这部戏，恐怕不是怒骂改编的人，把改过的剧本扔到火里烧掉，就是痛哭流涕，对着原本《西厢记》悲叹自己的不幸。

　　唉！若论才华，《西厢记》的续写者与原作者只差一步之遥。而观众群起非议，认为《惊梦》之后的曲子就像狗尾续貂。实际上，以他的才能与南本《西厢记》的原作者相比较，不只是主子与奴婢的差距，简直就是帝王雄视乞丐。但当今的观众对《西厢记》续写本倍加指责，却对《南西厢》极为包容，这一点已经让人不可理解，并且还让家家户户都将它供奉起来，居然把它与《琵琶记》相提并论，如此这般，不只是王实甫要喊冤，高则诚也要叫屈了。我生平最讨厌弋阳、四平这些腔调的戏剧，看到了就唯恐避之不及，但听说弋阳、四平腔的《西厢记》要上演，却乐意争先恐后地去观看。为什么呢？因为它的腔调虽然让人讨厌，但曲文并没有改动，仍是完完整整的《西厢记》，而不是改头换面、残缺不全的《西厢记》。南本则耳聋、眼瞎、哑巴、驼背、直不起腰等病状无一不具备。这样说只是在批评它的文词，而没有推究它的音律。一直以来，词曲创作的要点，最看重的就是宫调，然后是声音，最后是字格。九宫十三调，是南曲调式的总称。小出戏可以不拘于规则，而成套的大戏，就要分门别类，各有各的位置，不但不可相互混淆，顺序亦不能颠倒错乱。《南西厢》只因将北本改为南本，于是把整部戏的格局都改变了：因为前半部分曲子之间字句相同、后半部分曲子之间形式不合，就用别的宫调随便编出一首曲子来衔接，这就是为什么南本中有些宫调不和调的原因；或者一支曲子与某个曲牌名凑巧能匹配，其中只有一两句话字数不符合要求，如果可以增减，就通过增减来应付，否则就放任自流，来避免凑不对字数的麻烦，这是南本中部分字格不符合要求的原因；至于用字的平仄阴阳和每句所押的韵，与前面所说的这两个问题相比要难十倍，改也改不过来，这便是南本中有些句子不押韵的原因。搞戏曲创作的人最看重的就在于这三个地方，而南本中的这三个方面都存在弊病，未曾缺一。这样却能使天下人相传，经久不衰，难道不是不合常理的怪事吗？更让人奇怪的是，近来写戏曲的人因为这部戏常在戏院上演，观众已经耳熟能详，便认为它是戏曲的典范，可以拿来效仿或者用作其他剧本的曲谱。所填的曲词，凡是有不合规矩的地方，遭到别人的质疑时，他们就说："我是根据南本《西厢记》中的一折写的，怎么会有错？"哎！玷污《西厢记》名声的是这群人，败坏词曲创作规矩的是这群人，误导天下人和子孙后代的，也是这群人。这些弊端，我若不赶紧将它们揭露出来，那么《南西厢》的不良影响，不知要到什么时候才能消除！

　　之前我在京城的时候，相国魏贞庵把崔莺莺、郑恒合葬的墓志铭拿给我看，让我翻写北本《西厢记》，以纠正旧版《西厢记》的错误，我以不能胜任辞谢了。我说："世上已经流传已久的书，无论是非对错，都应当任其自流，不应费煞苦心与其分个胜负。如果我翻写得不如原作，全天下的人都会起来反对我；即便我超越了原作，全天下的人也会起来反对我。为什么呢？因为人们普遍都厚古薄今，对古代的作品推崇备至，而对当下的作品却嗤之以鼻。谁愿意违背当下的主流观点去贬低千古不朽的名人呢？他的文章足以流传后世，已经有明确的证据了；我想贬低他，却还没有有力的证据。用没有证据来对抗有证据的，以卵击石，显然会失败。"当时龚芝麓先生也在座，他和相国魏贞庵都认为我说得有道理。以前有一个人想改写《北西厢》，还有一个人想续写《水浒传》，他们都向我征求意见。我说："《西厢记》不是不可以改写，《水浒传》也不是不可以续写，但可惜这两部作品流传已久，众人交相称赞，它们在词坛中的地位稳如泰山，坚如磐石。想一下子叫它们起来，把座位让给你，这是绝对无法做到的。别说改写的《西厢记》、续写的《水浒传》未必能比得过原作，即使高出前人几倍，我知道全天下的人也都会不约而同用'狗尾续貂''画蛇添足'这样的词语来评论新作。"这两个人唯唯诺诺地走了。

　　这是我发自内心的话，我一向用它来告诫世人。但现在不以此要求自己，却动辄数落前人的过错，目的是什么呢？我的回答是：这是为了去伪存真。排斥郑国音乐的人，并非仇恨这些靡靡之音，而是为了维护高雅的乐曲；排斥异端的人，并非怨恨异端，而是为了维护正统之道。我大力斥责《南西厢》，也不是怨恨它，而是想保存《北西厢》的本来面目。如果说前人都不能加以议论，前人的书籍都不能加以批评，那么杨朱、墨翟也是前人，郑国的音乐也未必没有底本，若是有底本便也属于前人的书籍，那为什么古代的圣贤都不遗余力地排斥这些作品和作家？我又说《北西厢》不可以改写，《南西厢》则必须翻写。为什么呢？世人喜欢看这部戏，不是因为他们喜欢不好的东西，而是因为除了这部戏再没有写得更好的剧本。想看崔莺莺、张生的旧事，除了这部戏别无选择。这就好比地上缺少朱砂，红土就成了稀缺的好东西。《南西厢》之所以得以流传,正是由于这个原因。假如有一个人,站出来深刻反思原本的不足,在原本基础上做出创新,创作出《南西厢》,继承王实甫的衣钵,而不更改或抄袭其中的词句;沿袭关汉卿的思想,而不仅仅只是续写。这样写出的东西若是要同《北西厢》一决高下,可以说是难之又难,但如果只是与《南西厢》争个高低,那么还怕他不屑于此。我虽然没有什么才能,还是希望能承担这个任务。温饱问题解决后,一有空闲,我就会立即动笔。

南本《西厢记》是一定要进行翻写的,我又由此及彼,有志于出版北本《琵琶记》。蔡中郎夫妇故事的流传,既然靠的是琵琶,那么"琵琶"这两个字就是全篇的核心。但当年作者为什么仅在戏名里写出这两个字,却没有让它在戏里有真正的戏份呢?假如让赵五娘梳妆打扮后,果真背着琵琶,去告别张大公,弹出一大段曲调哀伤的北曲,令观众们都潸然泪下,难道不是《琵琶记》中一段引人入胜的情节吗?但是当年却没见有人这样写,难道是元代人各有所长,擅长写南曲的便不擅长写北曲吗?假如让王实甫写《琵琶记》,我知道他一定和千年之后的我想法一致。我虽没什么才能,也不敢推脱这一责任。从前,为了弥补原本中的不足,我将其中一折重新填词,交给演员去表演,现在已经把它附在第四卷的末尾。但我还想着能将改编范围扩充到全本,提供给填词者们作为参考。如果它有可取之处,被谱制成新曲,那么由我所改写的《南西厢》和《北琵琶》这两部剧本就可以一起流传下去。虽不敢奢望能赶上以前的填词大家,或与当代的贤能之士比肩,但起码能确保自己亲笔写的几部剧本(如已经在世上流传的前后八种,以及已经填好曲词但还没有刊印的内外八种)可以放在一起加以比较,必然能分出深、浅、疏、密的层次。

然而要写成这两部剧本,必须得闭门写作几个月才行,我不由得暗地里担心生计问题会让我身不由己。上天能不能掉下些钱粮帮我解决家里数十口人的温饱问题呢?家贫万事哀啊!

○恪守词韵

【原文】

一出用一韵到底,半字不容出入,此为定格。旧曲韵杂出入无常者,因其法制未备,原无成格可守,不足怪也。既有《中原音韵》一书,则犹畛域①画定,寸步不容越矣。常见文人制曲,一折之中,定有一二出韵之字，非曰明知故犯，以偶得好句不在韵中，而又不肯割爱，故勉强人之，以快一时之目者也。

杭有才人沈孚中②者，所制《绾春园》《息宰河》二剧，不施浮采，纯用白描，大是元人后劲。予初阅时，不忍释卷，及考其声韵，则一无定轨，不惟偶犯数字，竟以寒山、桓欢二韵，合为一处用之，又有以支思、刘微、鱼模三韵并用者，甚至以真文、庚青、侵寻三韵，不论开口闭口，同作一韵用者。长于用才而短于择术，致使佳调不传，殊可痛惜！

夫作诗填词同一理也。未有沈休文③诗韵以前，大同小异之韵，或可叶④入诗中。既有此书，即三百篇⑤之风人复作，亦当俯就范围。李白诗仙，杜甫诗圣，其才岂出沈约下，未闻以才思纵横而跃出韵外，况其他乎！设有一诗于此，言言中的⑥，字字惊人，而以一东、二冬并叶，或三江、七阳互施，吾知司选政者，必加摈黜，岂有以才高句美而破格收之者乎？词家绳墨，只在《谱》《韵》⑦二书，合谱合韵，方可言才，不则八斗难克升合，五车不敌片纸，虽多虽富，亦奚⑧以为？

【注释】

①畛（zhěn）域：两物之间的界限。畛，一指田间小路，一指界限。

②沈孚中：又名嵊，字会吉，浙江钱塘人，明末戏曲作家。有传奇《息宰河》《绾春园》《宰戍记》各一本，《曲录》为其里人所焚。

③沈休文：沈约（441—513），字休文，南朝史学家、文学家。孤贫流离，笃志好学，博通群籍，擅长诗文。著有《晋书》《宋书》《齐纪》《高祖纪》《迩言》《谥例》《宋文章志》，并撰《四声韵谱》。

④叶（xié）：通"协"，和洽，指押韵。

⑤三百篇：指《诗经》，因其收录诗篇三百零五篇，后人称之为"诗三百"。

⑥中的：中肯，贴切。指言论击中要害或恰到好处。

⑦《谱》《韵》：分别指沈约《四声韵谱》和周德清《中原音韵》。

⑧奚：文言疑问代词，相当于"胡""何"。

【译文】

一出戏要从头到尾一个韵，半个字都不能出差错，这是作曲的章法。以前的曲子并无用韵的规则和现成的章法可以遵循，所以它们韵律杂乱，用词毫无定律也不足为奇。自从有了《中原音韵》这本书，就像给填词划定了界限，不准越雷池半步。我时常看到文人写作的戏曲，一折之中，肯定要出现一两个出韵的字，不是明知故犯，而是因为偶尔想到了一个好句子，虽然不押韵，却又不肯割爱，所以勉强用进去，以此满足一时之快。

杭州有个叫沈孚中的才子，所创作的《绾春园》《息宰河》两部戏，没有浮华词采，仅仅只用白描，很有元代制曲家的风范。我刚开始读的时候，爱不释手，待我考量这些作品的声韵，就发现几乎没有一处是用韵规范的，不仅偶尔有错字，竟然还把"寒山""桓欢"这两个韵放在一处用，还有将"支思""刘微""鱼模"三韵混着用，甚至不管开口闭口，把"真文""庚青""侵寻"这三个韵不加区分地使用。才华出众却不得其法，致使这些优秀的曲词无法流传，真是令人痛惜！

写诗填词也是一样的道理。没有沈休文的《四声韵谱》以前，大同小异的韵，有时都可以放在一首诗里。有了这本书以后，即使是《诗经》的作者再创作，也应该遵守其中关于写诗用韵的规范。诗仙李白、诗圣杜甫，他们的才华难道在沈休文之下？也没听说过他们因为才思纵横而不守韵律规则的，更何况其他的人呢？设想现在有一首诗，每句话都说到了点子上，每个字都用得令人惊叹，但这首诗一东二冬声律合并着用，或者将三江和七阳声律互换，我知道科举考试筛选时考官肯定会将其淘汰，怎么可能因为才气高、诗句美而破坏韵格呢？填词人要遵守的规范只在《四声韵谱》《中原音韵》这两本书中，符合曲谱与韵律才能谈才气，否则即使有八斗之才、学富五车，也无法抵消音律上的不足，价值还不如一张白纸，虽然才学渊博，又有什么用呢？

○凛遵曲谱

【原文】

曲谱①者，填词之粉本，犹妇人刺绣之花样也，描一朵，刺一朵，画一叶，绣一叶，拙者不可稍减，巧者亦不能略增。然花样无定式，尽可日异月新；曲谱则愈旧愈佳，稍稍趋新，则以毫厘之差而成千里之谬。

情事新奇百出，文章变化无穷，总不出谱内刊成之定格。是束缚文人而使有才不得自展者，曲谱是也；私厚词人而使有才得以独展者，亦曲谱是也。使曲无定谱，亦可日异月新，则凡属淹通②文艺者，皆可填词，何元人、我辈之足重哉？"依样画葫芦"一语，竟似为填词而发。妙在依样之中，别出好歹，稍有一线之出入，则葫芦体样不圆，非近于方，则类乎扁矣。葫芦岂易画者哉！明朝三百年，善画葫芦者，止有汤临川③一人，而犹有病其声韵偶乖、字句多寡之不合者。甚矣,画葫芦之难,而一定之成样不可擅改也。

　　曲谱无新,曲牌名有新。盖词人好奇嗜巧,而又不得展其伎俩,无可奈何,故以二曲三曲合为一曲,熔铸成名,如【金索挂梧桐】【倾杯赏芙蓉】【倚马待风云】之类是也。此皆老于词学、文人善歌者能之;不则上调不接下调,徒受歌者揶揄。然音调虽协,亦须文理贯通,始可串离使合。如【金络索】【梧桐树】是两曲,串为一曲,而名曰【金索挂梧桐】,以金索挂树,是情理所有之事也。【倾杯序】【玉芙蓉】是两曲,串为一曲,而名曰【倾杯赏芙蓉】,倾杯酒而赏芙蓉,虽系捏成,犹口头语也。【驻马听】【一江风】【驻云飞】是三曲,串为一曲,而名曰【倚马待风云】,倚马而待风云之会,此语即入诗文中,亦自成句。凡此皆系有伦有脊④之言,虽巧而不厌其巧。竟有只顾串合,不询文义之通塞,事理之有无,生扭数字作曲名者,殊失顾名思义之体,反不若前人不列名目,只以"犯"字加之。如本曲【江儿水】而串入二别曲,则曰【二犯江儿水】;本曲【集贤宾】而串入三别曲,则曰【三犯集贤宾】。又有以"摊破"⑤二字概之者,如本曲【簇御林】、本曲【地锦花】而串入别曲,则曰【摊破簇御林】【摊破地锦花】之类,何等浑然,何等藏拙。更有以十数曲串为一曲而标以总名,如【六犯清音】【七贤过关】【九回肠】【十二峰】之类,更觉浑雅。予谓串旧作新,终是填词末着。只求文字好,音律正,即牌名旧杀,终觉新奇可喜。如以极新极美之名,而填以庸腐乖张之曲,谁其好之?善恶在实,不在名也。

【注释】

①曲谱:辑录并分析各种曲调格式供人作曲时参考的书。

②淹通:精通。

③汤临川:即汤显祖,汤显祖是江西临川人,且被视作明代传奇文学流派"临川派"的发源人,故世称汤临川。

④有伦有脊:语出《诗经·小雅·正月》:"维号斯言,有伦有脊。"伦,条理;脊,中心论点,如人身之脊。意为有根有据、有条不紊。

⑤摊破:唐宋填词用语。指因乐曲节拍的变动引起句法、协韵的变化,突破原来词调谱式,故称摊破。

【译文】

　　曲谱，就是戏曲创作的参照。犹如妇人刺绣的花样，描一朵花就刺一朵花；画一片叶就绣一片叶。手再拙也不能缺枝少叶，手再巧也不能画蛇添足。然而花样没有固定样式，总是日新月异，用作参照的曲谱则是越老旧的越好，稍微有一些新意，就会因为其中的毫厘之差而造成很大的误解。

　　情节故事千奇百怪，文章结构变化无穷，但都不会超出曲谱中规定的章法。用来束缚文人使得他们才气无法施展的，是曲谱；偏待词人使得其才华得以出类拔萃的，也是曲谱。如果戏曲没有定谱，也可以日新月异地变化，那么凡是精通文学的人就都能写作戏曲了，哪管是元代人还是现代人呢？"依样画葫芦"这句话，竟像是在说戏曲创作。妙在依照样本，可以分出曲词好坏。稍微和样本有一丁点出入，葫芦的形状就画得不圆，不是太方，就是太扁。葫芦哪里是那么好画的？明朝三百年，善于"画葫芦"的，只有汤显祖一人，但仍然有人批评他声韵出差错，句子长短不契合。"画葫芦"真是太难了！但是既定的格制是决不能擅自修改的！

　　曲谱不能更改，但曲牌名却可以发挥创意。大概是词人偏好新奇巧妙，但又无处施展他们的才华，无可奈何，所以就将两、三支曲子合为一支，融合成新曲，比如【金索挂梧桐】【倾杯赏芙蓉】【倚马待风云】等等。这些都是精通词学、擅长谱曲的文人才能做到的，否则就会曲调不连贯，白白遭到演唱者的取笑。然而即使音调和谐，也需要文理通顺才能把它们串为一个整体。比如【金络索】【梧桐树】是两首曲子，串成一首，称为【金索挂梧桐】，把金索挂在书上，是合乎情理的事。【倾杯序】【玉芙蓉】也是两首曲子，同样串成一首，称为【倾杯赏芙蓉】，一边喝酒一边赏芙蓉，虽然是拼凑而成的，但仍然说得通。【驻马听】【一江风】【驻云飞】是三首曲子，串为一首，称为【倚马待风云】，靠在马背等待风云之会，这句话就算放在诗文中，也能自成一句。凡是上面提到的这些有根有据的话，虽然追求新奇却也合乎情理。竟然还有只顾串连，不管文意通不通顺、合不合事理，将几个字生硬地凑在一起作为曲牌名，让人不能从名字上看出它的意思的，反倒不如像前人一样，不要什么花样，只加个"犯"字在前面。比如原曲叫【江儿水】，串入两支其他的曲子，就叫【二犯江儿水】；原曲叫【集贤宾】，串进去其他三支曲子，就叫【三犯集贤宾】。还有用"摊破"这两个字来概括的，比如本名叫【簇御林】【地锦花】，串进其他曲子后，就叫【摊破簇御林】【摊破地锦花】，多么的浑然一体，让人看不出一点破绽！还有把十几支曲子串成一支，标出总名的，比如【六犯清音】【七贤过关】【九回肠】【十二峰】等等，更是令人感到自然文雅。但我认为，把旧曲串连起来作为新曲，终究是词曲创作中不体面的做法。即使曲牌名很陈旧，只要文字高雅，音律优美，也会令人觉得新奇可爱。相反，如果曲牌名新奇华丽，却填入庸俗乖张的曲词，谁又会欣赏它呢？词曲的好坏在于内容，而不在曲牌。

○鱼模当分

【原文】

词曲韵书，止靠《中原音韵》①一种，此系北韵，非南韵也。十年之前，武林陈次升先生欲补此缺陷，作《南词音韵》一书，工垂成而复辍，殊为可惜。予谓南韵深渺，卒难成书。填词之家即将《中原音韵》一书，就平、上、去三音之中，抽出入声字，另为一声，私置案头，亦可暂备南词之用。然此犹可缓。更有急于此者，则"鱼模"一韵，断宜分别为二。

鱼之与模，相去甚远，不知周德清当日何故比而同之，岂仿沈休文诗韵之例，以元、繁、孙三韵，合为十三元②之一韵，必欲于纯中示杂，以存"大音希声"③之一线耶？无论一曲数音，听到歇脚处，觉其散漫无归，即我辈置之案头，自作文字读，亦觉字句聱牙，声韵逆耳。

倘有词学专家，欲其文字与声音媲美者，当令鱼自鱼而模自模，两不相混，斯为极妥。即不能全出皆分，或每曲各为一韵，如前曲用鱼，则用鱼韵到底，后曲用模，则用模韵到底，犹之一诗一韵，后不同前，亦简便可行之法也。自愚见推之，作诗用韵，亦当仿此。

另钞元字一韵，区别为三，拈得十三元者，首句用元，则用元韵到底，凡涉繁、孙二韵者勿用。拈得繁、孙者亦然。出韵则犯诗家之忌，未有以用韵太严而反来指谪者也。

【注释】

①《中原音韵》：元代周德清所作的一本韵书，反映了当时的实际语音。全书由《韵谱》和《正语作词起例》两个部分组成，不分卷；《四库全书》分其为两卷，以前卷为韵书，以后者为附论。《中原音韵》是近代音共时研究的主要依据，在音韵学、北音学研究中有重要地位。

②十三元：即十三韵辙。指戏剧曲艺中押韵的十三个大类：中东、江阳、衣期、姑苏、怀来、灰堆、人辰、言前、梭波、麻沙、乜邪、遥迢、

由求。文人们进行诗词曲赋的创作，大体上按十三韵辙，即李渔所说十三元押韵。

③"大音希声"：语出自老子的《道德经》，老子一共引用了十二句古人说过的话，列举了一系列构成矛盾的事物双方表明现象与本质的矛盾统一关系。从矛盾的观点，说明相反相成是事物发展变化的规律。"大音希声"指最大最美的声音是无声的声音，这恰恰是证明了这种矛盾的普遍性，揭示了辩证法的真谛。

【译文】

词曲的韵律参考书，只有《中原音韵》这一本。这本书是北曲的韵书，不适用于南曲。十年前，武林的陈次升先生想要弥补这个空缺，开始写一本叫作《南词音韵》的书，即将大功告成的时候他却停笔不写了，实在是遗憾。在我看来，南曲的音韵深奥浩渺，终究很难写成书。如果填词的人从《中原音韵》中的平声、上声和去声字中拿出入声字，另外作为一个音韵，将其放在书桌上，也可以暂时作为南词音韵的备用参考书。但这件事还是可以缓一下，还有一件更加紧急的事情，那就是"鱼模"这个音韵，绝对应当分为两个音韵。

"鱼"韵和"模"韵差别非常大，不明白周德清当时为什么会将它们混为一谈。难道是效仿沈休文的《诗韵》的先例，将"元""繁""孙"三个声韵合并为"十三元"当中的一个声韵，那必定是想在纯粹当中体现繁复，进而保留"大音希声"的特点吧？更不用说一首曲子如果有多个韵，听到中间停顿的地方，我们也会发现它散漫没有中心，即使我们把它放在书桌上当成文章来读，也会发现它字句拗口，听起来不舒服。

如果词曲专家希望其作品中的文字与声音俱佳，那就应该让"鱼"韵就是"鱼"韵，"模"韵就是"模"韵，两者不混淆，这才是最妥帖的。即便不能将两个韵完全区分开来，那也可以每首曲子分别用一个韵，如果前一首曲子用的是"鱼"韵，就一直用"鱼"韵，后一首曲子用"模"韵就一直用"模"韵，就像一首诗只用一个韵一样，后一首不同于前一首，也是一种简单可行的办法。依我之见，写诗用韵也应该仿照这个法则。

另外将"元"韵抽出来，和"繁""孙"区分为三个韵，对于使用"十三元"韵的曲子，如果第一句用的是"元"韵，就一直用"元"韵，只要是涉及到"繁"和"孙"两个韵的字都不要用。第一句如果用"繁"韵或"孙"韵也是同样的道理。违反韵律规则是诗人们写诗的禁忌，从来没有诗人因为过于严格遵循诗歌的韵律而招人指责。

○廉监宜避

【原文】

侵寻、监咸、廉纤①三韵,同属闭口之音,而侵寻一韵,较之监咸、廉纤,独觉稍异。每至收音处,侵寻闭口,而其音犹带清亮,至监咸、廉纤二韵,则微有不同。此二韵者,以作急板小曲则可,若填悠扬大套之词,则宜避之。《西厢》②"不念《法华经》③,不理《梁王忏》④"一折用之者,以出惠明⑤口中,声口恰相合耳。此二韵宜避者,不止单为声音,以其一韵之中,可用者不过数字,余皆险僻艰生,备而不用者也。若惠明曲中之"揞"字、"揆"字、"燂"字、"䲀"字、"馅"字、"蘸"字、"彪"字,惟惠明可用,亦惟才大如天之王实甫能用,以第二人作《西厢》,即不敢用此险韵矣。初学填词者不知,每于一折开手处,误用此韵,致累全篇无好句;又有作不终篇,弃去此韵而另作者,失计妨时。故用韵不可不择。

【注释】

①侵寻、监咸、廉纤:这三个属于"十三元"中的韵辙,《中原音韵》中称其为闭口韵。
②《西厢》:元代王实甫撰写的戏曲剧本。书中主要是讲述男女主角张君瑞和崔莺莺的爱情故事。
③《法华经》:为大乘佛教初期重要经典之一,全称为《妙法莲华经》。
④《梁王忏》:也作《梁皇忏》,是汉传佛教重要忏典《慈悲道场忏法传》的简称。
⑤惠明:王实甫在《西厢记》中塑造的一个人物,性格粗豪。

【译文】

"侵寻""监咸"和"廉纤"三个韵,都属于闭口音,但是和"监咸""廉纤"相比,"侵寻"韵有一些区别。每次到了收音的地方,"侵寻"韵虽然是闭口音,但是声音却还带点清亮,而"监咸"和"廉纤"两个韵,就稍微有些不同。这两个韵,用来写急板小曲还可以,但是如果填写悠扬大套的词曲,就应该避开。《西厢记》"不念《法华经》,不理《梁王忏》"一折中用了这两个韵,是因为这些话出自惠明口中,和人物性格恰好相符合而已,所以听起来也还顺耳。"监咸"和"廉纤"这两个韵应该避开的原因，不只是声音方面，还因为它们每个韵当中，可以选用的字只有寥寥几个，其他的字都十分生僻晦涩，一般都不会被采用。就像惠明的曲子中的"燂""搀""颩""腾""馅""蘸""揸"等字，除了惠明，也就只有才高八斗的王实甫能用，如果换了别人写《西厢记》，就不敢用这么高难度的韵了。刚开始学习填词的人不了解，往往在一折的开头会误用这两个韵，导致全曲都没有一个好句子。还有人写到中途就放弃这两个韵又重新开始写，用错了方法就会浪费时间，所以用韵必须仔细斟酌。

○拗句① 难好

【原文】

音律之难，不难于铿锵顺口之文，而难于倔强聱牙之句。铿锵顺口者，如此字声韵不合，随取一字换之，纵横顺逆，皆可成文，何难一时数曲。至于倔强聱牙之句，即不拘音律，任意挥写，尚难见才，况有清浊阴阳，及明用韵，暗用韵②，又断断不宜用韵之成格，死死限在其中乎？

词名之最易填者，如【皂罗袍】【醉扶归】【解三酲】【步步娇】【园林好】【江儿水】③等曲。韵脚虽多，字句虽有长短，然读者顺口，作者自能随笔。即有一二句宜作拗体④，亦如诗内之古风⑤，无才者处此，亦能勉力见才。

至如【小桃红】【下山虎】等曲，则有最难下笔之句矣。《幽闺记》【小桃红】之中段云："轻轻将袖儿掀，露春纤，盏儿拈，低娇面也。"每句只三字，末字叶韵；而每句之第二字，又断该用平，不可犯仄。此等处，似难而尚未尽难。其【下山虎】云："大人家体面，委实多般，有眼何曾见！懒能向前，弄盏传杯，怎般腼腆。这里新人忒杀虔，待推怎地展？主婚人，不见怜，配合夫妻，事非偶然。好恶姻缘总在天。"只须"懒能向前""待推怎地展""事非偶然"之三句，便能搅断词肠。"懒能向前""事非偶然"二句，每句四字，两平两仄，末字叶韵。"待推怎地展"一句五字，末字叶韵，五字之中，平居其一，仄居其四。此等拗句，如何措手？南曲中此类极多，其难有十倍于此者，若逐个牌名援引，则不胜其繁，而观者厌矣；不引一二处定其难易，人又未必尽晓；兹只随拈旧诗一句，颠倒声韵以喻之。

如"云淡风轻近午天"⑥，此等句法，自然容易见好，若变为"风轻云淡近午天"，则虽有好句，不夺目矣。况"风轻云淡近午天"七字之中，未必言言合律，或是阴阳相左，或是平仄尚乖，必须再易数字，始能合拍。或改为"风轻云淡午近天"，或又改为"风轻午近云淡天"。

此等句法，揆⑦之音律则或谐矣，若以文理绳之，尚得名为词曲乎？海内观者，肯曰此句为音律所限，自难求工，姑为体贴人情之善念而恕之乎？曰：不能也。既曰不能，则作者将删去此句而不作乎？抑自创一格而畅我所欲言乎？曰：亦不能也。然则攻此道者，亦甚难矣！变难成易，其道何居？曰：有一方便法门⑧，词人或有行之者，未必尽有知之者。行之者偶然合拍，如路逢故人，出之不意，非我知其在路而往投之也。凡作倔强聱牙之句，不合自造新言，只当引用成语。成语在人口头，即稍更数字，略变声音，念来亦觉顺口。新造之句，一字聱牙，非止念不顺口，且令人不解其意。

今亦随拈一二句试之。如"柴米油盐酱醋茶"⑨，口头语也，试变为"油盐柴米酱醋茶"，或再变为"酱醋油盐柴米茶"，未有不明其义，不辨其声者。"东边日出西边雨，道是无情却有情"，口头语也，试将上句变为"日出东边西边雨"，下句变为"道是有情却无情"，亦未有不明其义，不辨其声音。若使新造之言而作此等拗句，则几与海外方言无别，必经重译而后知之矣。即取前引《幽闺》之二句，定其工拙。"懒能向前""事非偶然"二句，皆拗体也。"懒能向前"一句，系作者新构，此句便觉生涩，读不顺口；"事非偶然"一句，系家常俗语，此句便觉自然，读之溜亮。岂非用成语易工、作新句难好之验乎？予作传奇⑩数十种，所谓"三折肱为良医"⑪，此折肱语也。因觅知音，尽倾肝膈。孔子云："益者三友：友直，友谅，友多闻。"⑫多闻，吾不敢居，谨自呼为直谅。

【注释】

①拗句：指格律诗句的格律没有按照常规平仄规律。

②暗用韵：指曲中某句末可押韵亦可不押韵之字，亦指藏于句内之押韵字。因其不显，故称暗韵，亦称"暗用韵"。

③【皂罗袍】【醉扶归】【解三酲】【步步娇】【园林好】【江儿水】：都是一些著名的曲牌名，填词人要根据曲牌名规定的曲调和韵来填词。

④拗体：格律诗的一种变体。指诗人刻意求奇，特地变更诗格用拗句写成的诗。

⑤古风：诗体名，形成于六朝时期，相对比较自由的一种诗体形式。

⑥"云淡风轻近午天"：宋代诗人程颢的古诗《春日偶成》的第一句。全诗为："云淡风轻近午天，傍花随柳过前川。时人不识余心乐，将谓偷闲

学少年。"诗歌描写了风和日丽的春日景色，抒发了春日郊游的愉快心情。这首诗的第一句朗朗上口，尤其为人们熟知。

⑦揆：量，度。

⑧方便法门：佛教指修行者入道的门径，也指佛门。泛指门径、方法。

⑨"柴米油盐酱醋茶"：这句俗语俗称开门七件事，是古代中国平民百姓每天为生活而奔波的七件事，已成为中国的谚语。

⑩传奇：指明清时期以唱南曲为主的长篇戏曲。由南戏发展而来，也融合了元杂剧的特点。

⑪"三折肱为良医"：语出《左传·定公十三年》。肱，指手臂。折断三次之后，自己就知道如何医治了。指实践出真知、出技能。

⑫"益者三友：友直，友谅，友多闻。"：出于《论语·季氏》。

【译文】

运用音律的困难，不是难在音韵铿锵顺口的文段上，而是体现在艰涩难懂、拗口不顺的句子上。铿锵顺口的句子里，如果其中的一个字声韵不合，就可以随意选一个代替，无论怎样都可以成文，短时间填写几首曲子又有什么难的呢？至于艰涩拗口的句子，即使不拘泥于音律，任凭文人们任意发挥，也很难体现他们的才能，更何况还要受制于各种规则，比如清浊、阴阳，以及明用韵、暗用韵和不宜用韵死死限制着呢？

最容易填写的词牌，比如【皂罗袍】【醉扶归】【解三酲】【步步娇】【园林好】【江儿水】等曲子，用的韵脚虽然多，句子也有长有短，但是读起来很顺口，写起来自然也很流畅，即便有一两句写成拗体，也像诗歌中的自由诗体，即使是才疏学浅的人填写这种曲子，也能勉强通过下功夫展现自己的才华。

至于像【小桃红】【下山虎】之类的曲子，就有特别难填写的句子了。《幽闺记》【小桃红】的中段中说到："轻轻将袖儿掀，露春纤，盏儿拈，低娇面也。"每句话只有三个字，最后一个字押韵，而且每句的第二个字又一定要用平声字，不能用仄声字。这些地方，看似难却不是那么难，还有一首【下山虎】唱道："大人家体面，委实多般，有眼何曾见！懒能向前，弄盏传杯，怎般腼腆。这里新人忑杀庹，待推怎地展？主婚人，不见怜，配合夫妻，事事非偶然。好恶姻缘总在天。"只是"懒能向前""待推怎地展""事事非偶然"这三句就能够让填词的人绞尽脑汁。"懒能向前""事事非偶然"这两句，每句都是四个字，两个平声字，两个仄声字，最后一个字押韵。"待推怎地展"这句有五个字，最后一个字押韵，五个字当中，平声字有一个,仄声字有四个。这种拗口的句子,要怎么处理呢?在南曲中这种句子非常多,还有比这种句子难上十倍的,如果按照词牌一个个举例,那将不胜枚举,读者也会厌烦。但是不举一两个例子来体现它的难度,人们又不一定都了解。现在只需随便例举一句大家都熟悉的诗句,将其声韵颠倒,作为示范。

如"云淡风轻近午天"这种句子,符合词曲韵律,自然是上等的,但是如果改为"风轻云淡近午天",虽然还是好句子,但是不够引人瞩目。更何况"风轻云淡近午天"这七个字当中,不一定每个字都符合韵律,有的是阴声、阳声用的不对,有的是平声、仄声不协调,不得不再换几个字,才能符合韵律。或者改为"风轻云淡午近天",再或者改为"风轻午近云淡天"。

这样的句子,按照音律来衡量可能还算协调,如果根据文法、情理来衡量,这还能叫做词曲吗?国内的读者都明白这个句子受到音律规则的限制,很难达到完美的水准。然而,就因为读者善解人意就可以忽视其弊病了吗?回答说:不可以。既然说不可以,那么作者就删掉这句不写了吗?或者自己创造一个格律畅所欲言?回答说:也不可以。这样的话,声韵的使用也太难了吧?变难为易的方法是什么呢?回答说:有一个简便的方法,填词的人可能有些会用它,但是不一定都知道。并非所有填词者都采用过这种方法。采用这种方法填词时,如果恰好词句与韵律合拍,就宛若路上偶遇故友,纯属意料之外,而不是明知其在路上而有意去相会。凡是佶屈聱牙的句子,都不适合用自创的新句,只能引用俗语。俗语为人们口头使用,即便是稍微改变几个字,略微变一下音韵,读起来也会觉得顺口。新造的句子,如果有一个字拗口,不但读起来不顺口,而且让人不能理解它的意思。

现在也随意拿一两句来示范一下。比如"柴米油盐酱醋茶",这是一句口头语,试着改为"油盐柴米酱醋茶",或者再改为"酱醋油盐柴米茶",大家都能明白它的意思,辨别其文字。"东边日出西边雨,道是无情却有情"这句话也是口头语,试着将上句改为"日出东边西边雨",下句变为"道是有情却无情",同样,它的含义依然很清晰,文字也无歧义。如果用新造的语言来写这种拗口的句子,那就几乎和国外的方言没什么区别了,必然要重新翻译之后才能让人明白意思。就拿前文引用的《幽闺》中的两句来评判这个办法的效果。"懒能向前""事非偶然"两句都是拗口的句子,"懒能向前"这句是作者新造的句子,这句就觉得很陌生、晦涩,读起来不顺口。"事非偶然"这句就是家常俗语,读起来流畅响亮,这个例子恰好验证一个说法：使用现成的俗语更工整，而自创新句更难出彩。我写了几十部传奇，所谓"久病成良医"，这是我的体会。因为希望遇见知音，所以我把心里话都说了出来。孔子说："对自己有好处的朋友有三种：正直的朋友，有诚信的朋友，有见识的朋友。"我不敢说自己有见识，请允许我认为自己正直、诚信吧。

○合韵易重

【原文】

句末一字之当叶者，名为韵脚。一曲之中，有几韵脚，前后各别，不可犯重。此理谁不知之？谁其犯之？所不尽知而易犯者，惟有"合前"①数句。

兹请先言合前之故。同一牌名而为数曲者，止于首只列名其后，在南曲则曰"前腔"，在北曲则曰"幺篇"②，犹诗题之有其二、其三、其四也。末后数语，在前后各别者，有前后相同，不复另作，名为"合前"者。此虽词人躲懒法，然付之优人，实有二便；初学之时，少读数句新词，省费几番记忆，一便也；登场之际，前曲各人分唱，"合前"之曲必通场合唱，既省精神，又不寂寞，二便也。

然"合前"之韵脚最易犯重。何也？大凡作首曲，则知查韵，用过之字不肯复用，迨③做到第二、三曲，则止图省力，但做前词，不顾后语，置合前数句于度外，谓前曲已有，不必费心，而乌知此数句之韵脚在前曲则语语各别，凑入此曲，焉知不有偶合者乎？故作前腔之曲，而有合前之句者，必将末后数句之韵脚紧记在心，不可复用；作完之后，又必再查，始能不犯此病。此就韵脚而言也。

韵脚犯重，犹是小病，更有大于此者，则在词意与人不相合。何也？合前之曲既使同唱，则此数句之词意必有同情。如生旦净丑四人在场，生旦之意如是，净丑之意亦如是，即可谓之同情，即可使之同唱；若生旦如是，净丑未尽如是，则两情不一，已无同唱之理；况有生旦如是，净丑必不如是，则岂有相反之曲而同唱者乎？此等关窍，若不经人道破，则填词之家既顾阴阳平仄，又调角徵宫商④，心绪万端，岂能复筹及此？予作是编，其于词学之精微，则万不得一，如此等粗浅之论，则可谓知无不言、言无不尽者矣。后来作者，当锡予一字，命曰"词奴"，以其为千古词人，尝效纪纲⑤奔走之力也。

【注释】

① "合前"：指前后曲子中相同的片段，在后面的曲子中将其省略不写出来。

② "幺篇"：戏曲名词。北曲中连续使用同一曲牌时，后面各曲不再标出曲牌名，而写作"幺篇"或"幺"。

③ 迨：等到。

④ 角徵宫商：中国古代音乐术语。宫商角徵羽，代表五声音阶中的五个音级，又指发音部位。

⑤ 纪纲：统领仆隶之人，后泛指仆人。《左传·僖公二十四年》："秦伯送卫于晋三千人，实纪纲之仆。"杜预注："诸门户仆隶之事，皆秦卒共之，为之纪纲。"

【译文】

句末应该押韵的字，叫做韵脚。一首曲子中，有几个韵脚，前后的韵脚各不相同，不能重复。这个规则谁不知道呢？谁会违背呢？填词人不太了解而常犯错误的地方，只有"合前"的几句。

现在先解释一下何为"合前"。用同一个曲牌名作好几首曲子时，只在第一首曲子上写上曲牌名，在南曲中叫做"前腔"，在北曲中就叫做"幺篇"，像诗歌的题目有"其二""其三""其四"一样。在前后不同的曲子中，句末的几句话如果相同，就不用重复写出来，这就叫做"合前"的句子。这虽然是填词人偷懒的方法，但是将曲子交给演员的时候，确实有两个好处：刚熟悉曲子的时候，可以少读几句新词，省去几番费心的苦记，这是好处之一；在上台表演的时候，前曲由各个演员分别演唱，合前的部分必须全场演员合唱，这既可以少费精神，又不单调无聊，这是好处之二。

但是"合前"部分的韵脚最容易重复，这是为什么呢？大多数人写第一首曲子，都知道要查韵脚，前面用过的字就不会再用第二次，等到写第二、第三首曲子的时候，就只贪图节省心力，只认真写前面的词，不顾后面的语言，把"合前"的几句抛诸脑后，认为前面的曲子已经用了，就不再花心思了，却不知道这几句的韵脚在前面的曲子中和其他的句子都不相同，将它拼凑进这首曲子中，怎么能保证不会出现韵脚偶然重复的句子呢？因此，写前腔的曲子，有"合前"的句子时，一定要将最后几句的韵脚牢记于心，不能再重复使用。写完之后，还一定要再检查，才能不犯这个错误。这是就韵脚而言。

韵脚重复使用，还是小问题，还有比这个更严重的问题，就是词和角色不符合。这是为什么呢？"合前"的部分既然要合唱，那么这几句的词意一定能表达角色之间相同的感情。比如生、旦、净、丑四个角色在舞台上，生和旦的感情是如此，净和丑的感情也是如此，就可以称之为感情相通，就可以让他们一起合唱。如果生和旦感情一致，而净和丑并不完全一致，两个角色感情不同，那就没有理由让他们一起合唱。如果生和旦的情感一致，净和丑的情感完全不一致，难道还有人合作唱反调的吗？这种窍门，如果不被人说破，那么填词的人既要顾及音律（阴阳平仄），又要协调曲调（角徵宫商），千头万绪，哪里顾得上这个呢？我写的这篇文章，相比于词曲的精深微妙，不及万分之一，但是像这种粗浅的语言，可以说得上是知无不言，言无不尽了。之后的作者应该赐给我"词奴"的名号，因为我曾经在填词方法上为后面世世代代的词人尽了犬马之力。

○慎用上声

【原文】

平上去入四声，惟上声一音最别。用之词曲，较他音独低；用之宾白①，又较他音独高。填词者每用此声，最宜斟酌。此声利于幽静之词，不利于发扬之曲；即幽静之词，亦宜偶用、间用，切忌一句之中连用二三四字。盖曲到上声字，不求低而自低，不低则此字唱不出口。如十数字高而忽有一字之低，亦觉抑扬有致；若重复数字皆低，则不特无音，且无曲矣。至于发扬之曲，每到吃紧关头，即当用阴字②，而易以阳字③尚不发调，况为上声之极细者乎？予尝谓物有雌雄，字亦有雌雄。平去入三声以及阴字，乃字与声之雄飞者也；上声与阳字，乃字与声之雌伏者也。此理不明，难于制曲。

初学填词者，每犯抑扬倒置之病，其故何居？正为上声之字入曲低，而入白反高耳。词人之能度曲④者，世间颇少。其握管捻髭之际，大约口内吟哦，皆同说话，每逢此字，即作高声；且上声之字出口最高，入耳极清，因其高而且清，清而且亮，自然得意疾书。孰知唱曲之道与此相反，念来高者，唱出反低，此文人妙曲利于案头，而不利于场上之通病也。非笠翁为千古痴人，不分一毫人我，不留一点渣滓者，孰肯尽出家私底蕴，以博慷慨好义之虚名乎？

【注释】

①宾白：古代传统戏曲剧本中的说白。传统戏曲艺术以唱为主，所以把说白叫做宾白。
②阴字：即阴声字，是指以元音结尾的字。
③阳字：即阳声字，是指以辅音结尾的字。
④度曲：指作词曲；唱曲。

【译文】

平声、上声、去声和入声四个声调中，只有上声最特别。将它用在词曲中，和其他声调相比，只有它的音很低，把它用在宾白里面，又比其他的声调都高。填词的人每次用到这个声调，最应该仔细斟酌。这个声调适合放在幽静的词曲中，不适合用于激昂的词曲。即便是在幽静的词曲中，也只需偶尔用一下，或者间隔着用，切忌一个句子中连续用两个、三个甚至四个上声字。那是因为到了上声字的时候，音调自然而然就低下来了，如果音调不低，这个字就唱不出来。如果十几个字都是高音而突然有一个字是低音，会觉得抑扬顿挫。如果重复使用几个低音字，就不单单是没有音调了，连曲子也不复存在了。关于激昂的曲子，每次到了关键的地方，就应该用阴声字，就是用阳声字都不能发出高音，更不用说极其细弱的上声字了吧？我以前认为事物有雌雄之分，其实字也有雌雄之分。平声、去声和入声这三种声调的字和阴声字，都是字和声音中的雄性，而上声字和阳声字都是字和声音中的雌性。如果不明白这个道理，就很难写成曲子。

刚开始学习填词的人，经常出现抑扬倒置的问题，这是什么原因呢？这是因为上声字用在曲子中音就低，而用在宾白中音却高。能够拿捏好音律的词人世间少有。填词之人握笔捻胡子写词的时候，可能嘴里在朗诵，全部像说话一样，每次遇到上声字，就把它当做高音字。而且上声字读起来音非常高，听起来也是非常清楚。因为它的音高而且清楚，不仅清楚而且响亮，自然经常被词人使用。他们怎么会知道唱曲的道理和诵读相反，读起来音高的，唱起来反而低。这就造成了一个通病：这些文采精妙的词曲适合放在书桌上诵读，而不适合在台上演唱。如果不是我这个千古难有的痴人，不分彼此，毫无保留，谁又会如数家珍似地亮出自己的看家本领，来获取一个慷慨仗义的虚名呢？

○少填入韵

【原文】

入声韵脚，宜于北而不宜于南。以韵脚一字之音，较他字更须明亮，北曲止有三声，有平上去而无入，用入声字作韵脚，与用他声无异也。南曲四声俱备，遇入声之字，定宜唱作入声，稍类三音，即同北调矣。以北音唱南曲可乎？予每以入韵作南词，随口念来，皆似北调，是以知之。若填北曲，则莫妙于此，一用入声，即是天然北调。然入声韵脚，最易见才，而又最难藏拙。工于入韵，即是词坛祭酒[①]。以入韵之字，雅驯自然者少，粗俗倔强者多。填词老手，用惯此等字样，始能点铁成金。浅乎此者，运用不来，熔铸不出，非失之太生，则失之太鄙。

但以《西厢》《琵琶》二剧较其短长。作《西厢》者，工于北调，用入韵是其所长。如《闹会》[②]曲中"二月春雷响殿角"，"早成就了幽期密约"，"内性儿聪明，冠世才学；扭捏着身子，百般做作"。"角"字，"约"字，"学"字，"作"字，何等雅驯！何等自然！《琵琶》工于南曲，用入韵是其所短。如《描容》曲中"两处堪悲，万愁怎摸？"愁是何物，而可摸乎？入声韵脚宜北不宜南之论，盖为初学者设，久于经道而得三昧[③]者，则左之右之，无不宜之矣。

【注释】

①祭酒：古代飨宴时酹酒祭神的长者，后亦以泛称年长或位尊者。引申为对同辈或同官中年高望重者的尊称。后用为官名，意为首席，主管，如国子祭酒、军事祭酒等。

②《闹会》：《西厢记》第一本第四折，又叫《斋坛闹会》。

③三昧：佛教用语，来自于梵文，也译作"三摩地""三摩提"。后用三昧指事物之精义或秘诀。

【译文】

以入声字为韵脚，适合北曲而不适合南曲。因为韵脚这个字的音要比其他的字更响亮，北曲只有三个声调，有平声、上声和去声，没有入声，用入声字做韵脚，和用其他声调的字没有区别。南曲中四个声调都有，遇到入声字的时候，就应该唱成入声，稍微唱得像其他的三个声调就和北曲一样了，那么可以用北曲的唱法来唱南曲吗？我每次用入声字押韵写南曲的词时，随口一念就是北曲的调子，所以我就明白了一点。如果是填写北曲，最妙的是，只要一用入声字，就是天然的北曲音调了。然而，用入声的韵脚最容易展现才华，却又最难隐藏词曲技艺的拙劣。擅长使用入声韵脚的人，就是词坛泰斗。那是因为入声字中，高雅顺口的少，粗俗拗口的多。填词老手习惯了使用这种字，才能够将其点铁成金，运用自如。对此钻研不深的人，就用不好这种字，斟酌不出好词，不是写的太生硬，就是太浅薄。

就拿《西厢记》和《琵琶记》这两个剧本来比较这两种词人的技艺。《西厢记》的作者擅长写北曲，他的长处是用入韵。如《闹会》曲中的"二月春雷响殿角""早成就了幽期密约""内性儿聪明，冠世才学。扭捏着身子，百般做作。"其中的"角"字、"约"字、"学"字和"作"字，是多么的顺口，多么的自然。《琵琶记》的作者擅长写南曲，他的短处是用入韵。如《描容》曲中的"两处堪悲，万愁怎摸？"中，愁是什么，可以摸得着吗？入声韵脚适合北曲而不适合南曲这一说法，是针对初学者而言，而深谙此道的人就可以自由发挥，没有什么是不适合的了。

○别解务头

【原文】

填词者必讲"务头"①，然"务头"二字，千古难明。《啸余谱》中载《务头》一卷，前后胪列②，岂止万言，究竟务头二字，未经说明，不知何物。止于卷尾开列诸旧曲，以为体样，言某曲中第几句是务头，其间阴阳不可混用，去上、上去等字，不可混施。若迹此求之，则除却此句之外，其平仄阴阳，皆可混用混施而不论矣。又云某句是务头，可施俊语于其上。

若是，则一曲之中，止该用一俊语，其余字句皆可潦草涂鸦，而不必计其工拙矣。予谓立言之人，与当权秉轴③者无异。政令之出，关乎从违，断断可从，而后使民从之，稍背于此者，即在当违之列。凿凿④能信，始可发令，措词又须言之极明，论之极畅，使人一目了然。今单提某句为务头，谓阴阳平仄，断宜加严，俊语可施于上。此言未尝不是，其如举一废百，当从者寡，当违者众，是我欲加严，而天下之法律反从此而宽矣。况又嗫嚅⑤其词，吞多吐少，何所取义而称为务头，绝无一字之诠释。然则"葫芦提"⑥三字，何以服天下？吾恐狐疑者读之，愈重其狐疑，明了者观之，顿丧其明了，非立言之善策也。

予谓"务头"二字，既然不得其解，只当以不解解之。曲中有务头，犹棋中有眼[7]，有此则活，无此则死。进不可战，退不可守者，无眼之棋，死棋也；看不动情，唱不发调者，无务头之曲，死曲也。一曲有一曲之务头，一句有一句之务头。字不聱牙，音不泛调，一曲中得此一句，即使全曲皆灵，一句中得此一二字，即使全句皆健者，务头也。由此推之，则不特曲有务头，诗词歌赋以及举子业，无一不有务头矣。人亦照谱按格，发舒性灵，求为一代之传书而已矣，岂得为谜语欺人者所惑，而阻塞词源，使不得顺流而下乎？

【注释】

①"务头"：戏曲、说唱艺术术语，解说不一。或指曲中最紧要或最精彩、动听之句，或指曲中平、上、去三声联串之处。
②胪（lú）列：罗列；列举。
③秉轴：比喻执政。轴，机械中传递动力的主要零件。
④凿凿：鲜明的样子。
⑤啜嚅（niè rú）：想说而又吞吞吐吐不敢说出来的样子。
⑥"葫芦提"：即糊里糊涂。宋、元时口语，元曲中常用。
⑦棋中有眼：围棋一方子中所留的空格，为对方不能下子处。

【译文】

填词的人一定会讲究"务头"，但是一直以来都很难弄清楚"务头"是什么。《啸余谱》中记载了《务头》一卷，全篇列举了不止一万句词，但是到底"务头"这两个字是什么还是没有说清楚。只是在文章结尾列举了几首旧曲子作为例子，说明其中某段曲子中的第几句词是"务头"，其中阴声字和阳声字不可以混淆，去上和上去这种字不可以混用。如果按照这种要求，那么除了这句之外，其他的句子就可以平仄阴阳一起混用而不作区分了。书中还说如果某个句子是"务头"，就可以在"务头"中使用精妙的词语。

如果这样的话，那一曲中就只应该用一个漂亮的句子，其他的句子都可以是马虎潦草、无需计较曲子的好坏了。我认为提出观点的人和掌握政权的人没什么区别。一个政令的提出，重要的是百姓会服从还是违背，先确保此政令有公信力，能服众，再让老百姓去遵从它。稍有违背者，便属违抗之列了。政令必须很有说服力才可以实施，措辞还必须要很清楚明白，论述十分流畅，让人一目了然。现在单单说明某个句子是"务头"，阴阳平仄一定要严格把握，可以用上一些漂亮的词语。这个说法不是不对，只是它提出了一点而忽视了其他的方面，导致遵守的规则人少，而违反的规则人多。正如我想对某事提出更严格的要求，但法律反而顺从旧例，变得更宽松了。更何况这本书含糊其辞，讲清楚的点少，没有讲清楚的多，没有一句话是在解释"务头"的真正含义是什么。这样稀里糊涂，怎么能让大众信服？我担心有疑问的人读了这本书之后，心中的疑问反而更多了，明了的读者看了之后反而会顿时疑惑不解。如果这样，这就不是提出观点的好策略。

我认为"务头"这两个字，既然没办法解释，那就不要去解释。曲子中有"务头"就像是棋中有棋眼，有棋眼就是一盘活棋，没有棋眼就是一盘死棋。进不能攻、退不能守，就是无眼之棋，是死棋。看了不感人、唱了不成调的曲子是没有"务头"的曲子，是死曲。一首曲子有它的"务头"，一个句子也有它的务头。字读起来不拗口，音听起来不走调，一首曲子中有这样一句就可以使整个曲子美妙，一句当中有一两个这样的字就可以让整句都出彩，这就是"务头"。由此推断，不只是曲子有"务头"，诗词歌赋以及科举文章都是有"务头"的。人们也是根据曲谱、规则来填词抒发自己的思想情感，希望能写出被一代人传颂的戏曲而已，怎么能被诳语所迷惑而抑制了自己作词的灵感，使其不能充分地发挥出来呢？

词曲部下

◎宾白第四 计八款

【原文】

　　自来作传奇者，止重填词，视宾白为末着，常有《白雪》《阳春》①其调，而《巴人》《下里》②其言者，予窃怪之。原其所以轻此之故，殆有说焉。元以填词擅长，名人所作，北曲多而南曲少。北曲之介白者，每折不过数言，即抹去宾白而止阅填词，亦皆一气呵成，无有断续，似并此数言亦可略而不备者。由是观之，则初时止有填词，其介白之文，未必不系后来添设。在元人，则以当时所重不在于此，是以轻之。后来之人，又谓元人尚在不重，我辈工此何为？遂不觉日轻一日，而竟置此道于不讲也。予则不然。

　　尝谓曲之有白，就文字论之，则犹经文之于传注；就物理论之，则如栋梁之于榱桷③；就人身论之，则如肢体之于血脉，非但不可相无，且觉稍有不称，即因此贱彼，竟作无用观者。故知宾白一道，当与曲文等视，有最得意之曲文，即当有最得意之宾白，但使笔酣墨饱，其势自能相生。常有因得一句好白，而引起无限曲情，又有因填一首好词，而生出无穷话柄者。是文与文自相触发，我止乐观厥成④，无所容其思议。此系作文恒情，不得幽渺其说，而作化境观也。

【注释】

①《白雪》《阳春》：为古代楚国的高雅歌曲。
②《巴人》《下里》：为古代楚国的通俗歌曲。
③榱桷：意思是屋椽。
④乐观厥成：高兴地视其自我完成。厥，其。

【译文】

　　自古以来写传奇的人，只是重视填词，把宾白看成最低等的技能，经常有像《白雪》《阳春》这样高雅的曲子，它的宾白却像《巴人》《下里》一样粗俗，我暗自觉得奇怪。追索写词人轻视宾白的原因，大概其中是有些说法的。元代的人擅长填词，名人作的词当中，北曲多而南曲少。北曲中每一折中的宾白都只是几句话，即使抛开宾白看曲词，也都是一气呵成，没有断断续续的地方，好像这几句宾白可以忽略不计了。这样看来，开始只有填词，宾白也许是后来添加的。对元代的人来说，因为当时看重的是填词，所以轻视宾白。后来的人又说元代的人尚且不重视它，我们这辈人为什么要去钻研它呢？于是不知不觉就越来越轻视宾白，最后到了完全不讲究宾白的写法了。我认为这样不对。

我认为曲子有宾白，就文字来说，就像是经文有批注一样；就事物构造来说，就像是栋梁需要椽子；就人身来说，就像肢体中的血脉，不但不可以轻视它，而且不能稍有不协调，就对它说三道四，竟然把它看作无用之物。所以我们现在知道应该同等看待宾白和词曲，有最出色的曲文就应该有最出色的宾白。只要文笔流畅，两者自然可以相辅相成。经常有因为写出一句好的宾白就引发了无数曲词的灵感，也有因为填了一首好词而创作出无穷的宾白。因为文字与文字之间相互影响，我只是乐观其成，无需斟酌思考。这是写文章的普遍现象，不能故作精深缥缈而将它视为幻境。

○声务铿锵

【原文】

宾白之学，首务铿锵。一句聱牙，俾听者耳中生棘；数言清亮，使观者倦处生神。世人但以音韵二字用之曲中，不知宾白之文，更宜调声协律。世人但知四六之句平间仄，仄间平，非可混施迭用，不知散体之文亦复如是。"平仄仄平平仄仄，仄平平仄仄平平"二语，乃千古作文之通诀，无一语一字可废声音者也。如上句末一字用平，则下句末一字定宜用仄，连用二平，则声带暗哑，不能耸听。下句末一字用仄，则接此一句之上句，其末一字定宜用平，连用二仄，则音类咆哮，不能悦耳。此言通篇之大较，非逐句逐字皆然也。能以作四六平仄之法，用于宾白之中，则字字铿锵，人人乐听，有"金声掷地"①之评矣。

声务铿锵之法，不出平仄、仄平二语是已。然有时连用数平，或连用数仄，明知声欠铿锵，而限于情事，欲改平为仄、改仄为平，而决无平声、仄声之字可代者。此则千古词人未穷其秘，予以探骊觅珠②之苦，入万丈深潭者，既久而后得之，以告同心。虽示无私，然未免可惜。

字有四声，平上去入是也。平居其一，仄居其三，是上去入三声皆丽于③仄。而不知上之为声，虽与去入无异，而实可介于平仄之间，以其别有一种声音，较之于平则略高，比之去入则又略低。古人造字审音，使居平仄之介，明明是一过文，由平至仄，从此始也。譬如四方声音，到处各别，吴有吴音，越有越语，相去不啻天渊，而一至接壤之处，则吴越之音相伴，吴人听之觉其同，越人听之亦不觉其异。

晋、楚、燕、秦以至黔、蜀，在在皆然，此即声音之过文④，犹上声介于平去入之间也。作宾白者，欲求声韵铿锵，而限于情事，求一可代之字而不得者，即当用此法以济其穷。如两句三句皆平，或两句三句皆仄，求一可代之字而不得，即用一上声之字介乎其间，以之代平可，以之代去入亦可。如两句三句皆平，间一上声之字，则其声是仄，不必言矣；即两句三句皆去声入声，而间一上声之字，则其字明明是仄而却似平，令人听之不知其为连用数仄者。此理可解而不可解，此法可传而实不当传，一传之后，则遍地金声，求一瓦缶之鸣而不可得矣。

【注释】

①"金声掷地"：形容语言文词铿锵有力。
②探骊觅珠：在骊龙的颔下取得宝珠。原指冒大险得大利，后常比喻文章含义深刻，措辞扼要，得到要领。
③丽于：依附于，属于。
④过文：用来过渡的文字。

【译文】

写宾白首先一定要铿锵有力。如果有一句拗口，那么听者就会觉得像是耳朵里长了荆棘一样不舒服；如果有几句词很清澈响亮，就能让听者在疲倦的时候突然精神振奋。世人只在曲词中使用音韵，却不知道宾白其实更加应该音律协调。世人只知道四六句的骈文应该平仄相间，不能够混用重复，却不知道散文也是这样。"平仄仄平平仄仄，仄平平仄仄平平"这两句话是自古以来写文章的通用诀窍，没有一个字一句话可以不考虑音调。如果上句的结尾是平声字，那么下句的结尾一定要用仄声字，如果连用几个平声字，声音听起来就很嘶哑，听不清楚。如果下句结尾用的是仄声字，那么它的上句就一定要用平声字，连用两个仄声字，那么听起来就像在咆哮，让人听了刺耳。这说的是全文的大概要求，不是每一字每一句都适用。如果把四六句骈文中的平仄相间的方法用来写宾白，就会字字铿锵响亮，人人喜欢，可以得到"金声掷地"的评价。

有一种方法可以确保声音铿锵有力，就是不违背平仄或仄平相间的规则。但是有时候会连用几个平声字，或者连用几个仄声字，明明知道声调不够铿锵，但是为了保持上下文情感一致，即使是想把平声字改为仄声字或者是把仄声字改为平声字，也实在是没有相应的字可以替换的。千古的词人都没有钻研出它的秘诀。我千辛万苦才探索出一点方法，并把它告诉那些和我志同道合的人。这样虽然彰显出了我的无私，但是将看家本领和盘托出未免有些可惜。

　　字有四个声调，分别是平声、上声、去声和入声。平声字只占其中的一个，而仄声字占三个，即上、去、入三个声调都属于仄声。然而人们却不知道上声虽然和去声、入声都是仄声，但是上声实际上是介于平声和仄声之间的。因为它有一种特别的声调，相比于平声就稍微高一些，相比于去声和入声又稍微低一些。古人创造字词的时候会先揣度它的读音，让上声字位于平声和仄声之间，明明是一个过渡声调，从平声到仄声的过渡就是从上声开始的。比如五湖四海的方言，各有差别，江苏有江苏的音调，浙江有浙江的音调，两者有天壤之别。但是一到接壤的地方，江苏人和浙江人听了对方的方言都觉得跟本土方言很相似。

　　山西、湖北、河北、陕西以至贵州、四川等地的发音也都是这样。这就是声音中的过渡，犹如上声介于平声、去声和入声之间。写宾白的人如果想让语言读起来铿锵有力，但却受到情节的限制，没办法找到一个字来替换，就应该用这个方法来弥补。如果连续两三句的韵脚都是平声，或者两三句的韵脚都是仄声，这时候没办法找到一个可以替换的字，就可以用一个上声字来作为过渡，既可以用来代替平声字，也可以用来代替去声和入声字。如果连续两三句的韵脚都是平声字，就在中间一句改为上声字押韵，那么它的声韵就是仄声了，这是不言而喻的。如果两三句的韵脚都是去声和入声，可将中间一句的韵脚改为上声字，那么这个字明明是仄声字，它的声调却又好像是平声，这让人听了也不会发现这几句连用了好几个仄声韵脚。这个道理可以解释清楚却又不能解释清楚，这个方法可以与人分享，却又不应该分享，因为一旦公之于众，就到处都是好听的曲调，再也没有难听的曲子了。

○ 语求肖似

【原文】

文字之最豪宕、最风雅,作之最健人脾胃者,莫过填词一种。若无此种,几于闷杀才人,困死豪杰。予生忧患之中,处落魄之境,自幼至长,自长至老,总无一刻舒眉,惟于制曲填词之顷,非但郁藉以舒,愠为之解,且尝僭作两间最乐之人,觉富贵荣华,其受用不过如此,未有真境之为所欲为,能出幻境纵横之上者。我欲做官,则顷刻之间便臻荣贵;我欲致仕①,则转盼之际又入山林;我欲作人间才子,即为杜甫、李白之后身;我欲娶绝代佳人,即作王嫱②、西施③之元配;我欲成仙作佛,则西天④蓬岛⑤即在砚池笔架之前;我欲尽孝输忠,则君治亲年,可跻尧、舜、彭篯⑥之上。非若他种文字,欲作寓言,必须远引曲譬,蕴藉包含,十分牢骚,还须留住六七分,八斗才学,止可使出二三升,稍欠和平,略施纵送,即谓失风人⑦之旨,犯佻达⑧之嫌,求为家弦户诵者难矣。

填词一家,则惟恐其蓄而不言,言之不尽。是则是矣,须知畅所欲言亦非易事。言者,心之声也⑨,欲代此一人立言,先宜代此一人立心,若非梦往神游,何谓设身处地?无论立心端正者,我当设身处地,代生端正之想;即遇立心邪辟者,我亦当舍经从权⑩,暂为邪辟之思。务使心曲隐微,随口唾出,说一人,肖一人,勿使雷同,弗使浮泛,若《水浒传》之叙事,吴道子⑪之写生,斯称此道中之绝技。果能若此,即欲不传,其可得乎?

【注释】

①致仕:交还官职,即退休。
②王嫱:即王昭君,汉元帝时出嫁匈奴。
③西施:本名施夷光,春秋时期越国美女,一般称为西施,后人尊称其"西子"。
④西天:佛祖居住之地。
⑤蓬岛:蓬莱仙岛。
⑥彭篯(jiān):即彭祖。篯姓,又封于彭,故称。传说中活到八百岁的长寿者。
⑦风人:指古代采集民歌风俗等以观民风的官员,后指诗人。
⑧佻(tiāo)达:指轻薄放荡,轻浮。

⑨言者,心之声也:《吕氏春秋·淫辞》:"凡言者以谕心也。"《礼记·乐记》:"凡音之起,由人心生也。"扬雄《法言·问神》:"故言,心声也。"

⑩舍经从权:变通常道而取权宜之计。

⑪吴道子:又名道玄,唐玄宗时著名画家,被称为画圣,阳翟(今河南禹州)人。

【译文】

文字当中最豪迈跌宕、最具古风典雅气息、写出来最让人心旷神怡的就没有什么能比得过填词这一项了。如果没有填词,那就相当于埋没了有才华的人,让豪杰困扰至死。我一直生活在忧患当中,处于落魄的境地,从幼年到成年,从成年到老年,从来没有一刻是轻松无忧的,只有在作曲填词的时候,不但烦闷的心情得到了舒缓,怒气也消失了,而且还曾觉得自己是世间最快乐的人,富贵荣华带来的快乐也比不过这个。不能真正地达到为所欲为的境界,却能在虚幻的世界里潇洒自由。如果我想做官,就会立刻得到地位和金钱;如果我想当个隐士,那么转眼之间就会进入山林;如果我想成为人间才子,那就会成为下一个杜甫、李白;如果我想娶绝代佳人,就能使王嫱、西施成为元配;如果我想成仙成佛,那么西天、蓬岛就在我的砚池笔架前;如果我想孝敬父母、效忠朝廷,那么天下就会治理得很好、父母双亲就会延年益寿,我就可以跻身于尧、舜、彭祖的行列。不像其他的文字,想写一些有寓意的话,必须要引经据典、委婉含蓄,有十分的思想,要留住六七分,有八斗的才学,只能展示一两成功力。如果尺度稍微没有把握好,发挥过度了一点点,就被视为失去了诗人的宗旨,会有轻佻放纵的嫌疑,想要让家家户户都诵读那就难了。

而填词的人却只担心语言太含蓄、表达得不够透彻。话虽如此,但是要表达出所有想要表达的思想情感也不简单。语言,表达的是内心的声音,想要代替这个人说话,首先应该弄懂这个人的内心,如果不是像在梦境里面亲身体验,怎么能叫做设身处地呢?不要说想代替一个内心正直的人说话,我应该设身处地为他产生一些正直的想法;即使是遇到内心邪恶的角色,我也应该暂时舍弃自己内心的正直,幻想一些邪恶的思想。一定要将这个角色内心的思想讲述出来,刻画一个人,就要像一个人,但是剧本不能写得雷同,也不能浮泛,如果像《水浒传》的叙事方式和吴道子的画作一样,那就能称为填词的最高境界。如果词曲真的达到这个水准,有可能不被传颂吗?

○ 词别繁减

【原文】

传奇中宾白之繁，实自予始。海内知我者与罪我者半。知我者曰：从来宾白作说话观，随口出之即是，笠翁宾白当文章做，字字俱费推敲。从来宾白只要纸上分明，不顾口中顺逆，常有观刻本极其透彻，奏之场上便觉糊涂者，岂一人之耳目，有聪明聋聩之分乎？因作者只顾挥毫，并未设身处地，既以口代优人，复以耳当听者，心口相维，询其好说不好说，中听不中听，此其所以判然之故也。笠翁手则握笔，口却登场，全以身代梨园，复以神魂四绕，考其关目，试其声音，好则直书，否则搁笔，此其所以观听咸宜也。

罪我者曰：填词既曰"填词"，即当以词为主；宾白既名"宾白"，明言白乃其宾，奈何反主作客，而犯树大于根之弊乎？笠翁曰：始作俑者①，实实为予，责之诚是也。但其敢于若是，与其不得不若是者，则均有说焉。请先白其不得不若是者。前人宾白之少，非有一定当少之成格。盖彼只以填词自任，留余地以待优人，谓引商刻羽我为政②，饰听美观彼为政③，我以约略数言，示之以意，彼自能增益成文。

如今世之演《琵琶》《西厢》《荆》《刘》《拜》《杀》等曲，曲则仍之，其间宾白、科诨等事，有几处合于原本，以寥寥数言塞责者乎？且作新与演旧有别。《琵琶》《西厢》《荆》《刘》《拜》《杀》等曲，家弦户诵已久，童叟男妇皆能备悉情由，即使一句宾白不道，止唱曲文，观者亦能默会，是其宾白繁减可不问也。至于新演一剧，其间情事，观者茫然；词曲一道，止能传声，不能传情。欲观者悉其颠末，洞其幽微，单靠宾白一着。予非不图省力，亦留余地以待优人。但优人之中，智愚不等，能保其增益成文者悉如作者之意，毫无赘疣蛇足于其间乎？与其留余地以待增，不若留余地以待减，减之不当，犹存作者深心之半，犹病不服药之得中医④也。此予不得不若是之故也。

至其敢于若是者，则谓千古文章，总无定格，有创始之人，即有守成不变之人；有守成不变之人，即有大仍其意，小变其形，自成一家而不顾天下非笑之人。古来文字之正变为奇，奇翻为正者，不知凡几，吾不具论，止以多寡增益之数论之。《左传》《国语》，纪事之书也，每一事不过数行，每一语不过数字，初时未病其少；追班固之作《汉书》，司马迁之为《史记》，亦纪事之书也，遂益数行为数十百行，数字为数十百字，岂有病其过多，而废《史记》《汉书》于不读者乎？此言少之可变为多也。诗之为道，当日但有古风，古风之体，多则数十百句，少亦十数句，初时亦未病其多；迨近体一出，则约数十百句为八句，绝句一出，又敛八句为四句，岂有病其渐少，而选诗之家止载古风，删近体绝句于不录者乎？此言多之可变为少也。

总之，文字短长，视其人之笔性。笔性遒劲者，不能强之使长；笔性纵肆者，不能缩之使短。文患不能长，又患其可以不长而必欲使之长。如其能长而又使人不可删逸，则虽为宾白中之古风《史》《汉》，亦何患哉？予则乌能当此，但为糠秕之导，以俟后来居上之人。

予之宾白，虽有微长，然初作之时，竿头未进⑤，常有当俭不俭，因留余幅以俟剪裁，遂不觉流为散漫者。自今观之，皆吴下阿蒙⑥手笔也。如其天假以年，得于所传十种⑦之外，别有新词，则能保为犬夜鸡晨⑧，鸣乎其所当鸣，默乎其所不得不默者矣。

【注释】

①始作俑者：意思是恶劣风气的创始者。出自《孟子·梁惠王上》。

②引商刻羽我为政：意指填词作曲是我负责的事。引商刻羽，指填词作曲。为政，负责者。

③饰听美观彼为政：意指舞台表演是演员负责的事。听、观，指观众的观赏。饰、美，指演员"装饰"和"美化"自己的表演。

④病不服药之得中医：意思是患了病不治，也比找庸医治疗好。《汉书·艺文志》："有病不治，常得中医。"

⑤竿头未进：未达顶点。《景德传灯录》："百尺竿头须进步，十方世界是全身。"

⑥吴下阿蒙：意指比喻人学识尚浅。出自《三国志·吴书·吕蒙传》裴松之注引《江表传》。据说三国时吴人吕蒙少小不喜读书，经孙权劝说才知努力，鲁肃见此状曰："吾谓大弟但有武略耳，至于今昔，学识英博，非复吴下阿蒙。"

⑦十种：李渔有《笠翁十种曲》传世。

⑧犬夜鸡晨：犬守夜，鸡报晓。比喻各司其职。

【译文】

传奇中的宾白字数繁多，实际上是从我开始的。全国各地理解我的人和怪罪我的人各有一半。理解我的人说：一直以来宾白被看成是说话，随口说出来的话就是宾白，笠翁把宾白当成文章来写，每一个字都费心推敲。一贯以来，宾白只需要看起来清楚明白，而不需要顾及是否顺口，常常见到看起来文字十分透彻，在舞台上演奏就觉得含糊不清的宾白，难道是人的眼睛明亮，耳朵却聋了吗？这是因为作者只顾写得畅快，并未设身处地替艺人唱，又替观众听，心口不统一，不顾艺人说起来是否顺口，也不顾观众听起来是否悦耳。这就是剧本看起来和听起来的效果完全不一样的原因。而笠翁手中握着笔，口中还念念有词，仿佛已置身于舞台，全情投入，研究各个关目，并试唱听声音，好就直接写下来，不好就停笔。这就是他的宾白看起来和听起来都很得当的原因。

怪罪我的人说：填词既然叫做"填词"，就应该以词为主；宾白既然叫做"宾白"，为什么要反主为宾，犯了本末倒置的错误，认为先有树后有根呢？李渔说：我确实是始作俑者，他们批评的对。但是我既然敢这样做，或者说不得不这样做，都是有原因的啊。请允许我先说明不得不这样做的原因。前人的宾白字数少，并非因为有明确的规则限制其字数。原来他们只是把填词当成自己的任务，然后将其余的部分留给艺人发挥，认为作曲填词是我的事，上场表演是他的事，我用几句话提示一下，你就应该能自己发挥成文。

就像现在人们表演的《琵琶记》《西厢记》《荆钗记》《刘知远白兔记》《拜月亭》《杀狗记》等戏曲，曲子仍然和原来一样，但是其中的宾白、科诨等有几个地方是和原版一样呢？不过是用几句话敷衍了事罢了。而且演新的戏曲和旧的戏曲是有区别的。《琵琶记》《西厢记》《荆钗记》《刘知远白兔记》《拜月亭》《杀狗记》等戏曲，被家家户户传颂已久，老少男女都非常熟悉剧情，即使一句宾白都没有，只唱曲子，观众也能自己体会明白，所以可以不用考虑它的宾白文字的多少。至于表演一个新剧本，观众对其中的情节迷惑不解。词曲只能够传达声音，不能传递情感，想要看懂其中的前因后果，明白其中的深意，只能依靠宾白。我不是不想节省精力，当然也愿意将词曲以外的部分留给演员发挥，只是因为演员当中，能力参差不齐，谁能保证他们都能依据作者的本意将宾白发挥成文，并且全文毫无画蛇添足之嫌？与其给他们空间来增补，还不如多写点东西，让他们删减，就算删减得不恰当，也还能保留作者意图的一半，就像生病了不看医生总比乱投医要好。这就是我不得不这样做的原因。

至于我敢于这样做的原因，那就是我认为自古以来文章就没有固定的格式，有创始的人，就有循规蹈矩的人；有循规蹈矩的人，就有求同存异、自成一派而不顾天下人否定、嘲笑的人。将以前正统的格式变为奇异的，将奇异的改为正统的例子，不知道有多少，我不具体去说明，只去评论文字的多少。《左传》和《国语》都是记事的书，每一件事只有几句话，每一句话只有几个字，刚开始没有人指出它们字数少。等到班固的《汉书》，司马迁的《史记》，也都是记事的书，把几行增加到了几十、上百行，将几个字增加到了几十、上百字，难道有人批评它们字数太多而放弃《史记》和《汉书》不去读吗？这就说明，人们已经接受字数由少变多了。还有写诗的方法，以前只有古风的体裁，多达几十句、上百句，至少也有十几句，刚开始也没有人批评它字数太多，等到近体诗一出现，就将几十、上百句缩短为八句，等到绝句一出现，又将八句缩短为四句，难道有人将字数变少视为诗歌的弊病，因此摈弃近体诗只写古风诗了吗？这说明字数也可以由多变少啊。

总之，文字的多少，要看每个人的文风。文风简洁有力的人，不能强求他写的很长；文风潇洒纵情的人，不能叫他缩短篇幅。文章篇幅太短会被批评，但明明可以精简却故意写得很长也是不可取的。如果能够将文章写长而又让人不能删减，那么即使它们像宾白中古风的《史记》和《汉书》，又有什么可担心的呢？词的多少我决定不了，只是想抛砖引玉，待后来者居上。

我写的宾白，虽然有点可取之处，但是刚开始写的时候，文笔一般，常常在该简短的地方没有做到简短，所以给后人留下了删减的余地，也就不知不觉就写得散漫。现在来看，都非常拙劣。如果我能长寿，在完成了十部传记之后，能另外写首词曲，那么我将会恪尽职守，该说话的时候说话，该沉默的时候沉默。

○字分南北

【原文】

北曲有北音之字，南曲有南音之字，如南音自呼为"我"，呼人为"你"，北音呼人为"您"，自呼为"俺"为"咱"之类是也。世人但知曲内宜分，乌知白随曲转，不应两截。此一折之曲为南，则此一折之白悉用南音之字；此一折之曲为北，则此一折之白悉用北音之字。时人传奇多有混用者，即能间施于净丑，不知加严于生旦；此能分用于男子，不知区别于妇人。以北字近于粗豪，易入刚劲之口，南音悉多娇媚，便施窈窕①之人。殊不知声音驳杂，俗语呼为"两头蛮"，说话且然，况登场演剧乎？此论为全套南曲、全套北曲者言之，南北相间，如《新水令》《步步娇》之类，则在所不拘。

【注释】

①窈窕：指（好）文静而美好；（妆饰、仪容）美好。

【译文】

北曲有北方发音的字，南曲有南方发音的字，比如南方人称呼自己为"我"，称呼别人为"你"；北方人称呼别人为"您"，称呼自己为"俺""咱"等。世人都知道词曲中用字应当区分南北，但不知宾白也要和词曲一样，不应区分对待。这一折的曲子是南曲，那么其中的宾白都要用南方发音的字；若这一折曲子是北曲，那么里面就都用北方发音的字。现在人们写的传奇中经常有南北音混用的，虽然能在净角和丑角的宾白当中区分开来，但是在写生角和旦角的宾白时就不知道严格区分了。有的只能在写男子的时候区分开来，却不知道在写女子时做区分。因为北方发音的字粗犷豪放，适合用在阳刚的角色身上，而南方的大都娇媚，所以一般用于柔美的女子身上。却不知南腔北调时常混杂，俗话叫做"两头蛮"，说话是这样，更何况登场演戏呢？这种说法是针对全套南曲和全套北曲来说的，而南北相间的词曲，像《新水令》《步步娇》这一类的词曲来说，则不受这个限制。

○文贵洁净

【原文】

白不厌多之说，前论极详，而此复言洁净。洁净者，简省之别名也。洁则忌多，减始能净，二说不无相悖乎？曰：不然。多而不觉其多者，多即是洁；少而尚病其多者，少亦近芜。予所谓多，谓不可删逸之多，非唱沙作米、强凫变鹤①之多也。作宾白者，意则期多，字惟求少，爱虽难割，嗜亦宜专。每作一段，即自删一段，万不可删者始存，稍有可削者即去。此言逐出初填之际，全稿未脱之先，所谓慎之于始也。然我辈作文，常有人以为非，而自认作是者；又有初信为是，而后悔其非者。文章出自己手，无一非佳，诗赋论其初成，无语不妙。迨易日经时之后，取而观之，则妍媸好丑之间,非特人能辨别,我亦自解雌黄②矣。

此论虽说填词,实各种诗文之通病,古今才士之恒情也。凡作传奇,当于开笔之初,以至脱稿之后,隔日一删,逾月一改,始能淘沙得金,无瑕瑜互见之失矣。此说予能言之不能行之者,则人与我中分其咎。予终岁饥驱,杜门日少,每有所作,率多草草成篇,章名急就,非不欲删,非不欲改,无可删可改之时也。每成一剧,才落毫端,即为坊人攫去,下半犹未脱稿,上半业已灾梨;非止灾梨③,彼伶工④之捷足者,又复灾其肺肠,灾其唇舌,遂使一成不改,终为痼疾难医。予非不务洁净,天实使之,谓之何哉!

【注释】

①唱沙作米、强凫变鹤:以少充多、强短为长。唱沙作米,比喻以少充多或以劣为优。强凫变鹤,指硬把野鸭变作仙鹤。比喻滥竽充数,徒多无益。

②雌黄:古人校书,常用雌黄涂改文字,故雌黄有涂改推敲文字之意。

③灾梨:谓刻印无用的书,灾及作版的梨木。常用作刻印的谦词。

④伶工:旧指乐师或演员。

【译文】

没有嫌弃宾白写得太多的说法,前面已经说得很详细了,现在这篇文章我想另外谈谈文字也需要洁净。洁净,也就是简洁、不啰嗦的另外一种说法。简洁忌讳字句多,删减多余累赘的内容才能使文章干净利落。这种说法难道不是与前文提出的宾白的篇幅可以很长的说法相矛盾吗?答案是:并非如此,字句多却不觉得累赘的文章,字数多也是简洁;字句虽少还让人指责其啰嗦的文章,就算少也没有意义。我所说的多,是指字数虽多却无需删减的内容,而不是把沙子说成大米,把野鸭说成仙鹤的牵强之词。宾白的文字,思想内容应该多,字数应尽量少,喜欢的文字虽然难以割舍,但也应该围绕中心来写。每写一段,就立刻删除这段中冗余的字句,实在不能削减的再保留,该删除的就删除。这里说的是刚刚开始填词,全稿还未完成的时候,这就是创作之初就应该谨慎对待。但是我们这代人写文章,经常有别人认为不对的地方,自己却认为为对;也有刚开始自己坚信是对的,后来又认为是错的地方。只要是自己写出来的文章,就没有一处不好的地方。诗词、歌赋刚刚完成的时候,自己都认为没有语句不精妙的,等过一段时间,再拿过来看的时候,就能看出哪里好、哪里不好,不只是别人才能辨别，自己也能看得分明。

　　这个说法虽然是说填词，实际上是各种文章的通病，古今才子士人的作品中经常出现的情况。只要是写戏曲，就应该从动笔之日直至完稿之后，每隔一天就删减一次，一个月之后再修改一次，才能像从沙中淘金一样写得精妙，不会出现质量参差不齐的毛病了。这些话我能说出来却做不到，是因为我和别人处境不一样。我一年到头都因饥寒所迫终日奔波，闭门写作的时间很少，每次写的东西大多是草草完成，不是我不想删减，也不是不想修改，是没有删减修改的时间。每写成一篇戏曲，才刚刚落笔就被戏园的人抢走了，下半部还没写完，上半部就被拿到戏园了，不只是拿到戏园了，而且抢得快的乐师和演员已经拿来练习演唱了。所以我一次都没有改成，最终成了顽疾。不是我不想写得简洁，实在是老天爷不给我机会，还能说什么呢。

○意取尖新

【原文】

　　纤巧二字，行文之大忌也，处处皆然，而独不戒于传奇一种。传奇之为道也，愈纤愈密，愈巧愈精。词人忌在老实，老实二字，即纤巧之仇家敌国也。然纤巧二字，为文人鄙贱已久，言之似不中听，易以尖新二字，则似变瑕成瑜。其实尖新即是纤巧，犹之暮四朝三^①，未尝稍异。同一话也，以尖新出之，则令人眉扬目展，有如闻所未闻；以老实出之，则令人意懒心灰，有如听所不必听。白有尖新之文，文有尖新之句，句有尖新之字，则列之案头，不观则已，观则欲罢不能；奏之场上，不听则已，听则求归不得。尤物^②足以移人，尖新二字，即文中之尤物也。

【注释】

　　①暮四朝三：意思是指说法、做法有所变换而实质不变。出自《庄子·齐物论》。
　　②尤物：容貌艳丽的女子。《左传·昭公二十八年》："夫有尤物，足以移人。"

【译文】

　　"纤巧"二字是写文章的大忌，每一种体裁都是这样，唯独传奇不是这样。传奇的创作就是越纤细就越严密，越巧妙就越精致。填词的人就忌讳老套，这两个字和"纤巧"是不能共存的。但是"纤巧"这两个字很久以来被文人轻视，说出来好像不好听，就用"尖新"两个字代替它，就好像把缺点变成了优点一样。实际上"尖新"就是"纤巧"，就像把"朝三暮四"说成"暮四朝三"一样，没有一点区别。同样的一句话，用"尖新"来形容，就让人精神振奋，为之感叹，就像听到了什么新奇怪趣的事一样；如果用老套的笔触来写，就让人心灰意懒，好像听到了没有任何意义的话一样。宾白当中有"尖新"的文段，文段当中有"尖新"的句子，句子中有"尖新"的字，把这些放在书桌上，不读则已，读了就停不下来。如果在舞台上演唱，不听则已，一旦听了就不愿离去。绝美的女子能改变人，"尖新"这两个字，就是如同文章里面的绝妙女子。

○少用方言

【原文】

填词中方言之多，莫过于《西厢》一种，其余今词古曲，在在有之。非止词曲，即《四书》之中，《孟子》一书亦有方言，天下不知而予独知之，予读《孟子》五十余年不知，而今知之，请先毕其说。

儿时读"自反而缩，虽褐宽博，吾不惴焉[①]"，观朱注云："褐，贱者之服；宽博，宽大之衣。"心甚惑之。因生南方，南方衣褐者寡，间有服者，强半富贵之家，名虽褐而实则绒也。因讯蒙师，谓褐乃贵人之衣，胡云贱者之服？既云贱衣，则当从约，短一尺，省一尺购办之资，少一寸，免一寸缝纫之力，胡不窄小其制而反宽大其形，是何以故？师默然不答。再询，则顾左右而言他[②]。

具此狐疑，数十年未解。及近游秦塞，见其土著之民，人人衣褐，无论丝罗罕觏，即见一二衣布者，亦类空谷足音。因地寒不毛，止以牧养自活，织牛羊之毛以为衣，又皆粗而不密，其形似毯，诚哉其为贱者之服，非若南方贵人之衣也！又见其宽则倍身，长复扫地。即而讯之，则曰："此衣之外，不复有他，衫裳襦裤，总以一物代之，日则披之当服，夜则拥以为衾，非宽不能周遭其身，非长不能尽履其足。《鲁论》[③]'必有寝衣，长一身有半'，即是类也。"予始幡然大悟曰："太史公著书，必游名山大川，其斯之谓欤！"盖古来圣贤多生西北，所见皆然，故方言随口而出。朱文公[④]南人也，彼乌知之？故但释字义，不求甚解，使千古疑团，至今未破，非予远游绝塞，亲觏⑤其人，乌知斯言之不谬哉？

由是观之，《四书》之文犹不可尽法，况《西厢》之为词曲乎？凡作传奇，不宜频用方言，令人不解。近日填词家，见花面登场，悉作姑苏⑥口吻，遂以此为成律，每作净丑之白，即用方言，不知此等声音，止能通于吴越，过此以往，则听者茫然。传奇天下之书，岂仅为吴越而设？至于他处方言，虽云入曲者少，亦视填词者所生之地。如汤若士生于江右⑦，即当规避江右之方言，粲花主人吴石渠⑧生于阳羡，即当规避阳羡之方言。盖生此一方，未免为一方所囿。有明是方言，而我不知其为方言，及入他境，对人言之而人不解，始知其为方言者。诸如此类，易地皆然。欲作传奇，不可不存桑弧蓬矢⑨之志。

【注释】

①自反而缩，虽褐宽博，吾不惴焉：语出《孟子·公孙丑上》。原文是"自反而不缩，虽褐宽博，吾不惴焉"。

②顾左右而言他：看着两旁的人，说别的话。形容无话对答，有意避开本题，用别的话搪塞过去。语见《孟子·梁惠王下》。

③《鲁论》：鲁派《论语》。语出《论语·乡党》："必有寝衣，长一身有半。"

④朱文公：朱文公一般指朱熹。朱熹（1130—1200），字元晦，又字仲晦，号晦庵，晚称晦翁，谥号"文"，世称朱文公。

⑤觏（gòu）：遇见；看见。

⑥姑苏：即江苏吴县，今属江苏苏州。

⑦江右：长江之右。

⑧吴石渠：即吴炳（1595—1645），字石渠，号粲花主人，江苏阳羡（今江苏宜兴）人。著有《粲花馆主人传奇》五本。

⑨桑弧蓬矢：古代诸侯生子仪式，桑做弓，蓬做箭，射向四方，旧时指男儿在四方干一番事业的志向。

【译文】

说起使用方言最多的词曲，莫过于《西厢记》了，其余的词曲，不论新旧，也都存在使用方言的现象。不只是词曲，就是《四书》当中的《孟子》一书也使用了方言。这一点天底下唯独我知道，我读《孟子》五十多年了，到现在才知道，请让我先来说说。

小时候读到"自反而缩，虽褐宽博，吾不惴焉"，看朱熹的注释说：

"褐，地位低下的人穿的衣服；宽博，宽大的衣服。"我感到非常疑惑，因为我生长在南方，南方很少人穿"褐"，偶尔有人会穿，大多数是富贵人家，虽然叫做"褐"，实际上是绒布。于是我就请教老师，既然说"褐"是富贵人家穿的衣服，那么朱熹为什么说是穷人穿的衣服呢？既然说是穷人穿的衣服，那就应该俭约，短一尺就可以节省一尺的布，少一寸就可以省去缝纫一寸布的力气，那为什么不把这种衣服做得窄小，反而做得又宽又大，这是什么原因呢？老师沉默不答，我第二次问他的时候，他就开始说其他的事情转移话题。

几十年来，我的这个疑问都没有得到解答。等到最近去陕西边塞，看见那里的居民人人都穿"褐"，不要说绫罗绸缎很罕见，就连一两个穿麻布布衣的都很难见到。因为这个地方气候寒冷、土地贫瘠，只能靠放牧养活自己，所以用牛毛和羊毛织成衣服，衣服都很粗糙，一点都不细密，形状就像毯子一样，确实是穷人穿的衣服，而不是南方的富人穿的衣服。而且，我还观察到这种衣服是身体的一倍宽，长度又可以扫到地面。于是我便询问他们，他们回答说："除了这种衣服就没有别的了，内衣外衣都是它，白天就披在身上当做衣服，晚上就盖在身上作为被子，不够宽就不能包裹全身，不够长就不能遮住脚。《论语》中说到'一定有一件睡衣，长度有身体的一倍半'，说的就是这类衣服。"我这才幡然大悟说："司马迁写书，一定会游览有名的山河，说的就是这个道理啊。"原来自古以来的圣贤之人大多数都是出生在西北地区，看到的都是这种衣服，所以用方言随口而出。朱熹是南方人，他怎么会知道呢？所以只是解释字面意思，不求甚解，使得这件事成为了千古疑问，到现在还没有破解。如果不是我出远门到达边塞，亲眼见到这些人，怎么会知道他的解释是正确的呢？

由此看来，《四书》当中的文章也不可以都效法，何况《西厢记》只是词曲呢？只要是写传奇，都不应该频繁使用方言，让人产生疑问。现在很多填词者，见花面登场都用姑苏口音，于是把这当成规则了。每次写净角和丑角的宾白时，就会用方言，却不知道这种方言只会在吴越两地通用，在别的地方说这些话，就会让人听不懂。传奇是全天下的书，难道只是写给吴越两地的人看？至于其他地方的方言，虽然说很少写入曲子当中，但是也要注意避免填词者家乡的方言。比如汤显祖出生在江西，就应该避免江西的方言，粲花主人吴石渠生在阳羡，就应该避免阳羡的方言。因为生活在一个地方，难免会受到那个地方的影响。有些话明明是方言，而我却不知道它是方言，等到了其他的地方，对别人说，别人却不能理解，才知道这是方言。诸如此类，换个地方都是这样。因此，想要写传奇，就不能没有胸怀天下的志向。

○时防漏孔

【原文】

一部传奇之宾白,自始自终,奚啻①千言万语。多言多失,保无前是后非,有呼不应,自相矛盾之病乎?如《玉簪记》之陈妙常,道姑也,非尼僧也;其白云"姑娘在禅堂打坐",其曲云"从今孽债染缁衣","禅堂""缁衣"皆尼僧字面,而用入道家,有是理乎?诸如此类者,不能枚举。总之,文字短少者易为检点,长大者难于照顾。吾于古今文字中,取其最长最大,而寻不出纤毫渗漏者,惟《水浒传》一书。设以他人为此,几同笊篱②贮水、珠箔遮风,出者多而进者少,岂止三十六漏孔而已哉!

【注释】

①奚啻:何止,岂但。出自《孟子·告子下》。
②笊篱:一种发源于中国的传统的烹饪器具,用竹篾、柳条、铅丝等编成,像漏勺一样,有眼儿,烹饪时,用来捞取食物,使被捞的食品与汤、油分离。

【译文】

一部传奇的宾白,从始至终,何止千言万语。文字越多错误就越多,哪里能保证不出现前面说的对,后面却出错、前后不相呼,或是自相矛盾的问题呢?比如《玉簪记》中的陈妙常,是一位道姑,而不是尼姑,她的宾白说道"姑娘在禅堂打坐",她的词曲唱道"从今孽债染缁衣"。"禅堂""缁衣"都是用来形容尼姑、僧人的词语,却用在道姑身上,有这样的道理吗?像这样的例子举不胜举。总之,文字短少的文章容易检查出错误,篇幅太长的就很难注意到方方面面了。我看从古到今的文章当中,篇幅最长却找不出任何错误的,只有《水浒传》这一本书。假如让别人来写这本书,就像竹篮打水、珠帘挡风一样,出去的多进来的少,哪里只是三十六个漏孔而已呢?

◎科诨① 第五 计四款

【原文】

　　插科打诨,填词之末技也,然欲雅俗同欢,智愚共赏,则当全在此处留神。文字佳,情节佳,而科诨不佳,非特俗人怕看,即雅人韵士,亦有瞌睡之时。作传奇者,全要善驱睡魔,睡魔一至,则后乎此者虽有《钧天》②之乐,《霓裳羽衣》之舞,皆付之不见不闻,如对泥人作揖、土佛谈经矣。予尝以此告优人,谓戏文好处,全在下半本。只消三两个瞌睡,便隔断一部神情,瞌睡醒时,上文下文已不接续,即使抖起精神再看,只好断章取义,作零出观。若是,则科诨非科诨,乃看戏之人参汤也。养精益神,使人不倦,全在于此,可作小道观乎?

【注释】

　　①科诨:科,古代戏曲剧本指示角色动作的用语。诨,诙谐逗趣的话。科诨指戏曲里各种使观众发笑的表演。
　　②《钧天》:优美的音乐。《钧天广乐》的简称,典出《列子·周穆王》。

【译文】

　　插科打诨是填词中最不起眼的技能。但是想要让品味高雅的人和粗俗的人看了都能开心,聪明的人和愚钝的人都能欣赏,就全靠在这个地方下功夫了。文字写得好,情节好,但是科诨不好,不单单品味俗气的人不想看,就是高雅的人,也会看得打瞌睡。写传奇的人要善于驱走睡魔,睡魔一出现,就算后面有《钧天》这样的音乐、《霓裳羽衣》这样的舞蹈,也听不见看不着,就像对着泥人作揖、对着土佛谈经一样。我曾经把这一点告诉演员,说戏文精彩的部分都在下半本。只要打两三个瞌睡,就会中断部分情节,等到瞌睡醒了,前后部分就连不起来了,就算是打起精神继续看,也只能够断章取义,把这部戏断断续续地看完。像这种情况,科诨就不是上不了台面的小伎俩了,而是看戏人的参汤。全靠它,人们才提气养神,不感觉疲倦,那还可以把它看作雕虫小技吗?

○戒淫亵

【原文】

　　观文中花面插科,动及淫邪之事,有房中道不出口之话,公然道之戏场者。无论雅人塞耳,正士低头,惟恐恶声之污听,且防男女同观,共闻亵语,未必不开窥窃①之门,郑声宜放,正为此也。不知科诨之设,止为发笑,人间戏语尽多,何必专谈欲事?即谈欲事,亦有"善戏谑兮,不为虐兮"②之法,何必以口代笔,画出一幅春意图,始为善谈欲事者哉?

　　人问:善谈欲事,当用何法,请言一二以概之。予曰:如说口头俗语,人尽知之者,则说半句,留半句,或说一句,留一句,令人自思。则欲事不挂齿颊,而与说出相同,此一法也。如讲最亵之话虑人触耳者,则借他事喻之,言虽在此,意实在彼,人尽了然,则欲事未入耳中,实与听见无异,此又一法也。得此二法,则无处不可类推矣。

【注释】

　　①窥窃:指伺机窃取或男女私情。
　　②"善戏谑(xuè)兮,不为虐兮":出自《诗·卫风·淇奥》,意为喜欢讲笑捉弄人,但又不会显得粗伧恶作。

【译文】

　　戏文中的花脸插科打诨,动不动就涉及到淫邪的事情,有些在房间里都说不出口的话,却公然在戏台上说。说高雅的人听了会捂住耳朵,正直的士人会低下头,担心那些不好的语言会污染自己的耳朵,而且要防止男女一起看,一旦共同听到这些污秽的话,难免会做出一些偷偷摸摸的事。郑国的音乐应该禁止,正是因为这一点。殊不知插科打诨的存在,就是为了逗笑观众,世间开玩笑的话那么多,为什么一定要涉及到男女之事呢?即使是谈到了男女之事,也有"善于开玩笑,也要有分寸"的说法,何必口无遮拦地在观众面前描绘出一幅春意图,这才叫做擅长谈论男女之事吗?

　　有人问:"要做到擅长谈论男女之事,应该用什么方法呢?请用一两句话来概括一下。"我说:如果说的是人尽皆知的口头俗语,就说半句留半句,或者是说一句留一句,让观众自己去思考,那么男女之事没有说出口,却和说出来了一样,这是一种方法。如果讲到特别污秽的话,担心让人听到不好,就借用其他的事情来比喻,虽然说的是这个,意思却是那个,人们都能听懂,那么虽然没有听见男女之事,却和听见了没有区别,这又是一种方法。有了这两种方法,就可以以此类推了。

○忌俗恶

【原文】

科诨之妙,在于近俗,而所忌者,又在于太俗。不俗则类腐儒之谈,太俗即非文人之笔。吾于近剧中,取其俗而不俗者,《还魂》而外,则有《粲花五种》①,皆文人最妙之笔也。《粲花五种》之长,不仅在此,才锋笔藻,可继《还魂》,其稍逊一筹者,则在气与力之间耳。《还魂》气长,《粲花》稍促;《还魂》力足,《粲花》略亏。虽然,汤若士之《四梦》②,求其气长力足者,惟《远魂》一种,其余三剧则与《粲花》并肩。使粲花主人及今犹在,奋其全力,另制一种新词,则词坛赤帜③,岂仅为若士一人所攫哉?所恨予生也晚,不及与二老同时。他日追及泉台④,定有一番倾倒,必不作妒而欲杀之状,向阎罗天子掉舌,排挤后来人也。

【注释】

①《粲花五种》:又名《石渠五种曲》《粲花五种曲》等,传奇剧本集,明吴炳作,包括《情邮记》《绿牡丹》《西园记》《疗妒羹》《画中人》五个作品。
②《四梦》:汤显祖《牡丹亭》《邯郸记》《南柯记》《紫钗记》四剧的合称,因四剧都写到梦,世称"四梦"。
③赤帜:胜利的红旗。
④泉台:九泉之下,墓穴。

【译文】

插科打诨的奇妙之处,在于较为通俗,却又忌讳太过粗俗。不通俗就会像迂腐的读书人说话,太粗俗就不像是出自文人之笔。我看近代戏剧当中,写的较为通俗而不会过于粗俗的,除了《还魂记》之外,还有《粲花五种》,都是文人写的上等佳作。《粲花五种》的优点,不仅仅这一点,它的才气、文风辞藻都可以和《还魂记》媲美,稍微次一点的地方就在于它的气度和力度。《还魂》气韵深长,《粲花》稍显急促;《还魂》力度充足,而《粲花》稍显欠缺。尽管如此，汤显祖的《四梦》中，气韵和力度俱佳的，只有《还魂》这一部，其他的三部就和《粲花》水平相当。如果《粲花》的作者还在世，尽全力再写出一部新的词曲，那么词坛的领袖哪里会只有汤显祖一个人？很遗憾我出生得晚，不能和两位前辈生活在同一个时代。有一天我一定追到黄泉之下，和他们较量一番。他们一定不会因为妒忌我而想把我杀害，也不会向阎王爷说我的坏话，排挤我这个后辈。

○重关系

【原文】

科诨二字，不止为花面而设，通场脚色皆不可少。生旦有生旦之科诨，外末有外末之科诨，净丑之科诨则其分内事也。然为净丑之科诨易，为生旦外末之科诨难。雅中带俗，又于俗中见雅；活处寓板，即于板处证活。此等虽难，犹是词客优为之事。所难者，要有关系。关系维何？曰：于嘻笑灰谐之处，包含绝大文章；使忠孝节义之心，得此愈显。如老莱子之舞斑衣①，简雍之说淫具②，东方朔③之笑彭祖面长，此皆古人中之善于插科打诨者也。作传奇者，苟能取法于此，是科诨非科诨，乃引人入道之方便法门耳。

【注释】

①老莱子之舞斑衣：老莱子是中国历史上著名的孝子。他孝养双亲，72岁时，为了使二老快乐，还经常穿着彩衣，做婴儿的动作，以取悦双亲。后人以"老莱衣"比喻对老人的孝顺。

②简雍之说淫具：简雍是三国时刘备的谈客，据其《传记》说，刘备拜简雍为昭德将军。时天旱禁酒，凡酿酒者处以刑罚。简雍与刘备游观，路上见一男女，简雍对刘备说："他们要行淫，为什么不抓起来？"刘备曰："你怎么知道他们行淫？"简雍对曰："他们有行淫之具，与欲酿者同。"刘备大笑，而下令放了"欲酿"者。

③东方朔：东方朔（约前161—前93），字曼倩，平原郡厌次县人，西汉时期著名文学家。他性格诙谐，言词敏捷，滑稽多智，常在武帝面前谈笑取乐。

【译文】

科诨两个字，不只是为花脸所设立的，全场的角色都不能没有科诨。生角、旦角有自己的科诨，外末也有自己的科诨，对于净角和丑角，科诨就是他们分内的事情了。然而写净角和丑角的科诨容易，写生、旦、外末的科诨就难了。要做到高雅当中带点俗气，俗气当中又体现高雅；也要做到活泼中包含一点刻板，在刻板中体现活泼。这些虽然很难做到，却还是填词之人擅长的事情。真正难的地方是要有"关系"。"关系"是什么呢？回答说："在嬉笑诙谐的地方蕴含深刻的含义，借用这种方式更好地传播忠孝节义的品德。就像老莱子穿彩衣逗乐双亲，简雍谈论淫具，东方朔嘲笑彭祖脸长，这些人都是古人当中善于插科打诨的。"写传奇的人，如果能够向他们学习，那么科诨就不仅是科诨了，而是将人引入正道的简便方法了。

○贵自然

【原文】

科诨虽不可少，然非有意为之。如必欲于某折之中，插入某科诨一段，或预设某科诨一段，插入某折之中，则是觅妓追欢，寻人卖笑，其为笑也不真，其为乐也亦甚苦矣。妙在水到渠成，天机自露。"我本无心说笑话，谁知笑话逼人来"，斯为科诨之妙境耳。如前所云简雍说淫具，东方朔笑彭祖，即取二事论之。

蜀先主①时，天旱禁酒，有吏向一人家索出酿酒之具，论者欲置之法。雍与先主游，见男女各行道上，雍谓先主曰："彼欲行淫，请缚之。"先主曰："何以知其行淫？"雍曰："各有其具，与欲酿未酿者同，是以知之。"先主大笑，而释蓄酿具者。

汉武帝时，有善相者，谓人中②长一寸，寿当百岁。东方朔大笑，有司奏以不敬。帝责之，朔曰："臣非笑陛下，乃笑彭祖耳。人中一寸则百岁，彭祖岁八百，其人中不几八寸乎？人中八寸，则面几长一丈矣，是以笑之。"

此二事，可谓绝妙之诙谐，戏场有此，岂非绝妙之科诨？然当时必亲见男女同行，因而说及淫具；必亲听人中一寸寿当百岁之说，始及彭祖面长，是以可笑，是以能悟人主。如其未见未闻，突然引此为喻，则怒之不暇，笑从何来？笑既不得，悟从何来？此即贵自然、不贵勉强之明证明也。

吾看演《南西厢》，见法聪口中所说科诨，迂奇诞妄，不知何处生来，真令人欲逃欲呕，而观者听者绝无厌倦之色，岂文章一道，俗则争取，雅则共弃乎？

【注释】

①蜀先主：指蜀汉昭烈帝刘备。
②人中：上唇上方正中的凹痕。

【译文】

　　插科打诨虽然不可缺少，但也不能刻意而为。如若想要在某折中为某个角色插入一段科诨，或者为某个角色预设的一段科诨插入某折中，那就像嫖客的寻欢作乐，妓女虽强颜欢笑，但笑容不真，虽然嫖客是在求乐，却也并非是真正的快乐。科诨的妙处就在于它的水到渠成，以及情感的自然流露。"我本来无心说笑，谁知道笑话就自己来了"，这就是科诨的绝妙境界。就像前面说的简雍谈论淫具，东方朔嘲笑彭祖一样，现在就这两件事来说说。

　　三国时期，蜀先主刘备掌权时，有一年天气干旱，禁止酿酒，有一个官吏在一户人家中搜出了酿酒的工具，有人说要将那个私藏工具的人处置。当时简雍陪同刘备出门，看见一男一女一起走在路上，简雍就对刘备说："他们想要做淫乱的事，请把他们绑起来。"刘备说："你怎么知道他们要做淫乱的事呢？"简雍说："他们各自身上都长着淫具，这和那个想要酿酒却没有酿的人一样，所以我这么认为。"刘备大笑，便释放了私藏酿酒工具的人。

　　汉武帝时期，有个善于看相的人，说人中有一寸长的人，能活到一百岁。东方朔大笑，有个官吏就上报给皇上，说东方朔对皇上不尊重。汉武帝责怪东方朔，他就说："臣不是笑皇上，是笑彭祖啊，人中一寸能活一百岁，彭祖活了八百岁，那他的人中岂不是快八寸长了？人中八寸长，那他的脸有一丈长了吧，所以我才笑他。"

　　这两件事，可以说是非常的精妙诙谐，戏场上有这样的科诨，难道不是绝妙的科诨吗？但是当时简雍一定是要亲眼看见一男一女走在路上，才能说到淫具；东方朔一定要亲耳听到有人说出人中一寸能活一百岁，才能说到彭祖脸长，才能让人觉得好笑，让人主理解其中的道理。如果是没有看见、没有听见，突然就拿这些来做比喻，那么皇上生气还来不及呢，哪里会大笑？既然不会笑，怎么能领悟到道理呢？这就是科诨要尽量自然，不能牵强地实证。我看戏曲《南西厢》，听到法聪口中说的科诨，十分刻板、荒诞，不知道从哪里冒出来的句子，真的是让人想逃离和呕吐，但是观众却一点也不觉得厌倦，难道文章要低俗人们才会抢着看，高雅反而会被大家嫌弃吗？

◎格局第六 计五款

【原文】

　　传奇格局,有一定而不可移者,有可仍可改、听人自为政者。开场用末①,冲场用生;开场数语,包括通篇,冲场②一出,蕴酿全部,此一定不可移者。开手宜静不宜喧,终场忌冷不忌热,生旦合为夫妇,外与老旦非充父母即作翁姑,此常格也。然遇情事变更,势难仍旧,不得不通融兑换而用之,诸如此类,皆其可仍可改,听人为政者也。近日传奇,一味趋新,无论可变者变,即断断当仍者,亦如改窜,以示新奇。予谓文字之新奇,在中藏③,不在外貌,在精液,不在渣滓④,犹之诗赋古文以及时艺⑤,其中人才辈出,一人胜似一人,一作奇于一作,然止别其词华,未闻异其资格⑥。有以古风之局而为近律者乎?有以时艺之体而作古文者乎?绳墨⑦不改,斧斤自若,而工师之奇巧出焉。行文之道,亦若是焉。

【注释】

　　①末:元杂剧和明清传奇的角色行当,主要有生、末、净、旦、丑,还有外。其中,末扮演中年男子,生主要扮演青年男子,外主要扮演老年男子。

　　②冲场:指传奇剧本的第二折。

　　③中藏:原指内脏。后来比喻诗文内容。

　　④渣滓:指剩下的废料,取出精华后残余的东西。

　　⑤时艺:即时文、八股文。

　　⑥资格:格局,格式。

　　⑦绳墨:木匠用来画墨线,矫正曲直的工具。这里指规矩、规则。

【译文】

　　传奇的结构,可分为以下五个部分:家门(即开场)、冲场、出脚色、小收煞和大收煞(即终场)。在这五个部分中,有固定不能改动的部分,也有可改可不改、因人而异的部分。开场用末角,且开场的几句话要概括全篇的内容;冲场用生角,且冲场的一出戏要为全部的内容做好准备,这是定律。开场的时候应该安静而不应该吵闹,终场的时候忌冷清而不忌热闹。生、旦结合为夫妻,外末和老旦不是成为了父母就是公婆,这是成规。但是如果遇到情节变化，情况不一样了。就很难遵循原来的形式，不得不变通一下。像这样的情况，都是可改可不改的，看人们自己的选择罢了。最近的传奇，一味追求创新，不要说该改的改了，连不应该改的也改了，以此来显示自己的新奇。我认为文字的新奇体现在内涵和精华部分，而不在形式结构。就像诗、附、古文以及八股文，其中人才辈出，一个比一个出色，作品一部比一部新奇，但都只是在用词上有区别，没听说其结构有什么区别。有用古风的格式来写近体律诗的吗？有用八股文的格式写古文的吗？大体上遵循规则，细微处自由发挥，工匠的奇特巧妙之处就是这样体现的，写文章也是如此。

○家门①

【原文】

开场数语，谓之"家门"。虽云为字不多，然非结构已完、胸有成竹者，不能措手。即使规模已定，犹虑做到其间，势有阻挠，不得顺流而下，未免小有更张，是以此折最难下笔。如机锋锐利，一往而前，所谓信手拈来，头头是道，则从此折做起；不则姑缺首篇，以俟终场补入。犹塑佛者不即开光②，画龙者点睛有待，非故迟之，欲俟全像告成，其身向左则目宜左视，其身向右则目宜右观，俯仰低徊，皆从身转，非可预为计也。此是词家讨便宜法，开手即以告人，使后来作者未经捉笔，先省一番无益之劳，知笠翁为此道功臣，凡其所言，皆真切可行之事，非大言欺世者比也。

未说家门，先有一上场小曲，如《西江月》《蝶恋花》之类，总无成格，听人拈取。此曲向来不切本题，止是劝人对酒忘忧、逢场作戏诸套语。予谓词曲中开场一折，即古文之冒头③，时文之破题④，务使开门见山，不当借帽覆顶。即将本传中立言大意，包括成文，与后所说家门一词相为表里。前是暗说，后是明说，暗说似破题，明说似承题⑤，如此立格，始为有根有据之文。场中阅卷，看至第二三行而始觉其好者，即是可取可弃之文；开卷之初，能将试官眼睛一把拿住，不放转移，始为必售之技。吾愿才人举笔，尽作是观，不止填词而已也。

元词开场，止有冒头数语，谓之"正名"⑥，又曰"楔子"⑦，多则四句，少则二句，似为简捷。然不登场则已，既用副末上场，脚才点地，遂尔抽身，亦觉张皇失次。增出家门一段，甚为有理。然家门之前，另有一词，今之梨园皆略去前词，只就家门说起，止图省力，埋没作者一段深心。

大凡说话作文,同是一理,入手之初,不宜太远,亦正不宜太近。文章所忌者,开口骂题,便说几句闲文,才归正传,亦未尝不可,胡遽惜字如金,而作此卤莽灭裂⑧之状也?作者万勿因其不读而作省文。至于末后四句,非止全该⑨,又宜别俗。元人楔子,太近老实,不足法也。

【注释】

①家门:戏曲名词术语,明清戏曲开场以副末登场简述写作缘起和剧情,称为自报家门。

②开光:佛像、神像塑成后,择吉日举行仪式,开始供奉。

③冒头:创作古文的开头、引子。

④破题:创作八股文的开头几句话,揭示主题。

⑤承题:八股文的第二部分承接破题的部分。

⑥正名:元杂剧的开场白。元明杂剧最后有两句或四句对子,总括全剧内容。一般称前一句或前两句为"题目",后一句或后两句为"正名"。

⑦楔子:元杂剧结构中四折之外的情节段落,一般放在篇首,或在剧中。用以点明、补充正文,或者说引出正文或是为正文做铺垫。

⑧卤莽灭裂:语出《庄子·则阳》:"昔予为禾,耕而卤莽之,则其实亦卤莽而报予;芸而灭裂之,其实亦灭裂而报予。"形容做事草率粗疏。

⑨全该:概括完备。该,通"赅",兼备。

【译文】

开场的几句话,叫做"家门"。虽然字数不多,但只有构思好结构,胸有成竹,方可下手写。即使是全篇的结构已经确定,还是会担心写到一半的时候,会遇到困难阻碍,不能顺畅地写下去,难免会做一些小的更改,所以这一折最难写。如果作者文思泉涌,下笔如有神,就像人们说的信手拈来,写得头头是道,那就从这一折开始写。否则就暂且空出开头,等写完其他部分再将开头补上。就像雕刻佛像的人不会一做好就马上开光,画家画好龙后也要等等再画眼睛。这不是故意延迟时间,是想等到全部的画像完成之后,如果龙的身体侧向左边,它的眼睛就应该向左看;如果身体侧向右边,眼睛就应该向右边看。向上、向下、向前、向后看,都要根据身体的角度来变化,不可以事先计划好。空着开头不写是填词者的窍门,现在我把这个窍门告知大家,那么以后的填词者下笔前就可以省去构思情节的功夫了,现在大家知道我李渔对此是有贡献的,凡是我说的话,都是切实可行的,而不是欺骗世人的大话。

在自报家门之前，有一段开场小曲，像《西江月》和《蝶恋花》之类，通常没有定律，可以自由发挥。这段曲子向来和剧本主题不相符，只是一些劝人喝酒忘忧、逢场作戏的套话。我认为家门中的曲词部分，就是古文中的"冒头"，八股文的"破题"，一定要开门见山。而且应该将全篇的大致意思都囊括其中，和后面述说的家门部分相呼应，前面是暗指，后面是明说，暗指就像是"破题"，而明说则像是"承题"。有这样的词曲结构，才算是有根有据的文章。科举考试阅卷的时候，看到一篇文章的第二、三行才觉得好的话，那就是可有可无的文章，无足轻重；如果在一开始阅读的时候就能吸引考官的眼球，牢牢抓住他的注意力，那才是有亮点的文章。我希望所有的文人提笔写作都要做到这样，而不只是填词才需要这样做。

元代词曲的开场只有几句话点明主旨，叫做"正名"，又可以叫做"楔子"，多的时候有四句，少的时候只有两句，看起来好像简洁明了，但是如果不登场表演也就算了，既然让副末上场，才刚刚上场说完两三句话，就马上抽身离开，也难免让人感觉匆忙无序。因此，增加自报家门这一段，就很有道理了。然而在自报家门前面，另外还有一段词，现在的戏场都省略掉这段台词，就从自报家门说起，虽然节省了精力，却埋没了作者的深刻意图。说话和写文章，都是同样的道理，在动笔的时候，不能够太过偏离主题，也不能够太直截了当。文章所忌讳的就是开头就揭示主题，先说几句题外话，然后言归正传也未尝不可。为什么一定要惜字如金，这样草草了事呢？作者一定不可以自认为读者不会读开头，而省去前面的词不写。对于后面的四句自报家门的话，不仅仅要写得全面，还要避免俗套。元代人的楔子，太过于平实古板，不值得学习。

○冲场

【原文】

开场第二折，谓之"冲场"。冲场者，人未上而我先上也，必用一悠长引子[1]。引子唱完，继以诗词及四六排语[2]，谓之"定场白"，言其未说之先，人不知所演何剧，耳目摇摇，得此数语，方知下落，始未定而今方定也。此折之一引一词，较之前折家门一曲，犹难措手。务以寥寥数言，道尽本人一腔心事，又且蕴酿全部精神，犹家门之括尽无遗也。同属包括之词，而分难易于其间者，以家门可以明说，而冲场引子及定场诗词全用暗射[3]，无一字可以明言故也。

非特一本戏文之节目全于此处埋根,而作此一本戏文之好歹,亦即于此时定价。何也?开手笔机飞舞,墨势淋漓,有自由自得之妙,则把握在手,破竹之势已成,不忧此后不成完璧。如此时此际文情艰涩,勉强支吾,则朝气昏昏,到晚终无晴色,不如不作之为愈也。然则开手锐利者宁有几人?不几阻抑后辈,而塞填词之路乎?曰:不然。有养机使动之法在:如入手艰涩,姑置勿填,以避烦苦之势;自寻乐境,养动生机,俟襟怀略展之后,仍复拈毫,有兴即填,否则又置,如是者数四,未有不忽撞天机者。若因好句不来,遂以俚词塞责,则走入荒芜一路,求辟草昧④而致文明不可得矣。

【注释】

①引子:戏曲角色初上场时所念的一段词句,有时唱和念相间。
②排语:指对偶或排比的句子。
③暗射:借此指彼,暗指。
④草昧(mèi):原始未开化的状态。

【译文】

开场的第二折,叫做"冲场"。冲场就是指别人还没上场,我就先上场。一上场一定会先唱一段很长的引子,引子唱完了,再说一些诗词和四句、六句排比或对偶的句子,这就叫做"定场白",也就是在这些话还没说的时候,人们不知道这部剧演的是什么,听了这些话之后,就知道后面要演什么了。这一折中的一个引子和一段定场词,比前一折的自报家门还更难写。这一折中寥寥几句话就要将自己的全部想法都说清楚,还要酝酿出整部剧的思想情感,就像自报家门时要概括完整一样。同样都是要概括大意的词,但是却有难易之分,因为自报家门可以直白地说,而冲场的引子和定场诗词都只能用暗示的方法来写。

不仅一部戏的所有情节都要在这里做好铺垫,而且整部词曲的水准,也是在冲场部分可以有个定论。这是为什么呢?因为在一下笔的时候就文采飞扬,写得酣畅淋漓,创作得非常地挥洒自如,有了一个很顺利的势头,自然很有把握,就不用担心后面难以成功。如果从这里开始就写得很艰难,勉强挤出几句话,那么就会死气沉沉,到后面情况也不会得到改善,没灵感的时候就最好不要写。但是开头就能如行云流水的又有几个人呢?这样说难道不是打击后辈的积极性而且堵死了填词的这条路了吗?回答说:不是这样。还有方法可以培养和激发灵感,即如果是开头就难以下手,为了避免烦闷苦恼,可以将填词一事暂时搁置;自己要寻找乐趣,养精蓄锐,等到思路稍微开阔,就继续提笔,有灵感就马上填写,没有就再次暂停,这样来回几次,一定会忽然涌现灵感的。如果因为想不到好的句子,就用低俗的句子敷衍了事,就毫无希望。无法避免粗俗,想写出文雅的作品也就难了。

○出脚色

【原文】

本传中有名脚色,不宜出之太迟。如生为一家,旦为一家,生之父母随生而出,旦之父母随旦而出,以其一部之主,余皆客也。虽不定在一出二出,然不得出四五折之后。太迟则先有他脚色上场,观者反认为主,及见后来人,势必反认为客矣。即净丑脚色之关乎全部者,亦不宜出之太迟。善观场者,止于前数出所见,记其人之姓名;十出以后,皆是枝外生枝,节中长节,如遇行路之人,非止不问姓字,并形体面目皆可不必认矣。

【译文】

一部剧中有名的角色,不应该太晚出场。比如所有生角是一家,所有旦角是一家,生角的父母要和生角一起出场,旦角的父母也应该和旦角一起出场,因为这些角色都是一部剧的主角,其他的角色都是配角。虽然主角不一定要在第一、第二折出场,但是也不能在第四、第五折之后出场。因为太晚了就会有其他的角色先出场,观众反而会把配角当成主角,等到看见后面的角色时,一定会把他们当成配角了。即使是像净角和丑角这样相对次要的角色,因为贯穿整部剧,也不应该太迟出场。善于看戏的观众,只会记前面出场的角色,并且记住他们的姓名;十个角色出场后,剩余的都是陪衬主角的配角,对观众来说,这些角色就像是路人,不但不会问他们的姓名,就是连体型、相貌都可以不用看清。

○小收煞①

【原文】

上半部之末出,暂摄情形,略收锣鼓,名为"小收煞"。宜紧忌宽,宜热忌热,宜作郑五歇后②,令人揣摩下文,不知此事如何结果。如做把戏者,暗藏一物于盆盎衣袖之中,做定而令人射覆③,此正做定之际,众人射覆之时也。戏法无真假,戏文无工拙,只是使人想不到、猜不着,便是好戏法、好戏文。猜破而后出之,则观者索然,作者赧然④,不如藏拙之为妙矣。

【注释】

①小收煞:传奇结构分为上、下部,上部的结尾叫做"小收煞"。
②郑五歇后:唐朝郑綮作诗常用歇后语,人们称之为"郑五歇后体"。
③射覆:民间近似于占卜术的猜物游戏。在瓯、盂等器具下覆盖某一物件,让人猜测里面是什么东西。语出《汉书·东方朔传》。
④赧(nǎn)然:形容难为情的样子,羞愧的样子。

【译文】

上半部的最后一出戏,剧情开始放缓,锣鼓声逐渐变小,这就叫作"小收煞"。"小收煞"应该紧凑而不能松散,应该气氛热闹而忌讳冷清,应该写成像郑綮的歇后语那样,让观众自己揣摩下文,对结局感到好奇。就像变戏法的人暗地里藏了一件物品在衣袖中,藏好了就让观众去猜测,"小收煞"就是让观众去猜想的阶段。戏法没有真假之分,戏文也没有优劣之分,只要是让观众想象不到、猜测不到的,就是好戏法、好戏文。被观众猜中之后再表演的话,就会让观众觉得无聊,也让作者觉得尴尬,还不如不从事这个行当。

○大收煞

【原文】

全本收场,名为"大收煞"。此折之难,在无包括之痕,而有团圆之趣。如一部之内，要紧脚色共有五人，其先东西南北各自分开，至此必须会合。此理谁不知之？但其会合之故，须要自然而然，水到渠成，非由车戽①。最忌无因而至，突如其来，与勉强生情，拉成一处，令观者识其有心如此，与恕其无可奈何者，皆非此道中绝技，因有包括之痕也。骨肉团聚，不过欢笑一场，以此收锣罢鼓，有何趣味？水穷山尽之处，偏宜突起波澜，或先惊而后喜，或始疑而终信，或喜极信极而反致惊疑，务使一折之中，七情俱备，始为到底不懈之笔，愈远愈大之才，所谓有团圆之趣者也。予训儿辈，尝云："场中作文，有倒骗主司②入彀③之法：开卷之初，当以奇句夺目，使之一见而惊，不敢弃去，此一法也；终篇之际，当以媚语摄魂，使之执卷留连，若难遽别，此一法也。"收场一出，即勾魂摄魄之具，使人看过数日，而犹觉声音在耳、情形在目者，全亏此出撒娇，作"临去秋波那一转"④也。

【注释】

①车戽（hù）：用水车汲水。戽，汲。比喻很勉强、费力的事情。

②主司：科举考试的主试官。

③入彀（gòu）：指弓箭射程之内。后因以"入彀"比喻人才被某掌握，被其笼络网罗。

④临去秋波那一转：语出《西厢记》，张生初见崔莺莺，崔莺莺走时看了张生一眼，张生陶醉其中，心神俱醉，久久回味。唱词中有"临去秋波那一转"。

【译文】

全剧的最后一场戏叫作"大收煞"。这一折的难处就在于不能有概括全剧的痕迹，但是却要有团圆的场景。比如一部剧中的主要角色一共有五个，刚开始他们东南西北各自分散开，到了结尾的时候一定要会合到一起。这个道理有谁不知道呢？但是他们会合的原因，一定要自然而然、水到渠成，而不能太过刻意。最忌讳的就是事发无因、突如其来，以及强行设计情节，把人物都硬扯到一块，如此生搬硬套，观众都看在眼里，还只能宽容作者的这种无奈之举，这不是写"大收煞"的最高超的技艺，因为这样有刻意制造大团圆的痕迹。各个角色团聚，不过是让观众欢笑一场，用这种场景来收尾，有什么趣味呢？在剧作即将收尾的时候，更应该突然出现跌宕起伏的情节，让观众先惊讶后喜悦，或让观众先疑惑后相信，或让观众先看得兴奋不已、深信不疑，最后反而大吃一惊。总之，一定要让这一折中各种情感都俱备，并从剧作开始就要奋力写好，直至剧尾都不能松懈，情感越丰富越好，这才真正有团圆的乐趣。我教育后辈们曾经说过："在考场上写文章，这样做可以将主考官引入你的圈套：以新奇的句子开篇来引起他的注意，让他看了觉得惊讶，不敢舍弃，这是一种方法；以美妙的句子结尾来吸引考官，让他手持考卷反复回味，似乎很难放下，这是另一种方法。"最后一场戏，就是勾魂摄魄的工具，让人看了几天之后，觉得声音还在耳边回荡，剧情还历历在目，这全依靠结尾的吸引力，就像临别时的回眸一笑。

◎ 填词余论

【原文】

读金圣叹所评《西厢记》，能令千古才人心死。夫人作文传世，欲天下后代知之也，且欲天下后代称许而赞叹之也。殆其文成矣，其书传矣，天下后代既群然知之，复群然称许而赞叹之矣，作者之苦心，不几大慰乎哉？予曰：未甚慰也。誉人而不得其实，其去毁也几希。但云千古传奇当推《西厢》第一，而不明言其所以为第一之故，是西施之美，不特有目者赞之，盲人亦能赞之矣。自有《西厢》以迄于今，四百余载推《西厢》为填词第一者，不知几千万人，而能历指其所以为第一之故者，独出一金圣叹。是作《西厢》者之心，四百余年未死，而今死矣。不特作《西厢》者心死，凡千古上下操觚立言①者之心，无不死矣。人患不为王实甫耳，焉知数百年后，不复有金圣叹其人哉！

圣叹之评《西厢》，可谓晰毛辨发，穷幽极微，无复有遗议于其间矣。然以予论之，圣叹所评，乃文人把玩之《西厢》，非优人搬弄之《西厢》也。文字之三昧，圣叹已得之；优人搬弄之三昧，圣叹犹有待焉。如其至今不死，自撰新词几部，由浅入深，自生而熟，则又当自火其书，而别出一番诠解。甚矣，此道之难言也。

圣叹之评《西厢》，其长在密，其短在拘，拘即密之已甚者也。无一句一字不逆溯其源，而求命意之所在，是则密矣，然亦知作者于此有出于有心，有不必尽出于有心者乎？心之所至，笔亦至焉，是人之所能为也；若夫笔之所至，心亦至焉，则人不能尽主之矣。且有心不欲然，而笔使之然，若有鬼物主持其间者，此等文字，尚可谓之有意乎哉？文章一道，实实通神，非欺人语。千古奇文，非人为之，神为之、鬼为之也，人则鬼神所附者耳。

【注释】

①操觚立言：执简立言，指写作。

【译文】

读金圣叹评析的《西厢记》可以让千古才人心愿了却。人们写文章流传于世间，是希望自己的文章能为后代所知，并得到他们的认可以及称赞。

等到作品完成了，并成为传唱之作，得到了后代的称赞和认可，作者的一片苦心，不就得到了很大的安慰了吗？我回答说：没有很宽慰啊。赞美别人时若只是泛泛而谈，那就和诋毁别人没什么区别。只要说到千古有名的传奇就首推《西厢记》，却不明确地说出它能获得第一的原因，这有什么意义呢？就像西施的美丽，不只是能看见的人会赞美她，就连盲人也会赞美她。自从《西厢记》完成到现在，四百多年的时间里，认为《西厢记》是最佳填词作品的人，不知有几千万人，但只有一人能细说它的优胜之处，那就是金圣叹。所以《西厢记》作者的写作意图，四百多年来都没有人读懂，现在金圣叹读懂了。不仅仅是《西厢记》作者的心愿了却了，而且从古到今写作的人都了却了心愿。人们都担心自己不能成为王实甫这样的才子，但说不定几百年后又会再出现一个金圣叹呢？

金圣叹对《西厢记》的评析可以说是丝丝入扣，对所有细节都进行了评论。但是在我看来，金圣叹评论的是文人欣赏的《西厢记》，而不是演员表演的《西厢记》。文字的创作技巧，金圣叹已经掌握了；演员表演的方法，还有待于金圣叹钻研。如果他到现在还没死，自己写几部新词，磨练填词的技艺，现在他就会一把火烧掉自己过去对《西厢记》的点评，然后另外解释一番。戏曲的评论实在是难啊。

金圣叹对《西厢记》的评论，优点在于它的细致，缺点在于它的拘谨。它的拘谨就是它过分追求细致造成的。一字一句都在追溯它的来源和作者的意图，所以很细致，但是要知道作者这样写，有时候是有意图的，有时候就不一定是有意图。内心所想到的，用笔头写出来，这是人人都可以做到的；笔头写出来的，内心也能够想到，但这却不完全是人们内心的想法。况且有时候心里不是这样想的，笔下却是这样写的，就像有鬼神在操纵一样，这样的文字，还可以叫做有意图吗？写文章确实是鬼使神差的事情，这不是骗人的话。自古以来新奇的文章，并不是人写的，是鬼神写的，人就是被鬼神附体了啊。

演习部

【原文】

选脚色、正音韵等事,载在《歌舞》项下。男优女乐,事理相同,欲习声乐者,两类互观,始无缺略。

【译文】

选角色和纠正音韵之类的事都记载在《歌舞》下面。对男演员和女乐师来说,道理都是一样的,想要学习声乐的人,两方面都要学习、对比,这样才能没有缺略。

◎ 选剧第一　计二款

【原文】

填词之设，专为登场；登场之道，盖亦难言之矣。词曲佳而搬演不得其人，歌童好而教率不得其法，皆是暴殄天物，此等罪过，与裂缯①毁璧等也。方今贵戚通侯②，恶谈杂技，单重声音，可谓雅人深致③，崇尚得宜者矣。所可惜者：演剧之人美，而所演之剧难称尽美；崇雅之念真，而所崇之雅未必果真。尤可怪者：最有识见之客，亦作矮人观场④，人言此本最佳，而辄随声附和，见单即点，不问情理之有无，以致牛鬼蛇神塞满氍毹⑤之上。

极长词赋之人，偏与文章为难，明知此剧最好，但恐偶违时好，呼名即避，不顾才士之屈伸，遂使锦篇绣帙，沉埋瓿瓮之间。汤若士之《牡丹亭》《邯郸梦》得以盛传于世，吴石渠之《绿牡丹》《画中人》得以偶登于场者，皆才人侥幸之事，非文至必传之常理也。若据时优本念，则愿秦皇复出，尽火文人已刻之书，止存优伶所撰诸抄本，以备家弦户诵而后已。

伤哉，文字声音之厄，遂至此乎！吾谓《春秋》之法⑥，责备贤者，当今瓦缶雷鸣，金石绝响，非歌者投胎之误，优师⑦指路之迷，皆顾曲周郎之过也。使要津之上⑧，得一二主持风雅之人，凡见此等无情之剧，或弃而不点，或演不终篇而斥之使罢，上有憎者，下必有甚焉者矣。观者求精，则演者不敢浪习，黄绢色丝之曲，外孙齑臼之词⑨，不求而自至矣。吾论演习之工而首重选剧者，诚恐剧本不佳，则主人之心血，歌者之精神，皆施于无用之地。使观者口虽赞叹，心实咨嗟，何如择术务精，使人心口皆羡之为得也。

【注释】

①裂缯（zēng）：撕裂绸子。缯，古代对丝绸的总称。
②通侯：秦汉时代二十等军功爵的最高一等，又称彻侯、列侯。
③致：情趣。
④矮人观场：出自朱熹《朱子语类》："如矮子看戏相似，见人道好，他亦道好。"比喻没有主见，盲目跟风。
⑤氍毹（qú shū）：原指毛织地毯。旧时戏台演出常铺红色氍毹，因以氍毹或红氍毹代称戏台。

⑥吾谓《春秋》之法：语出《新唐书·太宗本纪》："《春秋》之法，常责备于贤者。"此处指把责任归咎于有才能的人。

⑦优师：优伶的老师，相当于如今的导演。

⑧要津之上：要津，指重要渡口。指身在重要岗位上的官员。

⑨黄绢色丝之曲，外孙齑臼之词：典出《世说新语·捷悟》。黄绢，色丝也，此为"绝"字；幼妇，少女也，此为"妙"字；外孙，女之子也，此为"好"字；齑臼，受辛也，此为"辝"（"辝"同"辞"）字。"黄绢幼妇，外孙齑臼"，意为"绝妙好辞"。

【译文】

填词的目的就是为上场表演提供剧本；而登场表演的技巧，很难用三言两语说清楚。词曲好而找不到合适的演员，演员好而教他们演唱的方法不对，都是浪费了好东西，这种罪过，就和撕裂丝绸、毁坏玉璧一样。现在的官员都不喜欢谈论杂技，只喜欢听戏曲，可以说是高雅的人崇尚很深刻、有内涵的艺术。但令人惋惜的是：演员演技精湛而常常戏剧作品很难称得上完美；崇尚高雅艺术的想法是真实的，但是所崇尚的艺术未必真正高雅。尤其令人觉得奇怪的是：即使是最有想法和见解的观众也会像矮子看戏一样，因为看不着戏台上的表演只能听旁边的人说戏，别人说这场戏是最好的，他们就会跟着附和称好，拿到戏单就随意点，而不去了解剧情是否合乎情理，这样导致戏场上全是些牛鬼蛇神一样的作品。

精通词赋的人，往往会敌视曲文。明明知道这部剧是最好的，却为了迎合当下人们的喜好，故意回避它，罔顾作者的才华被埋没，佳作被淘汰。汤显祖的《牡丹亭》《邯郸梦》能够世世代代地流传，吴石渠的《绿牡丹》《画中人》能够偶然拿上戏台表演，都是侥幸而已，并不是所有精品佳作都能保留原作者的署名流传下来。如果按照当时演员们的想法，他们肯定希望秦始皇能够活过来，把文人们刻印的作品都烧了，只留下演员们自己改编的剧本，让家家户户传唱就好了。

可悲啊，戏曲已经沦为这般田地了吗？我认为应该效仿《春秋》里面的办法，把责任都归在有才能的人身上。如今粗制滥造的作品煊赫一时，真正好的作品难以流传，不是因为演员投错了胎，也不是演员的师父教导不力，应该归咎于精通戏曲的人。如果戏曲行业当中能有一两个领袖提倡高雅的风气，对于这种不合情理的剧本要么弃之不点，要么中途叫停，那么，风雅之士的不满意一定会带动普通观众更强烈的反响。观众追求精致，演员们就不敢敷衍，绝妙好曲就自然而然地出现了。我认为表演成功的第一步就是重视挑选剧本，如果剧本不好，那么作者的心血、演员的精力都白费了。即使观众口中赞叹，但是内心却会惋惜，那还不如在选剧本的时候就认真对待，来赢得观众发自内心的称赞。

○别古今

【原文】

选剧授歌童，当自古本始。古本既熟，然后间以新词，切勿先今而后古。何也？优师教曲，每加工于旧，而草草于新，以旧本人人皆习，稍有谬误，即形出短长；新本偶尔一见，即有破绽，观者、听者未必尽晓，其拙尽有可藏。且古本相传至今，历过几许名师，传有衣钵①，未当而必归于当，已精而益求其精，犹时文中"大学之道""学而时习之"②诸篇，名作如林，非敢草草动笔者也。新剧则如巧搭新题，偶有微长，则动主司之目矣。

故开手学戏，必宗古本。而古本又必从《琵琶》《荆钗》《幽闺》《寻亲》③等曲唱起，盖腔板之正，未有正于此者。此曲善唱，则以后所唱之曲，腔板皆不谬矣。旧曲既熟，必须间以新词。切勿听拘士腐儒之言，谓新剧不如旧剧，一概弃而不习。盖演古戏，如唱清曲④，只可悦知音数人之耳，不能娱满座宾朋之目。听古乐而思卧，听新乐而忘倦。古乐不必《箫》《韶》《琵琶》《幽闺》等曲，即今之古乐也。

但选旧剧易，选新剧难。教歌习舞之家，主人必多冗事，且恐未必知音，势必委诸门客，询之优师。门客岂尽周郎，大半以优师之耳目为耳目。而优师之中，淹通文墨者少，每见才人所作，辄⑤思避之，以凿枘不相入⑥也。故延⑦优师者，必择文理稍通之人，使阅新词，方能定其美恶。又必藉文人墨客参酌其间，两议佥同⑧，方可授之使习。此为主人多冗，不谙音乐者而言。若系风雅主盟，词坛领袖，则独断有余，何必知而故询。

噫，欲使梨园风气丕变⑨维新，必得一二缙绅⑩长者主持公道，俾词之佳音必传，剧之陋者必黜，则千古才人心死，现在名流，有不心沉香刻木而祀之者乎？

【注释】

①衣钵：佛教僧尼的袈裟与饭盂。借指僧家的衣食，资财。泛指老师传授下来的知识和技能等。

②"大学之道""学而时习之"：当时作八股文常用的题目。"大学之道"出自《大学》；"学而时习之"出自《论语》。
③《寻亲》：《寻亲记》，又名《教子记》《周羽教子寻亲记》。
④唱清曲：清唱。
⑤辄：总是，就。
⑥以凿枘不相入：也说枘凿。圆凿方枘的略语。圆榫眼，方榫头，两下里合不起来。
⑦延：聘请；邀请。
⑧佥同：一致赞同。
⑨丕（pī）变：变化大。
⑩缙绅：古代称有官职的或做过官的人，也作搢绅。

【译文】

给新演员上课时，应该首选老剧本作为教材。老剧本练熟了，然后再间隔着教一些新的剧本，这个顺序不能错。这是为什么呢？因为老师在教课时，常常对老剧本进行反复修改，而新剧本往往是匆匆赶出来的。还因为以前的剧本人人都熟悉了，稍微有一些错误，就会被人看出来；而对新的剧本，观众偶尔看一场演出，即使是有缺点，也未必会发现，那么新剧本的缺点就容易隐藏起来了。而且以前的剧本流传到现在，经过几代名师相传，其中不恰当的地方也一定会被改正过来，已经很精准的地方也会被改得更加精细，就像八股文当中以"大学之道""学而时习之"等为题的文章，有名的作品已经数不胜数，就再也没有人敢草率下笔了。而新的剧本就是恰好遇到了新的题目，稍微有些亮点，就能够吸引主考官的注意了。

所以刚开始学习戏曲，一定要重点学习以前的作品。而以前的作品中又一定要先从《琵琶记》《荆钗记》《幽闺记》《寻亲记》等曲子学起，因为说到唱腔的纯正，就没有比这些剧本更好的了。这些曲子唱好了，那以后的曲子都不会在腔调上出错了。旧的曲子已经练熟了，就一定要增加一些新的曲子来学习。一定不能受一些迂腐文人的影响，说什么新剧不如旧剧，然后就不去学习新剧，把它们通通抛弃了。演古代的戏剧就像清唱一样，只能让少数几个知音听了感到愉悦。古代的戏剧有催眠的效果，而听新的戏曲就会把疲倦一扫而光。古代的曲子不一定是指《箫》《韶》这样的曲子，《琵琶记》《幽闺记》等曲子就现在来说就算是古曲。

但是选旧曲容易，选新曲却很困难。教戏曲的人家，主人一定很多杂事，而且可能不一定了解剧本，所以就会把选剧本的任务交给门客，让他们去询问教授表演的老师。门客哪里能了解所有戏曲，大多数情况下都是听老师的意见。而教授表演的老师中，精通写作的人很少，每次看到文人写的东西就会想着避开，因为这不是他们的兴趣所在。所以如果要请教授表演的老师，就一定要选择略懂写作的人，让他们阅览新的词曲，才能看出到底是好是差。还要请文人墨客一起讨论，两方的意见一致了，才能教给演员们练习。这是在主人事务繁杂、不精通戏曲的情况下才这样做的。如果主人是主张风雅的词坛领袖，那么独自判断戏曲质量就绰绰有余，又何必明知故问呢？

如果想从根本上改变戏园的风气，那就一定要有一两位士大夫来主持公道，这样好的戏曲作品就一定会流传下来，拙劣的戏曲也会被抛弃，那么千古的文人就能瞑目了，现在的名流就会烧香祭拜他们了。

○ 剂冷热

【原文】

今人之所尚，时优之所习，皆在热闹二字；冷静之词，文雅之曲，皆其深恶而痛绝者也。然戏文太冷，词曲太雅，原足令人生倦，此作者自取厌弃，非人有心置之也。然尽有外貌似冷而中藏极热，文章极雅而情事近俗者，何难稍加润色，播入管弦？乃不问短长，一概以冷落弃之，则难服才人之心矣。予谓传奇无冷热，只怕不合人情。如其离合悲欢，皆为人情所必至，能使人哭，能使人笑，能使人怒发冲冠，能使人惊魂欲绝，即使鼓板不动，场上寂然，而观者叫绝之声，反能震天动地。是以人口代鼓乐，赞叹为战争，较之满场杀伐，钲鼓雷鸣，而人心不动，反欲掩耳避喧者为何如？岂非冷中之热，胜于热中之冷；俗中之雅，逊于雅中之俗乎哉？

【译文】

现在人们所崇尚的，演员所练习的作品，全都在于热闹两个字；冷清、高雅的曲子，都是他们非常讨厌的。但是戏文太冷清，词曲太高雅，本来就足以令人生厌，这是作者自己造成的，而不是观众故意冷落他们的作品。话虽如此，但有些作品看似冷清，其实蕴含着很大的热情；有些文章看起来非常高雅，而它的情节却很接近世俗。那为什么不稍微润色一下，拿到戏台上去表演呢？如果不考虑文章质量，全部直接冷落丢弃，就很难让有才华的人信服。我认为传奇没有冷清、热闹之分，只是担心会不符合人的喜好。如果故事里的悲欢离合能引起共鸣，就能让人哭，让人笑，让人怒发冲冠，也能让人惊魂欲绝。就算是没有奏乐，场上一片寂静，观众的惊叹叫好之声反而也能震天动地。这就用观众的欢呼声代替了音乐声，观众的赞叹和热议代替了场上的角色冲突。相反，有时满场打打杀杀、乐器声响如雷鸣而观众却毫无感觉，反而想捂着耳朵躲避嘈杂喧闹，哪一种更好呢？当然是清幽中的热闹繁盛优于喧嚣中的沉闷冷清，高雅中的人情世故胜于通俗中的故作优雅。

◎ 变调第二　计二款

【原文】

变调者，变古调为新调也。此事甚难，非其人不行，存此说以俟作者。才人所撰诗赋古文，与佳人所制锦绣花样，无不随时更变。变则新，不变则腐；变则活，不变则板。至于传奇一道，尤是新人耳目之事，与玩花赏月同一致也。使今日看此花，明日复看此花，昨夜对此月，今夜复对此月，则不特我厌其旧，而花与月亦自愧其不新矣。故桃陈则李代，月满即哉生[①]。花月无知，亦能自变其调，矧词曲出生人之口，独不能稍变其音，而百岁登场，乃为三万六千日雷同合掌之事乎？

吾每观旧剧，一则以喜，一则以惧。喜则喜其音节不乖，耳中免生芒刺；惧则惧其情事太熟，眼角如悬赘疣。学书学画者，贵在仿佛大都，而细微曲折之间，正不妨增减出入，若止为依样葫芦，则是以纸印纸，虽云一线不差，少天然生动之趣矣。因创二法，以告世之执郢斤者[②]。

【注释】

①月满即哉生：意思是月满后就开始月阙，此处指事物不断变化。
②执郢斤者：郢斤，典故名，典出《庄子·徐无鬼》。同"郢匠挥斤"。比喻纯熟、高超的技艺。

【译文】

变调就是把古代的旧调改成新调。这件事十分有挑战性，必须有实力的人才能胜任，我暂且保留这个说法，等待有实力的读者出现。才子写的诗赋文章就和佳人绣的锦绣一样，都是随时更新变化的。改变就有新意，不改变就会陈腐；改变就会鲜活，不改变就会死板。对于戏剧来说，关键是要让观众耳目一新，就和观赏花月一样。假如今天看这种花，明天还看这种花；昨晚看这个月亮，今晚还看这个月亮，那么不只是我会对它们感到厌倦了，而且花和月亮也会对自己的一成不变感到惭愧。所以桃花谢了就有李花代替它，月亮圆了就开始残缺。花和月亮是没有感知的事物，它们都能自己不断变化，而词曲是出自活人之口，难道不能稍微改变一下曲调吗？如果演出一百年，三万六千个日子都雷同吗？

我每次观看老剧，既感到高兴，又感到害怕。高兴的是它的曲调不乖张,听着不刺耳,害怕的是情节太熟悉,又让人嫌弃,就像眼角长出的肉瘤一样。学习书法和绘画的人,重在模仿一个大概情形,而细节微妙之处,还是有一些差异比较好,如果想依样画葫芦,那就好比印刷,虽然一模一样,但是少了自然生动的情趣。所以我创造出两种变调的方法,与戏曲创作者分享。

○缩长为短

【原文】

观场之事,宜晦不宜明。其说有二:优孟衣冠①,原非实事,妙在隐隐跃跃之间。若于日间搬弄,则太觉分明,演者难施幻巧,十分音容,止作得五分观听,以耳目声音散而不聚故也。且人无论富贵贫贱,日间尽有当行之事,阅之未免妨工。抵暮登场,则主客心安,无妨时失事之虑,古人秉烛夜游,正为此也。

然戏之好者必长,又不宜草草完事,势必阐扬志趣,摹拟神情,非达旦不能告阕。然求其可以达旦之人,十中不得一二,非迫于来朝之有事,即限于此际之欲眠,往往半部即行,使佳话截然而止。予尝谓好戏若逢贵客,必受腰斩之刑。虽属谑言,然实事也。与其长而不终,无宁短而有尾。

故作传奇付优人,必先示以可长可短之法:取其情节可省之数折,另作暗号记之,遇清闲无事之人,则增入全演,否则拔而去之。此法是人皆知,在梨园亦乐于为此。但不知减省之中,又有增益之法,使所省数折,虽去若存,而无断文截角之患者,则在秉笔之人略加之意而已。法于所删之下折,另增数语,点出中间一段情节,如云昨日某人来说某话,我如何答应之类是也;或于所删之前一折,预为吸起,如云我明日当差某人去干某事之类是也。如此,则数语可当一折,观者虽未及看,实与看过无异,此一法也。

予又谓多冗之客,并此最约者亦难终场,是删与不删等耳。尝见贵介命题,止索杂单,不用全本,皆为可行即行,不受戏文牵制计也。予谓全本太长,零出太短,酌乎二者之间,当仿《元人百种》之意,而稍稍扩充之,另编十折一本,或十二折一本之新剧,以备应付忙人之用。或即将古书旧戏,用长房妙手②,缩而成之。但能沙汰得宜,一可当百,则寸金丈铁,贵贱攸分,识者重其简贵,未必不弃长取短,另开一种风气,亦未可知也。此等传奇,可以一席两本,如佳客并坐,势不低昂,皆当在命题之列者，则一后一先，皆可为政，是一举两得之法也。有暇即当属草，请以下里巴人，为白雪阳春之倡。

【注释】

①优孟衣冠：典出《史记·滑稽列传》，楚国令尹孙叔敖死后，他的儿子生活艰难，遇到了优孟。优孟在楚庄王做寿时，穿戴上孙叔敖的衣冠，模仿孙叔敖的言谈举止，前去出席官廷酒会，终于使庄王把寝丘（今安徽监泉）作为领地分封给了孙叔敖的儿子。"优孟衣冠"，原指戏剧演员善于模仿别人的举止。后称登场演戏为"优孟衣冠"。

②长房妙手：费长房，东汉方士。《神仙传》中记载其有缩地神术，能将地缩短，使千里景色尽现眼前。

【译文】

舞台表演，应该安排在晚上，而不是白天。这有两个原因：优孟衣冠的故事，本来就不是实际存在的，它的精妙之处就在于这种隐隐约约的感觉。如果放在白天表演，那就太清晰分明了，演员很难表现出其中的梦幻，其中十分的外貌和声音，观众只能听到和看到五分，因为耳朵和眼睛没法同时集中。而且不管是富贵贫贱，人在白天都要做自己的正事，如果白天看戏那未免太耽误工作了。等到夜幕降临再登台演戏，那么演员和观众都内心安定，不会担心误了正事，古人秉烛夜游也是这个原因啊。

但是好剧往往都很长，不应该草草收场，一定会阐扬理想志趣，模拟人物神情，不到天亮是不会结束的。但是观众当中能够看一整夜的人，十个当中难有一两个。其他人，要么就是第二天早上有事，要么就是疲劳打瞌睡，总是在看到一半的时候就离开了，使一个好故事演到一半就被打断了。我曾经说过，一部好戏的观众如果是达官贵人，那它一定会被腰斩。虽然这是开玩笑的话，但确实如此啊。与其冗长而没有结尾，不如短小而有始有终。

所以写了作品交给演员的时候，一定要先教给他们让戏文可长可短的方法：选取可以省略的几折情节，做好记号，遇到清闲的观众，就增加进去表演，不然就省略不演。这种方法人尽皆知，也是演员们很乐意做的事情。但是他们不知道删减省略的同时，也可以增加内容，使得剧本虽然省去了几折，但还是完整的，不会给人断断续续的感觉，这对作者来说，就只是稍加几句话的事情。方法就是在删掉部分的下一折，另外增加几句话，说明一下中间省略的情节，例如说昨天某人说了某话，我是怎么回答之类的；或者在省略的几折前面，事先说明一下，比如说我明天要派某人去干某事之类的。这样几句话就可以抵得上一折，观众虽然来不及看，但是听过这几句便知前因后果，这是一个方法。

另外，就是这种最简短的戏，有些事务繁忙的人也很难看完，这时删和不删没有很大区别了。曾经看见一些显贵们看戏，只要杂剧的单子，不要全本戏，都是考虑到可以随时离场，不受戏文的牵制。我认为全本戏太长，零散的折子戏又太短，在这二者之间折中一下，应当仿照《元人百种》中的长度，再稍稍扩充一下，另外编成十折一本或十二折一本的新剧，用来应付繁忙之人。或者找高手缩写一下古代的旧戏，只要能删改得当，一部戏就可以抵一百部戏。这样一来，一寸长的金子和一丈长的铁块，它们的贵贱不言自明。识货的人珍视它的短而珍贵，未必不会舍弃篇幅长的，而选择篇幅短的。那么，从此也许开辟了另外一种风气。这样的作品，可以一场戏准备两个本子，一个长的和一个短的，如果想看不同本子的观众坐在一起，势不相让，都有资格选戏，那么就一前一后地演，先演哪个都可以，就依观众的意思。这真是一举两得的方法。一有时间我就会着手改编这种旧戏，我虽然没什么才华，但也甘愿承担起倡导高雅戏曲的责任。

○ 变旧成新

【原文】

演新剧如看时文，妙在闻所未闻，见所未见；演旧剧如看古董，妙在身生后世，眼对前朝。

然而古董之可爱者，以其体质愈陈愈古，色相愈变愈奇。如铜器玉器之在当年，不过一刮磨光莹之物耳，迨其历年既久，刮磨者浑全无迹，光莹者斑驳成文，是以人人相宝，非宝其本质如常，宝其能新而善变也。使其不异当年，犹然是一刮磨光莹之物，则与今时旋造者无别，何事什佰其价而购之哉？旧剧之可珍，亦若是也。

今之梨园，购得一新本，则因其新而愈新之，饰怪妆奇，不遗余力；演到旧剧，则千人一辙，万人一辙，不求稍异。观者如听蒙童①背书，但赏其熟，求一换耳换目之字而不得，则是古董便为古董，却未尝易色生斑，依然是一刮磨光莹之物，我何不取旋造者观之，犹觉耳目一新，何必定为村学究②，听蒙童背书之为乐哉？然则生斑易色，其理甚难，当用何法以处此？曰：有道焉。仍其体质，变其丰姿。如同一美人，而稍更衣饰，便足令人改观，不俟变形易貌，而始知别一神情也。体质维何？曲文与大段关目是已。丰姿维何？科诨与细微说白③是已。曲文与大段关目不可改者，古人既费一片心血，自合常留天地之间，我与何仇，而必欲使之埋没？且时人是古非今，改之徒来讪笑，仍其大体，既慰作者之心，且杜时人之口。

科诨与细微说白不可不变者，凡人作事，贵于见景生情，世道迁移，人心非旧，当日有当日之情态，今日有今日之情态，传奇妙在入情，即使作者至今未死，亦当与世迁移，自啈其舌，必不为胶柱鼓瑟之谈，以拂听者之耳。况古人脱稿之初，便觉其新，一经传播，演过数番，即觉听熟之言难于复听，即在当年，亦未必不自厌其繁，而思陈言之务去也。我能易以新词，透入世情三昧，虽观旧剧，如阅新篇，岂非作者功臣？使得为鸡皮三少之女④，前鱼不泣之男⑤，地下有灵，方颂德歌功之不暇，而忍心矫制⑥责之哉？但须点铁成金，勿令画虎类狗⑦。又须择其可增者增，当改者改，万勿故作知音，强为解事，令观者当场喷饭，而群罪作俑之人，则湖上笠翁不任咎也。

此言润泽枯槁，变易陈腐之事。予尝痛改《南西厢》⑧，如《游殿》《问斋》《逾墙》《惊梦》⑨等科诨，及《玉簪·偷词》⑩《幽闺·旅婚》⑪诸宾白，付伶工搬演，以试旧新，业经词人谬赏，不以点窜为非矣。尚有拾遗补缺之法，未语同人，兹请并终其说。旧本传奇，每多缺略不全之事，刺谬难解之情。非前人故为破绽，留话柄以贻后人，若唐诗所谓"欲得周郎顾，时时误拂弦"⑫，乃一时照管不到，致生漏孔，所谓"至人千虑，必有一失"。此等空隙，全靠后人泥补，不得听其缺陷，而使千古无全文也。女娲氏炼石补天，天尚可补，况其他乎？但恐不得五色石耳。姑举二事以概之。赵五娘于归两月，即别蔡邕⑬，是一桃夭新妇。算至公姑已死，别墓寻夫之日，不及数年，是犹然一冶容海淫⑭之少妇也。身背琵琶，独行千里，即能自保无他，能免当时物议乎？张大公重诺轻财，资其困乏，仁人也，义士也。试问衣食名节，二者孰重？衣食不继则周之，名节所关则听之，义士仁人，曾若是乎？此等缺陷，就词人论之，几与天倾西北、地陷东南无异矣，可少补天塞地之人乎？若欲于本传之传，劈空添出一人，送赵五娘入京，与之随身作伴，妥则妥矣，犹觉伤筋动骨，太涉更张。不想本传内现有一人，尽可用之而不用，竟似张大公止图卸肩，不顾赵五娘之去后者。其人为谁？着送钱米助丧之小二是也。《剪发》白云："你先回去，我少顷就着小二送来。"则是大公非无仆从之人，何以吝而不使？予为略增数语，补此缺略，附刻于后，以政同心。此一事也。《明珠记》⑮之《煎茶》，所用为传消递息之人者，塞鸿是也。塞鸿一男子，何以得事嫔妃？使宫禁之内，可用男子煎茶，又得密谈私语，则此事可为，何事不可为乎？此等破绽，妇人小儿皆能指出，而作者绝不经心，观者亦听其疏漏；然明眼人遇之，未尝不哑然一笑，而作无是公⑯看者也。若欲于本家之外，凿空构一妇人，与无双小姐从不谋面，而送进驿内煎茶，使之先通姓名，后说情事，便则便矣，犹觉生枝长节，难免赘语⑰。不知眼前现有一妇，理合使之而不使，非特王仙客至愚，亦觉彼妇太忍。彼妇为谁？无双自幼跟随之婢，仙客现在作妾之人，名为采苹是也。无论仙客觅人将意，计当出此，即就采苹论之，岂有主人一别数年，无由把臂，今在咫尺，不图一见，普天之下有若是之忍人乎？予亦为正此迷谬，止换宾白，不易填词，与《琵琶》改本并刊于后，以政同心。又一事也。其余改本尚多，以篇帙浩繁，不能尽附。

总之，凡予所改者，皆出万不得已，眼看不过，耳听不过，故为铲削不平，以归至当，非勉强出头，与前人为难者比也。凡属高明，自能谅其心曲。插科打诨之语，若欲变旧为新，其难易较此奚止百倍。无论剧剧可增，出出可改，即欲隔日一新，逾月一换，亦诚易事。可惜当世贵人，家蓄名优⑱数辈，不得一诙谐弄笔之人，为种词林萱草⑲，使之刻刻忘忧。若天假笠翁以年，授以黄金一斗，使得自买歌童，自编词曲，口授而身导之，则戏场关目，日日更新，氍上诙谐，时时变相。此种技艺，非特自能夸之，天下人亦共信之。然谋生不给，遑问其他？只好作贫女缝衣⑳，为他人助娇，看他人出阁而已矣。

【注释】

①蒙童：指知识未开的儿童。
②村学究：旧称乡村塾师。
③说白：戏曲、歌剧中唱词部分以外的台词。
④鸡皮三少之女：有"夏姬得道，鸡皮三少"的谚语。传说春秋郑穆公之女夏姬得养生之道，可以把皱得鸡皮一样的脸三次恢复为少女的样子。
⑤前鱼不泣之男：泣前鱼，典故名，典出《战国策》卷二十五《魏策四》。龙阳君从钓得大鱼而要抛弃小鱼，联想到自己有朝一日亦有可能像自己要抛弃小鱼那样为魏王所遗弃，因而流泪。后以"泣前鱼"比喻因失宠和被遗弃而悲伤。这里的"前鱼不泣"是反其意而用之。
⑥矫制：指假托君命行事。这里指擅自修改剧本。
⑦画虎类狗：出自《后汉书·马援传》，意思是画老虎不成，却像狗。比喻由于模仿不到家，反而不伦不类。

⑧《南西厢》：中国戏曲剧本。以南曲演唱《西厢记》故事的南戏或传奇剧本的通称。系据王实甫北曲《西厢记》翻写而成，情节基本相同。

⑨《游殿》《问斋》《逾墙》《惊梦》：为《南西厢》里的戏。

⑩《玉簪·偷词》：为《玉簪记》中的戏，《玉簪记》是明代作家高濂创作的传奇（戏剧），刊行于明万历年间。

⑪《幽闺·旅婚》：为《幽闺记》中的戏。《幽闺记》又名《拜月亭记》或《拜月亭》，相传是元代施惠创作的传奇（戏剧），现存最早的刊本刊行于明万历十七年（1589）。

⑫欲得周郎顾，时时误拂弦：这句诗出自唐代诗人李端创作的五言绝句《听筝》。周郎，指三国时吴将周瑜。他精通音乐，听人奏错曲时，即使喝得半醉，也会转过头看一下奏者。当时人称："曲有误，周郎顾。"

⑬蔡邕：赵五娘的丈夫。

⑭冶容诲淫：出自《周易·系辞上》，原句为"慢藏诲盗，冶容诲淫。"意思是财物收藏得不严实，容易诱发人的盗心；容貌打扮得妖艳，容易诱发人的淫心。

⑮《明珠记》：一名《王仙客无双传奇》。戏曲，明陆采（1497—1537）撰。李渔改编此剧第二十五出《煎茶》，收入本书。

⑯无是公：司马相如《子虚赋》中塑造的一个艺术形象，指"没有此人"。

⑰赘语：比喻多余无用之物。

⑱名优：旧时称著名的演员。

⑲萱草：又称忘忧草，据说可以使人忘记忧愁。

⑳贫女缝衣：唐代秦韬玉在《贫女》一诗中写道："苦恨年年压金线，为他人作嫁衣裳。"诗人表面上描写了贫苦人家的女儿个人亲事没有着落，却要成年累月的为别人穿针引线，描龙绣凤的做嫁衣的凄凉场景，实则寄托自己的怀才不遇之感和抑郁不平之情。

【译文】

演一部新剧就好比浏览一则当下的文章，妙处就在于闻所未闻，见所未见；演一部旧剧就如同鉴赏一件古董，妙处在于虽然身在后世，但却能亲眼目睹古代的物件。

然而古董之所以可爱，是因为它的质地越是陈旧、古典，外观就变得越发稀奇。铜器、玉器刚制成时不过是一个个刮磨得光洁晶莹的物品而已，等到它们都历经沧桑，刮磨的痕迹荡然无存，原先光洁的外表粗糙不已，人们开始将它们视为珍宝，并非是因为它们的本质亘古不变，而是因为它们善于变化，能以新貌示人。这些铜器、玉器若是与当年的样子无差，依然刮磨得光洁晶莹，那就和当今的器物相差无几，又何必用十倍百倍的价钱去购买它们呢？旧剧之所以珍贵也就是这个道理吧。

现在的戏园，一买到新戏剧本，就不遗余力地追求奇"妆"异服。就因为是新戏，所以戏园把一切弄得看起来更新奇。然而演到旧剧时，他们却不追求新颖，最终沦为千篇一律。对于观众来说，观看旧剧就像是听小孩背书一样，只看到他很熟练，但要是想听到让人耳目一新的词是绝无可能的。古董虽为古董，但如果颜色未褪，斑纹未起，外观依旧是刮磨得光洁晶莹，那我为什么不去欣赏刚制造出来的器物呢？这样一来我还能从中获得新鲜感。看戏也是一样，观看旧剧如同把自己当成乡村塾师听小孩背书，毫无乐趣可言，这又何必呢？然而，要弄懂古董生斑变色的原理是很困难的，那么是否有其他方法使其以新貌示人呢？我认为办法还是有的，那就是保持它的本质，改变它的外观。就像一位美人，只要她稍微改变服饰风格，就足以令人眼前一亮，不用改变她的形体外貌，就可以看到另一番风情。那么，对于戏曲来说，本质是什么？就我看来，本质就是曲文与整体的情节。戏曲的外貌是什么？就是插科打诨和宾白而已。曲文和整体情节不能改，因为这既然是古人的一片心血，自然应长留于世间，再且我跟他们也没有什么深仇大恨，没有理由去埋没他们的作品。现在的人们厚古薄今，改动古人的作品只会招来世人的嘲笑。保留作品的大致内容，既慰藉了作者一片苦心，又杜绝了当下人们的非议。

但我认为必须改动戏曲中的插科打诨与一些宾白。人们做事情最难能可贵的一点是见景生情。世道变化，人心不古，当时有当时的处世态度，现在有现在的处世态度。戏曲的妙处在于能扣人心弦。即使作者至今在世，也应该顺应时代的变迁，改变自己说话的方式，不要说一些拘泥成规的话让听众反感。况且古人刚完稿之时，一定觉得这作品颇具新意，然而作品一经流传，被戏园演过几次后，人们就会因为对内容太过熟悉，不想再听。即使在当年，作者也有可能会反感用词烦琐，思忖着把作品里的陈词滥调删去。要是我把戏曲里的旧词改为新词，融合当下的世间风气，使之虽为旧剧，但观众感觉像看新戏一样，难道我这样做不算是旧戏的功臣吗？让旧戏焕发新彩，即使新作辈出，旧戏也不遭人抛弃，要是作者地下有灵，为我歌功颂德还来不及，怎么会忍心因为我的擅自改动而责怪我呢？但是对戏曲的改动必须是点石成金，切勿画虎类狗。对内容进行有必要的增添或改动，切勿自以为是，牵强附会，让观众看了当场喷饭，最后都怪罪起我这个始作俑者,那我李渔可不背这个罪名。

　　我这里说的是润色那些枯燥无味的文字,改动陈旧过时的内容。我曾经大刀阔斧地对《南西厢》进行修改,比如《游殿》《问斋》《逾墙》《惊梦》等戏中的插科打诨,又如《玉簪记》的《玉簪·偷词》,《幽闺记》中的《幽闺·旅婚》当中的一些宾白,然后交给演员表演,用来试看改动后的效果。我的做法得到了词人们的错爱,他们不觉得我的改动有什么不妥之处。这里还有对旧戏查漏补缺的方法没有告知同行,现在我一并说完。旧本戏曲中常常有残缺不全的内容和乖僻难解的情节,这些并不是前人故意弄出的破绽,给后人留下话柄。这些破绽就像唐诗里所说的"欲得周郎顾,时时误拂弦",是因为作者一时顾及不到,从而产生漏洞,这就是所谓的"智者千虑,必有一失"。若任凭这些漏洞缺陷存在,完整的戏文将永远不能面世。因此作为后人,我们必须要修补这些漏洞。女娲炼石补天,天尚可补,更何况是别的东西呢?我只是担心找不到补天的五色石罢了。姑且举两个例子概括一下。年轻美貌的赵五娘新婚两个月就与丈夫蔡邕离别。从她与丈夫离别后到她公婆去世,祭别公婆然后外出寻夫,这中间也没过去几年,赵五娘依然娇艳动人,让人垂涎。身背琵琶,独行千里,即使她能保证自己路途上安然无恙,也很难避免遭世人非议。张大公一诺千金,疏财仗义,资助贫困潦倒的赵五娘,是一位仁人义士。但是,请问衣食与名节两者哪一个重要?张大公在赵五娘衣食紧缺的时候去接济她,却对关乎赵五娘名节的事情听之任之,难道所谓的仁人义士就是这样的吗?对于戏曲家而言,这样的缺陷几乎与天塌地陷并无二致,这样看来,修补戏剧中的漏洞显得尤为重要。如果想在剧本里凭空添加一人护送赵五娘进京,和她作伴,妥当是妥当,但还是觉得伤筋动骨,大费周章了。殊不知其实本剧中就有一个人可以拿来充当这个角色。如果不拿来用的话,看起来就像张大公只想推卸责任,全然不顾赵五娘独自进京的后果。那么这个合适的人选是谁呢?就是张大公派去给赵五娘送钱、米,帮助其办丧事的小二。《剪发》中张大公说:"你先回去,我一会儿就让小二送来。"如此看来张大公家里并非没有仆人,为何如此吝啬而不使唤呢?为了弥补这个缺陷,我稍微加了几句话,并附在这段文字后面,征求同道之人的意见。这是其中一例。《明珠记》中《煎茶》一折里写到传递消息的人为塞鸿。塞鸿是一名男子,怎么可以伺候嫔妃呢?假如宫禁之内可以让男子煎茶,这就意味着男子与妃嫔便有密谈私语的机会。密谈私语的机会都有了,他们难免会做出越界之事。这样的破绽连妇人小孩都能指出来,然而作者却一点也没有留心,观众也任其疏忽。但明眼人看到这个安排的话,必然会哑言失笑,只好当塞鸿这个人不存在。如果真要解决这个漏洞，其实也可以凭空虚构一位与无双小姐毫无交集的陌生女子，把她送进富平县长乐驿站内煎茶，等她见到无双小姐时报上自己的名字，再叙述事情原委。这样子安排合适是合适，但还是觉得节外生枝，难免累赘。殊不知眼前就有一位合适的人选，理应拿她来填补这个角色，但作者却没有拿来用。这样一来，不但让人觉得王仙客太傻，也让人觉得那名女子实在狠心。这名女子是谁？就是自幼跟随无双小姐的婢女，王仙客现在的小妾，名叫采苹。先不说王仙客找人帮他出主意时，采苹应该主动为他出谋划策；即使就采苹个人而言，作为无双小姐曾经的侍女，哪有和主人一别几年，一直没有机会相聚，现在主人近在咫尺，却也不想去见上一面的道理呢？普天之下有如此狠心的人吗？因此，我把这个漏洞补上了，但只换了宾白，没有改曲文，和《琵琶记》改本一并放在本文后面，征求同道之人的意见。这又是一个事例。其余的改本还有很多，由于篇幅原因，就不能附在这里了。

总之，凡是我所改动的，都是出于万不得已，实在是眼看不过，耳听不顺，因此删改错误之处，使剧本更有逻辑。我并非故意和前人过不去。凡是见识高明的人，自然能体谅我的良苦用心。对插科打诨的话进行修改，要比刚才的例子还要容易上百倍。先不说每个剧本可以增添内容，每一出戏都能修改，即使想隔天一更新，每月一变换，也是易如反掌。只可惜当今的权贵，家里有众多名伶，却没有一个文笔诙谐的文人来写一些幽默的词句为他们排忧解愁。倘若上天能让我多活几年，赏赐我一斗黄金，我就可以买几个歌童，等我编好词曲，亲自口头传授给他们。这样一来，戏场上的说白和曲坛上的笑话就可以每天更新，时时变样。不是我自卖自夸，天下人也都相信我有这能力。然而我现在家贫如洗，哪里还有工夫顾得上其他事情？只好像贫困人家的女儿那样为别的女子缝制嫁衣，让其出嫁时更为娇美罢了。

附

《琵琶记·寻夫》①改本

【胡捣练】②〔旦上〕辞别去，到荒丘，只愁出路煞生受。画取真容聊藉手，逢人将此勉哀求。

鬼神之道，虽则难明；感应之理，未尝不信。奴家昨日，在山上筑坟，偶然力乏，假寐片时。忽然梦见当山土地，带领着无数阴兵，前来助力。又亲口嘱付，着奴家改换衣装，往京寻取夫婿。乃至醒来，那坟台果然筑就。可见真有神明，不是空空一梦。只得依了梦中之言，改换做道姑打扮。又编下一套凄凉北调，到途路之间，逢人弹唱，抄化些资粮糊口，也是一条生计。只是一件：我自做媳妇以来，终日与公姑厮守，如今虽死，还有坟茔可拜；一旦撇他而去，真个是举目凄然。喜得奴家略晓丹青③，只得借纸笔传神，权当个丁兰刻木④，背在肩上行走，只当还与二亲相傍一般。遇着小祥忌日，也好展开祭奠，不枉做媳妇的一点孝心。有理！有理！颜料纸张，俱已备下，只是凭空摹拟，恐怕不肖神情，且待我想象起来。

【三仙桥】一从他每死后，要相逢，不能勾。除非梦里，暂时略聚首。如今该下笔了。〔欲画又止介⑤〕苦要描，描不就。暗想象，教我未描先泪流。〔画介〕描不出他苦心头，描不出他饥症候。〔又想介〕描不出他望孩儿的睁睁两眸。〔又画介〕只画得他发飕飕，和那衣衫敝垢。画完了，待我细看一看。〔看介〕呀！像倒极像，只是画得太苦了些，全没些欢容笑口。呀！公婆，公婆，非是媳妇故意如此。休休，若画做好容颜，须不是赵五娘的姑舅。

待我悬挂起来，烧些纸钱，奠些酒饭，然后带出门去便了。〔挂介〕嗳！我那公公婆婆呵！媳妇只为往京寻取丈夫，撇你不下，故此图画仪容，以便随身供养。你须是有灵有感，时刻在暗里扶持。待媳妇早见你的孩儿，痛哭一场，说完了心事，然后赶到阴司，与你二人做伴便了。阿呀，我那公婆呵！〔哭介〕

【前腔】⑥非是奴寻夫远游，只怕我公婆绝后。奴见夫便回，此行安敢久。路途中，奴怎走？望公婆，相保佑！拜完了，如今收拾起身。论起理来，该先别坟茔，然后去别张大公才是。只为要托他照管坟茔，须是先别了他，然后同至坟前，把公婆的骸骨，交付与他便了。〔锁门行介〕只怕奴去后，冷清清，有谁来祭扫？纵使遇春秋，一陌纸钱怎有？休，休，你生是受冻馁的公婆，死做个绝祭祀的姑舅！

来此已是,大公在家么?〔丑上〕收拾草鞋行远路,安排包裹送娇娘。呀!五娘子来了。老员外有请!〔末上〕衰柳寒蝉不可闻,金风败叶正纷纷;长安古道休回首,西出阳关无故人。呀!五娘子,我正要过来送你,你却来了。〔旦〕因有远行,特来拜别。大公请端坐,受奴家几拜。〔末〕来到就是了,不劳拜罢。〔旦拜,末同拜介〕〔旦〕高厚恩难报,临岐泪满巾。〔末〕从今无别事,拭目待归人。〔末起,旦不起介〕〔末〕五娘子请起。呀!五娘子,你为何跪在地下不肯起来?〔旦〕奴家有两件大事奉求,要大公亲口许下,方敢起来。〔末〕孝妇所求,一定是纲常伦理之事,老夫一力担当,快些请起!〔旦起介〕〔末〕叫小二看椅子过来,与五娘子坐了讲话。〔旦〕告坐了。〔末〕五娘子,你方才说的,是那两件事?〔旦〕第一件,是怕奴家去后,公婆的坟茔没人照管,求大公不时看顾。每逢令节,代烧一陌纸钱。〔末〕这是我分内之事,自然照管,何须你嘱付。第二件呢?〔旦〕第二件,因奴家是个少年女子,远出寻夫,没人作伴,路上怕有嫌疑,求公公大发婆心,把小二借与奴家作伴,到京之日,即便遣人送还。这一件事,关系奴家的名节,断求慨允。〔末〕五娘子,这件事情,比照管坟茔还大,莫说待你拜求,方才肯许,不是个仗义之人;就是听你讲到此处,方才思念起来,把小二送你,也就不成个张广才了。我昨日思想,不但你只身行走,路上嫌疑;就是到了京中,与你丈夫相见,他问你在途路之中如何宿歇,你把甚么言语答应他?万一男子汉的心肠多疑少信,将你埋葬公婆的大事且不提起,反把形迹二字与你讲论起来,如何了得!这也还是小事。他三载不归,未必不在京中别有所娶。我想那房家小,看见前妻走到,还要无中生有,别寻说话,离间你的夫妻,何况是远远寻夫,没人作伴?若把几句恶言加你,岂不是有口难分?还有一说:你丈夫临行之日,把家中事情拜托于我,我若容你独自寻夫,有碍他终身名节,日后把甚么颜面见他?就是死到九泉,也难与你公婆相会。这个主意,我先定下多时了,已曾分付小二,着他伴你同行,不劳分付,放心前去便了。〔旦起拜介〕这等多谢公公!奴家告别了。〔末〕且慢些,再请坐下。我且问你:你既要寻夫,那路上的盘费,已曾备下了么?〔旦〕并不曾有。〔末〕既然没有,如何去得?〔旦指背上琵琶介〕这就是奴家的盘费。不瞒公公说,已曾编下一套凄凉北调,谱入丝弦,一路弹唱而行,讨些钱米度日。〔丑〕这等说来,竟是叫化了。这样生意,我做不惯。不要总承,快寻别个去罢!〔末〕我自有主意,不消多嘴!五娘子,你前日剪发葬亲,往街坊货卖,倒不曾问得你卖了几贯钱财,可勾用么?〔旦〕并无人买,全亏大公周济。〔末〕却又来!头发可以作髢,尚且卖不出钱财,何况是空空弹唱?万一没

· 124 ·

演习部

人与钱,你还是去的好?转来的好?流落在他乡,不来不去的好?那些长途资斧,我也曾与你备下,不劳费心。也罢,你既费精神,编成一套词曲,不可不使老朽闻之。你就唱来,待我与你发个利市。〔旦〕这等待奴家献丑。若有不到之处,求大公改正一二。〔末〕你且唱来。〔旦理弦弹唱,末不住掩泪,丑不住哭介〕

【北越调斗鹌鹑】静理冰弦,凝神息喘,待诉衷肠,将眉略展。怕的是听者愁听,闻声去远。虽不比杞梁妻⑦,善哭天,也去那哭倒长城的孟姜不远。

【紫花儿序】俺不是好云游,闲离闺阃,也不是背人伦,强抱琵琶,都则为远寻夫,苦历山川。说甚么金莲窄小,道路迤遭,鞋穿,便做到骨葬沟渠首向天,保得过面无惭腆。好追随,地下姑嫜,得全名,死也无冤。

【天净沙】当初始配良缘,备饔飧,尚有余钱。只为儿夫去远,遇荒罹变,为妻庸,祸及椿萱。

【金蕉叶】他望赈济,心穿眼穿;俺遭抢夺,粮悬命悬。若不是遇高邻,分粮助饘,怎能勾慰亲心,将灰复燃?

【小桃红】可怜他游丝一缕命空牵,要续愁无线。俺也曾自餍糟糠备亲膳,要救余年,又谁料攀辕卧辙翻成勋?因来灶边,窥奴私咽,一声儿哭倒便归泉。

【调笑令】可怜,葬无钱!亏的是一位恩人,竟做了两次天。他助丧非强由情愿。实指望吉回凶转,因灾致祥无他变,又谁知,后运同前!

【秃厮儿】俺虽是厚面皮,无羞不腆,怎忍得累高邻,鬻产输田?只得把香云剪下自卖钱,到街坊,哭声喧,谁怜?

【圣药王】俺待要图卸肩,赴九泉,怎忍得亲骸朽露饱飞鸢?欲待把命苟延,较后先,算来无幸可徼天,哭倒在街前。

【麻郎儿】感义士施恩不倦,二天外,又复加天。则为这好仗义的高邻忒煞贤,越显得受恩的浅深无辨。

【么篇】徒跣,把罗裙自捻,裹黄泥,去筑坟圈。感山灵,神通昼显,又指去路,劝人赴远。

【络丝娘】因此上,顾不的鞋弓袜浅,讲不起抛头露面,手拨琵琶,原非自遣,要述出衷肠一片。

【东原乐】暂把丧衣覆,乔将道服穿。为缺资财致使得身容变。休怪俺孝妇啼痕学杜鹃,只为多仇怨,渍染得缞麻如茜。

【拙鲁速】可怜俺日不停,夜不眠,饥不餐,冷不燃。当日呵,辨不出桃花人面,分不开藕瓣金莲;到如今藕丝花片,落在谁边?自对菱花,错认椿萱，止为忧煎。才信道家宽出少年。

〔尾〕千愁万绪提难遍，只好绾缘中一线。听不出眼泪的休解囊，但有酸鼻的仁人，请将钞袋儿展。

〔末〕做也做得好，弹也弹得好，唱也唱得好，可称三绝。〔出银介〕这一封银子，就当润喉润笔之资，你请收下。〔旦谢介〕〔末〕小二过来。他方才弹唱的时节，我便为他声音凄楚，情节可怜，故此掉泪。你知道些甚么，也号号咷咷，哭个不了？〔丑〕不知甚么原故，听到其间，就不知不觉哭将起来，连我也不明白。〔末〕这等我且问你：方才送他的银子，万一途中不勾，依旧要叫化起来，你还是情愿不情愿？〔丑〕情愿！情愿！〔末〕为甚么以前不情愿，如今忽然情愿起来？〔丑想介〕正是，为甚么原故，忽然改变起来？连我也不明白。〔末〕好，这叫做：孝心所感，铁人流泪；高僧说法，顽石点头。五娘子，你一片孝心，就从今日效验起了，此去定然遂意。我且问你：你公婆的坟茔，曾去拜别了么？〔旦〕还不曾去。要屈太公同行，好对着公婆当面拜托。〔末〕一发见得到！就请同行。叫小二，与五娘子背了琵琶。〔丑〕自然。莫说琵琶，就是要带马桶，我也情愿挑着走了。〔末〕五娘子，我还有几句药石之言，要分付你，和你一面行走，一面讲罢。〔旦〕既有法言，便求赐教。〔行介〕

【斗黑蟆】〔末〕伊夫婿，多应是贵官显爵。伊家去，须当审个好恶。只怕你这般乔打扮，他怎知觉？一贵一贫，怕他将错就错。〔合〕孤坟寂寞，路途滋味恶。两处堪悲，万愁怎摸！

〔末〕已到坟前了。蔡大哥！蔡大嫂！你这个孝顺媳妇，待你二人，可谓生事以礼，死葬以礼，祭之以礼，无一事不全的了！如今远出寻夫，特来拜别，将坟墓交托于我。从今以后，我就当你媳妇，逢时化纸，遇节烧钱，你不消虑得。只是保佑他一路平安，早与丈夫相会。他一生行孝的事情，只有你夫妻两口，与我张广才三人知道。你夫妻死了，止剩得我一个在此，万一不能勾见他，这孝妇一片苦心，谁人替他表白？趁我张广才未死，速速保佑他回来。待我见他一面，把你媳妇的好处，细细对他讲一遍，我张广才这个老头儿，就死也瞑目了。唉，我那老友呵！〔旦〕我那公婆呵！〔同放声大哭、丑亦哭介〕〔末〕五娘子！

【忆多娇】我承委托当领诺。这孤坟，我自看守，决不爽约。但愿你途中身安乐。〔合〕举目萧索，满眼盈盈泪落。

〔旦〕公婆，你媳妇如今去了！大公，奴家去了！〔末〕五娘子，你途间保重，早去早回！小二，你好生伏侍五娘子，不要叫他费心。〔丑〕晓得！

〔旦〕为寻夫婿别孤坟,〔末〕只怕儿夫不认真。
〔合〕流泪眼观流泪眼,断肠人送断肠人。
〔旦掩泪同丑先下〕〔末目送,作哽咽不能出声介〕嗳,我、我、我明日死了,那有这等一个孝顺媳妇!可怜!可怜!〔掩泪下〕

【注释】

①《琵琶记·寻夫》:为《琵琶记》中的戏。《琵琶记》是元末戏曲作家高明(即高则诚)创作的一部南戏,是中国古代戏曲中的一部经典名著,被誉为"传奇之祖"。全剧共四十二出,叙写汉代书生蔡伯喈(即蔡邕)与赵五娘悲欢离合的爱情故事。

②【胡捣练】:此处为曲牌名,包括下文的【三仙桥】【北越调斗鹌鹑】【天净沙】等均为曲牌名。

③丹青:丹指丹砂,青指青䕒(音"霍"),本是两种可作颜料的矿物。因为我国古代绘画常用朱红色和青色两种颜色,丹青成为绘画艺术的代称。这里指画画。

④丁兰刻木:据明版《丰县志》载,丁兰,河南陈州人,后寓居丰县东十里(今丰县凤城镇丁兰集);早丧父,事母至孝;及母丧,刻木孝母,事母如存。

⑤介:在古戏曲剧本中,指示角色表演动作时的用语,如笑介、饮酒介等。

⑥【前腔】:前腔是戏曲音乐名词,指与前面一曲的腔调相同之意。在南曲中,一个曲牌反复多次运用,一般从第二曲起称为前腔,即与前面一曲的腔调相同之意。

⑦杞梁妻:据《列女传》记载,"杞梁之妻无子,内外皆无五属之亲。既无所归,乃就其夫之尸于城下而哭之,内诚动人,道路过者,莫不为之挥涕,十日而城为之崩。既葬,曰:'我何归矣?'……亦死而已,遂赴淄水而死。"

《明珠记·煎茶》① 改本

○第一折

【卜算子】〔生冠带上〕未遇费长房②,已缩相思地。咫尺有佳音,可惜人难寄。

下官王仙客,叨授富平县尹。又为长乐驿缺了驿官,上司命我带管三月。近日朝廷差几员内官,带领三十名宫女,去备皇陵打扫之用,今日申牌时分,已到驿中。我想宫女三十名,焉知无双小姐不在其内?要托人探个消息,百计不能。喜得里面要取人伏侍,我把塞鸿扮做煎茶童子,送进去承值,万一遇见小姐,也好传个信儿。塞鸿那里?〔丑上〕蓝桥③今夜好风光,天上群仙降下方。只恐云英难见面,裴航④空自捣玄霜。塞鸿伺候。〔生〕今日送你进去煎茶,专为打探无双小姐的消息,你须要用心体访。〔丑〕小人理会得。〔生〕随着我来。〔行介〕你若见了小姐呵!

【玉交枝】道我因他憔悴,虽则是断机缘,心儿未灰,痴情还想成婚配。便今世,不共鸳帏,私心愿将来世期,倒不如将生换死求连理。〔合〕料伊行,冰心未移,料伊行,柔肠更痴。

说话之间,已至馆驿前了。〔丑〕管门的公公么?〔净上〕走马近来辞帝阙,奉差前去扫皇陵。甚么人?到此何干?〔生〕带管驿事富平县尹,送煎茶人役伺候。〔净〕着他进来。〔丑进见介〕〔净看怒介〕这是个男子,你为甚么送他进来呢?〔生〕是个幼年童子。〔净〕看他这个模样,也不是个幼年童子了。好个不通道理的县官!就是上司官员,带着家眷从此经过,也没有取男子服事之理,何况是皇宫内院的嫔妃,肯容男子见面?叫孩子们,快打出去,着他换妇人进来。这样不通道理,还叫他做官!〔骂下〕〔生〕这怎么处?

【前腔】精神徒费。不收留,翻加峻威,道是男儿怎入裙钗队。叹宾鸿,有翼难飞!〔丑〕老爷,你偌大一位县官,怕差遣妇人不动?拨几个民间妇女进去就是了,愁他怎的!〔生〕塞鸿,你那里知道。民间妇人尽有,只是我做官的人,怎好把心事托他。幽情怎教民妇知,说来徒使旁人议。〔合前〕且自回衙,少时再作道理。正是:

不如意事常八九,可与人言无二三。

○第二折

【破阵子】〔小旦上〕故主恩情难背，思之夜夜魂飞。

奴家采苹，自从抛离故主，寄养侯门，王将军待若亲生，王解元纳为侧室，唱随之礼不缺，伉俪之情颇谐，只是思忆旧恩，放心不下。闻得朝廷拨出宫女三十名，去备皇陵打扫，如今现在驿中。万一小姐也在数内，我和他咫尺之间，不能见面，令人何以为情。仔细想来，好凄惨人也！〔泪介〕

【黄莺儿】从小便相依。弃中途，履祸危，经年没个音书寄。到如今呵，又不是他东我西，山遥路迷。宫门一入深无底，止不过隔层帏。身儿不近，怎免泪珠垂。

〔生上〕枉作千般计，空回九转肠；姻缘生割断，最狠是穹苍。〔见介〕〔小旦〕相公回来了。你着塞鸿去探消息，端的何如？为甚么面带愁容，不言不语？〔生〕不要说起！那守门的太监，不收男子，只要妇人。妇人尽有，都是民间之女，怎好托他代传心事，岂不闷杀我也！

【前腔】无计可施为，眼巴巴看落晖。只今宵一过，便无机会。娘子，我便为此烦恼。你为何也带愁容？看你无端皱眉，无因泪垂，莫不是愁他夺取中宫位？那里知道这婚姻事呵！绝端倪。便图来世，那好事也难期。

〔小旦〕奴家不为别事，只因小姐在咫尺之间，不能见面，故主之情，难于割舍，所以在此伤心。〔生〕原来如此，这也是人之常情。〔小旦〕相公，你要传消递息，既苦无人；我要见面谈心，又愁无计。我如今有个两全之法，和你商量。〔生〕甚么两全之法？快些讲来。〔小旦〕他要取妇人承值，何不把奴家送去？只说民间之妇。若还见了小姐，妇人与妇人讲话，没有甚么嫌疑，岂不比塞鸿更强十倍？〔生〕如此甚妙！只是把个官人娘子扮作民间之妇，未免屈了你些。〔小旦〕我原以侍妾起家，何屈之有。〔生〕这等分付门上，唤一乘小轿进来，傍晚出去，黎明进来便了。

羡卿多智更多情，一计能收两泪零。

〔小旦〕鸡犬尚能怀故主，为人岂可负生成。

○第三折

（此折改白不改曲。曲照原本，不更一字。）

【长相思】〔旦上〕念奴娇，归国遥，为忆王孙心转焦，楚江秋色饶。月儿高，烛影摇，为忆秦娥梦转迢。苦呵！汉宫春信消。

街鼓冬冬动戍楼，倚床无寐数更筹；可怜今夜中庭月，一样清光两地愁。奴家自到驿内，看看天色晚来。〔内打二鼓介〕呀，谁楼上面，已打二鼓了。独眠孤馆，展转凄其，待与姊妹们闲活消遣，怎奈他们心上无事，一个个都去睡了。教奴家独守残灯，怎生睡得去！

【二郎神】良宵杳，为愁多，睡来还觉。手揽寒衾风料峭。也罢，待我剔起残灯，到阶除⑤下闲步一回，以消长夜。徘徊灯侧，下阶闲步无卿。只见惨淡中庭新月小。画屏间，余香犹袅。漏声高，正三更，驿庭人静寥寥。

那帘儿外面，就是煎茶之所，不免去就着茶炉，饮一杯苦茗则个。正是：有水难浇心火热，无风可解泪冰寒。〔暂下〕〔小旦持扇上〕已入重围里，还愁见面遥；故人相对处，打点泪痕抛。奴家自进驿来，办眼偷瞧，不见我家小姐。〔内作长叹介〕〔小旦〕呀，如今夜深人静，为何有沉吟叹息之声？不免揭起帘儿，觑他一眼。

【前腔】偷瞧，把朱帘轻揭，金铃声小。呀！那阶除之下，缓步行来的，好似我家小姐。欲待唤他，又恐不是。我且只当不知，坐在这里煎茶，看他出来，有何话说。〔旦上〕看，一楼茶烟香缭绕。呀！那个煎茶女子，好生面善。青衣执爨⑥，分明旧识风标。悄语低声问分晓。那煎茶女子，快取茶来！〔小旦〕娘娘请坐，待我取来。〔送茶，各看，背惊介〕〔旦〕呀！分明是采苹的模样，他为何来在这里？〔小旦〕竟是我家小姐！待他唤我，我才好认他。〔旦〕那女子走近前来！你莫非就是采苹么？〔小旦〕小姐在上，妾身就是。〔跪介〕〔旦抱哭介〕〔合〕天那！何幸得萍水相遭！〔旦〕你为何来在这里？〔小旦〕说起话长。今夜之来，是采苹一点孝心，费尽机谋，特地来寻故主。请问小姐，老夫人好么？〔旦〕还喜得康健。采苹，你晓得王官人的消息么？郎年少，自分离，孤身何处飘飘？

〔小旦〕他自分散之后，贼平到京。正要来图婚配，不想我家遭此横祸，他就落魄天涯。近得金吾将军题请得官，现在富平县尹，权知此驿。

【啭林莺】他宦中薄禄权倚靠，知他未遂云霄。〔旦〕这等说来，他也就在此处了。既然如此，你的近况何如？随着谁人？作何勾当？〔小旦〕采苹自别夫人小姐，蒙金吾将军⑦收为义女，就嫁与王官人，目今现在一起。〔旦〕哦，你和他现在一起么？〔小旦〕是。〔旦作醋容介〕这等讲来，我倒不如你了！鹡鸰已占枝头早，孤鸾拘锁，何日得归巢？〔小旦〕小姐不要多心。奴家虽嫁王郎，议定权为侧室，虚却正夫人的座位，还待着小姐哩！〔旦〕这等才是。我且问你，檀郎安否？怕相思，瘦损潘安⑧貌。〔小旦〕他虽受折磨，却还志气不衰，容颜如旧。志气好，千般折挫，风月未全消。

他一片苦情，恐怕小姐不知，现付明珠一颗，是小姐赠与他的，他时时藏在身旁，不敢遗失。〔付珠介〕

【前腔】〔旦〕双珠依旧成对好，我两人还是蓬飘。采苹，我今夜要约他一会,你可唤得进来么?〔小旦〕这个使不得。老公公在外监守,又有军士巡更,那里唤得进来!〔旦〕莫非是你……〔小旦〕是我怎么样?哦,采苹知道了,莫非疑我吃醋么?若有此心,天不覆,地不载!小姐,利害所关,他委实进来不得。〔旦泪介〕嗳!眼前欲见无由到,驿庭咫尺,翻做楚天遥。〔小旦〕楚天犹小,着不得一腔烦恼。小姐有何心事,只消对采苹说知,待采苹转对他说,也与见面一般。〔旦〕枉心焦,我芳情自解,怎说与伊曹!

待我修书一封,与你带去便了。〔小旦〕说得有理,快写起来,一霎时天就明了。〔旦写介〕

【啄木公子】舒残茧,展兔毫,蚊脚蝇头随意扫。只怕我有万恨千愁,假饶会面难消。我有满腔愁怨,写向鸾笺怎得了?总有丹青别样巧,毕竟衷肠事怎描?只落得泪痕交。

【前腔】书才写,灯再挑,锦袋重封花押巧。书写完了,采苹,你与我传示他,好自支持,休为我长皱眉梢。〔小旦〕小姐,你与他的姻缘,毕竟如何?可有出宫相会的日子?〔旦〕为说汉宫人未老,怨粉愁香憔悴倒;寂寞园陵岁月遥,云雨隔蓝桥。

明珠封在书中,叫他依旧收好。〔小旦〕天色已明,采苹出去了。小姐,你千万保重!若有便信,替我致意老夫人。〔各哭介〕〔小旦〕小姐保重,采苹去了。〔掩泪下〕〔旦〕呀,采苹,你竟去了!〔顿足哭介〕

【哭相思尾】从此两下分离音信杳,无由再见亲人了。

〔哭倒介〕〔末上〕自不整衣毛,何须夜夜号。咱家一路辛苦,正要睡觉,不知那个官人啾啾唧唧,一夜哭到天明,不免到里面去看来。呀!为何哭倒在地下?〔看介〕原来是刘宫人。刘宫人起来!〔摸介〕呀,不好了!浑身冰冷,只有心口还热。列位官人快来!〔四宫女上〕并无奇祸至,何事疾声呼?呀!这是刘家姐姐,为何倒在地下?〔末〕列位官人看好,待我去取姜汤上来。〔下〕〔宫女〕刘家姐姐,快些苏醒!〔末取姜汤上〕姜汤在此,快灌下去。〔灌醒介〕〔宫女〕刘家姐姐,你为甚么事情,哭得这般狼狈?

【黄莺儿】〔旦〕只为连日受勋劳,怯风霜,心胆遥,昨宵不睡挨到晓。〔末〕为甚么不睡呢?〔旦〕思家路遥,思亲寿高,因此蓦然愁绝昏沉倒。谢多娇,相将救取,免死向荒郊。

〔末〕好不小心!万一有些差池,都是咱家的干系哩!

【前腔】〔众〕人世水中泡。受皇恩,福怎消,何须苦忆家乡好。慈帏暂抛,相逢不遥,宽心莫把闲愁恼。〔内〕面汤热了,请列位官人梳妆上轿。〔合〕曙光高，马嘶人起，梳洗上星轺。

〔宫女〕姊妹人人笑语闻，娘行何事独忧煎？

〔旦〕只因命带凄惶煞，心上无愁也泪涟。

【注释】

①《明珠记·煎茶》：《明珠记》中的一出戏。

②费长房：汝南（今河南省平舆县射桥镇古城村）人，传说从壶公入山学仙，未成辞归。能医重病，鞭笞百鬼，驱使社公。一日之间，人见其在千里之外者数处，因称其有缩地术。后因失其符，为众鬼所杀。事见《后汉书·方术列传》。

③蓝桥：专指情人相遇之处。相传唐代秀才裴航与仙女云英曾相会于此桥。

④裴航：为唐代裴铏所作小说《传奇·裴航》的男主人公。传说裴航为唐长庆间（821—824）秀才，一次路过蓝桥驿，遇见一织麻老妪，航渴甚求饮，妪呼女子云英捧一瓯水浆饮之，甘如玉液。航见云英姿容绝世，十分喜欢，很想娶她为妻，妪告："昨有神仙与药一刀圭，须玉杵白捣之。欲娶云英，须以玉杵白为聘，为捣药百日乃可。"后裴航终于找到月宫中玉兔用的玉杵白，娶了云英。婚后夫妻双双入玉峰，成仙而去。

⑤阶除：台阶。

⑥执爨（cuàn）：指司炊事。

⑦金吾将军：金吾将军是中国古代武职官员等级阶位的称号，为明代第六级武散阶称号，属正二品官的升授之阶。

⑧潘安：为古代美男，这里指王仙客的英俊样貌。

◎授曲第三　计六款

【原文】

声音之道，幽渺难知。予作一生柳七①，交无数周郎②，虽未能如曲子相公③身都通显，然论其生平制作，塞满人间，亦类此君之不可收拾。然究竟于声音之道未尝尽解，所能解者，不过词学之章句，音理之皮毛，比之观场矮人，略高寸许，人赞美而我先之，我憎丑而人和之，举世不察，遂群然许为知音。

噫，音岂易知者哉？人问：既不知音，何以制曲？予曰：酿酒之家，不必尽知酒味，然秫④多水少则醇酽，曲好蘖⑤精则香洌，此理则易谙也；此理既谙，则杜康⑥不难为矣。造弓造矢⑦之人，未必尽娴决拾⑧，然曲而劲者利于矢，直而锐者宜于鹄⑨，此道则易明也；既明此道，即世为弓人矢人可矣。虽然，山民善跂，水民善涉，术疏则巧者亦拙，业久则粗者亦精。

填过数十种新词，悉付优人⑩，听其歌演，近朱者赤，近墨者黑，况为朱墨所从出者乎？粗者自然拂耳，精者自能娱神，是其中菽麦⑪亦稍辨矣。语云："耕当问奴，织当访婢⑫。"予虽不敏，亦曲中之老奴，歌中之黠婢也。请述所知，以备裁择。

【注释】

①柳七：即柳永（约984—约1053），原名三变，字景庄，后改名柳永，字耆卿，因排行第七，又称柳七。福建崇安人，北宋著名词人，婉约派代表人物。

②周郎：即周瑜，东汉末年名将，洛阳令周异之子，堂祖父周景、堂叔周忠，都官至太尉。长壮有姿貌、精音律。这里用来比喻精通戏曲的人。

③曲子相公：出自孙光宪《北梦琐言》卷六："晋相和凝，少年时好为曲子词，布於汴洛。洎入相，专托人收拾焚毁不暇。然相国厚重有德，终为艳词玷之。契丹入夷门，号为'曲子相公'。"

④秫（shú）：黏高粱，有的地区就指高粱。造酒的粮食。

⑤蘖（niè）：酿酒的曲。

⑥杜康：中国古代传说中的酿酒始祖。

⑦矢：箭。

⑧决拾：指射箭工具，这里指射箭。

⑨鹄：箭靶子。
⑩优人：古代以乐舞、戏谑为业的艺人。
⑪菽麦：出自《诗经》，本意是豆与麦，比喻极易识别的事物，今有成语"不辨菽麦"。
⑫婢：旧时受有钱人家雇佣的女孩子。

【译文】

音乐其中蕴含的道理是艰涩难懂的。我和柳永一样，一辈子都填词谱曲，在这过程中也结交了许多精通戏曲的人。虽然我没有像"曲子相公"和凝那样名声显赫，但是说起平生的创作，也算是流传世间无数，与和凝的作品一样数不胜数。但归根到底，我对音乐的规律还没有参透。我所了解的，不过是词学方面的章节句子以及音律方面的一些皮毛，比起见识浅鄙的人，我的学问是略高一些。听到美妙动听的曲子，我总是第一个去赞美它；听到粗制滥造的曲子，我也会首先表达厌恶，人们也会随之附和我。在其他人还没有察觉的时候，我就第一个去表达意见，于是大家都把我推崇为知晓音律的人。

唉！音律哪有这么容易理解？有人问：既然创作乐曲这么难，那要如何写曲呢？我回答说：酿酒的人不需要都知道酒的味道，只要秫米多、水少，酒味自然香醇，选用的酒曲讲究，酿出的酒自然清香，这个道理还是很容易理解的。既然这个道理能够理解，那么想要酿出好酒就不是一件难事了。制造弓箭的人，未必精通射箭，但是把弓造得弯曲强劲利于射箭，把箭造得笔直尖锐就容易射中目标，这个道理也容易明白。既然明白了这个道理，那么世人都可以造弓箭了。虽然住在山里的人善于爬山，住在水边的人善于游泳，但如果对一件事比较生疏，就算是再聪明伶俐的人做起来也不免笨拙；做一件事做久了，即使是再粗笨的人也可以干练娴熟。

我填了几十种新曲，都交给唱戏的艺人们了，并观看他们歌唱表演这些新曲，近朱者赤，近墨者黑，况且我还是填写曲子的作者呢。粗糙的地方自然听着不顺耳，精彩之处自然能娱乐身心，久而久之，戏曲中的优劣之处我也能慢慢分辨出来了。俗话说："种田的事要请教农奴，织布的事要请教婢女。"我虽不聪明，也算是个戏曲方面的资深人士了。请允许我把所知之事讲述出来，以供人们权衡选择。

演习部

○ 解明曲意

【原文】

唱曲宜有曲情，曲情者，曲中之情节也。解明情节，知其意之所在，则唱出口时，俨然此种神情，问者是问，答者是答，悲者黯然魂消而不致反有喜色，欢者怡然自得而不见稍有瘁容，且其声音齿颊之间，各种俱有分别，此所谓曲情是也。

吾观今世学曲者，始则诵读，继则歌咏，歌咏既成而事毕矣。至于讲解二字，非特废而不行，亦且从无此例。有终日唱此曲，终年唱此曲，甚至一生唱此曲，而不知此曲所言何事，所指何人。口唱而心不唱，口中有曲而面上、身上无曲，此所谓无情之曲，与蒙童背书，同一勉强而非自然者也。虽腔板①极正，喉舌齿牙极清，终是第二、第三等词曲，非登峰造极之技也。欲唱好曲者，必先求明师讲明曲义。师或不解，不妨转询文人，得其义而后唱。唱时以精神贯串其中，务求酷肖。若是，则同一唱也，同一曲也，其转腔换字之间，别有一种声口，举目回头之际，另是一副神情，较之时优，自然迥别。变死音为活曲，化歌者为文人，只在能解二字，解之时义大矣哉！

【注释】

①腔板：乐曲的调子和节拍。

【译文】

唱曲时应该带有曲情。曲情就是曲中人物的思想感情和故事情节。了解清楚曲中人物的思想感情和故事情节，知道了唱词所指之意，那么在唱的时候，就可以准确地流露出角色应有的神情，要做到询问别人时要有询问该有的表情，回答时有回答该有的神情，演绎悲伤时就应该是黯然销魂，而不至于是一副欣喜的样子，扮演高兴时就要做到怡然自得而不能有半点憔悴的样子，并且不同角色的声音、样貌都各有分别，这就是所说的曲情。

我看到现在学唱曲的人，都是从诵读开始，然后演唱，唱完就算是大功告成了。至于解释曲情这一事，他们不是不做，而是因为从来没有这样的习惯。有人整天、整年甚至是一辈子都在唱同一首曲子，然而却不知道这首曲子讲的是何人何事，只见他们嘴上念念有词却没有用心唱。嘴里哼着曲子而脸上、身上都没有配合应有的表情和动作,这就是所说的不带感情去唱,这和刚开始识字的孩子背书毫无差别,都是勉强去做,而不是自然而然、发自内心的行为。即使腔板纯正,嗓音清亮、吐字清晰,也终究是二、三流的唱法,不是登峰造极的技艺。

要想把曲子唱好,必先请一位有真才实干的老师来讲解曲子所包含的意思。如果老师也不明白,不妨去询问一下文人,理解了准确的意思之后再唱。唱的时候要将思想感情贯穿其中,务必力求惟妙惟肖。如果能做到这样,那么用同样的唱法唱同一曲子,在转腔换字之间便也会别有一番音韵,举手投足之际又是另一副神情,若和当下艺人们的表演相比,自然是略胜一筹。把死板的音调变为有灵气的曲子,让唱曲人变为文人墨客,秘诀就在于能理解曲子所表达的含义。这样看来,理解的作用确实很大啊!

○调熟字音

【原文】

调平仄①,别阴阳②,学歌之首务也。然世上歌童解此二事者,百不得一。不过口传心授,依样葫芦,求其师不甚谬,则习而不察,亦可以混过一生。独有必不可少之一事,较阴阳平仄为稍难,又不得因其难而忽视者,则为"出口"③"收音"二诀窍。

世间有一字,即有一字之头,所谓出口者是也;有一字,即有一字之尾,所谓收音者是也。尾后又有余音,收煞此字,方能了局。譬如吹箫、姓萧诸"箫"字,本音为箫,其出口之字头与收音之字尾,并不是"箫"。若出口作"箫",收音作"箫",其中间一段正音并不是"箫",而反为别一字之音矣。且出口作"箫",其音一泄而尽,曲之缓者,如何接得下板?故必有一字为之头,以备出口之用,有一定为之尾,以备收音之用,又有一字为余音,以备煞板④之用。字头为何?"西"字是也。字尾为何?"夭"字是也。尾后余音为何?"乌"字是也。字字皆然,不能枚纪。《弦索辨讹》⑤等书载此颇详,阅之自得。要知此等字头、字尾及余音,乃天造地设,自然而然,非后人扭捏成者也,但观切字之法,即知之矣。《篇海》⑥《字汇》⑦等书,逐字载有注脚,以两字切⑧成一字。其两字者,上一字即为字头,出口者也;下一字即为字尾,收音者也;但不及余音之一字耳。无此上下二字,切不出中间一字,其为天造地设可知。此理不明,如何唱曲?出口一错,即差谬到底,唱此字而讹为彼字,可使知音者听乎?故教曲必先审音。即使不能尽解，亦须讲明此义，使知字有头尾以及余音，则不敢轻易开口，每字必询，久之自能惯熟。"曲有误，周郎顾。"苟明此道，即遇最刻之周郎，亦不能拂情而左顾矣。

字头、字尾及余音，皆为慢曲而设，一字一板或一字数板者，皆不可无。其快板曲，止有正音，不及头尾。

缓音长曲之字，若无头尾，非止不合韵，唱者亦大费精神，但看青衿赞礼⑨之法，即知之矣。"拜""兴"二字皆属长音。"拜"字出口以至收音，必俟其人揖毕而跪，跪毕而拜，为时甚久。若止唱一"拜"字到底，则其音一泄而尽，不当歇而不得不歇，失傧相之体矣。得其窍者，以"不""爱"二字代之。"不"乃"拜"之头，"爱"乃"拜"之尾，中间恰好是一"拜"字。以一字而延数晷⑩，则气力不足；分为三字，即有余矣。"兴"字亦然，以"希""因"二字代之。赞礼且然，况于唱曲？婉譬曲喻，以至于此，总出一片苦心。审乐诸公，定须怜我。

字头、字尾及余音，皆须隐而不现，使听者闻之，但有其音，并无其字，始称善用头尾者；一有字迹，则沾泥带水，有不如无矣。

【注释】

①平仄："平"指平直，"仄"指曲折。根据隋朝至宋朝时期修订的韵书，中古汉语有四种声调，称为平、上、去、入。除了平声，其余三种声调有高低的变化，故统称为仄声。

②阴阳：古代乐律可分为阳律和阴律。

③出口：刚出口时发出的音。

④煞板：当一段唱腔或一个曲牌将要结束或转入别的节奏时，为了给人一种稳定感或终止感，通常用放慢节奏或运用甩腔，使旋律向终止音靠拢逐渐收住。这种节奏处理方法，就叫煞板。

⑤《弦索辨讹》：一部昆曲声乐论著，明沈宠绥撰，现存多个版本。

⑥《篇海》：古籍，语言文字工具书，十五卷，金韩孝彦撰。

⑦《字汇》：明代古籍，作者是梅膺祚。

⑧切：反切是古人在"直音""读若"之后创制的一种注音方法，又称"反""切""翻""反语"等。反切的基本规则是用两个汉字相拼给一个字注音，切上字取声母，切下字取韵母和声调。

⑨赞礼：祭祀或举行婚丧典礼时在旁宣读行礼项目，让人进行。

⑩晷：日影，比喻时间。

【译文】

　　要想学会唱戏首先要学会调配平仄，区分阴阳。然而在世上掌握了这两门技能的歌童，一百个当中也难找出一个。歌童们不过是得到戏曲老师的口传心授，如同依葫芦画瓢，只要老师教的没有什么大错，就可以听之任之，蒙混过一生。然而，有一件事是无法蒙混过关的，比起阴阳平仄，它略难一些，但是并不能因为它难就对它视而不见，这件难事就是掌握"出音""收音"这两个诀窍。

　　一个字有字头，这就是所说的出音；一个字也有字尾，也就是所谓的收音。唱曲时，收音后若有余音，得把余音发完整，才算是结束一个字的发音。比如吹"箫"，姓"萧"等，本音都念"箫"，但字头的出音和字尾的收音并不都发"箫"这个音。如果出音念作"箫"，收音也念作"箫"，那么中间有一段音并不念作"箫"，却是另外一个字的音。而且如果出音便念作"箫"，这个字的音一下子就发完了，那么在慢曲中，这一句如何与下一节拍接得上呢？因此，必须要有一个字来作字头，作出音之用；再有一个字来作字尾，用来收音；还有一个字作余音，以供字音发完时作刹尾之用。"箫"的字头就是"西"字；"箫"的字尾就是"夭"字。余音是"乌"字。每个字都是这样，就不一一列举了。《弦索辨讹》等书对这一点有很详细的记载，读者看完后自然会有收获。要知道这种字头、字尾及余音，是天造地设、自然而然的，不是后人随便捏造而成的。诸位只要观察一下字的拼读便知道了。在《篇海》《字汇》等书中，每个字都标了注脚，用两个字反切成一个字的发音。这两个字中，上一个字就是字头，也就是出音，下一个字就是字尾，也就是收音，只是里面没有提到余音罢了。没有这上下两个字，就拼不出中间字的发音，这就是为什么我说字头字尾是天造地设的。如果这个道理都不明白的话，学曲之人怎么唱曲呢？出音一错，就会步步错，该唱这个字却唱成另一个字，这如何让懂发音的人来听呢？所以戏曲老师教唱戏前一定要检查发音。即使不能完全解释清楚，也应该讲明白这个道理，让学唱戏的人知道字有字头、字尾以及余音。这么一来，他们就不敢轻易开口了，而是遇到每个字都先询问一下正确的唱法，久而久之他们便能熟练掌握。要是在唱曲时犯了错误，内行人就会立即指出错误。如果明白了这个道理，即使遇到再严格的行家，他也不会不顾情面地来指责你了。

　　字头、字尾及余音，都是为慢曲而设置的。在一字一个节拍或者一字多个节拍的曲调中，这字头、字尾及余音都不能少。而在那些节奏快的曲子里，只有正音，没有字头和字尾。

在慢曲中，如果不唱出字头字尾，不但不押韵，唱曲之人也会很费工夫。如果不明白，只需看看司仪主持典礼时所使用的唱法，就会明白我说的意思了。"拜""兴"两个字都属于长音。"拜"字出口，必须要等到行礼的人作揖，下跪，叩拜结束才能收音，因此持续的时间很长。如果"拜"字一唱到底，那么它的音一下子就发完了，不该结束这个音却不得不这么做，实在是有失司仪的身份了。懂得这其中诀窍的人，就用"不""爱"这两个字代替。"不"是"拜"的字头，"爱"是"拜"的字尾，中间恰好形成"拜"这个读音。把一个字的音拉得很长，唱的人就会力气不足；如果把一个字分成三个字去读，念起来就游刃有余了。"兴"字也是同样的道理，用"希""因"两个字去代替它。典礼仪式上尚且是这样，更何况是唱戏呢？如此委婉曲折的比喻，都是出于我的用心良苦。审辨乐曲的各位，一定要可怜我这片苦心。

字头、字尾及余音，必须是隐而不现，使听众听了，只知道有这个音，却听不出有这个字，这才称得上是善用字头字尾。一旦使人听出了有字头字尾的痕迹，就会显得拖泥带水，那还不如不加字头字尾。

○字忌模糊

【原文】

学唱之人，勿论巧拙，只看有口无口①；听曲之人，慢讲精粗，先问有字无字②。字从口出，有字即有口。如出口不分明，有字若无字，是说话有口，唱曲无口，与哑人何异哉？哑人亦能唱曲，听其呼号之声即可见矣。常有唱完一曲，听者止闻其声，辨不出一字者，令人闷杀。此非唱曲之料，选材者任其咎，非本优之罪也。舌本生成，似难强造，然于开口学曲之初，先能净其齿颊，使出口之际，字字分明，然后使工腔板，此回天大力，无异点铁成金③，然百中遇一，不能多也。

【注释】

①有口无口：戏班行话，唱得清楚有力为有口，反之为无口。

②有字无字：与"有口无口"一样，属于戏班行话，唱曲时做到字正腔圆、字音清晰则为"有字"，反之则为"无字"。

③点铁成金：出自宋代黄庭坚《答洪驹父书》："古之能为文章者，真

能陶冶万物，虽取古人之陈言入于翰墨，如灵丹一粒，点铁成金也。"原指用手指一点使铁变成金的法术，后比喻修改文章时稍稍改动原来的文字，就使文章变得很出色。

【译文】

千万不要看学唱戏的人聪不聪明，而要看他们唱得是否清楚有力；听曲之人不应该首先评论他们唱得怎么样，而是看他们吐字是否清晰。字正腔圆就是指唱得清楚有力。如果吐字不清，就算照着台词唱，别人也听不清楚。有些人讲话时吐字清楚，但一唱戏就不行了，那和哑巴又有什么区别呢？但哑巴也算会唱戏，你只要听听他们呼喊时发出的声音就知道了。我时常遇到这种情况：艺人唱完曲子了，听众只听到了他在唱，却听不懂他唱的是什么，真是令人郁闷。其实，这类艺人不是唱戏的料，但是这不能怪罪他们，因为舌头本来就是天生的，似乎难以后天塑造，要怪就怪当初选他们来唱戏的人。但是，如果能在刚开始学唱戏的时候，练一下嘴皮子，让自己吐字清晰，再学习戏曲的调子和节拍，效果就会好很多。这是回天挽日般的方法，要是能弥补其不足，无异于点铁成金。然而，一百个人里也就一个人能成功蜕变。

○ 曲严分合

【原文】

同场之曲，定宜同场，独唱之曲，还须独唱，词意分明，不可犯也。常有数人登场，每人一只之曲，而众口同声以出之者，在授曲之人，原有浅深二意：浅者虑其冷静，故以发越①见长；深者示不参差，欲以翕如②见好。

尝见《琵琶·赏月》一折，自"长空万里"以至"几处寒衣织未成"，俱作合唱之曲，谛听其声，如出一口，无高低断续之痕者，虽曰良工心苦，然作者深心，于兹埋没。此折之妙，全在共对月光，各谈心事，曲既分唱，身段即可分做，是清淡之内原有波澜。若混作同场，则无所见其情，亦无可施其态矣。惟"峭寒生"二曲可以同唱，首四曲定该分唱，况有"合前"数句振起神情，原不虑其太冷。

他剧类此者甚多，举一可以概百。戏场之曲，虽属一人而可以同唱者，惟《行路》《出师》等剧，不问词理异同，皆可使众声合一。场面似闹，曲声亦宜闹，静之则相反矣。

【注释】

①发越：发声激昂。
②翕如：意为盛貌、和谐貌。

【译文】

宜合唱的曲子，要以合唱的方式表演；宜独唱的曲子，还是应该独唱。曲词所指之意应清晰明了，不可含糊。时常有这样的情况：几个人一起登场，合唱同一首曲子。对于教唱戏的人来讲，这样做有两层意图：从浅层角度讲，是担心台上气氛冷清，所以用合唱的方式来加大声音，活跃气氛；从深层角度讲，是考虑到艺人们的唱功参差不齐，因此用合唱的方式使场面整齐。

我曾经看过《琵琶记·赏月》一出戏，从"长空万里"到"几处寒衣织未成"，都是合唱。我听他们的声音，好像是出自一人之口，没有高高低低断断续续的痕迹。虽说这是艺人们的良苦用心，却埋没了作者的良苦用心。这一出戏的妙处，全在于几个角色共对月光，各谈心事。既然每个人唱不同的曲子，那么他们的动作也可以分开做，不要求合唱，这样一来，虽然看似冷淡，但其实这其中蕴含着波澜。如果这几个角色合唱，观众就体会不到人物感情，艺人们也表现不出各自的神态。这出戏中，只有"峭寒生"这两首曲子可以进行合唱，开头四首曲子一定要分开唱，况且还有"合前"几句可以暖场，不需太过于担心场面冷清。

这类情况在其他剧中也很常见，刚才举的例子已经足够有代表性。戏曲当中虽是独唱，但可以合唱的，只有《行路》《出师》等剧目。在这些剧目里，不管曲子之间表达的感情是否一致，都可以让众人进行合唱。场面热闹，演唱也应该热闹；场面冷清则相反。

○锣鼓忌杂

【原文】

戏场锣鼓，筋节①所关，当敲不敲，不当敲而敲，与宜重而轻，宜轻反重者，均足令戏文减价。此中亦具至理，非老于优孟②者不知。最忌在要紧关头，忽然打断。如说白未了之际，曲调初起之时，横敲乱打，盖却声音，使听白者少听数句，以致前后情事不连，审音者未闻起调，不知以后所唱何曲。打断曲文，罪犹可恕，抹杀宾白，情理难容。予观场每见此等，故为揭出。又有一出戏文将了，止余数句宾白未完，而此未完之数句，又系关键所在，乃戏房锣鼓早已催促收场，使说与不说同者，殊可痛恨。故疾徐轻重之间，不可不急讲也。场上之人将要说白，见锣鼓未歇，宜少停以待之，不则过难专委，曲、白、锣鼓，均分其咎矣。

【注释】

①筋节：比喻关键的地方。
②老于优孟：优孟，春秋时期楚国宫廷艺人，以优伶为业，名孟，故得名。从小善辩，擅长表演。"老于优孟"指老戏骨。

【译文】

锣鼓在戏场上发挥着至关重要的作用。如果该敲的时候不敲，不该敲的时候却敲个不停，该重敲的时候敲轻了，该轻敲时却敲重了，都会令戏曲表演效果大减。敲锣打鼓这里面蕴含的学问之深，只有老戏骨才了解。艺人们表演时，最忌讳在紧要关头被突然打断。比如演员的宾白还未说完，曲调刚起，就一顿乱敲锣鼓，盖过了演员的声音，这样一来，想听宾白的观众就会漏了几句话没听清，无法将前后情节串联起来，而想欣赏曲调的观众没听到开头的调子，因此不知道接下来会唱什么曲子。打断曲文的演唱，还可以原谅；抹杀宾白的内容，就情理难容了。我看戏时经常看到这种情况，所以将此揭露出来。曾经有一次，我看到有一出戏快要收尾，只剩下几句宾白没有讲完，但这几句话又是整部戏的关键所在，这时戏场的锣鼓却响起，催促收场。这样一来，宾白说了等于没说，这种做法实在令人痛恨。因此，锣鼓的轻重缓急，应该事先沟通清楚。场上的人准备要说宾白时，见到锣鼓还未停，就应该稍微等一会再说，否则戏台上的失误不能只由锣鼓手承担，演员与锣鼓手都难辞其咎。

○吹合宜低

【原文】

丝①、竹②、肉③三音，向皆孤行独立，未有合用之者，合之自近年始。三籁④齐鸣，天人合一，亦金声玉振⑤之遗意也，未尝不佳；但须以肉为主，而丝竹副之，使不出自然者亦渐近自然，始有主行客随之妙。迩来⑥戏房吹合之声，皆高于场上之曲，反以丝竹为主，而曲声和之，是座客非为听歌而来，乃听鼓乐而至矣。

从来名优教曲，总使声与乐齐，箫笛高一字，曲亦高一字，箫笛低一字，曲亦低一字。然相同之中，即有高低轻重之别，以其教曲之初，即以箫笛代口，引之使唱，原系声随箫笛，非以箫笛随声，习久成性，一到场上，不知不觉而以曲随箫笛矣。正之当用何法？曰：家常理曲，不用吹合，止于场上用之，则有吹合亦唱，无吹合亦唱，不靠吹合为主。譬之小儿学行，终日倚墙靠壁，舍此不能举步，一旦去其墙壁，偏使独行，行过一次两次，则虽见墙壁而不靠矣。

以予见论之，和箫和笛之时，当比曲低一字，曲声高于吹合，则丝竹之声亦变为肉，寻其附和之痕而不得矣。正音之法，有过此者乎？然此法不宜概行，当视唱曲之人之本领。如一班之中，有一二喉音最亮者，以此法行之，其余中人以下之材，俱照常格。倘不分高下，一例举行，则良法不终，而怪予立言之误矣。

吹合之声，场上可少，教曲学唱之时，必不可少，以其能代师口，而司熔铸变化之权也。何则？不用箫笛，止凭口授，则师唱一遍，徒亦唱一遍，师住口而徒亦住口，聪慧者数遍即熟，资质稍钝者，非数十百遍不能，以师徒之间无一转相授受之人也。自有此物，只须师教数遍，齿牙稍利，即有箫笛引之。随箫随笛之际，若曰无师，则轻重疾徐之间，原有法脉准绳，引人归于胜地；若曰有师，则师口并无一字，已将此曲交付其徒。先则人随箫笛，后则箫笛随人，是金蝉脱壳之法也。"庾公之斯⑦，学射于尹公之他；尹公之他，学射于我。"箫笛二物，即曲中之尹公他也。但庾公之斯与子濯孺子，昔未见面，而今同在一堂耳。若是，则吹合之力讵可⑧少哉？予恐此书一出，好事者过听予言，谬视箫笛为可弃，故复补论及此。

【注释】

①丝：弦乐。

②竹：管乐。

③肉：声乐。

④三籁：出自《庄子·齐物论》，指天籁、地籁、人籁。

⑤金声玉振：语出《孟子·万章下》："集大成也者，金声而玉振之也。金声也者，始条理也；玉振之也者，终条理也。"谓以钟发声，以磬收韵，奏乐从始至终。

⑥迩来：近来。

⑦庾公之斯：事见《孟子·离娄下》。春秋时，卫国派庾公之斯追击子濯孺子，两人都善于射箭，但子濯孺子因病无法拿弓应战。庾公之斯对他说："我跟尹公之他学射箭，尹公之他又是跟您学的射箭，我不忍用您的射箭技术反转来伤害您。"于是把箭头敲掉，射了四支没有箭头的箭就回去了。

⑧讵可：岂可。

【译文】

  弦乐、管乐和声乐向来都是分开演奏，并没有将它们合奏的先例。但在最近几年，有人开始将这三者结合，共同在戏场上演奏。三籁合鸣，天人合一，也就是所谓的金声玉振，未尝不好。但其中必须以声乐为主，以弦乐、管乐为辅，使不属于大自然的歌声逐渐靠近自然，这样才有主行客随的妙处。近来戏场里乐器演奏的声音比艺人的演唱还大声，这样一来，管弦乐反而成了主角，声乐成了配角，难道底下的观众来戏场是来听伴奏，而不是来听戏的吗？

  一直以来，著名的戏曲演员教别人唱曲，总是让歌声和乐声的音调同高。乐声高一个调，歌声也得提高一个调；乐声降低一个调，歌声也得降低一个调。然而在追求音调相同之中，乐声与歌声也有高低轻重的区别，这是由于在最初教授唱曲时，老师们是用乐器代替嘴来教学徒们唱，导致歌声依从乐声，而不是乐声迁就歌声。艺人们长期使用这个方法练习，就成了习惯，一到场上，就不知不觉跟着乐声唱了。有什么办法可以纠正这一点呢？我的回答是：平常唱曲子时，可以不使用乐器伴奏，只有在戏场上表演时才要伴奏。这就说明了其实有乐器伴奏时能唱，没有伴奏时也能唱，因此，不应该依赖乐器伴奏来演唱。就像小孩学走路，要整天扶着墙壁走，单靠自己就走不了。一旦不让小孩靠墙走，让他练习一两次独立行走，就算日后看到墙也不会靠着墙走路了。

  在我看来，使用乐器伴奏时，伴奏的声音应比歌声低一个调，这样一来，歌声的音量就可以比伴奏大，乐器的声音也变成歌声的一部分，听众就听不出歌声附和乐声的痕迹了。关于纠正歌声与乐声之间存在的问题，难道还有比这更好的办法吗？然而，这个方法并不适用于所有人，效果的好坏应视唱曲人的能力而定。如果一个戏班子里有一两个嗓音是最洪亮的，那么就可以使用这个方法。其他中等以下水平的，都按照平常的方法进行训练。倘若老师不因材施教，全都按这个方法去教，那么就算用了好方法也不见效，到时反而怪罪于我。

　　演出的时候可以没有伴奏，但在平时教唱戏曲时，伴奏却不可少，因为伴奏可以代替老师的嘴巴进行教学，就像浇铸金属的模具，具有校正定型的作用。我为什么这么说呢？因为不用乐器伴奏的话，只凭老师亲口教授，那么老师唱一遍，学生也唱一遍，老师停下来，学生也停下来，天资聪颖的学生听老师唱几遍就学会了，但是资质稍差的学生，不跟着老师练上几十遍、一百遍都学不会。因为师徒间没有帮忙传递知识的人。如果使用伴奏去教唱曲，只需教几遍就可以了。口齿稍微伶俐的，就可以用乐器去引导。如果没有老师的教导，仅仅靠学生独自跟随伴奏练习，唱曲时若要在轻重快慢间变化，可以以伴奏作为准绳进行调节，这时伴奏起到的是引人入胜的作用。如果有老师的教导，使用了这个办法，就算老师没有开口唱一个字，就已经把曲子教给了学生了。先是人跟着伴奏唱，慢慢地变为伴奏辅助歌声，可谓是金蝉脱壳的办法啊。郑国大夫子濯孺子说："卫国大夫庾公之斯是从尹公之他那里学的射箭，而尹公之他是从我这学会的。"伴奏就是戏曲中的尹公之他，充当了知识传递者的角色。只是庾公之斯与子濯孺子未曾谋面，现在他们却相遇了。照这么说来，学唱戏的时候可以没有伴奏吗？我担心这本书写出来之后，有人过于相信我的话，误以为乐器伴奏是可弃之物，所以又在这里补充说明。

◎教白第四　计二款

【原文】

教习歌舞之家，演习声容之辈，咸谓唱曲难，说白易。宾白熟念即是，曲文念熟而后唱，唱必数十遍而始熟，是唱曲与说白之工，难易判如霄壤①。时论皆然，予独怪其非是。唱曲难而易，说白易而难，知其难者始易，视为易者必难。

盖词曲中之高低抑扬，缓急顿挫，皆有一定不移之格，谱载分明，师传严切，习之既惯，自然不出范围。至宾白中之高低抑扬，缓急顿挫，则无腔板可按、谱籍可查，止靠曲师口授；而曲师入门之初，亦系暗中摸索，彼既无传于人，何以转授于我？讹以传讹，此说白之理，日晦一日而人不知。人既不知，无怪乎念熟即以为是，而且以为易也。

吾观梨园之中，善唱曲者，十中必有二三；工说白者，百中仅可一二。此一二人之工说白，若非本人自通文理，则其所传之师，乃一读书明理之人也。故曲师不可不择。教者通文识字，则学者之受益，东君②之省力，非止一端。苟得其人，必破优伶之格以待之，不则鹤困鸡群，与侪众③无异，孰肯抑而就之乎？然于此中索全人，颇不易得。不如仍苦立言者，再费几升心血，创为成格以示人。自制曲选词，以至登场演习，无一不作功臣，庶于为人为彻之义，无少缺陷。虽然，成格即设，亦止可为通文达理者道，不识字者闻之，未有不喷饭④胡卢⑤，而怪迂人之多事者也。

【注释】

①判如霄壤：霄壤，指天和地，如天上和地下之间的距离。形容相距极为遥远，或差异极大。
②东君：犹东家。对主人的尊称。
③侪众：指同辈的人，普通人。
④喷饭：苏东坡《筼筜谷偃竹记》中说，他寄诗给文与可，文与可夫妇收到时恰好吃饭，阅后大笑，喷饭满桌。
⑤胡卢：《孔丛子·抗志》有"卫君乃胡卢大笑"句，胡卢乃笑声也。

【译文】

教唱戏曲的人和学习戏曲的人都说唱曲难，说宾白容易。宾白只要念熟就可以了，曲子则要先念熟后练唱，而且必须练上几十遍才能唱熟。所以说，现在的人都认为唱曲与念宾白这两者的技巧难度相差甚远，而我却不太认同这个说法。说唱曲难其实也不难，说讲宾白容易其实也不容易。知道唱曲难从而愿意多下功夫去练，那么唱曲也就变得简单了；以为讲宾白简单而掉以轻心，结果事情反而更难办。

词曲中的高低缓急、抑扬顿挫，都有固有的格式，曲谱写得很清楚，加上严格的教学，学生只要练习多了就能唱得符合规范。至于宾白里的高低缓急、抑扬顿挫，既没有固定的腔板可以参考，也没有曲谱可以查询，只靠戏曲老师的口头传授。然而老师刚开始学宾白的时候，也是靠自己摸索。既然没有人教他如何说好宾白，他又拿什么传授给学生呢？大家以讹传讹，认为宾白表演就是如此，因此如何讲好宾白变得越来越晦涩难懂。既然人们不清楚，就难怪他们以为这件事很容易，认为只要念熟说白就可以了。

在我看来，戏园中擅长唱曲的，十个人里定有两三个；但是擅长说白的，一百个里才能找出一两个。这一两个擅长说白的人，要么是他自通曲文逻辑，要么就是他的老师是一位知书达理的人，所以教戏曲的老师一定要好好挑选。老师通文识字，对曲文宾白把握甚好，教出来的学生水平就会很高，戏园主人在调教学徒时就可以省下不少力气。如果遇到这样的老师，一定要破格相待，不能仅仅把他当作唱戏的，否则就会像一只仙鹤被困在鸡群里，久而久之就失去优势，与普通人没有什么两样，这样还有谁会屈尊向他请教呢？然而要想在当今的戏曲老师中找出一个知书明理的也很不容易。不如让我这个写书的劳累一些，再耗费多点心血，创作出宾白的规范供大家参考。从谱曲写词，到登场表演，我都有一份功劳，大概是自己想着帮人帮到底，不想留下什么遗憾吧。不过我把宾白表演规范化也只是说给那些知书明理的人听，要是给不识字的人听到了我这番话，恐怕会笑得喷饭，责怪我迂腐多事。

○高低抑扬

【原文】

宾白虽系常谈，其中悉具至理，请以寻常讲话喻之。明理人讲话，一句可当十句；不明理人讲话，十句抵不过一句，以其不中肯綮①也。宾白虽系编就之言，说之不得法，其不中肯綮等也。犹之倩人②传语，教之使说，亦与念白相同，善传者以之成事，不善传者以之偾事③，即此理也。此理甚难亦甚易，得其孔窍④则易，不得孔窍则难。此等孔窍，天下人不知，予独知之。天下人即能知之，不能言之，而予复能言之，请揭出以示歌者。

白有高低抑扬。何者当高而扬？何者当低而抑？曰：若唱曲然。曲文之中，有正字⑤，有衬字⑥。每遇正字，必声高而气长；若遇衬字，则声低气短而疾忙带过，此分别主客之法也。说白之中，亦有正字，亦有衬字，其理同，则其法亦同。一段有一段之主客，一句有一句之主客，主高而扬，客低而抑，此至当不易之理，即最简极便之法也。凡人说话，其理亦然。譬如呼人取茶取酒，其声云："取茶来！""取酒来！"此二句既为茶酒而发，则"茶""酒"二字为正字，其声必高而长，"取"字、"来"字为衬字，其音必低而短。再取旧曲中宾白一段论之。《琵琶·分别》白云："云情雨意，虽可抛两月之夫妻；雪鬓霜鬟，竟不念八旬之父母！功名之念一起，甘旨之心⑦顿忘，是何道理？"首四句之中，前二句是客，宜略轻而稍快，后二句是主，宜略重而稍迟。"功名""甘旨"二句亦然，此句中之主客也。"虽可抛""竟不念"六个字，较之"两月夫妻""八旬父母"，虽非衬字，却与衬字相同，其为轻快，又当稍别。至于"夫妻""父母"之上二"之"字，又为衬中之衬，其为轻快，更宜倍之。是白皆然，此字中之主客也。常见不解事梨园，每于四六句中之"之"字，与上下正文同其轻重疾徐，是谓菽麦不辨，尚可谓之能说白乎？此等皆言宾白，盖场上所说之话也。

至于上场诗⑧，定场白⑨，以及长篇大幅叙事之文，定宜高低相错，缓急得宜，切勿作一片高声，或一派细语，俗言"水平调"是也。上场诗四句之中，三句皆高而缓，一名宜低而快。低而快者，大率宜在第三句，至第四句之高而缓，较首二句更宜倍之。如《浣纱记》⑩定场诗云："少小豪雄侠气闻，飘零仗剑学从军。何年事了拂衣去，归卧荆南梦泽云。""少小"二句宜高而缓，不待言矣。"何年"一句必须轻轻带过，若与前二句相同，则煞尾一句不求低而自低矣。末句一低，则懈而无势，况其下接着通名道姓之语。如"下官姓范名蠡，字少伯"，"下官"二字例应稍低，若末句低而接者又低，则神气索然不振矣，故第三句之稍低而快，势有不得不然者。此理此法，谁能穷究至此？然不如此，则是寻常应付之戏，非孤标特出之戏也。高低抑扬之法，尽乎此矣。

优师既明此理，则授徒之际，又有一简便可行之法，索性取而予之：但于点脚本时，将宜高宜长之字用朱笔圈之，凡类衬字者不圈。至于衬中之衬，与当急急赶下、断断不宜沾滞⑪者，亦用朱笔抹以细纹，如流水状，使一一皆能识认。则于念剧之初，便有高低抑扬，不俟登场摹拟。如此教曲，有不妙绝天下，而使百千万亿之人赞美者，吾不信也。

【注释】

①肯綮（qìng）：典出《庄子·内篇·养生主》："肯，著骨肉。綮，犹结处也。"后遂以"肯綮"指筋骨结合的地方，比喻要害或关键之处。

②倩人："倩"通"请"，这里指请别人帮忙。

③偾事：把事情搞坏，即坏事。

④孔窍：洞孔，指窍门、门道。

⑤正字：基本句式结构以内的字，称为"正字"。

⑥衬字：曲牌所规定的格式之外另加的字，称为"衬字"。

⑦甘旨之心：孝敬奉养父母之心。

⑧上场诗：戏剧用语。脚色登场时常先念韵语数句，谓之"上场诗"。可用前人成作，亦可由剧作家自撰。其内容按人物的身份、年龄及剧情而有所不同。念过上场诗，接着便自述姓名、籍贯、身份，或交代与剧情有关的人物和情节。

⑨定场白：戏曲中角色第一次出场说的自我介绍的独白。

⑩《浣纱记》：根据明代传奇作品《吴越春秋》而改编的昆曲剧目。原名《吴越春秋》，共45出，作者为明代梁辰鱼，字伯龙，号少白，江苏昆山人。

⑪沾滞：停留，拘执而不通达。

【译文】

虽然宾白写的都是日常之话，但其中都包含着深刻的道理，现在就让我简单解释一下。通情达理的人说话，一句能抵得上十句；不明事理的人讲话，十句也抵不过一句，因为他所要表达的没切中要害。虽然宾白是事先编写好的话，但是如果它不符合常理，就说不到点子上。宾白就好比当你拜托别人传话时所要传达的内容。善于传话的人能帮你办成事，不会传话的人却能帮你把事情搞砸，这个道理理解起来说难也难，说易也易。找到了其中的窍门，就很容易理解了；找不到其中的窍门，理解起来就费劲。这个窍门，天下无人知晓，唯独我知道。就算世人知道有这个窍门，也讲不出来，而我却能把这个诀窍说清楚，那么现在请让我将此公之于众，让唱戏人了解这个窍门。

宾白表演讲究高低抑扬，什么地方该高该扬，什么地方该低该抑，道理和唱曲一样。曲文当中，有正字，也有衬字。遇到正字时，要声高而气长；如果遇到衬字，就要声低气短一带而过。这就是区分字的主次的方法。

和曲文一样，宾白里面也有正字、衬字，念法和曲文中正衬字的唱法一样。一段话里分主要部分和次要部分，一句话里面也如此。唱主要部分就要声高气扬，次要部分则要声低气短，这是规范，也是最简捷的方法。平常人们讲话的规律也是如此。比如叫人取茶拿酒，就会说："取茶来！"或者"取酒来！"这两句话中既然"茶"和"酒"是重心，那就说明"茶""酒"两字为正字，这两个字的发音就要声高气长。"取"和"来"属于衬字，发音就要声低气短。再拿旧曲中一段宾白来解释这个道理。《琵琶记·分别》中的宾白是这样的："云情雨意，虽可抛两月之夫妻；雪鬓霜鬟，竟不念八旬之父母！功名之念一起，甘旨之心顿忘，是何道理？"开头四句中，前两句属于次要部分，语气应该稍微轻而快；后两句是主要部分，语气应该重而慢一些。"功名""甘旨"这两句也是一样的道理，这就是句子间的主次问题。"虽可抛""竟不念"六个字，虽然与"两月夫妻""八旬父母"相比，它们不属于衬字，但发音与衬字一样轻而快，但与衬字又有些不同。至于"夫妻""父母"前面的"之"字，属于衬字中的衬字，发音应该更轻更快。这就是字的主次问题。我经常看到不懂这个道理的演员，每次念到四六句中的"之"字时，发音的轻重程度与上下文一样，这就像一个人分不清豆子和麦子一样，你能说他懂念宾白吗？

至于上场诗、定场白以及长篇大幅的叙事文，声音一定要高低相间，语速快慢得当，切勿一律高声大喊，或者一律低声细语，成了俗话说的"水平调"。上场诗的四句话里面，其中三句要念得高扬而又缓慢，剩下一句则要念得声低而快速。大部分是第三句要念得声低而快速，第四句要比开头两句要更高更慢。比如《浣溪沙》的定场诗说："少小豪雄侠气闻，飘零仗剑学从军。何年事了拂衣去，归卧荆南梦泽云。""少小"这两句不用多说，应该声高而缓慢。"何年"这一句必须轻轻一带而过，如果和前面两句一样，那么收尾句就算不想念低也自然就变低了。念收尾句时声调低，那么整首诗就会显得松散无气势。况且接着是通报姓名，比如"下官姓范名蠡，字少伯"，念"下官"两个字时声调理应低一些。但如果前句的尾句低，后面的句子也跟着低，那么人物就全无神情气势，显得萎靡不振，所以说有必要将第三句念得稍低而快，但又有几个演员能深谙此道呢？如果不做到这么细致的话，那么演出来的戏就是应付了事，而非出类拔萃的好戏了。宾白里面高低抑扬的方法，全都在这里了。

教唱曲的老师既然明白了这个道理，那么在教学生的时候，就又有一个简单可行的方法，那我索性也拿出来说一下：在读脚本的时候，应该将声高而长的字用红笔圈出来，凡是衬字都不圈。至于衬字中的衬字，和那些应该一带而过，万万不可拖泥带水的字，一律用红笔划上细线，如同流水状，使人一眼就能辨别。如果能在一开始念剧本的时候使用这个方法，那么就会有高低抑扬的效果，就不用等到上场的时候模仿别人了。如果戏曲老师按照这个办法来教，我相信学生的功力一定是绝妙天下的。

○缓急顿挫

【原文】

缓急顿挫之法，较之高低抑扬，其理愈精，非数言可了。然了之必须数言，辩者愈繁，则听者愈惑，终身不能解矣。

优师点脚本授歌童，不过一句一点，求其点不刺谬①，一句还一句，不致使断者联而联者断，亦云幸矣，尚能询及其他？即以脚本授文人，倩②其画文断句，亦不过每句一点，无他法也。而不知场上说白，尽有当断处不断，反至不当断处而忽断；当联处不联，忽至不当联处而反联者。此之谓缓急顿挫。此中微渺，但可意会，不可言传；但能口授，不能以笔舌喻者。不能言而强之使言，只有一法：大约两句三句而止言一事者，当一气赶下，中间断句处勿太迟缓；或一句止言一事，而下句又言别事，或同一事而另分一意者，则当稍断，不可竟连下句。是亦简便可行之法也。此言其粗，非论其精；此言其略，未及其详。精详之理，则终不可言也。

当断当联之处，亦照前法，分别于脚本之中，当断处用朱笔一画，使至此稍顿，余俱连读，则无缓急相左之患矣。

妇人之态，不可明言，宾白中之缓急顿挫，亦不可明言，是二事一致。轻盈袅娜，妇人身上之态也；缓急顿挫，优人口中之态也。予欲使优人之口，变为美人之身，故为讲究至此。欲为戏场尤物者，请从事予言，不则仍其故步。

【注释】

①刺谬：冲突、违背。此词出自司马迁的《报任安书》："今少卿乃教以推贤进士，无乃与仆私心刺谬乎！"

②倩：通"请"。

【译文】

与高低抑扬相比，弄清楚宾白里语气的缓急顿挫更难，因为它的道理更加深奥，并非几句话能说清楚。如果要想讲清楚又必须讲上一大段，但是解释越多，听者就越困惑，因此很多人一辈子都弄不懂缓急顿挫。

　　教唱曲的老师把剧本的内容圈点出来，一句一句地教学生，只要老师圈点正确，一句一句来教，该停顿的地方进行了停顿，该连读的地方有连读，就算是万幸了，不敢再有更多的要求了。即使是把剧本交给文人，请他们来圈点断句，也不过是一句一句地圈点，没有其他的办法。殊不知在场上讲宾白时，剧本上有很多地方应该是断开的，演员却不断开念，反而是不该断开念的地方却断开；该连读的地方不连读，不该连读的地方却连读。所谓的缓急顿挫，就是要求该连读的地方进行连读，该停顿的地方进行停顿，这其中的微妙之处，只可意会，不可言传；只能口头示范，不能笔头来教授。虽然不可言传，我也试着解释一下如何使用缓急顿挫：前后两三句话都在说同一个话题时，应该一口气念完，中间断句的地方不要读得太慢；然而当一句话只说一件事，接着下一句说的是另一件事时，或者同一件事却有另一层意思时，就应该稍微断一下，不能和下句连读。这也是简单可行的办法。这里说的只是其中大概，没有涉及细节；只是简略地说明，没有详细地展开。精妙详细的道理，终究是不可言传。

　　该断开和该连读的地方，也可以按照前面的方法，分别在剧本中用红笔标记。标记出该断的地方，表明这里需要稍微停顿，剩下的无标记部分都需要连读。这样一来，可以避免演员读得快慢不当。

　　女人的姿态，不可用言语来形容；宾白中的缓急顿挫，也不能用语言来形容。这两件事的道理是一样的。轻盈袅娜，是女人身上的姿态；缓急顿挫，是演员口中的姿态。我想让演员口中念出的宾白好似女人的姿态那么优美，所以才把这个道理研究得如此深入。想要成为戏场中的绝色美人，就请按照我的话去做，否则，就遵循自己原来的方法吧。

◎脱套第五　计四款

【原文】

戏场恶套，情事多端，不能枚纪。以极鄙极欲之关目①，一人作之，千万人效之，以致一定不移，守为成格，殊可怪也。西子捧心，尚不可效，况效东施之颦乎？且戏场关目，全在出奇变相，令人不能悬拟②。若人人如是，事事皆然，则彼未演出而我先知之，忧者不觉其可忧，苦者不觉其为苦，即能令人发笑，亦笑其雷同他剧，不出范围，非有新奇莫测之可喜也。扫除恶习，拔去眼钉，亦高人造福之一事耳。

【注释】

①关目：为戏曲术语，指戏曲、小说中的重要情节。
②悬拟：凭空虚构，揣摩想象。

【译文】

戏场上抄袭的恶习很常见，例子数不胜数。如果前人写过粗鄙庸俗的情节，那么后面就会有千万人模仿。如此一来，就会导致戏剧整体内容雷同，让人觉得很是奇怪。西施捂住胸口的样子尚且不可模仿，更何况去效仿东施皱眉。戏剧情节全在于出其不意。若每部戏的角色性格相同，情节也相同，那么戏还没演出我就已经知道内容了。扮演伤心忧愁的角色却无法令观众觉得其忧愁，扮演内心愁苦的角色也无法让人觉得他愁苦。如此一来，即使戏中有令人发笑的地方，也是在笑与其他剧雷同之处，笑这些剧千篇一律，毫无新奇莫测之处。扫除戏剧中此等恶习，拔去观众的眼中钉，也算是为社会造福的一件事情了吧。

○衣冠恶习

【原文】

记予幼时观场，凡遇秀才赶考及谒见当涂贵人①，所衣之服，皆青素圆领，未有着蓝衫者，三十年来始见此服。近则蓝衫与青衫并用，即以之别君子小人。凡以正生、小生及外末脚色而为君子者，照旧衣青圆领，惟以净丑脚色而为小人者，则着蓝衫。此例始于何人，殊不可解。

夫青衿②，朝廷之名器③也。以贤愚而论，则为圣人④之徒者始得衣之；以贵贱而论，则备缙绅⑤之选者始得衣之。名宦大贤尽于此出，何所见而为小人之服，必使净丑衣之？此戏场恶习所当首革者也。或仍照旧例，止用青衫而不设蓝衫。若照新例，则君子小人互用，万勿独归花面，而令士子蒙羞也。

近来歌舞之衣，可谓穷奢极侈。富贵娱情之物，不得不然，似难责以俭朴。但有不可解者：妇人之服，贵在轻柔，而近日舞衣，其坚硬有如盔甲。云肩⑥大而且厚，面夹两层之外，又以销金锦缎围之。其下体前后二幅，名曰"遮羞"者，必以硬布裱骨而为之，此战场所用之物，名为"纸甲"者是也，歌台舞榭之上，胡为乎来哉？易以轻软之衣，使得随身环绕，似不容已。至于衣上所绣之物，止宜两种，勿及其他。上体凤鸟，下体云霞，此为定制。盖"霓裳羽衣"四字，业有成宪，非若点缀他衣，可以浑施色相者也。予非能创新，但能复古。

方巾与有带飘巾⑦，同为儒者之服。飘巾儒雅风流，方巾老成持重，以之分别老少，可称得宜。近日梨园，每遇穷愁患难之士，即戴方巾，不知何所取义？至纱帽巾之有飘带者，制原不佳，戴于粗豪公子之首，果觉相称。至于软翅纱帽，极美观瞻，曩时⑧《张生逾墙》⑨等剧往往用之，近皆除去，亦不得其解。

【注释】

①当涂贵人：意指权贵之人。当涂，即执政。
②青衿：青色交领的深衣（即汉服）。古代学子和明清秀才的常服。
③名器：意思是名号与车服仪制，名贵的器物。
④圣人：指孔子。
⑤缙绅：古代称有官职的或做过官的人。

⑥云肩：妇人的一种衣饰，披在肩上。
⑦方巾与有带飘巾：均为明代儒者（秀才等）所戴的软帽。
⑧曩（nǎng）时：以前。
⑨《张生逾墙》：为《西厢记》中有名的情节。

【译文】

还记得儿时看戏，每当秀才赶考及拜见当权贵人时，身上所穿都是圆领青衫，没有人穿蓝衫。三十年来，戏场上才出现身穿蓝衫的。最近戏场上蓝衫和青衫并用，以此来区分君子与小人。戏场规定，如果角色是正生、小生和外末，扮演君子，那么他就穿圆领青衫；而为净、丑角色，扮演小人时，就穿蓝衫。这个先例是从谁那里开始的，就不是很清楚了。

青色交领的蓝衫是朝廷里名贵的衣物，如果从贤德愚昧方面考量的话，当然只有孔子的学生才有资格穿。如果从身份贵贱的角度考量的话，那么只有为官之士才配拥有它。官宦和贤人所穿的衣服也是蓝衫，为什么要把它作为小人穿的衣服，让净、丑角穿上呢？这是戏场里第一个需要肃清的坏风气。要想肃清此风气，有两种办法。第一，要不依旧按照以前的惯例，秀才只穿青衫而不穿蓝衫；第二，如果按照新的规矩，则小人、君子都可以穿蓝衫，千万不要只让净角、丑角穿蓝衫，否则会使士大夫蒙羞。

最近用于表演的服装穷奢极侈。富贵人家用华丽的衣服只是为了娱情，因此不得不奢华，似乎很难用俭朴的标准去责怪他们。但有一处使我感到困惑：女人的衣裳贵在轻柔，而近来女人的戏服却坚硬得像盔甲一样。披肩大而且厚，两层布料外面又围上了一层销金锦缎。下身前后两片衣摆，名为"遮羞"，而且一定要用硬布褙骨，就像纸制的战场上的护身甲，但舞台上怎么会出现盔甲呢？因此，我认为应该把这样的服装换成柔软的衣服，这样一来更贴身舒适。只有两种图案适合绣在衣服上，其他的图案都不合适。上身衣服适合绣凤鸟，下身衣服适合绣云霞，这是惯例。至于"霓裳羽衣"这类服装，因为已经有现成的规定，如果不是去点缀其他的衣服，就可以混合使用各类颜色图案。我并不是有创新的想法，而是想提倡复古。

方巾和有带子的飘巾，都是属于儒者的服饰。飘巾可使人显得儒雅风流，方巾把人衬得老成持重，所以用飘巾和方巾来区分老人与年轻人，可以说是很适合。最近我去戏场，发现演穷苦潦倒的士人头戴方巾，我都不明白这是何寓意。至于那些带有飘带的纱帽巾，做工本来就粗糙，戴在粗犷豪爽的公子头上，我觉得确实很配。至于软翅纱帽，看上去非常精美，以前在《张生逾墙》等戏剧中常常用到它，但是最近戏园都不用它了，实在是不理解其中的原因。

○声音恶习

【原文】

花面①口中，声音宜杂。如作各处乡语，及一切可憎可厌之声，无非为发笑计耳，然亦必须有故而然。如所演之剧，人系吴②人，则作吴音，人系越③人，则作越音，此从人起见者也。如演剧之地在吴则作吴音，在越则作越音，此从地起见者也。

可怪近日之梨园，无论在南在北，在西在东，亦无论剧中之人生于何地，长于何方，凡系花面脚色，即作吴音，岂吴人尽属花面乎？此与净丑着蓝衫，同一覆盆④之事也。使范文正⑤、韩襄毅⑥诸公有灵，闻此声，观此剧，未有不抱恨九原⑦，而思痛革其弊者也。今三吴缙绅之居要路者，欲易此俗，不过启吻之劳；从未有计及此者，度量优容，真不可及。且梨园尽属吴人，凡事皆能自顾，独此一着，不惟不自争气，偏欲故形其丑，岂非天下古今一绝大怪事乎？且三吴之音，止能通于三吴⑧，出境言之，人多不解，求其发笑，而反使听者茫然，亦失计甚矣。吾请为词场易之：花面声音，亦如生旦外末，悉作官音，止以话头惹笑，不必故作方言。即作方言，亦随地转。如在杭州，即学杭人之话，在徽州，即学徽人之话，使妇人小儿皆能识辨。识者多，则笑者众矣。

【注释】

①花面：戏曲角色，净的俗称。
②吴：中国东部江浙地区文化的统称，覆盖浙北、苏南的环太湖地区及上海全境，此地区长期位于同一行政单位内（会稽郡、江南东道、两浙路），语言为吴语，今分属今浙江、江苏、上海三省市，文化、习俗、语言较为接近。
③越：旧地名，位于今浙江省同。
④覆盆：盆子盖着，不透阳光。后以喻社会黑暗或无处申诉的沉冤。
⑤范文正：即范仲淹（989—1052），北宋政治家、文学家，吴县（今江苏苏州）人，死后谥文正。
⑥韩襄毅：即韩雍（1422—1478），明代正统至成化间大臣，亦吴县人，死后谥襄毅。

⑦九原：九泉。
⑧三吴：宋代税安礼《历代地理指掌图》称苏州、湖州、常州为三吴。

【译文】

　　净角的口音不应该千篇一律。模仿各地的方言及一切令人厌恶的声音，无非就是为了引人发笑，但是所模仿的口音必须是要有根据的。比如，所演角色是吴人，那么他就应该操着一口吴语；如果角色是越人，那么他就应该说越人的方言。这是从剧中人物所属之地这方面来考虑。如果演剧的地方是在吴地，那么就用吴语来演；在越地演出，就用越话来演。这是从演剧的地点来考量。

　　然而令人觉得奇怪的是，最近的戏园，无论是在哪个地方演，剧中人物生于哪个地方，在哪个地方长大，只要是净角，都一律讲吴语。难道吴人都是净角那样的吗？这和净、丑都穿蓝衫是一样的道理。如果范仲淹和韩雍等公卿地下有灵，听到净角都讲吴语，看到这些剧之后肯定要抱恨九泉，下定决心改革此弊端。现在三吴当权者想要改变这个习俗，但也不过是嘴上说说而已，从来没有人考虑过净角说吴语给自己带来的不良影响，他们度量之大真是令人望尘莫及啊。况且戏园里都是吴人，什么事都是自己说了算，唯独这事，不但没有为自己争光，反而偏偏让自己出丑，这难道不是古今世间一大怪事吗？而且三吴的语言，只在三吴里流传，出了三吴，其他地方的人就听不懂了。净角说着一口吴语，本意是引人发笑，但是反而让听不懂吴语的观众一脸茫然，这也太失策了。对此，我想做出如下改动：净角使用的语言，也应该像生旦外末一样，都用官话。只靠说话的内容来引人发笑，而不必故意说方言。若使用方言，也应该随着演出的地点不同而做相应的改变。如果在杭州演出，那么就用杭州话表演，在徽州，就用徽州话表演。这样一来，妇女儿童都能听懂。听懂的人多了，那么被逗乐的人也就多了。

○语言恶习

【原文】

　　白中有"呀"字，惊骇①之声也。如意中并无此事，而猝然②遇之，一向未见其人，而偶尔逢之，则用此字开口，以示异也。近日梨园不明此义，凡见一人，凡遇一事，不论意中意外，久逢乍逢，即用此字开口，甚有差人请客而客至，亦以"呀"字为接见之声者，此等迷谬③，尚可言乎？故为揭出，使知斟酌用之。

戏场惯用者，又有"且住"二字。此二字有两种用法。一则相反之事，用作过文，如正说此事，忽然想及彼事，彼事与此事势难并行，才想及而未曾出口，先以此二字截断前言，"且住"者，住此说以听彼说也。一则心上犹豫，假以此待沉吟，如此说自以为善，恐未尽善，务期必妥，当于是处寻非，故以此代心口相商。"且住"者，稍迟以待，不可竟行之意也。而今之梨园，不问是非好歹，开口说话，即用此二字作助语词，常有一段宾白之中，连说数十个"且住"者，此皆不详字义之故。一经点破，犯此病者鲜矣。

上场引子④下场诗，此一出戏文之首尾。尾后不可增尾，犹头上不可加头也。可怪近时新例，下场诗念毕，仍不落台，定增几句淡话⑤，以极紧凑之文，翻成极宽缓之局。此义何居，令人不解。曲有尾声及下场诗者，以曲音散漫，不得几句紧腔，如何截得板住？白文冗杂，不得几句约语，如何结得话成？若使结过之后，又复说起，何如不收竟下之为愈乎？且首尾一理，诗后既可添话，则何不于引子之先，亦加几句说白，说完而后唱乎？此积习之最无理、最可厌者，急宜改革，然又不可尽革。

如两人三人在场，二人先下，一人说话未了，必宜稍停以尽其说，此谓"吊场"⑥，原系古格。然须万不得已，少此数句，必添出后一出戏文，或少此数句，即埋没从前说话之意者，方可如此。（亦有下场不及更衣者，故借此为缓兵计。）是龙足，非蛇足也。然只可偶一为之，若出出皆然，则是是貂皆可续矣，何世间狗尾之多乎？

【注释】

①惊骇：惊慌，诧异，震惊。
②猝然：突然。
③迷谬：迷惑谬误。
④引子：戏曲角色初上场时所念的一段词句，有时唱和念相间。
⑤淡话：闲谈。
⑥"吊场"：吊场是戏剧术语，指一出戏的结尾，其他演员都已下场，留下一到两人念下场诗；或一出戏中一个场面结束，由某一演员说几句说白，转到另一个场面。

【译文】

说白中的"呀"字,是表示惊慌诧异的意思。如果遭遇意外之事又或者偶遇许久未见的老相识,这时就可以用"呀"字开头,表示说话者的惊讶。如今戏园里的演员们都不明白这个字的用法,但凡是遇到某个人,或是遭遇某件事,不论是意料之中还是意料之外,不管是经常碰到还是偶然遇见,开头第一句就都要用"呀"这个字。甚至在派人去邀请客人来家里做客,等客人来到的时候,接见客人也用"呀"作开头语。能容忍演员犯这样的错误吗?因此,我在这里把错误指出来,让演员们知道,在使用"呀"这个词的时候要事先斟酌一下。

戏场上惯用"且住"一词,然而这个词却有两种用法。一种用法是在说两件不同的事情时使用"且住"作为过渡词。比如正在说这件事,突然想起另一件事,但是这两件事很难放在一块说,所以在说话者想到另一件事却没说出口前,就可以先用"且住"来结束正在说的事,从而转到说另一件事去。另一种用法就是,比如我自己认为这样说是对的,但担心不是非常妥当,希望自己的表达更妥当些,因此停下来不再往下说,用"且住"来缓一缓,达到心口一致。"且住"意思就是稍作停顿,不能贸然行事。然而如今戏园的演员们,不问是非好歹,一开口说话,就用"且住"作助语词。一段说白里连说几十个"且住"的情况时常发生,这是因为演员们不明白"且住"的意思。只要一经点破,犯这种错误的人就会少多了。

上场的引子与下场诗,是一出戏的头尾。戏的结尾不能再多一个结尾,就像开头前面不能再多一个开头一样。奇怪的是,近来出现了新的规矩:演员念完下场诗之后仍然不下台,一定要再说几句话,把原本极其紧凑的戏文变得松散无比。这样做的目的何在呢?实在是令人费解。戏曲之所以有尾声和下场诗,是因为曲音散漫,如果没有几句紧腔,怎么收得住板呢?宾白繁杂,要是没有几句概括总结的话,怎么结束宾白呢?如果在戏尾再提几句话,那为什么不直接先把它演完再收尾呢?开头结尾的道理都是一样的。既然结束下场诗后还可以再说几句话,那是不是也可以在引子的前面也加几句宾白,说完然后再唱引子呢?这种做法实在是毫无道理,令人憎恶,亟待革除,但是又不能将其完全废除。

如果有三人同时在台上演戏,其中两人先下场了,留下一人还没说完,那么他可以稍微停顿一下,接着把话说完,这就是所谓的"吊场"。原本是古代戏场上沿用的环节,但是只有在万不得已的时候才能"吊场"。比如要是少了这几句话,导致需要在后面再加一场戏来收尾,又或者导致前面所说的意思含糊不清时，这种情况下才需要"吊场"（又或者下场的角色因为更衣还没出场，于是用此计来拖延时间）。"吊场"是龙足，而不是蛇足。但是在戏场上，只能偶尔用一次，如果每一出都这样做的话，本来是很完美的结尾，都被添加多余的后话。这就是为什么天底下结尾糟糕的戏剧多如牛毛。

○科诨恶习

【原文】

插科打诨处，陋习更多，革之将不胜革，且见过即忘，不能悉记，略举数则而已。如两人相殴，一胜一败，有人来劝，必使被殴者走脱，而误打劝解之人，《连环·掷戟》①之董卓是也。主人偷香窃玉，馆童吃醋拈酸，谓寻新不如守旧，说毕必以臀相向，如《玉簪》②之进安③、《西厢》④之琴童是也。戏中串戏，殊觉可厌，而优人惯增此种，其腔必效弋阳⑤，《幽闺·旷野奇逢》⑥之酒保是也。

【注释】

①《连环·掷戟》：《连环记》中的一出。为明代王济所作昆曲传统剧目。讲述的是王允与貂蝉暗定美人计离间吕布，诛杀董卓的故事，共三十出。

②《玉簪》：即《玉簪记》，为明代作家高濂创作的传奇。

③进安：为《玉簪记》中的角色，在戏曲中为丑角。

④《西厢》：即《西厢记》，是元代王实甫创作杂剧。

⑤弋阳：即弋阳腔。江西省弋阳县地方传统戏剧，国家级非物质文化遗产之一。

⑥《幽闺·旷野奇遇》：为《幽闺记》中的一出，相传是元代施惠创作的传奇。

【译文】

插科打诨中存在的陋习更多，改都改不过来，而且我见过就忘了，所以不能全部记下来，现在我大概例举几个。比如有两个人打架，一个处于上风一个处于劣势，有人过来劝架，这时肯定会让被殴打的人趁机溜走，而误伤了来劝架的人。《连环·掷戟》里的董卓就是差点误伤别人。又比如童仆看到家里主人偷情而心生嫉妒,嘴上说着找新的伴侣还不如善待自己的原配,说完把屁股转向主人。比如《玉簪记》里的进安、《西厢记》里的琴童就是这样的。我很厌恶一段戏中又插入别的戏,但是演员们却习惯这样增戏,而且插戏的腔调一定会效仿弋阳腔,《幽闺·旷野奇逢》里的酒保用的就是弋阳腔。

声容部

◎选姿第一 计四款

【原文】

"食色,性也。"① "不知子都之姣者,无目者也。"② 古之大贤择言而发,其所以不拂人情,而数为是论者,以性所原有,不能强之使无耳。人有美妻美妾而我好之,是谓拂人之性;好之不惟损德,且以杀身。我有美妻美妾而我好之,是还吾性中所有,圣人复起,亦得我心之同然,非失德也。

孔子云:"素富贵,行乎富贵。"③ 人处得为之地,不买一二姬妾自娱,是素富贵而行乎贫贱矣。王道④本乎人情,焉用此矫清矫俭者为哉?但有狮吼⑤在堂,则应借此藏拙,不则好之实所以恶之,怜之适⑥足以杀之,不得以红颜薄命借口,而为代天行罚之忍人也。

予一介寒生,终身落魄,非止国色难亲,天香未遇,即强颜陋质之妇,能见几人,而敢谬次音容,侈谈歌舞,贻笑于眠花藉柳之人哉!然而缘虽不偶,兴则颇佳,事虽未经,理实易谙,想当然之妙境,较身醉温柔乡者倍觉有情。如其不信,但以往事验之。

楚襄王⑦,人主也。六宫窈窈,充塞内庭,握雨携云,何事不有?而千古以下,不闻传其实事,止有阳台一梦,脍炙人口。阳台今落何处?神女家在何方?朝为行云,暮为行雨,毕竟是何情状?岂有踪迹可考,实事可缕陈乎?皆幻境也。

幻境之妙,十倍于真,故千古传之。能以十倍于真之事,谱而为法,未有不入闲情三昧者。凡读是书之人,欲考所学之从来,则请以楚国阳台之事对。

【注释】

① "食色,性也。":喜爱美食、美色是人的天性。出自《孟子·告子上》。

② "不知子都之姣者,无目者也。":不知道子都美貌的人,是没有长眼睛。出自《孟子·告子上》。

③ "素富贵,行乎富贵。":本来就富贵,所作所为就要符合富贵的身份。出自《礼记·中庸》。

④ 王道:人们在一定的历史时期,处理一切问题的时候,按照当时通行的人情和社会,道德标准,在不违背当时的政治和法律制度的前提下,

所采取的某种态度和行动。

⑤狮吼：指妻子妒悍，源于成语"河东狮吼"，该典故源自宋代陈慥的妻子柳氏凶悍善妒，常使其夫惧怕的故事。

⑥适：正好，恰好。

⑦楚襄王：芈姓，熊氏，名横，楚怀王之子，是战国时楚国的一位君主。宋玉在《高唐赋》中写道：楚襄王与宋玉游于云楼之台，望高唐之观，上有云气。王问玉曰："此何气也？"玉曰："所谓朝云也。"王曰："何谓朝云？"玉曰："昔者先王尝游高唐，怠而昼寝，梦见一妇人，曰：'妾巫山之女也，为高唐之客，闻君游高唐，愿荐枕席。'"王因幸之。去而辞曰："妾在巫山之阳，高丘之阻，旦为朝云，暮为行雨，朝朝暮暮，阳台之下。"

【译文】

"食色，性也。""不知子都之姣者，无目者也。"古代有道德才能的人说话是经过选择的，他们之所以没有违背人之常情，屡次做出这样的论断，是因为爱美是人性中本来就有的，不能强迫使之泯灭。别人有漂亮的妻子、美貌的小妾，而我如果喜欢她们，这就是所谓的有违人性。这种喜欢不仅有损自己的德行，而且还会因此招来杀身之祸。我自己有漂亮的妻子、小妾，而我喜爱她们，这是回归我本性中本来就有的东西，即使是圣人们复活，也会赞同我的想法，认为种做法并不会有损德行。

孔子说："素富贵，行乎富贵。"人在条件允许的情况下，不买一两个姬妾娱乐自己，这是身处富贵却做贫贱的事情。王道本就是根据人情定的，用此事假装清高、伪装俭朴，何必这样做呢？但是如果家中有悍妇，那么就应该借此事藏起纳妾的心思，否则喜爱姬妾实际上就是讨厌她们，怜爱她们恰恰却足以让嫡妻害了她们，不能用红颜薄命作借口，成为代替上天施行惩罚的狠心人。

我一介贫寒书生，一生落魄，不仅难以亲近到国色天香的美人，即使是容颜勉强过得去、面容丑陋的女人，我又能见到几个？哪敢妄言评判声音容貌的好坏等级，大谈歌舞，让混迹于花街柳巷的人笑话呢！然而虽然我没有做这些事情的机缘，但我对这些事却颇有兴趣；虽然我没有亲身经历过，但其中的道理确实容易精通，自己主观想象的美妙境界，比亲身沉醉温柔乡更觉得有情趣。如果他们不相信，尽管拿以前的事情来验证。

楚襄王是君王，后宫满是美女，他与这些女子云雨欢好，什么样的事情没有经历过？但千百年来，没有听到人们传扬过有关他的真实事件，唯有他"阳台一梦"的传说脍炙人口。阳台如今在什么地方？神女家在哪里？

朝为行云，暮为行雨，究竟是怎样的情景？难道有踪迹可以查考，有真事可以详细陈说吗？这都是幻想出来的情境。

幻想出来的情境的美妙，是真实情况的十倍，所以流传了千百年。能把是真事美妙十倍的想象编排记录，用作挑选美女的标准，没有得不到闲情真谛的。凡是读这本书的人，想要考据我是从哪里学来这些的，就请让我用楚国阳台一事来回答：是想象得来的。

○肌肤

【原文】

妇人妩媚多端，毕竟以色为主。《诗》不云乎"素以为绚兮"？素者，白也。妇人本质，惟白最难。常有眉目口齿般般入画，而缺陷独在肌肤者。岂造物生人之巧，反不同于染匠，未施漂练之力，而遽加文采之工乎？

曰：非然。白难而色易也。曷言乎难？是物之生，皆视根本，根本何色，枝叶亦作何色。人之根本维何？精也，血也。精色带白，血则红而紫矣。多受父精而成胎者，其人之生也必白。父精母血交聚成胎，或血多而精少者，其人之生也必在黑白之间。若其血色浅红，结而为胎，虽在黑白之间，及其生也，豢以美食，处以曲房①，犹可日趋于淡，以脚地未尽缁②也。有幼时不白，长而始白者，此类是也。至其血色深紫，结而成胎，则其根本已缁，全无脚地可漂，及其生也，即服以水晶云母，居以玉殿琼楼，亦难望其变深为浅，但能守旧不迁，不致愈老愈黑，亦云幸矣。有富贵之家，生而不白，至长至老亦若是者，此类是也。

知此，则知选材之法，当如染匠之受衣。有以白衣使漂者受之，易为力也；有白衣稍垢而使漂者亦受之，虽难为力，其力犹可施也；若以既染深色之衣，使之剥去他色，漂而为白，则虽什佰其工价，必辞之不受。以人力虽巧，难拗天工，不能强既有者而使之无也。

妇人之白者易相，黑者亦易相，惟在黑白之间者，相之不易。有三法焉：面黑于身者易白，身黑于面者难白；肌肤之黑而嫩者易白，黑而粗者难白；皮肉之黑而宽者易白，黑而紧且实者难白。面黑于身者，以面在外而身在内，在外则有风吹日晒，其渐白也为难；身在衣中，较面稍白，则其由深而浅，业有明征，使面亦同身，蔽之有物，其验亦若是矣，故易白。身黑于面者反此，故不易白。

肌肤之细而嫩者，如绫罗纱绢，其体光滑，故受色易，退色亦易，稍受风吹，略经日照，则深者浅而浓者淡矣。粗则如布如毯，其受色之难，十倍于绫罗纱绢，至欲退之，其工又不止十倍，肌肤之理亦若是也，故知嫩者易白，而粗者难白。

皮肉之黑而宽者，犹绸缎之未经熨，靴与履之未经楦者，因其皱而未直，故浅者似深，淡者似浓，一经熨楦之后，则纹理陡变，非复曩时色相矣。肌肤之宽者，以其血肉未足，犹待长养，亦犹待楦之靴履，未经烫熨之绫罗纱绢，此际若此，则其血肉充满之后必不若此，故知宽者易白，紧而实者难白。

相肌之法，备乎此矣。若是，则白者、嫩者、宽者为人争取，其黑而粗、紧而实者遂成弃物乎？曰：不然。薄命尽出红颜，厚福偏归陋质，此等非他，皆素封③伉俪之材，诰命夫人④之料也。

【注释】

①曲房：内室，密室。
②缁（zī）：黑色。
③素封：无官爵封邑却资财丰厚的富人。
④诰命夫人：受有朝廷封号的贵妇人。

【译文】

女人妩媚多姿，说到底主要是因为肤色。《诗经》里不是说过"素以为绚兮"吗？素就是白。女子天生的容貌，唯有肤白是最难的。常常有女子的眉毛、眼睛、嘴唇、牙齿样样都长得很美，但唯一不完美的地方就在于肌肤。难道上天造人的技艺反倒是不如染匠吗？还没有漂白，就立刻染上错杂艳丽的颜色了。

我说：不是这样的。皮肤白是很难做到的，但皮肤颜色深则很容易做到。为什么说皮肤白很难做到呢？这是因为万物的生长，都要看它的根本，根本是什么颜色，枝叶也就是什么颜色。人的根本是什么呢？是精和血。精的颜色呈白色，而血的颜色则是红中有紫。大量接受父亲的精而形成的胎儿，这个人生来必定皮肤白皙。父亲的精和母亲的血汇聚形成胎儿，有的人获得的血多，获得的精少，那么这个人生来肤色必定介于黑白之间。如果母亲血的颜色是浅红色，虽然与父亲的精结合形成的胎儿，肤色介于黑白之间，但等到胎儿出生，给她吃好的食物，让她在幽暗的房间里居住，那么她的肤色仍然可以渐渐变浅，因为她的根本并不完全是黑的。有的人小时候皮肤不白，长大才变白，就是这种情况。至于母亲的血颜色是深紫色，与父亲的精结合形成的胎儿，那么她的根本就已经是黑色的了，完全没有变白的基础，等到她出生后，即便给她吃水晶云母，让她在玉殿琼楼里居住，也很难指望她的肤色能变黑为白了，只要能保持住原来的肤色不变，不至于年纪越大肤色越黑，也就可以说是幸运的了。有富贵人家的女子，出生时皮肤就不白，等到长大变老也还是这样，就是这种情况。

知道了这些，就知道挑选美女的方法，应当像染匠接活染衣服一样。有人拿白衣让他漂白，他会接这活儿，因为这很容易做到，有人拿略有污垢的白衣让他漂白，他也接这活儿，因为虽然难做，但还是能够做到的；如果拿已经染成深色的衣服，让他去除别的颜色，将衣服漂成白色，那么即便是给他十倍百倍的工钱，他也定会推辞，不接这活儿。因为人的技艺虽然高超，但很难敌得过天然，无法勉强让已经存在的东西消失。

皮肤白的女子容易辨别，皮肤黑的也容易辨别，只有肤色介于黑白之间的，不容易辨别。有三种方法可以用来辨别：面部肌肤比身上肌肤黑的容易变白，身上肌肤比面部肌肤黑的难以变白；又黑又嫩的肌肤容易变白，又黑又粗糙的肌肤很难变白；又黑、又松弛的肌肤容易变白，又黑又紧绷结实的肌肤很难变白。面部比身上黑的人，因为面部暴露在外而身体裹在衣服里，暴露在外就会受到风吹日晒，要渐渐变白是很难的；身体裹在衣服里，比脸稍微白一些，那么肌肤能从深色变为浅色，就已经有明证了。如果脸也同身体一样，有东西遮盖，那么效果也会一样，所以容易变白。身体比面部黑的与此相反，所以不容易变白。

又细又嫩的肌肤，就像绫罗纱绢一般，质地光滑，所以容易染上颜色，也容易褪色，少受点风吹日晒，深色肌肤就会颜色变浅；而粗糙得像棉麻布像毯子一样的肌肤，给它染色的难度，是给绫罗纱绢染色的十倍，至于想让它褪色，所费的功夫就不止是让绫罗纱绢褪色的十倍了。肌肤变黑变白的原理也是如此，所以就知道嫩的肌肤容易变白，而粗糙的肌肤不容易变白。

又黑又松弛的皮肉，就像没有用熨斗烫平的绸缎，没有放入鞋楦进行定型使其平直不皱的靴子和鞋，因为它们既皱又不平整，所以颜色浅的看起来也像深的，颜色淡的也像是深的，一旦经过了熨烫、放入鞋楦定型，那么它们的纹理就会陡然变化，不再是先前的颜色品相了。松弛的肌肤，因为血肉不够丰满，还有待生长、补养，也像等待放入鞋楦定型的靴子和鞋、尚未烫平的绫罗纱绢一样，现在是这样，但她的血肉丰满充盈皮肤后，定然不会是现在这样。所以由此可知松弛的肌肤容易变白，紧绷结实的肌肤难以变白。

辨别肌肤的方法，我都写在这里了。这样的话，那么人们就会争相求娶拥有白皙、滑嫩、松弛肌肤的女子，那些肌肤又黑又粗糙、紧绷又结实者的女子于是就成了没人要的了吗？我说：不是这样的。命运不好的大多是美女，福气深厚的偏偏集中在长相平平的这类女子当中。这种情况出现，原因不是别的，都是因为这些女子生来就是做富人妻子、高官夫人的材料。

○眉眼

【原文】

面为一身之主，目又为一面之主。相人必先相面，人尽知之，相面必先相目，人亦尽知，而未必尽穷其秘。

吾谓相人之法，必先相心，心得而后观其形体。形体维何？眉发口齿，耳鼻手足之类是也。心在腹中，何由得见？曰：有目在，无忧也。

察心之邪正，莫妙于观眸子，子舆氏笔之于书，业开风鉴之祖。予无事赘陈其说，但言情性之刚柔，心思之愚慧。四者非他，即异日司花①执爨②之分途，而狮吼堂与温柔乡接壤之地也。

目细而长者，秉性必柔；目粗而大者，居心必悍；目善动而黑白分明者，必多聪慧；目常定而白多黑少，或白少黑多者，必近愚蒙。

然初相之时，善转者亦未能遽转，不定者亦有时而定。何以试之？曰：有法在，无忧也。其法维何？一曰以静待动，一曰以卑瞩高。目随身转，未有动荡其身，而能胶柱其目者；使之乍往乍来，多行数武③，而我回环其目以视之，则秋波不转而自转，此一法也。妇人避羞，目必下视，我若居高临卑，彼下而又下，永无见目之时矣。必当处之高位，或立台坡之上，或居楼阁之前，而我故降其躯以瞩之，则彼下无可下，势必环转其眼以避我。虽云善动者动，不善动者亦动，而勉强自然之中，即有贵贱妍媸之别，此又一法也。

至于耳之大小，鼻之高卑，眉发之淡浓，唇齿之红白，无目者犹能按之以手，岂有识者不能鉴之以形？无俟哓哓④，徒滋繁渎。

眉之秀与不秀，亦复关系情性，当与眼目同视。然眉眼二物，其势往往相因。眼细者眉必长，眉粗者眼必巨，此大较也，然亦有不尽相合者。如长短粗细之间，未能一一尽善，则当取长恕短，要当视其可施人力与否。张京兆⑤工于画眉，则其夫人之双黛，必非浓淡得宜，无可润泽者。短者可长，则妙在用增；粗者可细，则妙在用减。但有必不可少之一字，而人多忽视之者,其名曰"曲"。必有天然之曲,而后人力可施其巧。"眉若远山""眉如新月",皆言曲之至也。即不能酷肖远山,尽如新月,亦须稍带月形,略存山意,或弯其上而不弯其下,或细其外而不细其中,皆可自施人力。最忌平空一抹,有如太白经天;又忌两笔斜冲,俨然倒书八字。变远山为近瀑,反新月为长虹,虽有善画之张郎,亦将畏难而却走。非选姿者居心太刻,以其为温柔乡择人,非为娘子军⑥择将也。

【注释】

①司花:"司花女"的省称。出自唐颜师古《隋遗录》卷上:"长安贡御车女袁宝儿,年十五,腰肢纤堕,骇冶多态。帝宠爱之特厚。时洛阳进合蒂迎辇花……帝命宝儿持之,号曰司花女。"后用以指管理百花的女神。

②爨(cuàn):指烧火煮饭。

③武:半步,古代以六尺为步,半步为武。

④哓哓(xiāo):吵嚷;唠叨。

⑤张京兆:张敞,汉代人,曾为京兆尹,人称张京兆。《汉书·张敞传》中记载张敞常替妻子画眉,因而有成语"张敞画眉",旧时比喻夫妻感情好。

⑥娘子军:本指唐高祖之女平阳公主所组织的军队,后来用来泛称由女子组成的队伍。

【译文】

脸是身体的主要部位,眼睛又是脸的主要部位。人们都知道相人必先相面的道理;人们也都知道相面一定要先看眼睛的道理,却未必完全知晓其中的奥秘。

我认为相人的方法,是一定要先看他的内心,知道他的内心之后,再观察他的形体。形体是什么?就是眉毛、头发、嘴、牙齿、耳朵、鼻子、手、脚之类。人心在肚子里,怎么能看得到?我说:有眼睛在,就不用发愁了。

观察女子的内心是好是坏,最妙的方法是看眼睛。孟子将这种方法写在了书中,已经是相面术的鼻祖了。我没有必要赘述他的观点,只说说性格的刚烈温柔,才思的愚蠢聪慧。这四种东西不是别的,它们能够决定这个女子他日是高雅还是俗人,是泼妇还是温柔女子。

眼睛细长的女子,天性必定温柔;眼睛又圆又大的女子,性格必定凶悍;眼睛喜欢动而且黑白分明的女子,必定十分聪慧;眼神呆滞而且眼白多眼珠小的女子，或是眼白少眼珠大的，一定接近愚昧无知。

然而一开始相看的时候，灵动的眼睛也未必就能即刻转动，眼神流转不定的也有时会定住不动。怎么试探呢？我说：有办法，不用担心。办法是什么？一是静待她们目光流转，二是让她们站在高处，从低处观察她们的眼睛。目光是随着身体的转动而流转的，没有身体动了眼神却不动的情况。让她们来来回回，多走几步，而我随着她们走动观察她们的眼睛，那么目光没有流转的，自然会流转，这是一种方法。女子害羞，必然是低垂着目光视物，如果让她站在低处，而我在高处看她，那么她的目光就会越来越低，就永远没有看到她眼睛的时候了。所以必须让她站在比较高的位置，要么站在楼台山坡上，要么站在楼阁前，而我特意站得低一些来看她，那么她就没办法再往下看了，一定会转动眼珠躲避我的目光。虽说这时候灵动的眼睛会转动，目光呆滞的眼睛也会转动，但一个动得自然、一个动得勉强，就可以从自然与勉强之中分辨出贵贱美丑，这是又一个办法。

至于耳朵的大小，鼻梁的高低，眉毛头发的浓淡，嘴唇牙齿的红白，瞎子还能用手摸，难道有见识的人就没办法从外形上鉴别？不用等我唠叨，这只会白白让人对我这篇文章生了轻慢之心。

眉毛长得清秀与否，也关系到一个人的性情，应当与眼睛同样看待。但是眉毛和眼睛往往相互关联，眼睛细长的人眉毛一定细长，眉毛粗的人眼睛一定大，这一规律大致是好的，但是也有不完全符合的情况。如果在眉毛的长短粗细方面，不能处处完美，那么就应该取长恕短，重要的是看她的眉毛是否能靠人工修饰好。张京兆擅长画眉，那么他夫人的双眉一定不是浓淡恰当、无可修饰的。眉毛短的可以画长，妙在用"增"的方法；眉毛粗的可以修得细一些，妙在用"减"的方法。不过还有必不可少的一个字，但人们大多忽略了它，它的名字是"曲"。眉毛必须天生有弧度，然后人才能施展巧技，加以修饰。"眉若远山""眉如新月"，说的都是眉毛弯曲的极致。即便无法酷似远山，完全跟新月一样，也应该稍微带有月的形状，略微有些山的形态，或者眉毛上面弯下面不弯，或者两端细中间不细，这些都能人工修饰。尤其要禁止平空一抹，就像太白星掠过天空一般；也不要画两笔眉毛冲向斜上方，特别像倒写的"八"字。要把如同远山一般的眉毛，画成如近看的瀑布一般，把一弯新月似的眉毛翻转，画成长虹一般，即使是擅长画眉毛的张京兆，也会因畏惧艰难而却步。不是挑选貌美女子的人居心太苛刻，而是因为这是在挑选温柔妩媚体贴的美人，不是在为娘子军挑选将军。

○手足

【原文】

相女子者，有简便诀云："上看头，下看脚。"似二语可概通身矣。予怪其最要一着，全未提起。两手十指，为一生巧拙之关，百岁荣枯所系，相女者首重在此，何以略而去之？且无论手嫩者必聪，指尖者多慧，臂丰而腕厚者，必享珠围翠绕之荣；即以现在所需而论之，手以挥弦，使其指节累累，几类弯弓之决拾①；手以品箫，如其臂形攘攘，几同伐竹之斧斤；抱枕携衾，观之兴索，捧卮进酒，受者眉攒，亦大失开门见山之初着矣。

故相手一节，为观人要着，寻花问柳者不可不知，然此道亦难言之矣。选人选足，每多窄窄金莲②；观手观人，绝少纤纤玉指。是最易者足，而最难者手，十百之中，不能一二觏③也。须知立法不可不严，至于行法，则不容不恕。但于或嫩或柔或尖或细之中，取其一得，即可宽恕其他矣。

至于选足一事，如但求窄小，则可一目了然。倘欲由粗以及精，尽美而思善，使脚小而不受脚小之累，兼收脚小之用，则又比手更难，皆不可求而可遇者也。其累维何？因脚小而难行，动必扶墙靠壁，此累之在己者也；因脚小而致秽，令人掩鼻攒眉，此累之在人者也。其用维何？瘦欲无形，越看越生怜惜，此用之在日者也；柔若无骨，愈亲愈耐抚摩，此用之在夜者也。

昔有人谓予曰："宜兴周相国，以千金购一丽人，名为'抱小姐'，因其脚小之至，寸步难移，每行必须人抱，是以得名。"予曰："果若是，则一泥塑美人而已矣，数钱可买，奚事千金？"

造物生人以足，欲其行也。昔形容女子娉婷④者，非曰"步步生金莲"，即曰"行行如玉立"，皆谓其脚小能行，又复行而入画，是以可珍可宝，如其小而不行，则与刖足⑤者何异？此小脚之累之不可有也。

予遍游四方，见足之最小而无累，与最小而得用者，莫过于秦之兰州、晋之大同。兰州女子之足，大者三寸，小者犹不及焉，又能步履如飞，男子有时追之不及，然去其凌波小袜而抚摩之，犹觉刚柔相半；即有柔若无骨者，然偶见则易，频遇为难。至大同名妓，则强半⑥皆若是也。与之同榻者，抚及金莲，令人不忍释手，觉倚翠偎红之乐，未有过于此者。

向在都门，以此语人，人多不信。一席间拥二妓，一晋一燕，皆无丽色，而足则甚小。予请不信者即而验之，果觉晋胜于燕，大有刚柔之别。

座客无不翻然,而罚不信者以金谷酒数⑦。此言小脚之用之不可无也。噫,岂其娶妻,必齐之姜⑧? 就地取材,但不失立言之大意而已矣。

验足之法无他,只在多行几步,观其难行易动,察其勉强自然,则思过半矣。直则易动,曲即难行;正则自然,歪即勉强。直而正者,非止美观便走,亦少秽气。大约秽气之生,皆强勉造作之所致也。

【注释】

①决拾:古代射箭用具。决,扳指,多以骨制,套在右手拇指上,用以钩弦;拾,套袖,革制,套在左臂上,用以护臂。

②金莲:旧指缠足妇女的小脚。

③觏(gòu):遇见。

④娉婷:形容女子姿态美好的样子。

⑤刖(yuè)足:中国古代一种酷刑,指砍掉犯人的脚。

⑥强半:大半,过半。

⑦金谷酒数:晋代石崇于金谷园宴请宾客,赋诗不成者罚酒三杯。出自晋石崇《金谷诗序》:"遂各赋诗,以叙中怀,或不能者,罚酒三斗。"因而金谷酒数后来泛指酒宴上罚酒之数。

⑧齐之姜:齐国国君姓姜,这里指齐国的姜姓女子。齐姜,齐桓公之宗女,晋文公的夫人,是位有胆有识的夫人,齐姜借指高贵美丽的女子。《诗经·陈风·衡门》:"岂其取妻,必齐之姜?"

【译文】

相看女子的人,有简便的口诀是:"上看头,下看脚。"好像这两句话就可以概括全身了。我觉得奇怪的是,最重要的一点完全没有提到。双手十指关乎一个女子的一生是灵巧还是笨拙,关系到一个女子的一辈子是荣华还是惨淡,相看女子第一重要的就在这一点上,怎么能略去不谈? 且不说手细嫩的女子一定聪明,手指纤细的女子大多聪慧,手臂、手腕丰满的必定能享受荣华富贵;就先拿现在需要的来论述:用手抚琴,假如手指指节粗大,几乎与拉弓射箭时戴着的扳指和套袖一般;用手执箫吹奏,假如手臂很粗壮,几乎和砍竹子的斧子一样,这样的女子抱着枕头拥着被子,让人看着兴味索然;这样的女子捧杯敬酒,被敬酒的人会皱起眉头,也让人们买姬置妾明摆着的初衷落空了。

所以看女子的手,是观察这个人的关键,寻花问柳的人不可能不知道这一点。但是这其中的门道也很难说明白。挑选美女时看脚,小脚女子有很多；挑选美女时看手，拥有纤纤玉指的女子很少。所以说最容易挑选的是脚，最难挑选的是手，几十个上百个人当中，也无法遇见一两个手好看的女子。要知道制定挑选的标准不能不严格，至于执行的时候，就不免要放宽。手要么细嫩要么柔软，手指要么修长要么纤细，拥有其中一点，就可以宽恕其他方面的不足。

至于选脚这件事，如果只求窄小，那么一眼就可以看得很清楚。如果想由粗到精，选得更加细致，想精益求精，使脚小而又不受脚小的拖累，又要有脚小的用处，就又比挑手更难，同时（具备这些优点）是可遇而不可求的。脚小的累赘是什么？因为脚小难以行走，走动的时候必须扶着、靠着墙壁，这是拖累自己；因为裹小脚而发出臭味，让人捂鼻子皱眉头，这是让别人遭罪。脚小的用处是什么？瘦得像没有形体一样，越看越让人怜爱，这是在白天的用处；柔软得仿佛没有骨头一样，越亲近越禁得起抚摩，这是在夜里的用处。

以前有人告诉我说："宜兴的周相国，用千两金买了一个美人，名字叫'抱小姐'，因为她的脚小到了极致，走一步都十分艰难，每次出行都必须让人抱着，因此得名。"我说："如果是这样，那这位女子就是一个泥塑的美人罢了，几个钱就可以买到，何必用千金购买？"

上天让人长脚，是想让人走路的。过去形容女子姿态美好的，不是说"步步生金莲"，就是说"行行如玉立"，都是说女子脚小能走路，又走得好看，可以入画，因此可以让人视作珍宝。如果她的脚小却不能走路，那么这和受了砍脚酷刑的人有什么区别？这就是小脚的累赘不可以有的原因。

我遍游各地，见过脚最小却又不会因此受拖累，以及脚最小却运用得力的，莫过于西北兰州、山西大同的女子的。兰州女子的脚，大的三寸长，小的还不到三寸，还能走得飞快，男子有时候都追不上。但是脱掉她们的凌波小袜，抚摩她们的小脚，仍感觉她们的脚软硬参半；即便有柔若无骨的脚，但偶尔见到容易，频繁遇到就很难了。至于大同的名妓，则大半都是这样。和她们同床的人，抚摸着她们的小脚，令人不忍释手，觉得与女子亲昵的乐趣，没有超过这件事的。

以前在京城的时候，我把此事告诉了别人，人们大多不相信。一次席间有两个妓女，一个是山西人，一个是河北人，都长得不美，但脚都很小。我请不相信的人当场验证我的话，他们果真觉得山西女的脚胜过河北女的脚，二人的脚软硬区别非常大。在座的宾客无不幡然醒悟，罚了不相信我的人三杯酒。这就是说小脚的用处不能没有。唉！难道娶妻一定要娶齐姜那样高贵美丽的女子吗？就在身边找，只要别违背了我刚刚说的大致标准就成了。

　　检验脚的方法没有别的，只在于让她多走几步，观察她行走得是艰难还是容易，是勉强还是自然，就考虑过半了。脚直就容易走动，脚扭曲就难以行走；脚正就走得自然，脚歪就走得勉强。脚既直又正的，不仅好看、便于行走，也很少有臭味。大概脚臭的产生都是走路勉强、做作导致的。

○态度

【原文】

　　古云："尤物足以移人①。"尤物维何？媚态是已。世人不知，以为美色，乌知颜色虽美，是一物也，乌足移人？加之以态，则物而尤矣。如云美色即是尤物，即可移人，则今时绢做之美女，画上之娇娥，其颜色较之生人，岂止十倍，何以不见移人，而使之害相思成郁病耶？是知"媚态"二字，必不可少。

　　媚态之在人身，犹火之有焰，灯之有光，珠贝金银之有宝色，是无形之物，非有形之物也。惟其是物而非物，无形似有形，是以名为"尤物"。尤物者，怪物也，不可解说之事也。凡女子，一见即令人思，思而不能自已，遂至舍命以图，与生为难者，皆怪物也，皆不可解说之事也。

　　吾于"态"之一字，服天地生人之巧，鬼神体物之工。使以我作天地鬼神，形体吾能赋之，知识我能予之，至于是物而非物，无形似有形之态度，我实不能变之化之，使其自无而有，复自有而无也。态之为物，不特能使美者愈美，艳者愈艳，且能使老者少而媸者妍，无情之事变为有情，使人暗受笼络而不觉者。

　　女子一有媚态，三四分姿色，便可抵过六七分。试以六七分姿色而无媚态之妇人，与三四分姿色而有媚态之妇人同立一处，则人止爱三四分而不爱六七分，是态度之于颜色，犹不止一倍当两倍也。试以二三分姿色而无媚态之妇人，与全无姿色而止有媚态之妇人同立一处，或与人各交数言，则人止为媚态所惑，而不为美色所惑，是态度之于颜色，犹不止于以少敌多，且能以无而敌有也。

　　今之女子，每有状貌姿容一无可取，而能令人思之不倦，甚至舍命相从者，皆"态"之一字之为祟也。是知选貌选姿，总不如选态一着之为要。态自天生，非可强造。强造之态，不能饰美，止能愈增其陋。同一颦也，出于西施则可爱，出于东施则可憎者，天生、强造之别也。相面、相肌、相眉、相眼之法，皆可言传，独相态一事，则予心能知之，口实不能言之。口之所能言者，物也，非尤物也。噫，能使人知，而能使人欲言不得，其为物也何如！其为事也何如！岂非天地之间一大怪物，而从古及今，一件解说不来之事乎？

诘予者曰：既为态度立言，又不指人以法，终觉首鼠②，盍亦舍精言粗，略示相女者以意乎？予曰：不得已而为言，止有直书所见，聊为榜样而已。向在维扬③，代一贵人相妾。靓妆而至者不一其人，始皆俯首而立，及命之抬头，一人不作羞容而竟抬；一人娇羞腼腆，强之数四而后抬；一人初不即抬，及强而后可，先以眼光一瞬，似于看人而实非看人，瞬毕复定而后抬，俟人看毕，复以眼光一瞬而后俯，此即"态"也。

记曩时④春游遇雨，避一亭中，见无数女子，妍媸不一，皆跟踉而至。中一缟衣⑤贫妇，年三十许，人皆趋入亭中，彼独徘徊檐下，以中无隙地故也；人皆抖擞衣衫，虑其太湿，彼独听其自然，以檐下雨侵，抖之无益，徒现丑态故也。及雨将止而告行，彼独迟疑稍后，去不数武而雨复作，乃趋入亭。彼则先立亭中，以逆料必转，先踞胜地故也。然臆虽偶中，绝无骄人之色。见后入者反立檐下，衣衫之湿，数倍于前，而此妇代为振衣，姿态百出，竟若天集众丑，以形一人之媚者。自观者视之，其初之不动，似以郑重而养态；其后之故动，似以徜徉而生态。然彼岂能必天复雨，先储其才以俟用乎？其养也，出之无心，其生也，亦非有意，皆天机之自起自伏耳。当其养态之时，先有一种娇羞无那⑥之致现于身外，令人生爱生怜，不俟娉婷大露而后觉也。斯二者，皆妇人媚态之一斑，举之以见大较。噫，以年三十许之贫妇，止为姿态稍异，遂使二八佳人与曳珠顶翠者皆出其下，然则态之为用，岂浅鲜哉！

人问：圣贤神化之事，皆可造诣而成，岂妇人媚态独不可学而至乎？予曰：学则可学，教则不能。人又问：既不能教，胡云可学？予曰：使无态之人与有态者同居，朝夕薰陶，或能为其所化；如蓬生麻中，不扶自直⑦，鹰变成鸠，形为气感，是则可矣。若欲耳提而面命之，则一部《廿一史》，当从何处说起？还怕愈说愈增其木强，奈何！

【注释】

①尤物足以移人：绝色的女子能移易人的情志。出自《左传·昭公二十八年》："夫有尤物，足以移人。"

②首鼠：踌躇、迟疑不决。

③维扬：扬州的别称。

④曩（nǎng）时：以前，以往。
⑤缟（gǎo）衣：白色生绢所制的衣裳。
⑥无那：无奈，无可奈何。
⑦蓬生麻中，不扶自直：蓬草生在麻田里，不用扶，必然自直；比喻生活在好的环境里，就能够健康成长。出自战国荀况《荀子·劝学》。

【译文】

古人说："尤物足以移人"。尤物是什么？是媚态。世人不清楚，以为美色就是尤物。哪里知道容貌虽美，也就是一种东西罢了，哪里能够摇曳人心呢？若再加上媚态，那就是尤物了。如果说美色就是尤物，就可以摇曳人心，那么现在绢做的美女、画上的娇娥，她们的容貌与真人相比，何止好看十倍？为什么不见她们让人心神荡漾，让人受相思之苦，抑郁成病呢？由此可知，"媚态"两个字必不可少。

媚态在人身上，就像火有焰、灯有光、珠贝金银有瑰丽珍奇的颜色一样，这是无形的东西，不是有形的东西。只因为它是物又不是物，无形又好似有形，因此名叫"尤物"。尤物就是怪物，是不能解释说明的事。凡是女子，一见就让人思念，思念得不能自拔，于是到了舍弃性命去追求她的地步，与活着作对的，都是怪物，都是无法解释说明的事。

我对于"态"这个字，佩服天地鬼神造人的机巧。假使让我做造物主，我能赋予形体，我能赋予知识，至于是物又不是物、无形又好似有形的媚态，我实在不能变化出来，使它从无到有，又从有到无。媚态这种东西，不仅能使美人更美，美艳之人更加艳丽，而且能让老妇变得年轻，丑女变得美丽，让没有情愫的事变得有情，使人暗中受到笼络却感觉不到。

女子一旦有了媚态，那么三四分的姿色就可以抵过六七分。试着让有六七分姿色却没有媚态的女子和有三四分姿色却有媚态的女子站在一起，那么人们就只爱有三四分姿色女子而不爱有六七分姿色的女子。这就是媚态相比姿色，还不仅是一倍顶两两倍。试着让有二三分姿色却没有媚态的女子和完全没有姿色仅有媚态的女子一同站在一个地方，或者让她们分别与人说几句话，那么人们只会被媚态迷惑，而不会被美色迷惑。这就是媚态相比姿色，还不止是以少敌多，而且能以无胜有。

现在的女子，常有容貌没有一点可取之处，却能让人不知疲倦地想她，甚至舍命相随，这都是"态"这个字在作祟。所以知道挑选容貌挑选姿色，总归不如挑选媚态这一点重要。媚态是天生的，不能勉强做出，勉强做出的媚态，不能增添美丽，只能让她更加丑陋。同是皱眉，出自西施身上就令人喜爱，出自东施身上就令人讨厌，这是天生和勉强做出的区别。相面、相肌、相眉、相眼的方法，都可以用语言传授，唯有看人的媚态这件事，则是我心中知晓，嘴巴实在无法说出来。嘴巴能够说出来的是物，不是尤物。唉！能让人知道，而能让人想说却说不出来，这是什么东西？难道不是天地间的一大怪物，而且是从古到今，一件无法解释说明的事吗？

  责问我的人说：既然你为媚态立言，却又不告知人们方法，终究会让人觉得你首鼠两端，何不舍去精细部分不谈，只说说大概，稍稍给相看女子的人一点提示呢？我回答道：非要说的话，唯有直接写出我见到的，姑且做为榜样罢了。之前在杨州的时候，我曾经替一个贵人相看妾室。打扮得漂漂亮亮来的不止一个人，开始都是低着头站着，等到让她们抬头，一位女子没有露出害羞的神色，直接就抬起了头；一位女子娇羞腼腆，勉强她多次才抬起头来；一位女子开始的时候没有马上抬头，等到非让她抬头不可后才抬起头来，她先是眨了下眼睛，好像在看人但实际上并不是在看人，眨完眼后又定了定神，然后才抬起头来，等到人看完她了，又眨了眨眼睛然后低下了头。这就是媚态。

  记得之前春游时遇到下雨，在一个亭子里避雨，看到许多女子，美丑不一，都是踉踉跄跄跑来。其中有一位穿白绢衣裳的贫家妇女，大概三十岁左右，其他女子都是快步跑到亭子里，唯有她在房檐下徘徊，因为里面已经没有空地了。其他女子都抖着衣衫，担忧衣衫太湿，唯独她听任自然，因为雨会淋到亭檐下，抖衣服是没用的，只会白白将自己抖衣服的丑态呈现给别人。等到雨快要停了大家互相告别的时候，只有她迟疑着稍稍落在后面，离开没多远雨就又下起来了，于是又往亭子里跑。她就先站在了亭子里，因为她预测人们一定会回来，就先占了个好地方。然而虽然她偶然猜中了，但绝没有骄傲的神色。看到后来的人反而站在亭檐下，衣衫比之前还湿了数倍，而这位女子就帮她们抖衣服，姿态百出，竟好像是上天聚集了众多丑女，来衬托她一个人的妩媚。从旁观者的角度来看，她开始的时候不动，好像是在郑重地蓄养媚态；她之后故意动，好像是自在地产生媚态。然而她怎么能料定天一定还会下雨，先储备自己的媚态来等待派上用场呢？她养态，出自无心，产生媚态，也并非有意，都是自然而然的。在她蓄养媚态的时候，先有一种娇羞无奈的韵致表现在身体之外，让人生了怜爱之心，不用等到她媚态大肆展露出来后才能感受到。这两个例子，都是女子媚态的一小部分，举这两个例子让人们知道大概。唉，年纪三十左右的贫妇，只是姿态跟别人稍有不同，就使得十六七岁的妙龄佳人和穿戴华丽的女子都被比下去了，既然这样，那么媚态的作用，怎么会小啊！

有人问：圣人贤人成神的事情，都可以通过修炼达成，难道女子的媚态独独不能通过学习学到吗？我说：学倒是可以学，教却教不了。有人又问：既然不能教，为什么说可以学？我说：让没有媚态的人跟有媚态的人同住，朝夕相处以受到熏陶，或许能被她同化；如同蓬草生在麻当中，不用扶自会直立，鹰变成鸠，是形体受到了鸠气息的影响，这样就可以了。如果要耳提面命地教导，那就是一部《廿一史》，应当从什么地方说起？还怕越说越是让她更加呆滞，这可怎么办！

◎ 修容第二 计三款

【原文】

妇人惟仙姿国色，无俟修容；稍去天工者，即不能免于人力矣。然予所谓"修饰"二字，无论妍媸美恶，均不可少。

俗云："三分人材，七分妆饰。"此为中人以下者言之也。然则有七分人材者，可少三分妆饰乎？即有十分人材者，岂一分妆饰皆可不用乎？曰：不能也。若是，则修容之道不可不急讲矣。

今世之讲修容者，非止穷工极巧，几能变鬼为神，我即欲勉竭心神，创为新说，其如人心至巧，我法难工，非但小巫见大巫①，且如小巫之徒，往教大巫之师，其不遭喷饭而唾面②者鲜矣。然一时风气所趋，往往失之过当。非始初立法之不佳，一人求胜于一人，一日务新于一日，趋而过之，致失其真之弊也。

"楚王好细腰，宫中皆饿死；楚王好高髻，宫中皆一尺；楚王好大袖，宫中皆全帛。"细腰非不可爱，高髻大袖非不美观，然至饿死，则人而鬼矣。髻至一尺，袖至全帛，非但不美观，直与魑魅魍魉无别矣。此非好细腰、好高髻大袖者之过，乃自为饿死、自为一尺、自为全帛者之过也。亦非自为饿死、自为一尺、自为全帛者之过，无一人痛惩其失，著为章程，谓止当如此，不可太过，不可不及，使有遵守者之过也。

吾观今日之修容，大类楚宫之末俗，著为章程，非草野得为之事。但不经人提破，使知不可爱而可憎，听其日趋日甚，则在生而为魑魅魍魉者，已去死人不远，矧腰成一缕，有饿而必死之势哉！

予为修容立说，实具此段婆心③，凡为西子者，自当曲体人情，万毋遽发娇嗔，罪其唐突。

【注释】

①小巫见大巫：小巫师法术小，大巫师法术大，小巫师见了大巫师，法术就施展不开了。比喻两者之间高下悬殊，差距太大，无法相比。
②唾面：往人的脸上吐唾沫，表示极度的鄙视、侮辱。
③婆心：慈悲善良的心地。

【译文】

女子唯有有仙人之姿、倾国之色，才不需要修饰容貌；天资稍差一些的，就免不了要用人力修饰。但我所说的"修饰"二字，不论美丑，都不可或缺。

俗话说："三分人材，七分妆饰。"这是说给姿容中等偏下的人听的。既然这样那么有七分人材的女子，就可以减三分妆饰吗？即便是有十分人材的人，难道一分妆饰都可以不用吗？我说：不能。这样的话，那么修饰容貌的道理就不能不赶紧说了。

现在讲的面容修饰，不止技术极其精巧，几乎能把鬼变成神，我即使想勉为其难穷尽心力，创立一种新的学说，但它如人心一般巧妙至极，我的方法难以达到，不仅仅像小巫见大巫那样，而且像是小巫的徒弟，去教大巫的师傅，很少有不遭喷饭、唾脸的。但追逐一时风尚，往往会犯过犹不及的错误。并非是起初设立的标准不好，而是一人力求胜过一人，一天务必要新过一天，导致追求过度而失去真容。

"楚王好细腰，宫中皆饿死；楚王好高髻，宫中皆一尺；楚王好大袖，宫中皆全帛。"细腰不是不让人怜爱，高髻大袖不是不美观，但是到了让人饿死的地步，那么人就成了鬼了。发髻高达一尺，袖子要用一整块布制作，不但不美观，而且简直跟鬼怪没有区别了。这并非是喜爱细腰、喜爱高髻大袖的人的过错，而是饿死自己、自己梳一尺高的发髻、自己用一整块布做大袖的人的过错。也并非是饿死自己、自己梳一尺高的发髻、自己用一整块布做大袖的人的过错，而是错在没有一个人严厉惩戒他们的过错，写成规范性文书，告诉人们只应当这样，不能太过分，也不能达不到，让他们有要遵守的法度。

我看如今的面容修饰，很像楚国宫里的陋俗，写出规范性文书，并非是我这种身在草莽的人能够做到的事情。但不经人提示点破，让人们知道过度修饰不讨人喜欢反而让人憎恶，而是听任这种风气日趋严重，那么活着却做着鬼怪的人，就已经离死人不远了，况且腰都瘦成了一缕，势必会饿死啊！

我为修容创设学说，实在是因为拥有这样善良慈悲的心地，凡是想成为西施那样的美人的，自然应当体谅我这番心意，千万不要急忙娇声嗔怪，责怪我这番话唐突。

○盥栉

【原文】

盥面之法，无他奇巧，止是濯垢务尽。面上亦无他垢，所谓垢者，油而已矣。油有二种，有自生之油，有沾上之油。自生之油，从毛孔沁出，肥人多而瘦人少，似汗非汗者是也。沾上之油，从下而上者少，从上而下者多，以发与膏沐①势不相离，发面交接之地，势难保其不侵。况以手按发，按毕之后，自上而下亦难保其不相挨擦，挨擦所至之处，即生油发亮之处也。生油发亮，于面似无大损，殊不知一日之美恶系焉，面之不白不匀，即从此始。从来上粉着色之地，最怕有油，有即不能上色。倘于浴面初毕，未经搽粉之时，但有指大一痕为油手所污，迨加粉搽面之后，则满面皆白而此处独黑，又且黑而有光，此受病之在先者也。既经搽粉之后，而为油手所污，其黑而光也亦然，以粉上加油，但见油而不见粉也，此受病之在后者也。此二者之为患，虽似大而实小，以受病之处止在一隅，不及满面，闺人尽有知之者。尚有全体受伤之患，从古佳人暗受其害而不知者，予请攻而出之。

从来拭面之巾帕，多不止于拭面，擦臂抹胸，随其所至；有腻即有油，则巾帕之不洁也久矣。即有好洁之人，止以拭面，不及其他，然能保其上不及发，将至额角而遂止乎？一沾膏沐，即非无油少腻之物矣。以此拭面，非拭面也，犹打磨细物之人，故以油布擦光，使其不沾他物也。他物不沾，粉独沾乎？凡有面不受妆，越匀越黑；同一粉也，一人搽之而白，一个搽之而不白者，职②是故也。以拭面之巾有异同，非搽面之粉有善恶也。故善匀面③者，必须先洁其巾。拭面之巾，止供拭面之用，又须用过即浣，勿使稍带油痕，此务本穷源之法也。

善栉不如善篦，篦者，栉之兄也。发内无尘，始得丝丝现相，不则一片如毡，求其界限而不得，是帽也，非鬓也，是退光黑漆之器，非乌云蟠绕之头也。故善蓄姬妾者，当以百钱买梳，千钱购篦。篦精则发精，稍俭其值，则发损头痛，篦不数下而止矣。篦之极净，使便用梳。而梳之为物，则越旧越精。"人惟求旧，物惟求新"④。古语虽然，非为论梳而设。求其旧而不得，则富者用牙，贫者用角。新木之梳，即搜根剔齿者，非油浸十日，不可用也。

古人呼鬓为"蟠龙"。蟠龙者，鬓之本体，非由妆饰而成。随手绾成，皆作蟠龙之势，可见古人之妆，全用自然，毫无造作。然龙乃善变之物，发无一定之形，使其相传至今，物而不化，则龙非蟠龙，乃死龙矣；发非佳人之发，乃死人之发矣。无怪今人善变，变之诚是也。但其变之之形，只顾趋新，不求合理；只求变相，不顾失真。

凡以彼物肖此物，必取其当然者肖之，必取其应有者肖之，又必取其形色相类者肖之，未有凭空捏造，任意为之而不顾者。古人呼发为"乌云"，呼髻为"蟠龙"者，以二物生于天上，宜乎在顶。发之缭绕似云，发之蟠曲似龙，而云之色有乌云，龙之色有乌龙。是色也，相也，情也，理也，事事相合，是以得名，非凭捏造，任意为之而不顾者也。

窃怪今之所谓"牡丹头""荷花头""钵盂头"，种种新式，非不穷新极异，令人改观，然于当然应有、形色相类之义，则一无取焉。人之一身，手可生花，江淹之彩笔⑤是也；舌可生花，如来之广长⑥是也；头则未见其生花，生之自今日始。此言不当然而然也。发上虽有簪花之义，未有以头为花，而身为蒂者；钵盂乃盛饭之器，未有倒贮活人之首，而作覆盆之象者，此皆事所未闻，闻之自今日始。此言不应有而有也。

群花之色，万紫千红，独不见其有黑。设立一妇人于此，有人呼之为"黑牡丹""黑莲花""黑钵盂"者，此妇必艴然而怒，怒而继之以骂矣。以不喜呼名之怪物，居然自肖其形，岂非绝不可解之事乎？

吾谓美人所梳之髻，不妨日异月新，但须筹为理之所有。理之所有者，其象多端，然总莫妙于云龙二物。仍用其名而变更其实，则古制新裁，并行而不悖矣。勿谓止此二物，变来有限，须知普天下之物，取其千态万状，越变而越不穷者，无有过此二物者矣。

龙虽善变，犹不过飞龙、游龙、伏龙、潜龙、戏珠龙、出海龙之数种。至于云之为物，顷刻数迁其位，须臾屡易其形，"千变万化"四字，犹为有定之称，其实云之变相，"千万"二字，犹不足以限量之也。若得聪明女子，日日仰观天象，既肖云而为髻，复肖髻而为云，即一日一更其式，犹不能尽其巧幻，毕其离奇，矧未必朝朝变相乎？

若谓天高云远，视不分明，难于取法，则令画工绘出巧云数朵，以纸剪式，衬于发下，俟栉沐既成，而后去之，此简便易行之法也。云上尽可着色，或簪以时花，或饰以珠翠，幻作云端五彩，视之光怪陆离。但须位置得宜，使与云体相合，若其中应有此物者，勿露时花珠翠之本形，则尽善矣。

肖龙之法：如欲作飞龙、游龙，则先以己发梳一光头于下，后以假发制作龙形，盘旋缭绕，覆于其上。务使离发少许，勿使相粘相贴，始不失飞龙、游龙之义，相粘相贴则是潜龙、伏龙矣。

悬空之法，不过用铁线一二条，衬于不见之处，其龙爪之向下者，以发作线，缝于光发之上，则不动矣。

戏珠龙法，以髻作小龙二条，缀于两旁，尾向后而首向前，前缀大珠一颗，近于龙嘴，名为"二龙戏珠"。出海龙亦照前式，但以假髻作波浪纹，缀于龙身空隙之处，皆易为之。

是数法者，皆以云龙二物分体为之，是云自云而龙自龙也。予又谓云龙二物势不宜分，"云从龙，风从虎"⑦，《周易》业有成言，是当合而用之。同用一髻，同作一假，何不幻作云龙二物，使龙勿露全身，云亦勿作全朵，忽而见龙，忽而见云，令人无可测识，是美人之头，尽有盘旋飞舞之势，朝为行云，暮为行雨，不几两擅其绝，而为阳台神女之现身哉？

噫，笠翁于此搜尽枯肠，为此髻者，不可不加尸祝⑧。天年以后，倘得为神，则将往来绣阁之中，验其所制，果有裨于花容月貌否也。

【注释】

①膏沐：古代妇女润发用的油脂。

②职：由于。

③匀面：用手搓脸使脂粉匀净。

④"人惟求旧，物惟求新"：用人应用世家旧臣，用物应用新制物品。

⑤江淹之彩笔：江淹，南朝梁人，少有文名，世称江郎。江淹年少时，曾梦人授以五色笔，故文采俊发。后以"江淹笔"比喻杰出的文才或文才出众者。出自《太平广记》。

⑥如来之广长：佛三十二相之一，舌广而长相。据说佛舌广而长，伸展可覆至发际。出自《大般若波罗蜜多经》："尔时，世尊从其面门出广长舌相……其光杂色，从此杂色一一光中，现宝莲花。"

⑦"云从龙，风从虎"：云从龙而起，风从虎而生，比喻同类事物之间的相互感应。出自《周易·乾卦》："同声相应，同气相求。水流湿，火就燥。云从龙，风从虎。"

⑧尸祝：崇拜；祭祀。

【译文】

洗脸的方法，没有别的不同寻常的技巧，只是一定要把污垢洗尽。脸上也没有其他污垢，所说的污垢，也就是油罢了。油有两种，一种是自己生出的油，一种是沾上的油。自己生出的油，从毛孔分泌出来，胖人多瘦人少，像汗又不是汗。沾上的油，从下到上的少，从上到下的多，因为头发跟润发的油脂势必分不开，头发和脸接触的地方，势必难以保证不沾到油脂。况且用手按头发，按压完后，手从头上放下来也难以保证挨擦不到脸，挨擦到的地方，就是有油发亮的地方。出油发亮，好似对脸没有多大损害，却不知道这关系着女子一天的美丑，脸不白肤色不均，就是从这个时候开始的。向来搽粉着色的地方，最怕有油，有油就上不了色。倘若刚洗完脸，还没有搽粉的时候，只有手指那么大的一块皮肤被沾到油的手弄脏了，等到搽完粉之后，则满脸都是白的，而唯独这个地方是黑的，而且又黑又亮，这是在搽粉之前种下的毛病。搽过粉后，被沾到油的手弄脏，那么弄脏的地方也同样会又黑又亮，因为在粉上添了油，只能看到油看不到粉，这是在搽粉之后种下的毛病。这两种毛病，虽然看起来严重但实际上并没有很严重，因为遭受污染的地方只有一小块，没有遍及整个面部，闺中女子知道这事的人很多。但还有伤及整个面部的祸患，自古代以来，美女暗中受到它的伤害却不知道，我自请将它揭示出来。

从来擦脸的帕子，大多不只用来擦脸，还用来擦胳膊擦胸口，随它擦到哪儿算哪儿；有污垢就会有油，那么帕子就很长时间都是不干净的。即便有爱干净的人，只用它来擦脸，不擦其他地方，然而能保证向上擦的时候不接触到头发，快擦到额角的时候就停下吗？一沾到润发的油脂，就不是没有油且污垢少的东西了。

用这样的帕子擦脸，不是擦脸，犹如打磨细致物件的人，特意用油布把它擦得光亮，让它不要沾上其他东西。沾不上其他东西，唯独能沾上粉吗？凡是有脸上不了妆，越是匀面越黑；同一种粉，一个人搽会白，另一个人搽却不白，就是这个原因。因为擦脸的帕子有所不同，并不是擦脸的粉有好坏之分。所以擅长匀面的人，一定会先洗干净她的帕子。擦脸的帕子只供擦脸使用，又必须用完立马洗净，不要让它略微带一点油迹，这是致力从根本源头上解决问题的办法。

擅长梳头比不上擅长篦头，篦是梳子的兄长。头发里没有灰尘，才能丝丝都呈现出来，否则就会粘成一片，像一块毡子一样，发丝之间的界限都找不到，这是帽子，不是发髻，是退去光泽的黑漆器，不是乌丝盘绕的头。所以擅长养姬妾的人，应当用一百钱买梳子，一千钱买篦子。篦子精细，头发就会精美，篦子的价值稍低，那么头发就会受损，头就会痛，没篦多少下就停了。篦得极其干净了，使得方便用梳子梳。而梳子这种东西，则是越旧越好。"人惟求旧，物惟求新。"古语虽然这么说，但不是为谈论梳子说的。找旧梳子找不到，那么富人就用象牙梳，穷人就用牛角梳。新木做的梳子，就像用来抠指甲、剔牙齿的东西，不用油浸泡十天，就不能使用。

古人把发髻称为"蟠龙"。蟠龙是发髻本身，并非用饰物装饰而成。随手绾成的发髻，都有蟠龙的气势，可见古人的妆容，全凭自然，丝毫不做作。但是龙是善于变化的东西，所以头发没有一个固定的形状，假使它传承到了今天，还是原来的样子没变，那么龙就不是蟠龙，而是死龙了；头发也不是美人的头发，而是死人的头发了。难怪当今的人善变，变化确实是对的。但是现在女子改变发型，只顾追求新奇，不求合理；只求改变样子，不管是不是失去了真实。

凡是用一种东西仿效另一种东西，一定要选取它合乎情理的地方进行仿效，一定要选取应有的地方仿效，也一定要选取形状色彩相似的地方仿效，没有凭空捏造，随意仿效，不顾其他。古人称头发为"乌云"，称发髻为"蟠龙"，因为这两种东西生于天上，适合在头顶。头发盘绕与云相似，头发盘曲与龙相似，而且云有乌云，龙有乌龙。这是颜色、样子、感情、情理，样样相符，因此得名，并不是凭空捏造，随意命名而不顾其他。

我暗自奇怪现在所说的"牡丹头""荷花头""钵盂头"，种种新样式，并非不是新颖到了极致，令人改观，但在合乎情理、应有、外形颜色相似等方面，则一无可取。人的整个身体，手可以生花，江淹的彩笔就是这样；舌头可以生花，如来佛的舌头就是这样。却没有见过头上生花的，今天才开始有的。这就是所说的没有按照事物合乎情理的地方进行仿效。虽然有在头发上戴簪花这种合理行为，但没有用头当花，身体当花带的；钵盂是装饭的器皿，没有倒过来盛放活人的脑袋，做出倒扣盆子模样的，这些都是没有听说过的事情，是今天才听说的。这就是所说的不应该有的却有了。

众花的颜色，万紫千红，唯独没有见过其中有黑色的。假设一位女子站在这里，有人称呼她为："黑牡丹""黑莲花""黑钵盂"，这位女子一定会勃然大怒，大怒之后便会骂人了。因此不喜欢用它的名字作称呼的怪物，居然还要自己模仿它的样子，这难道不是绝对无法理解的事情吗？

我认为美女所梳的发髻，不妨时时做一些改变，但应该设计情理。合理的发髻，样子多种多样，但是终归没有比乌云、蟠龙这两种更妙的了。仍旧使用它们的名字但改变它们的样子，那么古代的发式与现在的发式，就能并行不悖了。不要以为只有这两种东西，变化就是有限度的，一定要知道普天下的东西，要找到其中能千变万化，越变越没有尽头的，没有超过这两样东西的。

龙虽然善于变化，但不过是飞龙、游龙、伏龙、潜龙、戏珠龙、出海

声容部

龙等数种。至于云这种东西,会在片刻间多次移动位置,多次改变形状,"千变万化"四个字,仍然是有定量的形容,其实云的形态变化,"千万"两字,尚且不足以限定这一数量。如果有聪明女子,天天抬头观察天象,模仿云的形状来梳发髻,之后又根据发髻的样子去找相似的云,即使一天换一个发型,尚且不能穷尽云的巧妙奇幻、变化离奇,更何况未必会天天换发型呢?

如果说天高云远,看不分明,难以模仿云的形状,那就让画工画出几朵巧妙的云,用纸剪成花样,衬在头发下面,等梳洗完毕,再把花样拿走,这是简便容易的做法。发髻上大可染上颜色,或者簪上时令花卉,或者用珠宝首饰装饰,变化出五彩的云端,看上去光怪陆离。但位置应该恰当,让装饰跟发髻相符,仿佛其中就应该有这种东西,不要露出当季花卉、珠宝首饰原来的形状,就尽善尽美了。

模仿龙的方法:如果想做飞龙、游龙,就先把自己的头发梳平梳在下面,然后用假发做成龙的样子,让假发盘旋缭绕,覆盖在自己的头发上。务必让假发离真发稍有距离,不要让假发和真发粘贴在一起,才不会失去飞龙、游龙的含义,粘贴在一起就是潜龙、伏龙了。

悬空的方法,不过是用一两条铁线,衬在看不见的地方,龙爪向下的,用头发作线,缝在自己的头发上,就不会动了。

梳戏珠龙的方法,是用头发编成两条小龙,缀在两旁,尾巴向后,头向前,前面缀一颗大珠,靠近龙嘴,取名叫做"二龙戏珠"。出海龙也照着前面的样式做,但用假发做成波浪纹,缀在龙身有空隙的地方,这些做起来都容易。

这几种方法,都是把乌云和蟠龙这两种东西分开做的,云是云,龙是龙。我还认为,云、龙这两种东西必定是不适合分开的,"云从龙,风从虎",《周易》里已经有完整的论断了,这是说应该把它们两个合起来用。同是用假发,同是做假,为什么不做出云龙两种东西,让龙不要露出全身,云也不做整朵,一会儿看到龙,一会儿看到云,令人无法推测知悉(哪是龙哪是云),这样美人的头发,就有了盘旋飞舞的气势,朝为行云,暮为行雨,不就两方面的绝妙都有了,就是阳台神女现身了吗?

唉,我李渔在这里绞尽脑汁、挖空心思,梳这种发髻的人,不能不崇拜我。我命归天之后,倘若能够成神,就会来往于女子的闺房之中,检验她们做的发式,是否果真有益于女子的花容月貌。

○薰陶

【原文】

名花美女，气味相同，有国色者，必有天香。天香结自胞胎，非由薰染，佳人身上实实有此一种，非饰美之词也。此种香气，亦有姿貌不甚较艳，而能偶擅其奇者。总之，一有此种，即是夭折摧残之兆，红颜薄命未有捷于此者。

有国色而有天香，与无国色而有天香，皆是千中遇一，其余则薰染之力不可少也。其力维何？富贵之家，则需花露。花露者，摘取花瓣入甑，酝酿而成者也。蔷薇最上，群花次之。然用不须多，每于盥浴之后，挹取数匙入掌，拭体拍面而匀之。此香此味，妙在似花非花，是露非露，有其芬芳，而无其气息，是以为佳，不似他种香气，或速或沉，是兰是桂，一嗅即知者也。其次则用香皂浴身，香茶①沁口，皆是闺中应有之事。皂之为物，亦有一种神奇，人身偶染秽物，或偶沾秽气，用此一擦，则去尽无遗。由此推之，即以百和奇香拌入此中，未有不与垢秽并除，混入水中而不见者矣，乃独去秽而存香，似有攻邪不攻正之别。皂之佳者，一浴之后，香气经日不散，岂非天造地设，以供修容饰体之用者乎？香皂以江南六合县出者为第一，但价值稍昂，又恐远不能致，多则浴体，少则止以浴面，亦权宜丰俭之策也。至于香茶沁口，费亦不多，世人但知其贵，不知每日所需，不过指大一片，重止毫厘，裂成数块，每于饭后及临睡时以少许润舌，则满吻皆香，多则味苦，而反成药气矣。

凡此所言，皆人所共知，予特申明其说，以见美人之香不可使之或无耳。别有一种，为值更廉，世人食而但甘其味，嗅而不辨其香者，请揭出言之：果中荔子，虽出人间，实与交梨、火枣②无别，其色国色，其香天香，乃果中尤物也。予游闽粤，幸得饱啖而归，庶③不虚生此口，但恨造物有私，不令四方皆出。陈不如鲜，夫人而知之矣。殊不知荔之陈者，香气未尝尽没，乃与橄榄同功，其好处却在回味时耳。佳人就寝，止啖一枚，则口脂之香，可以竟夕，多则甜而腻矣。须择道地者用之，枫亭是其选也。

人问："沁口之香，为美人设乎？为伴美人者设乎？"予曰："伴者居多。若论美人，则五官四体皆为人设，奚止口内之香。"

【注释】

①香茶：清香的茶，也泛指香片一类的茶。
②交梨、火枣：道教指神仙所吃的仙果。
③庶：差不多。

【译文】

　　名花美女，气味相同，拥有倾国美貌的女子，一定天生带有香气。天生的香气来自于娘胎，并非由薰香得来的，美人身上真的有这么一种香气，这并非是饰美之词。这种香气，也有姿容相貌不是非常娇艳，而能偶然拥有它的人。总而言之，一有这种香气，就是早逝、受摧残的征兆，红颜薄命的没有比这种更快的了。

　　有倾国美貌并且生来带有香气，跟没有倾国美貌却自带香气，都是千人中才能遇到一个，其余的则薰香染气之力必不可少。这种薰香染气之力是什么？富贵人家，则需要花露。花露是摘花瓣放入瓦器当中，酿制而成的。蔷薇是最好的，其他花要次一些。但是用的时候不必多，每次在洗浴之后，舀几匙到手里，均匀地抹到身上、拍到脸上。这种香味，妙处就在它像花却不是花，是露也不是露，有花的芳香，但没有花的气息，因而是佳品，不像其他香气，要么挥发得快，要么沉在肌肤里久久不散，是兰香还是桂香，一闻就知道。其次是用香皂沐浴身体，用香茶漱口，这都是闺中应该有的事情。肥皂这种东西，也有一种神奇之处，人的身体偶然沾染了脏东西，或者偶然间沾染了难闻的气味，用肥皂一擦，就全部去除了，一点儿也不剩。由这件事推论，即便把百种奇香混合在其中，也没有不跟污垢秽物一起除去，混到水中消失不见的，肥皂竟然独独去除了难闻的气味却保留了香气，好像有攻邪不攻正的区别。上好的肥皂，用它洗浴过后，香气整日不散，难道不是生来就是用来修饰容貌身体的吗？香皂以江南六合县出产的最好，但价格稍微贵一些，又担心路途太远不能买到，多的话就沐浴身体，少的话就只用来洗脸，这也是根据其是多是少的变通做法。至于用香茶润口，花费也不多，世人只知道香茶贵，不知道每天所需要的，不过是指头大的一片，重量只有毫厘，分成好几块，每每在饭后和睡前用少许润舌，就会满嘴都是香味，含多了就会有苦味，反而会有药的气味。

　　凡是在这里说的，都是人们都知道的，我特意申明这些说法，是因为要让人们知道美人的香气是不可或缺的。另外有一种，价格更低廉，世人吃但是只知道它味道甘美，闻却辨别不出它的香味，请让我说出这种东西：

水果中的荔枝，虽然产在人间，实际上跟交梨、火枣等仙果没有区别，它的颜色是倾国之色，香气是天然之香，是水果中的尤物。我游历闽粤，有幸得以饱餐荔枝归来，才觉得没白生了这张嘴，只是恨上天有私心，不让各地都出产荔枝。陈荔枝不如鲜荔枝，这是人们都知道的。却不知道陈荔枝的香气并没有完全散去，跟橄榄有同样的功效，它的好处却在回味的时候罢了。美人就寝，只吃一颗，那么她嘴里的香气就可以维持一整晚，多了就会既甜又腻。吃荔枝必须要选地道的吃，枫亭出产的是上佳的选择。

有人问："沁口之香，是为美人准备的？还是给陪伴美人的人准备的？"我说："给陪伴的人准备的居多。如果说到美人的话，那么她的五官四肢都是为其他人准备的，何止口中的香。"

○ 点染

【原文】

"却嫌脂粉污颜色，淡扫蛾眉朝至尊。"①此唐人妙句也。今世讳言脂粉，动称污人之物，有满面是粉而云粉不上面，遍唇皆脂而曰脂不沾唇者，皆信唐诗太过，而欲以虢国夫人②自居者也。噫，脂粉焉能污人，人自污耳。

人谓脂粉二物，原为中材而设，美色可以不需。予曰：不然。惟美色可施脂粉，其余似可不设。何也？二物颇带世情，大有趋炎附热之态，美者用之愈增其美，陋者加之更益其陋。使以绝代佳人而微施粉泽，略染腥红，有不增娇益媚者乎？使以媸颜陋妇而丹铅③其面，粉藻其姿，有不惊人骇众者乎？询其所以然之故，则以白者可使再白，黑者难使遽白；黑上加之以白，是欲故显其黑，而以白物相形之也。试以一墨一粉，先分二处，后合一处而观之，其分处之时，黑自黑而白自白，虽云各别其性，未甚相仇也；迨其合处，遂觉黑不自安，而白欲求去。相形相碍，难以一朝居者，以天下之物，相类者可使同居，即不相类而相似者，亦可使之同居，至于非但不相类、不相似，而且相反之物，则断断勿使同居，同居必为难矣。此言粉之不可混施也。

脂则不然，面白者可用，面黑者亦可用。但脂粉二物，其势相依，面上有粉而唇上涂脂，则其色灿然可爱，倘面无粉泽而止丹唇，非但红色不显，且能使面上之黑色变而为紫，以紫之为色，非系天生，乃红黑二色合而成之者也。黑一见红，若逢故物，不求合而自合，精光相射，不觉紫气东来，使乘老子青牛④，竟有五色灿然之瑞矣。若是，则脂粉二物，竟与若辈无缘，终身可不用矣，何以世间女子人人不舍，刻刻相需，而人亦未尝以脂粉多施，摈而不纳者？曰：不然。予所论者，乃面色最黑之人，所谓不相类、不相似，而且相反者也。若介在黑白之间，则相类而相似矣，既相类而相似，有何不可同居？但须施之有法，使浓淡得宜，则二物争效其灵矣。

从来傅粉之面，止耐远观，难于近视，以其不能匀也。画士着色，用胶始匀，无胶则研杀不合。人面非同纸绢，万无用胶之理，此其所以不匀也。有法焉：请以一次分为二次，自淡而浓，由薄而厚，则可保无是患矣。

请以他事喻之。砖匠以石灰粉壁，必先上粗灰一次，后上细灰一次；先上不到之处，后上者补之；后上偶遗之处，又有先上者衬之，是以厚薄相均，泯然无迹。使以二次所上之灰，并为一次，则非但拙匠难匀，巧者亦不能遍及矣。粉壁且然，况粉面乎？今以一次所傅之粉，分为二次傅之，先傅一次，俟其稍干，然后再傅第二次，则浓者淡而淡者浓，虽出无心，自能巧合，远观近视，无不宜矣。此法不但能匀，且能变换肌肤，使黑者渐白。何也？染匠之于布帛，无不由浅而深，其在深浅之间者，则非浅非深，另有一色，即如文字之有过文也。如欲染紫，必先使白变红，再使红变为紫，红即白紫之过文，未有由白竟紫者也。如欲染青，必使白变为蓝，再使蓝变为青，蓝即白青之过文，未有由白竟青者也。如妇人面容稍黑，欲使竟变为白，其势实难。今以薄粉先匀一次，是其面上之色已在黑白之间，非若曩时之纯黑矣；再上一次，是使淡白变为深白，非使纯黑变为全白也，难易之势，不大相径庭哉？由此推之，则二次可广为三，深黑可同于浅，人间世上，无不可用粉匀面之妇人矣。此理不待验而始明，凡读是编者，批阅至此，即知湖上笠翁原非蠢物，不止为风雅功臣，亦可谓红裙知己。

初论面容黑白，未免立说过严。非过严也，使知受病实深，而后知德医人，果有起死回生之力也。舍此更有二说，皆浅乎此者，然亦不可不知；匀面必须匀项，否则前白后黑，有如戏场之鬼脸。匀面必记掠眉，否则霜花覆眼，几类春生之社婆⑤。至于点唇之法，又与匀面相反，一点即成，始类樱桃之体；若陆续增添，二三其手，即有长短宽窄之痕，是为成串樱桃，非一粒也。

【注释】

①"却嫌脂粉污颜色，淡扫蛾眉朝至尊。"：出自唐代张祜《集灵台·其二》。

②虢（guó）国夫人：杨贵妃之姐，原嫁裴氏，天宝七年（748）封为虢国夫人，后得唐明皇宠幸。

③丹铅：胭脂和铅粉，古代妇女化妆用品，这里用做动词。铅粉：古代用来搽脸的化妆品，用铅白与香料等制成。

④紫气东来，使乘老子青牛：出自汉刘向《列仙传》："老子西游，关令尹喜望见有紫气浮关，而老子果乘青牛而过也。"传说老子过函谷关之前，关令尹喜见有紫气从东而来，知道将有圣人过关，果然老子骑着青牛而来。

⑤社婆：土地神，一般为白发白眉。

【译文】

"却嫌脂粉污颜色，淡扫蛾眉朝至尊。"这是唐人的妙句。当今世界忌讳说脂粉，动不动就说这是玷污人的东西，有满脸是粉却说从不搽粉，满唇是胭脂却说从不抹胭脂的人，都是太过于相信唐诗，想以虢国夫人自居。唉，脂粉怎么能玷污人，人自己玷污自己罢了。

人说脂粉这两种东西，原本是为容颜中等的人准备的，美人可以不需要。我说：不是这样的。唯有美女能用脂粉，其他人似乎可以不用。为什么呢？这两种东西都十分世故，大有趋炎附势的态势，美人用脂粉越会增加她的美丽，丑陋的女人用了反而更加丑陋。如果让绝代佳人稍施薄粉，略染唇脂，有不增加她的娇媚的吗？假使让丑陋的女子涂胭脂、搽铅粉，粉饰她的容貌，有不惊吓到众人的吗？要问为什么会这样，则是因为白的人可以让她更白，黑的人难以让她骤然变白；黑色皮肤涂上白粉，是想故意凸显她的黑，和白色形成鲜明对比。试着把一盒墨一盒粉，先分开放在两个地方，然后一同放在一个地方观看，分开放在两处时，黑是黑，白是白，虽说它们的性质各有不同，也不曾有什么仇怨；等到放在一个地方，竟然觉得黑的不安，白的想要请求离去。相互对比、相互妨碍，难以同时在一处，因为天下的东西，同类的可以让它们在一起，即使类别不同但相似的，也可以让它们在一起，至于非但不属于同类、不相似，反而是相反的东西，那么绝对不能让它们在一起，在一起一定会为难。这就是说粉不能乱用。

胭脂却不是这样，脸白的人可以用，脸黑的人也可以用。但是胭脂和粉这两样东西，它们是相互依存的，脸上有粉并且唇上涂了胭脂，那么她的脸就会鲜丽，惹人喜爱，如果没有搽粉而只染红了唇，非但红色显不出来，而且能让脸上的黑色变成紫色，因为紫作为一种颜色，不是天然的，而是红与黑两种颜色混合成的。黑色一见到红色,就好像遇到了故交,没让它们混合,它们就自己混合在一起了,两种颜色的光彩相互映射,不觉出现了一种紫气,假使让她乘坐老子的青牛,居然都会有五色灿然的瑞光出现了。如果是这样,那么胭脂和粉两种东西,终究跟这些人没有缘分,一生都可以不用了,为什么世间的女子人人都不舍弃,时时刻刻都需要,而且其他人也未曾因为她们多用了脂粉,就拒绝她们不接纳她们呢?我说:不是这样的。我所说的,是脸上肤色最黑的人,就是所谓的不同类、不相似,而且是相反的那种。如果肤色介于黑白之间,那么就是同类而且相似了,既然是同类而且相似,为什么不能放在一处呢?但必须使用脂粉得法,让它浓淡得当,那么这两种东西就会争先发挥作用了。

从来施了粉的脸,只禁得住远看,难以从近处看,这是因为搽粉搽得不均匀。作画的人上色,用胶才能让颜色均匀,没有胶就涂抹不匀。人脸跟纸、绢不同,绝对没有用胶的道理,这就是涂不均匀的原因。有办法是:请把搽一次的粉分成两次搽,从淡到浓,从薄到厚,那就可以确保没有这种担忧了。

请允许我用其他事情来打个比方。砖匠用石灰刷墙,一定是先用粗灰刷一次,然后用细灰刷一次;第一次刷不到的地方,第二次会补上;后面刷偶然有遗漏的地方,又有先刷的那遍的帮衬,因此厚薄均匀,毫无痕迹。如果把刷两次的灰,合并为一次刷,那么非但笨拙的砖匠很难刷均匀,即使是技术高超的砖匠也不能使每个地方都刷到。刷墙姑且如此,何况是在脸上搽粉呢?现在把搽一次的粉,分成两次搽,先搽一次,等它稍微干一些,之后再搽第二次,那么浓的会淡,淡的会浓,虽然是出自无心,但它们能自发巧妙地合为一体,远看近看,没有不合适的地方。这种方法不但能涂均匀,而且能改变肌肤,让黑的逐渐变白。为什么呢?染布匠染布帛,没有不从浅色染到深色的,在深色和浅色之间的,则是不浅不深,另有一种颜色,就好像文章中有过渡的文字一样。如果想染成紫色,一定要先由白色变为红色,再让红色变为紫色,红色就是白色和紫色的过渡色,没有从白色直接染成紫色的。如果想要染成青色,一定要让白色变成蓝色,再让蓝色变成青色,蓝色就是白色和青色的过渡色,没有从白色直接染成青色的。如果女子的面容稍稍黑一些,想要让肤色骤然变白,这确实很困难。现在用薄粉先匀脸一次,这样她脸上的颜色已经在黑色和白色之间,不像之前的纯黑色了;再涂一次,是让淡白色变为深白色,而不是让纯黑色变为全白色,两者难易程度不是大相径庭吗?从这件事推断,粉分两次搽可以增至三次,深黑的皮肤就可以跟浅白的相同了,人间世上,没有不能用粉均匀搽脸的女子了。这个道理不用等验证才能明了，凡是阅读这本书的编辑，批阅到这里，就知道我原本就不是愚钝之人，不只能够做有益于风雅的人，也可以称作是女子的知己。

一开始谈论面容黑白，提出的说法未免过于严格。不是过于严格，只是让人知道自己确实病得严重，然后知道感恩我这个医生，确实有起死回生的本事。此外还有两种说法，都比这个浅显，但也不能不知道：搽脸时必须要搽脖子，否则上面白下面黑，就好像戏台上的鬼脸。搽脸一定要记得掠过眉毛，否则粉盖了眼睛，就会像初春祭祀仪式上的社婆。至于点唇的方法，又跟搽粉相反，点一下就成，这才像樱桃的样子；如果陆续地增添胭脂，点两三次，就会有长短宽窄不等的痕迹，成了成串的樱桃，不是一粒了。

◎治服第三　计三款

【原文】

古云："三世长者知被服，五世长者知饮食。①"俗云："三代为宦，着衣吃饭。"古语今词，不谋而合，可见衣食二事之难也。饮食载于他卷，兹不具论，请言被服一事。

寒贱之家，自羞褴褛，动以无钱置服为词，谓一朝发迹②，男可翩翩裘马，妇则楚楚衣裳。孰知衣衫之附于人身，亦犹人身之附于其地。人与地习，久始相安，以极奢极美之服，而骤加俭朴之躯，则衣衫亦类生人，常有不服水土之患。宽者似窄，短者疑长，手欲出而袖使之藏，项宜伸而领为之曲，物不随人指使，遂如桎梏其身。"沐猴而冠③"为人指笑者，非沐猴不可着冠，以其着之不惯，头与冠不相称也。

此犹粗浅之论，未及精微。"衣以章身"，请晰其解。章者，著也，非文采彰明之谓也。身非形体之身，乃智愚贤不肖之实备于躬，犹"富润屋，德润身"④之身也。同一衣也，富者服之章其富，贫者服之益章其贫；贵者服之章其贵，贱者服之益章其贱。有德有行之贤者，与无品无才之不肖者，其为章身也亦然。设有一大富长者于此，衣百结之衣⑤，履踵决之履，一种丰腴气象，自能跃出衣履之外，不问而知为长者⑥。是敝服垢衣，亦能章人之富，况罗绮而文绣者乎？丐夫菜佣窃得美服而被焉，往往因之得祸，以服能章贫，不必定为短褐，有时亦在长裾耳。

"富润屋，德润身"之解，亦复如是。富人所处之屋，不必尽为画栋雕梁，即居茅舍数椽⑦，而过其门、入其室者，常见荜门圭窦⑧之间，自有一种旺气，所谓"润"也。公卿将相之后，子孙式微⑨，所居门第未尝稍改，而经其地者，觉有冷气侵入，此家门枯槁之过，润⑩之无其人也。

从来读《大学》者，未得其解，释以雕镂粉藻之义。果如其言，则富人舍其旧居，另觅新居而加以雕镂粉藻；则有德之人亦将弃其旧身，另易新身，而后谓之心广体胖乎？甚矣，读书之难，而章句⑪训诂⑫之学非易事也。予尝以此论见之说部，今复叙入闲情。噫，此等诠解，岂好闲情、作小说者所能道哉？偶寄云尔。

【注释】

①三世长者知被服，五世长者知饮食：富贵了三代的人家知道穿衣之

道，富贵了五代的人家知道饮食之道。出自曹丕《与群臣论被服书》。

②发迹：指人在事业上得志，变得有财有势。或指人脱离困顿状况而得志、兴起。

③沐猴而冠：本指猕猴戴帽子装成人的样子。比喻徒有其表，装扮得像个人物，而实际并不像。

④"富润屋，德润身"：富贵惠及房屋，贤德惠及身心。出自《礼记·大学》，原文是"富润屋，德润身，心广体胖"。

⑤百结之衣：乞丐所着之服，文学家美其名曰百结衣。

⑥长者：年高有德的人。

⑦椽：放在檩上架着屋顶的木条。

⑧荜（bì）门圭（guī）窦：指穷人居住的地方。荜门：用竹荆编织的门，常指房屋简陋破旧。圭窦：形状如圭的墙洞，也借指微贱之家的门户。

⑨式微：指事物由兴盛而衰落。

⑩润：修饰，使有光彩。

⑪章句：古籍的分章分段和语句停顿。

⑫训诂：对古书中字、词、句作解释。

【译文】

古人说："三世长者知被服，五世长者知饮食。"俗话说："三代为官，着衣吃饭。"古时候的话和今天的说辞不谋而合，可见吃穿二事的困难。饮食写在其他卷中，这里不详细论述，请允许我说说穿衣这件事。

身份卑微的贫寒人家，衣着褴褛，自己都觉得难为情，动不动就拿没有钱添置衣服为托词。说是如果有朝一日得志，男子就会举止洒脱，穿轻裘，骑肥马，女子就会衣衫楚楚。哪里知道衣服依附在人身上，也如同人的身体依附于他所在的土地一样。人和土地互相适应，时间久了才会相安无事，把极尽奢华极其美丽的衣服，突然穿在俭朴的人身上，那么衣服也好似刚来到某地的陌生人一样，常常会有水土不服的忧虑。宽大的好像窄了，短的疑心长了，手想要伸出来，但衣袖却把手藏了起来，脖子应当伸直，但衣领让它弯着，衣物不听从人的使唤，就如同束缚了他的身体。"沐猴而冠"让人指点笑谑，并非是猴子不可以戴帽子，而是因为猴子戴帽子不习惯，头跟帽子不相称。

这还是粗浅的言论，没有涉及细枝末节。"衣以章身"，请允许我把它再讲得清楚一些。"章"是显著的意思，并不是文采彰明的意思。"身"并非是指形体的"身"，而是承载着智慧、愚昧、贤良、不肖等真实情况的身体，就像是"富润屋，德润身"中的"身"。同一件衣服，富人穿上它能彰显他的富有，穷人穿上它会更加彰显出他的贫穷；贵族穿上它能彰显出他的尊贵，身份卑微的人穿上它会更加彰显他的卑微。对于有品德有品行的贤人，跟没有品德没有才能的不正派之人，"衣以章身"这句话中的"章身"，意思也是一样的。假设有位十分富有的长者在这里，穿着乞丐才穿的破衣服，穿着露着脚后跟的鞋子，但他却有一种富贵雍容的气质，自然能跃出衣服、鞋子之外，不用问就知道是一位富贵长者。破烂肮脏的衣服也能彰显出人的富有，更何况是用绫罗绸缎制作而且有精美刺绣的衣服呢？乞丐、佣人偷了华丽的衣服穿上，却往往因此遭了祸事，因为衣服更能彰显出其贫贱，不一定非得是短小的粗布衣服，有时穿长袍也照样会显出这个人的贫贱。

"富润屋，德润身"的解释，也是如此。富人所住的屋子，不一定全都是雕梁画栋，即便住的是只有几根椽条的茅屋，但经过他家门、进入他房间的人，常常也能在他简陋的房子中看到自然存在的一种兴旺之气，这就是所说的"润"。公卿将相的后代，子孙由盛转衰，住的地方并没有丝毫改动过，但是经过他们所住地方的人，会觉得有冷气袭来，这是家道衰落的原因，无人为他们家增光添彩了。

历来读《大学》的人，尚未弄懂"富润屋，德润身"的含义，就将它解释为雕镂粉饰的意思。如果真如他们所说，那么富人会舍弃他们原来的房子，另寻新房并加以装饰；那么有德行的人也会舍弃他们的旧身，另换新身，就可以说他们是心宽体胖了吗？读书太难了，学习对古籍分章分段、语句停顿、对古籍中的字句进行解释不是件容易的事。我曾经把这种观点写进了解释字义的书中，今天又写进了这本谈闲情的书。唉，这种解释，难道是喜爱闲情、写小说的人有资格说的吗？我只是偶尔发表一下心中的感想罢了。

○首饰

【原文】

珠翠宝玉，妇人饰发之具也，然增娇益媚者以此，损娇掩媚者亦以此。所谓增娇益媚者，或是面容欠白，或是发色带黄，有此等奇珍异宝覆于其上，则光芒四射，能令肌发改观，与玉蕴于山而山灵，珠藏于泽而泽媚同一理也。

若使肌白发黑之佳人满头翡翠，环鬓金珠，但见金而不见人，犹之花藏叶底，月在云中，是尽可出头露面之人，而故作藏头盖面之事。巨眼者见之，犹能略迹求真，谓其美丽当不止此，使去粉饰而全露天真，还不知如何妩媚；使遇皮相之流，止谈妆饰之离奇，不及姿容窈窕，是以人饰珠翠宝玉，非以珠翠宝玉饰人也。

故女子一生，戴珠顶翠之事，止可一月，万勿多时。所谓一月者，自作新妇于归①之日始，至满月卸妆之日止。只此一月，亦是无可奈何。父母置办一场，翁姑婚娶一次，非此艳妆盛饰，不足以慰其心。过此以往，则当去桎梏而谢羁囚，终身不修苦行矣。一簪一珥，便可相伴一生。此二物者，则不可不求精善。富贵之家，无论多设金玉犀贝之属，各存其制，屡变其形，或数日一更，或一日一更，皆未尝不可。贫贱之家，力不能办金玉者，宁用骨角，勿用铜锡。骨角耐观，制之佳者，与犀贝无异，铜锡非止不雅，且能损发。

簪珥之外，所当饰鬓者，莫妙于时花数朵，较之珠翠宝玉，非止雅俗判然，且亦生死迥别。《清平调》之首句云："名花倾国两相欢。"欢者，喜也，相欢者，彼既喜我，我亦喜彼之谓也。国色乃人中之花，名花乃花中之人，二物可称同调，正当晨夕与共者也。

汉武云："若得阿娇，贮之金屋②。"吾谓金屋可以不设，药栏花榭则断断应有，不可或无。富贵之家如得丽人，则当遍访名花，植于闺内，使之旦夕相亲，珠围翠绕之荣不足道也。晨起簪花，听其自择。喜红则红，爱紫则紫，随心插戴，自然合宜，所谓两相欢也。

寒素之家，如得美妇，屋旁稍有隙地，亦当种树栽花，以备点缀云鬓之用。他事可俭，此事独不可俭。妇人青春有几，男子遇色为难。尽有公侯将相、富室大家，或苦缘分之悭，或病中宫③之妒，欲亲美色而毕世不能。我何人斯，而擅有此乐，不得一二事娱悦其心，不得一二物妆点其貌，是为暴殄天物，犹倾精米洁饭于粪壤之中也。

即使赤贫之家，卓锥无地，欲艺时花而不能者，亦当乞诸名园，购之担上。即使日费几文钱，不过少饮一杯酒，既悦妇人之心，复娱男子之目，便宜不亦多乎？更有俭于此者，近日吴门④所制象生花⑤，穷精极巧，与树头摘下者无异，纯用通草，每朵不过数文，可备月余之用。绒绢所制者，价常倍之，反不若此物之精雅，又能肖真。而时人所好，偏在彼而不在此，岂物不论美恶，止论贵贱乎？噫，相士用人者，亦复如此，奚止于物。

吴门所制之花，花象生而叶不象生，户户皆然，殊不可解。若去其假叶而以真者缀之，则因叶真而花益真矣。亦是一法。时花之色，白为上，黄次之，淡红次之，最忌大红，尤忌木红。玫瑰，花之最香者也，而色太艳，止宜压在髻下，暗受其香，勿使花形全露，全露则类村妆，以村妇非红不爱也。花中之茉莉，舍插鬓之外，一无所用。可见天之生此，原为助妆而设，妆可少乎？珠兰亦然。珠兰之妙，十倍茉莉，但不能处处皆有，是一恨事。

予前论髻，欲人革去"牡丹头""荷花头""钵盂头"等怪形，而以假髲作云龙等式。客有过之者，谓：吾侪立法，当使天下去赝存真，奈何教人为伪？予曰：生今之世，行古之道，立言则善，谁其从之？不若因势利导，使之渐近自然。妇人之首，不能无饰，自昔为然矣，与其饰以珠翠宝玉，不若饰之以髲。髲虽云假，原是妇人头上之物，以此为饰，可谓还其固有，又无穷奢极靡之滥费，与崇尚时花，鄙黜珠玉，同一理也。予岂不能为高世之论哉？虑其无裨人情耳。

簪之为色，宜浅不宜深，欲形其发之黑也。玉为上，犀之近黄者、蜜蜡之近白者次之，金银又次之，玛瑙琥珀皆所不能。簪头取象于物，如龙头、凤头、如意头、兰花头之类是也。但宜结实自然，不宜玲珑雕斫；宜于发相依附，不得昂首而作跳跃之形。盖簪头所以压发，服贴为佳，悬空则谬矣。

饰耳之环，愈小愈佳，或珠一粒，或金银一点，此家常佩戴之物，俗名"丁香"，肖其形也。若配盛妆艳服，不得不略大其形，但勿过丁香之一倍二倍。既当约小其形，复宜精雅其制，切忌为古时络索之样，时非元夕，何须耳上悬灯？若再饰以珠翠，则为福建之珠灯，丹阳之料丝灯⑥矣。其为灯也犹可厌，况为耳上之环乎？

【注释】

①于归：指女子出嫁。
②若得阿娇，贮之金屋：语出《汉武故事》。原指汉武帝要用金屋接纳阿娇作妇，后常用来形容娶妻或纳妾。
③中宫：皇后居住之处，因以借指皇后，这里指正妻。
④吴门：指苏州或苏州一带。
⑤象生花：古人制作的假花。
⑥料丝灯：即以玛瑙、紫石英等为主要原料煮浆抽丝制成的灯。

【译文】

珍珠和美玉是装饰女子头发的用具，但是增加她娇媚的是这些东西，减少她娇媚的也是这些东西。所谓增添她的娇媚,或是她面容不白,或是发色带有黄色,有这样的奇珍异宝在上面遮掩,就会光芒四射,能够让肌肤和头发改观,跟玉藏在山里山会有灵性,珍珠藏在水里水就会变美是同样的道理。

如果让皮肤白皙头发乌黑的美人,头发上缀满美玉珍珠,只看得到首饰,却看不到人,犹如花藏在叶子底下,月亮藏在云里,这是尽可以出头露面的人却故意做藏头遮脸的事情。有眼光的人看到她,还能够忽略这些表象看到她真实的容貌,说她的美丽应当不止于此,假使让她把所有装饰去掉,露出原本的容貌,还不知她是何等的妩媚;假使遇到只看外表之辈,只会谈论她妆饰的离奇,不会谈及她的窈窕姿容,这是用人来装饰珍珠美玉,不是用珍珠美玉来装饰人。

所以女子的一生,戴珍珠翡翠的事,只能做一个月,千万不能戴太长时间。所说的一个月,是从做新娘子出嫁那天开始,到一个月满卸妆的那天结束。只有这一个月,也是无可奈何的做法。父母操办婚事一场,公公婆婆娶儿媳妇一次,不这样艳妆盛饰,不足以告慰他们的心意。过了这一个月,以后就应该去掉这些束缚,终身不修这种苦行了。一支簪子一副耳环,便可以陪伴她一生了。然而,这两种东西就不能不追求精美了。富贵人家,不妨多准备一些金玉、犀贝之类的簪子和耳环,品种齐备,形状多变,或几天一换,或一天一换,都未尝不可。贫贱人家,没有能力置办金玉做的簪子与耳环,宁可用骨角做的,也不要用铜锡做的。骨角耐看,制作精良,跟犀贝没有区别,铜锡不仅不雅,而且会损伤头发。

簪子、耳环以外,可以装饰鬓发的,没有比几朵时令花卉更妙的了,跟珍珠宝玉相比,不但雅俗区别鲜明,而且也是生机勃勃与死气沉沉的对比,两者迥然有别。《清平调》的第一句是:"名花倾国两相欢。"欢是喜欢的意思,相欢是它既喜欢我,我也喜欢它的意思。有倾国姿色的美人是人中的花朵,名花是花中的人,两种东西可以称作是同类,应当要朝夕相伴。

汉武帝说:"若得阿娇作妇,定另建金屋让她居住。"我认为金屋可以不准备,但花圃园林却一定要有,不可或缺。富贵人家如果得到美人,就应当找遍天下名花,养在美人屋内,让她们朝夕相处,那么珠翠环绕的荣耀就不值一提了。早起簪花,听任她自己选择。喜欢红的就选红的,喜欢紫的就戴紫的,随心插戴,自然合适,这就是所谓的"两相欢"。

贫寒朴素的人家,如果娶得美人,屋子旁稍稍有空地,也应当种树栽花,以备她用来点缀云鬓。其他事可以节俭,这件事独独不能节俭。女子的青春能有几年,男子遇到美人多不容易。多的是公侯将相、富贵大家,有的苦于没有缘分，有的担忧正室妻子妒忌，想要亲近美女却一生都不能。我是什么人，却拥有这种快乐，不能做一两件事让她心中愉悦，不用一两件东西妆点她们的美貌，这就是暴殄天物，好比把精细干净的米饭倒进粪土之中。

即便是十分贫穷的人家，连极小的地方也没有，想要栽种应季花卉却做不到的，也要向名园求花，到卖花担子上购买。即使一天花几文钱，不过是少喝一杯酒，既让妇人的心情愉悦，又让男子的眼睛得到了愉悦，不是也得了很多便宜吗？还有比这更节俭的，最近苏州制作的假花，十分精巧，跟从枝头上摘下的花没有区别，纯用通草做的，每朵花不过几文钱，可以用一个多月。用绒绢做的花，价格常常比这种高一倍，反而不如这种花精致雅观，还能像真的一样。但当下人们喜欢的，偏偏是绒绢做的花，而不是这种花，难道东西可以不论好坏，只论贵贱吗？唉，挑人用人，也是如此，哪里只是对物？

苏州制作的花，花像是真的，但叶子不像真的，户户都是这样，真的很难理解。如果把假叶子去掉，用真叶子点缀，就会因为叶子是真的，花会更加逼真。这也是一种方法。时令花卉的颜色，白色最佳，黄色差一些，淡红色再次一些，最忌讳大红色，尤其忌讳木红色。玫瑰是花中最香的，但颜色过于艳丽，只适合压在发髻下，暗暗吸收它的芳香，不要让花全露出来，全露出来就像村子里的装扮了，因为村妇不是红色的就不喜欢。花中的茉莉，除了插在鬓发处装饰外，什么用处也没有。可见上天创造这种花，原本就是为了帮助女子妆扮准备的，妆扮能少得了它吗？珠兰也是这样。珠兰的妙处，是茉莉的十倍，只是这种花不是处处都能见到，这是一件让人遗憾的事。

我之前谈论发髻，想让人革除"牡丹头""荷花头""钵盂头"等怪异发型，并用假发做云、龙等发式。有位客人来访时说：我们这些人建立法则，应当让天下人去伪存真，你怎么教人作假？我说：生在当今时代，倡导的是古代的做法，提出的这一论点虽好，但谁会听从呢？不如因势利导，让它渐渐接近自然。女子的头部，不能没有装饰，早前就是这样，与其用珠翠宝玉做装饰，不如用假发做装饰。假发虽说是假的，但原本就是女子头上的东西，用这种东西做装饰，可以说是恢复它原有的用途，又不奢侈浪费，跟推崇当季花卉，轻视、摒弃珍珠美玉，是同样的道理。我难道不能提出超越世俗的观点？只是担心它对人情没有好处罢了。

簪子的颜色，宜浅不宜深，这是想要突显出头发的乌黑。玉做的是上选，用犀牛角中近似黄色的、蜜蜡中近似白色的做的差一些，用金银做的又差一些,玛瑙琥珀做的都不可取。簪头要仿照东西的形象制作,做成像如龙头、凤头、如意头、兰花头这一类。但应结实自然,不应精雕细刻;应该跟头发相依附,不能让它昂起头呈现出跳跃的样子。因为簪头是用来压头发的,服帖才好,悬空就错了。

装饰耳朵的耳环,越小越好,或是珍珠一粒,或是金银一点,这是家常佩戴的东西,俗名叫"丁香",因为很像丁香花的形状。如果搭配盛妆艳服,就不能不戴略微大一些的,但切勿超过丁香的一倍或二倍。既应当做得小巧,又应该制作得精致雅观,切忌做成古时络索的样子,现在不是元宵节,何必在耳朵上挂灯笼?如果再用珍珠翡翠做装饰,那就是福建的珠灯,丹阳的料丝灯了。它作为灯尚且惹人讨厌,何况是做耳环呢?

○衣衫

【原文】

妇人之衣,不贵精而贵洁,不贵丽而贵雅,不贵与家相称,而贵与貌相宜。绮罗文绣之服,被垢蒙尘,反不若布服之鲜美,所谓贵洁不贵精也。红紫深艳之色,违时失尚,反不若浅淡之合宜,所谓贵雅不贵丽也。贵人之妇,宜披文采,寒俭之家,当衣缟素,所谓与人相称也。

然人有生成之面,面有相配之衣,衣有相配之色,皆一定而不可移者。今试取鲜衣一袭,令少妇数人先后服之,定有一二中看,一二不中看者,以其面色与衣色有相称、不相称之别,非衣有公私向背于其间也。使贵人之妇之面色,不宜文采而宜缟素,必欲去缟素而就文采,不几与面为仇乎?故曰不贵与家相称,而贵与貌相宜。

大约面色之最白最嫩,与体态之最轻盈者,斯无往而不宜。色之浅者显其淡,色之深者愈显其淡;衣之精者形其娇,衣之粗者愈形其娇。此等即非国色,亦去夷光①、王嫱②不远矣,然当世有几人哉?稍近中材者,即当相体裁衣,不得混施色相矣。

相体裁衣之法,变化多端,不应胶柱③而论,然不得已而强言其略,则在务从其近而已。面颜近白者,衣色可深可浅;其近黑者,则不宜浅而独宜深,浅则愈彰其黑矣。肌肤近腻者,衣服可精可粗;其近糙者,则不宜精而独宜粗,精则愈形其糙矣。

然而贫贱之家,求为精与深而不能,富贵之家欲为粗与浅而不可,则奈何?曰:不难。布苎有精粗深浅之别,绮罗文采亦有精粗深浅之别,非谓布苎必粗而罗绮必精，锦绣必深而缟素必浅也。绸与缎之体质不光、花纹突起者，即是精中之粗，深中之浅；布与苎之纱线紧密、漂染精工者，即是粗中之精，浅中之深。

凡予所言，皆贵贱咸宜之事，既不详绣户而略衡门，亦不私贫家而遗富室。盖美女未尝择地而生，佳人不能选夫而嫁，务使读是编者，人人有裨，则怜香惜玉之念，有同雨露之均施矣。

迩来④衣服之好尚，其大胜古昔，可为一定不移之法者，又有大背情理，可为人心世道之忧者，请并言之。其大胜古昔，可为一定不移之法者，大家富室，衣色皆尚青是已。（青非青也，元⑤也。因避讳⑥，故易之。）记予儿时所见，女子之少者，尚银红桃红，稍长者尚月白，未几而银红桃红皆变大红，月白变蓝，再变则大红变紫，蓝变石青。迨鼎革⑦以后，则石青与紫皆罕见，无论少长男妇，皆衣青矣，可谓"齐变至鲁，鲁变至道"⑧，变之至善而无可复加者矣。其递变至此也，并非有意而然，不过人情好胜，一家浓似一家，一日深于一日，不知不觉，遂趋到尽头处耳。

然青之为色，其妙多端，不能悉数。但就妇人所宜者而论，面白者衣之，其面愈白，面黑者衣之，其面亦不觉其黑，此其宜于貌者也。年少者衣之，其年愈少，年老者衣之，其年亦不觉甚老，此其宜于岁者也。贫贱者衣之，是为贫贱之本等，富贵者衣之，又觉脱去繁华之习，但存雅素之风，亦未尝失其富贵之本来，此其宜于分者也。他色之衣，极不耐污，略沾茶酒之色，稍侵油腻之痕，非染不能复着，染之即成旧衣。此色不然，惟⑨其极浓也，凡淡乎此者，皆受其侵而不觉；惟其极深也，凡浅乎此者，皆纳其污而不辞，此又其宜于体而适于用者也。贫家止此一衣，无他美服相衬，亦未尝尽现底里，以覆其外者色原不艳，即使中衣⑩敝垢，未甚相形也；如用他色于外，则一缕欠精，即彰其丑矣。富贵之家，凡有锦衣绣裳，皆可服之于内，风飘袂起，五色灿然，使一衣胜似一衣，非止不掩中藏，且莫能穷其底蕴。

诗云"衣锦尚䌹"⑪，恶其文之著也。此独不然，止因外色最深，使里衣之文越著，有复古之美名，无泥古之实害。二八佳人，如欲华美其制，则青上洒线⑫，青上堆花，较之他色更显。反复求之，衣色之妙，未有过于此者。后来即有所变，亦皆举一废百，不能事事咸宜，此予所谓大胜古昔，可为一定不移之法者也。

至于大背情理，可为人心世道之忧者，则零拼碎补之服，俗名呼为"水田衣"⑬者是已。衣之有缝，古人非好为之，不得已也。人有肥瘠长短之不同，不能象体而织，是必制为全帛，剪碎而后成之，即此一条两条之缝，亦是人身赘瘤⑭，万万不能去之，故强存其迹。赞神仙之美者，必曰"天衣无缝"，明言人间世上，多此一物故也。而今且以一条两条、广为数十百条，非止不似天衣，且不使类人间世上，然则愈趋愈下，将肖何物而后已乎？推原其始，亦非有意为之，盖由缝衣之奸匠，明为裁剪，暗作穿窬⑮，逐段窃取而藏之，无由出脱，创为此制，以售其奸。不料人情厌常喜怪，不惟不攻其弊，且群然则而效之。毁成片者为零星小块，全帛何罪，使受寸磔⑯之刑？缝碎裂者为百衲僧衣⑰，女子何辜，忽现出家之相？

风俗好尚之迁移，常有关于气数⑱，此制不昉于今，而昉于崇祯末年。予见而诧之，尝谓人曰："衣衫无故易形，殆有若或使之者，六合⑲以内，得无有土崩瓦解之事乎？"未几而闯⑳氛四起，割裂中原，人谓予言不幸偶中。方今圣人御世，万国来归，车书一统之朝，此等制度，自应潜革。倘遇同心，谓刍荛之言㉑，不甚訾谬，交相劝谕，勿效前辙，则予为是言也，亦犹鸡鸣犬吠之声，不为无补于盛治耳。

云肩㉒以护衣领，不使沾油，制之最善者也。但须与衣同色，近观则有，远视若无，斯为得体。即使难于一色，亦须不甚相悬。若衣色极深，而云肩极浅，或衣色极浅，而云肩极深，则是身首判然，虽曰相连，实同异处，此最不相宜之事也。予又谓云肩之色，不惟与衣相同，更须里外合一，如外色是青，则夹里之色亦当用青，外色是蓝，则夹里之色亦当用蓝。何也？此物在肩，不能时时服贴，稍遇风飘，则夹里向外，有如飓吹残叶，风卷败荷，美人之身不能不现历乱萧条之象矣。若使里外一色，则任其整齐颠倒，总无是患。然家常则已，出外见人，必须暗定以线，勿使与服相离，盖动而色纯，总不如不动之为愈也。

妇人之妆，随家丰俭，独有价廉功倍之二物，必不可无。一曰半臂㉓，俗呼"背褡"者是也；一曰束腰之带，俗呼"鸾绦"者是也。妇人之体，宜窄不宜宽，一着背褡，则宽者窄，而窄者愈显其窄矣。妇人之腰，宜细不宜粗，一束以带，则粗者细，而细者倍觉其细矣。背褡宜着于外，人皆知之；鸾绦宜束于内，人多未谙。带藏衣内，则虽有若无，似腰肢本细，非有物缩㉔之使细也。

裙制之精粗，惟视折纹之多寡。折多则行走自如，无缠身碍足之患，折少则往来局促，有拘挛㉕桎梏㉖之形；折多则湘纹易动，无风亦似飘遥，折少则胶柱难移，有态亦同木强。故衣服之料，他或可省，裙幅必不可省。古云："裙拖八幅湘江水。"㉗幅既有八，则折纹之不少可知。予谓八幅之裙，宜于家常；人前美观，尚须十幅。盖裙幅之增，所费无几，况增其幅，必减其丝。惟细縠㉘轻绡㉙可以八幅十幅，厚重则为滞物，与幅减而折少者同矣。即使稍增其值，亦与他费不同。妇人之异于男子，全在下体。男子生而愿为之有室，其所以为室者，只在几希㉛之间耳。掩藏秘器，爱护家珍，全在罗裙几幅，可不丰其料而美其制，以贻采葑采菲㉛者诮乎？

近日吴门所尚"百裥裙"，可谓尽美。予谓此裙宜配盛服，又不宜于家常，惜物力也。较旧制稍增，较新制略减，人前十幅，家居八幅，则得丰俭之宜矣。吴门新式，又有所谓"月华裙"者，一裥之中，五色俱备，犹皎月之现光华也，予独怪而不取。人工物料，十倍常裙，暴珍天物，不待言矣，而又不甚美观。盖下体之服，宜淡不宜浓，宜纯不宜杂。予尝读旧诗，见"飘飏血色裙拖地""红裙妒杀石榴花"等句，颇笑前人之笨。若果如是，则亦艳妆村妇而已矣，乌足动雅人韵士之心哉？惟近制"弹墨裙"，颇饶别致，然犹未获我心，嗣㉜当别出新裁，以正同调㉝。思而未制，不敢轻以误人也。

【注释】

①夷光：指西施，西施本名施夷光，春秋时期越国美女，与貂蝉、王昭君、杨玉环并称中国古代四大美女。

②王嫱：王昭君，名嫱，字昭君，西汉时期美女。

③胶柱：瑟上的弦柱，以致不能调节音的高低。比喻固执拘泥，不知变通。

④迩来：近来。

⑤元：即玄，黑色。为避讳康熙名玄烨，改为元。

⑥避讳：指封建时代为了维护等级制度的尊严，说话、写文章时遇到君主或尊亲的名字都不直接说出或写出。

⑦鼎革："鼎"与"革"分别是《易经》中的两个卦象，鼎革一词在古时特指改朝换代。

⑧"齐变至鲁，鲁变至道"：齐国的政治一改革，便可以达到鲁国的高度；鲁国一改革，就可以达到合乎大道的境界了。出自《论语·雍也》，原文是："子曰：'齐一变，至于鲁；鲁一变，至于道。'"

⑨惟：因为。

⑩中衣：又称里衣，是汉服的衬衣，起搭配和衬托作用。

⑪"衣锦尚䌹"：身穿锦绣衣服，外面罩件套衫。这是为了避免锦衣花纹大显露。出自《礼记·中庸》。

⑫洒线：绣花。

⑬"水田衣"：用各色零碎布料拼接而成，因整件衣服织料色彩互相交

错形如水田而得名，也叫百衲衣。

⑭赘瘤：比喻多余无用之物。

⑮穿窬（yú）：打洞穿墙行窃。

⑯寸磔（zhé）：处刑时将人身上的肉一刀刀割去，是一种肢解惩罚，也叫凌迟，古代的一种酷刑。

⑰百衲僧衣：多块布片拼成的僧衣。

⑱气数：指人生存或事物存在的期限，命运，运道。

⑲六合：上下和东西南北四方，即天地四方，泛指天下或宇宙。

⑳闯：指闯王，明末农民起义领袖高迎祥、李自成的称号。高迎祥先称闯王，他牺牲后，起义军又推李自成为闯王。

㉑刍荛（chú ráo）之言：割草打柴人的话，指普遍百姓的浅陋言辞。文中是作者的谦词。

㉒云肩：古代妇女披于肩上作为装饰的披肩。因多做成如意云朵样式，故称为云肩。

㉓半臂：短袖或无袖上衣。

㉔缩：捆束。

㉕拘挛：拘束；肌肉收缩，不能伸展自如。

㉖桎梏：中国古代的刑具，在足曰桎，在手曰梏，类似于现代的手铐、脚镣。

㉗"裙拖八幅湘江水。"：出自唐代李群玉所写的《同郑相并歌姬小饮戏赠》，原文为"裙拖八幅湘江水，鬓耸巫山一段云"。

㉘縠（hú）：有皱纹的纱。

㉙轻绡：一种透明而有花纹的丝织品。

㉚几希：不多，一点儿。

㉛采葑（fēng）采菲：出自《诗经·邶风·谷风》。意思是采摘葑和菲，不要因为其根、茎有苦味，就连其叶子也不要了。此处指只关注女性外表的人。

㉜嗣：随后。

㉝同调：音调相同，比喻志趣或主张相同的人。

【译文】

女子的衣服，不贵在精致而贵在干净，不贵在好看而贵在雅致，不贵在跟家庭相称而贵在跟容貌相符。用美丽的丝绸制成、有精致刺绣的衣服，沾上了污垢蒙上了尘土后，反而不如棉布衣服鲜亮美丽，这就是所说的贵在干净而不贵在精致。红色、紫色这些深色、艳色，违背时尚，反而不如浅色、淡色的合适，这就是所说的贵在雅致而不贵在好看。富贵人家的女子，应该穿华丽的衣服，贫寒节俭的人家，应当穿朴素的衣服，这就是所说的跟人相称。

但人的容貌是天生的，容貌有相匹配的衣服，衣服有相匹配的颜色，这些都是固定的不能改变的。现在尝试拿一件漂亮的衣服，让几位少妇先后穿上，一定有一两位好看，有一两位不好看，因为她们面部肤色跟衣服的颜色有相称跟不相称的差别，并不是衣服会厚此薄彼。假使权贵人家女子的面部肤色不适合穿华丽的衣服而是适合穿朴素的衣服，却一定要舍弃朴素的衣服，而选取华丽的衣服，这不就几乎是跟脸作对吗？所以说，衣服不贵在跟家境相称，而是贵在跟容貌相符。

大概面部最白最嫩和体态最轻盈的女子，就没有不适合的衣服。浅色的衣服显得她皮肤白皙，深色的衣服更衬得她皮肤白皙；精美的衣服显得她娇媚，粗糙的衣服更衬得她娇媚。这种女子即使不是倾国美人，也离西施、王昭君不远了，但是现在世上有几个这样的女子呢？稍微接近中等姿色的女子，就应当根据自己的身体特点做衣服，不能乱用色彩。

根据身体特点做衣服的方法，变化多端，不应一概而论，但不得已勉强说说大概的话，那么就是务必要跟肤色相近罢了。脸色接近白色的女子，衣服的颜色可以是深色，也可以是浅色；脸色接近黑色的，就不适合穿浅色而只适合穿深色，穿浅色就会更加显得脸黑。肌肤接近细腻的女子，可以穿布料精细的衣服，也可以穿质地粗糙的衣服；皮肤近乎粗糙的女子，就不适合穿质地细腻的衣服，而只适合穿质地粗糙的衣服，穿质地细腻的衣服就会更加凸显出皮肤的粗糙。

但是贫贱人家，想要穿精致、颜色深的衣服却办不到，富贵人家想要穿质地粗糙、浅色的衣服却不可以，那怎么办？我说：不难。棉布麻布有精细粗糙、深色浅色的区别，绫罗绸缎也有精细粗糙、深色浅色的区别，不是说棉布麻布一定粗糙而绫罗绸缎一定精致，绸缎的颜色一定是深色而朴素的衣服一定是浅色。绸料和缎料质地不光滑、有花纹突起的，就是精致中的粗糙，深色中的浅色；棉布跟麻布中，纱线致密、漂染工艺精细的，就是粗糙中的精致，浅色中的深色。

凡是我所说的，是富贵贫贱都适宜的事情，既没有详述富户而简述贫家，也不偏袒贫家而遗漏富户。因为美女不曾挑地方出生，美人也不能自己选择丈夫出嫁，务必让读了这本书的人，人人都能受益，那么我怜香惜玉的想法，就能像雨露一样均匀施洒了。

近来对于衣服的流行风尚，远远胜过古时候，有可以作为固定不变的法则的，也有十分违背情理，可能会成为人心世道的忧患的，请允许我一并说说。远远胜过古时候，可以作为固定不变的法则的，是世家望族、富贵人家穿衣服都崇尚青色罢了。（青色并非真正的青色，而是元，即黑色，亦称玄色。因为要避开清圣祖玄烨的名字，所以改为"青"。）

记得我小时候看到，年轻女子崇尚银红、桃红色，稍稍年长的女子喜欢月白色，没过多久，喜欢银红、桃红的就都变为喜欢大红色，喜欢月白色的变为喜欢蓝色，再变则喜欢大红色的又变为喜欢紫色，喜欢蓝色变为喜欢石青色。改朝换代之后，石青色和紫色就都很少见到了，无论男女老幼，都穿青色的衣服了，可以说是"齐变至鲁，鲁变至道"，变到最好的程度了，不能更好了。人们对衣服颜色的喜好逐渐变化到这种情形，并不是有意为之，不过是人生来争强好胜，于是一家比一家颜色浓，一天比一天颜色深，不知不觉，就到了尽头罢了。

然而青色作为颜色，它的妙处很多，无法全部列举出来。但就妇人适宜的来说，脸白的人穿它，脸会更白，脸黑的人穿它，脸也不会觉得黑，这就是它适合各种容貌的地方。年轻人穿它，更显得年轻，年纪大的人穿它，也不会觉得他很老，这就是它适合各个年龄的地方。贫贱的人穿它，这是贫贱的本色，富贵的人穿它，又觉得褪去了繁华的习气，只留下雅素的风度，但也不会丢掉富贵的本色，这是它适合不同身份的地方。其他颜色的衣服，极其不耐脏，稍稍沾上茶酒的颜色，稍稍染上油腻的痕迹，不漂染就不能再穿了，漂染了就成了旧衣。这种颜色却不是，因为它颜色极浓，凡是颜色比它淡的，侵染到它都不会让人察觉；因为它颜色极深，凡是颜色比它浅的，弄脏了衣服它都能包容，不会推却，这是它耐穿又实用的地方。贫穷的人家只有这一件衣服，没有其他好看的衣服衬在里面，也从不会将里面的衣服完全显露出来，因为穿在外边的衣服颜色原本就不艳丽，即使里衣破旧脏了，也看不太出来；如果把其他颜色的衣服穿在外边，那么只要里面的衣服有一点不精致，就会显出衣服的丑态。富贵人家，凡是有华美的衣服，都可以穿在里面，风吹起衣袖时，就会呈现出五彩颜色，使得衣服一件胜过一件，不但不会掩盖里面的衣服，而且韵味无穷。

《诗经》中讲到"衣锦尚䌹"，意思是说避免把锦衣华服彰显在外。这里却不是这样，只是因为外面衣服的颜色最深，越能衬托出里面衣服的华丽，有复古的美名，却又不拘泥于古法。妙龄美女，如果想要让衣服制作华美，就在青色衣服上绣花、堆花，这比在其他颜色上更显眼。反复试验，衣服颜色的妙处，没有超过青色的了。后来即使有变化，也都是一利百害，不能处处适宜。这就是我所说的远远胜过古时候，且可以作为固定不变的法则。

至于大大违背情理，可能会成为人心世道的忧患的，就是碎布拼接起来的衣服，俗名叫"水田衣"的。衣服上有缝，古人不是因为喜好才让衣服上有缝，而是没有办法。人有胖瘦高矮的区别，不能照着身体织布，只能制成一整块的布，剪碎了之后再做成衣服，即使是只有一两条缝，也是多出来的无用之物，因为无论如何都没办法去掉它们，所以勉强留着它们的痕迹。赞美神仙美丽的人，一定会说"天衣无缝"，明明白白地说明了人世间多出了这样东西。但现在还要将这一两条缝，增加到几十数百条，不仅不像天上的衣服，而且也不让它像人间的衣服了，这样越变越差，要变成像什么东西才能停止呢？推究它的源头，也不是故意这样做的，大概是因为缝衣服的狡猾裁缝，明为裁剪，暗中盗窃，将布一段一段偷走并藏起来，没有办法卖出去，就创制了这种衣服以出售偷来的布块。没有料到厌倦平常喜欢新奇是人之常情，人们不但没有指责它的缺点，反而群起仿效。将成片的布剪成零星小块，整块布犯了什么罪，让它遭受肢解的酷刑？将碎布片缝制成百衲僧衣，女子有什么罪，忽然变成出家人的模样？

风俗时尚的变化，常和运道有关。这种制作衣服的方法并不是从现在开始有的，是从崇祯末年就开始了。那时我见了这种衣服很诧异，曾经对人说："衣服无缘无故地改变样式，大概是有神灵在指使它，天下间该不会要有土崩瓦解的事情了吧？"不久高迎祥、李自成起义，战火四起，割裂中原，那人说我不幸言中了。到如今圣明的君主治理天下，许多国家前来归附，在这个制度化一、天下一统的朝代，这种衣服款式，自然应该悄悄革除。倘若遇到跟我有相同看法的人，认为我这个粗人的话没有太大的谬误，请互相劝告，不要效仿之前的做法。那么，我说的这番话，也就像鸡鸣犬吠之声，并不是对太平盛世没有好处的。

云肩是用来保护衣领的，不让衣领沾上油，是最完美的设计。但必须跟衣服同一个颜色，在近处看就是有云肩的，远处看好像没有云肩，这才是得体的。即使很难是同一个颜色，也应该不要相差太大。如果衣服的颜色极深，而云肩的颜色极浅，或者衣服的颜色极浅，而云肩的颜色极深，那么下边和上边差别就十分明显，虽说是连着的，实际上跟在两个不同的地方一样，这是最不合适的事情。我还认为云肩的颜色，不仅要跟衣服相同，更应该里外颜色一致，如果外面的颜色是青色，那么里子的颜色也应当用青色，外面的颜色是蓝色，那么里子的颜色也应当用蓝色。为什么呢？这件东西披在肩膀上，不可能每时每刻都服服帖帖的，稍稍遇到风吹，那么里子就会翻向外面，如同大风吹残败的树叶，或风吹卷残败的荷叶，美人的身上不可能不出现凌乱萧条的景象。如果让云肩里外同一个颜色，那么任凭它是整整齐齐还是里子外翻，都完全没有这种担忧了。但是，在家里这样穿就罢了，外出见人，一定要用暗线固定，不要让它跟衣服分开，因为虽然吹动后里外颜色是一样的，总不如不动更好。

女子的装扮，随家境条件来决定是丰富一点还是节俭一点，唯独有价格低、收效大的两件东西，一定不能少。一件是半臂，就是俗称的"背褡"；一件是束腰的腰带，就是俗称的"鸾绦"。女子的身体，宜窄不宜宽，一穿上背褡，那么宽的会显窄，而窄的更显得窄了。女子的腰，宜细不宜粗，一旦用腰带束起来，那么粗腰会显细，而细腰更觉得细了。背褡适合穿在外面，人们都知道这一点；鸾绦适合系在里面，人们大多还不知道。腰带藏在衣服里面，那么虽然系上了腰带却仿佛没有系一样，似乎腰身本来就细，不是有东西捆束着它才让它变细了。

裙子制作得是精细还是粗糙，只要看看裙褶是多是少。裙褶多就会行走自如，没有缠住身体妨碍脚的担忧，裙褶少就会走路不方便，就像冻僵了被枷锁束缚住了一样；裙褶多的裙子就会像湘江水纹那样容易波动，没有风也似乎在飘动；裙褶少的就会很难摆动，有媚态也会显得僵硬呆板。所以衣服的料子，其他的或许可以省，裙幅一定不能省。古语说："裙拖八幅湘江水。"裙幅既然有八幅，那就可以知道，裙褶不少。我说八幅裙，适合家常穿；要在外人面前美观，裙子必须要有十幅。因为增加裙幅，花费不多，况且增加裙幅，一定会减少织布用的丝线。因为只有细软的绉纱、轻绸才能做八幅裙、十幅裙，用厚重布料做的裙子则是累赘，跟幅数少、裙褶少的裙子一样。即使稍微多花一些钱也值。女子跟男子不同的地方，全在下半身。男子生来就希望娶妻，之所以能做妻子，只在于那一丁点儿地方罢了。把隐秘之处遮掩好藏起来，爱护这个家中珍宝，全靠这几幅罗裙了，能不多用料子制作精美，避免让那些只看女色的人笑话吗？

最近苏州崇尚的"百裥裙"，可以说是非常精美。我说这种裙子适合搭配华丽隆重的衣服，又不适合家常穿，这是因为要爱惜物力。比之前的款式稍微增加几幅，比新款式稍微减少几幅，在外人面前穿十幅裙，在家里穿八幅裙，那么就能够丰俭合宜了。苏州的新款式，又有据说叫"月华裙"的，一个裙褶里面，五种颜色都有，犹如皎洁明月现出光华一般，只有我觉得诧异而不可取。它所耗费的人工物料，是寻常裙子的十倍，暴殄天物，就不用我说了，而且又不是很好看。因为下身穿的衣服，宜淡不宜浓，宜纯不宜杂。我曾经读古诗，看到过"飘飏血色裙拖地""红裙妒杀石榴花"

等诗句，很是笑古人笨拙。如果真是诗中说的这样的话，那也是化着艳妆的村妇罢了，哪里能让高雅而有风致的文人动心呢？只有近来做的"弹墨裙"，觉得十分别致，但仍旧没有俘获我的心。之后应当别出新裁，以便修正与我有相同志趣喜欢研究服饰之人的品味。我有想法但还没有做，不敢轻易说出来以免误导别人。

○鞋袜

【原文】

男子所着之履，俗名为鞋，女子亦名为鞋。男子饰足之衣，俗名为袜，女子独易其名曰"褡"①，其实褡即袜也。古云"凌波小袜"，其名最雅，不识后人何故易之？袜色尚白，尚浅红；鞋色尚深红，今复尚青，可谓制之尽美者矣。鞋用高底，使小者愈小，瘦者越瘦，可谓制之尽美又尽善者矣。然足之大者，往往以此藏拙。埋没作者一段初心，是止供丑妇效颦，非为佳人助力。近有矫其弊者，窄小金莲，皆用平底，使与伪造者有别。殊不知此制一设，则人人向高底乞灵，高底之为物也，遂成百世不祧②之祀，有之则大者亦小，无之则小者亦大。尝有三寸无底之足，与四五寸有底之鞋同立一处，反觉四五寸之小，而三寸之大者，以有底则指尖向下，而秃者疑尖，无底则玉笋朝天，而尖者似秃故也。吾谓高底不宜尽去，只在减损其料而已。足之大者，利于厚而不利于薄，薄则本体现矣；利于大而不利于小，小则痛而不能行矣。我以极薄极小者形之，则似鹤立鸡群，不求异而自异。世岂有高底如钱，不扭捏而能行之大脚乎？

古人取义命名，纤毫不爽，如前所云，以"蟠龙"名髻，"乌云"为发之类是也。独于妇人之足，取义命名，皆与实事相反。何也？足者，形之最小者也；莲者，花之最大者也；而名妇人之足者，必曰"金莲"，名最小之足者，则曰"三寸金莲"。使妇人之足，果如莲瓣之为形，则其阔而大也，尚可言乎？极小极窄之莲瓣，岂止三寸而已乎？此"金莲"之义之不可解也。

从来名妇人之鞋者，必曰"凤头"。世人顾名思义，遂以金银制凤，缀于鞋尖以实之。试思凤之为物，止能小于大鹏；方之众鸟，不几洋洋乎大观也哉？以之名鞋，虽曰赞美之词，实类讥讽之迹。如曰"凤头"二字，但肖其形，凤之头锐而身大，是以得名；然则众鸟之头，尽有锐于凤者，何故不以命名，而独有取于凤？且凤较他鸟，其首独昂，妇人趾尖，妙在低而能伏,使如凤凰之昂首,其形尚可观乎?此"凤头"之义之不可解者也。若是,则古人之命名取义,果何所见而云然?岂终不可解乎?曰:有说焉。妇人裹足之制,非由前古③,盖后来添设之事也。其命名之初,妇人之足亦犹男子之足,使其果如莲瓣之稍尖,凤头之稍锐,亦可谓古之小脚。无其制而能约小其形,较之今人,殆有过焉者矣。吾谓"凤头""金莲"等字相传已久,其名未可遽易,然止可呼其名,万勿肖其实;如肖其实,则极不美观,而为前人所误矣。不宁惟是,凤为羽虫之长,与龙比肩,乃帝王饰衣饰器之物也,以之饰足,无乃大亵名器乎?尝见妇人绣袜,每作龙凤之形,皆昧理僭分之大者,不可不为拈破。

近日女子鞋头,不缀凤而缀珠,可称善变。珠出水底,宜在凌波袜下,且似粟之珠,价不甚昂,缀一粒于鞋尖,满足俱呈宝色。使登歌舞之氍毹④,则为走盘之珠;使作阳台之云雨,则为掌上之珠。然作始者见不及此,亦犹衣色之变青,不知其然而然,所谓暗合道妙⑤者也。

予友余子澹心,向著《鞋袜辨》一篇,考缠足之从来,核妇履之原制,精而且确,足与此说相发明,附载于后。

【注释】

①韈:旧时女子的膝袜。
②不祧(tiāo):一种古代庙制。古时要把世次过远的祖先神主,陆续迁于太祖庙合祭,称为"祧",只有创业的始祖是永不迁移的,称为"不祧",后比喻永久不废。
③前古:古代。
④氍毹(qú shū):毛织的地毯。古代演戏地上多铺地毯,所以"氍毹"也代指舞台。
⑤道妙:佛教或道教学说的精义、经典。

【译文】

男子穿的鞋,俗名叫鞋,女子穿的也叫鞋。男子穿在脚上的衣服,俗名是袜,唯独将女子的改为"韈",其实"韈"就是袜。古人说:"凌波小袜",这个名字最雅致,不知道后人为什么改了这个名字?袜的颜色崇尚白色,崇尚浅红色;鞋的颜色崇尚深红色,现在又崇尚青色,可以说制作得十分完美了。鞋做成高底的,让小脚更小,瘦脚更瘦,可以说制作得尽善尽美了。但是脚大的人,往往穿高底的鞋藏拙。这就埋没了做这种鞋子的人的初心,只能让丑陋的女子用来盲目模仿别人,而不是为美丽的女子增光添彩。近来有矫正这一弊端的，让窄小的金莲，都穿平底鞋，使这些小脚跟伪装的小脚产生区别。竟没想到这种做法一旦设立，则人人都会追求高底鞋，于是高底鞋这种东西就成了永远无法废除的东西，穿了高底鞋，脚大的也会看起来小，不穿它小脚也看起来大。曾经有穿平底鞋的三寸小脚，跟穿高底鞋的四五寸的脚一同站在一个地方，反而觉得四五寸的脚小，三寸的脚大，因为穿高底鞋就会趾尖向下，宽脚也看起来尖瘦，穿平底的鞋子，脚趾就会朝天，尖瘦的脚似乎也显得宽。我认为高底鞋不应该完全革除，只要减少用料就行。脚大的人，适合穿厚底鞋，不适合穿薄底鞋，穿薄底鞋就会让大脚原形毕露。脚大的人，适合穿大一些的鞋子，不适合穿小一些的鞋子，穿小的就会脚痛，不能走路了。我把她们跟那些穿着极薄极小的鞋子的女子对比，她们就像是鹤立鸡群，不必刻意追求不同，自然就与众不同。世上难道有穿着铜钱一般厚的高底鞋子，不扭捏就能走路的大脚吗？

古人根据意义命名，一点儿也不差，比如之前说的，用"蟠龙"命名发髻，用"乌云"命名头发之类的就是如此。唯独对于女子的脚，根据含义命名，都跟事实相反。为什么呢？脚，是人身上最小的；莲花，是花中最大的；但是称呼女子的脚，一定会说"金莲"，称呼最小的脚，就会说"三寸金莲"。假如女子的脚，果真跟莲花瓣的形状一样，那么它又宽又大，还值得说吗？极小极窄的莲花瓣，哪里只有三寸而已？这就是"金莲"的意义无法解释的原因。

从来称呼女子的鞋，一定会说"凤头"。世人顾名思义，就用金银制作凤凰，点缀在鞋尖来让它名副其实。试想凤这种动物，只能比大鹏小，但跟众鸟相比，不是大得多吗？用它来给鞋子命名，虽说是赞美之词，实际上类似讥讽。如果说"凤头"两个字，只是仿效它的形状，凤的头尖而且身体庞大，因此得名；既然这样那么众鸟的头，比凤凰尖的多了去了，为什么不用它们来命名，却独独选了凤凰的名字来给鞋子命名？而且凤凰跟其他鸟相比，唯有它的头是昂着的，女子的脚趾尖，妙在低而能伏，如果像凤凰那般昂着头，那么它们的样子还能看吗？这是"凤头"的含义无法解释的原因。这样的话，那么古人根据含义给脚、鞋命名，到底是看到了什么才这样叫的？难道最终也没法解释吗？我说：有说法。女子缠足的规矩，并非来自古代，是后来才增设的事情。最初命名的时候，女子的脚也跟男子的脚相似，假使它果真像莲花瓣、凤头那样稍尖，也可以称作是古代的小脚了。没有这种裹脚的规矩却能让脚变小，跟现在的人相比大概是强多了。我认为"凤头""金莲"等名字已经流传很久了，这些名字未必可以立马改掉，但是只能称呼它们的名字，千万不能模仿它们实际的样子；如果模仿它们实际的样子，就会十分不美观，而被前人误导了。不但如此，凤凰是鸟虫之王，跟龙的地位相同，是帝王装饰衣服器具的东西，用它来装饰脚，不是太亵渎名器了吗？我曾见到女子绣袜子，每每都绣龙凤的图案，这都是不明事理、逾越等级的事情，不能不将这些点出来。

  最近女子的鞋头，不用凤凰作点缀了，而用珠子作点缀，可以称得上是好的改变。珍珠来自水底，适合在凌波袜下，而且像粟米般大小的珍珠，价格不是很高，在鞋尖缀一粒，满脚都会呈现出华贵之色。假如穿着它在舞台上轻歌曼舞，就成了在玉盘当中滚动的珍珠；假使作阳台云雨之事，那就成了掌上之珠了。但是起初穿这种鞋子的人并没有意料到，也像穿衣崇尚的颜色变为青色一样，是自然而然就成了这样，这是所说的并非有意，却恰巧符合了自然之道。

  我的朋友余澹心以前写过一篇《鞋袜辨》，研究缠足的由来，考察女鞋原来的样式，写得非常精细、准确，足以和我的论说相互补充，附记在后边。

附

妇人鞋袜辨
余怀

古妇人之足，与男子无异。《周礼》有屦人，掌王及后之服屦，为赤舄、黑舄、赤繶、黄繶、青绚、素履、葛屦，辨外内命夫命妇之功屦、命屦、散屦。可见男女之履，同一形制，非如后世女子之弓弯细纤，以小为贵也。考之缠足，起于南唐李后主。后主有宫嫔窅娘，纤丽善舞，乃命作金莲，高六尺，饰以珍宝，绹带缨络，中作品色瑞莲，令窅娘以帛缠足，屈上作新月状，着素袜，行舞莲中，回旋有凌云之态。由是人多效之，此缠足所自始也。唐以前未开此风，故词客诗人，歌咏美人好女，容态之殊丽，颜色之天姣，以至面妆首饰、衣褶裙裾之华靡，鬟发、眉目、唇齿、腰肢、手腕之婀娜秀洁，无不津津乎其言之，而无一语及足之纤小者。即如古乐府之《双行缠》云："新罗绣白胫，足跌如春妍。"曹子建云"践远游之文履"，李太白诗云："一双金齿屦，两足白如霜。"韩致光诗云"六寸肤圆光致致"，杜牧之诗云"钿尺裁量减四分"，汉《杂事秘辛》云："足长八寸，胫跗丰妍。"夫六寸八寸，素白丰妍，可见唐以前妇人之足，无屈上作新月状者也。即东昏潘妃，作金莲花帖地，令妃行其上，曰"此步步生金莲花"，非谓足为金莲也。崔豹《古今注》："东晋有凤头重台之履。"不专言妇人也。宋元丰以前，缠足者尚少，自元至今，将四百年，矫揉造作亦泰甚矣。

古妇人皆着袜。杨太真死之日，马嵬媪得锦袎袜一只，过客一玩百钱。李太白诗云："溪上足如霜，不着鸦头袜。"袜一名"膝裤"。宋高宗闻秦桧死，喜曰："今后免膝裤中插匕首矣。"则袜也，膝裤也，乃男女之通称，原无分别。但古有底，今无底耳。古有底之袜，不必着鞋，皆可行地；今无底之袜，非着鞋，则寸步不能行矣。张平子云："罗袜凌蹑足容与。"曹子建云："凌波微步，罗袜生尘。"李后主词云："刬袜下香阶，手提金缕鞋。"古今鞋袜之制，其不同如此。至于高底之制，前古未闻，于今独绝。吴下妇人，有以异香为底，围以精绫者；有凿花玲珑，囊以香麝，行步霏霏，印香在地者。此则服妖，宋元以来，诗人所未及，故表而出之，以告世之赋"香奁"、咏"玉台"者。

袜色与鞋色相反，袜宜极浅，鞋宜极深，欲其相形而始露也。今之女子，袜皆尚白，鞋用深红、深青，可谓尽制。然家家若是，亦忌雷同。予欲更翻置色，深其袜而浅其鞋，则脚之小者更露。盖鞋之为色，不当与地色相同。地色者，泥土砖石之色是也。泥土砖石其为色也多深，浅者立于其上，则界限分明，不为地色所掩。如地青而鞋亦青，地绿而鞋亦绿，则无所见其短长矣。脚之大者则应反此，宜视地色以为色，则藏拙之法，不独使高底居功矣。鄙见若此，请以质之金屋主人，转询阿娇，定其是否。

◎ 习技第四　计三款

【原文】

"女子无才便是德。"言虽近理，却非无故而云然。因聪明女子失节者多，不若无才之为贵。盖前人愤激之词，与男子因官得祸，遂以读书作宦为畏途，遗言戒子孙，使之勿读书、勿作宦者等也。此皆见噎废食之说，究竟书可竟弃，仕可尽废乎？吾谓才德二字，原不相妨。有才之女，未必人人败行；贪淫之妇，何尝历历知书？但须为之夫者，既有怜才之心，兼有驭才之术耳。

至于姬妾婢媵①，又与正室不同。娶妻如买田庄，非五谷不殖，非桑麻不树，稍涉游观之物，即拔而去之，以其为衣食所出，地力有限，不能旁及其他也。买姬妾如治园圃，结子之花亦种，不结子之花亦种；成荫之树亦栽，不成荫之树亦栽，以其原为娱情而设，所重在耳目，则口腹有时而轻②，不能顾名兼顾实也。使姬妾满堂，皆是蠢然一物，我欲言而彼默，我思静而彼喧，所答非所问，所应非所求，是何异于入狐狸之穴，舍宣淫而外，一无事事者乎？

故习技之道，不可不与修容、治服并讲也。技艺以翰墨为上，丝竹次之，歌舞又次之，女工③则其分内事，不必道也。然尽有专攻男技，不屑女红，鄙织纴④为贱役，视针线如仇雠⑤，甚至三寸弓鞋不屑自制，亦倩⑥老妪贫女为捉刀人⑦者，亦何借巧藏拙，而失造物生人之初意哉！

予谓妇人职业，毕竟以缝纫为主，缝纫既熟，徐及其他。予谈习技而不及女工者，以描鸾刺凤之事，闺阁中人人皆晓，无俟予为越俎之谈。其不及女工，而仍郑重其事，不敢竟遗者，虑开后世逐末之门，置纺绩蚕缲于不讲也。虽说闲情，无伤大道，是为立言之初意尔。

【注释】

①媵（yìng）：妾；古代贵族女子出嫁时陪嫁的人。
②轻：次要的，不重要的。
③女工：也作"女功""女红"。指旧时妇女做的纺织、刺绣、缝纫等工作以及这些工作的成品。
④织纴（rèn）：指织布。纴：织布帛的丝缕；纺织。
⑤仇雠（chóu）：仇敌。

⑥倩：请人做某事。
⑦捉刀人：指代人做事，替身。出自《世说新语·容止》。

【译文】

"女子无才便是德。"这话虽然有些道理，却不是没有原因就这样说的。因为聪明女子失节的多，不像没有才华的女子那般可贵。这大概是古人愤怒激动之下说出来的话，就跟男子因为做官遭祸，于是把读书做官当作是危险艰难的事情，留下遗言告诫子孙，让他们不要读书、不要做官等等一样。这都是因噎废食的说法，说到底，书是可以全部扔掉，官是可以全部罢黜的吗？我认为才德二字，原本并不相互妨碍。有才华的女子，未必人人都德行败坏；贪婪淫荡的女子，哪里个个都读过书？只需做她夫君的人，既有爱才之心，又有驭才之术罢了。

至于姬妾婢女媵妾，又跟正室妻子不同。娶妻如同买田庄，不是五谷就不种、不是桑麻就不栽，稍稍涉及游玩观赏的植物，就要拔掉，因为田庄是衣食父母，地力有限，不能再种其他东西。买姬妾如同管理园圃，结籽的花要种，不结籽的花也要种；能长成树荫的树要栽，不能长成树荫的树也要栽，因为它原本就是为了让心情愉悦设立的，重在满足耳朵和眼睛的需要，那么满足口腹有时候就是次要的，不能既顾名又顾实。假如家中姬妾众多，但都是一些蠢笨之人，我想要聊聊天但她们却不说话，我想要安静但她们喧哗聒噪，答的不是我问的，回应的不是我想要的，这跟进了狐狸洞有什么区别？除了宣泄淫欲外，什么事情都做不了。

所以学习技艺的道理，不能不跟修容、穿衣一起讲。技艺以学习文章诗画为上选，乐器次一些，歌舞又次一些，针线活是女子分内的事情，就不必说了。但也有很多女子专攻男子技艺，不屑做针线活，将织布视作低贱的活儿，把针线视作仇敌，甚至是三寸长的弓鞋都不屑于自己做，也请老妇人、贫家女代做，这是何等的借巧藏拙，而违背了上天造人的本意啊！

我认为女子的职业，终归是以缝纫为主，熟悉了缝纫之后，再慢慢涉及其他。我谈学习技艺却不涉及针线活，因为描样子刺绣的事，闺阁女子人人都晓得，不用等我作越俎代庖之谈。不涉及针线活，却仍旧郑重其事不敢完全漏掉它不讲，是因为担心为后世女子打开舍本逐末之门，把纺纱织布放在一边不再注重。虽说是闲情，却不影响大道理，这是我写此书的本意。

○文艺

【原文】

　　学技必先学文。非曰先难后易,正欲先易而后难也。天下万事万物,尽有开门之锁钥。锁钥维何?文理二字是也。寻常锁钥,一钥止开一锁,一锁止管一门;而文理二字之为锁钥,其所管者不止千门万户。盖合天上地下,万国九州,其大至于无外,其小至于无内,一切当行当学之事,无不握其枢纽,而司其出入者也。此论之发,不独为妇人女子,通天下之士农工贾,三教九流,百工技艺,皆当作如是观。以许大世界,摄入文理二字之中,可谓约矣,不知二字之中,又分宾主。凡学文者,非为学文,但欲明此理也。此理既明,则文字又属敲门之砖,可以废而不用矣。

　　天下技艺无穷,其源头止出一理。明理之人学技,与不明理之人学技,其难易判若天渊①。然不读书不识字,何由②明理?故学技必先学文。然女子所学之文,无事③求全责备,识得一字,有一字之用,多多益善,少亦未尝不善;事事能精,一事自可愈精。

　　予尝谓土木匠工,但有能识字记帐者,其所造之房屋器皿,定与拙匠不同,且有事半功倍之益。人初不信,后择数人验之,果如予言。粗技若此,精者可知。甚矣,字之不可不识,理之不可不明也。

　　妇人读书习字,所难只在入门。入门之后,其聪明必过于男子,以男子念纷,而妇人心一故也。导之入门,贵在情窦未开之际,开则志念稍分,不似从前之专一。然买姬置妾,多在三五、二八之年,娶而不御,使作蒙童求我者,宁有几人?如必俟情窦未开,是终身无可授之人矣。惟在循循善诱,勿阻其机,"扑作教刑"④一语,非为女徒而设也。

　　先令识字,字识而后教之以书。识字不贵多,每日仅可数字,取其笔画最少,眼前易见者训之。由易而难,由少而多,日积月累,则一年半载以后,不令读书而自解寻章觅句矣。乘其爱看之时,急觅传奇之有情节、小说之无破绽者,听其翻阅,则书非书也,不怒不威而引人登堂入室⑤之明师也。其故维何?以传奇、小说所载之言,尽是常谈俗语,妇人阅之,若逢故物。譬如一句之中,共有十字,此女已识者七,未识者三,顺口念去,自然不差。是因已识之七字,可悟未识之三字,则此三字也者,非我教之,传奇、小说教之也。

　　由此而机锋⑥相触,自能曲喻旁通。再得男子善为开导,使之由浅而深,则共枕论文,较之登坛讲艺,其为时雨之化,难易奚止十倍哉?十人之中,拔其一二最聪慧者,日与谈诗,使之渐通声律,但有说话铿锵,无重复聱牙之字者,即作诗能文之料也。苏夫人说"春夜月胜于秋夜月,秋夜月令人惨凄,春夜月令人和悦。"此非作诗,随口所说之话也。东坡因其出口合律,许以能诗,传为佳话。此即说话铿锵,无重复聱牙,可以作诗之明验也。其余女子,未必人人若是,但能书义稍通,则任学诸般技艺,皆是锁钥到手,不忧阻隔之人矣。

妇人读书习字,无论学成之后受益无穷,即其初学之时,先有裨于观者:只须案摊书本,手捏柔毫,坐于绿窗⑦翠箔⑧之下,便是一幅画图。班姬⑨续史之容,谢庭咏雪⑩之态,不过如是,何必睹其题咏,较其工拙,而后有闺秀同房之乐哉?噫,此等画图,人间不少,无奈身处其地,皆作寻常事物观,殊可惜耳。

欲令女子学诗,必先使之多读,多读而能口不离诗,以之作话,则其诗意诗情,自能随机触露,而为天籁自鸣矣。至其聪明之所发,思路之由开,则全在所读之诗之工拙,选诗与读者,务在善迎其机。然则选者维何?曰:在"平易尖颖"四字。平易者,使之易明且易学;尖颖者,妇人之聪明,大约在纤巧一路,读尖颖之诗,如逢故我,则喜而愿学,所谓迎其机也。所选之诗,莫妙于晚唐及宋人,初中盛三唐,皆所不取;至汉魏晋之诗,皆秘勿与见,见即阻塞机锋,终身不敢学矣。此予边见,高明者阅之,势必哑然一笑。然予才浅识隘,仅足为女子之师,至高峻词坛,则生平未到,无怪乎立论之卑也。

女子之善歌者,若通文义,皆可教作诗余。盖长短句法,日日见于词曲之中,入者既多,出者自易,较作诗之功为尤捷也。曲体最长,每一套必须数曲,非力赡者不能。诗余⑪短而易竟,如《长相思》《浣溪纱》《如梦令》《蝶恋花》之类,每首不过一二十字,作之可逗灵机。但观诗余选本,多闺秀女郎之作,为其词理易明,口吻易肖故也。

然诗余既熟,即可由短而长,扩为词曲,其势亦易。果能如是,听其自制自歌,则是名士佳人合而为一,千古来韵事韵人,未有出于此者。吾恐上界神仙,自鄙其乐,咸欲谪向人寰而就之矣。此论前人未道,实实创自笠翁,有由此而得妙境者,切勿忘其所本。

以闺秀自命者,书、画、琴、棋四艺,均不可少。然学之须分缓急,必不可已者先之,其余资性能兼,不妨次第并举,不则一技擅长,才女之名著矣。琴列丝竹,别有分门,书则前说已备。善教由人,善习由己,其工拙浅深,不可强也。

画乃闺中末技，学不学听之。至手谈⑫一节，则断不容已，教之使学，其利于人己者，非止一端。妇人无事，必生他想，得此遣日，则妄念不生，一也；女子群居，争端易酿，以手代舌，是喧者寂之，二也；男女对坐，静必思淫，鼓瑟鼓琴之暇，焚香啜茗之余，不设一番功课，则静极思动，其两不相下⑬之势，不在几案⑭之前，即居床笫⑮之上矣。一涉手谈，则诸想皆落度外，缓兵降火之法，莫善于此。但与妇人对垒，无事角胜争雄，宁饶数子而输彼一筹，则有喜无嗔，笑容可掬；若有心使败，非止当下难堪，且阻后来弈兴矣。纤指拈棋，踌躇不下，静观此态，尽勾消魂。必欲胜之，恐天地间无此忍人也。

双陆⑯投壶⑰诸技，皆在可缓。骨牌⑱赌胜，亦可消闲，且易知易学，似不可已。

【注释】

①判若天渊：两者之间的区别如天上跟深渊相比，形容相差极为悬殊。

②何由：怎能，怎么可能。

③无事：无须，没有必要。

④扑作教刑：指用戒尺责打不守教令的人。扑，戒尺。教刑，古时一种刑罚，后多用以称责打。

⑤登堂入室：登上厅堂，进入内室。比喻学问或技能由浅到深，达到很高的水平。

⑥机锋：佛教禅宗以含意深刻、不落迹象的言语彼此问答，互相启发，如弩箭触机而发其锋锐，称为机锋。

⑦绿窗：绿色纱窗。

⑧翠箔：绿色的帘幕。

⑨班姬：指班昭，又名姬，班昭的哥哥班固著写《汉书》未完成就谢世了，班昭受汉和帝之命，将《汉书》续写完成。

⑩谢庭咏雪：谢道韫，字令姜，东晋时女诗人，著名书法家王羲之之子王凝之的妻子。《世说新语·言语》谢太傅寒雪日内集，与儿女讲论文义。俄而雪骤，公欣然曰："白雪纷纷何所似？"兄子胡儿曰："撒盐空中差可拟。"兄女曰："未若柳絮因风起。"公大笑乐。

⑪诗余：诗词中词的别称，因词是由诗发展而来，由此得名。

⑫手谈：下围棋。

⑬两不相下：双方势力相当，相持不下。

⑭几案：桌子；案桌。

⑮床第（zǐ）：床和垫在床上的竹席，泛指床铺。
⑯双陆：古代的一种赌博游戏。类似下棋，赛盘上两边各置十二格，双方各持十五枚黑或白色棒槌状的马子立于己边，比赛时按掷骰子的点数行走，先走到对方区域者获胜。
⑰投壶：古代宴会时的一种娱乐，宾主依次投矢于壶中，以投中次数决定胜负，胜者斟酒给败者喝。
⑱骨牌：娱乐用具，用骨头、象牙、竹子或乌木制成，每副32张，上面刻有2～12的点子。

【译文】

学习技艺必须先学文字。不是说先学难的再学容易的，恰恰要先学容易的再学难的。天下万事万物，都有打开它的钥匙。钥匙是什么？就是文理二字。平常的钥匙，一把钥匙只能开一把锁，一把锁只管一道门；但是文理二字作为钥匙，它们管的不只千门万户。大概天上地下，各国九州，大到不能再大的，小到不能再小的，一切该做该学的事，没有一样不是由文理掌握着它们的关键，掌管着它们的出入。说出这番言论，不单是为妇人女子，而普天之下的士农工商、三教九流、百工技艺都应当这样看待。把偌大的世界纳进"文理"二字当中，可以说是很简要了，不知道这两个字当中，又有主次之分。凡是学文的人，不是为了学文，只是想要明理。明理之后，那么文字就又成了敲门砖，可以废弃不使用了。

天下技艺无穷无尽，它们的源头仅出自于一个"理"字。明理的人学习技艺，跟不明理的人学习技艺，其难易程度差距极为悬殊。但是不读书不识字，怎能明理？所以学习技艺一定要先学习文字。但是女子学习文字，无须求全责备，认识一个字有一个字的用处，多多益善，认得少也未尝不好；事事都精通，只针对某一件事自然能更精通。

我曾经说土木匠当中，只要有能识字记账的，他造的房屋器皿，一定和笨拙的匠人造的不同，而且会有事半功倍的好处。人们一开始不信，后来选了几个人试验，果真跟我说的一样。粗浅的技艺都如此，精细的就可想而知了。字真的是不能不认识，理不能不明白！

女子读书识字，难的地方只在入门。入门之后，她们的聪明程度一定会超过男子，因为男子杂念多，而女子专心。引导她们入门，最好是在女子情窦未开的时候，情窦一开，她就会稍稍分心，不像之前那么专一。但是购买姬妾，大多是在她们十五六岁的年纪，娶了她们却不与她们同房，让她们作为刚开始读书识字的孩童向我求教的，能有几个？如果一定要等着找情窦未开的女子，那就一辈子没有可教的人了。所以教女子读书识字，唯有循循善诱，不要阻挡她们学习的时机。"扑作教刑"这话，不是针对女徒说的。

先让她们识字，字认识了以后再教她们读书。识字不贵多，每天只能教几个字，选取笔画最少，眼前容易见到的字教给她们。从易到难，从少到多，日积月累，那么一年半载之后，不让她们读书，她们自己也会知道找书读了。趁着她们爱看书的时候，赶紧找有情节、没有破绽的传奇、小说，任她们翻看，那么书就不是书了，而是不发脾气、没有威严且能够引导她们登堂入室的开明老师了。原因是什么？因为传奇、小说所写的话，全都是家常俗语，女子看了，就如同遇到了之前就认识的东西。比如一句话当中，一共有十个字，这位女子已经认识七个，有三个还不认识，顺口念下去，自然不会错。这是因为她已经认识七个字了，可以悟出还不认识的三个字，那么这三个字，不是我教她的，是传奇、小说教她的。

由此，她机敏的才思就会被激发，自然能够触类旁通。再得到男子好好开导，让她由浅入深地学习，那么他们同床共枕讨论文章，跟听老师登坛讲授相比，对学生的熏陶和教育，难易程度岂止相差十倍？十个人里面，选拔其中最聪慧的一两个人，每天跟她们谈论诗歌，让她们逐渐通晓音律，只要有说话铿锵，不重复、不拗口的，就是作诗写文章的材料。苏东坡的夫人说："春夜月胜于秋夜月，秋夜月令人惨凄，春夜月令人和悦。"这不是作诗，是随口说的话。苏东坡因为她脱口而出的话符合音律，赞许她能够作诗，被传为佳话。这就是说话铿锵，不重复、不拗口的女子可以作诗的明证。其他女子，不一定人人都像这样，但只要能稍微通晓书义，那么听凭她们学习各种技艺，都是拿到了开门的钥匙，不用担心有阻碍的人了。

女子读书习字，先不说学成之后会受益无穷，即使是她刚刚开始学习的时候，就先对看她的人有好处了：她们只需要在书案上摊开书本，手捏着毛笔，坐在绿窗翠帘下，便是一幅画。班昭续写《汉书》时的姿容，谢道韫咏雪的神态，不过如此，何必看她们咏诗题句，计较她们写得是好是坏，然后才有与她们同床共枕的快乐呢？唉，这种图画，人世间并不少，可惜人们身在那里，却都当作寻常的事物来看，十分可惜。

想要让女子学习作诗，一定要先让她们多读，多读才能张口不离诗，将诗当作话来说，那么她们的诗意诗情自然能够随机触发吐露，不禁不由地独自吟咏歌唱。至于发掘她们的聪慧，启发她们的思路，就全在于她们读的诗是好是坏了，选诗给她们读，务必要善于迎合她们的心思。既然这样那要选什么样的诗？回答是：在于"平易尖颖"这四个字。"平易"，就是选的诗要容易理解而且容易学习；关于"尖颖"，是因为女子的聪明，大致属于纤巧这一类型，读新颖新奇的诗，就如同遇到了过去的自己，就会欢喜并且愿意学习，这就是所说的迎合她的心思。所选的诗，没有比晚唐以及宋朝人写得更妙的了，初唐、中唐、盛唐的诗，都不要选；至于汉代、魏晋时期的诗，都要藏起来千万别让她看见，见到就会阻塞她机敏的才思，让她终生不敢再学习了。这是我的拙见，高明的人读到，定会哑然一笑。然而我才疏学浅，见识不多，仅仅能做女子的老师，至于崇高的词坛，我今生尚未达到那样的高度，提出的见解浅薄，请不要见怪。

女子中擅长唱歌的，如果通晓文字的意义，都可以教她们写词。因为长短句法，天天都在词曲中出现，看得多了，写词自然就容易，跟作诗下的功夫相比，学得格外快。曲的篇幅最长，每一套一定要有好几支曲子，不是十分擅长的人是写不出来的。词篇幅短而且容易完成，比如《长相思》《浣溪纱》《如梦令》《蝶恋花》之类，每首不过一二十个字，写词可以启发灵感。只要看看词的选集，就会发现其中大多是闺中女子的作品，这是因为词理容易明白，口吻容易模仿。

写词熟练以后，就可以从短到长，发展到为曲填词，顺势而为也容易。真能这样的话，听她们自己写词自己演唱，那就是名士佳人合二为一了，千百年来的风雅之事、风雅之人还没有超过这般的。我恐怕住在上界的神仙也会认为自己的音乐不如这种，都想要下凡到人间来亲近她们了。这种说法以前的人没有讲过，确实是由笠翁我所创立的，有通过这种方法到达美妙境界的人，千万不要忘记它的来源。

自认为是闺秀的女子，书、画、琴、棋这四种技艺，都不能少。然而，学习它们必须要分清哪样要后学，哪样要先学，如果她的资质能兼顾到的其他技艺，不妨依次都学。但不这样做，只擅长一种技艺，才女的名声也会传扬。琴写在丝竹篇，另外分开来讲，书则前面说得已经很详细了。善于教在于别人，善于学在于自己，学得是好是坏是深是浅，不能勉强。

绘画是闺中女子微不足道的技艺，学还是不学听任她们自己。至于下围棋，却绝对不能容许她放弃，教她让她学，对于她和自己的好处，不只一则。女子没有事情做，一定会生出别的想法，用下棋消遣度日，就不会生出不当的念头，这是一则好处；女子住在一起，容易酿出争端，用下棋代替争吵，就能让喧哗安静下来，这是第二则好处；男女相对而坐，安静下来就一定会起淫念，弹琴鼓瑟、焚香品茶的闲暇，不安排一些事情做，那么安静到了极点就会想动，男女相持不下的形势，不在桌子前，就在床铺上了。一旦下起围棋，那么诸多想法都会抛在脑后，缓解情欲的方法，没有比它更好的了。只是跟女子下棋，无须争强好胜，宁愿让她几个子输给她一筹，就会让她高兴不会生气，笑容满面；如果存心让她输，不止当时让她难堪，也会影响到以后下棋的兴致。纤纤玉指拈着棋子，犹豫着不落子，静静地看着她这种姿态，完全将魂勾了去。一定要赢她，恐怕天地之间都没有这样残忍的人。

双陆投壶诸般技艺，都可以慢慢来。用骨牌赌输赢，也可以消磨空闲时间，而且容易懂容易学，似乎不能放弃。

○丝竹

【原文】

丝竹之音，推琴为首。古乐相传至今，其已变而未尽变者，独此一种，余皆末世之音也。妇人学此，可以变化性情，欲置温柔乡，不可无此陶熔之具。然此种声音，学之最难，听之亦最不易。凡令姬妾学此者，当先自问其能弹与否。主人知音，始可令琴瑟在御，不则弹者铿然，听者茫然，强束官骸以俟其阕①，是非悦耳之音，乃苦人之具也，习之何为？

凡人买姬置妾，总为自娱。己所悦者，导之使习；己所不悦，戒令勿为，是真能自娱者也。尝见富贵之人，听惯弋阳、四平等腔，极嫌昆调之冷，然因世人雅重昆调，强令歌童习之，每听一曲，攒眉许久，座客亦代为苦难，此皆不善自娱者也。

予谓人之性情，各有所嗜，亦各有所厌，即使嗜之不当，厌之不宜，亦不妨自攻其谬。自攻其谬，则不谬矣。

予生平有三癖，皆世人共好而我独不好者：一为果中之橄榄，一为馔中之海参，一为衣中之茧绸。此三物者，人以食我，我亦食之；人以衣我，我亦衣之；然未尝自沽而食，自购而衣，因不知其精美之所在也。谚云："村人吃橄榄，不知回味。"予真海内之村人也。因论习琴，而谬谈至此，诚为饶舌。

人问：主人善琴，始可令姬妾学琴，然则教歌舞者，亦必主人善歌善舞而后教乎？须眉丈夫之工此者，有几人乎？曰：不然。歌舞难精而易晓，闻其声音之婉转，睹见体态之轻盈，不必知音，始能领略，座中席上，主客皆然，所谓雅俗共赏者是也。琴音易响而难明，非身习者不知，惟善弹者能听。伯牙不遇子期，相如不得文君②，尽日挥弦，总成虚鼓。

吾观今世之为琴，善弹者多，能听者少；延名师、教美妾者尽多，果能以此行乐，不愧文君、相如之名者绝少。务实不务名，此予立言之意也。若使主人善操，则当舍诸技而专务丝桐③。"妻子好合，如鼓瑟琴。"④ "窈窕淑女，琴瑟友之。"⑤琴瑟非他，胶漆男女，而使之合一；联络情意，而使之不分者也。花前月下，美景良辰，值水阁之生凉，遇绣窗之无事，或夫唱而妻和，或女操而男听，或两声齐发，韵⑥不参差⑦，无论身当其境者俨若神仙，即画成一幅合操图，亦足令观者消魂，而知音男妇之生妒也。

丝音自蕉桐⑧而外，女子宜学者，又有琵琶、弦索、提琴之三种。琵琶极妙，惜今时不尚，善弹者少，然弦索之音，实足以代之。

弦索之形较琵琶为瘦小，与女郎之纤体最宜。近日教习家，其于声音之道，能不大谬于宫商⑨者，首推弦索，时曲次之，戏曲又次之。予向有场内无文，场上无曲之说，非过论也。止为初学之时，便以取舍得失为心，虑其调高和寡，止求为"下里巴人"，不愿作"阳春白雪"，故造到五七分即止耳。

提琴较之弦索，形愈小而声愈清，度清曲者必不可少。提琴之音，即绝少美人之音也。春容⑩柔媚，婉转断续，无一不肖。即使清曲不度，止令善歌二人，一吹洞箫⑪，一拽提琴，暗谱悠扬之曲，使隔花间柳者听之，俨然一绝代佳人，不觉动怜香惜玉之思也。

丝音之最易学者，莫过于提琴，事半功倍，悦耳娱神。吾不能不德创始之人，令若辈尸而祝之也。

竹音之宜于闺阁者，惟洞箫一种。笛可暂而不可常。至笙、管二物，则与诸乐并陈，不得已而偶然一弄，非绣窗所应有也。

盖妇人奏技，与男子不同，男子所重在声，妇人所重在容。吹笙搦管之时，声则可听，而容不耐看，以其气塞而腮胀也，花容月貌为之改观，是以不应使习。

妇人吹箫，非止容颜不改，且能愈增娇媚。何也？按风作调，玉笋为之愈尖；簇口为声，朱唇因而越小。画美人者，常作吹箫图，以其易于见好也。或箫或笛，如使二女并吹，其为声也倍清，其为态也更显，焚香啜茗而领略之，皆能使身不在人间世也。

吹箫品笛之人，臂上不可无钏。钏又勿使太宽，宽则藏于袖中，不得见矣。

【注释】

①阕：停止。
②伯牙不遇子期，相如不得文君：钟子期为先秦琴师伯牙的知音，后

因病亡故，伯牙认为世上再无知音，摔琴绝弦，终生不弹。汉朝才子司马相如爱慕卓文君，用弹琴表达爱慕之情，后两人倾心相恋。

③丝桐：指琴。古代制琴多用桐木，以丝为弦，故以丝桐为琴的代称。

④"妻子好合，如鼓瑟琴"：夫妻恩爱亲密，如同弹奏琴瑟音韵和谐。出自《诗经·小雅·棠棣》。

⑤"窈窕淑女，琴瑟友之"：贤良美好的女子，弹琴鼓瑟来亲近她。出自《诗经·周南·关雎》。

⑥韵：好听的声音。

⑦参差：不一致，矛盾。

⑧蕉桐：即"焦桐"，指琴。东汉蔡邕曾用烧焦的桐木造琴，后因称琴为焦桐。

⑨宫商：五音中的宫音与商音，泛指音乐、乐曲。

⑩舂容：指声音悠扬洪亮。

⑪洞箫：即箫，管乐器，因不封底得名。

【译文】

乐器发出的声音当中，要数琴音最动听。古代的音乐流传到今天，已经发生改变却没有完全改变的，唯有这一种，其他的都是末世之音。女子学琴，可以改变性情，想要置身于温柔乡，不能没有这种陶冶情操的工具。但是这种音乐，学起来最难，欣赏起来也最不容易。凡是让姬妾学这种乐器的人，应当先问问自己会不会弹。主人通晓琴音，才能使得琴瑟之乐在其掌握之中，否则弹的人觉得铿锵悦耳，听的人却一片茫然，勉强约束感官身体等待一曲结束，这就不是悦耳的音乐，而是令人痛苦的刑具了，学习它做什么？

凡是买姬置妾的人，总归是为了娱乐自己。自己喜欢的，引导她们让她们学习；自己不喜欢的，告诫她们不要做，这才是真正能娱乐自己的人。曾经见到富贵之人，听惯了弋阳、四平等曲调，十分厌恶昆曲的清冷，但是因为世人推崇昆曲，就勉强让歌童学习唱昆曲，每听一曲，就皱眉许久，在座的客人也替他难受，这都是不善于娱乐自己的人。

我认为人的性情，各有各的爱好，也各有各的厌恶，即使所爱好的不恰当，所厌恶的不合适，也不妨自己反驳它的荒谬。自己驳斥了它的荒谬，那就不会荒谬了。

我生平有三个怪癖，都是世人都喜欢而唯独我不喜欢的：一是水果中的橄榄；二是食物中的海参；三是衣料中的丝绸。这三种东西，人们给我吃，我也会吃；人们给我穿，我也会穿；但是我从来没有自己买来吃过，自己买来穿过，因为不知道它们的精美之处在哪里。谚语说："乡下人吃橄榄，不知道回味。"那我真就是天底下一个地地道道的乡下人。顺着谈学琴的事儿，胡扯到这里，真是多嘴。

有人问：主人擅长弹琴，才能让姬妾学琴，既然这样那么教她们歌舞，也一定是主人能歌善舞之后才教她们吗？男子精通歌舞的，有几个人？我说：不是这样的。歌舞难以精通却容易懂，听到她们声音婉转，看到她们体态轻盈，不一定要通晓音律，才能领会的到，所有在座的主人客人都是如此，这就是所说的雅俗共赏。弹出琴声容易，要听懂却很难，没有亲自学过琴的不会晓得，只有擅长弹的人才能听懂。俞伯牙没有遇到钟子期，司马相如没有遇到卓文君，那么就算终日弹琴，也终归是白弹。

我看当今世人弹琴，擅长弹琴的人多，能够听懂的人少；请名师、教美妾的人很多，真能借此取乐，无愧于卓文君、司马相如美名的人却十分罕见。做实在的事情，不图虚名，这是我写这些东西的本意。如果主人擅长弹琴，那就应当舍弃其他技艺而专攻弹琴。"妻子好合，如鼓瑟琴。""窈窕淑女，琴瑟友之。"琴瑟不是别的，而是能让男女如胶似漆，使他们合为一体，联络情意，让他们永不分离的东西。花前月下，美景良辰，正值水上楼阁产生凉意，恰好家里也没有什么事情，或夫唱妻和，或女弹男听，或男女齐奏，声音和谐优美，且不说身在其中的人像极神仙，就是画成一幅合奏图，也足以让看的人销魂，让知音男女产生嫉妒之心了。

弦乐器除了琴以外，女子合适学的，还有琵琶、弦索、提琴这三种。琵琶十分妙，可惜现在不推崇，擅长弹琵琶的人少，然而弦索的声音，实际上足以代替琵琶。

弦索的形状比琵琶瘦小，跟女子纤瘦的身材最相称。最近教音乐的大家，对于声音的把握，能在音调上不出大错的，首推弦索，其次是流行乐曲，再次是戏曲。我过去有"戏场上没有好戏文，舞台上没有好曲子"的说辞，这并非是过激的言论。只是因为那些唱戏的人在一开始学习的时候，就以取舍得失为初衷，担心曲高和寡，只求媚俗，不愿高雅，所以学到五分七分就不学了。

提琴跟弦索相比，体型更小但声音更为清亮，是唱清曲的人必不可少的。提琴的声音，就是极年轻的美人的声音。声音悠扬洪亮又柔美妩媚，婉转断续，没有一点不像。即使不唱清曲，只让擅长唱歌的两个人，一个吹洞箫，一个拉提琴，在暗处演奏悠扬的曲子，让被隔在花和柳树外的人听了，也觉得就好像里面坐着一位绝代佳人，不知不觉就产生了怜香惜玉的心思。

弦乐器中最容易学的，没有超过提琴的，学起来事半功倍，演奏起来悦耳动听、让人心神愉快。我不能不感激最初发明这种乐器的人，令我们这些人对他顶礼膜拜。

管乐器当中适合女子的，只有洞箫一种。笛子可以偶尔吹却不能经常吹。至于笙、管这两种乐器，则和其他乐器一同演奏时，没有办法偶尔吹奏一下，不是闺房中应该有的。

因为女子表演技艺，跟男子不同，男子表演重要的是声音，女子表演重要的是姿容。吹笙、管的时候，声音可以听，但姿容却不耐看，因为演奏时憋气鼓腮，花容月貌为此变了形，所以不应让女子学习这种乐器。

女子吹箫，不但容颜不会改变，而且更能增加她的娇媚。为什么呢？按箫上的风孔调音，手指为此显得更加纤细；撮着小口吹奏，朱唇因此显得更小。画美人的人，常常画美人吹箫图，因为它容易表现女子的美好。或是箫、或是笛子，如果让两名女子一起吹奏，声音也会更加清亮，姿态也会更加明显，燃着熏香品着茶欣赏，都能让人觉得身体仿佛不在尘世间。

吹箫、吹笛子的人，手臂上不能没有镯子。镯子又不能太宽，太宽就会藏在袖子里，让人看不见了。

○ 歌舞

【原文】

《演习部》已载者，一语不赘。彼系泛论优伶，此则单言女乐。然教习声乐者，不论男女，二册皆当细阅。

昔人教女子以歌舞，非教歌舞，习声容也。欲其声音婉转，则必使之学歌；学歌既成，则随口发声，皆有燕语莺啼之致，不必歌而歌在其中矣。欲其体态轻盈，则必使之学舞；学舞既熟，则回身举步，悉带柳翻花笑之容，不必舞而舞在其中矣。

古人立法，常有事在此而意在彼者。如良弓之子先学为箕，良冶之子先学为裘。妇人之学歌舞，即弓冶之学箕裘也。后人不知，尽以声容二字属之歌舞，是歌外不复有声，而征容必须试舞，凡为女子者，即有飞燕①之轻盈，夷光之妩媚，舍作乐无所见长。然则一日之中，其为清歌妙舞者有几时哉？若使声容二字，单为歌舞而设，则其教习声容，犹在可疏可密之间。若知歌舞二事，原为声容而设，则其讲究歌舞，有不可苟且塞责者矣。

但观歌舞不精，则其贴近主人之身，而为䴙雨尤云②之事者，其无娇音媚态可知也。

"丝不如竹，竹不如肉。"③此声乐中三昧语，谓其渐近自然也。予又谓男音之为肉，造到极精处，止可与丝竹比肩，犹是肉中之丝，肉中之竹也。何以知之？但观人赞男音之美者，非曰"其细如丝"，则曰"其清如竹"，是可概见。至若妇人之音，则纯乎其为肉矣。

语云："词出佳人口。"予曰：不必佳人，凡女子之善歌者，无论妍媸美恶，其声音皆迥别男人。貌不扬而声扬者有之，未有面目可观而声音不足听者也。但须教之有方，导之有术，因材而施，无拂其天然之性而已矣。歌舞二字，不止谓登场演剧，然登场演剧一事，为今世所极尚，请先言其同好者。

一曰取材。取材维何？优人④所谓"配脚色"是已。喉音清越而气长者，正生、小生之料也；喉音娇婉而气足者，正旦、贴旦⑤之料也，稍次则充老旦；喉音清亮而稍带质朴者，外末⑥之料也；喉音悲壮而略近嚯杀⑦者，大净之料也。至于丑与副净，则不论喉音，只取性情之活泼，口齿之便捷而已。然此等脚色，似易实难。男优之不易得者二旦，女优之不易得者净丑。不善配脚色者，每以下选充之，殊不知妇人体态不难于庄重妖娆，而难于魁奇洒脱，苟得其人，即使面貌娉婷，喉音清婉，可居生旦之位者，亦当屈抑而为之。盖女优之净丑，不比男优仅有花面之名，而无抹粉涂胭之实，虽涉诙谐谑浪，犹之名士风流。若使梅香之面貌胜于小姐，奴仆之词曲过于官人，则观者、听者倍加怜惜，必不以其所处之位卑，而遂卑其才与貌也。

二曰正音。正音维何？察其所生之地，禁为乡土之言，使归《中原音韵》⑧之正者是已。乡音一转而即合昆调者，惟姑苏一郡。一郡之中，又止取长、吴二邑，余皆稍逊，以其与他郡接壤，即带他郡之音故也。即如梁溪⑨境内之民，去吴门不过数十里，使之学歌，有终身不能改变之字，如呼酒钟为"酒宗"之类是也。近地且然，况愈远而愈别者乎？

然不知远者易改，近者难改；词语判然、声音迥别者易改，词语声音大同小异者难改。譬如楚人往粤，越人来吴，两地声音判如霄壤，或此呼而彼不应，或彼说而此不言，势必大费精神，改唇易舌，求为同声相应⑩而后已。止因自任为难，故转觉其易也。至入附近之地，彼所言者，我亦能言，不过出口收音之稍别，改与不改，无甚关系，往往因仍⑪苟且，以度一生。止因自视为易，故转觉其难也。

正音之道，无论异同远近，总当视易为难。选女乐者，必自吴门是已。

然尤物之生，未尝择地，燕姬赵女、越妇秦娥见于载籍者，不一而足。"惟楚有材，惟晋用之。"此言晋人善用，非曰惟楚能生材也。

予游遍域中⑫，觉四方声音，凡在二八上下之年者，无不可改，惟八闽⑬、江右二省，新安、武林⑭二郡，较他处为稍难耳。

正音有法，当择其一韵之中，字字皆别，而所别之韵，又字字相同者，取其吃紧一二字，出全副精神以正之。正得一二字转，则破竹之势⑮已成，凡属此一韵中相同之字，皆不正而自转矣。

请言一二以概之。九州以内，择其乡音最劲、舌本最强者而言，则莫过于秦晋二地。不知秦晋之音，皆有一定不移之成格。秦音无"东钟"，晋音无"真文"；秦音呼"东钟"为"真文"，晋音呼"真文"为"东钟"。此予身入其地，习处其人，细细体认而得之者。秦人呼中庸之"中"为"肫"，通达之"通"为"吞"，东南西北之"东"为"敦"，青红紫绿之"红"为"魂"，凡属"东钟"一韵者，字字皆然，无一合于本韵，无一不涉"真文"。岂非秦音无"东钟"，秦音呼"东钟"为"真文"之实据乎？我能取此韵中一二字，朝训夕诂，导之改易，一字能变，则字字皆变矣。晋音较秦音稍杂，不能处处相同，然凡属"真文"一韵之字，其音皆仿佛"东钟"，如呼子孙之"孙"为"松"，昆腔之"昆"为"空"之类是也。即有不尽然者，亦在依稀仿佛之间。正之亦如前法，则用力少而成功多。是使无"东钟"而有"东钟"，无"真文"而有"真文"，两韵之音，各归其本位矣。秦晋且然，况其他乎？

大约北音多平而少入，多阴⑯而少阳。吴音之便于学歌者，止以阴阳平仄不甚谬耳。然学歌之家，尽有度曲一生，不知阴阳平仄为何物者，是与蠹鱼⑰日在书中，未尝识字等也。予谓教人学歌，当从此始。平仄阴阳既谙，使之学曲，可省大半工夫。

正音改字之论，不止为学歌而设，凡有生于一方，而不屑为一方之士者，皆当用此法以掉其舌。至于身在青云⑱，有率吏临民之责者，更宜洗涤方音，讲求韵学，务使开口出言，人人可晓。常有官说话而吏不知，民辩冤而官不解，以致误施鞭扑⑲，倒用劝惩者。声音之能误人，岂浅鲜哉！

正音改字，切忌务多。聪明者每日不过十余字，资质钝者渐减。每正一字，必令于寻常说话之中，尽皆变易，不定在读曲念白⑳时。若止在曲中正字，他处听其自然，则但于眼于依从，非久复成故物，盖借词曲以变声音，非假声音以善词曲也。

三曰习态。态自天生，非关学力，前论声容，已备悉其事矣。而此复言习态，抑何自相矛盾乎？曰：不然。彼说闺中，此言场上。闺中之态，全出自然。场上之态，不得不由勉强，虽由勉强，却又类乎自然，此演习之功之不可少也。生有生态，旦有旦态，外末有外末之态，净丑有净丑之态，此理人人皆晓；又与男优相同，可置弗论，但论女优之态而已。男优妆旦，势必加以扭捏，不扭捏不足以肖妇人；女优妆旦，妙在自然，切忌造作，一经造作，又类男优矣。

人谓妇人扮妇人，焉有造作之理，此语属㉑赘。不知妇人登场，定有一种矜持之态；自视为矜持，人视则为造作矣。须令于演剧之际，只作家内想，勿作场上观，始能免于矜持造作之病。此言旦脚之态也。

然女态之难，不难于旦，而难于生；不难于生，而难于外末净丑；又不难于外末净丑之坐卧欢娱，而难于外末净丑之行走哭泣。总因脚小而不能跨大步，面娇而不肯妆瘁容故也。然妆龙像龙，妆虎像虎，妆此一物，而使人笑其不似，是求荣得辱，反不若设身处地，酷肖神情，使人赞美之为愈矣。至于美妇扮生，较女妆更为绰约。潘安㉒、卫玠㉓，不能复见其生时，借此辈权㉔为小像，无论场上生姿㉕，曲中耀目，即于花前月下偶作此形，与之坐谈对弈，啜茗焚香，虽歌舞之余文，实温柔乡之异趣也。

【注释】

①飞燕：赵飞燕，出身京师长安平民之家，选入宫中为宫女，学习歌舞。因其舞姿轻盈如燕飞凤舞而得名"飞燕"，为汉成帝刘骜第二任皇后。

②殢（tì）雨尤云：比喻男女之间的缠绵欢爱。

③"丝不如竹，竹不如肉。"：丝弦弹拨的曲子不如竹木吹出的曲子动听，而竹木吹出的曲子又比不上人的喉咙唱出的歌曲动人。丝，代指弦乐器；竹，代指管乐器；肉，指人的声音。

④优人：优子，古代以乐舞、戏谑为业的艺人。

⑤贴旦：戏曲行当角色之一。此角色名由来已久，是指在主要旦角之外再贴一个次要的旦角，故名贴旦。

⑥外末：正末之外的次要男角。

⑦噍（jiào）杀：声音微小而急促。

⑧《中原音韵》：元代周德清所撰戏曲（北曲）曲韵专著，是我国出现最早的一部北曲曲韵和北曲音乐论著。

⑨梁溪：水名，为流经今无锡市的一条重要河流，其源出于无锡惠山，北接运河，南入太湖。

⑩同声相应：原指声音相应和，比喻同类事物互相感应或志趣相同者互相呼应。

⑪因仍：因袭，沿袭。
⑫域中：寰宇间；国中。
⑬八闽：福建省的别称。
⑭新安、武林：新安，徽州旧称；武林，杭州旧称。
⑮破竹之势：比喻节节胜利，势不可挡。
⑯阴：阴调，音韵学术语，阴平、阴上、阴去、阴入的总称，与"阳调"相对。
⑰蠹（dù）鱼：又称蠹、衣鱼、白鱼、壁鱼、书虫。
⑱青云：比喻高官显爵。
⑲鞭扑：用鞭子或棍棒对犯罪者实行惩罚。
⑳念白：戏曲中人物的独白或对话。
㉑属：是。
㉒潘安：本名潘岳，字安仁，荥阳中牟人，西晋著名文学家、政治家。美姿仪，被誉为"古代第一美男"。
㉓卫玠：字叔宝，曹魏尚书卫觊曾孙、太保卫瓘之孙。晋朝玄学家、官员，中国古代四大美男之一。
㉔权：姑且、暂且。
㉕姿：形容美好的风度或姿态。

【译文】

在前文《教习部》中已经提及的内容，这里将一句都不再重复。《教习部》是泛论演员的情形，而本篇单只讨论女演员。然而，教习声乐的人，不论是男是女，这两篇都应该仔细阅读。

过去人们教女子歌舞，不是教她们唱歌跳舞，而是教她们练习发声和仪容。想要她们声音婉转，就一定要让她们学习唱歌；学会唱歌之后，那么她随口发出的声音，都会有莺歌燕语的韵致，不必唱歌，而歌就在其中。想要她们体态轻盈，就一定要让她们学习跳舞；学会舞蹈之后，那么她一转身、一迈步，都会带着柳枝翻飞、花开灿烂的仪容，不用跳舞，而舞蹈就在其中。

古人设立规矩，常做某件事而其实目的并不在此。比如说擅长做弓的匠人的儿子要先学做簸箕，擅长冶炼的匠人的儿子要先学做皮衣。女子学习歌舞，就是如同学造弓要先学做簸箕、学冶炼要先学做皮衣。后来的人不知道，全都以为声容这两个字属于歌舞，除了歌声外不再有声音，而征选容貌必须要测试她们的舞蹈，凡是女子，即使有赵飞燕那般轻盈，西施那般妩媚，不奏乐让她唱歌跳舞，就表现不出她的优点。既然这样，那么一天内她能轻歌曼舞多长时间呢？如果声容两个字，仅仅是为歌舞设立的，那么教习声容，便是粗略教教可以，仔细教教也可以。如果知道歌舞这两件事，本来是为了养成娇声仪容准备的，那么她们重视歌舞就有不能敷衍的重要意义了。只看到女子歌唱得不好，舞也跳得不好，那么就能知道，她贴近主人的身体，做云雨之事的时候，是没有娇音媚态的。

"丝不如竹，竹不如肉。"这说出了音乐中的真谛，是说它逐渐接近自然的声音。我又认为男子的歌喉，即使练到登峰造极的地步，也只能跟弦乐管乐并列，仍旧是声乐中的弦乐，歌声中的管乐。依据什么知道的呢？只要看到人称赞男子歌声好听的，不是说"他的声音尖细，好似弦乐"，就是说"他的声音清亮，好似管乐"，就可以知道大略。至于女子的声音，就是纯粹的声乐了。

有人说："词出自美人的口中。"我说：不一定是美人，凡是擅长唱歌的女子，无论是美是丑，她的声音都跟男子的声音区别很大。其貌不扬但声音悠扬的人有，却没有容貌美丽但声音不动听的人。只需要教导有方，因材施教，不要违背她天生的嗓音就可以了。歌舞这两个字，说的不仅仅是登上戏台演绎剧本，然而登上戏台演绎剧本这件事，是当今人们极其崇尚的，请允许我先说大家都喜欢的。

一是取材。取材是什么？就是演员所说的"分配角色"。嗓音清脆悠扬而且气息长的人，是扮演正生、小生的材料；嗓音娇柔婉转而且气息足的人，是扮演正旦、贴旦的材料，稍微差一点的，就扮作老旦；声音清亮、稍带质朴的，是扮演外末的材料；嗓音悲壮而且略微接近急促的，是扮演大净的材料。至于丑角和副净，就不讲究嗓音，只选性情活泼、伶牙俐齿的就可以了。但是分配这些角色，看似容易，实则困难。男演员中不容易找到能扮演正旦和贴旦的人选。女演员中不容易找到能扮演净角和丑角的人选。不擅长分配角色的人，每次都用下等人选扮演这些角色，竟不知道女子的体态不难扮演庄重、妖娆的角色，而难在扮演魁梧、超脱的角色。如果得到一个人选，即使她面貌婷婷，嗓音清丽婉转，可以扮演生角和旦角的，也应当委屈她扮演丑角和净角。因为女演员所扮演的净角和丑角，跟男演员扮演的是不同的，仅仅有花脸的名字，实际上却不会涂脂抹粉化成花脸，虽然有涉及到诙谐、戏谑放荡的表演，仍有名士的风度和习气。如果让丫鬟的容貌胜过小姐，奴仆的台词曲调唱的比主人还好，那么观众就会更加怜惜这些人，一定不会因为她们扮演的角色地位低下，而就看轻她们的才华与美貌。

二是正音。正音是什么？就是查看他的出生地，严禁他说家乡话，让他的口音符合《中原音韵》中的标准发音。乡音稍微一改就立即符合昆调的，只有姑苏这一个郡的人。这一个郡当中，又只选长洲、吴县两个县，其余都稍微逊色一些，因为这些地方跟其他郡接壤，就都带有其他郡的口音。即使像梁溪境内的居民，离吴县不过几十里，让他们学唱戏，也有一辈子都改不了的字的发音，比如称酒钟为"酒宗"一类的就是这样。距离近的地方尚且是这样，何况距离越远区别就越大呢？

但是却不知道远的容易改，近的难改；用词差别特别明显、发音区别非常大的容易改，用词、发音大同小异的难改。比如说，楚地的人去到粤地，越地的人来到吴地，两地口音天差地别，或是我叫他而他不应声，或是他说话而我不回答，这势必要大费精神，改变口音，达到能用相同的口音交流为止。只是因为自己把它当作困难的任务，所以改变起来反而觉得容易。至于到了附近的地方，他说的话，我也能说，不过在发音和收尾上稍有区别，改与不改，没有太大关系，往往照原样凑合着，就这样度过了一生。只因自己把改变口音看作是容易的事情，所以转变起来反而觉得困难。

纠正口音的方法，不论口音是否相同、距离是远是近，应当一概把容易的看作是困难的。选女歌舞演员，一定要从苏州选。然而美女的出生，从未选择地点，燕、赵、越、秦的美女，记载在史册上的，不一而足。"惟楚有材，惟晋用之。"这句话的意思是晋地的人善用人才，不是说只有楚国才能产人才。

我游遍了全国，觉得各地人的口音，凡是在十六岁左右年纪的人，没有不能改的，只有福建、江西两省，徽州、杭州两郡，比其他地方稍微难改一些罢了。

纠正字音是有方法的，应当选择同一韵中，字字都不一样，而要区别的韵中，又字字相同的，选择最要紧的一两个字，用全副精力来纠正它们。纠正了这一两个字的发音，就已形成破竹之势，凡是属于这个韵中相同的字，都不用纠正就自然转变过来了。

请允许我说一两个例子来概括。普天之下，选择乡音最重、舌根最硬的来说，那么没有超过秦、晋这两个地方的。殊不知秦、晋的口音，都有一定不变的规律。秦地的口音没有东钟韵，晋地的口音没有真文韵；秦地口音把东钟韵念作真文韵，晋地口音把真文韵念作东钟韵，这是我亲自到这两个地方，常跟当地人待在一起，仔细体会认识得来的。秦人将中庸的"中"读作"肫"，通达的"通"读作"吞"，东南西北的"东"读作

"敦",青红紫绿的"红"读作"魂",凡是属于东钟韵的,每个字都是这样,没有一个字的发音是符合这个韵的,没有一个不涉及到真文韵的。这难道不是秦地口音没有东钟韵,秦地将东钟韵念成真文韵的切实证据吗?我能选取这个韵中的一两个字,从早到晚地讲解,引导他改正,能改掉一个字的发音,那么每个字的发音就都能改正了。晋地的口音比秦地的口音稍微杂乱一些,不能每一处都相同,但凡是属于真文韵的字,它们的发音都很像东钟韵,比如把子孙的"孙"读作"松",昆腔的"昆"读作"空"之类的。即便有不完全相同的,也很接近。也照着前面提到的方法纠正,就会少付出一些力气,却能成功改掉很多。这样就使得没有东钟韵的说东钟韵,没有真文韵的说真文韵,这两个韵的音,各自回到自己原来的位置。秦地、晋地尚且如此,何况其他地方?

大致说来,北方多用平声字,少用入声字,多用阴调,少用阳调。吴地的方言之所以方便学习歌唱,只是因为它的阴阳平仄没有太多错误。但是学习唱歌的,有很多是唱了一生的曲儿,却不知道阴阳平仄是什么的人,这跟书虫天天呆在书里,却不识字一样。我认为教别人学唱歌,应当从这里开始教起。熟悉了阴阳平仄后,让他们学唱曲儿,可以省下一大半工夫。

纠正字的发音的理论,不仅是为学习唱歌设立的,凡是生在一个地方,却不屑只待在那里生活的人,都应当用这种方法改掉他的口音。至于那些身为高官,有统率官吏、治理百姓责任的人,更应该去掉他的方言口音,讲求音韵,务必让他开口说话,人人都能听懂。常常有高官说话,小吏却听不懂,百姓申冤官员却不理解,以至于错误地施行了刑罚,出现赏罚倒用的情况。口音能够害人,这难道不严重吗?

纠正字的发音,千万不要追求多。聪明的人每天不要超过十来个字,天资愚钝的人则减少一些。每纠正一个字,一定要让他在平常说的话当中,全都改掉,不只是要在读曲词、念白的时候。如果只是在曲子当中纠正字音,其他地方听任自然,那么只会眼下改正了,不久就又变回老样子,因为是借词曲来改变口音,而不是借改变口音来唱好词曲。

三是习态。姿态是天生的,跟学习没有关系,之前谈论声音、姿容时,已经将这件事说得很完备详细了。而这里又说学习姿态,为什么要自相矛盾呢?我说:不是这样的。那里说的是闺中女子,这里说的是戏台上。闺中女子的媚态,全都出于自然。戏台上的姿态,不能不勉强做出,虽出自勉强,但又要像出于自然,所以演练的工夫不能少。生角有生角的姿态,旦角有旦角的姿态,外末有外末的姿态,净丑有净丑的姿态,这个道理人人都知道;这又跟男演员相同,可以放在一边不谈,只谈论女演员的姿态就可以了。男演员扮女旦，一定会扭捏，不扭捏就不足以像女子；女演员扮旦角，妙在自然，切忌做作，一旦做作，就又像男演员了。

有人说女子扮演女子，哪里会有做作的道理，这话是多余的。却不知道女子上台表演，一定会有一种矜持的姿态；自己觉得是矜持，别人看到就以为是做作了。一定要让她在上台演出的时候，只当自己在家里，不要看成自己在戏台上，才能避免矜持做作的毛病。这里说的是旦角的姿态。

但是女子演戏姿态的难点，难的地方不在于扮演旦角，难在扮演生角，而更难的在于扮演外、末、净、丑；而表演出外、末、净、丑的坐、卧、欢乐又不难，难在表演出外、末、净、丑的行走、哭泣。总是因为脚小不能跨大步，面容娇美不肯化憔悴的妆的缘故。但打扮成龙就得演得像龙，打扮成虎就得演得像虎，打扮成这样的角色，却被人嘲笑扮得不像，这是想要荣耀，得到的却是羞辱，反而不如假装自己处在那样的境地，努力模仿角色的神情，让人们赞美更好。至于美丽女子扮演生角，比扮演女性角色更为柔媚婉约。像潘安、卫玠这样的美男子，虽不能再看到他们的真容，但凭借美丽女子的扮演，不用说在戏台上展现的风度翩翩，在唱曲时的光彩夺目，即便是在花前月下偶然作此姿态，跟她们坐着聊天下棋，喝茶焚香，虽是歌舞的余兴，实则是闺房中的别样情趣。

《闲情偶寄》译注

（清）李渔 著

李国庆 宋燕青 主编

下卷译注：栾伟霞 郭航 王秋瑶 李丽枚

下卷

中山大学出版社
SUN YAT-SEN UNIVERSITY PRESS

·广州·

版权所有　翻印必究

图书在版编目（CIP）数据

《闲情偶寄》译注/（清）李渔著；李国庆，宋燕青主编；邓辉敏等译注.—广州：中山大学出版社，2022.1
ISBN 978-7-306-07402-7

Ⅰ.①闲…　Ⅱ.①李…②李…③宋…④邓…　Ⅲ.①杂文集—中国—清代②《闲情偶寄》—译文③《闲情偶寄》—注释　Ⅳ.①I264.9

中国版本图书馆CIP数据核字（2022）第020464号

《XIANQING OUJI》YIZHU

| 出　版　人：王天琪
| 策划编辑：熊锡源
| 责任编辑：熊锡源
| 封面设计：曾　斌
| 责任校对：叶　枫
| 责任技编：靳晓虹
| 出版发行：中山大学出版社
| 电　　话：编辑部 020-84110283，84113349，84111997，84110779，84110776
| 　发行部 020-84111998，84111981，84111160
| 地　　址：广州市新港西路135号
| 邮　　编：510275　传　　真：020-84036565
| 网　　址：http://www.zsup.com.cn　E-mail：zdcbs@mail.sysu.edu.cn
| 印　刷　者：广州市友盛彩印有限公司
| 规　　格：787mm×1092mm　1/16　35印张　630千字
| 版次印次：2022年1月第1版　2022年1月第1次印刷
| 定　　价：88.00元（上、下卷）

如发现本书因印装质量影响阅读，请与出版社发行部联系调换

《闲情偶寄》译注团队介绍

李国庆 语言学博士,暨南大学应用语言学与外语教学研究所所长,暨南大学外国语学院教授、研究生导师。兼任中山大学功能语言研究所教授、教育部学位中心评议专家。研究方向为功能语言学、翻译学、语篇分析。近年来在《外国语》《外语教学》《外语学刊》《当代语言学》《四川外语学院学报》《外语与外语教学》等外语核心期刊和《暨南学报》等全国中文核心期刊上发表论文50余篇,出版专著和译著20余部,主持国家级、省部级课题多项。

宋燕青 广东医科大学外国语学院副教授,暨南大学外国语学院硕士研究生副导师,广东省翻译协会专家会员。研究方向为翻译理论与实践。出版译著3部,公开发表论文数篇。

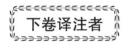

栾伟霞 广州商学院国际学院外国语言文化及教学研究所主任,暨南大学外国语学院硕士研究生副导师。研究方向为典籍翻译、功能语言学。出版专著和译著2部,其中1部在英国剑桥学者出版社出版;公开发表论文数篇。

郭航 广州商学院国际交流与合作处处长,国际学院院长、副教授。南粤优秀教师,华南师范大学博士研究生。中国当代校园诗人协会理事,广东省翻译协会专家会员,广东省高等学校"千百十"工程校级培养对象。主要研究领域:教育管理、英语教学、翻译。发表论文10余篇,主编教材2部,主持或参与省部级科研课题6项,出版个人诗集2部,发表诗(文)200余首(篇)。

王秋瑶 肇庆学院教师。研究方向为翻译、功能语言学、教育学。公开发表论文数篇。

李丽枚 广州商学院教师。研究方向为功能语言学。公开发表论文数篇。

前　言

　　《闲情偶寄》是明末清初著名的文学家、戏曲家及美学家李渔的名著，位列"中国名士八大奇著"之首，是李渔一生艺术创造与生活智慧的结晶。李渔（1611—1680），原名仙侣，字谪凡，号天徒，后改名渔，字笠鸿，号笠翁。李渔一生著作颇丰，主要有《十二楼》《无声戏》《笠翁十种曲》《闲情偶寄》等。其中，《闲情偶寄》为李渔最重要的著作之一。全书包括《词曲部》《演习部》《声容部》《居室部》《器玩部》《饮馔部》《种植部》《颐养部》等八个部分，内容涉及戏曲编剧与导演、服饰化妆与歌舞技艺、家居装饰与庭园设计、古玩器皿与饮食烹调、花木栽培与养生之道，多方面、细致地展示了中国古代文人家居的生态之乐，有极高的艺术造诣、生活审美情趣和实用价值，堪称中国古代生活艺术的小百科全书。

　　本译注主要以翼圣堂本为底本，同时参校其他多个版本进行比较和对照。为便于读者理解，译者对一些章节段落进行了重新划分。不当之处，敬请读者予以批评指正，不胜感激。

下卷目录

居室部

房舍第一　计八款 ·················· 240
　　向背 ························· 243
　　途径 ························· 244
　　高下 ························· 244
　　出檐深浅 ····················· 245
　　置顶格 ······················· 246
　　甃地 ························· 247
　　洒扫 ························· 248
　　藏垢纳污 ····················· 250

窗栏第二　计二款 ·················· 253
　　制体宜坚 ····················· 254
　　取景在借 ····················· 258

墙壁第三　计四款 ·················· 270
　　界墙 ························· 270
　　女墙 ························· 272
　　厅壁 ························· 273
　　书房壁 ······················· 275

联匾第四　计八款 ·················· 279
　　蕉叶联 ······················· 281
　　此君联 ······················· 281
　　碑文额 ······················· 283
　　手卷额 ······················· 284
　　册页匾 ······················· 285
　　虚白匾 ······················· 286
　　石光匾 ······················· 287
　　秋叶匾 ······················· 289

山石第五　计五款 …… 290
　　大山 …… 291
　　小山 …… 293
　　石壁 …… 295
　　石洞 …… 296
　　零星小石 …… 296

器玩部

制度第一　计十三款 …… 300
　　几案 …… 301
　　椅杌 …… 304
　　床帐 …… 308
　　橱柜 …… 313
　　箱笼箧笥 …… 315
　　骨董 …… 318
　　炉瓶 …… 320
　　屏轴 …… 324
　　茶具 …… 326
　　酒具 …… 329
　　碗碟 …… 330
　　灯烛 …… 332
　　笺简 …… 336

位置第二　计二款 …… 340
　　忌排偶 …… 341
　　贵活变 …… 342

饮馔部

蔬食第一　计八款 …… 346
　　笋 …… 348
　　蕈 …… 350
　　莼 …… 351
　　菜 …… 352

瓜　茄　瓠　芋　山药 ······ 354
　　葱　蒜　韭 ······ 355
　　萝卜 ······ 356
　　芥辣汁 ······ 357

谷食第二　计五款 ······ 358
　　饭　粥 ······ 359
　　汤 ······ 361
　　糕　饼 ······ 363
　　面 ······ 364
　　粉 ······ 366

肉食第三　计十二款 ······ 367
　　猪 ······ 368
　　羊 ······ 369
　　牛　犬 ······ 371
　　鸡 ······ 371
　　鹅 ······ 372
　　鸭 ······ 374
　　野禽　野兽 ······ 375
　　鱼 ······ 376
　　虾 ······ 378
　　鳖 ······ 379
　　蟹 ······ 380
　　零星水族 ······ 383

不载果实茶酒说 ······ 386

种植部

木本第一　计二十三款 ······ 390
　　牡丹 ······ 391
　　梅 ······ 393
　　桃 ······ 395
　　李 ······ 397
　　杏 ······ 398
　　梨 ······ 399

海棠 …………………………………………………………… 400
　　玉兰 …………………………………………………………… 402
　　辛夷 …………………………………………………………… 403
　　山茶 …………………………………………………………… 404
　　紫薇 …………………………………………………………… 405
　　绣球 …………………………………………………………… 406
　　紫荆 …………………………………………………………… 406
　　栀子 …………………………………………………………… 407
　　杜鹃　樱桃 …………………………………………………… 407
　　石榴 …………………………………………………………… 408
　　木槿 …………………………………………………………… 408
　　桂 ……………………………………………………………… 409
　　合欢 …………………………………………………………… 410
　　木芙蓉 ………………………………………………………… 412
　　夹竹桃 ………………………………………………………… 412
　　瑞香 …………………………………………………………… 413
　　茉莉 …………………………………………………………… 414

藤本第二　计九款 ………………………………………………… 416
　　蔷薇 …………………………………………………………… 417
　　木香 …………………………………………………………… 418
　　酴醿 …………………………………………………………… 419
　　月月红 ………………………………………………………… 419
　　姊妹花 ………………………………………………………… 420
　　玫瑰 …………………………………………………………… 421
　　素馨 …………………………………………………………… 422
　　凌霄 …………………………………………………………… 422
　　真珠兰 ………………………………………………………… 423

草本第三　计十五款 ……………………………………………… 424
　　芍药 …………………………………………………………… 425
　　兰 ……………………………………………………………… 426
　　蕙 ……………………………………………………………… 428
　　水仙 …………………………………………………………… 429
　　芙蕖 …………………………………………………………… 431
　　罂粟 …………………………………………………………… 433

葵	434
萱	434
鸡冠	434
玉簪	435
凤仙	436
金钱	437
蝴蝶花	439
菊	439
菜	441

众卉第四 计九款 … 443

芭蕉	444
翠云	445
虞美人	445
书带草	446
老少年	447
天竹	448
虎刺	448
苔	449
萍	449

竹木第五 计九款 … 451

竹	451
松柏	453
梧桐	455
槐榆	456
柳	457
黄杨	458
棕榈	460
枫柏	460
冬青	461

颐养部

行乐第一 计十款 … 464

贵人行乐之法	466

富人行乐之法 ··· 468
贫贱行乐之法 ··· 471
家庭行乐之法 ··· 474
道途行乐之法 ··· 476
春季行乐之法 ··· 478
夏季行乐之法 ··· 479
秋季行乐之法 ··· 481
冬季行乐之法 ··· 482
随时即景就事行乐之法 ······································· 484

止忧第二 计二款 ··· 502
止眼前可备之忧 ··· 503
止身外不测之忧 ··· 503

调饮啜第三 计六款 ··· 505
爱食者多食 ··· 506
怕食者少食 ··· 506
太饥勿饱 ·· 507
太饱勿饥 ·· 508
怒时哀时勿食 ··· 508
倦时闷时勿食 ··· 509

节色欲第四 计六款 ··· 510
节快乐过情之欲 ··· 512
节忧患伤情之欲 ··· 513
节饥饱方殷之欲 ··· 513
节劳苦初停之欲 ··· 514
节新婚乍御之欲 ··· 514
节隆冬盛暑之欲 ··· 516

却病第五 计三款 ··· 517
病未至而防之 ··· 518
病将至而止之 ··· 519
病已至而退之 ··· 519

疗病第六 计七款 ··· 522
本性酷好之药 ··· 525
其人急需之药 ··· 526
一心钟爱之药 ··· 528

一生未见之药……………………………………………… 529
平时契慕之药……………………………………………… 531
素常乐为之药……………………………………………… 532
生平痛恶之药……………………………………………… 533

居室部

◎房舍第一　计八款

【原文】

人之不能无屋，犹体之不能无衣。衣贵夏凉冬燠①，房舍亦然。"堂高数仞②，榱题③数尺"，壮则壮矣，然宜于夏而不宜于冬。登贵人之堂，令人不寒而栗，虽势使之然，亦廖廓有以致之；我有重裘，而彼难挟纩④故也。及肩之墙，容膝之屋，俭则俭矣，然适于主而不适于宾。造寒士之庐，使人无忧而叹，虽气感之乎，亦境地有以迫之；此耐萧疏，而彼憎岑寂故也。吾愿显者之居，勿太高广。夫房舍与人，欲其相称。画山水者有诀云："丈山尺树，寸马豆人。"使一丈之山，缀以二尺三尺之树；一寸之马，跨以似米似粟之人，称乎？不称乎？使显者之躯，能如汤、文之九尺、十尺，则高数仞为宜；不则堂愈高而人愈觉其矮，地愈宽而体愈形其瘠，何如略小其堂，而宽大其身之为得乎？处士之庐，难免卑隘⑤，然卑者不能耸之使高，隘者不能扩之使广，而污秽者、充塞者则能去之使净，净则卑者高而隘者广矣。

吾贫贱一生，播迁流离，不一其处，虽债而食，赁而居，总未觉稍污其座。性嗜花竹，而购之无资，则必令妻孥忍饥数日，或耐寒一冬，省口体之奉，以娱耳目。人则笑之，而我怡然自得也。性又不喜雷同，好为矫异，常谓人之葺居治宅，与读书作文同一致也。譬如治举业者，高则自出手眼，创为新异之篇；其极卑者，亦将读熟之文移头换尾，损益字句而后出之，从未有抄写全篇，而自名善用者也。乃至兴造一事，则必肖人之堂以堂，窥人之户以立户，稍有不合，不以为得，而反以为耻。常见通侯贵戚，掷盈千累万之资以治园圃，必先谕大匠曰：亭则法某人之制，榭则遵谁氏之规，勿使稍异。而操运斤之权者，至大厦告成，必骄语居功，谓其立户开窗，安廊置阁，事事皆仿名园，纤毫不谬。噫，陋矣！以构造园亭之胜事，上之不能自出手眼，如标新创异之文人；下之至不能换尾移头，学套腐为新之庸笔，尚嚣嚣以鸣得意，何其自处之卑哉！

予尝谓人曰：生平有两绝技，自不能用，而人亦不能用之，殊可惜也。人问：绝技维何？予曰：一则辨审音乐，一则置造园亭。性嗜填词，每多撰著，海内共见之矣。设处得为之地，自选优伶，使歌自撰之词曲，口授而躬试之，无论新裁之曲，可使迥异时腔，即旧日传奇，一概删其腐习而益以新格，为往时作者别开生面，此一技也。一则创造园亭，因地制宜，不拘成见，一榱一桷⑥，必令出自己裁，使经其地、入其室者，如读湖上笠翁之书，虽乏高才，颇饶别致，岂非圣明之世，文物之邦，一点缀太平之具哉？噫，吾老矣，不足用也。请以崖略⑦付之简篇，供嗜痂者采择。收其一得，如对笠翁，则斯编实为神交之助尔。

土木之事，最忌奢靡。匪特庶民之家当崇俭朴，即王公大人亦当以此为尚。盖居室之制，贵精不贵丽，贵新奇大雅，不贵纤巧烂漫。凡人止好富丽者，非好富丽，因其不能创异标新，舍富丽无所见长，只得以此塞责⑧。譬如人有新衣二件，试令两人服之，一则雅素而新奇，一则辉煌而平易，观者之目，注在平易乎？在新奇乎？锦绣绮罗，谁不知贵，亦谁不见之？缟衣素裳，其制略新，则为众目所射，以其未尝睹也。凡予所言，皆属价廉工省之事，即有所费，亦不及雕镂粉藻之百一。且古语云："耕当问奴，织当访婢。"予贫士也，仅识寒酸之事。欲示富贵，而以绮丽胜人，则有从前之旧制在。

新制人所未见，即缕缕言之，亦难尽晓，势必绘图作样。然有图所能绘，有不能绘者。不能绘者十之九，能绘者不过十之一。因其有而会其无，是在解人善悟耳。

【注释】

①燠：使温暖，使热。
②仞：古代长度单位，周制八尺，汉制七尺。一尺约合二十三厘米。
③榱题：亦作"榱提"，表示屋椽的两端之处，通常伸出房檐。
④挟纩：披着绵衣。
⑤卑隘：低矮狭窄。
⑥桷：方形的屋椽，即榱。
⑦崖略：简单叙述。
⑧塞责：敷衍了事。

【译文】

人不能没有房屋，就像身体不能没有衣服。衣服贵在夏凉冬暖，房屋也是如此。"堂高数仞，榱题数尺。"壮观是壮观，但是只适合夏天却不适合冬天。进入显贵人家的厅堂，让人不寒而栗，虽然与主人的权势有关，但房屋的高大空旷，也会导致这种感觉；这就是我穿着糙毛皮衣，而主人穿着丝质绵衣却依然不能感到温暖的缘故。墙壁高度刚刚及肩，房间狭小仅能容膝，这样的房屋俭朴是俭朴，但只适合主人居住，不适合招待宾客。

造访贫穷百姓的房屋，让人无忧而叹，虽然与当时的气氛有关，但是房屋的低矮狭窄，也会令人感到窘迫；这就是主人能耐萧条，而客人厌恶孤寂清冷的缘故。我认为显贵人家的房屋，不应过于高大宽广。房舍与主人，应该相称。山水画家有句口诀："丈山尺树，寸马豆人。"一丈高的山，点缀的却是二三尺高的树；一寸大的马，马背上却是米粒大小的人，是相称呢？还是不相称呢？如果想要一个显贵之人的身躯像商汤、周文王那样高达九尺十尺，那么房屋要高至几十尺才合适；否则房屋越高，人越觉得自己矮小，地面越宽，人越觉得自己瘦削。哪里比得上把厅堂建得小一些，显得自己更加高大魁梧？贫穷百姓的房屋，难免低矮狭窄。虽然低矮的房屋不能再加高，狭窄的房屋不能再扩大，但是屋内的污秽杂物可以除去，让房屋变得干净整洁，那么低矮的房屋也会显得高大，狭窄的房屋也会显得宽广。

我一生贫苦，颠簸流离，居无定所。虽然借钱吃饭，租房居住，但是从未让房屋稍微沾上一点污秽。我生性喜欢养花种竹，但是没有钱买，那么我必定会让妻子儿女强忍几日饥饿，或者忍受一个冬季的寒冷，用省下的衣食花费，购买花竹，娱悦耳目。有人嘲笑我，但我怡然自得。我还生性不喜欢雷同，喜欢标新立异，常说人们建造房屋就跟读书写文章的道理相同。比如参加科举考试的人，水平高的人就会别出心裁，写出标新立异的文章；水平低的人也能将背熟的文章改头换尾，增减字句，然后写出新文章。从来没有人整篇照抄却还自命不凡。然而对于建造房屋一事，则必须要模仿别人的厅堂来修建厅堂，观察别人的门窗来建造门窗，稍有不同，不仅不能因此得意，反而以此为耻。常见那些公侯贵戚，耗资千万来建造园林，必定事先嘱咐技艺高超的工匠：亭子要效仿某人的式样，台榭要遵照某家的规格，不能有一点差异。而等到房屋建成时，那些负责建造的工匠，必定居功自傲，声称门窗的建造、走廊楼阁的安置，都是模仿名媛，丝毫不差。唉，真是浅陋啊！像建造园亭这样美好的事情，上不能像那些别出心裁的文人那样标新立异，下不能像那些庸俗陈腐的文人那样移头换尾，学习套用别人的陈腐样式，却还要嚣嚣嚷嚷、自鸣得意，为何要自降身份到如此卑微的地步呢？

我曾经对人说：我生平有两大绝技，但自己不能用，别人也不能用，实在太可惜了！别人问我：是什么绝技？我回答：一是辨审音乐，一是建造园亭。我生性喜欢填词，每次写出新作，天下人都能看到。假如我能自己做主，自行挑选演员，让他们演唱我所创作的戏曲，并由我口传身教，那么，不仅是新编的戏曲，可以使它与时下流行的腔调不同，即使是旧时的传奇，也能将其中的陈腐习气一概删除，增加新的格调，使过去的作品别开生面，这是一项绝技。另外一项绝技是建造园亭，我能够因地制宜，不拘泥于旧的模式，每个角落，必定出自本人设计，让进入此地、进入此屋的人，都像在阅读我的书，虽然缺乏过人的才能，却也非常新奇别致。在此圣明之世、文明之邦，这难道不是可以点缀太平的工具吗？唉，我老了，不中用了。请允许我将这些粗浅的体会写成简短的文章，以供爱好特别的人参考。如果能有一点收获，于我而言，这本书其实是我们神交的纽带。

  建造房屋一事，最忌奢侈浪费。不仅普通百姓人家应当崇尚俭朴，即使是王公大臣，也应把节俭作为风尚。因为房屋的建造，贵在精致而非华丽，贵在新奇高雅而非纤巧浪漫。凡是只喜欢富丽堂皇的人，其实并非真的喜欢，而是由于其自身不能标新立异，除了富丽堂皇没有其他新意，只能以此来敷衍搪塞。比如有两件新衣服，假如让两个人试穿，一件素雅新奇，一件华丽普通，观众的目光，会关注普通的呢？还是新奇的呢？绫罗绸缎，谁不知道贵重？又有谁没有见过？一件朴素的衣服，因为样式略微新颖，就会吸引众人的目光，是因为他们未曾见过。凡是我所说的，都是既省钱又省力的事，即使有些花费，也不及雕镂粉饰的百分之一。况且古语有云："耕当问奴，织当访婢。"意思是想学耕作要问奴仆，想学纺织要问婢女。我是一个贫穷百姓，只懂一些寒酸的事情。想要显示富贵，通过华丽取胜，那就按照以前的样式。

  新的样式人们没有见过，即使条条缕缕地说明，也很难完全说明白，势必要绘制图样。然而有些图能够绘制，有些图却不能。不能绘制的图样占了十分之九，能够绘制的只有十分之一。凭借画出来的图样去领会那些画不出的内容，就靠聪明人善于领悟了。

〇 向背

【原文】

  屋以面南为正向。然不可必得，则面北者宜虚其后，以受南薰；面东者虚右，面西者虚左，亦犹是也。如东、西、北皆无余地，则开窗借天以补之。牖①之大者，可抵小门二扇；穴之高者，可敌低窗二扇，不可不知也。

【注释】

① 牖：窗户。

【译文】

房屋以朝南为正向。但是不可能都做到，那么房屋朝北的应该屋后开窗，以接受南面的暖风，房屋朝东的应该在右边开窗，房屋朝西的应该在左边开窗，也是这个道理。如果东、西、北面都没有地方开窗，就开天窗，借助天力来补救。一个大窗户，可以抵得上两扇小门；位置高的窗户，可以敌得过两扇低窗，这些不能不知道。

○途径

【原文】

径莫便于捷，而又莫妙于迂。凡有故作迂途，以取别致者，必另开耳门一扇，以便家人之奔走，急则开之，缓则闭之，斯雅俗俱利，而理致兼收矣。

【译文】

道路中最方便的莫过于捷径，但最巧妙的莫过迂回曲折的小路。凡是故意把道路修得迂回曲折，以追求别具一格的人，必须得另开一扇小门，以方便家人来回走动。有急事的时候就打开，没急事的时候就关上。这样就能雅俗兼备，既合情理又有情致。

○高下

【原文】

房舍忌似平原，须有高下之势，不独园圃为然，居宅亦应如是。前卑后高，理之常也。然地不如是，而强欲如是，亦病其拘。总有因地制宜之法：高者造屋，卑者建楼，一法也；卑处叠石为山，高处浚①水为池，二法也。又有因其高而愈高之，竖阁磊峰于峻坡之上；因其卑而愈卑之，穿塘凿井于下湿之区。总无一定之法，神而明之，存乎其人，此非可以遥授方略者矣。

【注释】

①浚：本意是从水中挹取，引申为疏通、深挖。

【译文】

房屋忌讳建造得像平原，必须有高低起伏的形势，不仅园圃是这样，住宅也应如此。前面低后面高，这是常理。然而如果地势并非如此，却非要建成这样，就犯了拘泥的毛病。总有因地制宜的方法：在高处建造房屋，在低处建造楼宇，这是第一种方法；在低处用石头垒成山，在高处挖地修建水池，这是第二种方法。还有人顺应高地势，在陡坡上建亭阁、垒山峰，让地势更高；有人趁着地势低，在低洼地挖池塘、凿深井，让地势更低。总之，没有固定的方法，全靠个人的心领神会，而不是靠别人远程传授的。

○ 出檐深浅

【原文】

居宅无论精粗，总以能避风雨为贵。常有画栋雕梁、琼楼玉栏，而止可娱晴，不堪坐雨者，非失之太敞，则病于过峻。故柱不宜长，长为招雨之媒；窗不宜多，多为匿风之薮①；务使虚实相半，长短得宜。又有贫士之家，房舍宽而余地少，欲作深檐以障风雨，则苦于暗；欲置长牖以受光明，则虑在阴。剂其两难，则有添置活檐一法。何为活檐？法于瓦檐之下，另设板棚一扇，置转轴于两头，可撑可下。晴则反撑，使正面向下，以当檐外顶格；雨则正撑，使正面向上，以承檐溜。是我能用天，而天不能窘②我矣。

【注释】

①薮：人或物聚集的地方。
②窘：难住，使为难。

【译文】

房屋无论建得精美还是简陋，重要的还是能遮风挡雨。常有一些华美的房屋，有着雕梁画栋、琼楼玉栏，但是只能欣赏，不能用来遮雨。问题不是在于太过宽敞，而是在于过于高大。所以柱子不能太高，过高容易招雨；窗户不宜太多，过多容易招风；务必要虚实各半，长短适宜。还有一些贫穷人家，房屋宽敞但空地少，想要修建深檐来阻挡风雨，却担心房间因此光线太暗；想要建造长窗来接受光线，却又要担心阴天下雨。有一种方法可以解决这个两难的境况，即添置活檐。什么是活檐呢？就是设法在瓦檐下面，再安装一扇板棚，在两头安装上转轴，使房檐可以撑开也可以放下。晴天就反过来撑，让正面朝下，当作瓦檐外的顶格；雨天就正面撑，让正面朝上，以承接屋檐的流水。这样一来，就是我能利用天，而天不能为难我了。

○ 置顶格

【原文】

精室不见椽、瓦，或以板覆，或用纸糊，以掩屋上之丑态，名为"顶格"，天下皆然。予独怪其法制未善。何也？常因屋高檐矮，意欲取平，遂抑高者就下，顶格一概齐檐，使高敞有用之区，委之不见不闻，以为鼠窟，良可慨也。亦有不忍弃此，竟以顶板贴椽，仍作屋形，高其中而卑其前后者，又不美观，而病其呆笨。予为新制，以顶格为斗笠之形，可方可圆，四面皆下，而独高其中。且无多费，仍是平格之板料，但令工匠画定尺寸，旋而去之。如作圆形，则中间旋下一段是弃物矣，即用弃物作顶，升之于上，止增周围一段竖板，长仅尺许，少者一屋，多则二屋，随人所好。方者亦然。造成之后，若糊以纸，又可于竖板之上，裱贴字画，圆者类手卷①，方者类册叶②，简而文，新而妥，以质高明，必当取其有裨。方者可用竖板作门，时开时闭，则当壁橱四张，纳无限器物于中，而不之觉也。

【注释】

①手卷：国画装裱中横幅的一种体式。以能握在手中顺序展开阅览而得名。因幅度特点为"长"，故又称"长卷"。

②册叶：分页装裱成册的书画。

【译文】

精致的房屋看不到椽子和瓦，有的用木板覆盖，有的用纸糊着，以此掩盖丑陋的屋顶，这种做法叫做"顶格"，各地都是如此。我却偏偏认为这种做法不够完善，为什么呢？因为通常屋顶高房檐矮，想让屋顶和房檐高度相同，就要舍高就低，将顶格建得一律与房檐等高，致使高大宽敞的有用空间被废弃却不闻不问，成为老鼠洞，实在是太可惜。也有人不忍将其废弃，就用顶板贴着屋椽，仍然显出屋顶的形状，中间高而前后低，既不美观，又显呆板笨拙。我设计了一种新样式，将顶格做成了斗笠的形状，可以是方形，也可以是圆形，四面都低，只有中间高。而且不用多花钱，与做平的顶格材料一致，但是要让工匠画好尺寸，旋去多余部分。如果做成圆形，那么中间旋去的部分就是弃料，可以用它做顶，将其升到高处，只需要在周围增加一段竖板，长度只要一尺左右，少的用一层，多的用两层，根据个人喜好而定，方形也是如此。做成之后，如果选用纸糊，还可以在竖板之上裱贴字画，圆形可选手卷，方形可选册页，简约又文雅，新颖又妥帖。以此请教高明之人，必将有所裨益。方形可用竖板作门，时开时关，当成四张壁橱使用，可以容纳很多物品，却不被人察觉。

○甃地

【原文】

古人茅茨土阶，虽崇俭朴，亦以法制未尽备也。惟幕天者可以席地，梁栋既设，即有阶除，与戴冠者不可跣足，同一理也。且土不覆砖，尝苦其湿，又易生尘。有用板作地者，又病其步履有声，喧而不寂。以三和土甃地①，筑之极坚，使完好如石，最为丰俭得宜。而又有不便于人者：若和灰和土不用盐卤，则燥而易裂；用之发潮，又不利于天阴。且砖可挪移，而甃成之土不可挪移，日后改迁，遂成弃物，是又不宜用也。不若仍用砖铺，止在磨与不磨之间，别其丰俭，有力者磨之使光，无力者听其自糙。予谓极糙之砖，犹愈于极光之土。但能自运机杼，使小者间大，方者合圆，别成文理，或作冰裂，或肖龟纹，收牛溲、马渤②入药笼，用之得宜，其价值反在参苓③之上。此种调度，言之易而行之甚难，仅存其说而已。

【注释】

①甃地：以砖、石等砌地。

②牛溲、马渤：牛溲为车前草，可治水肿、腹胀；马渤为菌类，可为止血药。

③参苓：人参、茯苓等名贵药材。

【译文】

古人用茅草盖房子,用土建台阶,虽然说是崇尚俭朴,但也是因为建筑技术不够完备。只有以天为帐的人可以以地为席,所以房屋已经建好,就应该有台阶,这与戴了帽子的人不能光着脚丫是同样的道理。况且,如果地面上不铺砖,既容易因潮湿受苦,又容易产生灰尘。有人用木板铺地,却又担心走起路来有声响,导致喧闹不静。而用三合土铺地,地面极其坚固,像石头一样完好,丰俭方面,最为适度。但是也有不便之处:如果在和灰和土的时候不用盐卤,地面就会干燥易裂;用了盐卤,阴天却又容易发潮。而且,砖可以挪动,但筑成的三合土不能移动,等到日后改建或者搬家,就成了废物,这种方法也不宜采用。不如仍然用砖铺地,区别简朴还是丰富,只在于是磨还是不磨,有能力的就把砖磨光,没有能力的就任凭它粗糙。我认为极其粗糙的砖,还好过极其光滑的土。只要能够开动脑筋,小砖和大砖相间,方砖和圆砖配合,形成别致的纹理,或者做成冰裂的形状,或者模仿龟甲的纹络。就像将牛溲、马渤入药,只要使用得当,价值反而比人参、茯苓还高。这样的调节搭配,说起来容易做起来很难,只是保存我的想法罢了。

○洒扫

【原文】

精美之房,宜勤洒扫。然洒扫中亦具大段学问,非僮仆所能知也。欲去浮尘,先用水洒,此古人传示之法,今世行之者,十中不得一二。盖因童子性懒,虑有汲水之烦,止扫不洒,是以两事并为一事,惜其力也。久之习为固然,非特童子忘之,并主人亦不知扫地之先,更有一事矣。彼但知两者并一是省事法,却不知因其懒也。遂以一事化为数十事。服役者既以为苦,而指使者亦觉其繁,然总不知此数十事者,皆从一事苟简而生之者也。

精舍之内,自明窗净几而外,尚有图书翰墨、骨董器玩之种种,无一不忌浮尘。不洒而扫,是以红尘掺物,物物皆受其蒙,并栋梁之上、榱桷①之间亦生障翳②,势必逐件擦磨,始现本来面目,手不停挥者,半日才能竣事,不亦劳乎?若能先洒后扫,则扫过之后,只须麈尾③一拂,一日清晨之事毕矣,何指使服役之纷纷哉?此洒水之不容已也。然勤扫不如勤洒,人则知之；多洒不如轻扫，人则未知之也。饶其善洒，不能处处皆遍，究竟干地居多，服役者不知，以其既经洒湿，则任意挥扫无妨。扬尘舞蹈之际，障翳之生也更多，故运帚切记勿重；匪特勿重，每于歇手之际，必使帚尾着地，勿令悬空，如扫一帚起一帚，则与挥扇无异，是扬灰使起，非抑尘使伏也。此是一法。又有闭门扫地之诀，不可不知。如人先扫房舍，后及阶除，则将房舍之门紧闭，俟扫完阶除后，略停片刻，然后开门，始无灰尘入户之患。臧获④不知，以为房舍扫完，其事毕矣，此后渐及门外，与内绝不相蒙，岂知有顾此失彼之患哉！顺风扬灰，一帚可当十帚，较之未扫更甚。此皆世人所忽，故拈出告之，然未免饶舌。

洒扫二事，势必相因，缺一不可，然亦有时以孤行为妙，是又不可不知。先洒后扫，言其常也，若旦旦如是，则土胶于水，积而不去，日厚一日，砖板受其虚名，而有土阶之实矣。故洒过数日，必留一日勿洒，止令童子轻轻用帚，不致扬尘，是数日所积者一朝去之，则水土交相为用，而不交相为害矣。

【注释】

①榱桷：屋椽。
②障翳：物体表面蒙上的灰尘等物。
③麈尾：以麈的尾毛做成的拂尘，古代人们闲谈时执以驱虫、掸尘的一种工具。
④臧获：古代对奴婢的贱称。

【译文】

精美的房屋，应该经常洒水打扫。然而洒扫之中也是大有学问，并非仆人所能明白。想要除去浮尘，先用水洒，这是古人传下来的方法，但是如今会这么做的人，十个中找不到一两个。大概因为童仆生性懒散，嫌打水太麻烦，因此只扫地不洒水，把两件事并成一件事来做，不想费力。时间久了就会习以为常，而非童仆忘了，结果连同主人也不知扫地之前，还要洒水。童仆只知道将两件事合成一件事是省事的方法，却不知正是因为他的懒惰，才把一件事变成了几十件事。不仅童仆觉得辛苦，主人也觉得麻烦，然而却不知这几十件事，都是由偷懒省掉洒水这一件事情导致的。

精致的房间里，除了要窗明几净之外，还有图书、字画、古董、器玩等物品，没有一件不忌灰尘的。不洒水就扫地，势必会尘土飞扬，每件物品都会蒙上灰尘，就连栋梁上、椽子上也会布满灰尘，必须要一件一件地进行擦拭,才能显现它们的本来面目。即使手不停歇,也要半天才能完成,不就太辛苦了吗?如果能先洒水再扫地,那么扫过之后,只需要用拂尘一拂,清晨打扫的工作就完成了,哪里用得着主人指使、仆人忙乱不堪呢?所以洒水这件事不能省掉。然而,人们知道勤打扫不如勤洒水的道理,却不知多洒水不如轻扫地。即使擅长洒水,也不可能每个角落都洒遍,毕竟还是干的地方居多。扫地的人不懂,认为既然已经将地洒湿,那么任意挥扫也没关系。扫帚挥舞之时,扬起尘土更多,所以挥动扫帚的时候切记不要动作太重;不但不要动作太重,每次歇手的时候,一定要让扫帚尾巴着地,不要让它悬空。如果扫一下扬一下,就与挥动扇子没有差别,这是把灰尘扬起来,而不是把灰尘压下去。这是一种方法。还有关上门扫地的秘诀,不能不知道。如果先打扫房间,再打扫台阶,就把房门关紧,等到扫完台阶之后,稍等片刻,然后再打开门,就不会有灰尘进屋的烦恼。仆人不知这个道理,认为房间打扫完了,事情就做完了,之后逐渐再扫门外,就跟房内毫不相关了,哪里知道会顾此失彼呢?顺着风扫地,一扫帚扬起的灰尘可以抵得上十扫帚,比没扫的时候更厉害。这都是大家忽略的地方,所以把它指出来告诉大家,但未免有些多嘴。

　　洒水和扫地这两件事情,势必相互联系、缺一不可。然而有些时候,只做其中一件反而更妙,这又是不能不知道的。先洒水后扫地,这说的是一般情况。如果天天这么做,那么土就和水粘在一起,沉积在地上,没法扫去,然后一天比一天厚,那么砖砌的地板将徒有其名,实际上却变成土阶。所以连续几天洒水之后,一定要留出一天不洒,只让童仆用扫帚轻轻地扫,不至于扬起灰尘,这样几天积在地上的尘土,一早上就全部扫除了,那么水和土就会交相为我所用,而非交相害我了。

○藏垢纳污

【原文】

　　欲营精洁之房,先设藏垢纳污之地。何也?爱精喜洁之士,一物不整齐,即如目中生刺,势必去之而后已。然一人之身,百工之所为备,能保物物皆精乎?且如文人之手,刻不停批;绣女之躬,时难罢刺。唾绒满地,金屋为之不光;残稿盈庭,精舍因而欠好。是极韵之物,尚能使人不韵,况其他乎?故必于精舍左右,另设小屋一间,有如复道,俗名"套房"是也。凡有败笺弃纸、垢砚秃毫之类,卒急不能料理者,姑置其间,以俟暇时检点。妇人之闺阁亦然，残脂剩粉无日无之，净之将不胜其净也。此房无论大小，但期必备。如贫家不能办此，则以箱笼代之，案旁榻后皆可置。先有容拙之地，而后能施其巧，此藏垢之不容已也。

至于纳污之区，更不可少。凡人有饮即有溺，有食即有便。如厕之时尚少，可于溷厕①之外，不必另筹去路。至于溺之为数，一日不知凡几，若不择地而遗，则净土皆成粪壤，如或避洁就污，则往来仆仆，"是率天下而路也"。此为寻常好洁者言之。若夫文人运腕，每至得意疾书之际，机锋一转，则断不可续。然而寝食可废，便溺不可废也。"官急不如私急"，俗不云乎？常有得句将书而阻于溺，及溺后觅之杳不可得者，予往往验之，故营此最急。当于书室之旁，穴墙为孔，嵌以小竹，使遗在内而流于外，秽气罔闻，有若未尝溺者，无论阴晴寒暑，可以不出户庭。此予自为计者，而亦举以示人，其无隐讳可知也。

【注释】

①溷厕：厕所。

【译文】

想要营造干净整洁的房屋，先要安排一个藏污纳垢的地方。为什么呢？因为喜欢干净整洁的人，只要一件东西摆放不齐，就如同眼中生刺，势必要把它除掉才会罢休。然而一个人每天要做很多事情，能够保证每样东西都干净整洁吗？况且像文人的手，一刻不停地写文章，废稿堆得满屋都是，再精致的书房也将失去雅趣；绣女的手，时时刻刻都在刺绣，绒线头丢得到处都是，再华丽的闺房也会失去光彩。这些都是极有韵味的事物，尚且会让人感到失去韵味，更何况其他呢？所以一定要在精致的房屋旁边，另设一间小屋，如同复道，俗称套房。凡是有用过的残笺废纸、脏砚秃笔之类的东西，由于时间仓促来不及处理，姑且放在这个房间，等到有空的时候再来收拾。女人的闺房也是如此，残脂剩粉每天都有，想要弄干净将不胜其烦。所以这间"套房"可大可小，但是一定要有。如果家里贫穷无法做到，可以用箱子代替，放在桌旁床边都行。先有藏脏东西的地方，然后才能将房子收拾干净。所以，藏脏东西的地方一定要有。

至于容纳粪便的地方，更是不可或缺。人只要喝水就会撒尿，只要吃饭就会大便。大便的时间较少，除了茅房不必再找其他地方。至于小便，一天不知要去多少回。如果不选地方随地撒尿，那么净土都会成为粪土；如果想要避开干净的地方，想去脏的地方解手，就会匆忙来往，全天下的

《闲情偶寄》译注（下卷）

人都会疲惫不堪。这是针对平常爱干净的人而言。如果是文人写作，每到心满意足奋笔疾书的时候，思路一断，就很难继续了。然而饭可以不吃，觉可以不睡，但是尿却不能不撒。俗话不是说了吗？"官急不如私急。"突然想到一个妙句想要写下时，常被想要撒尿的念头阻碍，等到撒完尿再去想，想法却已杳无影踪。我常常经历这种事情，所以准备方便之地最为要紧。应该在书房侧边的墙上，挖个小孔，嵌进一根小竹管，尿撒在房内却流到外面，不会闻到任何秽气，就像没有尿过一样。无论阴晴寒暑，都能足不出户。这是我为自己想出的计策，也把它拿来告诉别人，可见我没有什么隐讳的。

◎窗栏第二 计二款

【原文】

吾观今世之人，能变古法为今制者，其惟窗栏二事乎！窗栏之制，日新月异，皆从成法中变出。"腐草为萤"①，实具至理，如此则造物生人，不枉付心胸一片。但造房建宅与置立窗轩，同是一理，明于此而暗于彼，何其有聪明而不善扩乎？

予往往自制窗栏之格，口授工匠使为之，以为极新极异矣，而偶至一处，见其已设者，先得我心之同然，因自笑为"辽东白豕"②。独房舍之制不然，求为同心甚少。门窗二物，新制既多，予不复赘，恐其又蹈白豕辙也。惟约略言之，以补时人之偶缺。

【注释】

①腐草为萤：即"腐烂的草能化为萤火虫"，为中国古代的传统说法。萤火虫在夏季多就水草产卵，幼虫入土化蛹，次年春变成虫，因此古时人们误认为萤火虫是从腐草和烂竹根化生而来的。

②辽东白豕：比喻少见多怪，或因见识浅薄而羞惭，常用作谦词。语出《后汉书·朱浮传》："往时辽东有豕，生子白头，异而献之。行至河东，见群豕皆白，怀惭而还。"

【译文】

在我看来，当今的世人，能把古法沿用到今日的，大概只有窗与栏这两样物件吧！窗栏的样式，看似日新月异，但都是从原有的样式衍生出来的。人们常说"腐草为萤"，这句看似寻常的话其实包含着精辟的道理。只有明白这个道理，造物主将我们人创造出来，才不至于白费了心机。但建造房屋与安置窗栏，都是同一个道理，对前者了然于心，却对后者一窍不通，岂不是空有聪明才智，却因不擅长广泛运用而浪费了吗？

我一向自己设计窗栏的格局，然后口授给工匠们去制作，自认为极为新潮。然而当我偶然去到某地，看见已经有了这样的设计，才知道已经有人先我一步有了这样的想法，于是以辽东白豕自嘲自己少见多怪。只有房屋的设计不是这样，很少能找到与我有相同想法的。门和窗这两样东西，新奇的样式已经很多了，我便不再赘述，不然恐怕又会重蹈覆辙、闹出像辽东白豕这样的笑话。只略微说一下，来弥补一下世人偶尔的缺漏。

○ 制体宜坚

【原文】

窗棂以明透为先，栏杆以玲珑为主，然此皆属第二义；具首重者，止在一字之"坚"，坚而后论工拙。尝有穷工极巧以求尽善，乃不逾时而失头堕趾，反类画虎未成者，计其新而不计其旧也。总其大纲，则有二语：宜简不宜繁，宜自然不宜雕斫①。

凡事物之理，简斯可继，繁则难久，顺其性者必坚，戕其体者易坏。木之为器，凡合笋使就者，皆顺其性以为之者也；雕刻使成者，皆戕其体而为之者也；一涉雕镂，则腐朽可立待矣。故窗棂栏杆之制，务使头头有笋，眼眼着撒②。然头眼过密，笋撒太多，又与雕镂无异，仍是戕其体也，故又宜简不宜繁。根数愈少愈佳，少则可坚；眼数愈密最贵，密则纸不易碎。然既少矣，又安能密？曰：此在制度之善，非可以笔舌争也。

窗栏之体，不出纵横、欹斜、屈曲三项，请以萧斋③制就者，各图一则以例之。

【注释】

①雕斫（zhuó）：意为"雕琢，镂刻"，引申指"矫饰"。
②撒：柞撒，指"木楔"。
③萧斋：指"书斋"。

【译文】

窗棂首要看是否明亮透光，栏杆主要看是否玲珑精致，然而这些都在其次；最为首要的，只在于是否坚固耐用，在坚固的前提下，才能谈做工的优劣。曾经有人费尽心血力求做工上的精巧完美，但没过多久便支离破碎，画老虎不成，反倒画成了狗，这都是因为只想着它刚做出来的时候好看，而没考虑到用久了之后会出现的问题。总的来说，可以归结于两句话：宜简单不宜繁复，宜顺应自然不宜精雕细琢。

万事万物的规律，都是简单便能得以长存，而繁复则难以持续，顺应事物本性的必然坚不可摧，而破坏事物本体的自然脆弱不堪。木质的器物，凡是合榫接头的，都是顺应木材的本性而制成的。雕琢而成的，都是破坏了木材的本体而得来的产物；一旦经过雕琢，木器很快便开始腐烂。所以在窗棂、栏杆的制作过程中，务必要确保"头头有笋，眼眼着撒"，即窗轴每头都有榫，每个榫眼都嵌有木楔。但窗头榫眼如果过于密集，便又跟雕琢没什么两样，仍然是在破坏它的本体，所以又要简单，切忌繁复。根数越少越好，根数少了成品便能保持坚固；眼数越多越好，榫眼密了窗纸就不容易碎。但是既然要根数少，又怎么能保证榫眼密度呢？要我说：这个问题就要看设计样式的好坏，不便用纸笔唇舌来论辩了。

窗栏的样式，不过纵横、欹斜、屈曲三种，请让我用我那书斋的现成样式，各绘制一张图来说明。

纵横格

【原文】

是格也，根数不多，而眼亦未尝不密，是所谓头头有笋，眼眼着撒者，雅莫雅于此，坚亦莫坚于此矣。是从陈腐中变出。

由此推之，则旧式可化为新者，不知凡几，但取其简者、坚者、自然者变之，事事以雕镂为戒，则人工渐去，而天巧自呈矣。

图一　纵横格

【译文】

这种样式，根数不多，而榫眼也足够密集，这就是所谓"头头有笋，眼眼着撒"的样式，论雅致与坚固，都没有能比得过它的。这种样式是从旧的样式演变而来的。

由此可知，在旧式样的基础上演变而来的新样式不可胜数，只要选取其中简单、坚固、自然的加以改进，处处避免过度雕琢，那么旧样式里的人工痕迹便会渐渐销匿，而造物主的鬼斧神工也就自然而然地得以呈现出来。

欹斜格（系栏）

【原文】

此格甚佳，为人意想所不到，因其平而有笋者，可以着实；尖而无笋者，没处生根故也。然赖有躲闪法，能令外似悬空，内偏着实，止须善藏其拙耳。当于尖木之后，另设坚固薄板一条，托于其后，上下投笋，而以尖木钉于其上，前看则无，后观则有。其能幻有为无者，全在油漆时善于着色。如栏杆之本体用朱，则所托之板另用他色。他色亦不得泛用，当以屋内墙壁之色为色。如墙系白粉，此板亦作粉色；壁系青砖，此板亦肖砖色。自外观之，止见朱色之纹，而与墙壁相同者，混然一色，无所辨矣。至栏杆之内向者，又必另为一色，勿与外同，或青或蓝，无所不可，而薄板向内之色，则当与之相合。自内观之，又别成一种文理，较外尤可观也。

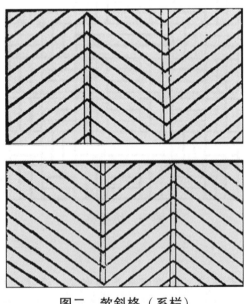

图二　欹斜格（系栏）

【译文】

这种样式特别好，是大家所意想不到的，因为如果是平而有榫的，木条便可以落到实处，如果是尖而无榫的，木条便无处生根。然而它凭借躲闪法，能够让它从外面看好像是悬空，从里面看却偏偏落在实处，只是需要妥善地隐藏它的拙处罢了。那就是应当在尖木条的后端，另外再用一块坚固的薄板托在后面，上下两端都用榫连接，再用尖木将其钉牢固定，这样就达到了从前面看不到，从后面就能看到的效果。这种式样能够把有变幻成无的关键，在于油漆的时候要善于使用颜色。如果栏杆涂刷的颜色是红色，那托板就要用其他的颜色。其他颜色也不能乱用，应当和室内墙壁颜色一致。比如墙壁是用白色粉刷，那么托板也要用白色粉刷；如果墙壁是青砖，那么托板也要用青砖的颜色。这样才能做到从外面看只能看到红色的纹路，而与墙壁同色的部分，已经跟墙壁浑然一体，不能辨别了。至于向内的栏杆，又必须用另外一种颜色且不能与外面的颜色相同，可以用青色或者蓝色，都可以。薄板向里一面的颜色也应该和栏杆向里一面的颜色相适合。从里面看，又是另外一种纹理，比外面更值得欣赏。

屈曲体（系栏）

【原文】

此格最坚，而又省费，名"桃花浪"，又名"浪里梅"。曲木另造，花另造，俟曲木入柱投笋后，始以花塞空处，上下着钉，借此联络，虽有大力者挠之，不能动矣。花之内外，宜做两种，一做桃，一做梅，所云"桃花浪""浪里梅"是也。浪色亦忌雷同，或蓝或绿，否则同是一色，而以深浅别之，使人一转足之间，景色判然。是以一物幻为二物，又未尝于本等材料之外，另费一钱。凡予所为，强半皆若是也。

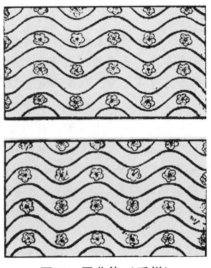

图三　屈曲体（系栏）

【译文】

这种样式最坚固，而且又节省费用，叫做"桃花浪"，又叫做"浪里梅"。弯曲的木条和装饰的花都要分开另外制造。把弯曲的木条安装到柱子上合好榫以后，再把花塞到空隙处，上下两端都钉上钉子，借此联络在一起，即使力气大的人去摇它，也无法让它活动。内外的花适宜做两种，一种桃花，一种梅花，这就是所说的"桃花浪"和"浪里梅"。浪的颜色也忌讳雷同，可以用蓝色或绿色，如果用同一种颜色，就用深浅加以区分，以致于能让人感到移步换景的效果。这是把一件物品变幻成两件，又没有在原本材料之外另有花费。凡是我做的窗栏，多半都是这样的。

○取景在借

【原文】

开窗莫妙于借景，而借景之法，予能得其三昧[①]。向犹私之，乃今嗜痂[②]者众，将来必多依样葫芦，不若公之海内，使物物尽效其灵，人人均有其乐。但期于得意酣歌之顷，高叫笠翁数声，使梦魂得以相傍，是人乐而我亦与焉，为愿足矣。

向居西子湖滨，欲购湖舫一只，事事犹人，不求稍异，止以窗格异之。人询其法，予曰：四面皆实，独虚其中，而为"便面"③之形。实者用板，蒙以灰布，勿露一隙之光；虚者用木作框，上下皆曲而直其两旁，所谓便面是也。纯露空明，勿使有纤毫障翳。是船之左右，止有二便面，便面之外，无他物矣。

坐于其中，则两岸之湖光山色、寺观浮屠④、云烟竹树，以及往来之樵人牧竖、醉翁游女，连人带马尽入便面之中，作我天然图画。且又时时变幻，不为一定之形。非特舟行之际，摇一橹，变一像，撑一篙，换一景，即系缆时，风摇水动，亦刻刻异形。是一日之内，现出百千万幅佳山佳水，总以便面收之。而便面之制，又绝无多费，不过曲木两条、直木两条而已。世有掷尽金钱，求为新异者，其能新异若此乎？此窗不但娱己，兼可娱人。不特以舟外无穷之景色摄入舟中，兼可以舟中所有之人物，并一切几席杯盘射出窗外，以备来往游人之玩赏。何也？以内视外，固是一幅便面山水；而以外视内，亦是一幅扇头人物。譬如拉妓邀僧，呼朋聚友，与之弹棋观画，分韵拈毫，或饮或歌，任眠任起，自外观之，无一不同绘事。同一物也，同一事也，此窗未设以前，仅作事物观；一有此窗，则不烦指点，人人俱作画图观矣。夫扇面非异物也，肖扇面为窗，又非难事也。

世人取像乎物，而为门为窗者，不知凡几，独留此眼前共见之物，弃而弗取，以待笠翁，讵非咄咄怪事乎？所恨有心无力，不能办此一舟，竟成欠事。兹且移居白门⑤，为西子湖之薄幸人矣。此愿茫茫，其何能遂？不得已而小用其机，置机窗于楼头，以窥钟山气色，然非创始之心，仅存其制而已。

予又尝作观山虚牖，名"尺幅窗"，又名"无心画"，姑妄言之。浮白轩中，后有小山一座，高不逾丈，宽止及寻⑥，而其中则有丹崖碧水，茂林修竹，鸣禽响瀑，茅屋板桥，凡山居所有之物，无一不备。盖因善塑者肖予一像，神气宛然，又因予号笠翁，顾名思义，而为把钓之形。予思既执纶竿，必当坐之矶上，有石不可无水，有水不可无山，有山有水，不可无笠翁息钓归休之地，遂营此窟以居之。是此山原为像设，初无意为窗也。

后见其物小而蕴大，有"须弥芥子"⑦之义，尽日坐观，不忍阖牖，乃瞿然曰："是山也，而可以作画；画也，而可以为窗；不过损予一日杖头钱为装潢之具耳。"遂命童子裁纸数幅，以为画之头尾，及左右镶边。头尾贴于窗之上下，镶边贴于两旁，俨然堂画一幅，而但虚其中。非虚其中，欲以屋后之山代之也。坐而观之，则窗非窗也，画也；山非屋后之山，即画上之山也。不觉狂笑失声，妻孥群至，又复笑予所笑，而"无心画""尺幅窗"之制，从此始矣。

予又尝取枯木数茎，置作天然之牖，名曰"梅窗"。生平制作之佳，当以此为第一。己酉之夏，骤涨滔天，久而不涸，斋头淹死榴、橙各一株，伐而为薪，因其坚也，刀斧难入，卧于阶除者累日。予见其枝柯盘曲，有似古梅，而老干又具盘错之势，似可取而为器者，因筹所以用之。是时栖云谷中，幽而不明，正思辟牖，乃幡然曰："道在是矣！"遂语工师，取老干之近直者，顺其本来，不加斧凿，为窗之上下两旁，是窗之外廓具矣。再取枝柯之一面盘曲、一面稍站者，分作梅树两株，一从上生而倒垂，一从下生而仰接，其稍平之一面则略施斧斤，去其皮节而向外，以便糊纸；其盘曲之一面，则匪特尽全其天，不稍戕斫，并疏枝细梗而留之。既成之后，剪彩作花，分红梅、绿萼二种，缀于疏枝细梗之上，俨然活梅之初着花者。同人见之，无不叫绝。予之心思，讫于此矣。后有所作，当亦不过是矣。

便面不得于舟，而用于房舍，是屈事矣。然有移天换日之法在，亦可变昨为今，化板成活，俾耳目之前，刻刻似有生机飞舞，是亦未尝不妙，止费我一番筹度耳。予性最癖，不喜贫内之花、笼中之鸟、缸内之鱼，及案上有座之石，以其局促不舒，令人作囚鸾絷凤之想。故盆花自幽兰、水仙而外，未尝寓目。鸟中之画眉，性酷嗜之，然必另出己意而为笼，不同旧制，务使不见拘囚之迹而后已。自设便面以后，则生平所弃之物，尽在所取。

从来作便面者，凡山水人物、竹石花鸟以及昆虫，无一不在所绘之内，故设此窗于屋内，必先于墙外置板，以备承物之用。一切盆花笼鸟、蟠松怪石，皆可更换置之。如盆兰吐花，移之窗外，即是一幅便面幽兰；盎菊舒英，纳之牖中，即是一幅扇头佳菊。或数日一更，或一日一更；即一日数更，亦未尝不可。但须遮蔽下段，勿露盆盎之形。而遮蔽之物，则莫妙于零星碎石，是此窗家家可用，人人可办，讵非耳目之前第一乐事？得意酣歌之顷，可忘作始之李笠翁乎？

【注释】

①三昧：来源于梵语 samadhi 的音译，意思是止息杂念，使心情平静，是佛教的重要修行方法，借指事物的要领、真谛。

②嗜痂：原指爱吃疮痂的癖性，后形容怪癖。

③便面：代用以遮面的扇状物，亦泛指扇面。

④浮屠：佛塔。

⑤白门：代指南京，白门也是南京的别称。六朝皆都建康（今南京），其正南门为宣阳门，俗称白门，故名。

⑥寻：中国古代的一种长度单位，八尺为一寻。

⑦须弥芥子：佛教语。谓广狭、大小等相容自在，融通无碍。

【译文】

开窗的方法最妙的就是借景，而借景的方法，我深得其中精髓。从前我都秘而不宣，而现在猎奇求新的人多了，将来肯定有很多人依样画葫芦，不如将方法公之于众，使得物尽其用，人人都能享受其中乐趣。只希望人们在得意高歌之时，能高声喊我李笠翁几声，使我的精神与人同在，别人快乐，我也跟着快乐，我就满足了。

之前我住在西湖边的时候，想买一条小船，这船哪里都可以和别人的船一样，不追求任何新异，唯独船上的窗户，得做得不一样。别人问我设计窗户的方法，我说：把窗户四周全部封实，只有中间留空，做成"扇面"的形状。四周用木板做，再蒙上灰布，防止漏光；镂空部分用木条做框，上下用弯木条，两边用直木条，这就是所谓的"扇面"了。要做到让窗子完全透亮，没有一丝遮挡。这样，船的左右只有两个扇面窗，除此之外别无他物。

坐在这船里，两岸的湖光山色、庙宇佛塔、云烟竹树，以及岸上往来的樵夫、牧童、醉酒的老翁、游玩的女子，连人带马全部进入扇面窗中，成为一幅幅天然的画卷。而且这画卷时时变换，没有固定的景象。别说是在行船的时候，摇上一橹，撑上一篙，画面就更换一次，就连船停泊的时候，风吹水动，也每分每秒都有不一样的风景。一天之内，就能出现成百上千的美丽山水画，全都收纳在我这扇面窗中。扇面窗的做法，花费也不多。只用了两条弯木条，两条直木条而已。世上有人花费大量金钱去求新立异，还能有比我这扇面窗更新异的吗？这窗户不仅给自己带来快乐，还能给别人带去快乐。不仅能将船外无穷无尽的景色收入船中，还能把船上的人和物，以及桌盘碗盏映出窗外，供往来的游人观赏。为什么？从内向外看，这是一幅扇面山水画；从外向内看，又是一幅扇头人物画。比如船上拉妓邀僧，呼朋唤友，大家一起弹琴下棋赏画，作诗写字，喝喝酒、唱唱歌，睡也可以，起也可以，从船外看，和绘图的画面没有两样。同样的事情，同样的物品，在没设计这窗之前，只把它当作一件事物，有了这窗户，不用多做说明，人人都把这当作图画看待。扇面并不是特别的东西，模仿扇面设计窗户，也不是什么难事。

世上不知有多少人模仿事物的样子来设计门窗,唯独这眼前常见的扇面却不拿来加以利用,而等着我来发现,这不是一件怪事吗?只恨自己有心无力,没能置办这样一条船,终成憾事。现在我搬去南京,就对西湖不太关心了。造船的心愿遥不可及,何时才能达成呢?不得已只能小用心机,在楼上设计了一个窗户,可以观赏钟山的美景,然而这不是我设计扇面窗的本意,它只是空有扇面的样子而已。

我还曾做过看山的虚窗,取名"尺幅窗"或"无心画",且让我来随便说说。在浮白轩后有一座小山,山高不过一丈,占地只有一寻,但山中有丹崖碧水,茂林修竹,鸣禽响瀑,茅屋板桥,凡是山居所要的事物,全部都有。因为有位善于雕塑的人为我塑了一座雕像,十分神似,又因为我号笠翁,顾名思义,就做成一个人垂钓的样子。我想,既然都手执钓竿了,肯定要坐在石头上,有石头就要有水,有水就要有山,有山有水,可不能没有我李笠翁钓鱼归去休息的地方,所以打造了这样一个地方来安放雕像。因此,这座山原本是为安置雕像而开发的,起初没想过要开窗。

后来发现这窗户虽小,却寓意丰富,大有"芥子纳须弥"的真意。坐在窗前看上一整天,也舍不得关窗。某天我惊奇地说:"这座山,可以做画;这幅画,可以做窗;只用花费我一天的买酒钱,去买些装潢材料而已。"于是让童仆裁出几张纸,当作画的头尾和左右镶边。头尾贴在窗户的上下,镶边贴在窗户两旁,俨然像一幅堂画,只有中间留空。不是真的让中间留空,而是想要用后山代替堂画。坐下来看着窗子,觉得窗不是窗,是画;山也不是屋后的山,是画中之山。我不禁大笑起来,妻子儿女闻声赶来,又笑起我所笑的事情,从此以后,就有了"无心画""尺幅窗"这两种样式。

我还曾经用几根枯木来制作天然的窗户,命名为"梅窗"。我生平制作的好东西里,这"梅窗"要数第一。己酉年的夏天,雨水泛滥,积水久不干涸,书房前淹死了一棵石榴、一棵橙树,于是就想砍来做柴火,但因这两种木材质地坚硬,柴刀、斧子都劈不动,于是在台阶上放了好久。我看到它们的树枝弯曲,像老梅枝,树干又盘桓交错,似乎可以拿来做器物,就考虑如何利用它们。当时乌云密布,昏暗不明,正想开一扇窗户,于是恍然大悟道:"就这么办!"于是我告诉工匠,让他选出比较平直的老枝,按本来的形状,不多加工,安装在窗户上下两边,窗户的外框就有了。再选出一面弯曲,一面较为平直的树枝,分别作为两株梅树,一株从上面倒垂下来,一株从下面承接上去。较为平直的那一面稍微用刀修整一下,削去树皮疤节,朝外安放,以便往上糊纸;弯曲的一面,不仅保持原样、不加削斫,还要留下疏枝细梗。做成之后,将彩纸剪成花,分红梅和绿萼两种,点缀在疏枝细梗上,完全像是刚开花的活梅树。朋友们见了,无不称赞叫好。我的奇思妙想,也就到此为止了。后面还有一些设计,也没有能超过这个的。

扇面窗没能设计在船上,而设计在房间里,实在是一件憾事。但还有一个移天换日的办法,也可以变旧样式为新样式,化呆板为灵活,使得耳边眼前,时时刻刻充满生机活力,此法未尝不妙,只是花费我一番心思而已。我的性格古怪,不喜欢盆里的花、笼中的鸟、缸里的鱼,还有桌上有底座的石头,因为它们局促而不舒展,令人产生被束缚住的感觉。所以,盆花中除了兰花、水仙之外,其他我都不看。我生性喜爱画眉鸟,但一定会按自己的想法制作鸟笼,不同于传统鸟笼,一定要做到没有一丝囚禁拘谨的痕迹才罢休。自从我设计了扇面窗之后,平常被我抛弃的事物,都在利用的范围之内了。

历来画扇面的人,凡是山水人物,竹石花鸟以及昆虫,无一不在绘画范围之内,所以将扇面窗设计在屋内,一定要先在墙外放块木板,以便承放物品。所有的盆花笼鸟、蟠松怪石,都可以更换放置。盆兰花开,移去窗外,就是一幅幽兰扇面图;盆菊盛开,放在窗内,又成了一幅佳菊扇面图。可以几天换一次,也可以一天换一次,就算是一天之内换几次也未尝不可。但一定要遮住下半部分,别露出花盆即可。遮蔽的东西最好是零星碎石。所以扇面窗家家户户都可以置办,这难道不是赏心悦目的头等乐事吗?得意高歌之时,怎会忘了创始人我李笠翁呢!

湖舫式

【原文】

此湖舫式也。不独西湖,凡居名胜之地,皆可用之。但便面止可观山临水,不能障雨蔽风,是又宜筹退兵,以补前说之不逮。退步云何?外设推板,可开可阖,此易为之事也。但纯用推板,则幽而不明;纯用明窗,又与扇面之制不合,须以板内嵌窗之法处之。其法维何?曰:即仿梅窗之制,以制窗棂。亦备其式于右。

图四　湖舫式

【译文】

这是湖舫扇面窗的图样。不只是西湖，只要是住在名胜之地，都可以采用这种样式。扇面窗只能观赏山水，不能遮风挡雨，所以我再三思考补救方法，弥补上述说法的不足。怎么补救呢？在窗外安装一块推板，可开可关，这比较简单。但只用推板的话，里面就会昏暗不明；只用明窗的话，又不符合扇面窗的式样，须用板内嵌窗的方法来处理。具体方法是什么呢？答：模仿梅窗的式样来制作窗棂，我也把这个图样画在右边了。

便面窗外推板装花式

【原文】

四围用板者，既取其坚，又省制棂装花人工之半也。中作花树者，不失扇头图画之本色也。用直棂间于其中者，无此则花树无所倚靠，即勉强为之，亦浮脆而难久也。棂不取直，而作攲斜之势，又使上宽下窄者，欲肖扇面之折纹；且小者可以独扇，大则必分双扇，其中间合缝处，糊纱糊纸，无直木以界之，则纱与纸无所依附故也。

若是，则棂与花树纵横相杂，不几泾渭难分，而求工反拙乎？曰：不然。有两法盖藏，勿虑也。花树粗细不一，其势莫妙于参差，棂则极匀，而又贵乎极细，须以极坚之木为之，一法也；油漆并着色之时，棂用白粉，与糊窗之纱纸同色,而花树则绘五彩,俨然活树生花,又一法也。若是泾渭自分,而便面与花,判然有别矣。梅花止备一种,此外或花或鸟,但取简便者为之,勿拘一格。惟山水人物,必不可用。板与花棂俱另制,制就花棂,而后以板镶之。即花与棂,亦难合适,须使花自花而棂自棂,先分后合。其连接处,各损少许以就之,或以钉钉,或以胶粘,务期可久。

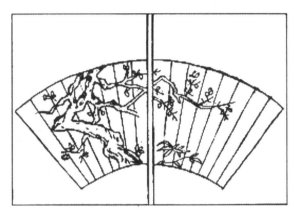

图五　便面窗外推板装花式

【译文】

　　四周都用木板,不仅是为了坚固,还为了节省一半制作窗棂、装点假花的人工。中间做花和树,为的是不失扇面画的特点。中间用直木间隔,是因为没有这块直木,花树就没有依靠,就算勉强做了,也是易断不耐久的。窗格不垂直安放,而是敧斜布置,又做得上宽下窄,是为了模仿扇面的折痕;小窗可以只做一个扇面,大窗就要分为两个扇面,中间合缝的地方,要糊上纱和纸,因为没有直木作为间隔,纱和纸也就无处依附。

　　这样的话,窗格与花树纵横错杂,不就会难以区分,弄巧成拙了吗?我答:不会的。有两个方法可以弥补,不用担心。花树粗细不一,样子最好是参差不齐,窗格则最好要均匀细密,需要用非常坚实的木料制作,这是方法之一;刷油漆上色的时候,和糊窗的纱纸一样,窗格要用白粉,花树就用彩色,完全像是活树开花,这是方法之二。像这样彼此分明,扇面和花,就可以明显地区分了。梅花只准备一种,此外无论是花是鸟,只选简便的做,不用拘束。只有山水人物,一定不能用。木板、花和窗格全部另外制作,做好花与窗格以后,用木板将它们镶嵌起来,即便是花和窗格,一开始也很难完全契合,必须先分别制作花和窗格,再将二者合为一体。

在连接的地方，各自削去一些以便接合，或用钉子钉，或用胶粘，务必要做得经久耐用。

便面窗花卉式　便面窗虫鸟式

【原文】

诸式止备其概，余可类推。然此皆为窗外无景，求天然者不得，故以人力补之；若远近风景尽有可观，则焉用此碌碌为哉？昔人云："会心处正不在远。"①若能实具一段闲情、一双慧眼，则过目之物尽是画图，入耳之声无非诗料。譬如我坐窗内，人行窗外，无论见少年女子是一幅美人图，即见老妪白叟杖而来，亦是名人画幅中必不可无之物；见婴儿群戏是一幅百子图，即见牛羊并牧、鸡犬交哗，亦是词客文情内未尝偶缺之资。"牛溲马渤，尽入药笼。"予所制便面窗，即雅人韵士之药笼也。

此窗若另制纱窗一扇，绘以灯色花鸟，至夜篝灯于内，自外视之，又是一盏扇面灯。即日间自内视之，光彩相照，亦与观灯无异也。

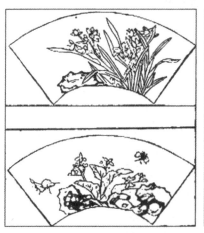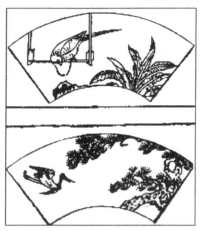

图六（一）便面窗花卉式　　（二）便面窗虫鸟式

【注释】

①会心处正不在远：只要是开心会意的地方，到处都可以领略到佳景妙趣，不一定非到远处去寻觅不可。出自《世说新语·言语》："会心处，不必在远。"

【译文】

各种窗户样式只说个大概情形,其余皆可类推。这些方法都是因为窗外没有美景,求不到天然景色,只能用人力弥补。假如远近大有自然美景可以观赏,还用得着这样忙忙碌碌吗?前人说:"会心处正不在远。"如果能真有一段闲情,再有一双慧眼,那么眼见之物都是图画,入耳之声皆可作诗。比如说我坐在窗内,人们在窗外往来,不必说看见少女们走过就是一幅美人图,就算是老妪老翁扶杖走来,也是名人绘画中不可缺少的元素;看见孩子们成群玩耍,就是一幅百子图,即便是看见牛羊合牧,鸡犬相鸣,也是文人墨客的文章中不曾缺少的素材。"牛溲马渤,尽入药笼。"我所制作的扇面窗,就是文人雅士的药笼。

如果为这种窗户另外制作一扇纱窗,上面画上灯色花鸟,夜间在屋内点上灯,从外面看过来,又是一盏扇面灯。即便是白天从里面向外看,也是光彩相映,和赏灯没有两样。

山水图窗

【原文】

凡置此窗之屋,进步宜深,使座客观山之地去窗稍远,则窗之外廓为画,画之内廓为山,山与画连,无分彼此,见者不问而知为天然之画矣。浅促之屋,坐在窗边,势必倚窗为栏,身之大半出于窗外,但见山而不见画,则作者深心有时埋没,非尽善之制也。

【译文】

凡是设置了山水图窗的屋子,房屋进深要大,能让客人坐在离窗户远一点的地方观赏山景,这样,窗户的外框就是画框,图画的内廓就是远山,山画相连,不分彼此,人们不用问就知道这是一幅天然画卷。进深小又局促的房间,

图七 山水图窗

人只能坐在窗户边,肯定会倚靠着窗户,大半个身体都会露在窗外,只看见山,而看不见画,使得设计者的良苦用心被埋没,这就不算是完美的设计了。

尺幅窗图式

【原文】

尺幅窗图式,最难摹写。写来非似真画,即似真山,非画上之山与山中之画也。前式虽工,虑观者终难了悟,兹再绘一纸,以作副墨。且此窗虽多开少闭,然亦间有闭时;闭时用他槅他棂,则与画意不合,丑态出矣。必须照式大小,作木槅一扇,以名画一幅裱之,嵌入窗中,又是一幅真画,并非"无心画"与"尺幅窗"矣。但观此式,自能了然。

裱槅如裱回屏①,托以麻布及厚纸,薄则明而有光,不成画矣。

【注释】

①回屏:即围屏,一种可以折叠的屏风。

图八 尺幅窗图式

【译文】

尺幅窗的图样最难描绘。画出来不是像真画,就是像真山,而不是画中山和山中画。之前的图样虽然工整精致,考虑到读者们在理解上始终有点困难,现在再画一张图样,作为副本。而且这种窗户虽然经常开启,但还是偶尔有关闭的时候;关闭的时候用了别种样式的窗格,和画的意境不合,就会尽显丑态。必须按照窗户的大小,制作一扇木格,装裱上一幅名画,嵌在窗内,而且这是一幅真画,并非"无心画""尺幅窗"。只要看这图样,自然能够明白。

装裱窗格就和装裱围屏是一样的,用麻布和厚纸垫在下面,太薄的话会透出光亮,就不成图画了。

梅窗

【原文】

制此之法，总论已备之矣，其略而不详者，止有取老干作外廓一事。外廓者，窗之四面，即上下两旁是也。若以整木为之，则向内者古朴可爱，而向外一面屈曲不平，以之着墙，势难贴伏。必取整木一段，分中锯开，以有锯路者着墙，天然未斫者向内，则天巧人工，俱有所用之矣。

图九　梅窗

【译文】

制作梅窗的方法步骤，总论已经具体说明了。要说没有详细说明的，就只有拿老树干做框架这件事了。框架，就是窗的四个面，也就是上下和左右。假如用一整块木头来制作框架，那么朝内的一面就很古朴好看，而朝外的一面就凹凸不平，用这面靠墙，一定是难以平贴的。所以一定要取树干的一段，从中间剖开，平整的剖面靠着墙，未经加工裁切的一面朝内，这样就是天然的巧妙和人工的精细，都得到了充分的利用。

◎墙壁第三　计四款

【原文】

"峻宇雕墙""家徒壁立",昔人贫富,皆于墙壁间辨之。故富人润屋,贫士结庐,皆自墙壁始。墙壁者,内外攸分而人我相半者也。俗云:"一家筑墙,两家好看。"居室器物之有公道者,惟墙壁一种,其余一切皆为我之学也。然国之宜固者城池,城池固而国始固;家之宜坚者墙壁,墙壁坚而家始坚。其实为人即是为己,人能以治墙壁之一念治其身心,则无往而不利矣。人笑予止务闲情,不喜谈禅讲学,故偶为是说以解嘲,未审有当于理学名贤及善知识否也。

【译文】

高楼雕墙和家徒四壁,过去的人都是通过家里的墙壁来判断家庭的贫富。因此富人装饰房屋,穷人修草房,都是从墙壁开始着手。墙壁分内外两面,一半给自己看,另一半给别人看。俗话说:"一家建墙壁,可以装饰两家"。居室器物中需要考虑公众的就只有墙壁,其他的都只需要考虑自己。国家需要牢固城池,只有城池牢固,国家才稳定;家里需要坚固墙壁,只有墙壁坚固,家才坚固。实际上,考虑别人就是考虑自己,人们如果能够用修筑墙壁的信念来修养身心,那么做事情就不会不顺利了。人们取笑我只知道追求闲情,不喜欢谈禅讲学。所以我写这篇文章来解嘲,但不知道这在理学名贤、知识广博的学者看来,是否正确。

○界墙

【原文】

界墙者,人我公私之畛域①,家之外廓是也。莫妙于乱石垒成,不限大小方圆之定格,垒之者人工,而石则造物生成之本质也。其次则为石子。石子亦系生成,而次于乱石者,以其有圆无方,似执一见,虽属天工,而近于人力故耳。然论二物之坚固,亦复有差;若云美观入画,则彼此兼擅其长矣。此惟傍山邻水之处得以有之,陆地平原,知其美而不能致也。

予见一老僧建寺,就石工斧凿之余,收取零星碎石几及千担,垒成一壁,高广皆过十仞,嶙峋崚绝,光怪陆离②,大有峭壁悬崖之致。此僧诚韵人也。迄今三十余年,此壁犹时时入梦,其系人思念可知。砖砌之墙,乃八方公器,其理其法,是人皆知,可以置而弗道。至于泥墙土壁,贫富皆宜,极有萧疏雅淡之致,惟怪其跟脚过肥,收顶太窄,有似尖山,又且或进或出,不能如砖墙一截而齐,此皆主人监督之不善也。若以砌砖墙挂线之法,先定高低出入之痕,以他物建标于外,然后以筑板因之,则有旃墙③粉堵之风,而无败壁颓垣之象矣。

【注释】

①畛域:疆域界限。
②光怪陆离:光怪,光彩奇异;陆离,参差不齐。形容奇形怪状,五颜六色。
③旃墙:赤色的墙。旃,本义是赤色的曲柄旗。

【译文】

界墙是人我、公私的分界线,也是家的外廓。用乱石来堆砌是最好的,可以不受大小方圆这些规则的限制。虽然堆砌是人的工作,而石头是天然的事物。用石子堆砌则略逊一等。石子虽然也似天然的,却比乱石更逊色,因为石子只有圆形而没有方形,这似乎是人为的偏好了。虽然是天然的材料,却像是人为加工的了。要说两种材料的坚固性,也是有差异的。如果就美观来说,就各有所长了。这只有在依山傍水的地方才能实现,在陆地平原地区,尽管知道这样筑墙美观却也不能做到。

我看过一个老和尚修建寺庙,从石匠凿下来的碎屑中,收集零星碎石近一千担,用来垒墙,高度和宽度都超过十仞,峻峭突兀,光怪陆离,十分有峭壁悬崖的感觉。这个僧人是个情趣高雅的人。到现在已经三十多年了,这个墙壁还时常出现在我的梦境中,这是我对这面墙的思念所致啊。砖砌的墙壁在哪里都是一样的,方法道理是人人都知道的,可以不用多说了。对于泥土墙壁,贫富都适用,相当有萧疏淡雅的情趣。只是可惜墙根太宽,墙顶太窄,形似尖山,而且参差不齐,不能像砖墙一样整齐。这都是由于主人没有监督到位。如果使用砌砖墙挂线的方法,首先确定高度和宽度,用其他事物在外围标记,然后用筑板来建墙,这样墙壁就非常美观了,根本不会残缺不齐了。

○女墙

【原文】

《古今注》①云："女墙者，城上小墙。一名睥睨，言于城上窥人也。"予以私意释之，此名甚美，似不必定指城垣，凡户以内之及肩小墙，皆可以此名之。盖女者，妇人未嫁之称，不过言其纤小，若定指城上小墙，则登城御敌，岂妇人女子之事哉？

至于墙上嵌花或露孔，使内外得以相视，如近时园圃所筑者，益可名为女墙，盖仿睥睨②之制而成者也。其法穷奇极巧，如《园冶》③所载诸式，殆无遗义矣。但须择其至稳极固者为之，不则一砖偶动，则全壁皆倾，往来负荷者，保无一时误触之患乎？坏墙不足惜，伤人实可虑也。予谓自顶及脚皆砌花纹，不惟极险，亦且大费人工。其所以洞彻内外者，不过使代琉璃屏，欲人窥见室家之好耳。止于人眼所瞩之处，空二三尺，使作奇巧花纹，其高乎此及卑乎此者，仍照常实砌，则为费不多，而又永无误触致崩之患。此丰俭得宜，有利无害之法也。

【注释】

①《古今注》：晋人崔豹作，是一部对舆服、都邑、音乐、鸟兽、鱼虫、草木等社会、自然之事进行解说、诠释的著作。
②睥睨：城墙上锯齿形的短墙，用于监视、侦伺。
③《园冶》：明代著名造园家计成（1582—?）撰，是我国古代重要的造园专著。

【译文】

《古今注》中提到："女墙就是城上的小墙，又名为'睥睨'，意为在城上窥视。"我用自己的想法解释这个词，这个名字很好听，好像不一定特指城墙，只要是家里有肩膀高的小墙，都可以用这个名字。"女"是对还未出嫁的女子的称呼，意思是很纤巧，如果只用来指代城上小墙，那么难道登城御敌是妇人和女子的责任吗？

关于墙上是嵌花还是露孔，是以便内外能够互相看见，像现在修筑园圃一样，这就更适合称作女墙，近来的园圃就是模仿"睥睨"的做法而作的。这种方法十分巧妙，正如《园冶》记载的各种式样，完全不缺乏奇巧构思。只是必须要选择最稳固的式样来筑墙,否则一块砖偶然松动了,整堵墙就会倒,负着重担来往的人,可以确保自己不会偶然遇上墙壁倒塌吗?墙倒了不可惜,实在担忧的是人会受伤。我认为从墙顶到墙脚都砌花纹,不仅很危险,也会耗费很多的人力。所以留孔来互通内外,用来代替琉璃屏,这是主人希望人们看见他家里的美观罢了。在人们视线范围内,留出二三尺,雕琢一些奇巧的花纹。比这高的和比这差的墙,还是照常实砌,花费不多,也不会有不小心崩塌的担忧。这是丰俭得宜、有利无害的方法。

○厅壁

【原文】

厅壁不宜太素,亦忌太华。名人尺幅自不可少,但须浓淡得宜,错综有致。予谓裱轴不如实贴。轴虑风起动摇,损伤名迹,实贴则无是患,且觉大小咸宜也。实贴又不如实画,"何年顾虎头①,满壁画沧州。"自是高人韵事。予斋头偶仿此制,而又变幻其形,良朋至止,无不感到耳目一新,低回留之不能去者。

因予性嗜禽鸟,而又最恶樊笼,二事难全,终年搜索枯肠,一悟遂成良法。乃于厅旁四壁,倩四名手,尽写着色花树,而绕以云烟,即以所爱禽鸟,蓄于虬枝老干之上。画止空迹,鸟有实形,如何可蓄?曰:不难,蓄之须自鹦鹉始。

从来蓄鹦鹉者必用铜架,即以铜架去其三面,止存立脚之一条,并饮水啄粟之二管。先于所画松枝之上,穴一小小壁孔,后以架鹦鹉者插入其中,务使极固,庶往来跳跃,不致动摇。松为着色之松,鸟亦有色之鸟,互相映发,有如一笔写成。良朋至止,仰观壁画,忽见枝头鸟动,叶底翎张,无不色变神飞,诧为仙笔;乃惊疑未定,又复载飞载鸣,似欲翱翔而下矣。谛观熟视,方知个里情形,有不抵掌叫绝,而称巧夺天工者乎?

若四壁尽蓄鹦鹉,又忌雷同,势必间以他鸟。鸟之善鸣者,推画眉第一。然鹦鹉之笼可去,画眉之笼不可去也,将奈之何?予又有一法:取树枝之拳曲似龙者,截取一段,密者听其自如,疏者网以铁线,不使太疏,亦不使太密,总以不致飞脱为主。蓄画眉于中,插之亦如前法。此声方歇,彼喙复开;翠羽初收,丹睛复转。因禽鸟之善鸣善啄,觉花树之亦动亦摇;流水不鸣而似鸣,高山是寂而非寂。座客别去者,皆作殷浩书空②,谓咄咄怪事,无有过此者矣。

【注释】

①顾虎头：顾恺之，字长康，小字虎头。晋代晋陵无锡人，画家。

②殷浩书空：《世说新语》中说晋代殷浩被桓温废免，终日用手在空中写"咄咄怪事"四字。此用以形容出乎意外、惊讶不已的事。

【译文】

厅壁不能太朴素，也不能太华丽。名人的文章画卷是不能少的，但是一定要浓淡相宜，错落有致。我认为裱画挂在墙上不如贴在墙上。因为担心风大导致画轴摇动，会损坏名人的作品，贴在墙上就没有这个忧虑了，而且大小都很合适。贴在墙上又不如直接画上去，"何年顾虎头，满壁画沧州"是高雅文人的韵味。我的书斋曾效仿这个做法，同时也进行了调整，好友来到这，没有一个不感到耳目一新，流连不舍离去。

因为我生性喜欢禽鸟，却又最厌恶樊笼，这两件事非常矛盾。我一年到头绞尽脑汁，悟出了一个好办法。于是聘请四位名手，在厅旁四壁画上涂了色彩的花树，同时画上云烟，就把我喜爱的禽鸟画在虬枝老干上面。画是虚空的，而禽鸟是实的，这怎么能蓄养在上面呢？我认为并不难，应该从鹦鹉开始蓄养。

一直以来蓄养鹦鹉都一定要用铜架，就是把铜架的三个面去除，只留下立脚的那一条以及饮水啄粟的两条管子。先在画好的松枝上，挖一个小壁孔，随后再把铜架插上去，一定要使之牢固，这样它跳跃的时候就不会摇动。松树是上了颜色的松树，鸟也是有颜色的鸟，互相映衬，就像是同时画好的。好友来到这，抬头观赏壁画，忽然看见枝头的鸟儿动了，树叶下面的羽毛张开了，没有一个人不惊叹并赞叹这简直是神来之笔。他们还未平复惊讶的情绪时，鸟儿又开始鸣叫，似乎要飞下来了。继续细致观察，才知道究竟是怎么回事，这还会有人不拍掌叫绝，并且不称其巧夺天工吗？

如果四面墙壁都画鹦鹉，又犯了雷同的忌讳，一定要画上其他的鸟。鸟类中善于鸣叫的鸟，首推画眉。但是鹦鹉的鸟笼可以去除，画眉的笼子却不能去掉，这要怎么办呢？我又有一种方法：选择一段蜷曲像笼子的树枝，截取一段，足够密的就可以直接用，比较疏松的就用铁线编网，不能太疏松，也不能太密集，总之主要就是不能让它飞脱。把画眉画在当中，就像前面提到的那样插进去。鸟鸣声交替起伏，翠绿的羽毛才收起来，红色的眼睛又转动起来。因为禽鸟善于鸣叫、善于啄食，这样花树也似乎在摇动，流水无声也似乎真的在流动，高山寂静却似乎也在动。客人离开时，都像殷浩一样,把这叫作咄咄怪事,觉得没有比这更稀奇的事了。

○ 书房壁

【原文】

　　书房之壁,最宜潇洒。欲其潇洒,切忌油漆。油漆二物,俗物也,前人不得已而用之,非好为是沾沾者。门户窗棂之必须油漆,蔽风雨也;厅柱榱楹之必须油漆,防点污也。若夫书房之内,人迹罕至,阴雨弗浸,无此二患而亦蹈此辙,是无刻不在桐腥漆气之中,何不并漆其身而为厉乎?石灰垩壁,磨使极光,上着也;其次则用纸糊。纸糊可使屋柱窗楹共为一色,即壁用灰垩,柱上亦须纸糊,纸色与灰,相去不远耳。壁间书画自不可少,然粘贴太繁,不留余地,亦是文人俗态。

　　天下万物,以少为贵。步幛非不佳,所贵在偶尔一见,若王恺之四十里,石崇之五十里,则是一日中哄市,锦绣罗列之肆廛而已矣。看到繁缛处,有不生厌倦者哉?昔僧玄览往荆州陟岯寺,张璪画古松于斋壁,符载赞之,卫象诗之,亦一时三绝,览悉加垩焉。人问其故,览曰:“无事疥吾壁也。”诚高僧之言,然未免太甚。若近时斋壁,长笺短幅尽贴无遗,似冲繁道上之旅肆,往来过客无不留题,所少者只有一笔。一笔维何?“某年月日某人同某在此一乐”是也。此真疥壁,吾请以玄览之药药之。

　　糊壁用纸,到处皆然,不过满房一色白而已矣。予怪其物而不化,窃欲新之。新之不已,又以薄蹄变为陶冶,幽斋化为窑器,虽居室内,如在壶中,又一新人观听之事也。先以酱色纸一层,糊壁作底,后用豆绿云母笺,随手裂作零星小块,或方或扁,或短或长,或三角或四五角,但勿使圆,随手贴于酱色纸上,每缝一条,必露出酱色纸一线,务令大小错杂,斜正参差,则贴成之后,满房皆冰裂碎纹,有如哥窑美器。其块之大者,亦可题诗作画,置于零星小块之间,有如铭钟勒卣,盘上作铭,无一不成韵事。问予所费几何,不过于寻常纸价之外,多一二剪合之工而已。同一费钱,而有庸腐新奇之别,止在稍用其心。“心之官则思。”如其不思,则焉用此心为哉?

　　糊纸之壁,切忌用板。板干则裂,板裂而纸碎矣。用木条纵横作槅,如围屏之骨子然。前人制物备用,皆经屡试而后得之,屏不用板而用木槅,即是故也。即如糊刷用棕,不用他物,其法亦经屡试,舍此而另换一物,则纸与糊两不相能,非厚薄之不均,即刚柔之太过,是天生此物以备此用,非人不能取而予之。人知巧莫巧于古人,孰知古人于此亦大费辛勤,皆学而知之,非生而知之者也。

壁间留隙地,可以代橱。此仿伏生①藏书于壁之义,大有古风,但所用有不合于古者。此地可置他物,独不可藏书,以砖土性湿,容易发潮,潮则生蠹,且防朽烂故也。然则古人藏书于壁,殆虚语乎?曰:不然。东南西北,地气不同,此法止宜于西北,不宜于东南。西北地高而风烈,有穴地数丈而始得泉者,湿从水出,水既不得,湿从何来?即使有极潮之地,而加以极烈之风,未有不返湿为燥者。故壁间藏书,惟燕赵秦晋则可,此外皆应避之。即藏他物,亦宜时开时阖,使受风吹;久闭不开,亦有霾湿生虫之患。莫妙于空洞其中,止设托板,不立门扇,仿佛书架之形,有其用而不侵吾地,且有磐石之固,莫能摇动。此妙制善算,居家必不可无者。

予又有壁内藏灯之法,可以养目,可以省膏,可以一物而备两室之用,取以公世,亦贫士利人之一端也。我辈长夜读书,灯光射目,最耗元神。有用瓦灯贮火,留一隙之光,仅照书本,余皆闭藏于内而不用者。予怪以有用之光置无用之地,犹之暴殄天物,因效匡衡凿壁②之义,于墙上穴一小孔,置灯彼屋而光射此房,彼行彼事,我读我书,是一灯也,而备全家之用,又使目力不竭于焚膏,较之瓦灯,其利奚止十倍?以赠贫士,可当分财。使予得拥厚资,其不吝亦如是也。

【注释】

①伏生:名胜,字子贱,秦朝博士。秦始皇焚书,他把《尚书》藏在墙壁中保存下来,后来在汉文帝时教授晁错。

②匡衡凿壁:《汉书·匡衡传》记载,匡衡幼时家贫,为人佣作,"勤学而无烛,邻舍有烛而不逮,衡乃穿壁引其光,以书烛光而读之"。这就是"凿壁借光"的故事。

【译文】

书房的墙壁,最应该潇洒。想要潇洒,就不能涂油漆。油和漆是俗气的东西,以前的人是不得已才使用的,并不是喜欢用。门窗必须要上油漆,是为了抵御风雨;厅柱房梁必须上油漆,是为了防止弄脏。书房里面的话,很少有别人进来,也不会有雨水淋湿,就没有这两个担忧了。如果涂油漆的话,那整个屋子都会笼罩在桐木的腥味和漆的臭味之中了,那为什么不在身上也涂上油漆就像得了癞病的人?用石灰刷墙,磨得十分光滑,是最好的;其次就是用纸糊墙。纸糊可以让竹子和窗户保持一样的颜色,即使是用石灰粉刷墙，柱子还是必须用纸糊，纸的颜色和石灰颜色相差不大。墙壁上的字画一定不能少，但是粘贴得太多，不留一点空白，这也是文人中的俗人了。

天下万物，以少为贵。步幛不是不好，贵在偶尔才能见到，像王恺做步幛四十里，石崇做五十里，那天就是一个白天的闹市，罗列锦绣的市场而已。人们看到这种繁琐铺张的场面，会不厌倦吗？以前的僧人玄览在荆州陟屺寺时，张璪在斋墙上画松树，符载为它写赞词，卫象为它写诗，这也称得上是当时的三绝。但是玄览还是把它粉刷了。有人问其原因，玄览说："这无故让我的墙壁长了疥疮。"这真的是高僧说的话，但是也未免太过了一点。像近来的斋壁，长幅和短幅的字画都贴得满满当当的，就像是繁忙大道上的旅馆，来来往往的过客都在上面题字，写得少的只有一句话。一句什么话呢？那就是"某年月日某人在此一乐"。这样的话就真的是墙壁上的疥疮，我希望能用玄览的方法来医治它。

用纸来糊墙壁，在哪里都是一样的，不过就是满房都是清一色的白色而已。我对这种不知变通感到奇怪，我个人认为应该革新一下。不停地革新，就把书房变成了陶冶情操的地方。书房化成了一个小窑器，虽然待在房子里，就像是在茶壶中，这又是一件令人耳目一新的事情了。首先用一张酱色的纸糊在墙壁上打底，然后再用豆绿色的云母笺随手撕成零星的小块，方或扁，短或长，三角或四五角，但是不能撕成圆的，因为随手帖在纸上，每贴一个都要露出一条酱色的纸，一定要让它们大小错落有致，斜正参差，这样贴完之后，整个房间就都像冰裂纹一样，像是漂亮的哥窑器物一样。也可以在大块上面题诗作画，将其贴在小块之间，这就像是在金属器具上铸铭文，这都是很有情趣的事情。如果问我花费多少，那就是普通纸的价钱，加上自己的时间而已。花同样的钱，却会出现平庸和新奇的区别，这就在于能够稍微花心思。心思在上面就会细心思考，如果不花心思，那为什么要做这件事呢？

糊纸的墙壁，一定不能用板，因为板干了就会开裂，一裂开纸就碎了。可以用木条横竖摆放做木槅，就像是围屏的架子一样。以前的人制造东西是为了实用，都是经过反复试用而做成的，屏风不用板而用木槅，就是这个原因。就像刷浆糊的刷子用棕丝做成而不用其他材料，他的做法也是经过了多次尝试。如果另外用其他的东西刷，那么纸和糨糊就不好融合，不是厚薄不均匀就是太硬或太软了。这是造物主创造这种东西来发挥这个作用，只有人能够得到并利用它。人们知道自己不如古人聪明，哪里知道古人也是费了很多精力才做到这样，都是学习了才能知道，并不是天生就知道这些的。

  墙壁之间留一点空间，可以用来作为衣橱。这是模仿伏生在墙壁里藏书的做法，这样做很有古代的风格，但是用途就不同于古人了。墙壁里可以放其他的东西，只是不可以放书，因为砖土很容易潮湿，潮湿了就会生虫，那就要防止腐朽溃烂。那么古人在墙壁里藏书这件事是假的吗？不是。东南西北各地的气候不一样，这种做法在西北地区是适合的，在东南地区是不适合的。西北地区地势高而且风大，有的地方要挖好几丈深才有泉水，湿气就是从水中冒出来的，没有水哪里来的湿气？即使有些地方较潮湿，加上大风，那么湿润的空气也变得干燥了。所以在墙壁里面藏书，只有燕赵秦晋等地可以做到，其他地方应该避免这样做。就算是放其他的东西，门也要经常性打开，吹风透气。如果很久不打开门，也可能会有湿气、长虫子。如果让中间空出，只安装托板，不安装壁门，像书架一样，可以放东西又不占地方，而且像磐石一样坚固不会摇动。这是非常巧妙的设计，是每个家里必不可少的。

  我还有在墙壁里安装灯的方法，可以保护眼睛，也可以节省灯油，可以一盏灯用于两个屋子。这个方法告诉大家，也是可以让贫穷的读书人受益的。我们读书人经常读书到深夜，灯光照到眼睛上，最耗费精神。有的人会用瓦灯，只留出一束光照到书本上，其他的光线都在里面不用。我感到很奇怪为什么这么多的灯光都藏起来不用，这简直是暴殄天物，所以我效仿匡衡凿壁借光的道理，在墙上挖一个小孔，灯就安装在一个房间里而光线还可以照射到另一个房间里，他做他的事，我读我的书，全家都可以用这盏灯，又可以保护眼睛不受到灯光的伤害。和瓦灯相比，它的好处哪里只是十倍呢？把这个方法告诉贫穷的读书人，就像是分给他钱财一样。假如我有丰厚的财产，我也会不吝啬这样做的。

◎联匾第四　计八款

【原文】

堂联斋匾，非有成规。不过前人赠人以言，多则书于卷轴，少则挥诸扇头；若止一二字、三四字，以及偶语一联，因其太少也，便面①难书，方策②不满，不得已而大书于木。彼受之者，因其坚巨难藏，不便纳之笥中，欲举以示人，又不便出诸怀袖，亦不得已而悬之中堂，使人共见。此当日作始者偶然为之，非有成格定制，画一而不可移也。讵料一人为之，千人万人效之，自昔徂今，莫知稍变。夫礼乐制自圣人，后世莫敢窜易，而殷因夏礼，周因殷礼③，尚有损益于其间，矧器玩竹木之微乎？予亦不必大肆更张，但效前人之损益可耳。锢习④繁多，不能尽革，姑取斋头已设者，略陈数则，以例其余。非欲举世则而效之，但望同调者各出新裁，其聪明什佰于我。投砖引玉，正不知导出几许神奇耳。

有诘予者曰：观子联匾之制，佳则佳矣，其如挂一漏万何？由子所为者而类推之，则《博古图》⑤中，如樽罍、琴瑟、几杖、盘盂之属，无一不可肖像而为之，胡仅以寥寥数则为也？予曰：不然。凡予所为者，不徒取异标新，要皆有所取义。凡人操觚握管，必先择地而后书之，如古人种蕉代纸⑥、刻竹留题、册上挥毫、卷头染翰、剪桐作诏⑦、选石题诗，是之数者，皆书家固有之物，不过取而予之，非有蛇足于其间也。若不计可否而混用之，则将来牛鬼蛇神无一不备，予其作俑之人乎！图中所载诸名笔，系绘图者勉强肖之，非出其人之手。缩巨为细，自失原神，观者但会其意可也。

【注释】

①便面：扇子的一种。《汉书·张敞传》："自以便面拊马。"颜师古注："便面，所以障面，盖扇之类也。不欲见人，以此自障面，则得其便，故曰便面，亦曰屏面。"后亦泛指扇面。
②方策：同方册，即典籍。
③殷因夏礼，周因殷礼：见《论语·为政》："子曰：'殷因于夏礼，所损益可知也。周因于殷礼，所损益可知也。'"
④锢习：长期养成、不易改掉的陋习。锢，通"痼"。
⑤《博古图》：宋代金石学著作，著录当时皇室在宣和殿所藏的自商至

唐的铜器839件，集中了宋代所藏青铜器的精华。宋徽宗敕撰，王黼编纂。另，宋代画家刘松年有画幅《博古图》，李渔所指也有可能是此画。

⑥种蕉代纸：唐代书法家怀素和尚种植芭蕉万余株，以蕉叶代替纸练习书法，传为千古佳话。

⑦剪桐作诏：即"桐叶封弟"的故事。周成王与弟弟叔虞游戏时，剪桐叶作圭说："我拿这个封你为诸侯。"周公听见后说"天子无戏言"，周成王便封叔虞于晋。

【译文】

厅堂的对联和书房的匾额都没有特定的规定，不过是前人的赠言。话语多就写在书本上，话语少就写在扇子上。如果只有几个字，有时候写副对联，字数太少，如果写在扇面上和书上都不适合，那就只能用大字写在木片上了。收到这些东西的人，因为它们材质坚硬且外形较大，不方便放在书签里，而且也想让别人都看看，但也不方便放在袖子里，所以只能挂在厅堂供大家观赏了。这只是前人偶然的做法，并不是约定俗成不可更改的规定。谁能料到一个人这样做，就有千万个人效仿，从古至今的人都不知道做一些改动。礼乐制度是圣人指定的，后代的人不敢窜改。但是殷朝沿袭夏朝的礼制，周朝沿袭殷朝的礼制，尚且都会有一些改变，何况那些器具玩物呢？我也不需要做出很大的改变，只需要效仿前人稍微增减就可以了。顽固的陋习很多，不能一下全部革除，暂且就拿书房中已有的陈设来举几个例子，其他的就以此类推了。并不指望所有人都来学习我的做法，只是希望和我类似的人能够别出心裁，他们比我聪明百倍。希望我能够抛砖引玉，不知道能够引出多少奇妙的设计呢。

有人诘问我："看你的对联和牌匾的式样，好确实是好，但是不是列举不够周详呢？从你说的来类推，《博古图》里面的樽罍、琴瑟、几杖、盘盂之类的，没有一样是不可以模仿的，你为什么只举那几个例子呢？"我回答道："不是这样，凡是我设计的，都不是为了标新立异，都是要有一定意义的。人们写书法都一定要先选择落笔之处。就像古人拿芭蕉叶来代替纸，在竹子上刻字，在书本上写毛笔字，剪桐叶作诏书，选石头题诗，这几样东西都是书法家本来就会使用的，我只是拿来使用，并不是画蛇添足啊。如果不管是否合适随便拿来使用，那么以后牛鬼蛇神都会被人拿来用了，那么我不就是始作俑者了吗？"

○蕉叶联

【原文】

蕉叶题诗，韵事也；状蕉叶为联，其事更韵。但可置于平坦贴服之处，壁间门上皆可用之，以之悬柱则不宜，阔大难掩故也。其法，先画蕉叶一张于纸上，授木工以板为之，一样二扇，一正一反，即不雷同。后付漆工，令其满灰密布，以防碎裂。漆成后，始书联句，并画筋纹。蕉色宜绿，筋色宜黑，字则宜填石黄，始觉陆离可爱，他色皆不称也。用石黄乳金更妙，全用金字则太俗矣。此匾悬之粉壁，其色更显，可称"雪里芭蕉"。

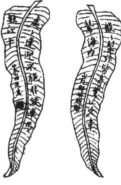

图十　蕉叶联

【译文】

在芭蕉叶上题诗，是有韵味的事；按照蕉叶的形状来做对联，更加是一件风雅的事。只可以挂在平坦贴服的地方，墙壁上和门上都可以挂，把它挂在柱子上就不适合了，因为这种联太宽大，在柱子上难以平整地悬挂。它的做法就是先在一张纸上画蕉叶，请木工用木板制作，一样做两扇，一正一反，也不雷同。然后交付给漆工，让他在上面抹满灰，以防碎裂。上好漆后，就开始写联句，并且画上纹路经络。蕉的颜色应该是绿色的，经络的颜色应该是黑色的，字的颜色应该是石黄色，这样才让人觉得陆离可爱，其他颜色都不适合。使用石黄乳金更好，但是全部用金色就太俗气了。把这块匾挂在粉墙上，它的颜色就更加凸显，可以称为"雪里芭蕉"。

○此君联

【原文】

"宁可食无肉，不可居无竹。"①竹可须臾离乎？竹之可为器也，自楼阁几榻之大，以至筈筲杯箸之微，无一不经采取，独至为联为匾诸韵事弃而弗录，岂此君②之幸乎？用之请自予始。

截竹一筒，剖而为二，外去其青，内铲其节，磨之极光，务使如镜，然后书以联句,令名手镌之,掺以石青或石绿,即墨字亦可。以云乎雅,则未有雅于此者;以云乎俭,亦未有俭于此者。不宁惟是,从来柱上加联,非板不可,柱圆板方,柱窄板阔,彼此抵牾③,势难贴服,何如以圆合圆,纤毫不谬,有天机凑泊④之妙乎?此联不用铜钩挂柱,用则多此一物,是为赘瘤。止用铜钉上下二枚,穿眼实钉,勿使动移。其穿眼处,反择有字处穿之,钉钉后,仍用掺字之色补于钉上,混然一色,不见钉形尤妙。钉蕉叶联亦然。

图十一　此君联

【注释】

①宁可食无肉,不可居无竹:见苏轼《于潜僧绿竹轩》:"可使食无肉,不可居无竹。无肉令人瘦,无竹令人俗。人瘦尚可肥,士俗不可医。旁人笑此言,似高还似痴。"

②此君:即竹。《世说新语·任诞》中说,王徽之曾指着竹子说:"何可一日无此君!"以后便以此君称呼竹。

③抵牾(dǐ wǔ):矛盾;冲突。

④凑泊:凝合、聚合;凑合、拼凑。

【译文】

"宁可食无肉,不可居无竹",我们的生活有一刻可以离开竹子吗?竹子可以用来制作器物,大到楼阁桌床,小到箱匣杯筷,都会用到竹子。唯独等到做联做匾这些雅事的时候不用竹子,这是竹子的幸运吗?就让我来开启这个先河吧。

砍下一节竹子，剖成两半，削去外面的青壳，刮平里面的竹节，打磨得像镜面那样光滑，然后在上面书写联句，再请名匠按字迹镌刻，填上石青色或者石绿色，用墨色也可以。要说雅致，没有比这做法更雅致的；要说俭朴，也没有比这更俭朴的。此外，在柱子上增设对联，一直以来都是用木板，柱子又圆又窄，木板又方又宽，二者不合，难以贴服，哪里有用圆形来贴合圆形，丝毫不差，来得更天然完美呢？此君联无须用铜钩来挂，用了反而成为累赘。只须上下各用一枚铜钉，将竹片穿眼钉在柱子上，固定紧实。穿眼的地方要选在有字迹的地方，钉好后，用写字的颜料填在钉子上，使它们混然一色，看不出钉子的痕迹，更为巧妙。钉蕉叶联也用这个办法。

○ 碑文额①

【原文】

三字额，平书者多，间有直书者，匀作两行。匾用方式，亦偶见之。然皆白地黑字，或青绿字。兹效石刻为之，嵌于粉壁之上，谓之匾额可，谓之碑文亦可。名虽石，不果②用石，用石费多而色不显，不若以木为之。其色亦不仿墨刻之色，墨刻色暗，而远视不甚分明。地用黑漆，字填白粉，若是则值既廉，又使观者耀目。此额惟墙上开门者宜用之，又须风雨不到之处。客之至者，未启双扉③，先立漆书壁经④之下，不待搴⑤帷⑥入室，已知为文士之庐矣。

图十二　碑文额

【注释】

①额：匾额。
②不果：没有。
③扉：门。
④漆书壁经：相传在孔子住宅的墙壁中发现的古文经书，以漆为之，故名。南朝梁周兴嗣《千字文》："漆书壁经。"此处指匾额。
⑤搴：拨，取。
⑥帷：帘子，帐子。

【译文】

说到三字匾额，其书写习惯大多数是横着写，有时也会竖着写，都是写两行。有时会看到方形的匾额，这类匾额都是在白底上刻上黑字，或者是青绿色的字。这类匾额是效仿石刻的做法。人们把匾额镶嵌在墙壁上，可以将其称为匾额，也可以将其称为碑文。名字听起来像是石刻，却不是用石头雕刻出来的。使用石头雕刻费用高，而且颜色不够明显，还不如用木头作为原材料。字的颜色也不要使用与墨刻一样的颜色，墨刻颜色暗沉，远看不够醒目。如果匾额底色用黑漆，用白色粉末填充字，可谓是花费少又醒目。但这类匾额宜放在大门边上的墙上，又不能被风吹雨打。这样一来，客人在进门前先看到了匾额，不用掀帘进门就知道此处是文人墨士的雅居了。

○手卷额

【原文】

额身用板，地用白粉，字用石青、石绿①，或用炭灰代墨，无一不可。与寻常匾式无异，止增圆木二条，缀于额之两旁，若轴心然。左画锦纹，以像装潢②之色；右则不宜太工，但像托画③之纸色而已。天然图卷，绝无穿凿之痕，制度之善，庸④有过于此者乎？眼前景，手头物，千古无人计及，殊可怪也。

图十三　手卷额

【注释】

①石青、石绿：石青为深蓝色的颜料，石绿为孔雀石制成的绿色颜料。
②装潢：古代对装裱技艺的称谓。
③托画：在画的背面再黏上一张生宣纸。
④庸：难道。

【译文】

此匾额为木板制成，底色用白粉涂抹，字体可以用石青、石绿上色，也可以使用炭灰代替墨汁上色。此种匾额与普通匾额无异，只是在匾额的左右两旁增加了两条圆木，看起来就像卷轴一样。左边圆木画锦纹，使之像装裱的颜色。右边圆木不需要太精致，颜色像托画所用纸张颜色就可以。如此天然的画卷，无半点穿凿之痕，难道还有比这制作更精美的吗？眼前之景，手头之物，千古无人想到，很是奇怪。

○册页匾

【原文】

用方板四块，尺寸相同，其后以木绾①之。断而使续，势②取乎曲，然勿太曲。边画锦纹，亦像装潢之色。止用笔画，勿用刀镌，镌者粗略，反不似笔墨精工；且和油入漆，着色为难，不若画色之可深可浅，随取随得也。字则必用剞劂③，各有所宜，混施不可。

图十四　册页匾

【注释】

①绾：将一物体固定在另一物体上。
②势：形状。
③剞劂（jī jué）：刻镂的刀具。

【译文】

册页匾额使用四块尺寸相同的方木板，在木板背后用木条组装起来，连接起断开的地方，让整块匾成弯曲形，但切勿过于弯曲。四周画上与装裱一样的锦纹。锦纹只能用笔勾画出来，切勿用刀刻，因为刀刻效果粗糙，不如笔墨勾画来得精细，而且漆里掺和了油，上色难，不像笔画可以控制颜色深浅，随取随得。刻字时必用刀具雕刻。锦纹与字体，该用什么工具就用什么工具，不能混淆使用。

○虚白匾

【原文】

"虚室生白"①，古语也。且无事不妙于虚，实则板矣。用薄板之坚者，贴字于上，镂而空之，若制糖食果馅之木印。务使二面相通，纤毫无障。其无字处，坚以灰布②，漆以退光。俟既成后，贴洁白绵纸一层于字后。木则黑而无泽，字则白而有光，既取玲珑，又类墨刻，有匾之名，去其迹矣。但此匾不宜混用，择房舍之内暗外明者置之。若屋后有光，则先穴通其屋，以之向外；不则置于入门之处，使正面向内。从来屋高门矮，必增横板一块于门之上。以此代板，谁曰不佳？

图十五　虚白匾

【注释】

①虚室生白：心无杂念，就会悟出"道"来。语出《庄子·人间世》："瞻彼阕者，虚室生白，吉祥止止。"虚：使空虚；室：指心；白：指道。

②灰布：油漆打底的用料。

【译文】

古人语："虚室生白。"万事妙于虚，实则显呆板。在坚硬的木板上贴上字，用刀具将字镂空，就好像用来制作糖食果馅的木印那样。一定要使木板上的贴字处两面相通，不能有半点残留。再于无字处抹上灰布，使其坚固，再涂上黑漆褪去表面的光泽。然后在字的背后贴上一层洁白的棉纸。黑色的木板不显光泽，白色的字体则显光泽，这样一来，既有玲珑之感，又如墨刻一般。虽然此物被称为匾，但观其外表已不像匾。但是此匾不宜混用，应该放在屋里暗而屋外亮的房间里。如果屋后有光，则应先凿通墙壁，把匾向外挂置。不然就把匾放在进门处，正面向内。一直以来都是房比门高，人们一定会放一块横板在门上。如果将此匾代替这块横板，谁会说不好呢？

○石光匾

【原文】

即"虚白"一种，同实而异名。用于磊①石成山之地，择山石偶断外，以此续之。亦用薄板一块，镂字既成，用漆涂染，与山同色，勿使稍异。

其字旁凡有隙地，即以小石补之，粘以生漆②，勿使见板。至板之四围，亦用石补，与山石合成一片，无使有襞襀③之痕，竟似石上留题，为后人凿穿以存其迹者。字后若无障碍，则使通天，不则亦贴绵纸，取光明而塞障碍。

图十六　石光匾

【注释】

①磊：众石累积。
②生漆：一种从漆树上采割下来的纯天然涂料。
③襞襀（bì jì）：衣服上的褶裥。

【译文】

　　石光匾属于虚白匾的一种，二者本质一样，只是叫法不同。此匾用于石头堆砌的假山处。把匾放于山石断开处，如此一来便能将其填补。此匾的做法也是使用一块薄板，在板上镂字，用漆将板涂成假山颜色，不能有半点差异。字旁凡有空隙，就用石子填补，并用生漆粘好，千万不能让人看出板的存在。板的四周也用石子填补空隙，使其与山石浑然一体，这样一来，全无褶裥之痕，犹如在石上题字，留给后人凿穿以保存字迹。如果字后无障碍物，就使字自然透光，否则，可在字后贴上棉纸，使其透光，又能遮挡后面的障碍物。

○秋叶匾

【原文】

御沟题红[①],千古佳事;取以制匾,亦觉有情。但制红叶与制绿蕉有异:蕉叶可大,红叶宜小;匾取其横,联妙在直。是亦不可不知也。

图十七　秋叶匾

【注释】

①御沟题红:源见"红叶题诗",借指暗传情愫。唐朝年间,后宫的宫女人数众多,而身处行宫的大多数宫女,却只能一生遂向空房宿。相传彼时无数的上阳宫女题诗红叶,抛于宫中流水寄怀幽情。

【译文】

红叶题诗为一段千古佳事。取红叶来制作匾额,也颇有一番情调。但制作红叶匾额与制作绿蕉匾额有所不同,蕉叶匾额宜大,红叶匾额宜小。匾额应为横式,对联宜为竖式。这些都是应该为世人所知的。

◎山石第五　计五款

【原文】

幽斋磊石，原非得已。不能致身岩下与木石居，故以一卷代山、一勺代水①，所谓无聊之极思也。然能变城市为山林，招飞来峰使居平地，自是神仙妙术，假手于人以示奇者也，不得以小技目之。且磊石成山，另是一种学问，别是一番智巧。尽有丘壑填胸、烟云绕笔②之韵士，命之画水题山，顷刻千岩万壑，及倩磊斋头片石，其技立穷，似向盲人问道者。故从来叠山名手，俱非能诗善绘之人。见其随举一石，颠倒置之，无不苍古成文，纡回入画，此正造物之巧于示奇也。譬之扶乩③召仙，所题之诗与所判之字，随手便成法帖④，落笔尽是佳词，询之召仙术士，尚有不明其义者。若出自工书善咏之手，焉知不自人心捏造？妙在不善咏者使咏，不工书者命书，然后知运动机关，全由神力。

其叠山磊石，不用文人韵士，而偏令此辈擅长者，其理亦若是也。然造物鬼神之技，亦有工拙雅俗之分，以主人之去取为去取。主人雅而取工，则工且雅者至矣；主人俗而容拙，则拙而俗者来矣。有费累万金钱，而使山不成山、石不成石者，亦是造物鬼神作祟，为之摹神写像，以肖其为人也。一花一石，位置得宜，主人神情已见乎此矣，奚俟察言观貌，而后识别其人哉？

【注释】

①一卷代山、一勺代水：园林艺术，指用拳头大的石头为山，一勺水便为水池湖泊，说明了园林艺术的境界，有咫尺山水之感。
②丘壑填胸、烟云绕笔：指心中有山水的形象，下笔马上就能画出来。
③扶乩（fú jī）：中国民间信仰的一种占卜方法。
④法帖：学习书法的范本。

【译文】

在幽静的屋舍处用石头堆垒假山，原本是不得已之事。主人无法来到山下，依树木山石而居，故而一卷代山，一勺代水，建造咫尺山水，此为无奈才把心思发挥到如此极致之地。然而能把城市变山林，将飞来峰移到平地，本就是神仙妙术，只不过是借人之手将奇迹展现出来，不能将此术看作是小伎俩。况且堆垒山石为假山，是一种学问，别有一番智慧巧妙。许多胸有沟壑、烟云绕笔的文人雅士，当他们被请去画山题水时，马上就能画出千岩万壑，但被请去为雅居打造一座假山时，立马黔驴技穷，犹如向盲人问道一般。一直以来，叠假山高手，不全是能诗善绘之人。只见高手随便拿起一块石，将其颠倒放置，无不显得如字画那样的苍劲巧妙。这正是造物主在显示他的奇特啊。譬如在扶乩召仙中，召仙士所题之诗、所判之字，随手一写便为学习书法的范本，落笔尽是佳词。但要问召仙士所题之字词为何意，有时他们也不明其中含义。如果字词全出于擅长书法作诗的人之手，又如何知道这些字词不是他自己捏造出来的呢？所以说妙就妙在让不擅长作诗的人作诗，不善于书法的人来题字，然后看出其中玄机，全为依靠大自然的神奇巧妙。

　　叠山垒石之事，文人雅士做不好，而不擅长作诗书法之人却能做到，也是这个道理。然而大自然的创作也有巧拙雅俗之分，全靠房子主人的喜好来取舍。主人品性雅致，喜好巧妙之物，则造出来的假山便巧妙雅致；若主人品位低俗，不追求精致，则假山便为低俗拙劣。有的人耗费巨资建造假山，但山不成山，石不像石，是因为造物主在作祟，实则为主人描摹画像，展示其为人罢了。一花一石，位置得当，主人的品行就在里面了，哪里还需要察其言观其貌，然后才得知他的为人呢？

○大山

【原文】

　　山之小者易工，大者难好。予遨游一生，遍览名园，从未见有盈亩累丈之山，能无补缀穿凿之痕，遥望与真山无异者。犹之文章一道，结构全体难，敷陈零段易。唐宋八大家之文，全以气魄胜人，不必句栉字笓[①]，一望而知为名作。以其先有成局，而后修饰词华，故粗览细观同一致也。若夫间架未立，才自笔生，由前幅而生中幅，由中幅而生后幅，是谓以文作文，亦是水到渠成之妙境；然但可近视，不耐远观，远观则襞襀[②]缝纫之痕出矣。

　　书画之理亦然。名流墨迹，悬在中堂，隔寻丈[③]而观之，不知何者为山，何者为水，何处是亭台树木，即字之笔画杳不能辨，而只览全幅规模，便足令人称许。何也？气魄胜人，而全体章法[④]之不谬也。

　　至于累石成山之法，大半皆无成局，犹之以文作文，逐段滋生者耳。

名手亦然，矧⑤庸匠乎？然则欲累巨石者，将如何而可？必俟唐宋诸大家复出，以八斗才人，变为五丁力士⑥，而后可使运斤⑦乎？抑分一座大山为数十座小山，穷年⑧俯视，以藏其拙乎？曰：不难。用以土代石之法，既减人工，又省物力，且有天然委曲之妙。混假山于真山之中，使人不能辨者，其法莫妙于此。

累高广之山，全用碎石，则如百衲⑨僧衣，求一无缝处而不得，此其所以不耐观也。以土间之，则可泯然无迹，且便于种树。树根盘固，与石比坚，且树大叶繁，混然一色，不辨其为谁石谁土。立于真山左右，有能辨为积累而成者乎？此法不论石多石少，亦不必定求土石相半，土多则是土山带石，石多则是石山带土。土石二物原不相离，石山离土，则草木不生，是童山⑩矣。

【注释】

①句栉字篦：也作"句栉字比"，形容认真校核。
②襞襀（bì jī）：衣服上的褶裥。
③寻丈：泛指八尺到一丈之间的长度。
④章法：安排布置整幅作品中，字与字、行与行之间呼应、照顾等关系的方法。
⑤矧（shěn）：况；况且。
⑥五丁力士：传说古蜀国有五个大力士，力大无比，叫五丁力士。
⑦运斤：挥动斧头砍削。
⑧穷年：终年，一年到头。
⑨百衲：僧衣。
⑩童山：草木不生的山。

【译文】

造小的假山容易，造大的假山难。我一生四处游览，遍览天下名园，从未见过没有补缀穿凿的痕迹、远看就像真山一样的大规模的假山。道理就像写文章一样，构思整篇文章的结构难，但写只言片语却易。唐宋八大家的文章全是以气魄胜人，不必认真推敲其遣词造句，大致一看便是名作。这是因为先有文章结构，后修饰词藻，因此粗看细读的感觉都一样。如果未立文章框架，才华在落笔时涌现，从开头写到中间，从中间写到结尾，这是按照文章的流程来写文章，也算达到了水到渠成的妙境。然而这类文章只可从中挑出一小段细读，不可从整体欣赏。若是从整体着眼，就能看出文章中的不连贯处。

此道理放在书画欣赏中也一样。挂在厅堂正中的名家墨迹，隔着一丈远去欣赏，看不出哪里是山、哪里是水、哪里是亭台树木，就连字的笔画都辨别不出。但只需要观察全图，便足以令人称赞。为什么呢？这是因为墨迹气魄胜人，整体的章法也很妙。

至于堆垒石头打造假山，很多时候都是没有整体感，就像写文章的流程一样，一段一段地写出来。名家也会犯这样的错误，更何况资质平庸的工匠呢。然而要想堆垒一座巨石，要怎么做才好看呢？难道一定要等到唐宋八大家复活，让才高八斗的他们变为五丁力士，然后挥斧建造假山吗？又或是将一座大规模的假山分成数十座小山，终年低头察看，思考如何隐藏其拙劣之处？我认为要想把假山打造得好看并不难。用以土代石的方法来打造整体感，这是因为土有天然委曲婉转之感，而且用土代石既减人工，又省物力。把假山放置在真山之中，让人难以分辨，没有比这更妙的办法了。

堆垒高大的假山时，如果全部使用碎石填补，看起来就像僧衣一样，想找到一处无缝之处都难，因此不耐看。用土来填补，就毫无痕迹，且便于种树。树根盘缠牢固，与石头一样。树大叶多，浑然一色，看不出哪里为石头哪里为土。将此假山放于真山旁，难道有人能看出这是堆砌出来的假山吗？此方法不论石多石少，亦不必土石各一半，土多便是土山带石，石多便是石山带土。土石二物原本就不分离，石山离土，则草木不生，这便是童山。

○小山

【原文】

小山亦不可无土，但以石作主，而土附之。土之不可胜石者，以石可壁立，而土则易崩，必仗石为藩篱①故也。外石内土，此从来不易之法。

言山石之美者，俱在透、漏、瘦三字。此通于彼，彼通于此，若有道路可行，所谓透也；石上有眼，四面玲珑，所谓漏也；壁立当空，孤峙无倚，所谓瘦也。然透、瘦二字在在宜然，漏则不应太甚。若处处有眼，则似窑内烧成之瓦器，有尺寸限在其中，一隙不容偶闭者矣。塞极而通，偶然一见，始与石性相符。

瘦小之山，全要顶宽麓窄，根脚②一大，虽有美状，不足观矣。

石眼忌圆，即有生成之圆者，亦粘碎石于旁，使有棱角，以避混全之体。

石纹石色取其相同，如粗纹与粗纹当并一处，细纹与细纹宜在一方，紫、碧、青、红，各以类聚是也。然分别太甚，至其相悬接壤处，反觉异同，不若随取随得，变化从心之为便。至于石性，则不可不依；拂其性而用之，非止不耐观，且难持久。石性维何？斜正纵横之理路是也。

【注释】

①藩篱：指用竹木编成的篱笆或栅栏，这里引申为边界屏障。
②根脚：根基。

【译文】

打造小山也需要土，但主要还是以石为主，以土为辅。土不能代替石头，因为石能竖立，而土易崩，因此土必然要依靠石来做屏障。石包裹着土，这是一直以来不变的方法。

要说山石的美，全在透、漏、瘦这三字。此处通向彼处，彼处通向此处，就像一条道路，这就是所谓的透。石上有洞，四面玲珑，这就是所说的漏。小山当空矗立，孤立无依，这就是所谓的瘦。透与瘦要适宜，漏的程度也不需要太过。如果处处是洞眼，看起来就像是窑里烧成的瓦器，有尺寸限制的缝隙，全无偶然闭合之处。于闭合处偶然窥探到通透的地方，才符合石头的本质啊。

瘦小的假山，全要山顶宽山脚窄。若山脚大，虽有美感，但不够耐看。

洞眼忌圆，就算本为圆状，也要在其周围粘上碎石，使之具有棱角，避免呈圆形。

要按照相同的纹路与颜色把石头放在一起。比如粗纹与粗纹的放在一起，细纹与细纹的放在一起，各种颜色，各以类聚。但是归类太整齐，就会导致接壤处区别明显，反而让人看出异同，不够自然随心。至于石头的本性，不可不依。如果忽视了石头的本性去堆垒假山，不但不好看，而且难以维持。石头本性是什么？是正斜纵横的纹路。

○石壁

【原文】

假山之好，人有同心；独不知为峭壁，是可谓叶公之好龙矣。山之为地，非宽不可；壁则挺然直上，有如劲竹孤桐，斋头但有隙地，皆可为之。且山形曲折，取势为难，手笔稍庸，便贻大方之诮。壁则无他奇巧，其势有若累墙，但稍稍纡回出入之，其体嶙峋，仰观如削，便与穷崖绝壑无异。且山之与壁，其势相因，又可并行而不悖者。

凡累石之家，正面为山，背面皆可作壁。匪特前斜后直，物理皆然，如椅、榻、舟车之类；即山之本性亦复如是，逶迤其前者，未有不崭绝其后，故峭壁之设，诚不可已。但壁后忌作平原，令人一览而尽。须有一物焉蔽之，使座客仰观不能穷其颠末，斯有万丈悬岩之势，而绝壁之名为不虚矣。蔽之者维何？曰：非亭即屋。或面壁而居，或负墙而立，但使目与檐齐，不见石丈人①之脱巾露顶，则尽致矣。

石壁不定在山后，或左或右，无一不可，但取其他势相宜。或原有亭屋，而以此壁代照墙②，亦甚便也。

【注释】

①石丈人：指园林中之峭壁。
②照墙：是中国传统建筑中用于遮挡视线的墙壁。

【译文】

人人都爱造假山，但唯独不知如何造峭壁，只能说是叶公好龙罢了。造假山的地方要宽敞，石壁坚挺直立，犹如劲竹孤桐，只要房屋旁有空地，都可以造出来。而且假山形状曲折，要把这样的形状造出来实属不易，技术水平稍微平庸点的，造出来的假山就会贻笑大方。造峭壁没有特别的方法，和砌墙一样，但造的时候要稍微迂回曲折，石壁峻峭嶙峋，仰看犹如刀削一般，与穷崖深谷无异。假山与石壁二者相辅相成，并行不悖。

如果家里造了假山，可以在假山后面造一块峭壁。不是故意使前面倾斜，后面笔直，而是事物的规律便是如此，你只要看看椅子、床、船、车这类东西便明白了。山的本性也是如此，前面蜿蜒曲折，后面险峻陡峭，因此在假山后设置一块峭壁是必要的。但石壁后不能留出平地，否则让人一览无余。可以用一个东西将平地遮挡起来，这样客人仰视石壁就不会一览无遗，才有万丈峭壁之势，将其称为绝壁也不是徒有虚名。遮蔽物是什么呢？我认为不是亭子就是屋舍。无论是面朝着石壁而坐，还是背对着石壁而站，只要视线与屋檐一致，看不到石壁的顶端就可以。

石壁不一定设置在山后，也可以放在假山两旁，只要与假山相得益彰便可。又或者用此石壁代替亭屋的照墙，也是很方便的。

○石洞

【原文】

假山无论大小，其中皆可作洞。洞亦不必求宽，宽则藉以坐人。如其太小，不能容膝，则以他屋联之，屋中亦置小石数块，与此洞若断若连，是使屋与洞混而为一，虽居屋中，与坐洞中无异矣。洞中宜空少许，贮水其中而故作漏隙，使涓滴之声从上而下，旦夕皆然。置身其中者，有不六月寒生，而谓真居幽谷者，吾不信也。

【译文】

假山无论大小，都可在其中设计石洞。石洞不用太宽，能够坐人就行。如果石洞太小，连双膝都容不下，这时就需要把石洞与屋子连在一起。可以在屋里放置石块，如此一来，石洞看起来和屋似断似连，浑然一体。人虽坐在屋里，但感觉与坐在洞里无异。洞里宜空出一点地方，用来储水。储水的地方要留出漏隙，这样从上而下的涓滴之声就可以日夜不断。坐在石洞里，如果没有感觉到六月生寒，身居幽谷一般，我是不信的。

○零星小石

【原文】

贫士之家，有好石之心而无其力者，不必定作假山。一卷①特立，安置有情，时时坐卧其旁，即可慰泉石膏肓②之癖。若谓如拳之石亦须钱买，则此物亦能效用于人，岂徒为观瞻而设？使其平而可坐，则与椅榻同功；使其斜而可倚，则与栏杆并力；使其肩背稍平，可置香炉茗具，则又可代几案③。花前月下，有此待人，又不妨于露处，则省他物运动之劳，使得久而不坏,名虽石也,而实则器矣。且捣衣之砧④,同一石也,需之不惜其费;石虽无用,独不可作捣衣之砧乎?

王子猷⑤劝人种竹,予复劝人立石;有此君不可无此丈⑥。同一不急之务,而好为是谆谆者,以人之一生,他病可有,俗不可有;得此二物,便可当医,与施药饵济人,同一婆心⑦之自发也。

【注释】

①一卷:由"一卷代山"中可知,"一卷"指石头。
②泉石膏肓:比喻嗜好山水成癖。出自《新唐书·田游岩传》。
③几案:泛指桌子。
④捣衣之砧:古人捣衣时垫在底下的石头。
⑤王子猷:王子猷(王徽之)曾经暂借别人的空房住,叫人在此种竹子。有人问他,在这里暂住而已,何必弄得这么麻烦。王子猷回答说:"何可一日无此君!"这里,"此君"便指"竹子"。
⑥此丈:《石林燕语》中有"米芾……见立石颇奇……遂命左右取袍笏拜之,每呼曰'石丈'"的记载,所以"此丈"就是"石头"。
⑦婆心:慈悲之心。

【译文】

贫穷人家若是喜爱假山却没能力建,也不必非建假山不可。只要把小石放置得有情趣,时常坐卧在小石旁,也可以满足嗜好山水的癖好。如果拳头大小的石子也需要花钱购买,那么它也可以有实际用途,难道仅仅为摆设吗?将其平放就可以坐,功能与椅子和床一样;斜放可以倚靠,就像栏杆一样;将石头肩背部分稍微弄平坦点,就可以在上面放置香炉茶具,用作桌子。花前月下,有这样可以露天放置的物品作为家具,既省去了搬动其他物件的精力,又可以放置许久不坏,虽然名字为石头,但实则是一件家具。况且捣衣石也是石头,如有需要,人们就会花钱去买这种石头。因此,小石再无用,也可以拿来当捣衣石。

王子猷劝人种竹子,我再劝人摆放石头。有竹子就不可少了石头。种竹子与摆放石头都不是当务之急,但我却再三建议这样去做,这是因为人的一生其他毛病可以有,但是俗气的毛病不可以有。学会了种竹子与摆放石头,就可以医治俗气之病,我这番心意与送药治病一样,都是出于一片慈悲之心。

器玩部

◎ 制度第一　计十三款

【原文】

人无贵贱，家无贫富，饮食器皿，皆所必需。"一人之身，百工之所为备。"子舆氏尝言之矣。至于玩好之物，惟富贵者需之，贫贱之家，其制可以不问。然而粗用之物，制度果精，入于王侯之家，亦可同乎玩好；宝玉之器，磨礲①不善，传于子孙之手，货之不值一钱。知精粗一理，即知富贵贫贱同一致也。予生也贱，又罹奇穷，珍物宝玩虽云未尝入手，然经寓目者颇多。每登荣胐之堂，见其辉煌错落者星布棋列，此心未尝不动，亦未尝随见随动，因其材美，而取材以制用者未尽善也。至入寒俭之家，睹彼以柴为扉，以甕作牖②，大有黄虞三代③之风，而又怪其纯用自然，不加区画。如甕可为牖也，取甕之碎裂者联之，使大小相错，则同一甕也，而有哥窑冰裂之纹④矣。柴可为扉也，取柴之入画者为之，使疏密中窾，则同一扉也，而有农户儒门之别矣。人谓变俗为雅，犹之点铁成金，惟具山林经济⑤者能此，乌可责之一切？予曰：垒雪成狮，伐竹为马，三尽童子皆优为之，岂童子亦抱经济乎？有耳目即有聪明，有心思即有智巧，但苦自画为愚，未尝竭思穷虑以试之耳。

【注释】

①磨礲：磨石，磨治。

②牖：窗户。古时的"窗"专指开在屋顶的天窗，开在墙壁上的窗户叫作"牖"。

③黄虞三代：黄虞是黄帝、虞舜的合称。黄虞三代泛指中国古时三皇五帝的时代。

④哥窑冰裂之纹：哥窑名列宋代五大名窑，所产瓷器深受历代收藏家、鉴赏家的喜爱，在陶瓷史上具有举足轻重的地位。冰裂之纹，因其纹片如冰破裂，裂片层叠，有立体感而得名。在哥窑的各种釉裂纹片中，"冰裂纹"排名首位，素有"哥窑品格，纹取冰裂为上"的美誉。

⑤经济：经世济民，喻指治理国家的才干。

【译文】

人无论贵贱，家不管贫富，都是需要饮食器具的。孟子曾说过："一人之身，百工之所为备。"意思是一个人的生活，需要各种工匠为之服务。那些用于赏玩的器皿，只有富贵的人需要，贫穷百姓可以不必过问样式。但是那些日常用具，如果样式和制作的确精美，即使进入王侯之家，也可同样用于赏玩；宝石玉器，如果打磨不精、制作粗糙，即使经过后代流传，也会一文不值。人如果懂得精致、粗糙的道理，就会明白富贵贫贱，并无不同。我生来卑贱，又遭遇奇穷，奇珍异宝虽然从未拥有，但是亲眼见过的却很多。每当进入富贵人家，看到他的奇珍异宝熠熠生辉、错落有致、琳琅满目，我并非不动心，但也不是每次见到都会心动，因为有些宝物虽然材料用得很好，但是制作不够精良。到了贫寒人家，看到他用木柴做门，拿瓮口做窗，大有黄帝、虞舜三代的上古风范，却又会嫌弃他完全使用自然之物，不加任何修饰。如果瓮能做窗，就将破碎瓮片联缀起来，使其大小相间，那么同样一个瓮，就有了哥窑烧制的冰裂纹理。如果柴能做门，就拿外形美观的木柴制作，使其疏密有致，那么同样一扇门，就有了农户和读书人家的差别。人们说变俗为雅，就像点铁成金，只有具备雄才大略的隐士高人才能做到，怎能要求人人如此？我说：用雪堆狮子，砍竹制成马，三岁孩童都能做得很好，难道孩童也有雄才大略？人有耳目，就会聪明；人会思考，就有智慧。就只怕自认愚笨，不曾殚精竭思地进行尝试。

○几案

【原文】

予初观《燕几图》①，服其人之聪明什佰于我，因自置无力，遍求置此者，讯其果能适用与否，卒之未得其人。夫我竭此大段心思，不可不谓经营惨淡，而人莫之则效者，其故何居？以其太涉繁琐，而且无此极大之屋尽列其间，以观全势故也。凡人制物，务使人人可备，家家可用，始为布帛菽粟②之才，不则售冕旒③而沽玉食④，难乎其为购者矣。故予所言，务舍高远而求卑近。几案之设，予以庀材无资，尚未经营及此。但思欲置几案，其中有三小物必不可少。一曰抽替。此世所原有者也，然多忽略其事，而有设有不设。不知此一物也，有之斯逸，无此则劳，且可藉为容懒藏拙之地。文人所需，如简牍、刀锥、丹铅、胶糊之属，无一可少，虽曰司之有人，藏之别有其处，究意不能随取随得，役之如左右手也。予性卞急，往往呼童不至，即自任其劳。书室之地，无论远近迂捷，总以举足为烦，若抽替一设，则凡卒急所需之物尽内其中，非特取之如寄，且若有神物俟乎其中，以听主人之命者。至于废稿残牍，有如落叶飞尘，随扫随有，除之不尽，颇为明窗净几之累，亦可暂时藏纳，以俟祝融⑤，所谓容懒藏拙之地是也。知此则不独书案为然，即抚琴观画、供佛延宾之座，俱应有此。一事有一事之需，一物备一物之用。《诗》云："童子佩觿⑥"；《鲁论》云："去丧无所不佩"。人身且然，况为器乎？一曰隔板，此予所独置也。冬月围炉，不能不设几席。火气上炎，每致桌面台心为之碎裂，不可不预为计也。当于未寒之先，另设活板一块，可用可去，衬于桌面之下，或以绳悬，或以钩挂，或于造桌之时，先作机彀⑦以待之，使之待受火气，焦则另换，为费不多。此珍惜器具之婆心，虑其暴殄天物，以惜福也。一曰桌撒⑧。此物不用钱买，但于匠作挥斤之际，主人费启口之劳，僮仆用举手之力，即可取之无穷，用之不竭。从来几案与地不能两平，挪移之时必相高低长短，而为桌撒。非特寻砖觅瓦时费辛勤，而且相称为难，非损高以就低，即截长而补短，此虽极微极琐之事，然亦同于临渴凿井，天下古今之通病也，请为世人药之。凡人兴造之际，竹头木屑，何地无之？但取其长不逾寸，宽不过指，而一头极薄，一头稍厚者，拾而存之，多多益善，以备挪台撒脚之用。如台脚所虚者少，则止入薄者，而留其有余者于脚处，不则尽数入之。是止一寸之木，而备高低长短数则之用，又未尝费我一钱，岂非极便于人之事乎？但须加以油漆，勿露竹头木屑之本形。何也？一则使之与桌同色，虽有若无；一则恐童子扫地之时，不能记忆，仍谬认为竹头木屑而去之，势必朝朝更换，将亦不胜其烦；加以油漆，则知为有用之器而存之矣。只此极细一着，而有两意存焉，况大者乎？劳一人以逸天下，予非无功于世者也。

【注释】

①《燕几图》：宋代黄长睿所编著的杂纂丛书，成书于南宋绍熙甲寅年（1194），是今天可见中国最早的家居设计著作。

②布帛菽粟：指生活必需品，比喻极其平常而又不可缺少的东西。出自《论贵粟疏》。

③冕旒：古代大夫以上的礼冠。顶有延，前有旒，故曰"冕旒"。

④玉食：珍贵美味的食物。

⑤祝融：火神，华夏族上古神话人物，也是三皇五帝时夏官火正的官名，与大司马是同义词。历史上有多位著名的祝融被后世祭祀为火神灶神。

⑥觿：古代一种解结的锥子，用骨、玉等制，也用作佩饰。

⑦机彀：机关。

⑧桌撒：用以垫平桌案脚的片状物。

【译文】

我第一次看《燕几图》时，佩服作者比我聪明十倍百倍。因我没有能力购置这种几案，于是到处寻找已经购置的人家，询问他们是否真的适用，但却终究没能找到。像我这样费尽心思，不能不说是惨淡经营，但是却无人效仿，原因何在？因为这种几案制作起来太过烦琐，而且没有这么大的房子能将它们全部陈列出来，用来观赏全貌。但凡人要制作某种物品，一定要让人人都买得起，家家都用得着，才能像布匹粮食那样适合大众，不然就像售卖锦衣玉食，很难有人愿意购买。所以我说，必须放弃高远而追求实用。对于几案，我没有钱购买材料，对此还未进行规划设计。但是如果考虑置备几案，其中有三个小物件，必不可少。一是抽屉。这是世间原本就有的东西，但是人们大都将其忽略，有的设置了，有的没有设置。却不知道这个东西，如果有就很轻松，没有就很麻烦，是可以用来偷懒藏拙的地方。文人需要的物品，例如竹简木片、剪刀锥子、朱砂铅粉、浆糊之类，没有一样可以缺少。虽说有人专门掌管，但常藏在其他地方，终究不能随取随用，不能像使用左手、右手一样方便。我性子急，每每呼唤不到书童，就会自己动手。在书房里，不管是近路远路，总会觉得走路麻烦。如果设置抽屉，凡是可能紧急需要的物品，全都放入其中，不但取用方便，而且仿佛会有神物等在那里，随时听候主人召唤。至于那些废纸残稿，就像落叶飞尘，随时清扫随时会有，无法清除干净，实在是明净书房的累赘，也可将其暂时藏在里面，等待日后一起烧掉。正所谓是能够偷懒藏拙的地方。明白这个道理，就会知道不仅书桌应该这样，弹琴赏画、供佛延客的座位，也应设置抽屉。每件事情都有各自的需求，每件物品都有各自的用途。《诗经》有云"童子佩觿"，《鲁论》云："去丧无所不佩。"人的身体尚且如此，更何况是器具？一是隔板。这是我的独创。冬天围着火炉，不能不摆放几案，火气上升，每每终会导致桌面台心碎裂，不能不提前想个办法解决。应该在天冷之前，另外准备一块活板，可装可卸，置于桌子下方。或用绳子悬着，或用钩子挂着，或在打造桌子的时候，提前做好放置活板的机关。等到桌面受了火气变焦，就另外再换一块，也没多少花费。这是我珍惜器具的一番苦心，担心暴殄天物，亦是珍惜福祉。一是桌撒，这种东西不需要花钱购买，只要在工匠挥动斧头的时候，主人稍费开口之劳，童仆稍用举手之力，就能取之不尽、用之不竭。一直以来，几案和地面很难平齐，挪移的时候必须要根据高低长短垫平，寻砖觅瓦，不仅颇费辛劳，而且很难合适，不是去高就低，就要截长补短，因此要做桌撒。这些虽是极其细微琐碎的小事，却也类似于临渴挖井，是古今天下的通病，我希望能帮世人治好。但凡人们制作家具的时候，竹片木屑，何处没有？只需要拾取那些长不过一寸、宽不过一指、一头很薄、一头稍厚的存放起来，多多益善，以备将来挪动几案，用于垫平桌脚。如果桌脚与地面空隙较小，就只塞入薄的那头，将剩余部分留在外面；如果空隙较大，就全部垫进去。只用一寸木头，可以防备高低长短各种情况，又不花我一分钱，难道不是对人极其方便的事情吗？但是要刷上油漆，切勿露出竹片、木屑原本的形状。为什么呢？一是让它与桌子同色，即使放在那里，也仿若没有。二是害怕童仆扫地的时候不记得，仍然错将它当成竹片、木屑扫掉，势必要天天更换，使人不胜其烦。刷上油漆，就会知道这是有用的物品，进而将其保留下来。仅仅这么小小的一招，就有两层好处，更何况是大主意呢？我一个人辛苦，天下人方便，足见我并非无功于世的人。

○椅杌

【原文】

器之坐者有三：曰椅、曰杌①、曰凳。三者之制，以时论之，今胜于古，以地论之，北不如南；维扬②之木器，姑苏③之竹器，可谓甲于古今，冠乎天下矣，予何能赘一词哉！但有二法未备，予特创而补之，一曰暖椅，一曰凉杌。予冬月著书，身则畏寒，砚则苦冻，欲多设盆炭，使满室俱温，非止所费不赀，且几案易于生尘，不终日而成灰烬世界。若止设大小二炉以温手足，则厚于四肢而薄于诸体，是一身而自分冬夏，并耳目心思，亦可自号孤臣孽子矣。计万全而筹尽适，此暖椅之制所由来也。制法列图于后。一物而充数物之用，所利于人者，不止御寒而已也。盛暑之月，流胶铄金，以手按之，无物不同汤火，况木能生此者乎？凉杌亦同他杌，但杌面必空其中，有如方匣，四围及底俱以油灰嵌之，上覆方瓦一片。此瓦须向窑内定烧，江西福建为最，宜兴次之，各就地之远近，约同志数人，敛出其资，倩人携带，为费亦无多也。先汲凉水贮杌内，以瓦盖之，务使下面着水，其冷如冰，热复换水，水止数瓢，为力亦无多也。其不为椅而杌者，夏月少近一物，少受一物之暑气，四面无障，取其透风；为椅则上段之料势必用木，两胁及背又有物以障之，是止顾一臀而周身皆不问矣。此制易晓，图说皆可不备。

器玩部

图十八　暖椅式

　　如太师椅④而稍宽，彼止取容臀，而此则周身全纳故也。如睡翁椅⑤而稍直，彼止利于睡，而此则坐卧咸宜，坐多而卧少也。前后置门，两旁实镶以板，臀下足下俱用栅。用栅者，透火气也；用板者，使暖气纤毫不泄也；前后置门者，前进入而后进火也。然欲省事，则后门可以不设，进人之处亦可以进火。此椅之妙，全在安抽替于脚栅之下。只此一物，御尽奇寒，使五官四肢均受其利而弗觉。另置扶手匣一具，其前后尺寸，倍于轿内所用者。入门坐定，置此匣于前，以代几案。倍于轿内所用者，欲置笔砚及书本故也。抽替以板为之，底嵌薄砖，四围镶铜。所贮之灰，务求极细，如炉内烧香所用者。置炭其中，上以灰覆，则火气不烈而满座皆温，是隆冬时别一世界。况又为费极廉，自朝抵暮，止用小炭四块，晓用二块至午，午换二块至晚。此四炭者，秤之不满四两，而一日之内，可享室暖无冬之福，此其利于身者也。若至利于身而无益于事，仍是宴安之具，此则不然。扶手用板，镂去掌大一片，以极薄端砚补之，胶以生漆，不问而知火气上蒸，砚石常暖，永无呵冻⑥之劳，此又利于事者也。不宁惟是，炭上加灰，灰上置香，坐斯椅也，扑鼻而来者，只觉芬芳竟日，是椅也，而又可以代炉。炉之为香也散，此之为香也聚，由是观之，不止代炉，而且差胜于炉矣。有人斯有体，有体斯有衣，焚此香也，自下而升者能使氤氲透骨，是椅也而又可代薰笼⑦。薰笼之受衣也，止能数件；此物之受衣也，

· 305 ·

遂及通身。迹是论之，非止代一薰笼，且代数薰笼矣。倦而思眠，倚枕可以暂息，是一有座之床。饥而就食，凭几可以加餐，是一无足之案。游山访友，何烦另觅肩舆，只须加以柱杠，覆以衣顶，则冲寒冒雪，体有余温，子猷之舟⑧可弃也，浩然之驴⑨可废也，又是一可坐可眠之轿。日将暮矣，尽纳枕箪于其中，不须臾而被窝尽热；晓欲起也，先置衣履于其内，未转睫而襦裤皆温。是身也，事也，床也，案也，轿也，炉也，薰笼也，定省晨昏之孝子也，送暖偎寒之贤妇也，总以一物焉代之。苍颉造字而天雨粟，鬼夜哭，以造化灵秘之气泄尽而无遗也。此制一出，得无重犯斯忌而重杞人之忧乎？

【注释】

①杌：小矮凳。

②维扬：扬州的别称。

③姑苏：苏州的别称。

④太师椅：古代家具中唯一用官职来命名的椅子，原为官家之椅，是权力和地位的象征，放在皇宫、衙门内便带官品职位的涵义，放在家庭中，也显示出主人的地位。它体态宽大，靠背与扶手连成一片，形成一个三扇、五扇或者是多扇的围屏。

⑤睡翁椅：指的是一种可卧可躺的榻。睡翁椅是一种卧榻的别称。

⑥呵冻：冬天手指冻僵，或笔砚结冰，呵气使其温暖或融解。

⑦薰笼：一种覆罩于炉子上，供薰香、烘物和取暖的器物。

⑧子猷之舟：子猷，即王徽之，王羲之之子。据《世说新语·任诞》记载："王子猷居山阴，夜大雪。眠觉开室，命酌酒。四望皎然，因起傍徨，咏左思《招隐诗》。忽忆戴安道。时戴在剡，即便夜乘小船就之。经宿方至，造门不前而返。人问其故，王曰：'吾本乘兴而行，兴尽而返。何必见戴！'"

⑨浩然之驴：浩然，即孟浩然，唐朝著名诗人。据张岱的《夜航船》里记载，孟浩然情怀旷达，常冒雪骑驴寻梅，曰："吾诗思在灞桥风雪中驴背上。"意思是"我作诗的灵感来自于灞桥风雪中的驴背上"。

【译文】

用来坐的器具有三种：椅子、杌子、凳子。这三种家具的样式，从时间来说，现在胜过古代，从地域来看，北方不如南方。扬州的木器、苏州的竹器，可以说是古今第一、甲冠天下，我如何能多说一句？但有两种制法尚不完备：一个是暖椅；一个是凉机。这是我的独创，在此予以补充。冬天写书时，我身体怕冷，而砚台怕冻，就想多烧几盆炭，暖和整个屋子，结果不但花费不少，而且书桌容易积尘，不到一天，到处都是灰烬。如果只用大小两个炉子，用来温暖手脚，那么就会厚待了四肢，亏待了身体。这样，一个身子有的部位暖如夏，有的部位冷如冬，就连耳目心脑也要哀嚎，自称是孤臣孽子了。想尽办法要让全身舒适，这是我制造暖椅的原因。其制作方法列图在后。这一件物品能当几件来用，暖椅对人的好处，不仅是御寒而已。夏季炎热，流胶铄金，用手摸上去，所有物品如同滚水烈火，更何况木头本来就能生火？凉机就和其他机子一样，只是机面中间必须留空，就像一个方匣子，四周和底部全部嵌上油灰，上面覆盖一片方瓦。这种瓦片需要向瓦窑定制烧就，其中江西、福建的最好，宜兴的其次。各自根据地方的远近，有同样想法的几人可相约集资，请人携带，花费也没有多少。先将凉水倒入机内，用瓦盖上，务必使其底面着水，瓦片就会冷得像冰。等瓦片热了，就将水换掉。水只需要几瓢，力气也不费多少。之所以不做成椅子，而做成机子，是因为夏天少接近一件物品，就少受一些暑气。四面没有遮挡，是为了透风。如果做成椅子，那么上段靠背的材料势必会用木头，人的两胁和背部又有椅背阻挡，这是只顾屁股而忽略全身啊。这种凉机的制作比较简单易懂，不需要画图和解说。

　　暖椅像太师椅，但稍微宽一些，所以太师椅只能容纳臀部，而暖椅能够容纳全身。暖椅像睡翁椅，但稍微直一点，所以睡翁椅只能方便睡觉，而暖椅坐卧都适宜，但坐的时候多、睡的时候少。前后都装上门，左右镶上木板，臀下和脚下都用栅栏。之所以用栅栏，为的是透火气；之所以用木板，为的是让暖气一点都不泄漏；之所以前后装门，是为了前面进人，后面进火。但是如果想要省事，后门可以不装，进人的地方也可以进火。这种椅子的妙处，全在于将抽屉装在脚栏之下。只这一样东西，就能抵御奇寒，让五官四肢都能在不知不觉中享受温暖。另外设置一个扶手匣，前后尺寸要比轿内用的大一倍。进门坐好后，将这个匣子放在前面，用来代替书桌。之所以要比轿内用的大一倍，是为了放置纸砚以及书本。抽屉用木板来做，底部嵌薄砖，四周则镶铜。抽屉里贮存的灰，要跟香炉里烧香用的灰一样，一定要非常细。把炭放在里面，上面盖上灰，那么火气不会太烈而整个椅子都会暖和，是寒冬时节的另一个世界。况且花费很少，从早到晚，只需四块小炭，早上用两块可以坚持到下午，下午换两块能坚持到晚上。这四块炭，重量不满四两，却能让人一整天享受室内温暖无寒之福。这是它对身体有利的地方。如果只是有利于身体而对做事没有帮助，那么它仍然只是享乐的工具,但暖椅不是。扶手用木板来做,中间挖去巴掌大的一块,补上很薄的端砚,用生漆粘住,不用问也知道火气上蒸之时,砚台可以一直保暖,再也不需要费力呵冻。这是它对做事有利的地方。不仅如此,如果在炭上加灰,在灰上放香,那么坐在这个椅子里,整日只觉得香气扑鼻。因此,暖椅还可以代替香炉。用炉子点香,香味会分散,用暖椅点香,香味会集聚,由此看来,暖椅不仅能够代替香炉,而且比香炉更胜一筹。有人才会有身体,有身体才会有衣服,用此焚香时,香气能自下而上熏遍全身。因此,暖椅还可以代替薰笼。薰笼薰衣,一次只能薰几件;暖椅薰衣,一次能够薰全身。由此看来,暖椅不只能抵得上一个薰笼,还能抵得上多个薰笼。倦了就想睡觉,靠着枕头可以暂时休息,如此一来,暖椅是张有座位的床。饿了就想吃饭,靠着桌子可以吃些东西,如此一来,暖椅是张无脚的桌子。游山玩水、探亲访友之时,何须另寻轿子,只需要加上柱杠,在上面盖上布篷,即使顶风冒雪,身体也是温暖的,王徽之的小船、孟浩然的驴子都可以抛弃了。因此,暖椅还是一个可坐可睡的轿子。太阳下山时,将枕头被褥全都放进去,不一会儿,被窝就全热了;早上起床时,把衣服鞋子全都放进去,转瞬之间,袄裤就都暖了。既对身体有利,又能方便做事,还能代替床、桌子、轿子、香炉和薰笼,就像早晚前来问候的孝子,嘘寒问暖的贤妻,都能用这一件物品代替。相传苍颉造字,天上下粟如雨,夜晚鬼哭魂嚎,是因为造化的灵秘之气全都泄露了。我设计的暖椅一问世,会不会再犯这个忌讳,加重杞人的忧虑呢?

○床帐

【原文】

人生百年,所历之时,日居其半,夜居其半。日间所处之地,或堂或庑①,或舟或车,总无一定之在,而夜间所处,则只有一床。是床也者,乃我半生相共之物,较之结发糟糠,犹分先后者也。人之待物,其最厚者,当莫过此。然怪当世之人,其于求田问舍,则性命以之,而寝处晏息之地,莫不务从苟简,以其只有己见,而无人见故也。若是,则妻妾婢媵②是人中之榻也,亦因己见而人不见,悉听其为无盐、嫫姆③,蓬头垢面而莫之讯乎?予则不然。每迁一地,必先营卧榻而后及其他,以妻妾为人中之榻,而床第乃榻中之人也。欲新其制,苦乏匠资;但于修饰床帐之具,经营寝处之方,则未尝不竭尽绵力,犹之贫士得妻,不能变村妆为国色,但令勤加盟栉④,多施膏沐⑤而已。其法维何?一曰床令生花,二曰帐使有骨,三曰帐宜加锁,四曰床要着裙。

曷云"床令生花"?夫瓶花盆卉,文人案头所时有也,日则相亲,夜则相背,虽有天香扑鼻,国色眠人,一至昏黄就寝之时,即欲不为纨扇之捐,不可得矣。殊不知白昼闻香,不若黄昏嗅味。白昼闻香,其香仅在口鼻;黄昏嗅味,其味直入梦魂。法于床帐之内先设托板,以为坐花之具;而托板又勿露板形,妙在鼻受花香,俨若身眠树下,不知其为妆造也者。先为小柱二根,暗钉床后,而以帐悬其外。托板不可太大,长止尺许,宽可数寸,其下又用小木数段,制为三角架子,用极细之钉,隔帐钉于柱上,而后以板架之,务使极固。架定之后,用彩色纱罗制成一物,或像怪石一卷,或作彩云数朵,护于板外以掩其形。中间高出数寸,三面使与帐平,而以线缝其上,竟似帐上绣出之物,似吴门堆花之式是也。若欲全体相称,则或画或绣,满帐俱作梅花,而以托板为虬枝老干,或作悬崖突出之石,无一不可。帐中有此,凡得名花异卉可作清供⑥者,日则与之同堂,夜则携之共寝。即使群芳偶缺,万卉将穷,又有炉内龙涎⑦、盘中佛手与木瓜、香楠等物可以相继。若是,则身非身也,蝶也,飞眠宿食尽在花间;人非人也,仙也,行起坐卧无非乐境。予尝于梦酣睡足、将觉未觉之时,忽嗅蜡梅之香,咽喉齿颊尽带幽芬,似从脏腑中出,不觉身轻欲举,谓此身必不复在人间世矣。既醒,语妻孥曰:"我辈何人,遽有此乐,得无折尽平生之福乎?"妻孥曰:"久贱常贫,未必不由于此。"此实事,非欺人语也。

曷云"帐使有骨"?床居外,帐居内,常也。亦有反此旧制,而使帐出床外者,善则善矣,其如夏月驱蚊,匿于床栏曲折之外,有若负嵎,欲求美观,而以膏血殉之,非长策也,不若仍从旧制。其不从旧制,而使帐出床外者,以床有端正之体,帐无方直之形,百计撑持,终难服贴,总以四角之近柱者软而无骨,不能肖柱以为形,有犄角抵牾之势也,故须别为赋形,而使之有骨。用不粗不细之竹,制为一顶及四柱,俟帐已挂定而后撑之,是床内有床,旧制之便与新制之精,二者兼而有之矣。床顶及柱,令置轿者为之,其价颇廉,仅费中人一饭之资耳。

曷云"帐宜加锁"?设帐之故有二:蔽风、隔蚊是也。蔽风之利十之三,隔蚊之功十之七,然隔蚊以此,闭蚊于中而使之不得出者亦以此。蚊之为物也,体极柔而性极勇,形极微而机极诈。薄暮而驱,彼宁受奔驰之苦,挞伐之危,守死而弗去者十之八九。及其去也,又必择地而攻,乘虚以入。昆虫庶类之善用兵法者,莫过于蚊。其择地也,每弃后而攻前;其乘虚也,必舍垣而窥户。帐前两幅之交接处,皆其据险扼要,伏兵伺我之区也。或于风动帐开之际，或于取器之溺之时，一隙可乘，遂鼓噪而入。法于门户交关之地，上、中、下共设三纽，若妇人之衣扣然。至取溺器时，先以一手绾帐，勿使大开，以一手提之使入，其出亦然。若是，则坚壁固垒，彼虽有奇勇异诈，亦无所施其能矣。至于驱除之法，当使人在帐中，空洞其外，始能出而无阻。世人逐蚊，皆立帐檐之下，使所开之处蔽其大半，是欲其出而闭之门也。犯此弊者十人而九，何其习而不察，亦至此乎？

曷云"床要着裙"？爱精美者，一物不使稍污。常有绮罗作帐，精其始而不能善其终，美其上而不得不污其下者，以贴枕着头之处，在妇人则有膏沐之痕，在男子亦多脑汗之迹，日积月累，无瑕者玷而可爱者憎矣，故着裙之法不可少。此法与增添顶柱之法相为表里。欲令着裙，先必使之生骨，无力不能胜衣也。即于四竹柱之下，各穴一孔，以三横竹内之，去箄尺许，与枕相平，而后以布作裙，穿于其上，则裙污而帐不污，裙可勤涤，而帐难频洗故也。至于枕、箄、被褥之设，不过取其夏凉冬暖。请以二语概之，曰：求凉之法，浇水不如透风；致暖之方，增绸不如加布。是予贫士所知者。至于羊羔美酒亦足御寒，广厦重冰尽堪避暑，理则固然，未尝亲试。"知之为知之，不知为不知"⑧，此圣贤无欺之学，不敢以细事而忽之也。

【注释】

①庑：堂下周围的走廊，廊屋。

②婢媵：婢妾，随嫁的婢女。

③无盐、嫫姆：泛指丑女。无盐，战国时齐宣王后钟离春，为人有德而貌丑。因是无盐人，故名。后常用为丑女的代称。嫫姆，传说中黄帝之妻，貌极丑。后为丑女代称。

④盥栉：梳洗打扮，整理仪容。

⑤膏沐：妇女洗涤、润泽头发所用的油膏。

⑥清供：清供是在室内放置在案头供观赏的物品摆设，主要包括各种盆景、插花、时令水果、奇石、工艺品、古玩、精美文具等，可以为厅堂、书斋增添生活情趣。

⑦龙涎：一种香料。凝结如蜡，得自鲸鱼内脏。

⑧知之为知之，不知为不知：出自《论语·为政》。

【译文】

人生百年经历的时间，白天占一半，晚上占一半。白天所在的地方，

器玩部

或是大堂，或是廊屋，或在舟船上，或在马车里，没有固定地点。但是晚上所在的地方，却只有一张床。所以床是我半生相伴的物品，即使与结发妻子相比，也能分出先后。对于物品，人最看重的，莫过于床。但是奇怪的是，当今世人，对于置房卖地，可以不顾性命地追求，而对于天天睡觉的床，却都只想简单凑合。因为床只有自己看得到，其他人都看不见。如果这样，对人来说妻妾婢女也是床，难道也会因为只有自己见得到，其他人都见不到，而任由她们丑陋无比、蓬头垢面却不闻不问吗？我并非如此。每换一个地方，一定要先整理卧榻，然后再考虑其他。对我而言，妻妾如床，床也如妻妾。我想更新床的样式，但却缺乏工匠和资金；但是对于修饰床帐的工具，装扮卧房的方法，每次都竭尽全力。就像是穷人娶了妻子，虽然不能将村姑装扮成国色天香的美人，却可让她勤加梳洗，多多打扮。用什么样的方法呢？一是床令生花，二是帐使有骨，三是帐宜加锁，四是床要着裙。

什么是"床令生花"？花瓶装的花和花盆种的花，是文人经常放在案头的东西。白天与之相亲，夜晚就要分开。虽然香气扑鼻、花色诱人，但到晚上睡觉的时候，即使不想像丢弃秋扇一般将它丢弃，也不可以。殊不知白天闻花香，不如傍晚嗅其味；白天闻花香，香味只在口鼻，傍晚嗅其味，香味却能直接入梦。"床令生花"的方法是：在床帐里面，首先放置一块托板，用来放花；但是托板不用露出板的形状。其奇妙之处在于鼻子闻到花香，俨然好像睡在树下，却不知这是人为装扮出来的。先准备两根小木柱，将其钉在床后的隐蔽之处，将帐子挂在外面。托板不可以太大，长不超一尺，宽大约几寸，其下又用几段小木头，制成三角架子，用极细的钉子，隔着床帐钉在柱子上，然后将托板架上去，务必使它极其牢固。架好之后，用彩色的纱罗制成一件饰品，或者像一卷怪石，或者做几朵彩云，围护在托板外围，以掩盖托板的形状。中间高出几寸，其他三面都和帐子平齐，然后用线缝上，就如同绣在帐上的东西，恰似苏州堆花的样式。如果想要整体和谐相衬，那么可以画也可以绣，整个帐子弄上梅花图案，将托板做成虬曲古老的枝干，或是悬崖上突出的石头，无一不可。帐中有此设计，凡是得到名花异草可供观赏，白天就放在厅堂，晚上可带着同睡。即使群花盛开的时令已过，万花飘香的时节将尽，还有炉内龙涎香、盘中的佛手与木瓜、香橼等物可以替代。如果这样，那么身体将不是身体，而是蝴蝶，飞翔、睡眠、住宿、吃饭尽在花间；人将不是人，而是神仙，行起坐卧都在极乐之地。我曾在酣然熟睡、将醒未醒的时候，突然闻见腊梅的香气，从喉咙到嘴边尽是清幽芳香，仿佛是从五脏六腑之中流溢而出，感觉身体轻盈如燕，似要飞起，这个身体想必已经不在人世间了。醒来之后，我对妻子儿女讲："我是什么人啊，突然享受到如此乐趣，岂不是要折尽平生的福分？"妻子儿女都说："我们长期贫穷，说不定是这个原因。"这是真事，并非在骗人。

什么是"帐使有骨"？床在帐外，帐在床内，这是常理。也有人反过来，将床帐放在床外，美观倒是美观了，却用自己的脂血去喂蚊子，并非长久之计，不如按照原来的方法。如果不想用旧方法，而想将床帐放在床外，因为床有方正的形状，但帐子却没有，想尽办法将它撑起，却也很难使二者服帖。而且帐子四角靠近柱子的地方软而无骨，很难像柱子一样成形，有棱有角。所以想让帐子有形，必须另想办法，让它有骨。可以用不粗不细的竹竿，制成一个顶和四根柱子，等到帐子挂好后，将其撑起来。这样就会床内有床，既有旧方法的便利，且兼备新方法的精致。床顶和柱子，吩咐做轿子的人制作，价格将十分便宜，只需要花费中等人家的一顿饭钱。

什么是"帐宜加锁"？设置床帐的原因有二：挡风、隔蚊。其中，挡风的目的占了三成，隔蚊的目的占了七成。然而隔开蚊子的是它，将蚊子关在帐中使其无法出去的也是它。蚊子这种东西，身体柔弱但性情勇猛，体型虽小但心机狡诈。傍晚驱赶蚊子，它们之中十之八九宁愿忍受奔波之苦，冒着被打死的危险，也不愿离开。即使离开了，一定还会另寻地方，趁虚而入。昆虫之中最善于运用兵法的，当属蚊子。它们选择地方，通常是放弃后攻选择前攻；它们趁虚而入，必定舍弃墙壁窥探门窗。帐前两幅帐帘的交接之处，都是蚊子据险扼要、伺机埋伏的地方。有时趁着风吹帐开的时候，有时趁着人取便器的时候，只要有一条缝隙，它们就会大张声势地进入。阻止蚊子的方法是：在帐帘交接处的上中下各缝三个纽扣，就像女人的衣扣一样。取便器的时候，先用一只手挽着帐子，不要让帐子大开，用另一只手将便器拿进去，拿出来的时候也是一样。如果这么做，床帐将如同铜墙铁壁，蚊子虽然极其勇猛狡诈，却也无计可施。至于驱逐蚊子的方法，要让帐外空着，而人在帐中，这样蚊子才能不受阻碍地出去。但世人驱蚊，都是站在帐檐下面，蚊帐打开的地方被遮住了大半，这是想要赶走蚊子却把门关上了。十个人中九个会犯这种错误，为什么会习以为常到如此地步呢？

什么是"床要着裙"？生活精致爱干净的人，不会让任何一样物品稍稍变脏。常常有人用绸缎做床帐，往往开始很干净却不能善终，上面很干净，下面却不得不变脏，因为贴着枕头的地方，往往会有女子发油和男子脑汗的痕迹，日积月累，干净无暇的床帐被玷污，令人喜欢的床帐被嫌弃，所以给床做裙的方法必不可少。方法跟增添顶柱的办法配套。想要给床做裙，必先给床建造骨架，否则将无法支撑裙装。具体来说：在四根竹柱下面，各钻一孔，横着插三根竹子，离竹席一尺左右，与枕持平。然后用布做床裙，穿在上面。这样，要脏也是裙子变脏，帐子将不会变脏。因为床裙可以经常洗，但是帐子不能。至于枕头、竹席、被褥的配置，自然是要冬暖夏凉。用两句话概括，即：求凉之法，浇水不如透风；致暖之方，增绸不如加布。这是我作为贫穷之人的看法。至于吃羊肉、饮美酒可以御寒，住高楼、多放冰可以避暑，道理固然不错，但我未曾亲自尝试。孔子曾说，"知之为知之，不知为不知"。圣贤教导我们不能欺骗，我不敢因事小就忽略它。

○ 橱柜

【原文】

造橱立柜，无他智巧，总以多容善纳为贵。尝有制体极大而所容甚少，反不若渺小其形而宽大其腹，有事半功倍之势者。制有善不善也，善制无他，止在多设搁板。橱之大者，不过两层、三层，至四层而止矣。若一层止备一层之用，则物之高者大者容此数件，而低者小者亦止容此数件矣。实其下而虚其上，岂非以上段有用之隙，置之无用之地哉？当于每层之两旁，别钉细木二条，以备架板之用。板勿太宽，或及进身之半，或三分之一，用则活置其上，不则撤而去之。如此层所贮之物，其形低小，则上半截皆为余地，即以此板架之，是一层变为二层。总而计之，则一橱变为两橱，两柜合成一柜矣，所裨不亦多乎？或所贮之物，其形高大，则去而容之，未尝为板所困也。此是一法。至于抽替之设，非但必不可少，且自多多益善。而一替之内，又必分为大小数格，以便分门别类，随所有而藏之，譬如生药铺①中，有所谓"百眼橱"②者。此非取法于物，乃朝廷设官之遗制，所谓五府六部③群僚百执事，各有所居之地与所掌之簿书④钱谷⑤是也。医者若无此橱，药石之名盈千累百，用一物寻一物，则卢医扁鹊无暇疗病，止能为刻舟求剑⑥之人矣。此橱不但宜于医者，凡大家富室，皆当则而效之，至学士文人，更宜取法。能以一层分作数层，一格画为数格，是省取物之劳，以备作文著书之用。则思之思之，鬼神通之；心无他役，而鬼神得效其灵矣。

【注释】

①生药铺：指售卖仅经简单加工而未精制的药物的店铺。
②百眼橱：中药店用的多屉橱。
③五府六部：明代五军都督府与吏、户、礼、兵、刑、工六部连称。
④簿书：官方文书的统称。
⑤钱谷：钱币、谷物，常借指赋税。
⑥刻舟求剑：是一个寓言故事演化而成的成语。出自《吕氏春秋·察今篇》："楚人有涉江者，其剑自舟中坠于水，遽契其舟曰：'是吾剑之所从坠。'舟止，从其所契者入水求之。"比喻办事刻板，拘泥而不知变通。

【译文】

　　制造橱柜，没有其他技巧，最好能多多容纳东西。有的橱柜体型很大，但能容纳的东西很少，反而不如那些外形虽小，但是容量很大的橱柜，有事半功倍的功效。橱柜的样式有的完善，有的不完善，完善的样式也无其他，只是多设置了搁板。大的橱柜，一般不过两三层，最多也就四层，如果一层只当一层用，那么又高又大的物品只能容纳几件，又矮又小的物品也只能容纳几件而已。下半部分装得满满而上半部分却是空的，岂不是将上半部分的有用空间就此闲置了吗？应该在每层两侧，各钉两条细木，以备用来架板。活板不能太宽，可以是柜子深度的二分之一，或者三分之一。用的时候就将其架上，不用的时候就撤掉。如果这层所贮存的物品外形短小，那么它的上半部分都是空的，可以把活板架上去，那么一层就会变成两层。总体来看，一个橱子变成两个，两个柜子合成一个，不是有很多好处吗？如果所贮存的物品外形高大，就把活板去掉再放，就能不受活板的限制。这是一种方法。至于抽屉的设置，非但必不可少，而且多多益善。一个抽屉里，定要分成大小几格，以便分门别类，根据需要而储藏物品，如同生药铺中所谓的"百眼橱"。这不是由储物得到的启发，而是朝廷设官的遗制。五府六部的文武百官各有自己的居所以及负责掌管的文书财物。医生如果没有"百眼橱"，成千上万的药物，要随用随找，那么卢医扁鹊将没有时间看病，只能像刻舟求剑那样胡乱找药。这种橱柜不仅适合医生，但凡大户人家，都应效仿。至于文人学士，更要采用这种方法。将一层分为几层，一格划为几格，就能省下找东西的精力，用来写文著书。那么想着想着，鬼神就能助通思路；心无旁骛，鬼神就能显灵。

○箱笼箧笥

【原文】

随身贮物之器，大者名曰箱笼，小者称为箧笥。制之之料，不出革、木、竹三种；为之关键①者，又不出铜、铁二项，前人所制亦云备矣。后之作者，未尝不竭尽心思，务为奇巧，总不出前人之范围；稍出范围即不适用，仅供把玩而已。予于诸物之体，未尝稍更，独怪其枢钮太庸，物而不化，尝为小变其制，亦足改观。法无他长，惟使有之若无，不见枢钮之迹而已。止备二式者，腹稿虽多，未经尝试，不敢以待验之方误人也。

予游东粤，见市廛所列之器，半属花梨、紫檀，制法之佳，可谓穷工极巧，止怪其镶铜裹锡，清浊不伦。无论四面包镶，锋棱埋没，即于加锁置键之地，务设铜枢，虽云制法不同，究竟多此一物。譬如一箱也，磨砻极光，照之如镜，镜中可使着屑乎？一笥也，攻治极精，抚之如玉，玉上可使生瑕乎？有人赠我一器，名"七星箱"，以中分七格，每格一替，有如星列故也。外系插盖，从上而下者。喜其不钉铜枢，尚未生瑕着屑，因筹所以关闭之。遂付工人，命于中心置一暗闩，以铜为之，藏于骨中而不觉，自后而前，抵于箱盖。盖上凿一小孔，勿透于外，止受暗闩少许，使抽之不动而已。乃以寸金小锁，锁于箱后。置之案上，有如浑金粹玉，全体昭然，不为一物所掩。觅关键而不得，似于无锁；窥中藏而不能，始求用钥。此其一也。

后游三山，见所制器皿无非雕漆，工则细巧绝伦，色则陆离可爱，亦病其设关置键之地难免赘瘤，以语工师，令其稍加变易。工师曰："吾地般、倕颇多，如其可变，不自今日始矣。欲泯其迹，必使无关键而后可。"予曰："其然，岂其然乎？"因置暖椅告成，欲增一匣置于其上，以代几案，遂使为之。上下四旁，皆听工人自为雕漆，俟其成后，就所雕景物而区画之。前面有替可抽者，所雕系"博古图"，樽罍②钟磬③之属是也；后面无替而平者，系折枝花卉、兰菊竹石是也。皆备五彩，视之光怪陆离。但抽替太阔，开闭时多不合缝，非左进右出，即右进左出。予顾而筹之，谓必一法可当二用，既泯关键之迹，又免出入之疵，使适用美观均收其利而后可。乃命工人亦制铜闩一条，贯于抽替之正中，而以薄板掩之，此板即作分中之界限。夫一替分为二格，乃物理之常，而乌知有一物焉贯于其中，为前后通身之把握哉？得此一物贯于其中，则抽替之出入皆直如矢，永无左出右入、右出左入之患矣。前面所雕"博古图",中系三足之鼎,列于两旁者一瓶一炉。予鼓掌大笑曰:"'执柯伐柯,其则不远。'即以其人之道,反治其身足矣!"遂付铜工,令依三物之成式,各制其一,钉于本等物色之上,鼎与炉、瓶皆铜器也,尚欲肖其形与色而为之,况真者哉?不问而知其酷似矣。鼎之中心穴一小孔,置二小钮于旁,使抽替闭足之时,铜闩自内而出,与钮相平。闩与钮上俱有眼,加以寸金小锁,似鼎上原有之物,虽增而实未尝增也。锁则锁矣,抽开之时,手执何物?不几便于入而穷于出乎?曰:不然。瓶、炉之上原当有耳,加以铜圈二枚,执此为柄,抽之不烦余力矣。此区画正面之法也。

铜闩既从内出,必在后面生根,未有不透出本匣之背者,是铜皮一块与联络补缀之痕,俱不能泯矣。乌知又有一法,为天授而非人力者哉!所雕诸卉,菊在其中,菊色多黄,与铜相若,即以铜皮数层,剪千叶菊花一朵,以暗闩之透出者穿入其中,胶之甚固,若是则根深蒂固,谁得而动摇之?予于此一物也,纯用天工,未施人巧,若有鬼物伺乎其中,乞灵于我,为开生面者。

制之既成,工师告予曰:"八闽之为雕漆,数百年于兹矣,四方之来购此者,亦百千万亿其人矣,从未见创法立规有如今日之奇巧者,请行此法,以广其传。"予曰:"姑迟之,俟新书告成,流布未晚。"窃恐世人先睹其物而后见其书,不知创自何人,反谓剿袭成功以为己有,讵非不白之冤哉?工师为谁?魏姓,字兰如;王姓,字孟明。闽省雕漆之佳,当推二人第一。自不操斤,但善于指使,轻财尚友,雅人也。

【注释】

①关键:门闩,或者功能类似门闩的东西,此处指钥匙。
②樽罍:樽与罍皆盛酒器。
③钟磬:古代礼乐器,编钟和玉磬。

【译文】

随身贮存物品的器具,大的名叫"箱""笼",小的称为"箧""笥"。制作它们的材料,不外乎三种:革、木、竹;制作钥匙的材料,又不外乎两种:铜和铁,前人的制作可以说已非常完备。后人制作时,未尝不是耗尽脑力,务必要做得奇巧,却总是无法超出前人的范围,稍微有些超出便不实用,只能供人欣赏把玩。我对于箱笼箧笥的样式没有改变,唯独嫌它的钥匙太过古板平庸。我曾尝试稍改样式,也确实让外形变得美观。我的方法没有其他优点，只是让钥匙虽在，好似没有，不见任何痕迹。这里只准备了两种样式，因为虽然我有很多想法，但是不曾尝试，不敢用有待验证的方法误导他人。

我在广东东部游历之时，发现市面上所陈列的箱笼筐筥，一半是由花梨、紫檀制成，制作工艺极其精巧，只是它镶铜裹锡，清浊难辨、不伦不类。不管是在四面镶铜裹锡，棱角全被遮掩，还是加置钥匙的地方，一定要弄一个铜枢，虽然说花样繁多，但觉得像多出一样东西一样。比如一个箱子，磨得像镜子一样光亮，怎么能让镜子上有渣滓呢？一个做工精良的匣子，摸上感觉和玉一样，怎么可以让玉上有瑕疵呢？有人送给我一个"七星箱"，叫这个名字是因为它里面分成了七个格子，每格中有一个抽屉，好像是星座分布一样。箱子的外面是插盖，我喜欢的是它从上往下都没有钉铜枢，因此看上去非常整洁平滑，就开始考虑如何给它上锁。把它拿给工匠，让他在中心的位置装一个铜制的暗闩，藏在箱壁中让人察觉不到，从后向前，到达箱盖，盖上面钻一个小孔，不要穿透，只让暗闩插进去一点点，使它不能抽动就可以了。再用个寸金小锁，锁在箱子的后面。放在桌上，有如浑金璞玉，整个都非常的光滑，没有遮掩，找不到开关，就像是没有锁一样，想看看里面有什么东西却不能打开，才知道需要用钥匙。这是其一。

后来游览三山，看到当地所制的器具都是雕漆的，工艺精致无比，色泽光怪艳丽，但它的毛病也是装锁，太过烦琐了。我把意见告诉给了工匠，要他们稍加改造。工匠说："我们这里能工巧匠很多，如果能够改造，不会等到现在才改。如果想要掩盖上锁的痕迹，除非不上锁。"我说："果真是这样的吗？"暖椅制成后，我想要在上面加一个匣子代替几案，于是就让工匠去做。上下四边，都让工人自己雕漆，做成以后，根据所雕刻的图案来考虑。前面有抽屉的，雕刻的是博古图，即樽罍钟磬之类的东西；后面没有抽屉的平板，雕刻的是折枝花卉，即兰菊竹石之类的植物。上面都粉饰得五颜六色，看上去光怪陆离。但抽屉太宽，开关时不是很合缝，不是左边进右边出就是右边进左边出。匣子正面雕刻的博古图中间是一个三足鼎，旁边有一个炉子和一个瓶子。我拍手大笑着说道："'拿着斧柄砍斧柄，例子就在身边啊。'就用这上面的方法来修理它就足够了。"就交给铜匠，让他照这三样物品的样子，各打造出一个来，钉在图案之上。鼎和炉子、瓶子本身都是铜器，漆器上的图案还要模仿，何况真的铜器呢？不用说是极像了。鼎的中心钻了一个小孔，旁边装上两个小钮，在抽屉关紧时，铜闩可以从里面伸出，和钮相平，闩和钮上面都有眼，加上一个寸金小锁，就像鼎上原本就有的东西一样，虽然加了一个东西也和没加是一样的。锁是锁上了，拉开抽屉时，手上需要抓什么呢？这不是好关而难开吗？不是的。瓶子和炉子上面，原本就应有个耳，在上面加上两枚铜环，以这个做柄，则拉开抽屉就十分方便了。这是规划正面的方法。

铜闩既从里面出来，必定要在后面生根，不能不透出木匣的背面。这样一块铜皮和补缀连接的痕迹，就都不容易掩盖起来了。怎样看起来才是浑然天成的呢？背面所雕的花卉中，菊花在中间，菊花的颜色大多是黄色的，跟铜十分相似，就用几层铜皮剪成一朵千层菊花，让暗闩透出的地方，穿到菊花里面，胶粘得很牢固。这样就根深蒂固，还有什么能动摇它呢？我在这件东西上面，纯粹是用天然的方便而没有人力的雕琢，就像有鬼物藏在里面，通过我的手来达到这种特别的效果一样。

此物制成之后，工匠对我说："福建的漆雕工艺，已有百年的历史。四面八方前来购买的人也已不计其数。但是从未见过像今日如此奇巧的设计，请您允许我将这种方法推行开来。"我说："先等一等。等我新书写成之后，再来推广也不晚。我担心世人先看到实物再看到我的书，就会不知道是何人创造的，反说我是抄袭别人而据为己有，这不就是不白之冤了吗？"工匠是谁呢？有一个姓魏，字兰如；另一个姓王，字孟明。福建漆雕做得最好的，应当是这两个人了。自己不动手，但善于指导别人，轻视钱财却喜欢结交朋友，也是风雅的人。

○骨董

【原文】

是编于骨董一项，缺而不备，盖有说焉。崇高古器之风，自汉魏晋唐以来，至今日而极矣。百金贸一卮，数百金购一鼎，犹有病其价廉工俭而不足用者。常有为一渺小之物，而费盈千累万之金钱，或弃整陌连阡之美产，皆不惜也。夫今人之重古物，非重其物，重其年久不坏；见古人所制与古人所用者，如对古人之足乐也。若是，则人与物之相去，又有间矣。设使制、用此物之古人至今犹在，肯以盈千累万之金钱与整陌连阡之美产，易之而归，与之坐谈往事乎？吾知其必不为也。予尝谓人曰：物之最古者莫过于书，以其合古人之心思面貌而传者也。其书出自三代，读之如见三代之人；其书本乎黄、虞，对之如生黄虞之世；舍此则皆物矣。物不能代古人言，况能揭出心思而现其面貌乎？

古物原有可嗜，但宜崇尚于富贵之家，以其金银太多，藏之无具，不得不为长房缩地之法，敛丈为尺，敛尺为寸，如"藏银不如藏金，藏金不如藏珠"之说，愈轻愈小，而愈便收藏故也。矧①金银太多，则慢藏诲盗②，贸为骨董，非特穿窬不取，即误攫入手，犹将掷而去之。迹是而观，则骨董、金银为价之低昂，宜其倍蓰③而无算也。乃近世贫贱之家，往往效颦于富贵，见富贵者偶尚绮罗，则耻布帛为贱，必觅绮罗以肖之；见富贵者单崇珠翠，则鄙金玉为常，而假珠翠以代之。事事皆然，习以成性，故因其崇旧而黜新，亦不觉生今而反古。有八口晨炊不继，犹舍旦夕而问商周；一身活计茫然，宁遣妻孥而不卖骨董者。人心矫异，讵非世道之忧乎？予辑是编，事事皆崇俭朴，不敢侈谈珍玩，以为末俗扬波。且予窭人也，所置物价，自百文以及千文而止，购新犹患无力，况买旧乎？《诗》云："惟其有之，是以似之。"生平不识骨董，亦借口维风，以藏其拙。

【注释】

① 矧：况且。
② 慢藏诲盗：收藏财物不慎，等于诱人偷窃。
③ 倍蓰：指由一倍至五倍，形容很多。

【译文】

关于古董的记载，一直欠缺而不完备，这是有原因的。自汉魏晋唐以来，崇尚古代器具的风气开始盛行，截至今日，已经达到极点。花一百两银子买一只酒杯，花几百两银子买一个鼎，还有人嫌其价格低廉、工艺简陋。常常有人为了一件小小古董，花费成千上万白银，或者赔上大片良田，都不觉得可惜。如今人们重视古董，并非重视古董本身，而是看重其年久不坏；看到古人所制作的和所使用的器物，就如同面对古人一样令人开心满足。像这样，古人和古物之间是有距离的。假使当年制作这件器物的人今天仍然活着，他会愿意用大量的金钱和大片的田产，来把它买回去，还跟它坐谈往事吗？我肯定他不会的。我曾经对人说："器物之中最古老的莫过于书，它符合古人的心思面貌，因而得以流传。"如果书出自夏商周三代，读它就好像遇见了夏商周三代的人；如果书是关于黄帝、虞帝，读它就好像生在了黄帝和虞舜时代。除此之外，其他都只是物品而已。物品不能代替古人讲话，如何能揭示古人的心思、展现古人的面貌呢？

古物本来就有值得喜爱的地方，但它只适合富贵人家推崇收藏。因为他们金银太多，没有工具可以隐藏，不得不采用长房缩地的仙法：缩丈为尺、缩尺为寸。正如"藏银不如藏金，藏金不如藏珠"的说法，因为东西越轻越小，就越便于收藏。况且如果金银太多，就会招来盗贼，将其换成古董，穿墙打洞的贼不但不要，即使失误拿走，也会将它丢掉。由此来看，古董和金银价值的高低，相差几倍都不止。无奈最近贫穷百姓，常常效仿富贵人家。见到富贵的人都爱穿绫罗绸缎，就认为布衣低贱，以穿布衣为耻，一定要寻觅绫罗绸缎以效仿富贵人家；见到富贵的人独喜戴珍珠翡翠，就认为金玉普通，不屑于戴金玉，就用珍珠翡翠来代替金玉。每件事都这样，就会习以为常，所以又因为富贵人家崇尚骨董而贬低当代器具，也没察觉自己虽生在现代却喜欢返回古代。有人八口之家连早饭都吃不上了，却还没早没晚地打听商周古器；自己的生计都没有保障，却宁可将妻子儿女舍弃也不肯变卖古董。人心如此怪异，难道不是世道的危机吗？我编这本书，事事都崇尚俭朴，不敢奢谈珍玩古董，来为不良习俗推波助澜。况且我是个穷人，所买东西的价钱，大多从一百文到一千文钱，买新东西还担心自己无能为力，更何况是买古董呢？《诗经》中说："惟其有之，是以似之。"意思是因为他有这样的美德，所以推荐的人才能跟他相似。我生平不懂古董，也只能借口维护世道风尚，来掩盖我的浅薄无知了。

○炉瓶

【原文】

　　炉、瓶之制，其法备于古人，后世无容蛇足。但护持衬贴之具，不妨意为增减。如香炉既设，则锹、箸随之，锹以拨灰，箸以举火，二物均不可少。箸之长短，视炉之高卑，欲其相称，此理易明，人尽知之；若锹之方圆，须视炉之曲直，使勿相左，此理亦易明，而为世人所忽。入炭之后，炉灰高下不齐，故用锹作准以平之，锹方则灰方，锹圆则灰圆，若使近边之地炉直而锹曲，或炉曲而锹直，则两不相能，止平其中而不能平其外矣，须用相体裁衣之法，配而用之。然以铜锹压灰，究难齐截，且非一锹二锹可了。此非僮仆之事，皆必主人自为之者。予性最懒，故每事必筹躲懒之法，尝制一木印印灰，一印可代数十锹之用。初不过为省繁惜劳计耳，讵料制成之后，非止省力，且极美观，同志相传，遂以为一定不移之法。譬如炉体属圆，则仿其尺寸，镟①一圆板为印，与炉相若，不爽纤毫，上置一柄，以便手持。但宜稍虚其中，以作内昂外低之势，若食物之馒首然。方者亦如是法。加炭之后，先以箸平其灰，后用此板一压，则居中与四面皆平，非止同于刀削，且能与镜比光，共油争滑，是自有香灰以来，未尝现此娇面者也。既光且滑，可谓极精，予顾而思之，犹曰尽美矣，未尽善也，乃命梓人镂之。凡于着灰一面，或作老梅数茎，或为菊花一朵，或刻五言一绝，或雕八卦全形，只须举手一按，现出无数离奇，使人巧天工，两擅其绝，是自有香炉以来，未尝开此生面者也。湖上笠翁实有裨于风雅，非僭词也。请名此物为"笠翁香印"。方之眉公②诸制，物以人名者，孰高孰下，谁实谁虚，海内自有定评，非予所敢饶舌。用此物者，最宜神速，随按随起，勿迟瞬息，稍一逗留，则气闭火息矣。雕成之后，必加油漆，始不沾灰。

焚香必需之物，香锹、香箸之外，复有贮香之盒，与插锹箸之瓶之数物者，皆香与炉之股肱手足，不可或无者也。然此外更有一物，势在必需，人或知之而多不设，当为补入清供。夫以箸拨灰，不能免于狼藉，炉肩鼎耳之上，往往蒙尘，必得一物扫除之。此物不须特制，竟用蓬头小笔一枝，但精其管，使与濡墨者有别，与锹、箸二物同插一瓶，以便次第取用，名曰"香帚"。至于炉有底盖，旧制皆然，其所以用此者，亦非无故。盖以覆灰，使风起不致飞扬；底即座也，用以隔手，使移动之时，执此为柄，以防手汗沾炉，使之有迹，皆有为而设者也。然用底时多，用盖时少。何也？香炉闭之一室，刻刻焚香，无时可闭；无风则灰不自扬，即使有风，亦有窗帘所隔，未有闭煅有用之火，而防未必果至之风者也。是炉盖实为赘瘤③，尽可不设。而予则又有说焉：炉盖有时而需，但前人制法未善，遂觉有用为无用耳。盖以御风，固也。独不思炉不贮火，则非特盖可不用，并炉亦可不设；如其必欲置火，则盖之火熄，用盖何为？予尝于花晨月夕及暑夜纳凉，或登最高之台，或居极敞之地，往往携炉自随，风起灰飏，御之无策，始觉前人呆笨，制物而不善区画之，遂使贻患及今也。同是一盖，何不于顶上穴一大孔，使之通气，无风置之高阁，一见风起，则取而覆之，风不得入，灰不致飏，而香气自下而升，未尝少阻，其制不亦善乎？止将原有之物，加以举手之劳，即可变无益为有裨。昔人点铁成金，所点者不必是铁，所成者亦未必皆金，但能使不值钱者变而值钱，即是神仙妙术矣。此炉制也。

瓶以磁者为佳，养花之水清而难浊，且无铜腥气也。然铜者有时而贵，以冬月生冰，磁者易裂，偶尔失防，遂成弃物，故当以铜者代之。然磁瓶置胆，即可保无是患。胆用锡，切忌用铜，铜一沾水即发铜青，有铜青而再贮以水，较之未有铜青时，其腥十倍，故宜用锡。且锡柔易制，铜劲难为，价亦稍有低昂，其便不一而足也。磁瓶用胆，人皆知之，胆中着撒，人则未之行也。插花于瓶，必令中窾，其枝梗之有画意者随手插入，自然合宜，不则挪移布置之力不可少矣。有一种倔强花枝，不肯听人指使，我欲置左，彼偏向右，我欲使仰，彼偏好垂，须用一物制之。所谓撒也，以坚木为之，大小其形，勿拘一格，其中则或扁或方，或为三角，但须圆形其外，以便合瓶。此物多备数十，以俟相机取用。总之不费一钱，与桌撒一同拾取，弃于彼者，复收于此。斯编一出，世间宁复有弃物乎？

【注释】

①镟：同"旋"，回旋着切削。
②眉公：陈继儒，明代文学家、书画家。
③赘瘤：赘疣。比喻多余无用之物。

【译文】

  香炉、花瓶的制作方法，古人已经说得十分详备，后人无须画蛇添足。只是用来保护和衬托它们的器具，可以随意进行一些增减。比如说有了香炉，就要有铲子和筷子，铲子用来拨灰，筷子用来夹炭，这两种东西都必不可少。筷子的长短要视香炉的高低来定，两者需要相称，这个道理非常简单，每个人都能明白。而铲子的方圆要视炉子的曲直来定，二者不能违和，这个道理也很简单，但人们却经常忽视。香炉装炭之后，炉灰高低不齐，所以就会拿铲子作准，将其压平。如果铲子是方形的，那么炉灰就成了方形，如果铲子是圆形的，那么炉灰就成了圆形。如果炉子是方形而铲子却是圆形，或是炉子是圆形而铲子却是方形，那么靠近边缘的地方，两者就不容易吻合，因此只能压平炉灰中间部分，不能压平其边缘部分。必须采用量体裁衣的办法，铲子与炉子配套进行使用。然而如果用铜铲压灰，终究很难压得平整，并且不是一铲两铲就可以做完。这并非家童仆人能做的事，必须全由主人亲自去做。我天生很懒，所以对于每件事情，都会准备偷懒的方法。我曾做过一个木印用来印灰，一个木印能够替代几十把铲子。起初不过是为了省些麻烦、节省体力罢了，岂料制成之后，它不仅能够省力，而且极其美观，就在朋友之中流传开来，于是成了固定的方法。例如，如果炉子是圆形，就依照它的尺寸，削一块圆板做印，与它相配，不差一分一毫。圆板上面做一个柄，方便用手拿取。圆板中间应该凹进去，做成内高外低的样子，就像食物中的馒头一样。方形的炉子，也照这个方法做。炉中加炭之后，先用筷子把灰弄平，然后用这块板一压，中间和四周就都平整了，不仅像刀削的一样，还能跟镜子比光亮、跟油比光滑。自从有了香灰以来，未曾出现如此漂亮的灰面，又光又滑，可以称得上极其精美了。我看后又想，这可以说很美，但是不够完善，于是吩咐工匠镂刻。凡是着灰的一面，或是刻上几枝老梅，或是雕上一朵菊花，或是刻上一首五言绝句，或是雕上一幅完整的八卦图。这样，只要举起这块板往灰上一按，就会显现出许多奇特的图案，将人工的精巧、自然的精妙，全都发挥到了极致。这是自从香炉存在以来，未曾展现的全新面貌。由此看来，我李笠翁确实对风雅有益，这并非吹牛。我将此物称为"笠翁香印"，对比眉公用他的名字命名的各种设计，哪个高哪个低，哪个实哪个虚，天下自会评定，不是我能随便乱说的。使用这种灰印，一定要快速，一按下去就拿起来，不能有半点迟疑，因为稍微有点停留，就会气闭熄火。灰印雕好之后，必须涂上油漆，才会不沾炉灰。

　　焚香必需的东西，除了铲子、筷子之外，还有存香的盒子，以及插放铲子、筷子的瓶子，这几件东西就像是香炉的胳膊跟腿，都是不可或缺的。除此之外，还有一件东西，也是必不可少的，人们或许知道，但大多都不置备，我来为大家补入清供。用筷子拨灰，难免弄得一片狼藉，炉肩和鼎耳之上，往往会蒙上灰尘，一定要用某样东西将其扫除。这件东西无须另外制作，就用一枝毛散开的小毛笔，但是笔管要做得精致，让它与蘸墨写字的笔有所区分。将它和铲子、筷子一起插放瓶中，以便依次取用，我将它命名为"香帚"。至于香炉有底有盖，以前都是这样，之所以会有底有盖，也并非没有原因。炉盖是用来覆盖香灰的，所以当风吹过的时候，香灰才不会四处飞扬；炉底就是底座，是用来隔手的，所以移动香炉的时候，可以把它用作手柄，以防止手汗沾到香炉之上，留下痕迹；这些设计都是有用处的。然而用底座的时候多，用炉盖的时候少。这是为什么呢？放置在关闭的房间，香炉时时刻刻都在焚香，没有时间需要盖上炉盖；如果无风，灰就会自己飞扬，即使有风，也有窗帘隔开，不需要盖灭有用的火，去防未必一定吹来的风。这么看来，炉盖的确是个累赘，完全可以不要。然而我有另外一个看法：炉盖有时是有用的，只是前人制作得不够完善，于是有用的东西也会变得无用。炉盖可以用来挡风，这是当然。却没想过，如果香炉里面没有火，不但炉盖可以不用，香炉本身也可不要；如果香炉里面定要有火，盖上炉盖就会熄灭，那么炉盖又有什么用处呢？我曾在早上赏花、傍晚赏月、夏夜乘凉，有时会登上高处的楼台，有时则坐在宽敞的平地，常常自己随身带个香炉。风一吹起，灰也飞扬，让人束手无策，方才觉得古人呆笨，制作器物之时没有规划周到，以致将麻烦一直留到现在。同样一个炉盖，为何不在盖顶钻上一个大孔，使它通气，没有风的时候就收起来，有风的时候就拿来盖上，这样风也吹不进去，灰也扬不起来，而且香气自下而升，不曾受到任何阻碍，这个设计不是很好吗？只需要将原本就有的事物，稍加改变，就能将无用之物变得有用。古人点铁成金，所点的未必都是铁，所成的也未必都是金，只要能把不值钱的变成值钱的，就是神仙的妙术。以上是香炉的制作。

花瓶之中，瓷瓶最好。瓷瓶养花，水就会清而不浊，也不会有铜腥气。然而铜瓶有时也有优点，比如冬天结冰，瓷瓶容易破裂，偶尔没有防备，就会变成废物，因此应用铜瓶替代。然而瓷瓶如果装胆，也就可以确保没有这个顾虑了。瓶胆要用锡制作，切忌用铜，因为铜一沾水就会产生铜青，有了铜青再装水，比起没有铜青时，腥气就会厉害十倍，所以应该用锡制作。而且锡很柔软容易制作，铜很坚硬难以加工。此外，锡的价格也会稍低一些，用它的好处也不止这些。瓷瓶装胆，这是人尽皆知的，可是在瓶胆中安撒，却很少有人这样做。在瓶中插花，一定要插得端正合眼，如果花枝本身富有诗情画意，随手插入，就会自然合适，否则挪动布置的功夫，就必不可少了。有些花枝非常倔强，不肯听人指挥，我想将它放到左边，它却非要偏向右边，我想让它向上，它却偏要下垂，必须要用某种东西固定住它，这种东西就是所谓的"撒"。它是用坚木做成，其大小形状，不拘一格。中间可以是扁的，也可以是方的，或是三角形的，但是外围必须是圆形的，以便与花瓶吻合。这种东西可以准备几十个，以备随时去用。总之不需要花费一文钱，就和桌撒一起拾取即可，其他地方丢掉的东西，再在这里收起来使用。这本书一旦出版，世上还会有废弃的东西吗？

○ 屏轴

【原文】

十年之前，凡作围屏及书画卷轴者，止有巾条、斗方及横批三式。近年幻为合锦，使大小长短以至零星小幅，皆可配合用之，亦可谓善变者矣。然此制一出，天下争趋，所见皆然，转盼又觉陈腐，反不若巾条、斗方诸式，以多时不见为新矣，故体制更宜稍变。变用何法？曰：莫妙于冰裂碎纹，如前云所载糊房之式，最与屏轴相宜，施之墙壁犹觉精材粗用，未免亵视牛刀耳。法于未书未画之先，画冰裂碎纹于全幅纸上，照纹裂开，各自成幅，征诗索画既毕，然后合而成之。须于画成未裂之先，暗书小号于纸背，使知某属第一，某居第二，某横某直，某角与某角相连，其后照号配成，始无攒凑不来之患。其相间之零星细块必不可少，若憎其琐屑而不画，则有宽无窄，不成其为冰裂纹矣。但最小者，勿用书画，止以素描①间之，若尽有书画，则纹理模糊不清，反为全幅之累。此为先画纸绢，后征诗画者而言，盖立法之初，不得不为其简且易者。迨裱之既熟，随取现成书画，皆可裂作冰纹，亦犹裱合锦之法，不过变四方平正之角为曲直纵横之角耳。此裱匠之事，我授意而使彼为之者耳。更有书画合一之法，则其权在我，授意于作书作画之人，裱匠则行其无事者也。"诗中有画，画中有诗"，此古来成语；作者取诗意命题，题诗者就画意作诗，此亦从来成格。然究意诗自诗而画自画，未见有混而一之者也。混而一之，请自今始。法于画大幅山水时，每于笔墨可停之际，即留余地以待诗，如峭壁悬崖之下，长松古木之旁，亭阁之中，墙垣之隙，皆可留题作字者也。凡遇名流，即索新句，视其地之宽窄，以为字之大小，或为鹅帖②行书，或作蝇头小楷。即以题画之诗饰其所题之画，谓当日之原迹可，谓后来之题咏亦可，是"诗中有画，画中有诗"二语，昔作虚文，今成实事，亦游戏笔墨之小神通也。请质高明，定其可否。

【注释】

①素描：单纯用线条描绘、不加彩色的画。
②鹅帖：一种法帖。相传为王献之所书，后人多断为伪作。

【译文】

十年之前，凡是制作围屏以及书画卷轴，只有巾条、斗方及横批三种样式。近年来变成了合锦，不管其是大是小，是长是短，抑或是零星小幅，都可以相互配合使用，也可以说是非常善于变化了。然而这种样式一出现，天下的人都争相仿效，到处所见的都一样，很快人们又觉得陈腐，反而不如以前的巾条、斗方等样式。因为如果很长时间没有看到，反而会觉得新鲜，所以合锦的式样更应稍加变化。用什么方法改变呢？我说：最妙的莫过于冰裂碎纹，就像前文提到的糊房样式，与屏轴最为相称，用在墙壁上还觉得大材小用了。制作方法就是：题字绘画之前，在整张纸上画上冰裂碎纹，按照纹路来裁剪，各自成为一幅，题诗作画以后，再将它们合在一起。需要在画好纹路之后、裁剪分开之前，在纸背面做上记号，知道哪一块是第一块，哪一块是第二块，哪一块是横着放，哪一块是竖着放，哪个角和哪个角是连在一起就。然后按照号码摆在一起，才没有拼凑不全的麻烦。中间的一些零星小块，也是必不可少的。如果嫌它们太过细碎而不画，那么最后整幅画就只有宽纹没有窄纹,也就不能称之为冰裂纹了。但是那些最小的碎片,不用题字作画,只用素描间隔即可。如果每一块上都有字画,那么纹理就会模糊不清,反而破坏了整体效果。这是针对先画底纹,然后题诗作画的情况而言,因为新的方法实行之初,必须先做简单易行的事情。等到裱糊技术成熟之后,随手用现成的字画,都能将其裁剪成冰裂纹,就跟裱合锦的方法一致,只不过是将四四方方的角变成纵横交错的角而已。这是裱匠负责的工作,是我吩咐他们这么做的。还有一种书画合一的方法,也是由我做主,吩咐写字作画的人做的,裱匠无须做什么事情。"诗中有画,画中有诗",这是自古流传的成语;作画的人根据诗意画画,题诗的人根据画意写诗,这也是历来的常规。但是终究诗还是诗、画还是画,不能将它们混在一起。如果想要将两者混在一起,请从现在开始。具体方法是:在画大幅山水画的时候,每到笔墨可以停下的地方,就可以留出空白用来题诗。比如悬崖峭壁下面、长松古木旁边、亭台楼阁之中、墙垣缝隙之间,都可留出空白用来题诗写字。只要遇到名人,就向他们索要新诗,根据空白大小来定字的尺寸,或采用鹅贴行书,或采用蝇头小楷。即用根据画意作的诗,装饰诗意描述的画,可以说是当天的原迹,也可以说是后来的题咏。那么"诗中有画,画中有诗"这句话,以前就只是空话,如今却成了现实,也可以算是游戏于笔墨之中的一个小聪明。敬请高明之人验证,确定此法是否可行。

○茶具

【原文】

茗注①莫妙于砂壶,砂壶之精者,又莫过于阳羡②,是人而知之矣。然宝之过情,使与金银比值,无乃仲尼不为之已甚③乎?置物但取其适用,何必幽渺其说,必至理穷义尽而后止哉!凡制茗壶,其嘴务直,购者亦然,一曲便可忧,再曲则称弃物矣。盖贮茶之物与贮酒不同,酒无渣滓,一斟即出,其嘴之曲直可以不论;茶则有体之物也,星星之叶,入水即成大片,斟泻之时,纤毫入嘴,则塞而不流。啜茗快事,斟之不出,大觉闷人。直则保无是患矣,即有时闭塞,亦可疏通,不似武夷九曲之难力导也。

贮茗之瓶,止宜用锡。无论磁铜等器,性不相能,即以金银作供,宝之适以祟之耳。但以锡作瓶者,取其气味不泄;而制之不善,其无用更甚于磁瓶。询其所以然之故,则有二焉。一则以制成未试,漏孔繁多。凡锡工制酒壶、茶注等物，于其既成，必以水试，稍有渗漏，即加补苴，以其为贮茶贮酒而设，漏即无所用之矣；一到收藏干物之器，即忽视之，犹木工造盆造桶则防漏，置斗置斛④则不防漏，其情一也。乌知锡瓶有眼，其发潮泄气反倍于磁瓶，故制成之后，必加亲试，大者贮之以水，小者吹之以气，有纤毫漏隙，立督补成。试之又必须二次，一在将成未镟之时，一在已成既镟之后。何也？常有初时不漏，迨镟去锡时、打磨光滑之后，忽然露出细孔，此非屡验谛视者不知。此为浅人道也。一则以封盖不固，气味难藏。凡收藏香美之物，其加严处全在封口，封口不密，与露处同。吾笑世上茶瓶之盖必用双层，此制始于何人？可谓七窍俱蒙者矣。单层之盖，可于盖内塞纸，使刚柔互效其力，一用夹层，则止靠刚者为力，无所用其柔矣。塞满细缝，使之一线无遗，岂刚而不善屈曲者所能为乎？即靠外面糊纸，而受纸之处又在崎岖凹凸之场，势必剪碎纸条，作蓑衣⑤样式，始能贴服。试问以蓑衣覆物，能使内外不通风乎？故锡瓶之盖，止宜厚不宜双。藏茗之家，凡收藏不即开者，开瓶口向上处，先用绵纸二三层，实褙封固，俟其既干，然后覆之以盖，则刚柔并用，永无泄气之时矣。其时开时闭者，则于盖内塞纸一二层，使香气闭而不泄。此贮茗之善策也。若盖用夹层，则向外者宜作两截，用纸束腰，其法稍便。然封外不如封内，究竟以前说为长。

【注释】

①茗注：茶壶。
②阳羡：在今江苏宜兴，秦汉时称阳羡。
③仲尼不为之已甚：出自《孟子·离娄下》："仲尼不为已甚者。"意思是"孔子待人处事从来不做太过分的事情"，后常用来劝人做事不要过火，应适可而止。
④斛：中国古代量器名称，也是容量单位。十斗为一斛。
⑤蓑衣：蓑草编成的雨衣。

【译文】

泡茶时最好的器具，莫过于砂壶；砂锅中最为精致的，莫过于宜兴制造，这是尽人皆知的事情。然而如果过于珍视，使其变得与金银一样贵重，这不就违背了圣人适可而止的教诲了吗？制作器物，关键在于适用，为何要故弄玄虚，直至理穷义尽之后才会停止呢？但是制作茶壶，壶嘴一定要直，买的也是一样，壶嘴有一点弯曲就要担心，再弯曲一些即成废物。因为装茶的器物与装酒的器物不同，酒中没有渣滓，不管壶嘴是弯是直，一倒就会出来；但茶中是有东西的，小小的叶子，入水一泡就成大片，倒茶之时，细微茶叶进入壶嘴，都会将其堵住，让水无法流出。喝茶是件令人愉快的事情，如果茶水倾倒不出，就会让人觉得烦闷。如果壶嘴是直的，就会保证没有这个问题。即使有时堵住了，也很容易疏通，不像武夷山九曲溪似的难以疏导。

存放茶叶的瓶子，只适合用锡制作。不管是瓷瓶还是铜瓶，都与茶叶的习性相冲，即使选用金银器皿存放茶叶，本意是想保护它，实际却会损害它。之所以用锡制作瓶子，是为了不泄露茶叶的气味；但如果锡瓶制作不佳，反而会比瓷瓶更无用。为什么会这样呢？主要原因有两个。第一，做好之后没有检查，有很多漏孔。但凡锡匠制作酒壶、茶壶等器皿，做好之后，定会用水来试，稍有渗漏，就会马上进行修补，因为它们是用来装茶、装酒的，一旦渗漏就没用处了；一到制作收藏干物的器皿时，锡匠却会忽视这一点，就像木匠制造盆、桶的时候就会防漏，但是制造斗、斛的时候却不会防漏，是一样的道理。岂不知锡瓶如果有漏孔，其发潮泄气的害处会是瓷瓶的几倍。所以锡瓶做好之后，必须亲自进行检查，大件的装上水试试，小件的用嘴吹吹看，只要有一点漏隙，立刻督促工匠进行修补。检查必须做两次，一次是在即将做成、还未打磨之时，一次是在已经做好、打磨完成之后。为什么呢？因为经常会有锡瓶一开始不漏，但是等到去掉锡皮、打磨光滑之后，却突然露出小孔。如果人们不去多次试验、仔细查看，那就不会发现。这是对见识短浅的人说的。第二，锡瓶封盖不严密，难以保存茶叶的气味。但凡贮存有香气的东西，需要加密的地方全在封口，如果封口不严，就与漏孔情况一样。我笑世上的茶瓶盖子一定要用两层，这种制法究竟是从何人开始？他对存放茶叶可以称得上是一窍不通。单层瓶盖，可以在盖内塞纸，这样就能刚柔并济，互相发挥效力。一旦使用双层瓶盖，就只能依靠硬的瓶盖发力，无法发挥软纸的效用了。将细缝全部塞满，不留一点缝隙，岂是硬而不弯的瓶盖所能做到的事情？即使依靠在外面糊纸，而贴纸之处又会崎岖不平，势必要将纸条剪碎、做成蓑衣的形状，才能贴紧。试问，如果用蓑衣盖东西，能够做到内外不通风吗？所以锡瓶的盖子，只适合加厚，不适合做成双层。收藏茶叶的人，凡是收藏之后不会立刻开瓶的，就在瓶口向上的地方用两三层棉纸，逐层裱糊严实，等到干了，就用盖子盖住，那么就会刚柔并济，永远不会泄漏茶叶气味。如果经常开瓶，就在盖内塞上一两层纸，就能使香气闭住而不泄露，这是贮存茶叶的良策。如果盖子是双层的，外面的盖子适合做成两截，中间用纸围上，这种方法更加方便。但封外面仍然不如封里面，终究是前一种方法更好。

○酒具

【原文】

酒具用金银，犹妆奁①之用珠翠，皆不得已而为之，非宴集时所应有也。富贵之家，犀则不妨常设，以其在珍宝之列，而无炫耀之形，犹仕宦之不饰观瞻者。象与犀同类，则有光芒太露之嫌矣。且美酒入犀杯，另是一种香气。唐句云："玉碗盛来琥珀光。"玉能显色，犀能助香，二物之于酒，皆功臣也。至尚雅素之风，则磁杯当首重已。旧磁可爱，人尽知之，无如价值之昂，日甚一日，尽为大力者所有，吾侪贫士，欲见为难。然即有此物，但可作古董收藏，难充饮器。何也？酒后擎杯，不能保无坠落，十损其一，则如雁行中断，不复成群。备而不用，与不备同。贫家得以自慰者，幸有此耳。然近日冶人，工巧百出，所制新磁，不出成、宣二窑②下，至于体式之精异，又复过之。其不得与旧窑争值者，多寡之分耳。吾怪近时陶冶，何不自爱其力，使日作一杯，月制一盏，世人需之不得，必待善价而沽③，其利与多制滥售等也，何计不出此？曰：不然。我高其技，人贱其能，徒让垄断于捷足之人耳。

【注释】

①妆奁：女子梳妆打扮时所用的镜匣。

②成、宣二窑：成化窑、宣德窑，分别是明成化年间、宣德年间官窑烧制的一种瓷器。

③待善价而沽：等到高价再出售。出自《论语·子罕》："沽之哉！沽之哉！我待贾者也。"

【译文】

用金银制造的酒具，就像用珍珠翡翠制造的梳妆镜匣，都是不得已时才用的，并非宴饮聚会时必须要有的物品。富贵人家，可以经常准备一些犀角酒具，因为犀角虽是珍宝，但外形十分朴素，如同官员不讲究衣着打扮。象牙跟犀角同类，但颜色会太过耀眼。而且美酒倒在犀角杯中，会另有一种香气。唐诗中说："玉碗盛来琥珀光。"玉器能够增添酒的光彩，犀角能够增进酒的香气。对于酒来说，这两种器具都是功臣。如果崇尚朴素典雅，那么应当首推瓷杯。人人皆知，旧的瓷器非常可爱，无奈价格日益昂贵，只有财力雄厚的人才能拥有。我们这些穷人，终究是难得一见。然而即使拥有了这种物品，也只能将其当作古董收藏，而不能用来喝酒，为什么呢？喝酒之后再拿杯子，难免会掉在地上，十个之中若损坏了一个，犹如大雁行列中断，就不再是完整的一群。买了不用，就跟没有买是一样的。幸亏有此说法，穷人得以自我安慰。然而现在的陶瓷工匠，技艺高超、花样百出。他们制造的新瓷，与成、宣两窑制造的旧瓷相比，质量一点不差，样式尤其精致，甚至超过旧瓷。然而价格方面，新瓷之所以无法与旧窑生产的瓷器竞争，仅仅是因为产量的多与少。我很奇怪现在的陶瓷工匠，为何不爱惜自己的力气呢？如果他们每天只做一个杯子，每月只做一只酒盏，世人需要之时无法买到，价格就会上涨。此时再去出售，所得利润就跟大量制造质量粗劣的瓷器时一样。那为什么不这么做呢？答：并非如此。我虽提高了技艺，能力却被人们轻视，白白让那些捷足先登的人将市场垄断了而已。

○碗碟

【原文】

碗莫精于建窑①，而苦于太厚。江右所制者，虽窃建窑之名，而美观实出其上，可谓青出于蓝者矣。其次则论花纹，然花纹太繁，亦近鄙俗，取其笔法生动、颜色鲜艳而已。碗碟中最忌用者，是有字一种，如写《前赤壁赋》《后赤壁赋》之类。此陶人造孽之事，购而用之者，获罪于天地神明不浅。请述其故。"惜字一千，延寿一纪"，此文昌②垂训之词。虽云未必果验，然字画出于圣贤，苍颉造字而鬼夜哭，其关乎气数，为天地神明所宝惜可知也。用有字之器，不为损福，但用之不久而损坏，势必倾委作践，有不与造孽陶人中分其咎者乎？陶人但司其成，未见其败，似彼罪犹可原耳。字纸委地，遇惜福之人，则收付祝融，因其可焚而焚之也。至于有字之废碗，坚不可焚，一似入火不烬入水不濡之神物。因其坏而不坏，遂至倾而又倾，道旁见者，虽有惜福之念，亦无所施，有时抛入街衢，遭千万人之践踏，有时倾入溷厕，受千百载之欺凌，文字之罹祸，未有甚于此者。吾愿天下之人，尽以惜福为念，凡见有字之碗，即生造孽之虑。买者相戒不取，则卖者计穷；卖者计穷，则陶人视为畏途而弗造矣。文字之祸，其日消乎？此犹救弊之末着。倘有惜福缙绅，当路于江右者，出严檄一纸，遍谕陶人，使不得于碗上作字，无论《赤壁》等赋不许书磁，即"成化、宣德年造"，及某"斋某居"等字，尽皆削去。试问有此数字，果得与成窑、宣窑比值乎？无此数字，较之常值增减半文乎？有此无此，其利相同，多此数笔，徒造千百年无穷之孽耳。制抚藩臬，以及守令诸公，尽是斯文宗主，宜豫章③者，急行是令，此千百年未造之福，留之以待一人。时哉时哉，乘之勿失！

【注释】

①建窑：宋代著名瓷窑，窑址在福建建安。
②文昌：即文昌帝君，是中国民间和道教尊奉的掌管士人功名禄位的神。
③豫章：南昌的别称。

【译文】

碗碟之中，建窑生产的最为精致，但其缺点是太厚。江西烧制的碗碟，虽然盗用了建窑的名义，实际上却比建窑烧制的更为美观。可以说是青出于蓝而胜于蓝。其次讲到花纹，如果花纹太过繁复，就会显得俗气，所以只要追求笔法生动、颜色鲜艳即可。碗碟之中最忌讳使用的，是有字的那种，比如将《前赤壁赋》《后赤壁赋》写在了上面。这是陶匠造的孽，如果买来使用，将会大大得罪天地神明。请让我来讲述原因。"惜字一千，延寿一纪"，即"珍惜一千个字，可以延寿十二年"，这是文昌帝君的垂示教训。虽然不一定真的应验，但是字画毕竟出自圣贤。苍颉造字之时，夜里鬼哭魂嚎。既然天地神明如此珍惜文字，可见其与人的命运息息相关。使用有字的碗碟，不会损福；如果碗碟用了不久就被损坏，势必要将其丢弃作践，这不就是在和制造碗碟的人一起分担罪责吗？陶匠只是将它烧制出来，并未看到它被损坏，似乎罪责还可以被原谅。写过字的废纸扔在地上，如果遇到珍惜福分的人，就会将它收起来烧掉，是因为纸张可以通过焚烧摧毁。至于有字的废碗，却是非常坚固、无法焚毁的，好像入火不燃、入水不湿的神物一般。因为它已损坏但却无法销毁，于是被人扔来扔去。有人路边看到，虽然想去行善惜福，却也无计可施。它们有时被扔到街上，惨遭千万人的践踏；有时被倒入厕所，遭受千百年的欺辱。文字所遭受的灾祸，没有比这更加严重的了。我希望天下的人，都有惜福积德的念头，只要见到有字的碗，就要担心可能造孽。买碗的人要相互劝诫，不要买有字的，那么卖的人就会没有办法卖出；卖的人卖不出，那么陶匠就会因为无利可图而不再制造。文字遭受的灾祸，不就慢慢消除了吗？这也只是进行补救的下策。如果有行善惜福的人在江西做官，就颁布一项严厉的文书，告诫所有的陶匠，不得在碗上写字。不仅《赤壁》这样的诗词歌赋不能写在瓷器上，就是"成化、宣德年造""斋某居"这样的落款，也要全都去掉。试问难道有这几个字，就能与成窑、宣窑的瓷器竞争价格了吗？难道没有这几个字，平常的价格又会增减半文钱吗？因此，有字无字，利润相同，多这几笔，不过徒增千百年的无穷罪孽。制台、巡抚、藩台、臬司，以及太守、县令等诸位大人，你们都是文化教育的管理者。在江西做官的大臣，赶快颁发这道法令，这是千百年来无人修得的福分，就等待一人完成。机会啊机会，要赶紧抓住不要错过啊！

○灯烛

【原文】

  灯烛辉煌，宾筵之首事也。然每见衣冠盛集，列山珍海错，倾玉醴琼浆，几部鼓吹，频歌叠奏，事事皆称绝畅，而独于歌台色相，稍近模糊。令人快耳快心，而不能不快其目者，非主人吝惜兰膏①，不肯多设，只以灯煤作祟，非剔之不得其法，即司之不得其人耳。吾为六字诀以授人，曰："多点不如勤剪。"勤剪之五，明于不剪之十。原其不剪之故，或以观场念切，主仆相同，均注目于梨园，置晦明于不同；或以奔走太劳，职无专委，因顾彼以失此，致有炬而无光，所谓司之不得其人也。欲正其弊，不过专责一人，择其谨朴老成、不耽游戏者，则二患庶几可免。然司之得人，剔之不得其法，终为难事。大约场上之灯，高悬者多，卑立者少。剔卑灯易，剔高灯难。非以人就灯而升之使高，即以灯就人而降之使卑，剔一次必须升降一次，是人与灯皆不胜其劳，而座客观之亦觉代为烦苦，常有畏难不剪而听其昏黑者。

  予创二法以节其劳，一则已试而可自信者，一则未敢遽信而待试于人者。已试维何？长三四尺之烛剪是已。以铁为之，务为极细，粗则重而难举；然举之有法，说在后幅。有此长剪，则人不必升，灯升不必降，举手即是，与剔卑灯无异矣。未试维何？暗提线索，用傀儡登场之法是已。法于梁上暗作长缝一条，通于屋后，纳挂灯之绳索于中，而以小小轮盘仰承其下，然后悬灯。灯之内柱外幕，分而为二，外幕系定于梁间，不使上下，

器玩部

内柱之索上跨轮盘。欲剪灯煤，则放内柱之索，使之卑以就人，剪毕复上，自投外幕之中，是外幕高悬不移，俨然以静待动。同一灯也，而有劳逸之分，劳所当劳，逸所当逸，较之内外俱下而且有碍手碍脚之繁者，先踞一筹之胜矣。其不明抽以索，而必暗投梁缝之中，且贯通于屋后者，其故何居？欲埋伏抽索之人于屋后，使不露形，但见轮盘一转，其灯自下，剪毕复上，总无抽拽之形，若有神物厕于梁间者。予创为是法，非有心炫巧，不过善藏其拙。盖场上多立一人，多生一人之障蔽。使以一人剪灯，一人抽索，了此及彼，数数往来，则座客止见人行，无复洗耳听歌之暇矣。故藏人屋后，撤去一半藩篱，耳目之前，何等清静。藏人屋后者，亦不必定在墙垣之外，厅堂必有退步，屏障以后，即其处也。或隔绛纱，或悬翠箔，但使内见外，而外不见内，则人工不露而天巧可施矣。每灯一盏，用索一条，以蜡磨光，欲其不涩。梁间一缝，可容数索，但须预编字号，系以小牌，使抽者便于识认。剪灯者将及某号，即预放某索以待之，此号方升，彼号即降，观其术者，如入山阴道中，明知是人非鬼，亦须诧异惊神，鼓掌而观，又是一番乐事。惜予囊悭无力，未及指使匠工，悬美法以待人，即谓自留余地亦可。

梁上凿缝，势有不能，为悬灯细事而损伤巨料，无此理也。如置此法于造屋之先，则于梁成之后，另镶薄板二条，空洞其中而蒙蔽其下，然后升梁于柱，以俟灯索，此一法也。已成之屋，亦如此法，但先置绳索于中，而后周遭以板。此法之设，不止定为观场，即于元夕张灯，寻常宴客，皆可用之，但比长剪之法为稍费耳。

制长剪之法，礼屋之高卑以为长短，短者三尺，长者四五尺，直其身而曲其上，如鸟喙然，总以细巧坚劲为主。然用之有法，得其法则可行，不得其法则虽设而不适于用，犹弃物也。盖以铁为剪，又长数尺，是其体不能不重，只手高擎，势必摇动于上，剪动则灯亦动；灯剪俱动，则它东我西，虽欲剪之，不可得矣。法以右手持剪，左手托之，所托之处，高右手尺许。剪体虽重，不过一二斤，只手孤擎则不足，双手效力则有余；擎而剪之者一手，按之使不动摇者又有一手，其势虽高，如何虑乎？"孤掌难鸣，众擎易举。"天下事，类如是也。

长剪虽佳，予终恶其体重，倘能以坚木为身，止于近灯煤处用铁，则尽美而又尽善矣。思而未制，存其说以俟解人。长剪难于概用，惟有烛无衣，与四围有衣而空洞其下者可以用之。若明角灯、珠灯，皆无隙可入，虽有长剪，何所用之？至于梁间放索，则是灯皆可。二事亦可并行，行之之法，又与前说相反：灯柱居中不动，而提起外幕以俟剪，剪毕复下。又合居重驭轻之法，听人所好而为之。

【注释】

①兰膏：古代用泽兰子炼制的油脂，可以点灯。

【译文】

　　灯烛辉煌，是宴请宾客的首要大事。然而每次宴会之上，名门望族聚在一起，桌上摆着山珍海味，杯中盛着美酒佳酿，鼓乐齐鸣，频歌叠奏，事事堪称绝佳流畅，唯独歌台上的灯光暗淡，演员的容貌稍稍模糊。令人只能赏心悦耳，却不能大饱眼福。这并非主人吝惜油脂，不肯多点灯烛，而是因为灯烬捣鬼：不是修剪灯芯的方法不对，就是管理灯烛的人不称职。我将一个六字口诀教给大家，即："多点不如勤剪。"五盏灯勤剪灯芯，要比十盏灯不剪灯芯明亮。追溯不剪灯芯的原因：或是因为主人和仆人对于表演心心念念，全都集中目光观看演出，无人关注灯光是否明亮；或是因为奔走往来太过辛苦，没有派人专门负责修剪灯芯，因而顾此失彼，导致有灯烛但不明亮，这就是所谓的管理之人不到位。想要避免这个问题，就要让专人负责，选择谨慎、淳朴、老成、不沉迷玩乐的人，那么以上两种隐患都能避免。然而即使有了专人负责，如果挑灯剔烬的方法不对，终究也是个难事。歌台上的灯，大都挂在高处，很少立在低处。然而剪低处的灯容易，剪高处的灯难。让人就灯爬到高处，或者让灯就人降到低处，剪一次灯芯就必须升降一次，这样人与灯都会不胜其烦，在座的客人也会替他感到辛苦。常常有人害怕困难不愿去剪，结果就放任灯光昏暗下去。

　　我发明了两种方法来减轻这种辛苦，一种是已经经过试验、可以相信的方法，一种是不敢轻易相信、有待别人试验的方法。已经试验的方法是什么呢？即三四尺长的烛剪。烛剪用铁制作，一定要非常细，如果太粗就会重得难以举起。不过举起烛剪的方法，将在后文提及。有了这种长剪，那么人就不必爬到高处，灯也不必降到低处，只要举手就能做到，跟剪低处的灯没有差别。还没试验的方法是什么呢？暗自抽拉绳索，即木偶演戏的方法。具体做法是：在屋梁上隐蔽地刻条长缝，一直通到屋子后面，将挂灯的绳索放入其中，用小小的轮盘在下面接着，然后把灯挂上。将灯的内柱和外罩分成两个部分，外罩固定系在梁上，不要让它上下移动，内柱的绳索挂在轮盘上面。想剪灯芯的时候，就把内柱的绳索放下来，将其降到人可以够到的地方，剪完灯芯再拉上去，自行回到外罩之中。那么灯罩就会高悬不移，仿佛以静待动。那么同一盏灯，就有了麻烦和轻松的区别，麻烦应该麻烦的内柱，让应该轻松的外罩轻松。与内柱、外罩一起降下，导致碍手碍脚相比，已经是先胜一等了。之所以不在明处抽拉绳索，而是必须暗自将其放在梁缝之中，并且一直通到屋后，是何缘故？因为想要将抽拉绳索的人藏在屋后，让他不露面，这样人们只见轮盘一转，灯就自动降下，灯芯剪完之后，灯又自动升起，总之没有任何抽拉迹象，仿佛有神物藏在梁间。我之所以发明这种方法，并非有心炫耀技巧，而是为了掩藏笨拙。因为宴会上多站一个人，就会多一个人遮挡。假如一个人剪灯芯，一个人拉绳索，这边剪完又去那边，来来往往，那么客人只见人在走来走去，也就没空洗耳听歌了。所以将人藏在屋后，撤掉了一半的遮挡，耳目将会何等清净。将人藏在屋后，不必非要藏在墙垣之外，厅堂之中一定也有空地。比如屏风之后，即是藏身之处。或是用红色纱帘隔开，或是挂上绿色帘幕，但要让里面能够看到外面，而外面不能看到里面，那么就能不露人工痕迹而巧夺天工了。每一盏灯，要用一条绳索，若想抽拉时顺滑，就要用蜡烛磨光。这样梁上的一条缝隙，就能容纳数根绳索，但是必须预先编上号码、挂上牌子，让抽拉绳索的人容易辨识。剪灯的人将要剪到某号灯，就提前放下某条绳索等着，这号灯刚升上去，那号灯就降下来。观看这种做法的人，就像进入山间阴道，明明知道是人不是鬼，也会惊讶诧异，进而鼓掌欣赏，又是一件乐事。可惜我囊中羞涩，未能指使工匠制作，只能将此妙法搁置，等待别人采用，可以说是自留余地。

在梁上凿缝，是不太可能。为了挂灯这件小事，却要损伤巨大的房梁，没有这种道理。如果在建屋之前就准备用这种方法，那么就在房梁制好之后，另外镶上两块薄板，将中间挖空，并遮住下面，然后将房梁架到柱子上，以待将来安装绳索。这是一种方法。已经建好的房屋，也可采用这种方法，但要先将绳索放置其中，然后再用薄板围住。这种方法，不只适用于看戏的场合，就是元宵看灯、平常宴会的时候，都可以用到。只是比起长剪这种方法，费用稍高一些。

制作长剪的方法，要按照房子的高矮来定剪刀的长短：短的三尺，长的四五尺。长剪的刀柄要笔直，但是上面要弯曲，就像鸟嘴一样，要以细巧坚韧为主。然后使用长剪也有方法，如果用法得当就可行，如果使用不当，那么虽有长剪但不能用，等同于废物。由于长剪是用铁制作，并且长达数尺，这样的规格不可能不重。用一只手高举长剪，其上部必定会摇摇晃晃。如果剪刀摇晃，灯也会跟着摇晃；灯和长剪一起摇晃，那么灯在东而剪刀在西，即使想剪，也剪不到。我的方法是：用右手拿剪刀，用左手托住，托住的左手要比右手高出一尺左右。剪刀虽然重，但也不过一两斤，单手举着觉得力气不够,双手共举就会游刃有余;一只手举着剪刀去剪,另一手按住剪刀,使它不摇晃。虽然灯挂得高,又有什么可担心的呢?俗话说"孤掌难鸣,众擎易举",天下的事情,都是这样的。

长剪虽然很好,但我嫌它太重,倘若能用木头做刀柄,只有接触灯芯的部位用铁制作,那么就是尽善尽美了。虽有这个想法,但是还没制作,就把这个想法记录下来,等待有心人去试验。长剪很难通用,因为它只适用于没有灯罩的灯,或者有灯罩但下面空着的灯。倘若是明角灯、珠灯,这些都没有空隙可以进入,即使有长剪,又有什么用呢?但是在房梁间置放绳索,是任何灯都适用的。这两种方法可以一起使用,但是使用的方法,又与前面介绍的相反;需要将灯柱放在中间不动,提起外罩等待长剪来剪,剪完之后再把灯罩放下。这也符合避重就轻的原则,可以按照个人喜好去做。

○笺简

【原文】

笺简之制,由古及今,不知几千万变。自人物器玩,以迨花鸟昆虫,无一不肖其形,无日不新其式;人心之巧,技艺之工,至此极矣。予谓巧则诚巧,工则至工,但其构思落笔之初,未免驰高骛远,舍最近者不思,而遍索于九天①之上、八极②之内,遂使光灿陆离者总成赘物,与书牍之本事无干。予所谓至近者非他,即其手中所制之笺简是也。既名笺简,则笺简二字中便有无穷本义。

鱼书③雁帛④而外,不有竹刺之式可为乎?书本之形可肖乎?卷册便面,锦屏绣轴之上,非染翰挥毫之地乎?石壁可以留题,蕉叶曾经代纸,岂竟未之前闻,而为予之臆说乎?至于苏蕙娘⑤所织之锦,又后人思之慕之,欲书一字于其上而不可复得者也。

我能肖诸物之形似以笺,则笺上所列,皆题诗作字之料也。还其固有,绝其本无,悉是眼前韵事,何用他求?已命奚奴逐款制就,售之坊间,得钱付梓人⑥,仍备剞劂⑦之用,是此后生生不已,其新人见闻,快人挥洒之事,正未有艾。即呼予为薛涛⑧幻身,予亦未尝不受,盖须眉男子之不传,有愧于知名女子者正不少也。

已经制就者,有韵事笺八种,织锦笺十种。韵事者何?题石、题轴、便面、书卷、剖竹、雪蕉、卷子、册子是也。锦纹十种,则尽仿回文织锦之义，满幅皆锦，止留縠纹缺处代人作书，书成之后，与织就之回文无异。十种锦纹各别，作书之地亦不雷同。惨淡经营，事难缕述，海内名贤欲得者，倩人向金陵购之。是集内种种新式，未能悉走寰中，借此一端，以陈大概。售笺之地即售书之地，凡予生平著作，皆萃于此。有嗜痂之癖者，贸此以去，如偕笠翁而归。千里神交，全赖乎此。只今知己遍天下，岂尽谋面之人哉？（金陵承恩寺中书铺坊间有"芥子园名笺"五字署名者，即其处也。）

是集中所载诸新式，听人效而行之；惟笺帖之体裁，则令奚奴自制自售，以代笔耕，不许他人翻梓。已经传札布告，诫之于初矣。倘仍有垄断之豪，或照式刊行，或增减一地，或稍变其形，即以他人之功冒为己有，食其利而抹煞其名者，此即中山狼⑨之流亚也。当随所在之官司而控告焉，伏望主持公道。至于倚富恃强，翻刻湖上笠翁之书者，六合以内，不知凡几。我耕彼食，情何以堪？誓当决一死战，布告当事，即以是集为先声。总之天地生人，各赋以心，即宜各生其智，我未尝塞彼心胸，使之勿生智巧，彼焉能夺吾生计，使不得自食其力哉！

【注释】

①九天：传说古代天有九重，此处形容天的最高处。

②八极：天地之间，九州八级，形容天下至远的地方。

③鱼书：古时对书信的称谓。纸张出现以前，书信多写在白色丝绢上，为使传递过程中不致损毁，古人常把书信扎在两片竹木简中，简多刻成鱼形，故称鱼书。

④雁帛：古时对书信的称谓。汉代，苏武等出使匈奴，为匈奴所羁留；其后汉使复至匈奴，常惠夜见使者，教他对单于说道，天子射上林中，见帛系雁足，言武等在某泽中，苏武遂得救回国。

⑤苏蕙娘：东晋十六国时才女，曾织回文诗《回文璇玑图》寄夫。

⑥梓人：古代木工的一种，专造乐器悬架、饮器和箭靶。

⑦剞劂：雕版、刊印。

⑧薛涛：唐代女诗人，曾制作桃红色小笺用来写诗，后人仿制，称"薛涛笺"。人将薛涛与鱼玄机、李冶、刘采春并称唐代四大女诗人。

⑨中山狼：该典故出自明代马中锡《东田集·中山狼传》，后世用来形容忘恩负义、恩将仇报的人。

【译文】

笺简的制作，从古至今，不知经历了多少变化。不管是人物器玩，还是花鸟昆虫，人们没有一样不模仿其形态，没有一天不更新样式；人心的巧思、工艺的精湛，在这里达到极致。我认为工匠的心思的确极其巧妙，工艺的确非常精湛，只是在落笔构思的时候，未免有些好高骛远，舍弃离他最近的事物不予考虑，却要搜遍天下最高最远的地方，把器物做得光怪陆离，最后却都变成累赘，与书信本身毫无关系。我所说的最近的事物不是别的，正是手中制作的笺简。既然名为笺简，而笺简二字本身就有无穷含义。

除了鱼书、雁帛两种样式之外，不是还有竹简样式可以制作？书本形状可以模仿吗？难道卷册扇面、锦屏绣轴，不是可以挥毫泼墨的地方吗？石壁可以题字留念，蕉叶曾经代替纸张，难道之前从未听说，而是我的主观臆想吗？至于苏蕙娘的回文锦，又让后人思慕不已，想在上面书写一个字也无法做到。

我能模仿各种事物的形状制成笺，那么笺上的物品，都是题诗写字的材料。还原原本就有的东西，放弃原本没有的东西，这些都是眼前的雅事，哪里用得着去别处寻找？我已吩咐仆人逐款制作，然后拿到书坊去卖，赚到钱就交给工匠，以备继续刊印，这样笺简就能不断更新、流传后世。这种令人耳目一新、痛快挥毫泼墨的事情，也将继续蓬勃发展、不会停止。即使把我称为薛涛转世，我也未必不会接受。如果须眉男儿不将它留传后世，那么其不如知名女子的地方的确不少。

已经制好的笺简之中，有八种韵事笺、十种织锦笺。韵事笺有哪些呢？分别是题石、题轴、扇面、书卷、剖竹、雪蕉、卷子、册子。十种织锦笺则全都效仿回文织锦的模样，整幅都是由锦面制成，仅仅留出花纹的空白，供人写文题字。写好之后，就与回文织锦没有差别了。十种织锦笺的锦纹各不相同，写字的位置也不相同。我费尽心思辛苦经营，过程很难详细描述，如果各位名人贤士想要，可以托人到金陵购买。这本书中的各种新样式，还没在全国流传开来，就借这个机会，向大家陈述大概情况。售卖笺简就是售卖书的地方，但凡是我生平著作，全都汇集在此。如果有人嗜好独特，喜欢我的书或笺简，都可到此购买，就如同将李笠翁带回了家。千里神交，全都要靠它们。如今，我的知己遍布天下，他们难道都是与我见过面的人吗？（金陵承恩寺中署名"芥子园名笺"的书坊，就是出售笺简和书的地点。）

器玩部

  这本书中所记载的各种器物的新样式，都可以任由大家仿效制作；只有笺简的设计，我已吩咐仆人自制自售，代替写作来维持生活，因此不允许别人翻刻。我从一开始，就已贴出布告，告诫世人。倘若真的有人想要强取豪夺、独占利益，或依照原样刊行，或增减某个设计，或稍微改变形状，就将我的功劳据为己有，不仅侵犯我的利益，还要抹杀我的名声，那他就是中山狼这类忘恩负义、恩将仇报的人。我会向当地官府控告，请求主持公道。至于那些依仗富人、权贵，翻刻我的著作的人，天下不知有多少。我辛勤劳作，别人坐享其成，这让我如何忍受？应当立誓与他们决一死战，就以这本书为先声，告诫所有相关的人。总之，天地造人，赋予各自不同的内心，就应各自发挥自己的才智。我未曾堵塞他们的心胸，让他们无法发挥才智；他们怎能夺走我的生计，让我不能自食其力呢？

◎位置第二 计二款

【原文】

器玩未得,则讲购求;及其既得,则讲位置。位置器玩与位置人才同一理也。设官授职者,期于人地相宜;安器置物者,务在纵横得当。设以刻刻需用者,而置之高阁,时时防坏者,而列于案头,是犹理繁治剧之材,处清静无为之地,黼黻皇猷之品①,作驱驰孔道之官②。有才不善用,与空国无人等也。他如方圆曲直,齐整参差,皆有就地立局之方,因时制宜之法。能于此等处展其才略,使人入其户、登其堂,见物物皆非苟设,事事具有深情,非特泉石③勋猷④,于此足征全豹,即论庙堂⑤经济,亦可微见一斑。未闻有颠倒其家,而能整齐其国者也。

【注释】

①黼黻皇猷之品:善于运筹帷幄、有雄才大略的文官之品。
②驱驰孔道之官:能够驱驰战场、可横扫千军的武将之才。
③泉石:泉水和山石,泛指山水。
④勋猷:功劳和功绩。
⑤庙堂:朝廷。

【译文】

未得器玩之前,应该讲究如何购买;得到器玩之后,应该讲究位置安排。安放器玩和安置人才的道理相同。设官授职的人,期望人才与官职相互适宜;安放器玩的人,务求摆放的纵横位置得当。假如将时时需要的物品放在高处,将时时防坏的物品放在桌上,就像是将善于治理繁乱政务的人才,放在清净无为的地方,让善于运筹帷幄的文官,担任需要驰骋疆场的武职。有人才却不善用,就跟举国没有人才一样。如果器玩有方圆曲直、参差整齐的差别,就有就地立局、因地制宜的方法。能在这些方面展现自己的雄才大略,让那些登堂入室的客人看出,每件物品都非随意摆放,处处都能体现深刻用心。不但主人布置园林、治理山水的才能,能从这里窥见全貌,要说治理国家、经世济民的大略,也能从这里了解一二。从未听说有人家里乱七八糟,还能将国家治理得井井有条的。

○忌排偶

【原文】

"胪列①古玩,切忌排偶。"此陈说也。予生平耻拾唾余②,何必更蹈其辙。但排偶之中,亦有分别。有似排非排,非偶是偶;又有排偶其名,而不排偶其实者。皆当疏明其说,以备讲求③。如天生一日,复生一月,似乎排矣,然二曜出不同时,且有极明微明之别,是同中有异,不得竟以排比目之矣。所忌乎排偶者,谓其有意使然,如左置一物,右无一物以配之,必求一色相俱同者与之相并,是则非偶而是偶,所当急忌者矣。若夫天生一对,地生一双,如雌雄二剑,鸳鸯二壶,本来原在一处者,而我必欲分之,以避排偶之迹,则亦矫揉执滞,大失物理人情之正矣。即避排偶之迹,亦不必强使分开,或比肩其形,或连环其势,使二物合成一物,即排偶其名,而不排偶其实矣。

大约摆列之法,忌作八字形,二物并列,不分前后、不爽分寸④者是也;忌作四方形,每角一物,势如小菜碟者是也;忌作梅花体,中置一大物,周遭以小物是也;余可类推。当行之法,则与时变化,就地权宜,视形体为纵横曲直,非可预设规模者也。如必欲强拈一二,若三物相俱,宜作品字形,或一前二后,或一后二前,或左一右二,或右一左二,皆谓错综;若以三者并列,则犯排矣。四物相共,宜作心字及火字格,择一或高或长者为主,余前后左右列之,但宜疏密断连,不得均匀配合,是谓参差;若左右各二,不使单行,则犯偶矣。此其大略也,若夫润泽之,则在雅人君子。

【注释】

①胪列:罗列、陈列。
②拾唾余:即拾人涕唾,比喻自己没有主见,只是抄袭别人的言论。
③讲求:研究、研习。
④不爽分寸:不差分毫。不爽,没有差错。

【译文】

"胪列古玩,切忌排偶",这是旧时说法。我生平以抄袭别人的言论为耻,又何必在此重说旧话?但是排偶之中,也是有所区分的。有时看似排偶，但其实并不是，有时看似不是，但其实却是排偶；也有时候号称是排偶，但事实并非如此。所有这些都应简要明确地说明，以供大家研究。比如天上有个太阳，又有一个月亮，二者好像是排偶。然而太阳、月亮不会同时出现，并且还有极亮、微亮的区别，这是同中有异，不能将其看作排偶。世人忌讳的排偶，说的是有意为之。比如，左边放了一件物品，右边没有物品相配，必定要找一件颜色样式相同的物品与其并列摆放，看似并非排偶，其实却是排偶，这是最应忌讳的。如果本是天生一对、地生一双，就像雌雄二剑、鸳鸯二壶，原本就在一起，而我却要将其分开，以避免有排偶的痕迹，这就显得矫揉造作、固执拘泥、不合人情事理了。即使想要避免有排偶的痕迹，也不必硬要使其分开，或是比肩而立，或是前后相连，这样两件就会合成一件，虽然号称排偶，但事实并非如此。

  排列摆放的标准大致如下：忌讳摆成八字形，两件物品并列排放，位置不分先后，没有任何差别；忌讳摆成四字型，每个角落各放一件，好像摆了四个菜碟；忌讳摆成梅花体，中间放置大的物品，四周摆放小的物件；其他可以类推。应当推行的方法是：随着时间变化，因地制宜，根据物品形状，决定纵横曲直摆放的位置，不能预先设定规模。如果一定要说个究竟：比如三件物品放在一起，适合摆成品字型，或是一前两后，或是一后两前，或是一左两右，或是一右两左，都可称为错综之法；如果三件物品并列摆放，那就犯了排偶的毛病。如果四件物品共同摆放，适合摆成"心"字和"火"字格，即选择一件高的或者长的物品为主，其他物件摆放在其前后左右，但是应该疏密断连，不得均匀分布，这可称为参差之法；如果左右各自摆放两件，则不能放成一列，否则就犯了排偶的毛病。这只是说了个大概，如果想要修饰润色，就靠各位文人雅士了。

○贵活变

【原文】

  幽斋陈设，妙在日异月新。若使骨董生根，终年鲍系①一处，则因物多腐象，遂使人少生机，非善用古玩者也。居家所需之物，惟房舍不可动移，此外皆当活变。何也？眼界关乎心境，人欲活泼其心，先宜活泼其眼。即房舍不可动移，亦有起死回生之法。譬如造屋数进，取其高卑广隘之尺寸不甚相悬者，授意匠工，凡作窗棂门扇，皆同其宽窄而异其体裁，以便交相更替。同一房也，以彼处门窗挪入此处，便觉耳目一新，有如房舍皆迁者；再入彼屋，又换一番境界，是不特迁其一，且迁其二矣。房舍犹然，况器物乎？或卑者使高，或远者使近，或二物别之既久，而使一旦相亲，或数物混处多时，而使忽然隔绝，是无情之物变为有情，若有悲观离合于其间者。但须左之右之，无不宜之，则造物在手，而臻化境②矣。人谓朝东夕西，往来仆仆，"何许子之不惮烦③乎"？予曰：陶士行之运甓④，视此犹烦，未有笑其多事者；况古玩之可亲，犹胜于甓，乐此者不觉其疲，但不可为饱食终日无所用心者道。

古玩中香炉一物，其体极静，其用又妙在极动，是当一日数迁其位，片刻不容胶柱者也。人问其故，予以风帆喻之。舟行所挂之帆，视风之斜正为斜正，风从左而帆向右，则舟不进而且退矣。位置香炉之法亦然。当由风力起见，如一室之中有南北二牖，风从南来，则宜位置于正南，风从北入，则宜位置于正北；若风从东南或从西北，则又当位置稍偏，总以不离乎风者近是。若反风所向，则风去香随，而我不沾其味矣。又须启风来路，塞风去路，如风从南来而洞开北牖，风从北至而大辟南轩，皆以风为过客，而香亦传舍⑤视我矣。须知器玩之中，物物皆可使静，独香炉一物，势有不能。"爱之能勿劳乎？"⑥待人之法也，吾于香炉亦云。

【注释】

①鲍系：停滞，羁滞。

②臻化境：达到出神入化的境界。

③许子之不惮烦：许子即许行，东周战国时期著名农学家、思想家。"许子之不惮烦"出自《孟子·滕文公上》，是孟子反驳许行做法所说的话。许行属于农家学派，要求人人劳动，体现当时劳动者反对剥削的朴素愿望，但孟子反对许行的农家主张，认为社会分工有其必然性。

④陶士行之运甓：陶士行即陶侃，东晋时期名将。陶侃任广州刺史期间，事务比较清闲，每天清早起床，把数百块砖搬到室外，傍晚又搬回室内，刮风下雨，严寒酷暑，从不间断。

⑤传舍：原为战国时贵族供门下食客食宿的地方，泛指古时供行人休息住宿的处所。

⑥"爱之能勿劳乎？"：出自《论语·宪问篇》，意思是"爱他，怎能不以勤劳相劝勉"。孔子认为，对待下属、子女，应该故意创造条件让他"劳"，这样不仅有助于培养他吃苦耐劳的品质，还有助于培养他分析问题、解决问题的能力。

【译文】

　　幽静书房的陈设,妙在日新月异。如果让古董仿若生根,终年放在一个地方,由于古董大多模样陈旧,就会让人觉得缺少生机,没有很好将其利用。居家所需的物品,只有房屋不能移动,其他都应灵活挪动。为什么?因为眼睛看到的事物会影响心情,人们想要心情活跃,就要先让眼睛看到的事物活跃起来。即使房屋不能移动,也有起死回生的方法。比如建造几排房屋,选取几个高低宽窄差别不大的房间,交代工匠,凡是制作窗棂门扇,都要宽窄一样,但是样式不同,以便能够相互替换。同样一间房屋,如果把这个房间的门窗挪到另外一个房间,就会觉得耳目一新,好像换了整个房舍;再次进入那个房间,又是另外一番景象,这样就不只换了一处房舍,而是换了两处。房舍尚且如此,更何况器物呢?或将低处的物品放到高处;或将远处的物品放到近处;或将两件分开放置很久的物品,突然放在一起;或将几件混合放置很久的物品,忽然分开摆放,其间仿若有了悲欢离合,原本无情的物品也变得有了情致。只需要左右移动,全都合适,就像造物主一样随心所欲,达到出神入化的境界。有人说早上将物品放在东边,傍晚将物品放回西边,来来回回奔波劳碌,为何要像许行先生一样不嫌麻烦呢?我说:东晋陶侃每天早上把砖头搬到室外,傍晚又搬回室内,看起来非常麻烦,但没人笑他多事;更何况古玩的可亲程度,远远胜过砖头,喜欢的人不会觉得疲惫。但是这番话不能跟一天到晚吃得饱饱的、无事可干、不去用心思考问题的人讲。

　　古玩中的香炉,本身非常沉静,但其用法妙在极其灵活。应当每天多次移动香炉位置,让其一刻都不会固定在某个地方。有人问这其中缘故,我用风帆进行比喻。船航行时所挂的帆,要根据风的斜正来调整自身斜正,如果风向左吹而帆向右斜,那么船将不进反退。摆放香炉的道理也是一样,应该根据风向调整位置。例如一间房子有南北两个窗户,如果风从南面吹来,香炉就应放在正南方向,如果风从北面吹来,香炉就应放在正北方向;如果风从东南或者西北吹来,香炉位置就应稍偏一些,总之要以不离开风向为好。如果香炉位置与风向相反,那么风一吹,香气就会随之飘散,而我闻不到任何香味。此外还须敞开风的来路,堵住风的去路,如果风从南面吹来却打开北面窗户,或者风从北面吹来却打开南面窗户,这都是把风当成过客,而香气也是暂时停留、匆匆而过。要知道器玩之中,每件物品都能静止不动,只有香炉这件物品,势必不能。"爱之能勿劳乎?"。这是一种待人方法,而我对香炉也是这种态度。

饮馔部

◎蔬食第一 计八款

【原文】

　　吾观人之一身，眼、耳、鼻、舌、手、足、躯骸，件件都不可少；其尽可不设而必欲赋之、遂为万古生人之累者，独是口腹二物。口腹具而生计繁矣，生计繁而诈、伪①、奸、险之事出矣；诈、伪、奸、险之事出，而五刑②不得不设。君不能施其爱育，亲不能遂其恩私，造物好生，而亦不能不逆行其志者——皆当日赋形不善，多此二物之累也。草木无口腹，未尝不生；山石土壤无饮食，未闻不长养。何事独异其形，而赋以口腹？即生口腹，亦当使如鱼虾之饮水，蜩螗之吸露，尽可滋生气力，而为潜、跃、飞、鸣。若是，则可与世无求，而生人之患熄矣。乃既生以口腹，又复多其嗜欲，使如溪壑之不可厌；多其嗜欲，又复洞其底里，使如江海之不可填。以致人之一生，竭五官百骸③之力，供一物之所耗而不足哉！

　　吾反复推详，不能不于造物是咎。亦知造物于此，未尝不自悔其非，但以制定难移，只得终遂其过。甚矣！作法慎初，不可草草定制。吾辑是编而谬及饮馔，亦是可已不已之事。其止崇俭啬，不导奢靡者，因不得已而为造物饰非，亦当虑始计终，而为庶物④弭患。如逞一己之聪明，导千万人之嗜欲，则匪特禽兽昆虫无噍类⑤，吾虑风气所开，日甚一日，焉知不有易牙复出、烹子求荣⑥，杀婴儿以媚权奸⑦、如亡隋故事者哉！一误岂堪再误，吾不敢不以赋形造物视作覆车。

　　声音之道，丝不如竹，竹不如肉，为其渐近自然。吾谓饮食之道，脍⑧不如肉，肉不如蔬，亦以其渐近自然也。草衣木食⑨，上古之风，人能疏远肥腻，食蔬蕨而甘之，腹中菜园，不使羊来踏破⑩，是犹作羲皇⑪之民，鼓唐虞⑫之腹，与崇尚古玩同一致也。所怪于世者，弃美名不居，而故异端其说，谓佛法如是，是则谬矣。吾辑《饮馔》一卷，后肉食而首蔬菜，一以崇俭，一以复古；至重宰割而惜生命，又其念兹在兹，而不忍或忘者矣。

【注释】

①伪：虚假的，非法的。
②五刑：中国古代官府对犯罪者所使用的五种主要刑罚的统称。通常指墨、劓、剕、宫、大辟，也指笞、杖、徒、流、死。
③百骸：指人的各种骨骼或全身。

④庶物：众物，万物。

⑤无噍（jiào）类：没有活着的人或生物。

⑥烹子求荣：一次桓公对易牙说："寡人尝遍天下美味，唯独未食人肉，倒为憾事。"桓公本是无心戏言，而一心想着博得桓公欢心的易牙后来将自己的儿子蒸了，献给桓公。当桓公得知这是易牙儿子的肉时，内心很是不舒服，却被易牙杀子给自己吃的行为感动，觉得易牙爱他胜过爱亲子，从此宠信易牙。

⑦杀婴儿以媚权奸：出自《开河记》，隋炀帝时，陶郎儿兄弟偷小孩，"杀之，去头足，蒸熟"献给麻叔谋，得到了很丰厚的报酬。

⑧脍：细切的肉食。

⑨草衣木食：编草为衣，以树木果实为食。

⑩腹中菜园，不使羊来踏破：化用成语羊踏菜园，讲的是从前有个常吃青菜的人，一次吃了羊肉后，梦见五脏神说羊踏破了菜园。后来用以比喻习惯吃蔬菜的人偶食荤腥美食。出自《笑林》。

⑪羲皇：伏羲氏。

⑫唐虞：唐尧与虞舜的并称，亦指尧与舜的时代，古人以为那时是太平盛世。

【译文】

我看人的整个身体，眼、耳、鼻、舌、手、脚、躯体，样样都不能少。而完全可以不要但造物主一定要赋予人的、于是就成了万代以来人的累赘的，只有口和腹两样。有了口腹，为生计的操劳就多了；为生计的操劳多了，欺诈、虚假、邪恶、险恶的事情就出现了；欺诈、虚假、邪恶、险恶的事情出现，刑罚就不能不设立。君王不能推行仁爱，父母不能实现对子女的慈爱，造物主喜欢生命却不得不违逆他的心意——都是当初造人的时候不够完善，多了这两样东西的缘故。草木没有口腹，也没有不生长；山、石、土壤不喝、不吃，也没听说不生长。为何唯独让人类特别，给予了口腹？即便有了口腹，也应该让人像鱼虾饮水、知了吸露，就可以产生气力，进而能够潜水、跳跃、飞翔、鸣叫一样。如果这样，就可以与世无求，活人的祸患就可以消除了。既然让人类长了口与腹，又让人类有很多嗜好欲望，让这些嗜好欲望像沟壑无法填满；让人类有很多嗜好欲望，又让这些嗜好欲望没有止境，让它像江海一样不能填满，以致人的一生，竭尽五官全身的力气，供给口腹的消耗都还不够！

我反复推究，不能不将这件事归咎于造物主。也知道造物主在这件事情上，未尝没有为自己的错误后悔过，只是因为规矩已定难以改变，只能最终纵容这种错误。唉！开始制定规矩的时候一定要谨慎，千万不能太草率！我写这一卷冒昧地谈及饮食，也是可做可不做的事情。在这里只崇尚节俭，不倡导奢靡，是因为不得已，得给造物主掩盖过失，也应当考虑到全局，而为万物消除忧患。如果卖弄个人聪明，致使千万人嗜欲，不只禽兽昆虫将会灭种，我担心风气一开，就一天天败坏，又怎能知道不会又有像易牙烹子求荣的情况出现，杀婴儿烹煮来向当权的奸人献媚、就像隋朝灭亡时的旧事重演呢！怎能一错再错？我不敢不把造物主造人的过错，当作前车之鉴。

音乐上，弦乐不如管乐，管乐不如声乐，因为它们渐渐贴近自然。我觉得饮食上，细切的肉食不如普通肉，普通肉不如蔬菜，也是因为它们渐渐贴近自然。编草做衣服，以树木果实为食，是上古的民风，人们都远离肥腻的东西，情愿吃蔬菜。常常吃蔬菜，不去吃荤腥，这就如同做伏羲时代的百姓，填饱唐尧、虞舜时代百姓的肚子，这与崇尚古玩是一样的。奇怪的是，世人抛弃尊古的美名，而把这种做法当作异端，说佛法是这么说的，这就错了。我写《饮馔》这一卷，后说肉食而先说蔬菜，一是为了崇尚节俭，一是为了恢复古风；至于重视宰割之事、珍惜生命，也是因为我将其时刻记在心里，不忍忘记。

○笋

【原文】

论蔬食之美者，曰清，曰洁，曰芳馥，曰松脆而已矣。不知其至美所在，能居肉食之上者，只在一字之"鲜"。《记》曰："甘受和，白受采。"①"鲜"即"甘"之所从出也。此种供奉，惟山僧野老躬治园圃者，得以有之，城市之人向卖菜佣求活者，不得与焉。然他种蔬食，不论城市山林，凡宅旁有圃者，旋摘旋烹，亦能时有其乐。至于笋之一物，则断断宜在山林，城市所产者，任尔芳鲜，终是笋之剩义。此蔬食中第一品也，肥羊嫩豕，何足比肩？但将笋肉齐烹，合盛一簋②，人止食笋而遗肉，则肉为鱼而笋为熊掌③可知矣。购于市者且然，况山中之旋掘者乎？

食笋之法多端，不能悉纪，请以两言概之，曰："素宜白水，荤用肥猪。"茹斋④者食笋，若以他物伴之，香油和之，则陈味夺鲜，而笋之真趣没矣。白煮俟熟，略加酱油，从来至美之物，皆利于孤行，此类是也。以之伴侣，则牛羊鸡鸭等物皆非所宜，独宜于豕，又独宜于肥。肥非欲其腻也，肉之肥者能甘，甘味入笋，则不见其甘，但觉其鲜之至也。烹之既熟，肥肉尽当去之，即汁亦不宜多存，存其半而益以清汤。调和之物，惟醋与酒。此制荤笋之大凡⑤也。

笋之为物，不止孤行、并用各见其美，凡食物中无论荤素，皆当用作调和。菜中之笋与药中之甘草，同是必需之物，有此则诸味皆鲜，但不当用其渣滓，而用其精液。庖人之善治具者，凡有焯⑥笋之汤，悉留不去，每作一馔，必以和之，食者但知他物之鲜，而不知有所以鲜之者在也。

《本草》中所载诸食物，益人者不尽可口，可口者未必益人，求能两擅其长者，莫过于此。东坡云："宁可食无肉，不可居无竹。无肉令人瘦，无竹令人俗。"不知能医俗者，亦能医瘦，但有已成竹、未成竹之分耳。

【注释】

①甘受和，白受采：甘美的东西容易调味，洁白的东西容易上色，出自《礼记》。
②簋：古代盛食物的器具，圆口，两耳。
③肉为鱼而笋为熊掌：化用孟子《鱼我所欲也》中"鱼，我所欲也，熊掌亦我所欲也；二者不可得兼，舍鱼而取熊掌者也"一句。
④茹斋：吃素食。茹：吃。
⑤大凡：大要，大概。
⑥焯（chāo）：把蔬菜放在开水里煮一下就捞出来。

【译文】

说到蔬菜的美味，就是清淡、干净、芳香、松脆这几点罢了。人们不知道蔬菜的至美所在，能超过肉食的地方，只在于一个"鲜"字。《礼记》上说："甘受和，白受采。""鲜"就是来源于"甘"。这种享受，只有山中僧人、村野老人、亲身管理菜园菜地的人，才能得到，城市里的人向菜贩子买菜生活的，是得不到的。然而其他蔬菜，无论城市还是山林，只要自家房子旁边有菜圃的，随摘随煮，也能够时常享受这种乐趣。至于笋这种蔬菜，就确实适合在山林生长，城市里出产的，任凭它芳香鲜美，终究是笋中次品。笋是蔬菜中最美味的，肥羊乳猪，怎么能够跟它相比？只要把笋和肉一起煮，一同盛在一个食具里，人们就只会吃笋而留下肉，由此就能知道笋比肉更好了。在市场上购买的尚且如此，更何况山里刚刚挖出来的呢？

吃笋的方法有很多种，无法全部记录下来，请让我用两句话来概括："素宜白水，荤用肥猪。"吃素的人吃笋时，如果拌上其他东西，再加上香油，那么其他东西的陈味就会夺走笋的鲜味，笋真正的滋味就没有了。白水煮笋，等到熟了，稍微加点酱油，从来至美的食物，都适合单独烹制，笋就是这样的。把它和肉一起烹饪，那么牛羊鸡鸭等都不合适，唯独猪肉合适，而且唯独肥肉合适。用肥肉不是因为它肥腻，而是肥肉味甘，甘味被笋吸收，就感觉不到甘味了，只会觉得它鲜到了极点。煮熟后，肥肉应当全部去掉，即使是汤也不应该多留，只留下一半，再加上清汤。调味的东西，只用醋和酒。这是制作荤笋的基本要领。

笋这种东西，不管单独烹饪还是跟其他东西一起烹饪，都可以展现出它的美味，凡是食物，不论荤素，都适合用它来做调和。蔬菜中的笋和中药里的甘草，都是必需的东西，有了它就什么食物都很鲜，只是不应当用它的渣滓，而应当用它的精华。擅长做菜的厨师，凡是焯过笋的汤，就都留着不倒掉，每做一道菜，都用它来调味。食客只知道别的食物鲜美，而不知道有让食物鲜美的笋汤在其中。

《本草》中记载的诸多食物，对人有益的不全都是可口的，可口的不一定对人有益，要想两全其美，就没有比笋更好的了。苏东坡说："宁可食无肉，不可居无竹。无肉令人瘦，无竹令人俗。"却不知道能医治俗病的东西，也可以医治瘦病，区别只在于竹子是已经长成，还是未长成。

○ 蕈①

【原文】

求至鲜至美之物，于笋之外，其惟蕈乎？蕈之为物也，无根无蒂②，忽然而生，盖山川草木之气结而成形者也，然有形而无体。凡物有体者必有渣滓，既无渣滓，是无体也。无体之物，犹未离乎气也。食此物者，犹吸山川草木之气，未有无益于人者也。其有毒而能杀人者，《本草》云以蛇虫行之故。予曰：不然。蕈大几何，蛇虫能行其上？况又极弱极脆而不能载乎？盖地之下有蛇虫，蕈生其上，适为毒气所钟③，故能害人。毒气所钟者能害人，则为清虚之气所钟者，其能益人可知矣。世人辨之原有法，苟非有毒，食之最宜。此物素食固佳，伴以少许荤食尤佳，盖蕈之清香有限，而汁之鲜味无穷。

【注释】

①蕈（xùn）：食用真菌，尤指蘑菇。
②蒂：瓜、果等跟茎、枝相连的部分。
③钟：集中，聚集。

【译文】

（若要）寻求最鲜最美的食物，除了笋以外，只有蘑菇了吧？蘑菇这种东西，没有根没有蒂，忽然间长出来，大概是山水草木的气息凝结成形的，但是它有形却没有本体。凡是事物，有本体的就一定有渣滓，既然没有渣滓，就是没有本体。没有本体的东西，尚且没有离开气。吃这种东西的，就像吸山水草木的气息，没有不对人有好处的。那些有毒并能毒死人的，《本草》说是因为蛇、虫爬过。我说：不是这样的。蘑菇有多大，蛇、虫能在它上面爬？何况它又极其脆弱，不能负载？是因为地下有蛇、虫，蘑菇在它们上方生长，才聚集了毒气，所以能害人。聚集了毒气的能害人，那么就可以知道，聚集了清净虚无的气息的，能对人有好处。世人原本是有方法分辨它们的，如果没毒，吃它们最合适了。这种东西素食固然好，跟少量荤菜一起吃更好，因为蘑菇的清香是有限的，但它汁液的鲜味是无穷无尽的。

○莼①

【原文】

陆之蕈，水之莼，皆清虚妙物也。予尝以二物作羹，和以蟹之黄、鱼之肋，名曰"四美羹"。座客食而甘之，曰："今而后，无下箸处②矣！"

【注释】

①莼：莼菜，本身没有味道，但口感圆融、鲜美滑嫩。
②无下箸处：没有下筷子的地方。出自《晋书·何曾传》："食日万钱，犹曰无下箸处。"晋武帝时，大臣何曾生活奢侈，吃饭一天要花一万钱，还说没有下筷子的地方，后来用"无下箸处"形容富人饮食奢侈无度。

【译文】

陆上的蘑菇、水里的莼菜,都是清净虚无的好东西。我曾经把这两种东西做成羹,加上蟹黄、鱼肋调和,取名叫"四美羹"。在座的客人吃了,非常喜欢,说:"从今往后,没有值得下筷子的食物了。"

○菜

【原文】

世人制菜之法,可称百怪千奇。自新鲜①以至于腌、糟、酱、腊,无一不曲尽奇能,务求至美,独于起根②发轫③之事缺焉不讲,予甚惑之。其事维何?有八字诀云:"摘之务鲜,洗之务净。"务鲜之论,已悉前篇。

蔬食之最净者,曰笋,曰蕈,曰豆芽;其最秽者,则莫如家种之菜。灌肥之际,必连根带叶而浇之;随浇随摘,随摘随食,其间清浊,多有不可问者。洗菜之人,不过浸入水中,左右数漉④,其事毕矣。孰知污秽之湿者可去,干者难去,日积月累之粪,岂顷刻数漉之所能尽哉?故洗菜务得其法,并须务得其人。以懒人、性急之人洗菜,犹之乎弗洗也。洗菜之法,入水宜久,久则干者浸透而易去;洗叶用刷,刷则高低曲折处皆到,始能涤尽无遗。若是,则菜之本质净矣。本质净而后可加作料,可尽人工;不然,是先以污秽作调和,虽有百和之香,能敌一星之臭乎?噫!富室大家食指⑤繁盛者,欲保其不食污秽,难矣哉!

菜类甚多,其杰出者则数黄芽⑥。此菜萃于京师,而产于安肃⑦,谓之"安肃菜",此第一品也。每株大者可数斤,食之可忘肉味。不得已而思其次,其惟白下⑧之水芹乎!予自移居白门,每食菜、食葡萄,辄思都门;食笋、食鸡豆⑨,辄思武陵。物之美者,犹令人每食不忘,况为适馆授餐之人乎?

菜有色相最奇,而为《本草》《食物志》诸书之所不载者,则西秦所产之头发菜⑩是也。予为秦客,传食⑪于塞上诸侯。一日脂车⑫将发,见炕上有物,俨然乱发一卷,谬谓婢子枊发⑬所遗,将欲委之而去。婢子曰:"不然,群公所饷⑭之物也。"询之土人,知为头发菜。浸以滚水,拌以姜醋,其可口倍于藕丝、鹿角等菜。携归饷客,无不奇之,谓珍错⑮中所未见。此物产于河西⑯,为值甚贱,凡适秦者皆争购异物,因其贱也而忽之,故此物不至通都⑰,见者绝少。由是观之,四方贱物之中,其可贵者不知凡几,焉得人人物色之？发菜之得至江南，亦千载一时之至幸也。

【注释】

① 新鲜：未经加工。
② 起根：起端。
③ 发轫（rèn）：轫是支住车轮、让它不能转动的木头。发轫指拿掉支住车轮的木头，使车子启动。借称事情的开端。
④ 漉（lù）：液体慢慢地渗下。
⑤ 食指：指家庭或家族人口。
⑥ 黄芽：黄芽菜。
⑦ 安肃：今河北徐水县。
⑧ 白下：南京的别称。
⑨ 鸡豆：芡实。
⑩ 头发菜：即"发菜"，颜色乌黑，状如发丝。
⑪ 传食：辗转受人供养。
⑫ 脂车：指驾车出行。
⑬ 栉（zhì）发：梳理头发。
⑭ 饷（xiǎng）：赠送。
⑮ 珍错："山珍海错"的省称。泛指珍异食品。
⑯ 河西：泛指黄河以西之地。
⑰ 通都：形容四通八达的都市。

【译文】

世人做菜的方法，可以说是千奇百怪。从不加工到腌、糟、酱、腊，没有一样不竭尽所能，一定要尽善尽美，但只对做菜起始阶段的事情漏掉不讲，我十分疑惑。这事是怎么样的？有个八字口诀是："摘之务鲜，洗之务净。"务必要新鲜的说法，前面已经说得很详尽了。

蔬菜中最干净的，是笋、蘑菇、豆芽；最脏的，那就没有超过自家种的菜的了。浇肥的时候，一定是连根带叶地浇；随浇随摘，随摘随吃，里面干净与否，大多不能问。洗菜的人，不过是把菜浸在水里，左右冲涮几下，就完事了。哪曾想湿润的脏东西可以洗掉，但干的难以去掉，日积月累的粪渍，难道片刻之间洗几下就能全部洗干净吗？所以洗菜一定要用正确的方法，也一定要用正确的人。让懒人、性急的人洗菜，就跟没洗一样。洗菜的方法：菜浸在水里的时间适宜长一些，时间久了，干的脏东西浸透了，就容易去除；洗菜叶用刷子，这样叶子上边、下边折起来的地方都能洗到，才能洗得干净没有遗漏。如果是这样，那么菜本身就干净了。本身干净后可以加作料，可以用尽人力处理，不然这就是先用污秽的东西做调料，虽然有多种佐料混合的香气，但能敌得过里面掺杂的一点臭气吗？唉！富裕的大户人家，人口多的人家，想要保证不吃到污秽，太难了！

  菜的种类很多，其中最出色的要数黄芽。这种菜集中在京城销售，却是产自安肃，称它为"安肃菜"，这是最上等的。每株大的能有好几斤重，吃这种菜能让人忘掉肉的味道。买不到这种菜，想吃次一些的，那就只有南京的水芹了！我自从移居到南京，每次吃菜、吃葡萄的时候，就会想念京城；每次吃笋、吃芡实的时候，就会想念武陵。美味的食物，尚且让人吃过就忘不了，何况是那些带我去饭馆请我吃饭的人呢？

  蔬菜之中长相最奇特，但《本草》《食物志》这些书都没有记载过的，就是西秦出产的头发菜了。我到秦地做客，在当地诸位官员家中辗转，受到款待。有一天将要驾车出行的时候，看到炕上有东西，很像一卷乱发，误以为是丫鬟梳头掉的，想要扔掉。丫鬟说："不是头发，是诸位大人送的东西。"问过当地人，才知道是发菜。用滚烫的水泡过，拌上姜和醋，比藕丝、鹿角等菜更加可口。我带发菜回家宴客，没有不觉得奇异的，说是从未见过这种珍异食物。这种菜产在黄河以西，价格很低，凡是去秦地的人，都争着去买奇特的东西，因为它便宜就会忽略掉它，所以这种东西没有流传到大城市，见过的人非常少。由此看来，各地便宜的东西中，可贵的东西不知道有多少，又哪能人人都能找得到呢？发菜来到江南，也是千载难逢的一大幸事。

○瓜　茄　瓠[①]　芋　山药

【原文】

  瓜、茄、瓠、芋诸物，菜之结而为实者也。实则不止当菜，兼作饭矣。增一箪[②]菜，可省数合[③]粮者，诸物是也。一事两用，何俭如之？贫家购此，同于籴[④]粟[⑤]。但食之各有其法：煮冬瓜、丝瓜忌太生；煮王瓜、甜瓜忌太熟；煮茄、瓠利用酱醋，而不宜于盐；煮芋不可无物伴之，盖芋之本身无味，借他物以成其味者也；山药则孤行、并用，无所不宜，并油盐酱醋不设，亦能自呈其美，乃蔬食中之通材也。

【注释】

① 瓠（hù）：瓠瓜，也叫瓠子，葫芦的变种。
② 簋（guǐ）：古代盛食物的器具，圆口、两耳。
③ 合：量粮食的器具，容量是1合，方形或圆筒形，多用木头或竹筒制成。
④ 籴：买进（粮食）。
⑤ 粟：谷子，去壳后称作小米。

【译文】

瓜、茄子、瓠瓜、芋头之类的东西，都是菜结的果实。果实就不仅能当菜，还能当饭吃。增加一簋这样的菜，就可以省下数合粮食。一种东西，两种用途，还有比这更节俭的吗？贫穷人家买这些蔬菜，跟买粮食一样。但吃它们有各自的方法：煮冬瓜、丝瓜忌煮得太生；煮王瓜、甜瓜忌煮得太熟；煮茄子、瓠瓜用酱醋好，不适合用盐；煮芋头不能不跟其他东西一起煮，因为芋头本身没有味道，得借用其他东西让它有味道；山药则是单独做、跟其他菜一起做，没有不适合的，而且不放油盐酱醋，也能自己呈现出自己的美味，是蔬菜中的通材。

○ 葱　蒜　韭

【原文】

葱、蒜、韭三物，菜味之至重者也。菜能芬人齿颊者，香椿头是也；菜能秽人齿颊及肠胃者，葱、蒜、韭是也。椿头明知其香而食者颇少，葱、蒜、韭尽识其臭而嗜之者众，其故何欤？以椿头之味虽香而淡，不若葱、蒜、韭之气甚而浓。浓则为时所争尚，甘受其秽而不辞；淡则为世所共遗，自荐其香而弗受。吾于饮食一道，悟善身处世之难。一生绝三物不食，亦未尝多食香椿，殆所谓"夷、惠①之间"者乎？

予待三物有差。蒜则永禁弗食；葱虽弗食，然亦听作调和；韭则禁其终而不禁其始，芽之初发，非特不臭，且具清香，是其孩提之心之未变也。

【注释】

① 夷、惠：指伯夷、柳下惠。二人都是古代廉正之士。

【译文】

葱、蒜、韭这三种东西,是菜味最重的。能让人的牙齿、脸颊芬芳的菜,是香椿芽;能让人的牙齿、脸颊和肠胃发出难闻的味道的,是葱、蒜、韭。明明知道香椿芽香,但吃的人很少;都知道葱、蒜、韭臭,但喜爱它们的人很多,这是什么缘故?因为香椿芽的味道,虽然香但是气味淡,不像葱、蒜、韭的气味非常浓。浓就被时人争相崇尚,甘愿忍受它的臭气而不推辞;淡就被世人一齐放弃,自己主动发出香味却不被人接受。我从饮食的道理中,悟出了修养身心、为人处世的艰难。我此生绝对不吃这三样,也未曾多吃香椿,大概就是所谓的像"伯夷、柳下惠"那样的人吧?

我对待这三样东西有区别。蒜是永禁不吃;葱虽然不吃,但也听任它作调料;韭菜则是不再吃老的,但不会不吃嫩的,因为芽刚刚发出来时,非但不臭,而且有清香,这是它的孩提之心还没有改变的缘故。

○萝卜

【原文】

生萝卜切丝作小菜,伴以醋及他物,用之下粥最宜。但恨其食后打嗳①,嗳必秽气。予尝受此厄于人,知人之厌我,亦若是也,故亦欲绝而弗食。然见此物大异葱、蒜,生则臭,熟则不臭,是与初见似小人,而卒为君子者等也。虽有微过,亦当恕之,仍食勿禁。

【注释】

①嗳:打嗝儿。

【译文】

生萝卜切成丝做成小菜,加上醋和其他东西,用它来配粥吃最为合适。但令人不满意的是,吃过萝卜会打嗝儿,打嗝儿就一定会产生臭气。我曾经从别人那里遭过这份罪,因而知道(如果我因吃萝卜打嗝儿),人们也会像这样嫌弃我,所以也就想着不再吃了。但是看待这种东西,跟葱、蒜大有不同,吃生萝卜就会有臭气,吃熟的就不会有,这跟第一次见像小人,但最终发现是君子的人一样。虽然(它)有微小的过错,也应当宽恕它,仍然要吃不要禁食。

○芥辣汁

【原文】

菜有具姜、桂之性①者乎?曰:有,辣芥是也。制辣汁之芥子,陈者绝佳,所谓愈老愈辣是也。以此拌物,无物不佳。食之者如遇正人,如闻谠论②,困者为之起倦,闷者以之豁襟,食中之爽味也。予每食必备,窃比于夫子之不撤姜③也。

【注释】

①姜、桂之性:意思是生姜和肉桂愈久愈辣。
②谠论:正直的言论。
③夫子之不撤姜:出自《论语·乡党》:"不撤姜食,不多食。"

【译文】

蔬菜中有具有生姜、肉桂这种愈久愈辣的特性的吗?我说:有的,辣芥就是。制作辣汁的芥子,陈年的最好,所谓越老越辣。用它拌食物,没有不好吃的。吃的人如同遇到了正直的人,好像听到了正直的言论,困的人因此卸下疲倦,闷的人因此胸襟开阔,(这是)食物中让人爽快的味道。我每次吃饭一定会备着,私下将其比作孔夫子吃饭离不开的姜食。

◎谷食第二 计五款

【原文】

食之养人,全赖五谷。使天止生五谷而不产他物,则人身之肥而寿也,较此必有过焉,保无疾病相煎、寿夭不齐之患矣。试观鸟之啄粟,鱼之饮水,皆止靠一物为生,未闻于一物之外,又有为之肴馔①酒浆、诸饮杂食者也。乃禽鱼之死,皆死于人,未闻有疾病而死,及天年②自尽而死者,是止食一物,乃长生久视③之道也。人则不幸而为精腴④所误⑤,多食一物,多受一物之损伤,少静一时,少安一时之淡泊。其疾病之生,死亡之速,皆饮食太繁,嗜欲过度之所致也。此非人之自误,天误之耳。天地生物之初,亦不料其如是,原欲利人口腹,孰意利之反以害之哉!然则人欲自爱其生者,即不能止食一物,亦当稍存其意,而以一物为君。使酒肉虽多,不胜食气,即使为害,当亦不甚烈耳。

【注释】

①肴馔:丰盛的饭菜。
②天年:天赋的年寿,是人在保持身体各器官都在健康状态下自然的寿命,即自然寿命。
③久视:长生不老。
④精腴:精美丰盛。
⑤误:耽误;使受害。

【译文】

食物养人,全靠五谷。假使自然只生长五谷不生产其他东西,那么人的身体一定比现在更健壮长寿,保证没有疾病煎熬、寿夭不齐的担忧。试着观察鸟啄粮食、鱼喝水,都是只靠一种食物为生,没有听说除了这一种食物之外,又有做饭菜酿酒、做众多喝的、杂食的。因此禽类鱼类的死,都是死在人的手上,没有听说有因生病死的,都是等到自然寿命自己结束死的。因此,只吃一种食物,才是长生不老的方法。人却不幸被精美丰盛的食物害了,多吃一种食物,就多受到一种食物的损伤;少静一时,就少安于一时的淡泊。人类生疾病、早夭,都是吃喝太过繁杂,过于追求肉体感官上的享受导致的。这不是人自己的错,是上天的错。天地造物之初,也没有料到会这样,原本想要让人的口腹得到好处,谁知道要对人好反而因此害了人啊!既然这样,那么人想要自己爱惜自己的生命,即便不能只吃一样东西,也应当稍微怀有这种想法,把一样食物当作主食。如果吃的酒肉虽然多,但没有超过主食,即便造成损害,应当也不会很严重。

○饭 粥

【原文】

　　粥、饭二物,为家常日用之需,其中机彀①,无人不晓,焉用越俎②者强为致词?然有吃紧二语,巧妇知之而不能言者,不妨代为喝破③,使姑④传之媳,母传之女,以两言代千百言,亦简便利人之事也。

　　先就粗者言之。饭之大病,在内生外熟,非烂即焦;粥之大病,在上清下淀,如糊如膏。此火候不均之故,惟最拙最笨者有之,稍能炊爨⑤者必无是事。然亦有刚柔合道,燥湿得宜,而令人咀之嚼之,有粥饭之美形,无饮食之至味者。其病何在?曰:挹⑥水无度,增减不常之为害也。其吃紧二语,则曰:"粥水忌增,饭水忌减。"米用几何,则水用几何,宜有一定之度数。如医人用药,水一钟或钟半,煎至七分或八分,皆有定数。若以意为增减,则非药味不出,即药性不存,而服之无效矣。

　　不善执爨者,用水不均,煮粥常患其少,煮饭常苦其多。多则逼而去之,少则增而入之,不知米之精液全在于水,逼去饭汤者,非去饭汤,去饭之精液也。精液去则饭为渣滓,食之尚有味乎?粥之既熟,水米成交,犹米之酿而为酒矣。虑其太厚而入之以水,非入水于粥,犹入水于酒也。水入而酒成糟粕,其味尚可咀乎?故善主中馈⑦者,挹水时必限以数,使其勺不能增、滴无可减,再加以火候调匀,则其为粥为饭,不求异而异乎人矣。

　　宴客者有时用饭,必较家常所食者稍精。精用何法?曰:使之有香而已矣。予尝授意小妇⑧,预设花露一盏,俟饭之初熟而浇之,浇过稍闭,拌匀而后入碗。食者归功于谷米,诧为异种而讯之,不知其为寻常五谷也。此法秘之已久,今始告人。行此法者,不必满釜⑨浇遍,遍则费露甚多,而此法不行于世矣。止以一盏浇一隅⑩,足供佳客所需而止。露以蔷薇、香橼⑪、桂花三种为上,勿用玫瑰,以玫瑰之香,食者易辨,知非谷性所有。蔷薇、香橼、桂花三种,与谷性之香者相若,使人难辨,故用之。

【注释】

①机彀（gòu）：奥妙；道理。
②越俎：越俎代庖的简称，比喻超越自己的职分代人做事。
③喝破：用简短有力的话语来揭穿说破。
④姑：婆婆。
⑤炊爨（cuàn）：烧火煮饭。
⑥挹（yì）：把液体盛出来。
⑦中馈：指家中饮食。
⑧小妇：妾。
⑨釜（fǔ）：古代的一种锅。
⑩隅（yú）：角落。
⑪香橼（yuán）：又名枸橼或枸橼子，果肉无色，近于透明或淡乳黄色，爽脆，味酸或略甜，有香气。

【译文】

　　粥、饭这两样食物，是家常日用必需的，其中奥妙，无人不知，哪里用得着我越俎代庖、强行说教？但是有两句要紧的话，巧媳妇知道却说不出来，我不妨代为说破，让婆婆传给媳妇，母亲传给女儿，用两句话代替千百句话，也是一件简便利人的事。

　　先从粗略的方面讲：煮饭的大问题是内生外熟，不是煮烂了就是烧焦了；煮粥的大问题，在于上面是清汤，米沉在下面，像浆糊、像膏脂。这是火候不均匀的缘故，只有最笨拙的人才会煮成这样，稍微会做饭的人一定不会让这种事发生。但也有饭软硬合宜，粥干湿适中，却让人咀嚼起来，觉得饭、粥外表美观，却没有食物的美味的。问题出在哪里？我说：这是舀水没有节制，增减没有规律造成的后果。那最要紧的两句话，则是："粥水忌增，饭水忌减。"米用多少，那么水用多少，应该有一定的比例。就像大夫用药，用一盏水还是一盏半，煎到七分还是八分，都是有规定的。如果照自己的意愿增减，不是药的味道煎不出来，就是煎得太过，药性流失了，服用也没有效果。

　　不擅长做饭的人，用水不均，煮粥常担心水少，煮饭就常担心水多。多就沥掉一些，少就再添一些，不知道米的精华都在汤里，沥掉饭汤，不是沥掉饭汤，而是将饭的精华沥掉了。精华沥掉了，饭就成了渣滓，吃起来还会有味道吗？粥煮熟后，水米交融在一起，就像米酿成了酒。担心它太稠又加了水，不是在粥里掺水，就像在酒里掺水。加水后酒就成了糟粕，它的味道还能细品吗？所以擅长做饭的人，舀水时一定会限量，使得水一勺也不能增加、一滴也不能减少，再加上火候均匀，那么他煮粥煮饭，不求特别也会与别人不同了。

宴请客人有时吃的饭，必定比家常吃的稍微精致一些。用什么方法做到精致呢？我说：让它有香味儿就可以了。我曾经让妾侍这么做，预先准备一盅花露，等饭刚熟就浇上去，浇过后稍微焖一下，拌匀后盛到碗里。吃的人认为是谷米好，惊讶地以为是奇特的品种而来询问我，不知道它就是寻常的五谷。这个方法我已经保密很久了，现在才告诉世人。用这个方法，不必把全锅浇遍，浇遍就会费太多花露，那样这个方法就不能在世上流行了。只用一盅浇一个角落，足够供贵宾所需就停。花露用蔷薇、香橼、桂花三种最好，不要用玫瑰，因为玫瑰的香味，吃的人容易辨别出来，知道那不是谷物本来就有的。蔷薇、香橼、桂花三种，与谷物本来的香味相似，让人难以辨别，所以用它们。

○汤

【原文】

汤即羹之别名也。羹之为名，雅而近古；不曰羹而曰汤者，虑人古雅其名，而即郑重其实，似专为宴客而设者。然不知羹之为物，与饭相俱者也。有饭即应有羹，无羹则饭不能下，设羹以下饭乃图省俭之法，非尚奢靡之法也。

古人饮酒，即有下酒之物；食饭，即有下饭之物。世俗改下饭为"厦饭"，谬矣。前人以读史为下酒物，岂下酒之"下"，亦从"厦"乎？"下饭"二字，人谓指肴馔而言，予曰：不然。肴馔乃滞饭之具，非下饭之具也。食饭之人见美馔在前，匕箸①迟疑而不下，非滞饭之具而何？饭犹舟也，羹犹水也；舟之在滩，非水不下，与饭之在喉，非汤不下，其势一也。且养生之法，食贵能消；饭得羹而即消，其理易见。故善养生者，吃饭不可无羹；善作家者，吃饭亦不可无羹。宴客而为省馔计者，不可无羹；即宴客而欲其果腹始去，一馔不留者，亦不可无羹。何也？羹能下饭，亦能下馔故也。

近来吴越张筵，每馔必注以汤，大得此法。吾谓家常自膳，亦莫妙于此。宁可食无馔，不可饭无汤。有汤下饭，即小菜不设，亦可使哺啜②如流；无汤下饭，即美味盈前，亦有时食不下咽。予以一赤贫之士，而养半百口之家，有饥时而无馑日者，遵是道也。

【注释】

①匕箸：羹匙和筷子。
②哺啜（bǔ chuò）：饮食，吃喝。

【译文】

  汤是羹的别名，羹这名字，雅致而且近似古语。不称羹却称汤，是担心人们认为"羹"这名字古典雅致，因而就将它看得很郑重，好像是专门为宴客准备的。却不知道羹是与饭搭配的。有饭就应该有羹，没有羹就不能下饭。做羹来下饭，是图节俭的做法，不是推崇奢侈的做法。

  古人喝酒，就有下酒的东西；吃饭，就有下饭的东西。世俗将"下饭"改为"厦饭"，这是错的。古人将读史书作为下酒的东西，难道下酒的"下"字，也要跟着改成"厦"吗？"下饭"两个字，人们以为是针对菜肴说的，我说：不是这样的。菜肴是让人把饭剩下的东西，不是用来下饭的。吃饭的人看到眼前的美味菜肴，迟疑着不下筷子和羹匙，所以（菜肴）不是让人吃不下饭的东西又是什么？饭就像船，羹就像水；船在沙滩上，没有水就不能下，跟饭在喉间，没有汤就咽不下的情况一样。而且养生的方法，吃饭方面贵在能够消化；吃饭时配上羹就能立即消化，其中道理显而易见。所以善于养生的人，吃饭不能没有羹；善于理家的人，吃饭也不能没有羹；宴请客人却打算省菜的，也不能没有羹；即使是宴请客人希望客人吃饱才走，一点菜也不剩的，也不能没有羹。为什么呢？这是羹能下饭也能下菜的缘故。

  近来吴越之地设宴，每顿饭一定会有汤，就是掌握了这种方法。我认为家常自己做饭吃，也没有比这更妙的。宁可吃饭没有菜，也不能吃饭没有汤。有汤下饭，即使没有摆小菜，也能让人吃得痛快；没有汤下饭，即使眼前满是美味佳肴，有时也会食不下咽。我作为一介赤贫人士，却养着有五十来人的家，有饥饿的时候却不会一整天都挨饿，遵循的就是这个方法。

○糕　饼

【原文】

谷食之有糕饼，犹肉食之有脯①脍。《鲁论》②云："食不厌精，脍不厌细。"③制糕饼者于此二句，当兼而有之。食之精者，米麦是也；脍之细者，粉面是也。精细兼长，始可论及工拙。求工之法，坊刻④所载甚详，予使拾而言之，以作制饼制糕之印板，则观者必大笑曰：笠翁不拾唾余⑤，今于饮食之中，现增一副依样葫芦矣！冯妇下车⑥，请戒其始。只用二语括之，曰："糕贵乎松，饼利于薄。"

【注释】

①脯：干肉。
②《鲁论》：即《鲁论语》，或《论语》。
③食不厌精，脍不厌细：粮食舂得越精越好，鱼肉切得越细越好，形容非常讲究饮食。出自《论语·乡党》："斋必变食，居必迁坐。食不厌精，脍不厌细。"厌：满足。脍：切细的鱼和肉。
④坊刻：指书坊刻书。
⑤不拾唾余：化用拾人唾余。拾人唾余：比喻自己没有创见，只是抄袭别人的言论、见解。
⑥冯妇下车：出自《孟子·尽心下》，比喻重操旧业的人。

【译文】

谷物做的食物中有糕和饼，就像肉食中有肉干和肉丝。《鲁论》说："食不厌精，脍不厌细。"制作糕饼的人，对于这两句话，应当都要采用。食物中精细的，是米麦；切磨得细的，是粉面。兼具精和细，才能谈到（制作的）精巧与粗劣。求得精巧的方法，书中记载得非常详细。我假使拿来说，把它当作制作糕饼的模板，那么看的人一定会大笑说："李渔不抄袭别人的言论，如今对于饮食，倒有了一副依样画葫芦的样子了。"看看冯妇下车的故事，请让我不要开这个头了。只用两句话概括，是："糕贵乎松，饼利于薄。"

○ 面

【原文】

南人饭米，北人饭面，常也。《本草》云："米能养脾，麦能补心。"各有所裨于人者也。然使竟日穷年止食一物，亦何其胶柱①口腹，而不肯兼爱心、脾乎？予南人而北相，性之刚直似之，食之强横亦似之。一日三餐，二米一面，是酌南北之中，而善处心、脾之道也。但其食面之法，小异于北，而且大异于南。北人食面多作饼，予喜条分而缕晰之，南人之所谓"切面"是也。南人食切面，其油盐酱醋等作料，皆下于面汤之中，汤有味而面无味，是人之所重者不在面而在汤，与未尝食面等也。

予则不然，以调和诸物，尽归于面，面具五味而汤独清，如此方是食面，非饮汤也。所制面有二种，一曰"五香面"，一曰"八珍面"。五香膳②己，八珍饷客，略分丰俭于其间。五香者何？酱也，醋也，椒末也，芝麻屑也，焯笋或煮蕈、煮虾之鲜汁也。先以椒末、芝麻屑二物拌入面中，后以酱、醋及鲜汁三物和为一处，即充拌面之水，勿再用水。拌宜极匀，擀宜极薄，切宜极细，然后以滚水下之，则精粹之物尽在面中，尽勾③咀嚼，不似寻常吃面者，面则直吞下肚，而止咀咂④其汤也。

八珍者何？鸡、鱼、虾三物之肉，晒使极干，与鲜笋、香蕈、芝麻、花椒四物，共成极细之末，和入面中，与鲜汁共为八种。酱、醋亦用，而不列数内者，以家常日用之物，不得名之以"珍"也。鸡鱼之肉，务取极精，稍带肥腻者弗用，以面性见油即散，擀不成片，切不成丝故也。但观制饼饵者，欲其松而不实，即拌以油，则面之为性可知已。鲜汁不用煮肉之汤，而用笋、蕈、虾汁者，亦以忌油故耳。所用之肉，鸡、鱼、虾三者之中，惟虾最便，屑米为面，势如反掌，多存其末，以备不时之需；即膳己之五香，亦未尝不可六也。拌面之汁，加鸡蛋青一二盏更宜，此物不列于前而附于后者，以世人知用者多，列之又同剿袭⑤耳。

【注释】

①胶柱：胶住瑟上的弦柱，以致不能调节音的高低。比喻固执拘泥，不知变通。

②膳（shàn）己：给自己吃。

③尽勾：尽够，亦作"尽彀"，足够。

④咀咂：品味。

⑤剿（chāo）袭："剿"同"抄"，剽窃人言以为己说。

【译文】

南方人吃米，北方人吃面，一般是这样。《本草》说："米能养脾，麦能补心。"各自对人有好处。但是让人整日整年只吃一种东西，对口腹来说又是多么固执拘泥，却不肯同时爱护心和脾呢？我是南方人，但是像北方人，刚直的性格像北方人，饮食上的强横也像北方人。一日三餐，两顿米一顿面，这是取南北之间，调理心和脾的好方法。但是我吃面的方法，跟北方有点不一样，跟南方十分不同。北方人吃面大多把面做成饼，我喜欢做成一根根的面条，就是南方所谓的"切面"。南方人吃切面，油盐酱醋等佐料，都下在面汤里，汤有味道但面没有味道，这是人只看重汤而不看重面，跟没吃面是一样的。

我却不是这样，把调味的东西，都放在面里，面的味道丰富但汤很清。这样才是吃面，不是喝汤。我做的面有两种，一种叫"五香面"，一种叫"八珍面"。五香面给自己吃，八珍面用来待客，两者间稍有丰盛和节俭的区别。五香是什么？酱、醋、椒末、芝麻屑、绰笋或煮蘑菇、煮虾的鲜汤。先把椒末、芝麻屑这两样东西拌到面里，然后把酱、醋和鲜汁这三种东西调和在一起，就当拌面的水，不要再用水了。拌应该要拌得极匀，擀应该要擀得很薄，切应该要切得极细，然后用滚水下面，那么精华就都在面里，足够咀嚼，不像寻常吃面，面就直接吞下肚，而只是品汤。

八珍是什么？鸡、鱼、虾三种东西的肉，晒到极干，跟鲜笋、香菇、芝麻、花椒四种东西，一起研成极细的粉末，和到面里，再加上鲜汁一共是八种。酱、醋也要用，但不算在内，因为那是家常日用的东西，不能称作"珍"。鸡和鱼的肉，一定要精挑细选，稍带肥腻的不用，这是因为面的特点是见油就散，散了就擀不成片，切不成丝。只要看制作饼的人，想让饼松不结实，就在面中拌油，那么就能知道面的特点了。鲜汁不用煮肉的汤，而用煮笋、蘑菇、虾的汤，也是忌油的缘故。用的肉，鸡、鱼、虾三种当中，只有虾肉最方便，把虾米擀成粉末，易如反掌，多储存虾粉，以备不时之需。即使是给自己吃的五香面，也不是不能变成六香面。拌面的汁里，加一两盏鸡蛋清更好，这种方法没列在前面而写在后面，是因为世人大多知道用鸡蛋清，列在前面又像是抄袭罢了。

○粉

【原文】

粉之名目甚多,其常有而适于用者,则惟藕、葛①、蕨②、绿豆四种。藕、葛二物,不用下锅,调以滚水,即能变生成熟。昔人云:"有仓卒客,无仓卒主人。"③欲为仓卒主人,则请多储二物。且卒急救饥,亦莫善于此。驾舟车行远路者,此是糇粮④中首善之物。

粉食之耐咀嚼者,蕨为上,绿豆次之。欲绿豆粉之耐嚼,当稍以蕨粉和之。凡物入口而不能即下,不即下而又使人咀之有味,嚼之无声者,斯为妙品。吾遍索饮食中,惟得此二物。绿豆粉为汤,蕨粉为下汤之饭,可称"二耐",齿牙遇此,殆亦所谓劳而不怨者哉!

【注释】

①葛:多年生藤本植物,根肥大,叫葛根,可做淀粉。
②蕨:嫩叶可以吃,叫蕨菜,根状茎可制淀粉。
③有仓卒客,无仓卒主人:有突然到访的客人,没有仓促待客的主人。出自晋葛洪《西京杂记》第四卷。
④糇粮:干粮。

【译文】

粉的名目非常多,常常有而且适合用的,就只有藕、葛、蕨、绿豆这四种。藕粉、葛粉两种,不用下锅,用刚刚烧开的水冲调,就能从生的变成熟的。从前的人说:"有仓卒客,无仓卒主人。"想要做仓促之间就能待客的主人,就请多准备这两样。而且紧急时解决饥饿问题,也没有比它们更好的了。对于驾驶船车、走远路的人来说,这是干粮当中最好的东西。

粉类食物中耐嚼的,蕨粉最好,绿豆粉差一些。想要让绿豆粉耐嚼,应当稍稍兑上些蕨粉。凡是食物,进入口中不能立马吞下,不吞下又让人嚼得有滋有味,嚼得没有声音的,就是极好的东西。我在饮食当中找遍了,只找到这两样。绿豆粉做汤,蕨粉做下汤的饭,可以称作"二耐",牙齿遇到它们,大概也是所谓的劳而不怨的吧。

◎肉食第三　计十二款

【原文】

"肉食者鄙"①，非鄙其食肉，鄙其不善谋也。食肉之人不善谋者，以肥腻之精液，结而为脂，蔽障胸臆，犹之茅塞其心②，使之不复有窍③也。此非予之臆说，夫有所验之矣。

诸兽食草木杂物，皆狡猾而有智。虎独食人，不得人则食诸兽之肉，是匪肉不食者，虎也；虎者，兽之至愚者也。何以知之？考诸群书则信矣。"虎不食小儿"，非不食也，以其痴不惧虎，谬谓勇士而避之也。"虎不食醉人"，非不食也，因其醉势猖獗④，目为劲敌而防之也。"虎不行曲路，人遇之者，引至曲路即得脱。"其不行曲路者，非若澹台灭明之行不由径⑤，以颈直不能回顾也。使知曲路必脱，先于周行⑥食之矣。《虎苑》云："虎之能搏狗者，牙爪也。使失其牙爪，则反伏于狗矣。"迹⑦是观之，其能降人降物而藉之为粮者，则专恃威猛，威猛之外，一无他能，世所谓"有勇无谋"者，虎是也。予究其所以然之故，则以舍肉之外，不食他物，脂腻填胸，不能生智故也。

然则"肉食者鄙，未能远谋。"其说不既有征乎？吾今虽为肉食作俑⑧，然望天下之人，多食不如少食。无虎之威猛而益其愚，与有虎之威猛而自昏其智，均非养生善后之道也。

【注释】

①肉食者鄙：食肉之人粗鄙。鄙，粗鄙，不聪明。出自《左传》之《曹刿论战》："十年春，齐师伐我。公将战，曹刿请见。其乡人曰：'肉食者谋之，又何间焉？'刿曰：'肉食者鄙，未能远谋。'"

②茅塞其心：心被茅草堵塞，比喻思路闭塞。

③窍：心窍，心脏中的孔穴。中国古人认为心脏有窍、能思考，故心窍指认识和思维的能力。

④猖獗：凶恶而放肆。

⑤澹（tán）台灭明之行不由径：澹台灭明，复姓澹台，名灭明，孔子的弟子。行不由径：走路不抄小道。出自《论语·雍也》，比喻为人正直，行事光明正大，不投机取巧。

⑥周行（háng）：大路。

⑦迹：推究；考察。
⑧作俑（yǒng）：古代制作用于殉葬的木偶。出自《孟子·梁惠王上》："仲尼曰：'始作俑者，其无后乎！'为其象人而用之也。"因而"作俑"后指创始、首开先例，多用于贬义。

【译文】

说"肉食者鄙"，不是鄙视他们吃肉，而是鄙视他们不善于谋划。食肉之人不善于谋划，是因为肥腻的精华汁液，凝结为脂肪，蒙蔽心中的想法，就好像茅草堵塞了心脏，让它不再有心窍。这不是我的猜测，是经过证实的。

各种兽类吃草木杂物，都聪明、有智慧。老虎只吃人，吃不到人就吃其他兽类的肉，非肉不吃的，是虎；虎，是兽中最愚蠢的。是怎么知道的呢？查阅群书考证就知晓了。"虎不食小儿"，不是不吃，是因为小孩懵懂不怕虎，让老虎误以为小孩是勇士，就会躲开他。"虎不食醉人"，不是不吃，是因为喝醉的人气势凶猛而放肆，老虎将他视作劲敌因而会防范他。"虎不行曲路，人遇之者，引至曲路即得脱"，虎不走弯曲的路，不是像澹台灭明那样走路不抄小道，而是因为老虎的脖子僵直不能回头。假使老虎知道人走到弯曲的路上就会逃脱，就会先在大路上把他吃掉了。《虎苑》上说："虎之能搏狗者，牙爪也。使失其牙爪，则反伏于狗矣。"推究这句话来看，它能够降伏人和动物，并将它们作为口粮，全是靠着威猛，威猛之外，没有其他本领。世人所说的"有勇无谋"，老虎就是。我探究老虎为什么会这样，就是因为它除了吃肉，不吃其他东西，脂肪填塞心胸，所以不能产生智慧。

既然这样，那么"肉食者鄙，未能远谋"这个说法，不就已经有证明了吗？我现在谈论吃肉，虽然为吃肉开了一个不好的头，但希望天下人，多吃不如少吃。没有虎的威猛却更加愚蠢，和有虎的威猛，却让自己失去智慧，都不是养生防老的方法。

○ 猪

【原文】

食以人传者，"东坡肉"①是也。卒急听之，似非豕之肉，而为东坡之肉矣。噫，东坡何罪，而割其肉，以实千古馋人之腹哉？甚矣，名士不可为，而名士游戏之小术，尤不可不慎也。至数百载而下，糕、布等物，又以眉公②得名。取"眉公糕""眉公布"之名，以较"东坡肉"三字，似觉彼善于此矣。而其最不幸者，则有溷厕中之一物，俗人呼为"眉公马桶"。噫！马桶何物，而可冠以雅人高士之名乎？予非不知肉味，而于豕之一物，不敢浪措一词者，虑为东坡之续也。即溷厕中之一物，予未尝不新其制，但蓄之家，而不敢取以示人，尤不敢笔之于书者，亦虑为眉公之续也。

【注释】

①东坡肉：又名滚肉、东坡焖肉，相传是北宋词人苏东坡创制的。
②眉公：一般指陈继儒，字仲醇，号眉公、麋公，明朝文学家、画家。

【译文】

食物因为人物流传下来的，是"东坡肉"。仓促间听到这个名字，好像不是猪的肉，而是苏东坡的肉。咳！苏东坡有什么罪过，却要割他的肉，来填饱千古嘴馋的人的肚子呢？名人太不能当了，而且名人娱乐的小技艺，尤其不能不谨慎。到了数百年后，糕、布等东西，又因眉公得名。取名叫"眉公糕""眉公布"，跟"东坡肉"三个字比较，好像觉得那些都比"东坡肉"这三个字要好。但最不幸的，就是厕所中的一样东西，世人称作"眉公马桶"。咳！马桶是什么东西，怎么可以用风雅、超脱世俗之人的名字命名？我不是不知道肉的滋味，但对于猪肉，不敢随意说一句话，就是担心成为苏东坡第二。即便是厕所中的一样东西，我也不是没有创新式样，只是把它藏在家里，却不敢拿出来给人看，尤其不敢写下来，也是担忧成为眉公第二。

○羊

【原文】

物之折耗最重者，羊肉是也。谚有之曰："羊几贯，帐难算，生折对半熟对半，百斤止剩念①余斤，缩到后来只一段。"大率羊肉百斤，宰而割之，止得五十斤，迨②烹而熟之，又止得二十五斤，此一定不易之数也。但生羊易消③，人则知之；熟羊易长，人则未之知也。羊肉之为物，最能饱人，初食不饱，食后渐觉其饱，此易长之验也。凡行远路及出门作事，卒急不能得食者，啖此最宜。秦之西鄙④，产羊极繁，土人日食止一餐，其能不枵腹⑤者，羊之力也。

《本草》载，羊肉比人参、黄芪。参芪补气，羊肉补形。予谓补人者羊，害人者亦羊。凡食羊肉者，当留腹中余地，以俟其长。倘初食不节而果⑥其腹，饭后必有胀而欲裂之形，伤脾坏腹，皆由于此，葆生者不可不知。

【注释】

①念："廿（niàn）"的大写，二十。
②迨：等到；到；及。
③消：减少。
④西鄙：西面边境。
⑤枵（xiāo）腹：空腹，饥饿。
⑥果：充实，饱足。

【译文】

食物中折耗最严重的，是羊肉。有谚语说："羊几贯，账难算，生折对半熟对半，百斤止剩念余斤，缩到后来只一段。"大概一只有一百斤的羊，宰杀分割，只能获得五十斤羊肉，等到烹饪熟了，又只能得到二十五斤肉，这是一定不变的数字。生羊肉容易折耗，人们是知道的；但是熟羊肉容易膨胀，人们却并不知道。羊肉这种东西，最能让人填饱肚子，一开始吃觉得不饱，吃了后渐渐觉得饱，这就是羊肉煮熟后容易膨胀的证据。凡是走远路还有出门办事，仓促间没法吃饭的，吃羊肉最合适。秦地西面边境地区，产羊极多，当地的人一天只吃一顿饭，但能够不饿肚子，就是羊肉的功劳。

《本草》记载，羊肉能跟人参、黄芪相比。人参、黄芪补气，羊肉补形。我认为滋补人的是羊肉，对人有害的也是羊肉。凡是吃羊肉的，应当在腹中留有余地，以便等它膨胀。如果开始吃的时候不节制，而且吃得很饱，饭后一定会有腹胀欲裂的情形，伤脾坏腹，都是因为这个，养生的人不能不知道。

○牛 犬

【原文】

猪、羊之后,当及牛、犬。以二物有功于世,方劝人戒之之不暇,尚忍为制酷刑乎?略此二物,遂及家禽,是亦以羊易牛①之遗意也。

【注释】

①以羊易牛:用羊来替换牛。出自《孟子·梁惠王上》,比喻用这个代替另一个。

【译文】

写完猪、羊之后,应当谈到牛、狗了。因为这两种动物对世人有功,就是劝人戒吃它们都来不及,还忍心为他们制定酷刑吗?略过这两种动物不谈,就谈到家禽,这也是古人遗留下来的用羊代替牛祭祀的心意。

○鸡

【原文】

鸡亦有功之物,而不讳其死者,以功较牛、犬为稍杀。天之晓也,报亦明,不报亦明,不似畎亩、盗贼,非牛不耕,非犬之吠则不觉也。然较鹅、鸭二物,则淮阴羞伍绛、灌①矣。烹饪之刑,似宜稍宽于鹅、鸭。卵之有雄者弗食,重不至斤外者弗食,即不能寿之,亦不当夭之耳。

【注释】

①淮阴羞伍绛、灌:淮阴,淮阴侯韩信;绛,绛侯周勃;灌,颍阴侯灌婴;三人皆汉初功臣。出自《史记·淮阴侯列传》,原指韩信自恃功高,耻与周勃、灌婴同列,后也泛指对自己的职位安排不满。

【译文】

鸡也是对人有功的动物,但不忌讳宰杀,是因为它的功劳跟牛、狗相比稍微小一些。天快亮时,它报晓天也会亮,不报晓天也会亮,不像田间、盗贼，没有牛就没法耕地，没有狗叫人就不会察觉有盗贼。但是跟鹅、鸭两种动物相比，就像是韩信羞于跟周勃、灌婴为伍，不能把它们相提并论。烹饪这种刑罚，对鸡好像应该比对鹅、鸭稍微宽松一些。能孵出小鸡的蛋不吃，重量没达到一斤的鸡不吃，即便不能让它寿终正寝，也不应让它过早夭折。

○鹅

【原文】

鳦鳦①之肉无他长，取其肥且甘而已矣。肥始能甘，不肥则同于嚼蜡。鹅以固始②为最，讯其土人，则曰："豢之之物，亦同于人。食人之食，斯其肉之肥腻亦同于人也。"犹之豕肉以金华为最，婺③人豢豕，非饭即粥，故其为肉也甜而腻。然则固始之鹅、金华之豕，均非鹅、豕之美，食美之也。食能美物，奚俟人言？归而求之，有余师矣。但授家人以法，彼虽饲以美食，终觉饥饱不时，不似固始、金华之有节，故其为肉也，犹有一间之殊。盖终以禽兽畜之，未尝稍同于人耳。"继子得食，肥而不泽。"④其斯之谓欤？

有告予食鹅之法者，曰：昔有一人，善制鹅掌。每豢肥鹅将杀，先熬沸油一盂⑤，投以鹅足，鹅痛欲绝，则纵之池中，人则任其跳跃。已而⑥复擒复纵，炮瀹⑦如初。若是者数四，则其为掌也，丰美甘甜，厚可径寸⑧，是食中异品也。予曰：惨哉斯言！予不愿听之矣。物不幸而为人所畜，食人之食，死人之事。偿之以死亦足矣，奈何未死之先，又加若是之惨刑乎？二掌虽美，入口即消，其受痛楚之时，则有百倍于此者。以生物多时之痛楚，易我片刻之甘甜，忍人不为，况稍具婆心⑨者乎？地狱之设，正为此人，其死后炮烙之刑⑩，必有过于此者。

【注释】

①鳦鳦（yì）：鹅鸣声，这里代指鹅。
②固始：今河南固始。
③婺：指婺州（旧州名，在今浙江金华一带）。
④继子得食，肥而不泽：继子虽然有东西吃，看上去胖，脸上却没有光泽。出自《淮南子·缪称训》。
⑤盂：盛饮食或其他液体的圆口器皿。

⑥已而：不久；后来。
⑦炮瀹：一种烹调方法，在旺火上急炒。瀹（yuè）：煮。
⑧径寸：径长一寸。
⑨婆心：慈悲善良的心地。
⑩炮烙之刑：古代一种酷刑，把人绑在烧红的铜柱上烫死。

【译文】

鹅肉没有别的优点，取它既肥又甘美这两点罢了。肉肥才能甘美，不肥就味同嚼蜡了。鹅以固始产的最好，询问当地人，他们说："喂鹅的东西，跟人吃的食物相同，吃人吃的食物，这样鹅肉的肥腻也就跟人相同了。"就像猪肉以金华产的最好。金华人养猪，喂的不是饭就是粥，所以金华的猪肉甜美又肥腻。既然这样，那么固始的鹅、金华的猪，都不是猪和鹅本身好，而是喂养得好。食物能使动物长得好，哪里需要等别人说？回想探究，其中有些做法值得学习。但是将这种方法教给家人，他们虽然用好食物来喂养，终归觉得喂养的时候饥一顿饱一顿的，不像固始、金华那样有规律，所以这样喂养出来的鹅肉、猪肉，跟这两个地方出产的相比，还是有一定的差距。因为终究还是将它们当畜生养，从未稍微将它们跟人同等对待罢了。"继子得食，肥而不泽。"说的就是这种情况吧？

有人告诉我吃鹅的方法，说：过去有个人，擅长做鹅掌。每次养肥鹅养到要杀的时候，先熬制煮沸一盂油，把鹅脚放进去，鹅疼痛欲绝，就跳进水塘里，人则任它跳跃。之后再捉再放，像之前那样烫它的脚又放它跳到水里，如此四次，那么这样做出来的鹅掌，就会丰美甘甜，厚达一寸，这是食物中的珍品。我说：这话让人觉得太惨了！我不想听这样的话。动物不幸被人蓄养，吃人的食物，为人的需要而死。它用死来偿还也就够了，为什么要在死前，还要向它施加这样的酷刑呢？两块鹅掌虽然味美，入口就没有了，鹅遭受痛苦的时间，却比这要长百倍。以活物长时间的痛苦，换人片刻的甘甜，残忍的人都不会去做，何况稍微有慈悲心肠的人呢？地狱的设立，正是为了这种人，他们死后所受的炮烙酷刑，一定会比这还要残酷。

○鸭

【原文】

禽属之善养生者,雄鸭是也。何以知之?知之于人之好尚。诸禽尚雌,而鸭独尚雄;诸禽贵幼,而鸭独贵长。故养生家有言:"烂蒸老雄鸭,功效比参芪。"①使物不善养生,则精气必为雌者所夺,诸禽尚雌者,以为精气之所聚也。使物不善养生,则情窍②一开,日长而日瘠矣,诸禽贵幼者,以其泄少而存多也。雄鸭能愈长愈肥,皮肉至老不变,且食之与参芪比功,则雄鸭之善于养生,不待考核而知之矣。然必俟考核,则前此未之闻也。

【注释】

①烂蒸老雄鸭,功效比参芪:烂蒸老公鸭,功效堪比人参黄芪。
②情窍:情窦。

【译文】

禽类中善于养生的,是雄鸭。怎么知道的呢?是从人们的爱好风尚得知的。对于众禽,人们都是喜欢(吃)雌的,但对于鸭子人们唯独喜欢(吃)雄的;对于众禽,人们都以幼崽为贵,但唯独对于鸭子以老鸭子为贵。所以养生家有言:"烂蒸老雄鸭,功效比参芪。"如果动物不擅长养生,那么它的精气一定会被雌性夺取,对于众禽,人们喜欢雌的,是因为它们身上聚集了精气。如果动物不善于养生,那么它们情窦一开,日子久了,精气就渐渐少了。人们以幼崽为贵,是因为它们的精气泄得少、存得多。雄鸭能够越长越肥,皮肉到老都不变,而且食用它跟食用人参黄芪的功效比肩,那么雄鸭善于养生,不用考查核实就知道了。但一定要等考察核实,那此前没有听过这种说法。

○野禽　野兽

【原文】

野味之逊于家味者，以其不能尽肥；家味之逊于野味者，以其不能有香也。家味之肥，肥于不自觅食而安享其成；野味之香，香于草木为家而行止自若。是知丰衣美食、逸处安居，肥人之事也；流水高山、奇花异木，香人之物也。肥则必供刀俎，靡有孑遗①；香亦为人朵颐②，然或有时而免。二者不欲其兼，舍肥从香而已矣。

野禽可以时食，野兽则偶一尝之。野禽如雉、雁、鸠、鸽、黄雀、鹌鹑之属，虽生于野，若畜于家，为可取之如寄也。野兽之可得者惟兔、獐、鹿、熊、虎诸兽，岁不数得，是野味之中又分难易。难得者何？以其久住深山，不入人境，槛阱之入，是人往觅兽，非兽来挑人也。禽则不然，知人欲弋③而往投之，以觅食也，食得而祸随之矣。是兽之死也，死于人；禽之毙也，毙于己。食野味者，当作如是观。惜禽而更当惜兽，以其取死之道为可原也。

【注释】

①靡有孑遗：没有剩余。原指没有任何一个人能逃脱旱灾的侵害。出自《诗经·大雅·云汉》："兢兢业业，如霆如雷。周余黎民，靡有孑遗。"
②朵颐：指鼓动腮颊，嚼食的样子。朵：动。颐：面颊，腮；下巴。
③弋：用带绳子的箭射。

【译文】

野味不如家养动物的地方，在于它们的肉不够肥；家养动物不如野味的地方，在于它们不香。家养动物肥，肥在不用自己觅食，而安然享用人的喂养。野味之所以香，香在它们以草木为家，行动自由。由此可见，丰衣美食，在安逸的地方安定生活，是让人长胖的事情；流水高山，奇花异木，是让人香的东西。养肥了就一定会被屠宰，没有能留下来的；香的东西也会被人吃掉，但或许有时能够避免。肥与香二者不想兼有，舍肥取香罢了。

野禽可以时常吃，野兽则是偶尔才能尝一下。野禽比如雉、雁、鸠、鸽、黄雀、鹌鹑之类，虽然在野外生活，却如同养在家里，像寄存在野外一般，可以随便取。野兽之中可以获得的唯有兔、獐、鹿、熊、虎等，一年捉不到几只。这样野味之中又分难得的和容易得到的。（野兽）为什么难得？因为它们久居深山，不入人境，落入陷阱，是人去寻野兽，不是野兽来挑衅人。野禽却不是这样，知道人想逮它们却自投罗网，因为要寻找食物，找到了食物，祸也跟着到了。这样，野兽的死，是因为人；野禽的死，是因为它们自己。吃野味的人，应当这样来看。怜惜野禽但更应当怜惜野兽，因为它们死去的原因是可以原谅的。

○ 鱼

【原文】

　　鱼藏水底，各自为天，自谓与世无求，可保戈矛①之不及矣。乌知细罟②之奏功③，较弓矢罝罘④为更捷。无事竭泽而渔⑤，自有吞舟⑥不漏之法。然鱼与禽兽之生死，同是一命，觉鱼之供人刀俎，似较他物为稍宜。

　　何也？水族难竭而易繁。胎生、卵生之物，少则一母数子，多亦数十子而止矣。鱼之为种也似粟，千斯仓而万斯箱⑦，皆于一腹焉寄之。苟无沙汰⑧之人，则此千斯仓而万斯箱者生生不已，又变而为恒河沙数⑨。至恒河沙数之一变再变，以至千百变，竟无一物可以喻之，不几充塞江河而为陆地，舟楫之往来能无恙乎？故渔人之取鱼虾，与樵人之伐草木，皆取所当取，伐所不得不伐也。我辈食鱼虾之罪，较食他物为稍轻。兹为约法数章，虽难比乎祥刑⑩，亦稍差于酷吏。

　　食鱼者首重在鲜，次则及肥，肥而且鲜，鱼之能事毕矣。然二美虽兼，又有所重在一者。如鲟、如鯚、如鲫、如鲤，皆以鲜胜者也，鲜宜清煮作汤；如鳊、如白、如鲥、如鲢，皆以肥胜者也，肥宜厚烹作脍。

　　烹煮之法，全在火候得宜。先期而食者肉生，生则不松；过期而食者肉死，死则无味。迟客之家，他馔或可先设以待，鱼则必须活养，候客至旋烹。鱼之至味在鲜，而鲜之至味又只在初熟离釜之片刻，若先烹以待，是使鱼之至美，发泄于空虚无人之境；待客至而再经火气，犹冷饭之复炊、残酒之再热，有其形而无其质矣。

　　煮鱼之水忌多，仅足伴鱼而止，水多一口，则鱼淡一分。司厨婢子，所利在汤，常有增而复增，以致鲜味减而又减者，志在厚客，不能不薄待庖人耳。

　　更有制鱼良法，能使鲜肥进出，不失天真，迟速咸宜，不虞火候者，则莫妙于蒸。置之镟⑪内，入陈酒、酱油各数盏，覆以瓜姜及蕈笋诸鲜物，紧火蒸之极熟。此则随时早暮，供客咸宜，以鲜味尽在鱼中，并无一物能侵，亦无一气可泄，真上着也。

【注释】

①戈矛：戈和矛，也泛指兵器。
②罟（gǔ）：捕鱼的网。
③奏功：奏效；取得功效。
④罝罦（jū fú）：泛指捕兽网。
⑤竭泽而渔：排干了塘里的水来捕鱼。比喻只顾眼前，不顾将来。
⑥吞舟：指能吞船的大鱼。
⑦千斯仓而万斯箱：化用"乃求千斯仓，乃求万斯箱"，出自《诗经·小雅·甫田》，表示粮食丰收，粮食储量大。仓：谷囤；箱：运粮的车箱。这里指鱼卵多。
⑧沙汰：淘汰；拣选。
⑨恒河沙数：佛经用语。比喻数量多到像恒河里的沙子那样无法计算。
⑩祥刑：善用刑罚。
⑪镟（xuàn）：通旋（xuàn），一指铜做的器具，像盘而较大；也指铜锡盘。

【译文】

鱼藏在水里，和陆上的动物不同，把水当作它的天，自认为与世无争，可以保证戈和矛伤害不到它们。哪知渔网捕杀它们的效率，比弓箭、捕兽网还要高。不需要竭泽而渔，自有让吞舟大鱼也逃不掉的方法。但是鱼和禽兽的生死，同样是一条性命，却觉得鱼被人宰杀，好像跟其他动物相比，稍微容易让人接受些。

为什么呢？因为水中生物很难捕尽却容易繁殖。胎生、卵生的动物，少的一胎数子，多的一胎数十子也就到头了。鱼产的卵就像稻米一样，一千座仓库一万个车箱的卵，都在一条鱼的肚子里存着。如果没有捕捞部分鱼的人，那么这一千座仓库一万个车箱的鱼就会繁衍得无穷无尽，又变得如恒河的沙子那么多。接着一变再变，以至于千变万变，最终没有一样东西可以比喻这数量之巨，不久就会填满江河使之变成陆地，过往的船只能安然无恙吗？所以渔民捕鱼虾，跟樵夫砍伐草木，都是捕应该捕的，砍伐应该砍伐的。我们吃鱼虾的罪过，比吃其他东西稍微轻一些。现在定几条规矩，虽然很难比得上善用刑罚的人，也跟酷吏稍有差别。

吃鱼首先讲究的是鲜，其次是肥，又肥又鲜，鱼的优点就全了。但是两个优点都具备，不同的鱼，侧重又有不同。比如鲟鱼、鳡鱼、鲫鱼、鲤鱼等，都是以鲜取胜，鲜的适合清煮做汤；像鳊鱼、白鱼、鲥鱼、鲢鱼等，都以肥取胜，肥的适合炖着吃、做成鱼片。

烹煮的方法，全在于火候合适。火候不到就吃，鱼肉吃起来是生的，生就不会松软；火候太过再吃，鱼肉就会老，老就没有味道。请客的人家，其他食物或许可以预先做好，鱼则必须活养，等客人来了再做。鱼的味道在于鲜，而鲜又只在刚熟离锅的片刻，如果先做好等着，这就让鱼的美味，在没有人的地方散发掉了；等客人到了再热，就像冷饭回锅、喝剩的酒再温一样，样子还在而味道却没了。

煮鱼的水忌多，只没过鱼身就可以了，水多一点，那么鱼的味道就会淡一分。负责做饭的丫鬟，想要得到鱼汤，常常水加了又加，以至于鲜味减了又减，为了厚待客人，就不能不薄待厨子。

还有一种做鱼的好方法，可以让鱼又鲜又肥，不失鱼的天然味道，快烧慢烧都合适，不用担心火候，那就没有比蒸更妙的了。把鱼放在镟里，加入陈酒和酱油各几小杯，将酱瓜、姜及蘑菇、笋等增鲜佐料放在鱼上，猛火蒸到熟透。这道菜无论早晚，招待客人都合适，因为鲜味全在鱼中，没有别的味道进得去，也没有一种气味跑得掉，确实是上佳做法。

○虾

【原文】

笋为蔬食之必需，虾为荤食之必需，皆犹甘草之于药也。善治荤食者，以焯虾之汤，和入诸品，则物物皆鲜，亦犹笋汤之利于群蔬。笋可孤行，亦可并用；虾则不能自主，必借他物为君。若以煮熟之虾单盛一簋，非特华筵①必无是事，亦且令食者索然。惟醉者、糟者，可供匕箸。是虾也者，因人成事②之物，然又必不可无之物也。"治国若烹小鲜"③，此小鲜之有裨于国者。

【注释】

①华筵：丰盛的筵席。
②因人成事：依靠别人的力量办成事情。

③治国若烹小鲜：治理国家就像烹调小鲜一样。出自老子《道德经》第六十章："治大国，若烹小鲜。"

【译文】

笋是吃蔬菜必须要吃的，虾是吃荤菜必须要吃的，都犹如甘草对于药的作用。善于烹饪荤菜的人，用焯过虾的汤，和进其他菜品里，那么样样菜都会鲜美，也跟笋汤对各种蔬菜都有好处一样。笋可以单独烹饪，也可以跟其他菜一起做。虾就不能单独烹饪，一定要让其他东西做主菜。如果把煮熟的虾，单独盛一盘，不但丰盛的宴席一定不会有这种事，而且会让食客索然无味。只有醉虾、糟虾，可供（单独）下筷。因此虾是要跟其他食物配合成菜的食物，但也是必不可少的食物。"治国若烹小鲜"，这就是小水产对国家有利的地方。

○ 鳖

【原文】

"新粟米炊鱼子饭，嫩芦笋煮鳖裙羹。"林居之人述此以鸣得意，其味之鲜美可知矣。予性于水族无一不嗜，独与鳖不相能①，食多则觉口燥，殊②不可解。一日，邻人网得巨鳖，召众食之，死者接踵，染指③其汁者，亦病数月始痊。予以不喜食此，得免于召，遂得免于死。岂性之所在，即命之所在耶？

予一生侥幸之事难更仆数④。乙未居武林⑤，邻家失火，三面皆焚，而予居无恙⑥。己卯之夏，遇大盗于虎爪山，贿以重资者得免，不则立毙。予囊无一钱，自分必死，延颈受诛，而盗不杀。至于甲申、乙酉之变，予虽避兵⑦山中，然亦有时入郭⑧，其至幸者，才徙⑨家而家焚，甫出城而城陷，其出生于死，皆在斯须⑩倏忽⑪之间。噫！予何修而得此于天哉？报施无地，有强为善而已矣。

【注释】

①不相能：不和睦，不相容让。出自《西京杂记》："五侯不相能，宾客不得来往。"也作"不相容"。

②殊：特别。

③染指：春秋时，郑灵公请大臣们吃甲鱼，故意不给子公吃，子公很

生气，就伸手指在盛甲鱼的鼎里蘸上点儿汤，尝了尝便走了，出自《左传·宣公四年》："子公怒，染指于鼎，尝之而出。"

④难更仆数：形容事物繁多，数不胜数。

⑤武林：旧时杭州的别称，以武林山得名。

⑥无恙：无灾祸。

⑦避兵：躲避战乱而移居他处。

⑧郭：泛指城墙或城。

⑨徙：迁居。

⑩斯须：一会儿的功夫，片刻。

⑪疏忽：很快地。

【译文】

"新粟米炊鱼子饭，嫩芦笋煮鳖裙羹。"住在林间的人写这样的诗句来炫耀，就可以知道它的鲜美了。对于水产，我没有一样不喜欢吃的，唯独不能吃鳖，吃多了就会觉得口干舌燥，十分难以解释。有一天，邻居用网捕到了一只巨大的鳖，请众人去吃，吃鳖的人接连去世，尝过鳖汤的，也病了好几个月才痊愈。我因为不喜欢吃鳖，因而没有被邀请，所以免于一死。难道是性情所在，就是命所在吗？

我这一生侥幸的事情，数也数不过来。乙未年住在杭州，邻居家失火，三面都烧着了，而我的房子没事。己卯年夏天，我在虎爪山遇到了强盗，交出重金的人得以免死，否则就会立即被杀。我口袋里一文钱也没有，自以为必定会死，伸着脖子等着被杀，但强盗没有杀我。至于甲申、乙酉事变，我虽然在山里躲避战乱，但也时而进城。其中最为幸运的，是才搬了家，家就被烧了，刚出了城，城就被攻陷了，死里逃生，都在这种片刻之间。唉！我有什么修行能得到天这样的保佑呢？没有地方报答（这份恩德），只有努力行善罢了。

○ 蟹

【原文】

予于饮食之美，无一物不能言之，且无一物不穷其想象、竭其幽渺①而言之；独于蟹螯一物，心能嗜之，口能甘之，无论终身一日皆不能忘之，至其可嗜可甘与不可忘之故，则绝口不能形容之。此一事一物也者，在我则为饮食中之痴情，在彼则为天地间之怪物矣。予嗜此一生。每岁于蟹之未出时，即储钱以待，因家人笑予以蟹为命，即自呼其钱为"买命钱"。自初出之日始，至告竣之日止，未尝虚负一夕，缺陷一时。同人知予癖蟹，召者饷者皆于此日，予因呼九月、十月为"蟹秋"。虑其易尽而难继，又命家人涤瓮酿酒，以备糟之醉之之用。糟名"蟹糟"，酒名"蟹酿"，瓮名"蟹甓"。向有一婢，勤于事蟹，即易其名为"蟹奴"，今亡之矣。

蟹乎！蟹乎！汝于吾之一生，殆相终始者乎！所不能为汝生色者，未尝于有螃蟹无监州②处作郡③，出俸钱以供大嚼，仅以悭囊④易汝。即使日购百筐⑤，除供客外，与五十口家人分食，然则入予腹者有几何哉？蟹乎！蟹乎！吾终有愧于汝矣。

蟹之为物至美，而其味坏于食之之人。以之为羹者，鲜则鲜矣，而蟹之美质何在？以之为脍者，腻则腻矣，而蟹之真味不存。更可厌者，断为两截，和以油、盐、豆粉而煎之，使蟹之色、蟹之香与蟹之真味全失。此皆似嫉蟹之多味，忌蟹之美观，而多方蹂躏，使之泄气而变形者也。世间好物，利在孤行。蟹之鲜而肥，甘而腻，白似玉而黄似金，已造色、香、味三者之至极，更无一物可以上之。和以他味者，犹之以爝火⑥助日，掬水益河，冀其有裨也，不亦难乎？

凡食蟹者，只合全其故体，蒸而熟之，贮以冰盘⑦，列之几上，听客自取自食。剖一筐，食一筐，断一螯⑧，食一螯，则气与味纤毫不漏。出于蟹之躯壳者，即入于人之口腹，饮食之三昧，再有深入于此者哉？凡治他具，皆可人任其劳，我享其逸，独蟹与瓜子、菱角三种，必须自任其劳。旋剥旋食则有味，人剥而我食之，不特味同嚼蜡，且似不成其为蟹与瓜子、菱角，而别是一物者。此与好香必须自焚，好茶必须自斟，僮仆虽多，不能任其力者，同出一理。讲饮食清供之道者，皆不可不知也。宴上客者势难全体，不得已而羹之，亦不当和以他物，惟以煮鸡鹅之汁为汤，去其油腻可也。

瓮中取醉蟹，最忌用灯，灯光一照，则满瓮俱沙，此人人知忌者也。有法处之，则可任照不忌。初醉之时，不论昼夜，俱点油灯一盏，照之入瓮，则与灯光相习，不相忌而相能，任凭照取，永无变成沙之患矣。（此法都门有用之者。）

【注释】

①幽渺：幽眇，也作幽妙，精深微妙。
②监州：监察州县之官。

③作郡：做郡官。
④悭囊：藏钱的袋子，也指扑满，比喻悭吝者的钱袋。
⑤筐：通匡，指螃蟹的背壳，此处代指螃蟹。
⑥爝（jué）火：火把，火炬。
⑦冰盘：盘内放碎冰，上面摆瓜果等食品；也指大的瓷盘。
⑧螯（áo）：螃蟹等节肢动物的变形的第一对脚，形状像钳子，能开合，用来取食或自卫。

【译文】

我对于饮食中的美味，没有一样不能说的，而且没有一样不是穷尽想象、竭尽精妙去说的，只有蟹这一样，心里很喜欢，口能品尝它的甘美，无论终身还是一日都不能忘了它，至于它的可爱、好吃和不能忘却的原因，我却无法讲述。这一事一物，对我来说是饮食中的痴情，而对它来说则是天地间的怪物。我这一生都喜欢吃螃蟹，每年在螃蟹还没有上市的时候，就攒钱等着，因为家人笑我把螃蟹看作性命，就自己把买螃蟹的钱叫作"买命钱"。从刚上市那天起，到不再上市那天为止，我没有一天不吃、没有一刻缺过。朋友知道我爱吃螃蟹，都在这个时候请我去吃，我因而将九月、十月称为"蟹秋"。担心容易吃完，难以接着吃，就又让家人洗瓮酿酒，用来做糟蟹、醉蟹。用的糟称为蟹糟，酒称为蟹酒，瓮称作蟹瓮。以前有个丫鬟，做螃蟹很殷勤，我就给她改名叫蟹奴，如今已经不在人世了。

螃蟹啊！螃蟹啊！你对于我这一生，大概会从始至终都相伴吧！不能为你增光的是，我不曾在出产螃蟹却没有长官的地方做过郡官，用俸禄买来大吃，只能用钱袋那点钱买你。即便是一天买一百只，除了请客外，跟五十口家人分着吃这样吃到我肚子里的有多少呢？螃蟹啊！螃蟹啊！我终究是对你有愧！

螃蟹的味道极好，它的美味却坏在吃它的人手里。将它做成蟹羹，鲜是鲜了，但蟹肉美妙的口感在哪里？将它做成蟹肉丝，腻倒是腻了，但螃蟹的真味却不在了。更让人讨厌的，是把螃蟹切成两截，加上油、盐、豆粉煎，让蟹的色、蟹的香与蟹的真味全都丧失。这都好像是嫉妒螃蟹的多味，嫉妒螃蟹的美观，从而用种种方法蹂躏它，让它泄气变形。世间的好食材，都适合单独制作。螃蟹又鲜又肥、美味又细腻，蟹肉像玉、蟹黄像金，已经创造了色、香、味三者的极致，再没有一样食物能够超过它。掺上其他味道，就如同用火把增加太阳的光亮，捧一掬水让河流上涨，希望有些好处，不也是很难吗？

凡是吃螃蟹，只应保全整只螃蟹原有的体态，蒸熟，用大的瓷盘盛着，摆放在桌子上，任客人自取自食。剖一只，吃一只，掰断一个蟹钳，吃一个蟹钳，这样螃蟹的香气和味道就丝毫不会泄露。从螃蟹的壳里出来，立即就进入人的口腹，饮食的真谛，还有比这更深刻的吗？凡是吃其他食物，都可以让人代劳，而我坐享其成，只有螃蟹、瓜子、菱角这三种，必须自己动手。边剥边食才有滋味，人剥我吃，不仅味同嚼蜡，而且似乎不是螃蟹、瓜子、菱角，而是另一种东西了。这跟好香必须自己焚，好茶必须自己倒，仆人虽然多，但不能让他们代劳，是同样的道理。讲究饮食清雅的人，都不能不知道。宴请贵客，不好用整只的螃蟹，不得已做成蟹羹，也不应加上其他东西，只用煮鸡鹅的汁做汤，去掉它的油腻就可以了。

从坛子里取醉蟹，最忌讳用灯，灯光一照，就只能看到满瓮的沙子，这是人人都知道的忌讳。有办法对付，可以任意照不用忌讳，就能将蟹取出来。刚开始腌醉蟹的时候，不论是白天还是晚上，都点上一盏油灯，照到瓮里面，螃蟹就会习惯灯光，不会害怕灯光而能适应灯光，以后随便拿灯照着取蟹，永远都不用担心螃蟹全都钻进沙子里了。（京城有用这种方法的人。）

○零星水族

【原文】

予担簦^①二十年，履迹几遍天下。四海^②历其三，三江五湖^③则俱未尝遗一，惟九河^④未能环绕，以其迂僻^⑤者多，不尽在舟车可抵之境也。历水既多，则水族之经食者，自必不少，因知天下万物之繁，未有繁于水族者，载籍所列诸鱼名，不过十之六七耳。常有奇形异状，味亦不群，渔人竟日取之，土人终年食之，咨询其名，皆不知为何物者。无论其他，即吴门、京口诸地所产水族之中，有一种似鱼非鱼，状类河豚而极小者，俗名"斑子鱼"，味之甘美，几同乳酪，又柔滑无骨，真至味也，而《本草》《食物》诸书，皆所不载。近地且然，况寥廓而迂僻者乎？

海错之至美，人所艳羡而不得食者，为闽之"西施舌""江瑶柱"二种。"西施舌"予既食之，独"江瑶柱"^⑥未获一尝，为入闽恨事。所谓"西施舌"者，状其形也。白而洁，光而滑，入口啑^⑦之，俨然美妇之舌，但少朱唇皓齿牵制其根，使之不留而即下耳。此所谓状其形也。若论鲜味，则海错中尽有过之者，未甚奇特，朵颐此味之人，但索美舌而啑之，即当屠门大嚼⑧矣。其不甚著名而有异味者，则北海之鲜鳇，味并鲥鱼，其腹中有肋，甘美绝伦。世人以在鲟、鳇腹中者为"西施乳"，若与此肋较短长，恐又有东家、西家之别耳。

河豚为江南最尚之物，予亦食而甘之。但询其烹饪之法，则所需之作料甚繁，合而计之，不下十余种，且又不可缺一，缺一则腥而寡味。然则河豚无奇，乃假众美成奇者也。有如许调和之料施之他物，何一不可擅长，奚必假杀人之物以示异乎？食之可，不食亦可。若江南之鲚，则为春馔中妙物。食鲥鱼及鲟鳇有厌时，鲚则愈嚼愈甘，至果腹而犹不能释手者也。

【注释】

①担簦（dēng）：背着伞。指奔走，跋涉。
②四海：古人认为中国四面被海环绕，合称四海；四方，全国各地。
③三江五湖：对江河湖泊的泛称。
④九河：禹时黄河的九条支流。近人多认为是古代黄河下游许多支流的总称。也泛指黄河。
⑤迂僻（yū pì）：偏僻。
⑥江瑶柱：属蚌类，壳薄肉厚，肉质鲜、嫩，美味可口，是海中珍品。
⑦哂：吮吸。
⑧屠门大嚼：面对肉店大嚼，比喻心里想而得不到，只好用不切实际的办法来安慰自己。屠门：肉店。

【译文】

我奔波了二十年，足迹几乎遍天下。四海游历过其中之三，三江五湖则一个都没有遗漏，只有九河没能走全，因为它们流过的地方大多偏僻，不是都在车船能够抵达的地方。既然走的水路多，那么吃过的水产，自然一定不会少，所以知道天下万物繁盛，没有能比水产更繁盛的了，书籍记载列出的各种鱼的名字，不过总数的六七成而已。经常有奇形怪状，味道也与众不同，渔民整日都能打到，当地人全年都吃，问它的名字，却都不知道它叫什么。不说别的，就是苏州、镇江这些地方出产的水产当中，有一种像鱼却不是鱼，样子像河豚却又很小的水产，俗称"斑子鱼"，味道的甘美，几乎跟奶酪相同，又柔滑无骨，真是食物中的极品，而《本草》《食物》等书，都没有记载。近的地方尚且如此，何况遥远偏僻的地方呢？

海产中最美味，人们羡慕却吃不到的，是产自福建的"西施舌"和"江瑶柱"两种。"西施舌"我已经吃过，只有"江瑶柱"没尝过，这是福建之行的遗憾。所谓"西施舌",是形容它的形状(与舌相似)。它洁白光滑,入口品尝,就好像美女的舌头,只是缺少红唇皓齿牵住根部,让它没法留在嘴里,一下子就咽下去了。如果要论鲜味,海产中超过它的有很多,它并不是十分奇特。想尝这种味道的人,只要找个美女吸吮她的舌头,就当作解馋了。有一种不是十分出名,但是有奇特味道的,是北海的鲜鯯,味道跟鲥鱼比肩,这种鱼腹中有肋,味道甘美绝伦。人们将鲟鱼、鳇鱼腹中的肋称做"西施乳",如果跟这种鱼的肋相比,恐怕又有东施与西施的区别。

  河豚是江南人最喜欢的食物,我也吃并觉得好吃。但问起烹饪的方法,(才知道)需要的作料十分繁杂,加起来算,不下十几种,而且又不能缺一种,缺一种就有腥味而且没什么味道。既然这样,那么河豚就没有什么奇特的地方,是依靠众多好作料才变得奇特的。有这么多调料,放到别的食物里,哪一样食物不会出彩,为什么一定要借助这种能毒死人的东西来显示这道菜的奇特?吃它可以,不吃也可以。像江南的鲚鱼,就是春季饮食中的好东西。吃鲥鱼、鲟鱼和鳇鱼有吃厌的时候,鲚鱼却越吃越甘美,直到吃饱还舍不得放手。

◎不载果实茶酒说

【原文】

果者酒之仇,茶者酒之敌,嗜酒之人必不嗜茶与果,此定数也。凡有新客入座,平时未经共饮,不知其酒量浅深者,但以果饼及糖食验之。取到即食,食而似有踊跃①之情者,此即茗客,非酒客也;取而不食,及食不数四而即有倦色者,此必巨量之客,以酒为生者也。以此法验嘉宾,百不失一。

予系茗客而非酒人,性似猿猴,以果代食,天下皆知之矣。讯以酒味则茫然,与谈食果饮茶之事,则觉井井有条,滋滋多味。兹既备述饮馔之事,则当于二者加详,胡以缺而不备?曰:惧其略也。性既嗜此,则必大书特书,而且为磬竹之书②,若以寥寥数纸终其崖略,则恐笔欲停而心未许,不觉其言之汗漫而难收也。

且果可略而茶不可略,茗战③之兵法,富于《三略》④《六韬》⑤,岂《孙子》十三篇⑥所能尽其灵秘者哉?是用专辑一编,名为《茶果志》,孤行可,尾于是集之后亦可。

至于曲糵⑦一事,予既自谓茫然,如复强为置吻,则假口他人乎?抑强不知为知,以欺天下乎?假口则仍犯剿袭之戒;将欲欺人,则茗客可欺,酒人不可欺也。倘执其所短而兴问罪之师,吾能以茗战战之乎?不若绝口不谈之为愈耳。

【注释】

①踊跃:欢欣鼓舞貌,形容情绪高涨、热烈,争先恐后。
②磬(qìng)竹之书:化用成语磬竹难书。该成语出自《旧唐书·李密传》:"磬南山之竹,书罪未穷;决东海之波,流恶难尽。"意思是用光南山的竹子,也难以写完此人的罪行,形容罪行累累。此处指对食果饮茶之事,李渔自己要写的话,想写的太多,写也写不完。
③茗战:斗茶。
④《三略》:原称《黄石公三略》,是著名的中国古代军事著作。
⑤《六韬》:又称《太公六韬》《太公兵法》,据说是中国先秦时期著名的黄老道家典籍《太公》的兵法部分。
⑥《孙子》十三篇:指《孙子兵法》十三篇,是中国春秋时期著名的

军事家、政治家孙武所著,我国最早最杰出的军事著作,为后世兵法家所推崇,被誉为"兵学圣典",居《武经七书》之首。

⑦曲蘖(niè):在上古时代,曲蘖仅指酒曲。随着生产力的发展,酿酒技术的进步,曲蘖分化为曲(发霉谷物)、蘖(发芽谷物),用蘖和曲酿制的酒分别称为醴和酒。此处指酒。

【译文】

水果和茶是酒的仇敌,喜欢喝酒的人必定不喜欢茶和水果,这是肯定的。凡是有新客人入座,平常从没有一起喝过酒,不知道他的酒量大小,只管用果饼和甜食检验。拿到就吃,吃得似乎很高兴的,这就是茶客,而不是酒客;拿了却不吃,吃得不多就神色厌倦的,这必定是有海量的客人,把酒当命的人。用这种方法验证宾客,百无一失。

我是茶客而不是酒客,生性似猿猴,用水果代替食物,天下人都知道这件事。别人问我酒味我则茫然不知,与我谈论吃水果喝茶的事情,就觉得井井有条,津津有味。现在既然已经详细叙述了饮食的事,那对于水果和茶,更要讲得详细一些,为什么空着不写呢?回答是:害怕写得粗略。既然生性爱好这些,那么一定会大写特写,而且写也写不完,如果用寥寥几张纸写完大概,那么恐怕笔想停,心却尚未允许,不知不觉就会写得漫无边际,难以收笔了。

况且水果可以略写,但茶却不能略写,斗茶的策略,比《三略》《六韬》还要丰富,难道一部《孙子》十三篇就能写尽它的奥秘吗?这样就要专门写一本书,叫做《茶果志》,可以单独发行,也可以附在这本书末尾。

至于酒这方面,我既然自认为茫然不知,如果又勉强插嘴,那么是要借别人的说法呢?还是不懂装懂,来欺骗天下人呢?借别人的说法就违反了剽窃的禁条;想要骗人,那么茶客可以骗,酒徒却不能骗。如果有人拿了我的短处来兴师问罪,我能用斗茶的方法来迎战吗?不如绝口不谈更好。

种植部

◎木本第一 计二十三款

【原文】

已载群书者,片言不赘。非补未逮之论,即传自念之方。欲睹陈言,请翻诸集。

草木之种类极杂,而别其大较有三,木本、藤本、草本是也。木本坚而难痿,其岁较长者,根深故也。藤本之为根略浅,故弱而待扶,其岁犹以年纪。草本之根愈浅,故经霜辄坏,为寿止能及岁。

是根也者,万物短长之数也,欲丰其得,先固其根,吾于老农老圃之事,而得养生处世之方焉。人能虑后计长,事事求为木本,则见雨露不喜,而睹霜雪不惊;其为身也,挺然独立,至于斧斤之来,则天数也,岂灵椿①古柏之所能避哉?如其植德不力,而务为苟且,则是藤本其身,止可因人成事,人立而我立,人仆而我亦仆矣。至于木槿其生,不为明日计者,彼且不知根为何物,遑计入土之浅深,藏荄②之厚薄哉?是即草木之流亚也。噫,世岂乏草木之行,而反木其天年,藤其后裔者哉?此造物偶然之失,非天地处人待物之常也。

【注释】

①灵椿:古代传说中的长寿树。
②荄(gāi):草根。

【译文】

其他书中记载过的内容,我就不再赘述了。我不是补充前人没有提及的事情,就是传达自己的想法。如果你想看前人的言论,请去翻阅那些古书典籍。

草木的种类非常繁杂,但分起来大致有三类:木本、藤本和草本。木本植物坚实而且很难枯萎,它们的寿命比较长,是因为它们的根扎得很深。藤本植物根扎得稍浅,因此它们比较瘦弱,需要扶持,寿命尚且可以按年计算。草本植物的根则更浅,因此一旦遭遇风霜,它们就会死去,寿命最长只有一年。

所以说,根是万物寿命长短的决定因素。若想收获更多,首先要稳固它的根。这是我从农耕和园艺劳动中,悟出来的养生方法和处世之道。如果凡事人都能在考虑过后计划周全,处理每件事情都像木本一样,就不会看见雨露就欣喜,看见霜雪就惊恐;作为树木本身,挺拔独立,至于斧头砍来,那就是天意了,难道灵椿和千年松柏能躲得了吗?如果一个人不努力培养自己的品德,而只求苟且行事,那这样的人和藤本植物一样,只能依靠别人做事,别人办成事了,我也事成了,别人倒了,我也倒了。至于像木槿一样生存、不为将来打算的人,他们甚至不晓得根是什么,哪里会考虑根入土的深浅,埋藏根的土的厚薄呢?这种人就是草木中的末流。唉!世上难道缺乏像草木一样行事,反倒像木本一样长寿,像藤本一样依附后辈的人吗?这是造物主的偶然失误,并不是天地之间待人处世的常理。

○牡丹

【原文】

牡丹得王于群花,予初不服是论,谓其色其香,去芍药有几?择其绝胜者与角雌雄,正未知鹿死谁手。及睹《事物纪原》[①],谓武后冬月游后苑,花俱开而牡丹独迟,遂贬洛阳,因大悟曰:"强项[②]若此,得贬固宜,然不加九五之尊[③],奚洗八千之辱乎?"(韩诗"夕贬潮阳路八千"[④]。)物生有候,葭[⑤]动以时,苟非其时,虽十尧不能冬生一穗;后系人主,可强鸡人使昼鸣乎?如其有识,当尽贬诸卉而独崇牡丹。花王之封,允宜肇于此日,惜其所见不逮,而且倒行逆施。诚哉!其为武后也。予自秦之巩昌,载牡丹十数本而归,同人嘲予以诗,有"群芳应怪人情热,千里趋迎富贵花"之句。予曰:"彼以守拙得贬,予载之归,是趋冷非趋热也。"兹得此论,更发明矣。

艺植之法,载于名人谱帙者,纤发无遗,予倘及之,又是拾人牙后[⑥]矣。但有吃紧一着,花谱偶载而未之悉者,请畅言之。是花皆有正面,有反面,有侧面。正面宜向阳,此种花通义也。然他种或能委曲,独牡丹不肯通融,处以南面既生,俾之他向则死,此其肮脏[⑦]不回之本性,人主不能屈之,谁能屈之?

予尝执此语同人,有迁其说者。予曰:"匪特士民之家,即以帝王之尊,欲植此花,亦不能不循此例。"同人诘予曰:"有所本乎?"予曰:"有本。吾家太白[⑧]诗云:'名花倾国两相欢,常得君王带笑看。解释春风无限恨,沉香亭北倚栏杆。'[⑨]倚栏杆者向北,则花非南面而何?"同人笑而是之。斯言得无定论[⑩]?

【注释】

①《事物纪原》：据传为宋代高承编撰，是考证事物起始和沿革的专门性类书。

②强项：不肯低头，形容刚直，不为威武所屈。项，脖子。

③九五之尊：旧指帝王的尊位。

④夕贬潮阳路八千：韩愈因阻迎佛骨得罪唐宪宗，被贬为潮州刺史，"夕贬潮阳路八千"出自其所著《左迁至蓝关示侄孙湘》一诗。

⑤葭：初生的芦苇。

⑥拾人牙后：拾取别人的一言半语当作自己的话。拾，捡取；牙后，指别人说过的话。

⑦肮脏（kǎng zǎng）：意为不屈不挠，高亢刚直的样子。

⑧吾家太白：李渔与李白同姓，所以是"吾家"。

⑨"名花倾国两相欢"四句：出自李白《清平调·其三》。

⑩得无：莫不是，该不会，怎能不。

【译文】

牡丹在群花中称王，我起初并不认同这种观点，觉得牡丹的颜色和香味，比芍药能强多少？选择最好的牡丹与最好的芍药决一雌雄，不知道会鹿死谁手。等到我读了《事物纪原》，说武则天在冬天的时候游后花园，所有的花都开了，唯独牡丹迟迟未开，于是就将牡丹贬到了洛阳，我因而才恍然大悟说："牡丹这样刚正不屈，被贬固然不足为奇，但不给予它花王的荣耀，又怎么能洗刷它被贬八千里的耻辱呢？"（韩愈诗："夕贬潮阳路八千。"）万物的生长、芦苇的萌芽，都有其规律和时间，如果不是时候，即使有十个像尧那样的圣贤君主，冬天也长不出一根麦穗。武则天是人主，能强迫公鸡在白天打鸣吗？如果她有见识，就应当贬其他所有花，而唯独推崇牡丹。花王的封号，本应该是从武则天赏花的这一天开始有的。可惜她的见识不够，而且倒行逆施。是啊，这就是武则天。我从秦地巩昌运了十几棵牡丹回来，朋友用"群芳应怪人情热，千里趋迎富贵花"的诗句嘲笑我。我说："牡丹因为坚守自己被贬，我运它们回来，这是趋冷而不是趋热。"现在得出的这个结论，越发明确了。

种植牡丹的方法，名人书稿中的记载，已经非常全面了，我如果再谈，就又是拾人牙慧了。但有最重要的一点，花谱偶尔有记载但说得不全面，允许我把它说全吧！是花就都有正面、反面、侧面。正面应当向阳，这是种植花卉普遍适用的义理。但其他花有的能受委曲，只有牡丹不肯通融，让它朝南就会生长，让它朝其他方向就会死，这是牡丹不屈不厄、改不了的本性，武则天都不能让它屈服，谁又能让它屈服呢？

我曾把这话讲给朋友听，有朋友说这话太迂腐。我说："不只是平民百姓家，即使仗着帝王的尊贵，想种这种花，也不能不遵循这一惯例。"朋友反问我说："这话有根据吗？"我说："有根据。我的同宗李白有这样的诗：'名花倾国两相欢，常得君王带笑看。解释春风无限恨，沉香亭北倚栏杆。'倚栏杆的人朝北，那花不是朝南又是朝哪个方向？"朋友笑着称是。这些话能不是定论吗？

○梅

【原文】

花之最先者梅，果之最先者樱桃。若以次序定尊卑，则梅当王于花，樱桃王于果，犹瓜之最先者曰王瓜，于义理未尝不合，奈何别置品题，使后来居上。首出者不得为圣人，则辟草昧致文明者，谁之力欤？虽然，以梅冠群芳，料舆情①必协；但以樱桃冠群果，吾恐主持公道者，又不免为荔枝号屈矣。姑仍旧贯，以免抵牾。

种梅之法，亦备群书，无庸置吻，但言领略之法而已。花时苦寒，即有妻梅②之心，当筹寝处之法。否则衾枕不备，露宿为难，乘兴而来者，无不尽兴而返，即求为驴背浩然③，不数得也。

观梅之具有二：山游者必带帐房，实三面而虚其前，制同汤网④，其中多设炉炭，既可致温，复备暖酒之用。此一法也。园居者设纸屏数扇，覆以平顶，四面设窗，尽可开闭，随花所在，撑而就之。此屏不止观梅，是花皆然，可备终岁之用。立一小匾，名曰"就花居"。花间竖一旗帜，不论何花，概以总名曰"缩地花"。此一法也。若家居所植者，近在身畔，远亦不出眼前，是花能就人，无俟人为蜂蝶矣。

然而爱梅之人，缺陷有二：凡到梅开之时，人之好恶不齐，天之功过亦不等，风送香来，香来而寒亦至，令人开户不得，闭户不得，是可爱者风，而可憎者亦风也。雪助花妍，雪冻而花亦冻，令人去之不可，留之不可，是有功者雪，有过者亦雪也。

其有功无过，可爱而不可憎者惟日，既可养花，又堪曝背，是诚天之循吏⑤也。使止有日而无风雪，则无时无日不在花间，布帐纸屏皆可不设，岂非梅花之至幸,而生人之极乐也哉!然而为之天者,则甚难矣。

蜡梅者,梅之别种,殆亦共姓而通谱⑥者欤?然而有此令德⑦,亦乐与联宗。吾又谓别有一花,当为蜡梅之异姓兄弟,玫瑰是也。气味相孚,皆造浓艳之极致,殆不留余地待人者矣。人谓过犹不及,当务适中,然资性所在,一往而深,求为适中,不可得也。

【注释】

①舆情:民众所持的意见和态度。

②妻梅:化用成语"梅妻鹤子",意思是以梅为妻,以鹤为子,表示清高或隐居。

③驴背浩然:孟浩然常冒雪骑驴寻梅,并常在驴背上寻找作诗的灵感。

④汤网:商汤有一次狩猎,见部下们张网四面并祷告说,上下四方的禽兽尽入网中。汤命令去其三面,只留一面,并祷告说,禽兽们,愿逃者逃之,不愿逃者入我网中,出自《史记·殷本纪》。

⑤循吏:奉公守法的官吏。

⑥通谱:同姓的人互认为同族。

⑦令德:美德。

【译文】

花中最先开的是梅,水果中最先结果的是樱桃。如果以开花结果的先后顺序定尊卑的话,那么梅花应当是花王,樱桃应当是果王,就像瓜中最先成熟的叫瓜王一样,从情理上讲并非不合适,无奈另有评判标准,使得后来者居上。最先来到世上的人不被称为圣人,那么消除愚昧给人类带来文明,又是谁的功劳?即便如此,把梅花排在群花首位,料想大家也一定会同意的,但是把樱桃排在水果首位,我担心主持公道的人,不免会为荔枝叫屈。姑且仍依照旧的惯例,以免矛盾。

种梅的方法,许多书都记载得很详尽了,不用多说,只说说观赏的方法罢了。梅花在严寒时开放,如果有让梅作伴的心思,就应当谋划与梅花同床共眠的方法。否则被子、枕头都没有准备,露宿在外就痛苦了,乘兴而来的人,没有不败兴而归,就算想像孟浩然那样骑驴寻梅,也没有几个人能做得到。

观赏梅花的用具有两种:去山上赏梅的人,一定要带帐篷,帐篷三面严实,前面空着,构造跟汤网一样。帐篷中多放一些炉炭,既可以取暖,又能用来暖酒。这是一种方法。在花园里赏梅的人,放几扇纸屏风,屏风的上方盖上平顶，四面设窗，都可以打开闭合，随着花在哪里，就把哪边的窗户撑开。这种屏风不仅可以用来观赏梅花，所有花都可以用它来观赏，一整年都可以用。立一块小匾，写上名字"就花居"。在花间树一杆旗帜，不论是什么花，一概统称"缩地花"。这也是一种方法。如果是自己家里种的花，近在身边，远也不会超过眼前的视线范围，这样的花能够接近人，人不用像蜜蜂、蝴蝶一样围着花转了。

但爱梅的人，有两个遗憾：人的喜好憎恶不一致，上天的功劳与过错也不相等。风把梅花的香气送来，香气是吹来了，寒气也来了，令人没法开窗，也没法关窗，可爱的是风，可恶的也是风。雪让梅花更加娇艳，雪冻上了而花也冻坏了，让人不能离开，也不能留下，有功劳的是雪，有过错的也是雪。

有功劳无过错，可爱不可憎的，只有太阳，既可以养花，又能晒热观花者的脊背，它真是老天爷奉公守法的好官吏。假使只有太阳而没有风雪，就可以无时无日不在花间，帐篷纸屏都可以不用了，难道不是梅花最大的幸事，而且也是人的极乐啊！然而当老天爷的，就会十分为难了。

腊梅是梅花的另外一个品种，大概也是因为叫梅，因而被认作是梅的同族吧？然而腊梅有这样的美德，梅也乐得同它联宗。我还认为另有一种花，应当成为腊梅的异姓兄弟，这就是玫瑰。它们的气味相同，都是浓艳到了极致，又都毫无保留地让人欣赏。有人说过犹不及，应当务求适中，但是这浓艳就是它们的天性所在，花一开就色深味重，要求它们适中，是不可能做到的。

○桃

【原文】

凡言草木之花，矢口即称桃李，是桃李二物，领袖群芳者也。其所以领袖群芳者，以色之大都不出红白二种，桃色为红之极纯，李色为白之至洁，"桃花能红李能白"一语，足尽二物之能事。

然今人所重之桃，非古人所爱之桃；今人所重者为口腹计，未尝究及观览。大率桃之为物，可目者未尝可口，不能执两端事人。凡欲桃实之佳者，必以他树接之，不知桃实之佳，佳于接，桃色之坏，亦坏于接。桃之未经接者，其色极娇，酷似美人之面，所谓"桃腮""桃靥"者，皆指天然未接之桃，非今时所谓碧桃、绛桃、金桃、银桃之类也。即今诗人所咏、画图所绘者，亦是此种。此种不得于名园，不得于胜地，惟乡村篱落之间、牧童樵叟所居之地，能富有之。欲看桃花者，必策蹇①郊行，听其所至，如武陵人之偶入桃源②，始能复有其乐。如仅载酒园亭，携姬院落，为当春行乐计者，谓赏他卉则可，谓看桃花而能得其真趣，吾不信也。

噫，色之极媚者莫过于桃，而寿之极短者亦莫过于桃，"红颜薄命"之说，单为此种。凡见妇人面与相似而色泽不分者，即当以花魂视之，谓别形体不久也。然勿明言，至生涕泣。

【注释】

①策蹇：骑跛足驴。策：鞭打。蹇：特指劣马或跛驴。
②武陵人之偶入桃源：出自陶渊明《桃花源记》。

【译文】

凡是说到草木的花，开口就会说到桃、李，这样看来桃、李这两种花，是群花的领袖。桃、李之所以能领导群花，是因为花的颜色大都不外乎红白两种，桃花的颜色是红色当中最纯粹的，李花的颜色是白色当中最洁净的。"桃花能红李能白"这句话，足以全然概括桃李两种花的长处。

但是现在人们看重的桃，并非古人喜爱的桃。现在人们看重的是好不好吃，从未考虑到观赏方面。总的来说，桃这种东西，好看的不一定好吃，不可能两方面都如人意。凡是想让桃子好吃，一定要用其他树与桃树嫁接，却不知道桃子好吃，是因为进行了嫁接；桃花的颜色变差了，也是因为嫁接。没有嫁接过的桃树，桃花的颜色非常娇艳，非常像美人的脸。所谓的"桃腮""桃靥"，（其中的"桃"）都是指天然没有嫁接过的桃，而不是现在所说的碧桃、绛桃、金桃、银桃这些。即使是现在诗人吟咏的、画家画的，也是这种天然的桃花。这样的桃树名园里看不到，游览胜地也见不着，只有在乡村农舍间、牧童樵夫住的地方，能有很多。想要观赏桃花的人，一定要骑驴前往郊外，任凭毛驴到处走，就像武陵人偶然进入桃花源那样，才能再得到那种乐趣。如果仅是备了酒食，携带美人，去到花园庭落里，打算当春行乐的，说是观赏其他花卉那还可以，说是看桃花而且能够得到桃花的真趣，我就不信了。

唉，颜色最妖媚的是桃花，寿命最短的也是桃花。"红颜薄命"的说法，就是针对桃花而言的。凡是看见女子面容同桃花相似的，而色泽也没有分别的，就应当把她当成花魂来看，说明她不久就会离开她的身体了。但是不要对她明说，以免她流泪。

○李

【原文】

李是吾家果,花亦吾家花,当以私爱嬖①之,然不敢也。唐有天下,此树未闻得封。天子未尝私庇,况庶人乎?以公道论之可已。与桃齐名,同作花中领袖,然而桃色可变,李色不可变也。"邦有道,不变塞焉,强哉矫!邦无道,至死不变,强哉矫!"②自有此花以来,未闻稍易其色,始终一操,涅而不淄,是诚吾家物也。至有稍变其色,冒为一宗,而此类不收,仍加一字以示别者,则郁李是也。

李树较桃为耐久,逾三十年始老,枝虽枯而子仍不细,以得于天者独厚,又能甘淡守素,未尝以色媚人也。若仙李之盘根,则又与灵椿比寿。我欲绳武③而不能,以著述永年而已矣。

【注释】

①嬖(bì):宠爱。

②邦有道,不变塞焉,强哉矫!邦无道,至死不变,强哉矫:出自《礼记·中庸》。意思是国家治理得好,不改变尚未实现的志向,这是真正的强大啊!国家治理不好,到死也不改变志向,这是真正的强大啊!

③绳武:继承祖先业迹。

【译文】

李子是我本家的果子,李花也是我本家的花,本应当偏爱它,但是我不敢。李唐王朝坐拥天下的时候,没有听说这种树得到过什么封号。天子都没有暗中庇护它,更何况是我这样的老百姓呢?站在公正的立场上评论它就可以了。李花与桃花齐名,都是花中领袖,然而桃花的颜色可以变化,李花的颜色则不可以改变。"邦有道,不变塞焉,强哉矫!邦无道,至死不变,强哉矫!"自从有这种花以来,没有听说它的颜色有稍微改变过,始终是一样的,受到污染也不会变黑,这真是我们李家的东西!至于颜色稍有变化,冒充是同一宗族,但是没有被这一家族接受的花,就给它加上一个字来体现区别,那就是郁李。

李树比桃树更能耐久,生长三十年之后才开始变老,树枝虽然枯了,果实却不小,这是因为它得天独厚,又能够甘于淡泊坚守朴素,从未用姿色向人献媚。如果像仙境中的李树一样有盘根,就又可以跟灵椿比寿命长短了。我想继承它的品质却做不到,只有通过写文章来使这些品质得以长久地流传下去了。

○杏

【原文】

种杏不实者,以处子常系之裙系树上,便结累累。予初不信,而试之果然。是树性喜淫者,莫过于杏,予尝名为"风流树"。噫!树木何取于人,人何亲于树木,而契爱①若此。动乎情也?情能动物,况于人乎?其必宜于处子之裙者,以情贵乎专,已字人者,情有所分而不聚也。予谓此法既验于杏,亦可推而广之。凡树木之不实者,皆当系以美女之裳②:即男子之不能诞育者,亦当衣以佳人之裤。盖世间慕女色而爱处子,可以情感而使之动者,岂止一杏而已哉。

【注释】

①契爱:友好,亲爱。
②裳:古人穿的下衣,古代男女都穿"裳",是裙的一种,但不同于现在的裙子。

【译文】

不结果的杏树,用处女常穿的裙子系在树上,便能结出累累果实。起初我不相信,试过以后果然如此。由此看来,树木当中好色的树,没有超过杏的,我曾经给它取名为"风流树"。唉!树木从人身上到底得到了什么,人又为什么与树木如此亲近,而像这般友好。是为情所动吗?感情能打动植物,更何况人呢?杏树一定要系上处女的裙子才结果,是因为感情贵在专一,已经嫁人的女子感情就有所分散不集中了。我认为这种方法既然在杏树身上得到了验证,也就可以推而广之。凡是不结果的树木,都应当给它系上美女的裙子。即便是男子中不能生育的,也应当穿上美女的裤子。因为世间都爱慕女色,爱慕处女,可以被情感打动的,岂止是杏树这一种而已!

○梨

【原文】

予播迁四方，所止之地，惟荔枝、龙眼、佛手诸卉，为吴越诸邦不产者，未经种植，其余一切花果竹木，无一不经莳理；独梨花一本，为眼前易得之物，独不能身有其树为楂梨主人，可与少陵①不咏海棠，同作一等欠事。然性爱此花，甚于爱食其果。果之种类不一，中食者少，而花之耐看，则无一不然。雪为天上之雪，此是人间之雪；雪之所少者香，此能兼擅其美。唐人诗云："梅虽逊雪三分白，雪却输梅一段香。"②此言天上之雪。料其输赢不决，请以人间之雪，为天上解围。

【注释】

①少陵：指杜甫。杜甫，字子美，自号少陵野老，唐代现实主义诗人。
②梅虽逊雪三分白，雪却输梅一段香：出自宋代卢梅坡所作的《雪梅》一诗："梅雪争春未肯降，骚人搁笔费评章。梅须逊雪三分白，雪却输梅一段香。"

【译文】

我一生四海为家，每到一个地方居住下来，除了荔枝、龙眼、佛手这些吴越地区不产的果木我没有种植外，其余所有花果竹木，没有一样没亲手种植过；惟独梨树这一种，是眼前容易得到的东西，我却唯独没有拥有过一棵，这件事可以与杜甫没有歌咏过海棠，一同当作十分遗憾的事。然而我生性喜爱梨花，超过爱吃梨子。梨子的品种不少，好吃的却少，但梨花耐看，却没有一种不是如此。雪花是天上的雪，梨花是人间的雪；雪花缺少的是香气，梨花却能兼有香味。唐诗中说："梅虽逊雪三分白，雪却输梅一段香。"这句话中的雪是天上的雪，（与地上的梅相比，）我料想难以决出输赢。那就请用梨花这种人间的雪，来为天上的雪解围。

○海棠

【原文】

"海棠有色而无香"，此《春秋》责备贤者之法①。否则无香者众，胡尽恕之，而独于海棠是咎？然吾又谓海棠不尽无香，香在隐跃之间，又不幸而为色掩。如人生有二技，一技稍粗，则为精者所隐；一术太长，则六艺皆通，悉为人所不道。王羲之②善书，吴道子善画，此二人者，岂仅工③书善画者哉？苏长公④不善棋酒，岂遂一子不拈、一卮不设者哉？诗文过高，棋酒不足称耳。

吾欲证前人有色无香之说，执海棠之初放者嗅之，另有一种清芬，利于缓咀，而不宜于猛嗅。使尽无香，则蜂蝶过门不入矣，何以郑谷⑤《咏海棠》诗云"朝醉暮吟看不足，羡他蝴蝶宿深枝"？有香无香，当以蝶之去留为证。且香之与臭，敌国也。花谱云："海棠无香而畏臭，不宜灌粪。"⑥去此者必即彼，若是，则海棠无香之说，亦可备证于前，而稍白于后矣。噫，"大音希声""大羹不和"⑦，奚必如兰如麝，扑鼻薰人，而后谓之有香气乎？

王禹偁⑧《诗话》云："杜子美避地蜀中，未尝有一诗及海棠，以其生母名海棠也。"生母名海棠，予空疏未得其考，然恐子美即善吟，亦不能物物咏到。一诗偶遗，即使后人议及父母。甚矣，才子之难为也。鼎革⑨以前，吾乡杜姓者，其家海棠绝胜，予岁岁纵览，未尝或遗。尝赠以诗云："此花不比别花来，题破东君着意培。不怪少陵无赠句，多情偏向杜家开。"似可为少陵解嘲。

秋海棠一种，较春花更媚。春花肖美人，秋花更肖美人；春花肖美人之已嫁者，秋花肖美人之待年者；春花肖美人之绰约可爱者，秋花肖美人之纤弱可怜者。处子之可怜，少妇之可爱，二者不可得兼，必将娶怜而割爱矣。相传秋海棠初无是花，因女子怀人不至，涕泣洒地，遂生此花，名为"断肠花"。噫，同一泪也，洒之林中，即成斑竹⑩，洒之地上，即生海棠，泪之为物神矣哉！春海棠颜色极佳，凡有园亭者不可不备，然贫士之家不能必有，当以秋海棠补之。此花便于贫士者有二：移根即是，不须钱买，一也；为地不多，墙间壁上，皆可植之。性复喜阴，秋海棠所取之地，皆群花所弃之地也。

【注释】

①《春秋》责备贤者之法：即通常所谓的"春秋笔法"，也叫"春秋书法"或"微言大义"，是我国古代一种历史叙述方法和技巧，是孔子创造的一种文章写法，即在文章的记叙之中表现出作者的思想倾向，而不是通过议论性文辞表达出来。

②王羲之：字逸少，东晋书法家，有"书圣"之称。

③工：善于；擅长。

④苏长公：即苏东坡。

⑤郑谷：字守愚，唐朝末期著名诗人，其诗多写景咏物，表现士大夫的闲情逸致。

⑥海棠无香而畏臭，不宜灌粪：棠没有香气但害怕臭气，不适合浇粪。

⑦大羹不和：为了吃到食物的本味，在羹中不放调料。

⑧王禹偁：字元之，北宋诗人、散文家，北宋诗文革新运动的先驱。

⑨鼎革：改朝换代。

⑩斑竹：又称湘妃竹，竿有紫褐色或淡褐色斑点，相传是娥皇和女英的眼泪，洒在了九嶷山的竹子上，竹竿上便呈现出点点泪斑，因而得名"湘妃竹"。

【译文】

"海棠有色而无香"，这是《春秋》中责备贤人的写法。否则没有香气的花那么多，为什么全都可以宽恕，唯独对于海棠来说就是罪过呢？然而，我还认为海棠并非完全没有香气，它的香气在隐隐约约之间，又不幸被艳丽的颜色掩盖了。就像一个人有两种技艺，一种技艺稍差一些，就会被精湛的技艺掩藏；一种技艺太突出，即便六艺都精通，也不会被人们详细知道。王羲之擅长书法，吴道子擅长绘画，这两个人难道就仅擅长书法、绘画吗？苏东坡不擅长下棋、喝酒，难道就不碰棋子，不摆酒具了吗？正是因为他的诗文太过高明，下棋、喝酒就不值一提了。

我想要验证前人关于海棠有色无香的说法，拿刚刚开放的海棠花来嗅，别有一种清淡的芳香，适合慢慢品味，不适合猛嗅。假使海棠完全没有香气，那么蜜蜂和蝴蝶就会过门而不入了，为什么郑谷的《咏海棠》诗中说"朝醉暮吟看不足，羡他蝴蝶宿深枝"？海棠有没有香气，应当用蝴蝶的去留作证据。而且香气与臭气是对立的。《花谱》中写道："海棠无香而畏臭，不宜灌粪。"不是臭就是香，如果是这样，那么海棠没有香气的说法，就可以从前面的说法中得到详尽验证,在后面的说法中陈述得更加清楚。唉!"大音稀声""大羹不和",为什么一定要像兰花、麝香那样,扑鼻熏人,才说有香气呢?

王禹偁的《诗话》中说:"杜甫在蜀中避乱时,没有写过一首提到海棠的诗,这是因为他的生母名叫海棠。"杜甫的母亲是不是叫海棠,我没有找到证据。然而恐怕杜甫即使擅长吟诗,也不可能所有事物都咏到。诗中偶然没写到海棠,就让后人议论起他的父母。做才子真是太难了。改朝换代以前,我家乡有个姓杜的人,他家的海棠长得极美,我每年都要去观赏,从未有一年遗漏。我曾送给他一首诗:"此花不比别花来,题破东君着意培,不怪少陵无赠句,多情偏向杜家开。"似乎可以为杜甫解嘲。

秋海棠这一品种,比春海棠更加娇媚。春花似美人,秋花更似美人;春花似已经出嫁的美人,秋花似待字闺中的美人;春花似柔美可爱的美人,秋花似纤弱可怜的美人。处女的可怜,少妇的可爱,如果二者不能兼得,那就一定要选择可怜的少女而舍去可爱的少妇了。相传最初没有秋海棠这种花,因为女子思念的情人没有来,泪水洒在地上,就长出了这种花,名字称作"断肠花"。唉,同是一种泪,洒在林中,就变成了斑竹,洒在地上,就长出了海棠,眼泪这种东西真神奇啊!春海棠颜色极好,凡是有园子的人不能不种,然而贫穷人家不一定能有,应当用秋海棠补上。这种花有两点便于穷人栽种的地方:移根就可以,不一定要花钱买,这是一点;二是占地不多,墙间壁上,都能种植。这种花又生性喜阴,秋海棠占的地方,都是群花不用的地方。

○玉兰

【原文】

世无玉树,请以此花当之。花之白者尽多,皆有叶色相乱,此则不叶而花,与梅同致。千干万蕊①,尽放一时,殊盛事也。但绝盛之事,有时变为恨事。众花之开,无不忌雨,而此花尤甚。一树好花,止须一宿微雨,尽皆变色,又觉腐烂可憎,较之无花,更为乏趣。群花开谢以时,谢者既谢,开者犹开,此则一败俱败,半瓣不留。

语云:"弄花一年,看花十日。"为玉兰主人者,常有延伫②经年,不得一朝盼望者,讵非香国中绝大恨事?故值此花一开,便宜急急玩赏,玩得一日是一日,赏得一时是一时。若初开不玩而俟全开,全开不玩而俟盛开,则恐好事未行，而煞风景者至矣。噫！天何仇于玉兰，而往往三岁之中，定有一二岁与之为难哉！

【注释】

①蕊：花苞。
②延伫：引颈企立，形容盼望之切。

【译文】

世上没有玉树，请用玉兰花来充当玉树。虽然白色的花很多，但是都跟叶子的颜色混杂在一起，而玉兰则在叶子还没有长出来的时候就开花，与梅花有同样的韵致。众多枝干上的众多花苞一同开放的时候，真是一件盛事。但极其盛大的事，有时会变成令人遗憾的事。众花开放的时候，没有不怕下雨的，玉兰花尤其如此。只要下一夜小雨，满树的花就都会变了颜色，又让人觉得破败凋零令人厌恶，比没有花还要乏味。众花开放与凋谢都是有一定的时间的，凋谢的花已经凋谢了，开放的花还在开。玉兰花却是一下子全部凋谢，半片花瓣都不留。

俗话说："弄花一年，看花十日。"作为玉兰花的主人，常常盼望了一年，却没有得到一天盼望中的观赏，这难道不是香花王国中一件极大的憾事吗？所以遇到玉兰花一开，就应该赶紧玩赏，玩得一天是一天，赏得一时是一时。如果刚开放的时候不去玩赏，等到全都开放再去，全都开放的时候还不去玩赏，还要等到开得极盛，那么恐怕还没有去观花，煞风景的事倒来了。唉！老天爷跟玉兰花有什么仇，常常在三年当中，一定有一两年与它为难啊！

○辛夷

【原文】

辛夷，木笔，望春花，一卉而数异其名，又无甚新奇可取，"名有余而实不足"者，此类是也。园亭极广，无一不备者方可植之，不则当为此花藏拙。

【译文】

辛夷又叫"木笔""望春花"，一种花却有几个不同的名字，又没有什么新奇可取之处，名不符实的花，辛夷就是其一。花园很大，没有一种花不栽的，才可以种辛夷，不然的话就应当为这种花遮丑。

○山茶

【原文】

花之最不耐开，一开辄尽者，桂与玉兰是也；花之最能持久，愈开愈盛者，山茶、石榴是也。然石榴之久，犹不及山茶。榴叶经霜即脱，山茶戴雪而荣。则是此花也者，具松柏之骨，挟桃李之姿，历春夏秋冬如一日，殆①草木而神仙者乎？又况种类极多，由浅红以至深红，无一不备。其浅也，如粉如脂，如美人之腮，如酒客之面；其深也，如朱如火，如猩猩之血，如鹤顶之珠。可谓极浅深浓淡之致，而无一毫遗憾者矣。得此花一二本，可抵群花数十本。

惜乎予园仅同芥子②，诸卉种就，不能再纳须弥③，仅取盆中小树，植于怪石之旁。噫，善善而不能用，恶恶而不能去，予其郭公④也夫！

【注释】

①殆：大概；恐怕。
②芥子：白芥的干燥成熟种子，十分小。李渔的宅院名为芥子园，虽不及三亩，但经李渔用心管理，达到了"壶中天地"的意境。
③须弥：原是梵文音译，相传是古印度神话中的名山。结合上文写道的"芥子"，此处是化用了成语"芥子须弥"，意为微小的芥子中能容纳巨大的须弥山，比喻小中也有大。
④郭公：傀儡。出自《乐府诗集》："北齐后主高纬，雅好傀儡，谓之郭公。"因此以"郭公"比喻傀儡。

【译文】

花中最不耐开，一开就谢的，是桂花和玉兰；花中开花时间最长，越开越旺盛的，是山茶、石榴。但石榴虽然开得久，仍然比不上山茶。石榴叶一经霜打就凋落了，山茶却顶着霜雪开得旺盛。那么山茶这种花，具有松柏的风骨，又有桃李的风姿，历经春夏秋冬却始终如一，大概是草木中的神仙吧？况且山茶花的种类繁多，从浅红到深红，无一不有。颜色浅的，像粉、像胭脂，像美人的腮，像酒客的脸；颜色深的，像朱砂像火焰，像鲜血，像鹤顶红。可以说达到了浅、深、浓、淡的极致，让人没有一丝一毫的遗憾。得到一两棵山茶树，就可以抵得上几十种花。

可惜我的花园仅如芥子大小，已经种了各种花卉，无法再容纳高大的植物了，只取了一棵盆栽的小山茶树，种在怪石旁边。唉！喜欢的好花却不能种，讨厌的坏东西却不能丢，我岂不成傀儡了吗？

○紫薇

【原文】

人谓禽兽有知，草木无知。予曰：不然。禽兽草木尽是有知之物，但禽兽之知，稍异于人，草木之知，又稍异于禽兽，渐蠢则渐愚耳。何以知之？知之于紫薇树之怕痒。知痒则知痛，知痛痒则知荣辱利害，是去禽兽不远，犹禽兽之去人不远也。

人谓树之怕痒者，只有紫薇一种，余则不然。予曰：草木同性，但观此树怕痒，即知无草无木不知痛痒，但紫薇能动，他树不能动耳。人又问：既然不动，何以知其识痛痒？予曰：就人喻之，怕痒之人，搔之即动；亦有不怕痒之人，听人搔扒而不动者，岂人亦不知痛痒乎？由是观之，草木之受诛锄，犹禽兽之被宰杀，其苦其痛，俱有不忍言者。人能以待紫薇者待一切草木，待一切草木者待禽兽与人，则斩伐不敢妄施，而有疾痛相关之义矣。

【译文】

人们说禽兽有知觉，草木没有知觉。我说：不是这样的。禽兽与草木都是有知觉的东西，只是禽兽的知觉与人稍有不同，草木的知觉，又与禽兽稍有不同，不过是一个比一个蠢笨、一个比一个愚昧罢了。如何知道的呢？是从紫薇树怕痒知道的。知道痒就知道痛，知道痛痒就知道荣辱利害，就距离禽兽不远了，就像禽兽距离人不远一样。

人们说树当中怕痒的，只有紫薇一种，其余的树则不是这样。我说：草木本性相同，只要看到这种树怕痒，就知道没有一种草木是不知道痛痒的，只是紫薇能动，其他树不能动罢了。别人又问：既然其他草木不动，怎么知道它们感觉得到痛痒呢？我说：用人来打比方，怕痒的人，一挠他就会动；也有不怕痒的人，听凭别人去骚去挠都不会动，难道人也不知道痛痒吗？由此看来，草木被铲除，就像禽兽被宰杀一样，它们的苦和痛，都不忍心说出来。如果人能像对待紫薇那样对待所有草木，像对待所有草木那样对待禽兽和人，那人就不敢随便斩杀，而且能体会到病痛相关的意义了。

○绣球

【原文】

天工之巧，至开绣球一花而止矣。他种之巧，纯用天工，此则诈施人力，似肖尘世所为而为者。剪春罗、剪秋罗诸花亦然。天工于此，似非无意，盖曰："汝所能者，我亦能之；我所能者，汝实不能为也。"若是，则当再生一二蹴球之人，立于树上，则天工之斗巧者全矣。其不屑为此者，岂以物可肖，而人不足肖乎？

【译文】

天工的巧妙，在让绣球花开放这里达到了顶点。其他种类的花的巧妙，纯粹靠天工，绣球花却是假装施加了人力，好像是模仿人间的做法做出来的。剪春罗、剪秋罗这些花也是这样。上天创造这种花时，似乎并不是无意的，大约是说："你们能做的，我也能做；我能做的，你们真的做不了。"如果是这样，那么就应该再造出一两个踢球的人，站在树上，那么上天造出来要进行技巧比试的就全了。上天不屑于这样做，难道是因为东西可以模仿，而人却不值得模仿吗？

○紫荆

【原文】

紫荆一种，花之可已者也。但春季所开，多红少紫，欲备其色，故间植之。然少枝无叶，贴树生花，虽若紫衣少年，亭亭独立，但觉窄袍紧袂，衣瘦身肥，立于翩翩舞袖①之中，不免代为踧踖②。

【注释】

①翩翩舞袖：翩翩，形容举止洒脱，多指青年男子。这里的翩翩舞袖指的是开花繁多茂密的花树。

②踧踖（cù jí）：恭敬而不安的样子。

【译文】

紫荆这种花，是花里可以不种的花。只是春天开的花，多为红色少有紫色，人们想要紫荆花的颜色，所以将它种植在其他花中间。但是紫荆花枝干少，没有叶子，贴着树干开花，虽然像紫衣少年，亭亭独立，但是让人觉得他袍子太窄、衣袖太紧，衣服瘦身量宽，站在翩翩舞袖当中，不免让人替它感到局促不安。

○栀子

【原文】

栀子花无甚奇特，予取其仿佛玉兰。玉兰忌雨，而此不忌；玉兰齐放齐凋，而此则开以次第。惜其树小而不能出檐，如能出檐，即以之权当玉兰，而补三春恨事，谁曰不可？

【译文】

栀子花没有什么奇特的地方，我只是欣赏它同玉兰相像。玉兰怕下雨，而栀子花却不怕；玉兰花一齐开放一齐凋落，而栀子花却是相继开放的。可惜栀子树长得矮小，不能长出屋檐，如果能长出屋檐，就能将它姑且当成玉兰花，来弥补春天赏花的遗憾，谁会说不可以呢？

○杜鹃　樱桃

【原文】

杜鹃、樱桃二种，花之可有可无者也。所重于樱桃者，在实不在花；所重于杜鹃者，在西蜀之异种，不在四方之恒种。如名花俱备，则二种开时，尽有快心而夺目者，欲览余芳，亦愁少暇。

【译文】

杜鹃和樱桃这两种，是花中可有可无的。之所以看重樱桃，是因为它的果实而不是因为花；之所以看重杜鹃，是因为它是西蜀的奇异品种，而不是到处都有的平常品种。如果名花都种植齐全了,那么这两种花开的时候,称心而且出众耀眼的花应有尽有,想观赏这两种花,也要愁没有时间。

○石榴

【原文】

芥子园之地不及三亩,而屋居其一,石居其一,乃榴之大者,复有四五株。是点缀吾居,使不落寞者,榴也;盘踞吾地,使不得尽栽他卉者,亦榴也。榴之功罪,不几半乎?然赖主人善用,榴虽多,不为赘也。榴性喜压,就其根之宜石者,从而山之,是榴之根即山之麓也;榴性喜日,就其阴之可庇者,从而屋之,是榴之地即屋之天也;榴之性又复喜高而直上,就其枝柯之可傍,而又借为天际真人者,从而楼之,是榴之花即吾倚栏守户之人也。此芥子园主人区处石榴之法,请以公之树木者。

【译文】

芥子园占地不到三亩,房屋占了一部分,假山占了一部分,却还有四五棵大石榴树。点缀我的宅院,让它不冷落凄凉的,是石榴;盘踞在我的院子里,让我不能尽情栽种其他花卉的,也是石榴。石榴的功过,不是各占一半吗?但是靠我这个主人善于安排,石榴树虽然多,却没有成为累赘。石榴喜欢受重压,我便在靠近它们的树根适合放石头的地方,顺势造了假山,这样石榴树的根就成了山脚;石榴本性喜欢阳光,我便就着石榴树的树荫可以遮到的地方,顺势盖了房子,这样,石榴树造出的荫就成了房屋的天;石榴还喜欢长得又高又直,就着它可以依靠的树枝树干,又借助那些长得很高的树枝树干,顺势盖上楼阁,这样石榴花就成了我倚着栏杆的守门人。这就是我这个芥子园主人统筹安排种植石榴的方法,请允许我把它告诉种树的人。

○木槿

【原文】

木槿朝开而暮落,其为生也良苦。与其易落,何如弗开?造物生此,亦可谓不惮烦矣。

有人曰：不然。木槿者，花之现身说法以儆愚蒙者也。花之一日，犹人之百年。人视人之百年，则自觉其久，视花之一日，则谓极少而极暂矣。不知人之视人，犹花之视花，人以百年为久，花岂不以一日为久乎？无一日不落之花，则无百年不死之人可知矣。此人之似花者也。乃花开花落之期虽少而暂，犹有一定不移之数，朝开暮落者，必不幻而为朝开午落，午开暮落；乃人之生死，则无一定不移之数，有不及百年而死者，有不及百年之半与百年之二三而死者；则是花之落也必焉，人之死也忽焉。使人亦知木槿之为生，至暮必落，则生前死后之事，皆可自为政矣，无如其不能也。此人之不能似花者也。

人能作如是观，则木槿一花，当与萱草并树。睹萱草则能忘忧，睹木槿则能知戒。

【译文】

木槿花早晨开傍晚落，它这一生也太辛苦了。与其轻易凋落，又何必开放？造物主创造出这种花，也可以说是不怕麻烦了。

有人说：不是这样的。木槿花是现身说法来警告那些愚昧的人。花开一天，就像人活百年。人自己看人的一百年，就会觉得漫长，看花的一天，则会说太少太短暂。不知道人看人的一百年，就如同花看花的一天。人认为一百年长久，花难道不会觉得一天漫长吗？没有一天不落的花，那么就能知道没有活一百年不死的人了。这是人与花相似的地方。从花开到花落，时间虽然短，但仍有一定不变的规律。早晨开傍晚落的花，一定不会变为早晨开中午落，中午开傍晚落。人的生死，就没有固定不变的规律。有活不到一百岁就去世的人，有活不到五十岁，活到二三十岁就去世的人；那么花的凋落是必然的，人的死却是偶然的。假使人也能像木槿花一样，直到暮年才一定会逝去，那么生前死后的事情，都可以自己做主，无奈人无法做到。这就是人跟木槿花不同的地方。

如果人能够这么看，那么木槿就应当与萱草一起种。看到萱草就能忘掉忧愁，看到木槿就能知道要爱惜生命。

○桂

【原文】

秋花之香者，莫能如桂。树乃月中之树，香亦天上之香也。但其缺陷处，则在满树齐开，不留余地。予有《惜桂》诗云："万斛黄金碾作灰，西风一阵总吹来。早知三日都狼藉，何不留将次第开？"盛极必衰，乃盈虚一定之理，凡有富贵荣华一蹴而至者，皆玉兰之为春光，丹桂①之为秋色。

【注释】

①丹桂：又名金桂，开橘红色花，香味很浓，是珍贵的观赏植物。

【译文】

秋天花中香的，没有超过桂花的。桂树是月亮上的树，香气也是天上的香气。只是桂花的缺陷，则在于满树的花一齐开放，不留余地。我有一首名为《惜桂》的诗："万斛黄金碾作灰，西风一阵总吹来。早知三日都狼藉，何不留将次第开？"盛到极点就一定会衰落，这是盈亏的自然规律，凡是轻而易举就得到富贵荣华的人，都是玉兰造就的春光，丹桂造就的秋色。

○合欢

【原文】

"合欢蠲忿""萱草忘忧"①，皆益人情性之物，无地不宜种之。然睹萱草而忘忧，吾闻其语矣，未见其人也。对合欢而蠲忿，则不必讯之他人，凡见此花者，无不解愠成欢，破涕为笑。是萱草可以不树，而合欢则不可不栽。栽之之法，花谱不详，非不详也，以作谱之人，非真能合欢之人也。渔人谈稼事，农父著樵经，有约略其词而已。

凡植此树，不宜出之庭外，深闺曲房②是其所也。此树朝开暮合，每至昏黄，枝叶互相交结，是名"合欢"。植之闺房者，合欢之花宜置合欢之地，如椿萱③宜在承欢之所，荆棣④宜在友于之场，欲其称也。此树栽于内室，则人开而树亦开，树合而人亦合。人既为之增愉，树亦因而加茂，所谓人地相宜者也。使居寂寞之境，不亦虚负此花哉？

灌勿太肥，常以男女同浴之水，隔一宿而浇其根，则花之芳妍，较常加倍。此予既验之法，以无心偶试而得之。如其不信，请同觅二本，一植庭外，一植闺中，一浇肥水，一浇浴汤，验其孰盛孰衰，即知予言谬不谬矣。

【注释】

①合欢蠲（juān）忿，萱草忘忧：合欢能让人消除忿怒，萱草能让人忘记忧愁。蠲：除去，清除。出自嵇康的《养生论》："合欢蠲忿，萱草忘忧，愚智所共知也。"

②曲房：内室。

③椿萱：此处指椿树和萱草。古代传说大椿长寿，后用以指父亲；古称母亲居室为萱堂，后以萱草代指母亲。椿萱二字，可用以比喻父母。

④荆棣：紫荆，棠棣。据南朝吴均所著《续齐谐记·紫荆树》记载，田真兄弟三人分家产，堂前有株紫荆，三人商量分为三段，树忽然枯死；三人决定不再分家产时，树却枝繁叶茂起来。因而紫荆与兄弟情相关。棠棣，也作常棣，《诗·小雅·常棣》，是一首歌唱兄弟亲情的诗，后用以棠（常）棣指兄弟。

【译文】

"合欢蠲忿，萱草忘忧"，合欢和萱草都是陶冶人性情的东西，所有地方都适宜栽种。然而看见萱草就能忘记忧愁，我只听过这句话，却没有见过这样的人。面对合欢可以消除忿怒，这就没有必要去问别人，凡是见到这种花的人，没有不消除怨怒变为喜悦、破涕为笑的。所以可以不种萱草，却不能不栽合欢。合欢的种植方法，《花谱》中没有详细记载，不是不想写详细，而是因为《花谱》的作者，并非真正能种好合欢的人。就像渔人谈论种庄稼的事，农夫写如何砍柴的书，只能简略说几句。

凡是种合欢，不应当种在庭院外，而应当栽种在闺房内室中。合欢的叶子早上打开，晚上合拢，每到黄昏，枝叶互相交结，因而叫作"合欢"。将它种在闺房，是因为合欢这种花适宜放在合欢之处，就像椿树和萱草适宜种在侍奉父母的地方，紫荆和棠棣适合种在接待友人的场所，这是想要让它们与环境相称。将合欢种在闺房，人分开树的叶子也张开，树的枝叶互相交结人也交合。人因为树而更加欢愉，树也因为人而更加茂盛，这就是所说的人地两相宜。假使将合欢树种在寂寞冷清的地方，不是也太辜负这种花了吗？

浇灌合欢的水不要太肥，经常用男女共同沐浴的水，隔一宿浇它的根，那么合欢花的芳香娇妍，就会比平常加倍。这是我已经验证过的方法，是不经意间偶然尝试得到的。如果不信，就请同时找来两棵合欢，一棵种在庭外，一棵种在内室，一棵浇肥水，一棵浇沐浴的水，察看哪棵盛哪棵衰，就知道我的话是错还是对了。

○木芙蓉

【原文】

水芙蓉之于夏，木芙蓉之于秋，可谓二季功臣矣。然水芙蓉必须池沼，"所谓伊人，在水一方"①者，不可数得。茂叔②之好，徒有其心而已。木则随地可植。况二花之艳，相距不远。虽居岸上，如在水中，谓之秋莲可，谓之夏莲亦可，即自认为三春之花，东皇③未去也亦可。凡有篱落之家，此种必不可少。如或傍水而居，隔岸不见此花者，非至俗之人，即薄福不能消受之人也。

【注释】

①所谓伊人，在水一方：出自《诗经·秦风·蒹葭》。
②茂叔：指周敦颐，字茂叔，北宋哲学家、理学家，著有《爱莲说》。
③东皇：春神。

【译文】

水芙蓉对于夏天，木芙蓉对于秋天，可以称得上是这两个季节的功臣。然而水芙蓉必须生长在池沼中，"所谓伊人，在水一方"，不能多次得到。周敦颐喜爱莲花，也是徒有爱莲之心罢了。木芙蓉则随处能种。何况两种花的艳丽，相差不远。虽然种在岸上，却如同长在水中，可以说它是秋莲，也可以说它是夏莲，即便自认为是春花，在春天没结束时开放也可以。凡是有篱笆院落的人家，这种花就一定不能少。如果住在水边，隔岸没有看到这种花，那么这户人家不是极俗的人，就是福浅不能享受的人。

○夹竹桃

【原文】

夹竹桃一种，花则可取，而命名不善。以竹乃有道之士，桃则佳丽之人，道不同不相为谋，合而一之，殊觉矛盾。请易其名为"生花竹"，去一桃字，便觉相安。且松、竹、梅素称三友，松有花，梅有花，惟竹无花，可称缺典①。得此补之,岂不天然凑合?亦女娲氏之五色石也。

【注释】

①缺典:指仪制、典礼等有所欠缺。这里指有憾事。

【译文】

夹竹桃这种植物,花还可取,但名字没有起好。因为竹子是有道之士,桃却是艳丽佳人,道不同,不相为谋,而把它们合而为一,觉得十分矛盾。请允许我将它的名字改为"生花竹",去掉"桃"字,就觉得没有矛盾了。况且松、竹、梅一向被称为"岁寒三友",松有花,梅有花,唯独竹没有花,可以称得上是有遗憾的。有了这种花来弥补,难道不是天然的巧合吗?这也像是女娲用来补天的五色石啊。

○瑞香

【原文】

茂叔以莲为花之君子,予为增一敌国,曰:瑞香乃花之小人。何也?《谱》载此花"一名麝囊,能损花,宜另植"。予初不信,取而嗅之,果带麝味,麝则未有不损群花者也。同列众芳之中,即有朋侪之义,不能相资相益,而反崇之,非小人而何?

幸造物处之得宜,予以不能为患之势。其开也,必于冬春之交,是时群花摇落,诸卉未荣,及见此花者,仅有梅花、水仙二种,又在成功将退之候,当其锋也未久,故罹其毒也亦不深,此造物之善用小人也。使易冬春之交而为春夏之交,则花王亦几被篡,矧下此者乎?

唐宋诸名流,无不怜香嗜色,赞以诗词者,皆以早春无花,得此可搔目痒,又但见其佳,而未逢其虐耳。予僭为香国平章①,焉得不秉公持正?宁使一小人怒而欲杀,不敢不为众君子密堤防也。

【注释】

①平章:古代官名,唐宋以同中书门下平章事为宰相之职,元置平章政事为丞相之副。

【译文】

周敦颐将莲当作花中君子,我给它增加一个对立面,说:瑞香是花中的小人。为什么呢?《花谱》中记载,这种花"又叫作麝囊,能够损害其他花,应当单独种植"。我起初不相信,拿瑞香一闻,果然带有麝香气味,有麝香气味就没有不损伤群花的。同属于花卉,就应该讲朋友义气,不能相互帮助,反倒伤害同类,不是小人又是什么?

幸亏造物主安排得当,赋予了让它无法造成祸患的条件。瑞香开花,一定是在冬春之交,这时群花凋落,各种花草还不茂盛,能够遇见瑞香的只有梅花、水仙两种,又是在它们即将凋谢的时候,同瑞香花交锋的时间也不长,所以受到它的毒害也不深,这是造物主善于利用小人的地方。如果让瑞香的花期从冬春之交改到春夏之交,那么花王的位置也几乎会让它篡夺,何况花王之下的其他花呢?

唐宋的知名人士,无不怜花爱花,写诗词赞美瑞香,都是因为早春没有花开,看到瑞香就能解眼馋了,而且只看到瑞香的美,没有看到它欺负其他花罢了。我自诩担任香花国的平章一职,怎能不秉公执法?宁可让一个小人发怒而想杀了我,也不敢不为众君子严密提防。

○茉莉

【原文】

茉莉一花,单为助妆而设,其天生以媚妇人者乎?是花皆晓开,此独暮开。暮开者,使人不得把玩,秘之以待晓妆也。是花蒂上皆无孔,此独有孔。有孔者,非此不能受簪,天生以为立脚之地也。若是,则妇人之妆,乃天造地设之事耳。植他树皆为男子,种此花独为妇人。既为妇人,则当眷属视之矣。妻梅者,止一林逋①,妻茉莉者,当遍天下而是也。

欲艺此花,必求木本。藤本一样着花,但苦经年即死,视其死而莫之救,亦仁人君子所不乐为也。木本最难过冬,予尝历验收藏之法。此花痿于寒者什一,毙于干者什九,人皆畏冻而滴水不浇,是以枯死。此见噎废食之法,有避呕逆而经时绝粒,其人尚存者乎?稍暖微浇,大寒即止,此不易之法。但收藏必于暖处,篴②罩必不可无,浇不用水而用冷茶,如斯而已。予艺此花三十年,皆为燥误,如今识此,以告世人,亦其否极泰来之会也。

【注释】

①林逋：字君复，北宋著名隐逸诗人，后人称为和靖先生、林和靖。隐居西湖孤山，终生不仕不娶，只喜欢植梅养鹤，自谓"以梅为妻，以鹤为子"，人称"梅妻鹤子"。

②篾：竹子劈成的薄片，也泛指苇子或高粱秆上劈下的皮。

【译文】

茉莉这种花，是专门为帮助化妆而生的，它天生是来向女子献媚的吗？只要是花都是天亮时开，唯独它傍晚开。傍晚开放，让人不能把玩，藏起来等到早上梳妆用。其他花的花蒂上都没有孔，只有茉莉花的花蒂上有孔。有孔，是因为没有孔就不能让簪子穿过，它的孔天生就是为了给簪子立足的。如果是这样的话，那么女子梳妆打扮，就是再自然不过的事情了。种植其他花都是为了男子，种这种花却只是为了女子。既然是为了女子，就应该将它当作自己的眷属看待。将梅花当作妻子的只有林逋，而将茉莉花当作妻子的，应当满天下都是了。

想种植这种花，一定要找木本茉莉。藤本茉莉一样开花，但可惜一年就会死去，眼睁睁地看着它死去却无法救治，这也是仁人君子不乐意做的。木本茉莉最难的是过冬，我曾逐个试验过保存它的方法。这种花因为寒冷而枯萎的占十分之一，死于缺水的占十分之九，人们都怕冻坏茉莉所以一滴水都不浇，因此它才枯死。这是一种因噎废食的方法，有人为避免气逆而呕吐，就长时间一粒米也不吃，这样人还能活吗？天气稍暖时，稍微浇浇水，太冷时就不浇，这是不变的方法。只是一定要把它收藏在暖和的地方，篾罩是一定不能少的，浇花不要用水而要用冷茶，像这样就可以了。我种茉莉花已经有三十年了，都因干燥枯死，现在知道了这种方法，将它告诉世人，也是茉莉花否极泰来的机会。

◎藤本第二　计九款

【原文】

藤本之花，必须扶植。扶植之具，莫妙于从前成法之用竹屏。或方其眼，或斜其棂，因作葳蕤柱石，遂成锦绣墙垣，使内外之人，隔花阻叶，碍紫间红，可望而不可亲，此善制也。无奈近日茶坊酒肆，无一不然，有花即以植花，无花则以代壁。此习始于维扬，今日渐近他处矣。市井若此，高人韵士之居，断断不应若此。避市井者，非避市井，避其劳劳攘攘之情。锱铢必较之陋习也。见市井所有之物，如在市井之中，居处习见，能移性情，此其所以当避也。即如前人之取别号，每用川、泉、湖、宇等字，其初未尝不新，未尝不雅，迨后商贾者流，家效而户则之，以致市肆标榜之上，所书姓名非川即泉，非湖即宇，是以避俗之人，不得不去之若浼①。

迩来缙绅先生②悉用斋、庵二字，极宜；但恐用者过多，则而效之者，又入从前标榜，是今日之斋、庵，未必不是前日之川、泉、湖、宇。虽曰名以人重，人不以名重，然亦实之宾也。已噪寰中③者仍之继起，诸公似应稍变。

人问植花既不用屏，岂遂听其滋蔓于地乎？曰：不然。屏仍其故，制略新之。虽不能保后日之市廛，不又变为今日之园圃，然新得一日是一日，异得一时是一时，但愿贸易之人，并性情风俗而变之。变亦不求尽变，市井之念不可无，垄断之心不可有。觅应得之利，谋有道之生，即是人间大隐。若是，则高人韵士，皆乐得与之游矣，复何劳扰锱铢之足避哉？花屏之制有三，列于《藤本》之末。

【注释】

①浼（měi）：污染，玷污。
②缙绅先生：古代担任文书或管理职事的人。
③寰中：宇内，天下。

【译文】

藤本植物的花，一定要扶植。扶植的工具，没有比用竹篱笆这个从前的老办法更妙的。可以排成方眼，也可以编成斜格，顺势把它当作草木依附的柱石，就把竹篱笆装点成了锦绣墙垣，让篱笆内外的人，被姹紫嫣红的花和叶隔开，可以相望却不能亲近，这真是个好方法。无奈最近茶坊酒馆，都是这样用竹篱笆，有花就用它来扶植花，没有花也用它来代替墙壁。这种做法从扬州开始，现在逐渐影响到其他地方了。街市上是这样，品行高尚、风雅之人的住所，千万不能这样。避开街市的人，并不是要避开街市，而是要避开街市里忙碌纷乱的情形、锱铢必较的陋习。看见街市里有的东西，就像身在街市当中，在住的地方经常见到这些东西，能够改变性情，这就是应该避免的原因。就像前人取的别号，常用"川""泉""湖""宇"等字，开始的时候未尝不新奇、雅致，等到后来商贾之流，也家家户户效法模仿，以至于市井的招牌上，所写的名字不是"川"就是"泉"，不是"湖"，便是"宇"，因此避俗的人，不能不像清除脏污一样舍弃它。

近来缙绅先生都用斋、庵这两个字，十分合适；只是担心用的人过多，那么效仿的人，又将它们写入之前的招牌，这样，现在的斋、庵，未必不是之前的川、泉、湖、宇。虽说名字是因为人而变得重要，人不会因为名字变得重要，但名字也确实是人的附属。已经名噪天下的人仍可以继续这样做，各位好像应该稍作改变。

人们问：种花既然不用篱笆，难道任凭它在地上滋生蔓延吗？我说：不是这样的。篱笆仍然要用，但式样要略微新一些。即使不能保证以后的街市不会又变成今天的园囿，但能新一天是一天，能奇特一时是一时。只希望从事贸易的人，性情会因为崇尚流行事物的变化而变化。变也不要求全变，市井的观念不可以没有，垄断的想法不可以有。谋求应得的利益，追求有意义的人生，就是人间真正的隐士。如果是这样，那么品行高尚、风雅之人都会乐意与他们交往了，又何必想方设法逃避市井的生活呢？花篱笆的式样有三种，列在《藤本》的末尾。

○蔷薇

【原文】

结屏之花，蔷薇居首。其可爱者，则在富于种而不一其色。大约屏间之花，贵在五彩缤纷，若上下四旁皆一其色，则是佳人忌作之绣、庸工不绘之图，列于亭斋，有何意致？他种屏花，若木香、酴醾、月月红诸本，族类有限，为色不多，欲其相间，势必旁求①他种。

蔷薇之苗裔极繁，其色有赤，有红，有黄，有紫，甚至有黑；即红之一色，又判数等，有大红、深红、浅红、肉红、粉红之异。屏之宽者，尽其种类所有而植之,使条梗蔓延相错,花时斗丽,可傲步障于石崇②。然征名考实,则皆蔷薇也。是屏花之富者,莫过于蔷薇。他种衣色虽妍,终不免于捉襟露肘。

【注释】

①旁求:四处征求;广泛搜求。

②傲步障于石崇:出自《晋书·石崇传》,原文为:"崇与贵戚王恺、羊琇之徒,以奢靡相尚;恺作紫丝布步障四十里,崇作锦步障(鄣)五十里以敌之。"西晋石崇与王恺斗富,王恺做了四十里的紫丝布步障,石崇便做了五十里的锦步障以胜过王恺。步障:古代显贵出游时,于道旁设下遮蔽风寒尘土或禁人窥视的帐幕。

【译文】

用来结篱笆的花,蔷薇是最合适的。蔷薇可爱的地方,在于它品种丰富,而且颜色不一。大致说来,装点篱笆的花,贵在五彩缤纷,如果上下四周都是一种颜色,就成了美人忌讳制作的刺绣、平庸画匠都不愿绘制的画了,放在亭子书斋,有什么情趣韵致呢?其他装点篱笆的花,像木香、酴醾、月月红等,同类有限,颜色不多样,想让各种颜色相间,势必要四处寻找其他品种。

蔷薇的品种极多,颜色有赤色、红色、黄色、紫色,甚至还有黑色。即便是红这一种颜色,也分为好几等,有大红、深红、浅红、肉红、粉红的差别。较宽的篱笆,可以把所有品种都种上,让枝条蔓延交错,花开的时候争奇斗艳,比石崇的锦幛更华丽。但是追问名字、考察核实,却都是蔷薇。由此,能把篱笆装点得富丽多彩的,没有超过蔷薇的了。其他花的颜色虽然美丽,(但由于色彩不多样)装点篱笆难免捉襟见肘。

○木香

【原文】

木香花密而香浓,此其稍胜蔷薇者也。然结屏单靠此种,未免冷落,势必依傍蔷薇。蔷薇宜架,木香宜棚者,以蔷薇条干之所及,不及木香之远也。木香作屋,蔷薇作垣,二者各尽其长,主人亦均收其利矣。

【译文】

木香花开得稠密而且香味浓郁,这是它稍稍胜过蔷薇的地方。但是装点篱笆仅靠木香,未免单调,势必还要依靠蔷薇。蔷薇适合架植,木香适合做棚,原因是蔷薇的枝条所能达到的地方,不如木香的远。木香作屋,蔷薇作墙,两种植物就能充分发挥出各自的长处,主人也能同时得到两种花的好处。

○酴醾

【原文】

酴醾之品,亚于蔷薇、木香,然亦屏间必须之物,以其花候稍迟,可续二种之不继也。"开到酴醾花事了"①,每忆此句,情兴为之索然。

【注释】

①开到酴醾花事了:出自宋代王淇的诗《春暮游小园》。

【译文】

酴醾的品性,比蔷薇、木香要差一些,但也是篱笆间必不可少的植物,因为它开花的时间稍晚,可以在蔷薇、木香凋落后接续开放。"开到酴醾花事了",每每想到这句诗,情趣兴致就会因而索然无味。

○月月红

【原文】

俗云:"人无千日好,花难四季红。"四季能红者,现有此花,是欲矫俗言之失也。花能矫俗言之失,何人情反听其验乎?缀屏之花,此为第一。所苦者树不能高,故此花一名"瘦客"。然予复有用短之法,乃为市井之人强迫而成者也。法在屏制之第三幅。此花有红、白及淡红三本,结屏必须同植。

此花又名"长春",又名"斗雪",又名"胜春",又名"月季"。予于种种之外,复增一名,曰"断续花"。花之断而能续,续而复能断者,只有此种。因其所开不繁，留为可继，故能绵邈若此；其余一切之不能续者，非不能续，正以其不能断耳。

【译文】

俗话说："人无千日好，花难四季红。"四季能红的，现在有月月红，这是想要矫正这句俗语的错误。花都可以纠正这一俗语的错误，为什么人反而情愿听信它的真实性呢？点缀篱笆的花，月月红是首选。遗憾的是它长不高，所以这种花的别名叫"瘦客"。但是我还有一个利用它短处的方法，这是生活在市井中的人们迫使我想出来的。办法在篱笆式样的第三幅。这种花有红、白和淡红三种，结篱笆时一定要一同种植。

这种花又叫"长春""斗雪""胜春""月季"。我在这些名字之外，再添一个名字，叫"断续花"。花开到断了还能续，续上又能再断的植物，只有这种。因为它开的花并不繁盛，保留了继续开花的潜力，所以能像这样长久开放；其他所有不能接续开的花，并不是不能接续，而是因为它们没法断。

○姊妹花

【原文】

花的命名，莫善于此。一蓓七花者曰"七姊妹"，一蓓十花者曰"十姊妹"。观其浅深红白，确有兄长娣幼之分，殆杨家姊妹①现身乎？余极喜此花，二种并植，汇其名为"十七姊妹"。但怪其蔓延太甚，溢出屏外，虽日刈月除，其势犹不可遏。岂党与过多，酿成不戢②之势欤？此无他，皆同心不妒之过也，妒则必无是患矣。故善御女戎③者，妙在使之能妒。

【注释】

①杨家姊妹：杨贵妃姐妹。
②戢（jī）：停止，遏制，收敛。
③戎：士兵；军队。

【译文】

给花取的名字，没有比姊妹花这名字更好的。一个蓓蕾开七朵花的叫"七姊妹"，一个蓓蕾开十朵花的叫"十姊妹"。观察它们的深浅红白，的确有年长年幼的区别，大概是杨家姊妹现身吧？我极其喜爱这种花，两个品种一起种，把名字合起来叫"十七姊妹"。只怪她们蔓延得太厉害，延伸到了篱笆外，即使每天修剪每月清理，还是遏止不住它的长势。难道是因为它的党羽太多，造成了无法遏制的态势？这没有别的原因，都是它们姐妹同心不嫉妒的问题，嫉妒就必定不会有这种麻烦了。所以擅长驾驭女子关系的，巧妙的地方就在于能让她们互相嫉妒。

○玫瑰

【原文】

花之有利于人，而无一不为我用者，芰荷①是也；花之有利于人，而我无一不为所奉者，玫瑰是也。芰荷利人之说，见于本传。玫瑰之利，同于芰荷，而令人可亲可溺，不忍暂离，则又过之。群花止能娱目，此则口、眼、鼻、舌以至肌体毛发，无一不在所奉之中。可囊可食，可嗅可观，可插可戴，是能忠臣其身，而又能媚子其术者也。花之能事，毕于此矣。

【注释】

①芰（jì）荷：即荷花。

【译文】

花中对人有好处，而且它的好处没有一样不被我利用的，是荷花；花中对人有好处，而且我没有一处不受它的侍奉的，是玫瑰。荷花对人有利的说法，本书有写到。玫瑰的好处，同荷花一样，而它让人觉得可亲可爱，不忍心同它有短暂的分离，则又超越了荷花。群花只能让人的眼睛愉悦，玫瑰则使人的口、眼、鼻、舌，以至于肌肤、身体、毛发，没有一样不在它的侍奉范围内。可以做香囊可以食用，可以闻香可以观赏，可以插花可以佩戴，其身能做忠臣，又有能媚人的手段。花的本领，全集中在它身上了。

○素馨

【原文】

素馨一种,花之最弱者也,无一枝一茎不需扶植,予尝谓之"可怜花"。

【译文】

素馨这种花,是花里最柔弱的,没有一枝一茎不需要扶植的,我曾经将它称为"可怜花"。

○凌霄

【原文】

藤花之可敬者,莫若凌霄。然望之如天际真人,卒急不能招致,是可敬亦可恨①也。欲得此花,必先蓄奇石古木以待,不则无所依附而不生,生亦不大。予年有几,能为奇石古木之先辈而蓄之乎?欲有此花,非入深山不可。行当即之,以舒此恨。

【注释】

①恨:不满意;遗憾。

【译文】

藤本花中最可敬的,莫过于凌霄花。但是望上去,它就像天上的神仙,不能立即把它招到身边,这令人敬配又令人不满。想要种这种花,一定要先准备好奇石古木等着,不然它没有依附就不会生长,即使生长也长不大。我的年龄有多大,能预先准备好奇石古木吗?想要拥有这种花,非得进入深山不可。要去就马上去,以舒解这种遗憾。

○真珠兰

【原文】

此花与叶,并不似兰,而以兰名者,肖其香也。即香味亦稍别,独有一节似之:兰花之香,与之习处者不觉,骤遇始闻之,疏而复亲始闻之,是花亦然。此其所以名兰也。

闽、粤有木兰,树大如桂,花亦似之,名不附桂而附兰者,亦以其香隐而不露,耐久闻而不耐急嗅故耳。凡人骤见而即觉其可亲者,乃人中之玫瑰,非友中之芝兰也。

【译文】

真珠兰的花和叶,并不像兰花,然而用"兰"给它命名,是因为它的香气像兰花。即便是香气也稍有差别,唯独有一点相似:兰花的香气,跟它经常在一起的人感觉不到,突然遇到它时才能闻出来,放到远处再走近时才能闻到,真珠兰也是这样。这就是将它命名为"兰"的原因。

福建、广东有木兰,木兰树长得像桂树一样大,花也像桂花,但是它的名字不从"桂"而从"兰",也是因为它的香气隐而不露,耐得住久闻却经不得急嗅。凡是人们一见就觉得可亲的人,是人中的玫瑰,而不是朋友中的芝兰。

◎草本第三　计十五款

【原文】

草本之花,经霜必死;其能死而不死,交春①复发者,根在故也。常闻有花不待时,先期使开之法,或用沸水浇根,或以硫磺代土,开则开矣,花一败而树随之,根亡故也。然则人之荣枯显晦,成败利钝,皆不足据,但询其根之无恙否耳。根在,则虽处厄运,犹如霜后之花,其复发也,可坐而待也;如其根之或亡,则虽处荣忨②显耀之境,犹之奇葩烂目,总非自开之花,其复发也,恐不能坐而待矣。予谈草木,辄以人喻。岂好为是哓哓者哉?世间万物,皆为人设。观感一理,备人观者,即备人感。天之生此,岂仅供耳目之玩、情性之适而已哉?

【注释】

①交春:立春。
②荣忨(wǔ):此处指富贵荣华。

【译文】

草本的花,经过霜打就一定会死;然而它们能死却没有死,立春就重新开花,这是它们的根还活着的缘故。常常听说不等到花期,就让花提前开放的方法,或是用开水浇它的根,或是用硫黄代替土,这样花开是会开,但是花落后树也跟着死了,这是因为它的根死了。既然这样,那么人的荣枯显晦,成败利钝,都是表面现象,只须问他的根基是否安然无恙。根基还在,那么虽然身处厄运,也会像经过霜打的花,是可以期待它重新开花的;如果根也死了,即使处在荣盛显赫的境地,仍像奇花一样绚烂夺目,终归不是自然开放的花,要重新开花,恐怕就不能期待了。我谈到草木,就用人来打比方,难道是喜欢当这种唠叨的人吗?世间万物,都是为人设立的。观看和感受是相同的道理,供人观看的,就是供人感受的。上天造出这些东西,难道仅仅是供人愉悦耳目、陶冶性情而已吗?

○芍药

【原文】

芍药与牡丹媲美,前人署牡丹以"花王",署芍药以"花相",冤哉!予以公道论之。天无二日,民无二王①,牡丹正位于香国,芍药自难并驱。虽别尊卑,亦当在五等诸侯之列,岂王之下,相之上,遂无一位一座,可备酬功之用者哉?

历翻种植之书,非云"花似牡丹而狭",则曰"子似牡丹而小"。由是观之,前人评品之法,或由皮相而得之。噫,人之贵贱美恶,可以长短肥瘦论乎?每于花时奠酒②,必作温言慰之曰:"汝非相材也,前人无识,谬署此名,花神有灵,付之勿较,呼牛呼马,听之而已。"

予于秦之巩昌,携牡丹、芍药各数十本而归,牡丹活者颇少,幸此花无恙,不虚负戴之劳。岂人为知己死者,花反为知己生乎?

【注释】

①天无二日,民无二王:出自《孟子·万章上》:"孔子曰:天无二日,民无二王。"

②奠酒:以酒洒在地上祭神。

【译文】

芍药可以与牡丹媲美,前人称牡丹为"花王",称芍药为"花相",冤枉啊!我要公正地评价它们。天上没有两个太阳,百姓没有两个君王,牡丹在香花国中处至尊地位,芍药自然很难与它并驾齐驱。虽然有尊卑的区别,芍药也应当在五等诸侯之列,难道君王之下、宰相之上,竟没有一个位置,可以准备着用来奖励功臣吗?

我翻遍了有关种植的书,不是说芍药"花像牡丹,但比牡丹花小",就是说"籽像牡丹,但比牡丹的小"。由此看来,前人评价的方法,也许只是看外表。唉!人的贵贱善恶,可以用高矮胖瘦来衡量吗?每在芍药花开时奠酒,我总会说些温暖的话安慰它:"你不是当宰相的材料,前人没有见识,才错误地给你起了这个名字。花神你如果有灵,不要去计较,称你是牛还是马,别去管它便罢了。"

我从秦地巩昌带回了牡丹和芍药各几十棵,牡丹活下来的很少,幸好芍药安然无恙,没有辜负我搬运的辛劳。难道人为知己死,花反而是为知己活吗?

○兰

【原文】

"兰生幽谷,无人自芳"①,是已。然使幽谷无人,兰之芳也,谁得而知之?谁得而传之?其为兰也,亦与萧艾同腐而已矣。"如入芝兰之室,久而不闻其香"②,是已。然既不闻其香,与无兰之室何异?虽有若无,非兰之所以自处,亦非人之所以处兰也。

吾谓芝兰之性,毕竟喜人相俱,毕竟以人闻香气为乐。文人之言,只顾赞扬其美,而不顾其性之所安,强半皆若是也。

然相俱贵乎有情,有情务在得法;有情而得法,则坐芝兰之室,久而愈闻其香。兰生幽谷与处曲房,其幸不幸相去远矣。兰之初着花时,自应易其座位,外者内之,远者近之,卑者尊之;非前倨而后恭③,人之重兰非重兰也,重其花也,叶则花之舆从④而已矣。

居处一定,则当美其供设,书画炉瓶,种种器玩,皆宜森列其旁。但勿焚香,香薰即谢,匪妒也,此花性类神仙,怕亲烟火,非忌香也,忌烟火耳。若是,则位置堤防之道得矣。然皆情也,非法也,法则专为闻香。"如入芝兰之室,久而不闻其香"者,以其知入而不知出也,出而再入,则后来之香,倍乎前矣。

故有兰之室不应久坐,另设无兰者一间,以作退步,时退时进,进多退少,则刻刻有香,虽坐无兰之室,若依倩女之魂⑤。是法也,而情在其中矣。如止有此室,则以门外作退步,或往行他事,事毕而入,以无意得之者,其香更甚。此予消受兰香之诀,秘之终身,而泄于一旦,殊可惜也。

此法不止消受兰香,凡属有花房舍,皆应若是。即焚香之室亦然,久坐其间,与未尝焚香者等也。门上布帘,必不可少,护持香气,全赖乎此。若止靠门扇开闭,则门开尽泄,无复一线之留矣。

【注释】

①兰生幽谷,无人自芳:兰花都生长在幽谷中,这种地方没有人,但兰花照常开放。

②如入芝兰之室,久而不闻其香:出自《孔子家语·六本》:"与善人

居,如入芝兰之室,久而不闻其香,即与之化矣;与不善人居,如入鲍鱼之肆,久而不闻其臭,亦与之化矣。"

③前倨而后恭:以前傲慢,后来恭敬。形容对人的态度改变。

④舆从:车马随从。

⑤倩女之魂:化用成语"倩女离魂",出自唐代陈玄祐的《离魂记》,文中倩娘因父亲悔婚将她许配他人,抑郁成病,魂魄脱离身体追随在爱人王宙身边,五年后才回到肉体。

【译文】

"兰生幽谷,无人自芳",的确如此。但如果幽谷中没有人,兰花的芳香,谁能知道?谁能将它传出去?那样兰花也跟野蒿臭草一同腐烂了。"如入芝兰之室,久而不闻其香",的确如此。然而,既然闻不到它的香气,那有兰花的屋子跟没有兰花的屋子有什么区别?虽然存在却好像不存在,这并非兰花独处的原因,也不是人们跟兰花同处一室的原因。

我认为兰花的本性,终究是喜欢与人相处,终究是因为让人闻到它的香气而快乐。文人的言论,多半都只顾赞美兰花的美,却没有顾及到它的天性所在。

人与兰花相处贵在有情趣,要有情趣务必要用正确的方法。既有情趣又方法得当,就可以坐在放有兰花的屋子里,时间越久越能闻到兰花的芳香。兰花生长在幽深的山谷和处在内室,它的幸运与不幸运相差很远。兰花刚刚长出蓓蕾时,当然应当改变它的位置,放在室外的要搬到室内,放在远处的要搬到近处,放在低处的要搬到高处;这并不是改变对它的态度,而是因为人们看重兰,并不是看重兰本身,看重的是它的花,叶子只是花的随从罢了。

摆放的位置一旦定下来,就应当美化它周围的陈设,书、画、香炉、花瓶,各种可供玩赏的器物,都应当有序地摆放在它旁边。但是不要焚香,兰花被香一薰就会凋谢,这并不是嫉妒,而是兰花的性情似神仙,怕接近烟火,并不是忌讳香,而是忌讳火罢了。这样的话,就知道摆放的位置和该提防的东西了。然而这里所说的都是情趣,不是方法,方法则是专门为了闻香。"如入芝兰之室,久而不闻其香。"因为人们只知道进入房中,不知道出来,出来再进去,那么后来闻到的香气,就会比先前闻到的加倍浓郁。

所以不应该在有兰花的房间久坐,要另外安排一间没有兰花的房间,将它作为退避的地方。一会儿出来一会儿进去,进入有兰花的房间时间长,出来的时间短,就能时时刻刻闻到香味。即使坐在没有兰花的房间里,香味也会像倩女的游魂一样一直在身边。这是方法,但情趣也在方法之中。如果只有摆放兰花的房间,就把门外作为退避的地方,有时去做别的事情,事情做完了再进来,因为无意之中闻到的,香味会更浓。这是我享受兰花香味的秘诀,我一直保守着这个秘密,今天却忽然泄密,(你们)尤其应当珍惜。

这个方法不只可以用来享受兰香,凡是有花的房间屋舍,都应这样做。即便是焚香的房间也是这样,长时间坐在屋里,等同于从未焚香。门上的布帘,必不可少,保护和维持香气,全靠它了。如果只靠门的开合保持香气,那么门一开香味就全散了,没有一丝香气能保留下来。

○蕙

【原文】

蕙之与兰,犹芍药之与牡丹,相去皆止一间耳。而世之贵兰者必贱蕙,皆执成见,泥成心也。

人谓蕙之花不如兰,其香亦逊。吾谓蕙诚逊兰,但其所以逊兰者,不在花与香而在叶,犹芍药之逊牡丹者,亦不在花与香而在梗。

牡丹系木本之花,其开也,高悬枝梗之上,得其势则能壮其威仪,是花王之尊,尊于势也。芍药出于草本,仅有叶而无枝,不得一物相扶,则委而仆于地矣,官无舆从,能自壮其威乎?

蕙兰之不相敌也反是。芍药之叶苦其短,蕙之叶偏苦其长;芍药之叶病其太瘦,蕙之叶翻病其太肥。当强者弱,而当弱者强,此其所以不相称,而大逊于兰也。

兰蕙之开,时分先后。兰终蕙继,犹芍药之嗣牡丹,皆所谓兄终弟及,欲废不能者也。善用蕙者,全在留花去叶,痛加剪除,择其稍狭而近弱者,十存二三;又皆截之使短,去两角而尖之,使与兰叶相若,则是变蕙成兰,而与"强干弱枝"[①]之道合矣。

【注释】

①强干弱枝:加强树干,削弱枝叶,比喻削减地方势力,加强中央权力。

【译文】

蕙对于兰来说,就像芍药对于牡丹,相差都只有一点点。但是世上推崇兰的人必定会轻视蕙,这都是抱有成见、固执拘泥的人。

人说蕙的花不如兰花,它的香味也比兰花的逊色。我认为蕙确实比兰逊色,但它比兰逊色的地方不在花和香这两方面,而在叶,就像芍药比牡丹逊色,也不在花与香而在梗。

牡丹是木本植物的花,它开放时,高悬在枝梗之上,有了气势就能增强它的威仪,这就是花王的尊贵,尊贵在它的气势上。芍药出自草本,只有叶没有枝干,没有一样东西扶持,就会委顿下来而倒伏在地了,官员没有车马随从,能自己壮大威势吗?

蕙敌不过兰的情况却是相反的。芍药的叶子嫌太短,蕙的叶子偏嫌太长;芍药的叶子嫌太瘦,蕙的叶子反而嫌太肥。应当强的弱,而应当弱的强,这就是它长得不协调,比兰大为逊色的原因。

兰蕙开花,时间有先后。兰花开完蕙花接着开放,就像芍药接续牡丹开放,都是所谓的兄长去世弟弟接替,想废也不行。善于种植蕙的,技巧全在于保留花,去掉叶,忍痛加以剪除,选择它稍窄且较弱的叶子,十片中只留两三片;而且都要把它们截短,去掉两个角剪出尖,让它们与兰叶相像,这就把蕙变成了兰,并且符合"强干弱枝"的道理。

○水仙

【原文】

水仙一花,予之命也。予有四命,各司一时:春以水仙、兰花为命,夏以莲为命,秋以秋海棠为命,冬以蜡梅为命。无此四花,是无命也;一季缺予一花,是夺予一季之命也。

水仙以秣陵①为最,予之家于秣陵,非家秣陵,家于水仙之乡也。记丙午之春,先以度岁②无资,衣囊质③尽,迨水仙开时,则为强弩之末④,索一钱不得矣。欲购无资,家人曰:"请已之。一年不看此花,亦非怪事。"予曰:"汝欲夺吾命乎?宁短一岁之寿,勿减一岁之花。且予自他乡冒雪而归,就⑤水仙也,不看水仙,是何异于不返金陵,仍在他乡卒岁⑥乎?"家人不能止,听予质簪珥购之。

予之钟爱此花,非痂癖⑦也。其色其香,其茎其叶,无一不异群葩,而予更取其善媚。妇人中之面似桃,腰似柳,丰如牡丹、芍药,而瘦比秋菊、海棠者,在在有之;若如水仙之淡而多姿,不动不摇,而能作态者,吾实未之见也。以"水仙"二字呼之,可谓摹写殆尽。使吾得见命名者,必颓然下拜。

不特金陵水仙为天下第一,其植此花而售于人者,亦能司造物之权,欲其早则早,命之迟则迟,购者欲于某日开,则某日必开,未尝先后一日。及此花将谢,又以迟者继之,盖以下种之先后为先后也。至买就之时,给盆与石而使之种,又能随手布置,即成画图,皆风雅文人所不及也。岂此等末技,亦由天授,非人力邪?

【注释】

①秣(mò)陵:今江苏南京市。
②度岁:过年。
③质:抵押。
④强弩之末:强弩所发的弓箭已达射程的最远处,比喻强大的力量已经衰竭。
⑤就:观赏,看。
⑥卒岁:度过年终。
⑦痂癖:爱吃疮痂的一种癖性。化用典故嗜痂之癖,形容人的嗜好乖僻。嗜:非常喜好。痂:伤口、疮口愈合后所结成的干皮。癖:积久成习的爱好。

【译文】

水仙这种花,是我的命。我有四条命,它们各自掌管一个季节:春天以水仙、兰花为命,夏天以莲花为命,秋天以秋海棠为命,冬天以腊梅为命。没有这四种花,我就没命了;如果一个季节缺了我一种花,这就是夺走了我一个季节的生命。

水仙是南京的最好,我把家安在南京,并不是为了在南京安家,而是为了在水仙之乡安家。记得丙午年的春天,我因为没钱过年,把盛衣服的包裹都典当光了,等到水仙花开时,则已经穷困到了极点,一个钱都找不出来了。想去买水仙却没有钱,家人说:"算了吧,一年不看这种花,也不是什么怪事。"我说:"你是想夺我的命吗?我宁愿少一年的寿命,也不能一年不看水仙花。况且我从他乡冒雪赶回来,就是来观赏水仙的,不看水仙,这跟不回金陵,仍在他乡过年有什么区别?"家人没能阻止我,听任我典当了簪子和耳环买了水仙。

我钟爱水仙,这并不是怪癖。水仙的颜色、香味,水仙的茎、叶,没有一处是跟其他花卉一样的,而我更喜欢的是水仙的妩媚。女子中面似桃、腰似柳,丰满得像牡丹、芍药,苗条得像秋菊、海棠的,到处都有;但是像水仙般淡雅多姿,不动不摇却能做出优美姿态的,我实在从未见过。用"水仙"二字来称呼它,可以说是描写得淋漓尽致了。如果我能见到给水仙命名的人,一定心甘情愿地跪拜他。

不仅南京的水仙是天下第一,种植这种花卖给他人,也能行使造物主的职权,想让水仙早开花它就早开花,想让它迟开花它就迟开花,购买的人想让水仙在某天开放,那它在那天就一定开放,从来不会早一天或晚一天。等到这一拨花要凋谢了,又有迟一拨花接续开放,大概是按种下的先后顺序作为开花的先后顺序。等顾客买好水仙时,卖花人会送花盆和石头让他去种,又能随手布置,便成为画中美景,这都是风雅文人比不上的。难道这种小技,也是由上天赋予的,而不是人力吗?

○芙蕖

【原文】

芙蕖与草本诸花,似觉稍异;然有根无树,一岁一生,其性同也。谱云:"产于水者曰草芙蓉,产于陆者曰旱莲。"则谓非草本不得矣。予夏季倚此为命者,非故效颦①于茂叔②,而袭成说于前人也。以芙蕖之可人,其事不一而足③。请备述之。

群葩当令时,只在花开之数日,前此后此,皆属过而不问之秋矣,芙蕖则不然。自荷钱④出水之日,便为点缀绿波,及其劲叶既生,则又日高一日,日上日妍,有风既作飘飘之态,无风亦呈袅娜之姿,是我于花之未开,先享无穷逸致矣。迨至菡萏⑤成花,娇姿欲滴,后先相继,自夏徂⑥秋,此时在花为分内之事,在人为应得之资者也。及花之既谢,亦可告无罪于主人矣,乃复蒂下生蓬,蓬中结实,亭亭独立,犹似未开之花,与翠叶并擎⑦,不至白露为霜,而能事⑧不已。

此皆言其可目者也。可鼻则有荷叶之清香,荷花之异馥,避暑而暑为之退,纳凉而凉逐之生。至其可人之口者,则莲实与藕,皆并列盘餐,而互芬齿颊者也。只有霜中败叶,零落难堪⑨,似成弃物矣,乃摘而藏之,又备经年裹物之用。是芙蕖也者,无一时一刻,不适耳目之观;无一物一丝,不备家常之用者也。有五谷之实,而不有其名;兼百花之长,而各去其短。种植之利,有大于此者乎?

予四命之中,此命为最。无如酷好一生,竟不得半亩方塘⑩,为安身立命之地;仅凿斗大一池,植数茎以塞责,又时病其漏,望天乞水以救之。殆所谓不善养生,而草菅其命⑪者哉。

【注释】

①效颦:化用成语"东施效颦"。春秋时美女西施有心痛病,因病而皱着眉头,邻居丑女见了觉得很美,就学西施也皱起眉头,结果显得更丑。后人称这一丑女为东施,用"东施效颦"比喻盲目模仿别人,结果适得其反。

②茂叔:周敦颐,字茂叔,宋代理学家、文学家、哲学家。他十分喜爱莲花,著有《爱莲说》一文。

③不一而足:不一一列举就足够了。

④荷钱:状如铜钱的初生小荷叶。

⑤菡萏(hàn dàn):未开的荷花,即花苞。

⑥徂(cú):往,到。

⑦擎(qíng):向上举。

⑧能事:原指能做到的事,后指擅长的本事。

⑨难堪:不容易忍受。

⑩半亩方塘:出自朱熹《观书有感》:"半亩方塘一鉴开,天光云影共徘徊。"

⑪草菅其命:化用成语草菅人命,意为把人命看作野草,指任意残害人命。

【译文】

芙蕖跟其他草本花卉相比,似乎感觉稍有不同;但是它只有根没有枝干,一年一生,这些习性跟其他草本花卉是相同的。《花谱》上说:"生长在水中的叫'草芙蓉',生长在陆地上的叫'旱莲'。"这样说来,它就不能不是草本植物了。我在夏季以它为命,并不是有意效仿周敦颐,沿用前人已有的观点。而是因为芙蕖的可爱,不一而足。请允许我细细道来。

各种花卉最美的时候,只在花开的那几天,开花前和开花后,都属于路过也不会注意到它们的时候。芙蕖却不是这样的。从小荷叶露出水面的那天起,就能点缀绿波,等到它刚劲挺拔的叶子长出来,就会长得一天高过一天，一天比一天娇妍，有风就随风摇曳，没有风也会呈现出婀娜的姿态，这样我在花还没开时，就先享受到无穷的乐趣了。等到花苞盛开，娇艳欲滴，后开的花接着先开的花开放，从夏天开到秋天。这对荷花来说是份内的事，对人来说也是应得的享受。等到荷花即将凋谢，也可以说是对得起主人了，却还在花蒂下长出莲蓬，莲蓬中结满莲子，亭亭玉立，就像还未开放的花，跟翠绿的叶子一同高举，不到白露成霜，它就不会停下自己擅长做的事。

上面说的都是眼睛能够看到的。可以闻到的则有荷叶的清香、荷花的异香，靠它们解暑，暑热便因而消退；靠它们纳凉，凉气便会随之产生。至于能让人吃的，则是莲子与藕，都能摆在盘中当食物，让唇齿留香。只有经过霜打的枯叶，凋落令人不忍，好像成了废弃物，但摘下来收好，又能常年用来包裹东西。荷花没有一时一刻，不令人赏心悦目；没有一物一丝，不能供家常使用。它有五谷的实际，却没有五谷的名；兼有百花的长处，却没有它们的短处。种植植物得到的好处，有比这更大的吗？

我的四条命当中，这条命最重要。无奈我一生酷爱荷花，竟然没有得到半亩方塘，仅凿了斗大的一个水池，种了几株来敷衍，水池又有经常漏水的毛病，（只能）盼望着老天下雨来拯救它。这大概是所谓的不擅长养荷花，任意残害荷花的性命吧。

○ 罂粟

【原文】

花之善变者，莫如罂粟，次则数葵，余皆守故不迁者矣。艺此花如蓄豹，观其变也。牡丹谢而芍药继之，芍药谢而罂粟继之，皆繁之极、盛之至者也。欲续三葩，难乎其为继矣。

【译文】

花中善变的，没有比得过罂粟的，其次就是葵花，其他都是固守原貌不会改变的。种植这种花就像养豹子，要观察它的变化。牡丹凋谢了，芍药接着开，芍药凋谢了，罂粟接着开，它们都是繁茂到了极点的花。这三种花开过以后，就很难有能接续着开的了。

○葵

【原文】

花之易栽易盛，而又能变化不穷者，止有一葵。是事半于罂粟，而数倍其功者也。但叶之肥大可憎，更甚于蕙。俗云："牡丹虽好，绿叶扶持。"人谓树之难好者在花，而不知难者反易。古今来不乏明君，所不可必得者，忠良之佐耳。

【译文】

花中容易栽种，容易长得茂盛，又能变化无穷的，只有葵花这一种。种植葵花只费种植罂粟一半的力气，但成果却是种植罂粟的数倍。只是它的叶子肥大，比蕙的叶子还要令人反感。俗话说："牡丹虽好，绿叶扶持。"人们认为难以种得好的是花，却不知道难的反倒容易。古往今来贤明君主不少，不一定能得到的，是忠诚贤良的人的辅佐。

○萱

【原文】

萱花一无可取，植此同于种菜，为口腹计则可耳。至云对此可以忘忧，佩此可以宜男，则千万人试之，无一验者。书之不可尽信，类如此矣。

【译文】

萱花没有任何可取之处，种它等于种菜，为了满足口腹倒是可以种。至于说面对它可以忘掉忧伤，佩戴它可以生男孩，那千万人试验过，没有一个应验的。书上说的不能全信，萱草就是如此。

○鸡冠

【原文】

予有《收鸡冠花子》一绝云："指甲搔花碎紫雯，虽非异卉也芳芬。时防撒却还珍惜，一粒明年一朵云。"

此非溢美之词，道其实也。花之肖形者尽多，如绣球、玉簪、金钱、蝴蝶、剪春罗之属，皆能酷似，然皆尘世中物也；能肖天上之形者，独有鸡冠花一种。氤氲①其象而叆叇②其文，就上观之，俨然庆云一朵。乃当日命名者，舍天上极美之物，而搜索人间。鸡冠虽肖，然而贱视花容矣，请易其字，曰"一朵云"。

此花有红、紫、黄、白四色，红者为红云，紫者为紫云，黄者为黄云，白者为白云。又有一种五色者，即名为"五色云"。以上数者，较之"鸡冠"，谁荣谁辱？花如有知，必将德我。

【注释】

①氤氲（yīn yūn）：湿热飘荡的云气，烟云弥漫的样子。
②叆叇（ài dài）：云彩很厚的样子。

【译文】

我有一首《收鸡冠花子》的绝句："指甲搔花碎紫雯，虽非异卉也芳芬。时防撒却还珍惜，一粒明年一朵云。"

这并非溢美之词，而是说出了实情。花中像某物形状的非常多，比如绣球、玉簪、金钱、蝴蝶、剪春罗这些，都能酷似，然而它们像的都是尘世中的东西；形状能像天上的东西的，只有鸡冠花一种。它有氤氲的气象，像浓云一般的花纹，上前近看，俨然就是一朵祥云。当初给它命名的人，弃用天上极美的东西，却在人间寻找。鸡冠虽然跟它很像，（叫它鸡冠花）却轻视了花的美。允许我给它改一个名字，叫"一朵云"。

这种花有红、紫、黄、白四种颜色，红的叫"红云"，紫的叫"紫云"，黄的叫"黄云"，白的叫"白云"。还有一种五色的，就叫"五色云"。以上这几个名字，跟"鸡冠花"相比，谁能带给它荣耀，谁能让它受到羞辱？鸡冠花如果知道，必定会感激我。

○玉簪

【原文】

花之极贱而可贵者，玉簪是也。插入妇人髻中，孰真孰假，几不能辨，乃闺阁中必需之物。然留之弗摘，点缀篱间，亦似美人之遗。呼作"江皋玉佩"①，谁曰不可？

【注释】

①江皋玉佩：又称汉皋珠，多借指定情的信物。源于成语"汉皋解佩"：相传周代郑交甫于汉皋台下遇见两位女子，女子身上均佩带二珠。郑氏请二女赠予珠子，二女解佩交予郑氏后，郑氏藏入怀中。又往前十步，手伸入怀中，却发现珠子不见了。回头看时，二位女子也不见踪影。

【译文】

花之中极贱却又可贵的，是玉簪。将它插入女子的发髻当中，哪支是真玉簪哪支是玉簪花，几乎无法分辨，这可是闺阁中必需的东西。然而留着不摘，让它点缀在篱笆间，也像美人遗失的发簪。将它称作"江皋玉佩"，谁说不可以呢？

○ 凤仙

【原文】

凤仙，极贱之花，此宜点缀篱落，若云备染指甲之用，则大谬矣。纤纤玉指，妙在无瑕，一染猩红，便称俗物。况所染之红，又不能尽在指甲，势必连肌带肉而丹之。迨肌肉退清之后，指甲又不能全红，渐长渐退，而成欲谢之花矣。始作俑者①，其俗物乎？

【注释】

①始作俑者：比喻首先做坏事的人。出自《孟子·梁惠王上》："仲尼曰：'始作俑者，其无后乎。'为其象人而用之也。"

【译文】

凤仙是非常低贱的花，它适合用来点缀篱笆角落，如果说能用它来染指甲，就大错特错了。纤纤玉指，妙在洁白无瑕，一染上猩红色，就是俗物了。何况染上的红色，又不能全在指甲上，一定会连带染红周围的皮肤。等到皮肤上的红色褪尽，指甲又不会全是红色的了，指甲渐长红色渐褪，就成了即将凋谢的花了。最先用凤仙花染指甲的人，难道不是个俗人吗？

○金钱

【原文】

金钱、金盏、剪春罗、剪秋罗诸种,皆化工所作之小巧文字。因牡丹、芍药一开,造物之精华已竭,欲续不能,欲断不可,故作轻描淡写之文,以延其脉。吾观于此,而识造物纵横之才力亦有穷时,不能似源泉混混①,愈涌而愈出也。

合一岁所开之花,可作天工一部全稿。梅花、水仙,试笔之文也,其气虽雄,其机尚涩,故花不甚大,而色亦不甚浓。开至桃、李、棠、杏等花,则文心怒发,兴致淋漓,似有不可阻遏之势矣;然其花之大犹未甚,浓犹未至者,以其思路纷驰而不聚,笔机过纵而难收,其势之不可阻遏者,横肆也,非纯熟也。迨牡丹、芍药一开,则文心笔致②俱臻化境,收横肆而归纯熟,舒蓄积而罄③光华,造物于此,可谓使才务尽,不留丝发之余矣。然自识者观之,不待终篇而知其难继。

何也?世岂有开至树不能载、叶不能覆之花,而尚有一物焉高出其上、大出其外者乎?有开至众彩俱齐、一色不漏之花,而尚有一物焉红过于朱、白过于雪者乎?斯时也,使我为造物,则必善刀而藏④矣。乃天则未肯告乏⑤也,夏欲试其技,则从而荷之;秋欲试其技,则从而菊之;冬则计穷其竭,尽可不花,而犹作蜡梅一种以塞责之。数卉者,可不谓之芳妍尽致,足殿群芳者乎?然较之春末夏初,则皆强弩之末矣。至于金钱、金盏、剪春罗、剪秋罗、滴滴金、石竹诸花,则明知精力不继,篇帙寥寥,作此以塞纸尾,犹人诗文既尽,附以零星杂著者是也。由是观之,造物者极欲骋才,不肯自惜其力之人也;造物之才,不可竭而可竭,可竭而终不可竟竭者也。究竟一部全文,终病其后来稍弱。其不能弱始劲终者,气使之然,作者欲留余地而不得也。

吾谓才人著书,不应取法于造物,当秋冬其始,而春夏其终,则是能以蔗境⑥行文,而免于江淹才尽⑦之诮矣。

【注释】

①源泉混混:出自《孟子·离娄下》:"原泉混混,不舍昼夜。"
②笔致:诗文、书画等的用笔风格;书画、文章表现出来的情致格调。
③罄:空。

④善刀而藏：将刀擦净，收藏起来。比喻适可而止，自敛其才。出自《庄子·养生主》："善刀而藏之。"善：拭；善刀：把刀擦干净。

⑤告乏：显现困顿。

⑥蔗境：出自《世说新语·排调》："顾长康啖甘蔗，先食尾。人问所以，云：'渐至佳境。'"后用"蔗境"比喻先苦后乐、有后福。

⑦江淹才尽：江淹，南朝梁文学家，年轻时才思敏捷，晚年文思枯竭，当时的人说他已才尽。后来常用于比喻才思衰退。

【译文】

金钱、金盏、剪春罗、剪秋罗这几种花，都是造物主创作的小巧文章。因为牡丹、芍药一开，造物主的才华就已经耗尽，想要继续下去却办不到，想要停下来也不行，所以做出这种轻描淡写的文章，让他的创作思路得以延续。我看到这些，才知造物主笔意纵横的才华也有穷尽的时候，不会像源头里的泉水那样滚滚不息，越涌越出。

一年中开的花合在一起，可以作为造物主的一部完整书稿。梅花和水仙是试笔的文字，它们的气势虽然雄放，但中心思想的传达还很生涩，所以花不是很大，颜色也不是很浓。创作到桃、李、海棠、杏的时候，就文思勃发，兴致淋漓，好像有一种无法阻挡的势头；然而这些花还是不太大，颜色也还没有浓到极致，这是因为造物主的思路纷繁而且不集中，笔下机锋过于放纵却难以收拢，这种势头无法阻挡，文笔纵放恣肆，而不是技巧纯熟使然。等到牡丹、芍药一开，文思、行文格调都到了出神入化的境界，收敛纵横恣肆，而归于纯熟，把积累的才华都抒发用尽，造物主对它们，可以说是把才气全都用尽了，没有留下丝毫的余地。然而在有见识的人看来，不需要等到文章写完，就知道造物主很难继续创作下去了。

为什么呢？世上难道有开花开到树不能承载、叶子都无法遮盖的花，而且还有比它还高、比它还大的吗？有开花开到所有颜色都有、一色不漏的花，还有比朱色更红、比雪更白的吗？这个时候，假如我是造物主，就一定会适可而止。而上天却不肯显现困乏，夏天想试试他的技巧，就顺从心意让荷花开放了；秋天想试试它的技巧，就顺从心意让菊花开放了；到了冬天计穷技竭，完全可以不开花，却还创作了蜡梅这种花来敷衍。这数种花卉，难道不能说它们芳香妍丽达到了极致，足以成为群花的帝后吗？但跟春末夏初相比，都是强弩之末。至于金钱、金盏、剪春罗、剪秋罗、滴滴金、石竹等花，则是明知自己精力不继，用寥寥篇幅，写了这些在书的结尾处搪塞，就像人的诗文已经作尽，就附上些零星杂著。由此看来，造物主是极想施展才华、却不肯爱惜自己才气的人；造物主的才能，不该枯竭，但又能枯竭；可以枯竭，但终归不能一下子全部耗尽。说到底，这本书终归是有后面稍弱的缺点。不能开始弱结尾强，是气势造成的，作者想留余地也不可能了。

我认为有才华的人写书，不应仿效造物主，应当把秋冬两季当作开始，把春夏两季作为结尾，这样就能渐入佳境，免于被人讥讽江郎才尽了。

○蝴蝶花

【原文】

此花巧甚。蝴蝶，花间物也，此即以蝴蝶为花。是一是二，不知周之梦为蝴蝶欤？蝴蝶之梦为周欤？非蝶非花，恰合庄周梦境。

【译文】

这种花十分巧妙。蝴蝶，是嬉戏于花间的东西，这种花就把蝴蝶当作花。是蝴蝶又是花，不知是庄周梦中变成了蝴蝶，还是蝴蝶在梦中变成了庄周？不是蝴蝶也不是花，恰好符合庄周的梦境。

○菊

【原文】

菊花者，秋季之牡丹、芍药也。种类之繁衍同，花色之全备同，而性能持久复过之。从来种植之书，是花皆略，而叙牡丹、芍药与菊者独详。人皆谓三种奇葩，可以齐观等视，而予独判为两截，谓有天工、人力之分。何也？牡丹、芍药之美，全仗天工，非由人力。植此二花者，不过冬溉以肥，夏浇以湿，如是焉止矣。其开也，烂漫芬芳，未尝以人力不勤，略减其姿而稍俭其色。菊花之美，则全仗人力，微假天工。艺菊之家，当其未入土也，则有治地酿土之劳；既入土也，则有插标记种之事。是萌芽未发之先，已费人力几许矣。迨分秧植定之后，劳瘁万端，复从此始。防燥也，虑湿也，摘头也，掐叶也，芟①蕊也，接枝也，捕虫掘蚓以防害也，此皆花事未成之日，竭尽人力以俟天工者也。即花之既开，亦有防雨避霜之患，缚枝系蕊之勤，置盏引水之烦，染色变容之苦，又皆以人力之有余，补天工之不足者也。

　　为此一花，自春徂秋，自朝迄暮，总无一刻之暇。必如是，其为花也，始能丰丽而美观，否则同于婆娑野菊，仅堪点缀疏篱而已。若是，则菊花之美，非天美之，人美之也。人美之而归功于天，使与不费辛勤之牡丹、芍药齐观等视，不几恩怨不分而公私少辨乎？吾知敛翠凝红而为沙中偶语②者，必花神也。

　　自有菊以来，高人逸士无不尽吻揄扬③，而予独反其说者，非与渊明作敌国。艺菊之人终岁勤动，而不以胜天之力予之，是但知花好，而昧所从来。饮水忘源，并置汲者于不问，其心安乎？从前题咏诸公，皆若是也。予创是说，为秋花报本，乃深于爱菊，非薄之也。

　　予尝观老圃之种菊，而慨然于修士之立身与儒者之治业。使能以种菊之无逸者砺其身心，则焉往而不为圣贤？使能以种菊之有恒者攻吾举业，则何虑其不掇青紫④？乃士人爱身爱名之心，终不能如老圃之爱菊，奈何！

【注释】

①芟（shān）：除去。

②沙中偶语：出自《史记·留侯世家》："上已封大功臣二十余人，其余日夜争功不决，未得行封。上在洛阳南宫，从复道望见诸将往往相与坐沙中语。上曰：'此何语？'留侯（张良）曰：'陛下不知乎？此谋反耳。'"

③揄扬：赞扬。

④青紫：为古时公卿绶带用色，因借指高官显爵。

【译文】

　　菊花是秋季的牡丹和芍药。同牡丹和芍药一样种类繁多，同牡丹和芍药一样花色齐全，但菊花的花期持久却又超过了牡丹和芍药。历来关于种植的书，凡是花都写得很简略，而唯独对牡丹、芍药与菊花叙述详尽。人们都认为这三种花可以同等看待，而唯有我认为它们截然不同，有天然和人力的差别。为什么呢？牡丹和芍药的美，完全依靠天然，而不是靠人力。种植这两种花，不过是冬天施肥，夏天浇水，这样就可以了。开花时，烂漫芬芳，从未因为人不够勤快，就稍微削减它优美的姿态和艳丽的色彩。菊花的美，却全靠人力，略微借助天工。种植菊花的人家，在它还没有被种进土里时，就要付出整理土地、准备土壤的辛劳，种到土里以后，就有插标记种的事要做。这样在菊花还没有萌芽前，就已经花费了不少人力。等到分秧栽种后，万般辛劳的事，就又从此时开始了：防旱、防涝、摘头、掐叶、去蕊、接枝,还要捉虫、挖蚯蚓,以防菊花受损。这都是在花开之前,竭尽人力以等待老天爷的恩赐。即便是花已经开了,还有防雨避霜的顾虑,缚枝系蕊的辛勤,置盆引水的烦扰,染色变容的苦恼,这又都是用有余的人力,来弥补天工的不足。

为这一种花,自春到秋,从早至晚,完全没有一刻闲暇。只有一定这样做,它开的花,才能丰丽美观,否则,就会同散乱的野菊花一样,仅能用来点缀稀疏的篱笆罢了。如果是这样,那么菊花的美,不是天赋予的美,而是人给予的美。将人给予的美归功于天,把它跟不费辛劳的牡丹、芍药同等看待,难道不是恩怨不分、公私不辨吗?我觉得那些敛翠凝红、因没有受到公平对待而发牢骚的,必定是花神。

自从有菊花以来,高人逸士无不对它满口称赞,而唯独我反对他们的看法,这并不是要与陶渊明对立。种植菊花的人一年到头辛勤劳作,却没人赞美他们胜过上天的能力,人们只知道花好,却不知道这种美丽是从哪里来的。饮水忘了水是从哪里来的,并对打水的人不闻不问,他能心安吗?之前题咏菊花的人,都是这样的人。我创立这种观点,是替菊花报恩,是出自对菊花的深爱,并不是要轻视它。

我曾看过老园丁种植菊花,对品德高尚的人修身养性与儒士的治学有所感慨。假使他们能用种菊花这种不图安逸的精神来磨砺自己的身心,那么怎能不成为圣贤呢?假使能用种菊花的恒心来努力学习,那么何须担心不会功成名就?读书人那种爱身爱名的心思,始终不能像老园丁爱菊花那样,又有什么办法呢?

○菜

【原文】

菜为至贱之物,又非众花之等伦,乃《草本》《藤本》中反有缺遗,而独取此花殿后,无乃贱群芳而轻花事乎?曰:不然。菜果至贱之物,花亦卑卑不数之花,无如积至贱至卑者而至盈千累万,则贱者贵而卑者尊矣。"民为贵,社稷次之,君为轻"[①]者,非民之果贵,民之至多至盛为可贵也。

园圃种植之花,自数朵以至数十百朵而止矣,有至盈阡溢亩,令人一望无际者哉?曰:无之。无则当推菜花为盛矣。一气初盈,万花齐发,青畴白壤,悉变黄金,不诚洋洋乎大观也哉!当是时也,呼朋拉友,散步芳塍,香风导酒客寻帘,锦蝶与游人争路,郊畦之乐,什佰园亭,惟菜花之开,是其候也。

【注释】

①民为贵,社稷次之,君为轻:百姓最为重要,国家其次,国君为轻。出自《孟子·尽心章句下》。社:土神;稷(jì):谷神;社稷:古时君主都祭祀社稷,后来就用社稷代表国家。

【译文】

菜是最低贱的东西,又不是花的同类,《草木》《藤本》中反倒是有没有谈及的花,却偏偏选这种花来殿后,难道不是贬低群花、轻视种花技艺吗?我说:不是这样的。菜的确是最低贱的东西,菜花也是微不足道的花,哪里想得到把最低贱最卑微的东西积聚到成千上万,那么卑贱的也会变得尊贵。"民为贵,社稷次之,君为轻"这句话,并不是说老百姓真的那样尊贵,而是老百姓人数非常多才变得可贵。

园圃中种植的花,从几朵到几十上百朵便到头了,有达到遍布田间的地步,让人一望无际的吗?回答是:没有。既然没有,那么应当推测到菜花是最繁盛的了。春天刚到,万花齐放,青色的田野白色的土壤,都变成了金黄色,这难道不是洋洋大观吗?这时候,呼朋唤友,在弥漫着芳香的田埂上散步,真是"香风导酒客寻帘,锦蝶与游人争路"。郊外田野的乐趣,是园亭的十倍百倍,只有在菜花开的时候,才是好时节。

种植部

◎众卉第四　计九款

【原文】

草木之类，各有所长，有以花胜者，有以叶胜者。花胜则叶无足取，且若赘疣①，如葵花、蕙草之属是也。叶胜则可以无花，非无花也，叶即花也，天以花之丰神色泽归并于叶而生之者也。不然，绿者叶之本色，如其叶之，则亦绿之而已矣，胡以为红，为紫，为黄，为碧，如老少年、美人蕉、天竹、翠云草诸种，备五色之陆离，以娱观者之目乎？即其青之绿之，亦不同于有花之叶，另具一种芳姿。

是知树木之美，不定在花，犹之丈夫之美者，不专主于有才，而妇人之丑者，亦不尽在无色也。观群花令人修容，观诸卉则所饰者不仅在貌。

【注释】

①赘疣：指皮肤上长的肉瘤，也用作比喻多余无用的东西。

【译文】

草本、木本之类的花卉，各有所长，有的以花取胜，有的以叶取胜。以花取胜的，叶子就没有可取之处，而且如同累赘，像葵花、蕙草之类就是这样。以叶取胜的植物可以不开花，不是没有花，而是叶子就是花，上天将花美好的姿态、色彩、光泽，都归并到叶子上并让它生长。不然的话，绿色是叶子本来的颜色，如果只当成叶子，那么也是绿色就罢了，为什么长成红色、紫色、黄色和碧色，像老少年、美人蕉、天竹、翠云草这几种，都五颜六色的，让观赏者的眼睛愉悦呢？即便有长成青色绿色的叶子，也不像开花植物的叶子，而是另有一种美妙的姿态。

由此可知树木的美，不一定在花，就像男子的美，不仅仅注重有才华，而女子的丑，也不一定全在于没有美貌。观赏众花让人懂得修饰容貌，而观赏众卉就让人懂得所要修饰的不仅仅在于容貌了。

○ 芭蕉

【原文】

幽斋但有隙地，即宜种蕉。蕉能韵人而免于俗，与竹同功。王子猷①偏厚此君，未免挂一漏一②。蕉之易栽，十倍于竹，一二月即可成荫。坐其下者，男女皆入画图，且能使台榭轩窗尽染碧色，绿天③之号，洵④不诬也。竹可镌诗，蕉可作字，皆文士近身之简牍。乃竹上止可一书，不能削去再刻；蕉叶则随书随换，可以日变数题。尚有时不烦自洗，雨师⑤代拭者，此天授名笺⑥，不当供怀素一人之用。予有题蕉绝句云："万花题遍示无私，费尽春来笔墨资。独喜芭蕉容我俭，自舒晴叶待题诗。"此芭蕉实录也。

【注释】

①王子猷：王徽之，字子猷，东晋名士、书法家，书圣王羲之的第五子。其酷爱竹，据《世说新语》记载：王子猷尝暂寄人空宅住，便令种竹。或问："暂住何烦尔？"王啸咏良久，直指竹曰："何可一日无此君？"
②挂一漏一：列举了一个，漏掉了一个。改写成语"挂一漏万"，形容列举不周，选了一个，但遗漏很多。
③绿天：芭蕉别名。
④洵（xún）：诚然，确实。
⑤雨师：古代传说中司雨的神。
⑥笺：小幅华贵的纸张，古时用以题咏或写书信。

【译文】

房子周围只要有空地，就应该种芭蕉。芭蕉能让人有气韵风度而免于俗气，与竹子有同样的功效。王子猷偏爱竹，不能不说是漏掉了芭蕉。芭蕉容易成活，成活率是竹子的十倍，一两个月就可以长得枝叶繁茂，形成树荫。坐在芭蕉树下的人，男女都可以绘入画中，而且能让亭台楼阁，都染上绿色。"绿天"的称号，确实不假。竹子上可以刻诗，芭蕉叶上可以写字，它们都是文人身边的纸张。竹子上只能刻一次字，不能削掉再刻，芭蕉叶上却可以随时写随时换，可以一天变好几个题目。有时还不用麻烦自己洗，雨神会代为清理，这种上天赐予的名笺，不该只给怀素一个人用。我写了一首关于芭蕉的绝句："万花题遍示无私，费尽春来笔墨资。独喜芭蕉容我俭，自舒晴叶待题诗。"这是芭蕉的真实写照。

○翠云

【原文】

草色之最蒨①者，至翠云而止。非特草木为然，尽世间苍翠②之色，总无一物可以喻之，惟天上彩云，偶一幻此。是知善着色者惟有化工，即与倾国佳人眉上之色并较浅深，觉彼犹是画工之笔，非化工之笔也。

【注释】

①蒨：同茜，鲜明，鲜艳。
②苍翠：青绿；深绿。

【译文】

草中颜色最鲜明的是翠云。不仅在草木中是这样的，世上所有的苍翠之色，总的说来没有一样可以用来比喻它，唯有天上的彩云，偶尔会幻化出这种颜色。由此可知，善于上色的只有自然。即便与倾国美人眉毛上的色泽比较深浅，都觉得那是画工的手笔，不是自然的手笔。

○虞美人

【原文】

虞美人花叶并娇，且动而善舞，故又名"舞草"。《谱》云："人或抵掌①歌《虞美人》曲，即叶动如舞。"予曰：舞则有之，必歌《虞美人》曲，恐未必尽然。盖歌舞并行之事，一姬试舞，从姬必歌以助之，闻歌即舞，势使然也。若谓必歌《虞美人》曲，则此曲能歌者几？歌稀则和寡，此草亦得借口藏其拙矣。

【注释】

①抵掌：击掌。

【译文】

虞美人的花和叶都很娇美,而且灵活善舞,所以又叫"舞草"。《花谱》写道:"人有时击掌唱《虞美人》这首曲子,虞美人的叶子就会摇动起来像跳舞一样。"我说:跳舞是有的,但一定是唱《虞美人》这首曲子,恐怕未必全是这样。因为歌舞是一起进行的,一个舞姬开始跳舞,其他女子必然会唱歌应和,听到唱歌就起舞,这是形势使然。如果说一定要唱《虞美人》,那么会唱这首曲子的有几个人?会唱的少,那么应和的就更少,这种草也就得到了借口,(以此)掩盖它的缺点。

○ 书带草

【原文】

书带草其名极佳,苦不得见。《谱》载出淄川城北郑康成①读书处②,名"康成书带草"。噫,康成雅人,岂作王戎钻核③故事,不使种传别地耶?康成婢子知书,使天下婢子皆不知书,则此草不可移,否则处处堪栽也。

【注释】

①郑康成:郑玄,字康成,北海郡高密县(今山东省高密市)人。东汉末年儒家学者、经学大师。

②读书处:郑康成游学淄川时,在箕山建起书院,授生徒500余人。

③王戎钻核:形容吝啬。出自《世说新语·俭啬》:"王戎有好李,卖之恐人得其种,恒钻其核。"王戎家有佳种李树,因恐他人得到此佳种,所以在卖李子前,在所有李子的核上钻孔。

【译文】

书带草的名字非常好,令我忧愁的是我无法见到。《花谱》上说这种草出自淄川城北郑康成读书的地方,名叫"康成书带草"。唉,郑康成是高雅之人,怎会做王戎卖李子先钻核这种事,不让这种草传到别的地方呢?郑康成的丫鬟读过书,如果天下的丫鬟都没有读过书,那么这种草就不能移栽,不然的话,到处都能栽种。

○老少年

【原文】

此草一名"雁来红",一名"秋色",一名"老少年",皆欠妥切。"雁来红"者,尚有蓼花一种,经秋弄色者又不一而足,皆属泛称;惟"老少年"三字相宜,而又病其俗。予尝易其名曰"还童草",似觉差胜。

此草中仙品也,秋阶得此,群花可废。此草植之者繁,观之者众,然但知其一,未知其二,予尝细玩而得之。盖此草不特于一岁之中,经秋更媚,即一日之中,亦到晚更媚。总之后胜于前,是其性也。

此意向矜①独得,及阅徐竹隐②诗,有"叶从秋后变,色向晚来红"一联,不知确有所见如予,知其晚来更媚乎?抑下句仍同上句,其晚亦指秋乎?难起九原③而问之,即谓先予一着可也。

【注释】

①矜:得意;骄傲;自夸。
②徐竹隐:徐似道,字渊子,号竹隐,宋朝人,官至秘书少监,终朝散大夫、提点江西刑狱,著《检验尸格》,是我国第一部司法验尸技术专著,工诗词,著有《竹隐集》。
③九原:春秋时晋国卿大夫的墓地在九原。后泛指墓地;也指九泉,即人死后居住的地方。

【译文】

这种草有一个名字叫"雁来红",还有一个名字叫"秋色",也叫"老少年",都不妥当不贴切。叫"雁来红"的,还有蓼花;历经秋天就呈现出不同色彩的花草又有很多,所以"雁来红""秋色"都是泛称。只有"老少年"三个字合适,但它又有庸俗的缺点。我曾给它改名叫"还童草",好像觉得稍微好些。

这是草中的仙品,秋天的台阶旁有了它,其他花就都可以不要了。这种草种的人多,观赏的人也多,但都只知其一,不知其二,我曾经细细赏玩过才发现。这种草不仅是在一年当中,经历了秋天更美,即便是在一天当中,也是到了晚上更美。总的来说,时间晚的胜过时间早的,这是它的本性。

这一发现我一向自夸只有我一人知道，等到读了徐竹隐的诗，有"叶从秋后变，色向晚来红"一联，不知道他确实像我一样亲眼见过，知道它到晚上更美？还是下句跟上句相同，其中的"晚"也指的是"秋天"？若难以让他复活以向他询问，就说他比我先发现也是可以的。

○天竹

【原文】

竹无花而以夹竹桃代之，竹不实而以天竹补之，皆是可以不必然而强为蛇足之事①。然蛇足之形自天生之，人亦不尽任咎也。

【注释】

①蛇足之事：化用成语"画蛇添足"的典故，原意为画蛇时给蛇添上脚。后比喻做了多余的事，非但无益，反而不合适。

【译文】

竹子不开花就用夹竹桃代替，竹子不结果就用天竹来弥补，这都是不必要而多此一举的事情。然而它们画蛇添足的形态是天生的，人也不应承担全部罪责。

○虎刺

【原文】

"长盆栽虎刺，宣石作峰峦。"布置得宜，是一幅案头山水。此虎丘①卖花人长技也，不可谓非化工手笔。然购者于此，必熟视其为原盆与否。是卉皆可新移，独虎刺必须久植，新移旋踵②者百无一活，这一点不可不知。

【注释】

①虎丘：位于苏州古城西北角。苏东坡曾写下"尝言过姑苏不游虎丘，不谒闾丘，乃二欠事"的千古名言。
②旋踵：指掉转脚跟，比喻时间极短。

【译文】

"长盆栽虎刺,宣石作峰峦。"布置得当,就是一幅放在案头的山水画。这是虎丘卖花人擅长的技艺,不能说不巧夺天工。然而买它的人,一定要仔细看看它的盆是否是原盆。凡是草都可以移栽到新盆里,唯独虎刺必须长期种在一个地方,移栽到新盆不久的虎刺,一百盆也活不了一盆,这一点不能不知道。

○苔

【原文】

苔者,至贱易生之物,然亦有时作难:遇阶砌新筑,冀其速生者,彼必故意迟之,以示难得。予有《养苔》诗云:"汲水培苔浅却池,邻翁尽日笑人痴。未成斑藓浑难待,绕砌频呼绿拗儿。"然一生之后,又令人无可奈何矣。

【译文】

苔藓,是最低贱、容易生长的东西,然而有时也会为难人:遇到新砌的台阶,希望它快些长出来,它一定会故意晚长,以此显示自己的难得。我有一首题为《养苔》的诗:"汲水培苔浅却池,邻翁尽日笑人痴。未成斑藓浑难待,绕砌频呼绿拗儿。"然而苔藓一旦长出来,就又让人无可奈何了。

○萍

【原文】

杨入水为萍[①],是花中第一怪事。花已谢而辞树,其命绝矣,乃又变为一物,其生方始,殆一物而两现其身者乎?人以杨花喻命薄之人,不知其命之厚也,较天下万物为独甚[②]。吾安能身作杨花,而居水陆二地之胜乎?

水上生萍,极多雅趣;但怪其弥漫太甚,充塞池沼,使水居有如陆地,亦恨事也。有功者不能无过,天下事其尽然哉?

【注释】

①杨入水为萍：出自苏轼《水龙吟·次韵章质夫杨花词》："似花还似非花，也无人惜从教坠……晓来雨过，遗踪何在？一池萍碎。""一池萍碎"，苏轼自注："杨花落水为浮萍，验之信然。"

②独甚：表示程度特别严重。

【译文】

  杨花落入水中成为萍，这是花中第一怪事。杨花凋谢后离开树，生命已经终结，却又成为另一种东西，而这种东西的生命才刚开始，大概是一种东西却显现出两种化身？人们用杨花比喻薄命的人，却不知它的命比天下万物都厚得多。我如何才能变作杨花，在水中和陆上都活得风光呢？

  水上生萍，极有雅趣，只是怪它蔓延得太过分，填满了池塘沼泽，让水面像陆地一样，也是件遗憾的事。有功劳的不会没有过错，天下事物都是这样的吧？

◎竹木第五　计九款

【原文】

竹木者何？树之不花者也。非尽不花，其见用于世者，在此不在彼，虽花而犹之弗花也。花者，媚人之物，媚人者损己，故善花之树多不永年①，不若椅、桐、梓、漆之朴而能久。然则树即树耳，焉如花为？善花者曰："彼能无求于世则可耳，我则不然。雨露所同也，灌溉所独也；土壤所同也，肥泽所独也。子不见尧之水、汤之旱乎？如其雨露或竭，而土不能滋，则奈何？盍舍汝所行而就我？"不花者曰："是则不能，甘为竹木而已矣。"

【注释】

①永年：长寿、长久。

【译文】

竹木是什么？是不开花的树。不是都不开花，而是它被世人使用的地方，在不开花的方面，不在开花的方面，即使开花也跟不开花一样。花是讨人欢心的东西，但讨人欢心会损伤自己，所以善于开花的树大多不长寿，不如柏、桐、梓、漆这些朴实的树活得长久。既然这样，那么树长成树就罢了，还要开花做什么？善于开花的树说："你能对世人无所求就可以不开花，我却不是这样的。得到的雨露是一样的，我却因为开花独得人们灌溉，土壤是一样的，我却可以独得肥料。你不知道尧时的大水和汤时的大旱吗？如果雨露枯竭，土壤不能供给营养，那该怎么办？为什么不舍弃你现在的做法，像我学习呢？"不开花的树说："这我做不到，我甘心做竹木罢了。"

○竹

【原文】

俗云："早间种树，晚上乘凉。"喻词也。予于树木中求一物以实之，其惟竹乎！种树欲其成荫，非十年不可，最易活莫如杨柳，求其荫可蔽日，亦须数年。惟竹不然，移入庭中，即成高树，能令俗人之舍，不转盼而成高士①之庐。神哉此君，真医国手也！种竹之方，旧传有诀云："种竹无时，雨过便移，多留宿土，记取南枝。"②予悉试之，乃不可尽信之书也。三者之内，惟一可遵，"多留宿土"是也。移树最忌伤根，土多则根之盘曲如故，是移地而未尝移土，犹迁人者并其卧榻而迁之，其人醒后尚不自知其迁也。

若俟雨过方移，则沾泥带水，有几许未便。泥湿则松，水沾则濡，我欲留土，其如土湿而苏，随锄随散之，不可留何？且雨过必晴，新移之竹，晒则叶卷，一卷即非活兆矣。予易其词曰："未雨先移。"天甫③阴而雨犹未下，乘此急移，则宿土未湿，又复带潮，有如胶似漆之势，我欲多留，而土能随我，先据一筹之胜矣。且栽移甫定而雨至，是雨为我下，坐而受之，枝叶根本，无一不沾滋润之利。最忌者日，而日不至；最喜者雨，而雨即来；去所忌而投以喜，未有不欣欣向荣者。此法不止种竹，是花是木皆然。至于"记取南枝"一语，尤难遵奉。移竹移花，不易其向，向南者仍使向南，自是草木之幸。然移草木就人，当随人便，不能尽随草木之便。无论是花是竹，皆有正面，有反面，正面向人，反面向空隙，理也。使记南枝而与人相左，犹娶新妇进门，而听其终年背立，有是理乎？故此语只当不说，切勿泥之。

总之，移花种竹只有四字当记："宜阴忌日"是也。琐琐繁言，徒滋疑扰。

【注释】

①高士：志趣、品行高尚的人，多指隐士。
②种竹无时，雨过便移，多留宿土，记取南枝：种竹子不用挑选时间，下过雨就移栽，多保留原来的土，记得让竹枝朝南。
③甫：刚，才。

【译文】

俗话说："早上种树，晚上乘凉。"这是个比喻。我想在树木当中找一种来证实这句话，恐怕只有竹子符合！种树想要它们枝叶繁茂形成树荫，没有十年不行。最容易成活的莫过于杨柳，但想要它们形成的树荫能够遮蔽阳光，也得几年时间。只有竹不是这样的，移到院子里，很快就长得很高，能让俗人的屋舍，转眼间就变成雅士的穹庐。这种植物真是神奇，真正是医国圣手！种植竹子的方法，过去流传有诀窍是："种竹无时，雨过便移，多留宿土，记取南枝。"我全部都尝试过，发现这诀窍不能全信。这三点当中，只有一点可以照办，就是"多留宿土"。移栽树木最怕伤根，留的土多,那么树根的盘曲情形就会跟原来相同,只是转移了地方,却未曾换土,就像搬动一个睡着的人,连同他的床一起搬走,这个人醒来后还不知道自己换了地方。

若是等到雨后才移栽,则会拖泥带水,有些不方便。根上的泥土湿了就会变松,沾到水就会湿软。我想要保留根上的土,怎奈土又湿又松,一锄就散,留不住可怎么办?而且下过雨天定会放晴,刚移栽的竹子,一晒叶子就会卷起来,叶子一卷起来就是不成活的征兆。因而我把"雨过便移"的说法改成了:"未雨先移。"刚阴天,雨还没下的时候,乘此赶紧移栽,那么旧土没湿,又带着潮气,就会把根包裹得很紧。我想多留些土,而且土也能跟着我走,这就先胜一筹了。而且刚移栽完就下起雨来,这样雨就像是为我下的,我就能坐享其成了,竹子的枝叶和根,没有一处不受益于雨水的滋润。刚移的竹子最怕晒太阳,而这时太阳不会出来;最喜欢的是雨,而雨马上就会下。避开它所害怕的而给予它所喜欢的,没有不长得欣欣向荣的。这种方法不仅适用于种竹子,只要是花木就都适合。至于"记取南枝"这句,尤其难以照办。移栽竹子或花,不改变它的朝向,朝南的仍然朝南,自然是植物的幸运。但是将草木移栽到人身边,应该看人的方便,而不能全都看草木的方便。无论是花还是竹,都有正面、反面,正面向人,反面向空地,这是常理。如果让竹枝朝南却跟人要种的朝向不一致,就像娶了新媳妇进门,却听凭她一年到头背对着自己站着,有这种道理吗?所以这句话就只当没人说过,千万不要被它束缚。

总之,移栽花、竹,只有四个字应该记住:就是"宜阴忌日"。啰啰嗦嗦,只会让人滋生疑惑与困扰。

○松　柏

【原文】

"苍松古柏",美其老也。一切花竹皆贵少年,独松、柏与梅三物,则贵老而贱幼。欲受三老之益者,必买旧宅而居。若俟手栽,为儿孙计则可,身则不能观其成也。求其可移而能就我者,纵使极大,亦是五更①,非三老②矣。

予尝戏谓诸后生曰:"欲作画图中人,非老不可。三五少年,皆贱物也。"后生询其故。予曰:"不见画山水者,每及人物,必作扶筇③曳杖之形,即坐而观山临水,亦是老人矍铄④之状。从来未有俊美少年厕于其间者。少年亦有，非携琴捧画之流，即挈盒持樽之辈，皆奴隶于画中者也。"后生辈欲反证予言，卒无其据。引此以喻松、柏，可谓合伦。如一座园亭，所有者皆时花弱卉，无十数本老成树木主宰其间，是终日与儿女子⑤习处，无从师会友时矣。名流作画，肯若是乎？

噫，予持此说一生，终不得与老成为伍，乃今年已入画，犹日坐儿女丛中。殆以花木为我，而我为松、柏者乎？

【注释】

①五更：古代官名。以年老致仕的官员充任，受朝廷礼遇。

②三老：古代官名。乡县郡都有设置，掌管教化，由年老的长者担任；也指国三老，多以致仕三公任其职，受朝庭礼遇。

③筇（qióng）：竹杖。因筇竹可为杖，故称杖为"筇"。

④矍铄（jué shuò）：形容老人目光炯炯、精神健旺。

⑤儿女子：孩童；妇孺之辈。

【译文】

"苍松古柏"，人们赞美的是它们的苍老。所有的花竹都是年龄小的时候珍贵，唯独松、柏和梅三种植物，是以老为贵，以幼为劣。想要享受到这三种老树的好处，就一定要买旧房子住。如果等着亲手栽种，为儿孙作打算那也是可以的，自己却不能看到它长成苍老的样子了。找可以移栽的，而且能栽到自己身边的，即使树很大，也只是"五更"，而不是"三老"。

我曾跟几个年轻人开玩笑："想要做画中人，非得是老人不可。十五岁左右的少年，（在画中）都是低贱之人。"年轻人询问原因，我说："你们没有看到画山水的人，每每画到人物，必定是画挂着拐杖的，即使是坐着观赏山水，也都是矍铄老人的样子。从来没有俊美少年置身其间的。少年也有，不是拿琴捧画之流，就是端盒持杯之辈，都是画中人的仆从。"年轻人想反驳我的话，最终也没有找到证据。援引此事来比喻松柏，可以说十分合适。如果一座园林，拥有的都是一些时令的柔弱花草，没有十几株老成的树木在其中做领袖，这就如同整天跟孩童相处，没有跟老师学习、跟朋友交流的时间了。名士作画，肯这样做吗？

唉！我一生都持这种观点，终究不能跟年长的人成为伙伴，如今年龄大了，都能做画中人了，还整天坐在后辈之中。大概拿花木来比喻我的话，我就是松、柏了吧？

○梧桐

【原文】

梧桐一树,是草木中一部编年史也,举世习焉不察①,予特表而出之②。花木种自何年?为寿几何岁?询之主人,主人不知,询之花木,花木不答。谓之"忘年交"③则可,予以"知时达务"④,则不可也。

梧桐不然,有节可纪,生一年,纪一年。树有树之年,人即纪人之年,树小而人与之小,树大而人随之大,观树即所以观身。《易》曰:"观我生进退。"⑤欲观我生,此其资也。予垂髫⑥种此,即于树上刻诗以纪年,每岁一节,即刻一诗,惜为兵燹⑦所坏,不克有终。犹记十五岁刻桐诗云:"小时种梧桐,桐叶小于艾。簪头刻小诗,字瘦皮不坏。刹那三五年,桐大字亦大。桐字已如许,人大复何怪。还将感叹词,刻向前诗外。新字日相催,旧字不相待。顾此新旧痕,而为悠忽戒。"

此予婴年著作,因说梧桐,偶尔记及,不则竟忘之矣。即此一事,便受梧桐之益。然则编年之说,岂欺人语乎?

【注释】

①习焉不察:指经常接触某种事物,反而觉察不到其中存在的问题。习:习惯。焉:语气词,有"于是"的意思。察:仔细看,觉察。
②表而出之:加以宣扬,使其公开。
③忘年交:不拘岁数、辈分有差距,但友情及交情很深厚,思想相似的朋友。
④知时达务:做事能适应客观情况的变化,懂得变通,不死守常规。
⑤观我生进退:出自《易经》,意思是自观其所为,以决定进退。
⑥垂髫:古时儿童不束发,头发下垂,因此以垂髫指儿童。
⑦兵燹(xiǎn):因战乱而遭受焚烧破坏的灾祸。燹:野火,后指战争所引起的焚烧破坏。

【译文】

梧桐这种树,是草木中的一部编年史。天下人对它太过熟悉,反而没有察觉,我只是将它宣扬开来。花木是什么时候种的?树龄是多少?问主人,主人不知道,问花木,花木不回答。称它是"忘年交"还是可以的,我认为说它"知时达务",却不行。

梧桐却不是这样的,它有树节可以进行记录,生长一年记下一年。树记录树的岁数,人记录人的岁数,树小的时候人跟它一样小,树长大,人也跟着长大,观察树就是观察自己。《易经》说:"观我生进退。"想要观察自己的人生,梧桐就是资料。我小时候种梧桐,就在上面刻诗来记录年份,每年长一节,就刻上一首诗,可惜后来那棵树在战火中被毁了,便没有继续下去。我还记得十五岁时刻在梧桐上的诗:"小时种梧桐,桐叶小于艾。簪头刻小诗,字瘦皮不坏。刹那三五年,桐大字亦大。桐字已如许,人大复何怪。还将感叹词,刻向前诗外。新字日相催,旧字不相待。顾此新旧痕,而为悠忽戒。"

这是我少年时的作品,因为谈到梧桐,偶尔想起,不然竟都忘记这首诗了。就这一件事,便是得益于梧桐。如此说来,"梧桐是编年史"的这种说法,难道是骗人的话吗?

○槐　榆

【原文】

树之能为荫者,非槐即榆。《诗》云:"於我乎,夏屋渠渠。"①此二树者,可以呼为"夏屋",植于宅旁,与肯堂②肯构③无别。人谓夏者,大也,非时之所谓夏也。予曰:古人以厦为大者,非无取义。夏日之至,非大不凉,与三时有别,故名厦为屋。训夏以大,予特未之详耳。

【注释】

①於我乎,夏屋渠渠:唉呀,当年住的房子是多么高大啊。出自《诗经·秦风·权舆》:"於我乎,夏屋渠渠,今也每食无余。于嗟乎!不承权舆。"
②堂:立堂基。
③构:盖屋。

【译文】

树中能茂密成荫的,不是槐树就是榆树。《诗经》中写道:"於我乎,夏屋渠渠。"这两种树,可以称为"夏屋",种在宅子旁边,跟打地基盖房子没什么区别。人们所说的"夏",是"大"的意思,不是现在所说的"夏天"的意思。我说：古代人把"厦"作为"大"的意思，并非没有根据，夏天到了，屋子不大就不凉快，跟其他三个季节有区别，所以给房子起名叫厦。但将"夏"解释成"大"，我只是不曾详细知道罢了。

○柳

【原文】

柳贵于垂，不垂则可无柳。柳条贵长，不长则无袅娜之致，徒垂无益也。此树为纳蝉之所，诸鸟亦集。

长夏不寂寞，得时闻鼓吹者，是树皆有功，而高柳为最。

总之，种树非止娱目，兼为悦耳。目有时而不娱，以在卧榻之上也；耳则无时不悦。

鸟声之最可爱者，不在人之坐时，而偏在睡时。鸟音宜晓听，人皆知之；而其独宜于晓之故，人则未之察也。鸟之防弋①，无时不然。卯辰②以后，是人皆起，人起而鸟不自安矣。虑患之念一生，虽欲鸣而不得，鸣亦必无好音，此其不宜于昼也。晓则是人未起，即有起者，数亦寥寥，鸟无防患之心，自能毕其能事。且扪舌③一夜，技痒于心，至此皆思调弄④，所谓"不鸣则已，一鸣惊人"⑤者是已，此其独宜于晓也。

庄子非鱼，能知鱼之乐⑥；笠翁非鸟，能识鸟之情。凡属鸣禽，皆当以予为知己。种树之乐多端，而其不便于雅人者亦有一节；枝叶繁冗，不漏月光。隔婵娟⑦而不使见者，此其无心之过，不足责也。然匪树木无心，人无心耳。使于种植之初，预防及此，留一线之余天，以待月轮出没，则昼夜均受其利矣。

【注释】

①弋：用带绳子的箭射。

②卯辰：早晨5—7时为卯时，7—9时为辰时。

③扪舌：按住舌头。表示不说话或不发声。

④调弄：演奏乐器，此处指鸣叫。

⑤不鸣则已，一鸣惊人：不叫便罢了，一叫就使人震惊。比喻平时没有突出表现，一下子做出惊人的成绩。出自《史记·滑稽列传》："此鸟不飞则已，一飞冲天；不鸣则已，一鸣惊人"。

⑥庄子非鱼，能知鱼之乐：出自《庄子·秋水》："庄子与惠子游于濠

梁之上,庄子曰:'鯈鱼出游从容,是鱼之乐也。'惠子曰:'子非鱼,安知鱼之乐?'庄子曰:'子非我,安知我不知鱼之乐?'"

⑦婵娟:指月亮。

【译文】

柳树贵在柳枝下垂,柳枝不下垂的话就可以不用种柳树了。柳条贵在长,不长就没有袅娜的韵致,单是柳枝下垂也没有用处。柳树是容纳蝉的地方,各种鸟也都在柳树上聚集。

长长的夏天不寂寞,能时时听到蝉鸣鸟叫,凡是树都有功劳,而高大的柳树功劳最大。

总而言之,种树不止愉悦眼睛,还愉悦耳朵。眼睛有时候无法得到愉悦,因为要躺在床上睡觉;耳朵却时刻都能得到愉悦。

鸟鸣声中最可爱的,不在人坐着时出现,而偏偏在人睡觉时出现。鸟鸣适宜在清晨时听,人们都知道这件事;但唯独适合在清晨听的原因,人们就不清楚了。鸟要防着人用弹弓射它,无时无刻不是这样,卯辰以后,人都起床了,人起床了鸟就不安了。担心害怕的念头一产生,虽然想叫却不能叫,叫也一定不好听了,这是鸟鸣声不适合在白天听的原因。清晨的时候人还没起床,就算有起床的人,也很少。鸟没有防备心,自然能完全发挥出它的本领,而且一夜没叫,心中技痒,到这个时候都想表演一番,所说的"不鸣则已,一鸣惊人"就是这样,这就是鸟鸣只适合在清晨听的原因。

庄子不是鱼,却能知道鱼的快乐;我李渔不是鸟,却能知道鸟的心思。凡是会叫的鸟,都应当把我当作知己。种树的乐趣有很多,但它对于风雅之人来说也有一个不方便的地方;枝叶繁茂,月光透不进来。遮住月亮让人看不到它,这是树的无心之过,不必责怪。然而,不是树木无心,而是人没有用心。如果刚栽上柳树的时候,就预先防范到这一点,留出一线天空,来等候月出月落,那么无论白天夜晚都能享受到它带来的好处了。

○黄杨

【原文】

黄杨每岁长一寸,不溢分毫,至闰年反缩一寸,是天限之木也。植此宜生怜悯之心。予新授一名曰"知命树"。天不使高,强争无益,故守困厄为当然。冬不改柯，夏不易叶，其素行原如是也。使以他木处此，即不能高，亦将横生而至大矣；再不然，则以才不得展而至瘁，弗复自永其年矣。困于天而能自全其天，非知命君子能若是哉？最可悯者，岁长一寸是已；至闰年反缩一寸，其义何居？岁闰而我不闰，人闰而己不闰，已见天地之私；乃非止不闰，又复从而刻之，是天地之待黄杨，可谓不仁之至、不义之甚者矣。乃黄杨不憾①天地，枝叶较他木加荣，反似德之者，是知命②之中又知命焉。莲为花之君子，此树当为木之君子。莲为花之君子，茂叔知之；黄杨为木之君子，非稍能格物③之笠翁，孰知之哉？

【注释】

①憾：恨；怨恨。
②知命：深知天命或命运，而能随遇而安。
③格物：推究事物原理，探究万物规律。

【译文】

黄杨每年长一寸，不多长一分一毫，到了闰年反而会缩短一寸，这是受到上天限制的树。种植这种树应当生出怜悯之心。我新给它起了一个名字叫"知命树"。上天不让它长高，勉强去争也没有好处，所以将安守困境作为理所当然。冬天不改变枝条，夏天不改变枝叶，它平素的品行原本就是这样的。假如别的树处在这种境地，即便不能长高，也一定会长得很粗；再不然，就会因为才华无法施展而变得憔悴，不能活得长久。受到上天限制，又能保全自己的本性，不是了解天命的君子才能够做到这样吗？最可怜的是，一年长一寸这就罢了，到闰年反而会缩一寸，这是什么意思？闰年多了一个月，而黄杨却不能多长高一些，别的树都能多长高一些，只有黄杨不长，已经显现出天地的偏心，黄杨甚至非但不能多长，还要从中克扣，这样看来，天地对待黄杨，可以说是极其不仁不义了。而黄杨却没有怨恨天地，枝叶比别的树更加茂盛，反而好像在感激它们，这是知命的当中还要知命的了。莲是花中君子，黄杨应当是树中君子。莲是花中君子，周敦颐知道，黄杨是树中君子，除了稍微能探究事物规律的我，谁会知道呢？

○ 棕榈

【原文】

树直上而无枝者，棕榈是也。予不奇其无枝，奇其无枝而能有叶。植于众芳之中，而下不侵其地、上不蔽其天者，此木是也。较之芭蕉，大有克己妨人之别。

【译文】

树干直上直下，没有枝条，这就是棕榈。对于它没有枝条，我并不感到奇怪，我奇怪的是它没有枝条却能长叶子。种在众多花木当中，向下不侵占地皮，向上不遮蔽天空，这就是棕榈树了。跟芭蕉相比，一个克制自己，一个妨碍别人，区别十分明显。

○ 枫　柏

【原文】

草之以叶为花者，翠云、老少年是也；木之以叶为花者，枫与柏是也。枫之丹，柏之赤，皆为秋色之最浓。而其所以得此者，则非雨露之功，霜之力也。霜于草木，亦有有功之时，其不肯数数见者，虑人之狎①之也。枯众木独荣二木，欲示德威②之一斑③耳。

【注释】

① 狎：轻视。
② 德威：恩德与威权。
③ 一斑：化用成语"可见一斑"。可见一斑：比喻见到事物的一小部分也能推知事物的整体。

【译文】

草当中将叶子当成花的，是翠云和老少年；树中将叶子当成花的，是枫树和柏树。枫的红色，柏的赤色，都是秋色中最浓的。而它们之所以颜色浓，不是雨露的功劳，而是霜的力量。霜对于草木也有有功的时候，不肯经常表现出来，是担心人们轻视它。让群树枯萎却只让这两种树繁盛，是霜想要显示恩德与威权的一点表现。

○冬青

【原文】

冬青一树，有松柏之实而不居其名，有梅竹之风而不矜其节，殆"身隐焉文"①之流亚欤？然谈傲霜砺雪之姿者，从未闻一人齿及。是之推②不言禄，而禄亦不及。予窃忿之，当易其名为"不求人知树"。

【注释】

①身隐焉文：出自《左传》。公子重耳即位后，介之推不言禄，说："言，身之文也。身将隐，焉用文之？是求显也。"意思是：言语，是身体的装饰。身体将要隐居了，还要装饰它吗？这样是乞求显贵啊。

②之推：介之推，又名介子推，春秋时代晋文公的臣子，曾随重耳流亡，有割股啖君之功，但当晋文公即位时论功行赏，却唯独漏赏了介之推，而且介之推也没有向晋文公请求俸禄赏赐，所以旁人为他感到委屈。出自《左传》："晋侯赏从亡者，介之推不言禄，禄亦弗及。"

【译文】

冬青这种树，有松柏的特性却没有松柏的名号；有梅和竹的风骨却不夸耀自己的气节，大概是介之推那般"身隐焉文"的同类吧？然而谈到傲霜顶雪的风姿，从未听说有一人提到冬青。这就像介之推不谈封赏，就没有给他封赏一样。我私下为它抱不平，应当给它改名叫"不求人知树"。

颐养部

◎行乐第一　计十款

【原文】

伤哉！造物生人一场，为时不满百岁。彼夭折之辈无论矣，姑就永年者道之，即使三万六千日尽是追欢取乐时，亦非无限光阴，终有报罢之日。况此百年以内，有无数忧愁困苦、疾病颠连、名缰利锁、惊风骇浪，阻人燕游，使徒有百岁之虚名，并无一岁二岁享生人应有之福之实际乎！又况此百年以内，日日死亡相告，谓先我而生者死矣，后我而生者亦死矣，与我同庚比算、互称弟兄者又死矣。

噫！死是何物，而可知凶不讳，日令不能无死者惊见于目，而怛闻于耳乎？是千古不仁，未有甚于造物者矣。虽然，殆有说焉。不仁①者，仁之至也。知我不能无死，而日以死亡相告，是恐我也。恐我者，欲使及时为乐，当视此辈为前车也。康对山②构一园亭，其地在北邙③山麓，所见无非丘陇④。客讯之曰："日对此景，令人何以为乐？"对山曰："日对此景，乃令人不敢不乐。"达哉斯言！予尝以铭座右。兹论养生之法，而以行乐先之；劝人行乐，而以死亡怵之，即祖是意。欲体天地至仁之心，不能不蹈造物不仁之迹。

养生家授受之方，外藉药石，内凭导引⑤，其借口颐生而流为放辟邪侈者则曰"比家"。三者无论邪正，皆术士之言也。予系儒生，并非术士。术士所言者术，儒家所凭者理。《鲁论·乡党》⑥一篇，半属养生之法。予虽不敏，窃附于圣人之徒，不敢为诞妄不经之言以误世。有怪此卷以《颐养》命名，而觅一丹方不得者，予以空疏谢之。又有怪予著《饮馔》一篇，而未及烹饪之法，不知酱用几何，醋用几何，醯椒香辣用几何者。予曰："果若是，是一庖人而已矣，乌足重哉！"人曰："若是，则《食物志》《尊生笺》《卫生录》等书，何以备列此等？"予曰："是诚庖人之书也。士各明志，人有弗为。"

【注释】

①不仁：出自老子的《道德经》第五章，"天地不仁，以万物为刍狗；圣人不仁，以百姓为刍狗。天地之间，其犹橐籥乎。"道家思想中，"不仁"指的是天地和圣贤无私不偏爱。而儒家思想的核心是"仁"，"仁者爱人"，因此李渔在此化用了儒家思想中的仁者之道，认为不仁即至仁。

②康对山：康海，字德涵，号对山，中国明代文学家。弘治十五年（1502）状元，任翰林院修撰、经筵讲官等，后受刘瑾案牵连而免职回归乡里，以山水声伎自娱。

③北邙：又称"邙山"，位于河南省洛阳市东北部。俗语说，"生于苏杭，葬于北邙"，因此邙山是古代帝王理想的埋骨处所。自东汉城阳王祉葬于此后，遂成三侯公卿葬地。因此，人们常用"北邙"泛称墓地。

④丘陇：一词多义，有时指"丘陵山陇"，有时指"墓地"。根据上下文，此处应该指坟墓。

⑤导引：古代锻炼形体的一种养生方法，修炼者按照一定的规律和方法，以自力引动肢体的运动，并配以呼吸吐纳和按摩等，属于气功中的动功。

⑥《鲁论·乡党》：即《论语》中的《乡党篇》，有二十七章，集中记载孔子的容色言动、衣食住行，其中涉及孔子的养生实践和主张。《鲁论》，即《论语》。

【译文】

伤心啊！上天创造了人，而人在世上却往往活不过百岁。暂且不考虑那些夭折的人，姑且说说那些能够活到百岁的长寿之人，即便他们在这三万六千日里每天都寻欢作乐，时间也不是没有尽头的，终究会有结束的一天。况且，在这一百年中，他们还会经历无尽的困难和忧愁，连绵不断的疾病，也会被功名利禄束缚，经历世俗的动荡，这些都会阻碍他们快乐地享受生活，致使他们空有长命百岁的虚名，实际上却没有一两年是真正享受了人生应有的乐趣的！更何况，在这一百里，每天都会有他人去世的消息传来，那些比我年长的人去世了，比我年轻的人也去世了，那些算起来与我同岁，可以相互称兄道弟的人同样也去世了。

唉！死亡到底是什么呢？让人能知道它的凶险却不能避讳，每天都会因为看到或者听到他人去世而担惊受怕？所以说，千百年来，没有比上天更不仁慈的了。尽管如此，应该还有另外一种说法，即：上天的不仁慈，其实是最大的仁慈。知道我免不了一死，却每天将别人亡故的消息告知于我，这是为了吓唬我。吓唬我，是为了让我能及时行乐，应当将那些逝去的人作为我的前车之鉴。康对山在邙山的山脚下建造了一座园亭，所能看见的无非都是一些坟墓。客人问他："天天对着这样的风景，让人拿什么取乐呢？"康对山却说："每天对着这样的风景，让人不敢不快乐。"他的话是多么豁达！我曾经把这话当成我的座右铭。我现在探讨养生的方法，却把行乐放在第一位；劝告人们行乐的时候，却先用死亡吓唬他们，就是效仿这种做法。因此，想要体现天地那般极致的仁慈，就必须先像上天那样做一些不仁慈的事情。

　　养生家教授的养生方法，体外养生可以借助药物，体内养生可以凭借自身导引，而那些以养生为借口而肆意作恶的人，则被称为"比家"。以上三种方式，无论好坏，都是江湖术士的观点。而我是一介儒生，并非江湖术士。术士讲究的是术法，儒家凭借的是道理。《鲁论·乡党》这篇文章，其中一半的内容写的是养生方法。我虽然不聪明，私下里却把自己当作圣人的学生，不敢说些荒诞虚妄的话来误导世人。对于那些奇怪本章虽命名为《颐养部》，却找不到一个药方的人，我要为我的才学疏浅道歉。也有人责怪我写了《饮馔部》，却没有提到烹饪的方法，不知道酱该用多少，醋该用多少，盐、花椒、香料、辣椒应该用多少。我说："如果真的这么做，我就是一个厨师而已，哪里值得被重视！"别人问："如果是这样，那么《食物志》《尊生笺》《卫生录》等书，为什么记录了这些内容？"我说："这些的确是厨师的著作。读书人各自有明确的志向，每个人也有不愿做的事情。"

○贵人行乐之法

【原文】

　　人间至乐之境，惟帝王得以有之；下此则公卿将相，以及群辅百僚，皆可以行乐之人也。然有万几在念，百务萦心，一日之内，除视朝听政、放衙理事、治人事神、反躬修己之外，其为行乐之时有几？曰：不然。乐不在外而在心。

　　心以为乐，则是境皆乐，心以为苦，则无境不苦。身为帝王，则当以帝王之境为乐境；身为公卿，则当以公卿之境为乐境。凡我分所当行，推诿不去者，即当摈弃一切，悉视为苦，而专以此事为乐。谓我为帝王，日有万几之冗，其心则诚劳矣，然世之艳慕帝王者，求为片刻而不能，我之至劳，人之所谓至逸也。为公卿将相、群辅百僚者，居心亦复如是，则不必于视朝听政、放衙理事、治人事神、反躬修己之外，别寻乐境，即此得为之地，便是行乐之场。一举笔而安天下，一矢口而遂群生，以天下群生之乐为乐，何快如之？若于此外稍得清闲，再享一切应有之福，则人皇可比玉皇，俗吏竟成仙吏，何蓬莱三岛①之足羡哉！

此术非他，盖用吾家老子"退一步"法。以不如己者视己，则日见可乐；以胜于己者视己，则时觉可忧。从来人君之善行乐者，莫过于汉之文、景②；其不善行乐者，莫过于武帝③。以文、景于帝王应行之外，不多一事，故觉其逸；武帝则好大喜功，且薄帝王而慕神仙，是以徒见其劳。人臣之善行乐者，莫过于唐之郭子仪④；而不善行乐者，则莫如李广⑤。子仪既拜汾阳王，志愿已足，不复他求，故能极欲穷奢，备享人臣之福；李广则耻不如人，必欲封侯而后已，是以独当单于，卒致失道后期而自刭。故善行乐者，必先知足。二疏⑥云："知足不辱，知止不殆。"不辱不殆，至乐在其中矣。

【注释】

　　①蓬莱三岛：中国古代神话传说中的三座神山——蓬莱、瀛洲、方丈，位于渤海，是神仙居住的地方。自古以来，蓬莱三岛便是秦始皇、汉武帝求仙访药之处。

　　②汉之文、景：文，指汉文帝刘恒；景，指汉景帝刘启。他们父子实行休养生息政策，开创了"文景之治"。

　　③武帝：即汉武帝刘彻，在位时国力发展，奠定了大一统国家的基础，但也好大喜功、穷兵黩武，且慕神仙之道，喜欢祭神求仙。

　　④郭子仪：唐朝名将，曾平安史之乱，并联回纥，征吐蕃。官至太尉、中书令，时称为"郭令公"。因屡建奇功，被封汾阳郡王。史载他八十五而终，他所提拔的部下幕府中，有六十多人，后来多为将相；八子七婿，皆贵显于当时。

　　⑤李广：中国西汉时期的名将，在与匈奴作战中，威名显赫，被称为"飞将军"。但他征战一生，结局却十分悲惨，因失道被责，以自杀告终。

　　⑥二疏：指西汉疏广、疏受叔侄，兰陵（今山东枣庄）人。疏广，字仲翁，博通经史，汉宣帝时选为太子太傅。其侄疏受，也以贤明被选为太子家令，后升为太子少傅，世称"二疏"。

【译文】

　　人世间最快乐的境界，只有帝王能够拥有。帝王之下的公卿将相以及百官群臣，也都是可以行乐的人。然而，他们往往公务缠身、日理万机，一天之内，既要上朝听政、衙门办公、上敬神明、下治百姓，又要反思自我、修身养性，那除此之外，他们还有多少时间可以行乐呢？我说：不是这样。快乐不在于外在而在于内心。

内心觉得快乐，那么所有境况都是快乐的；内心觉得痛苦，那么没有境况是不痛苦的。作为帝王，就应该以帝王的境况为乐；作为公卿，就应该以公卿的境况为乐。凡是我分内应做的事，若无法推托，就应放弃一切无关之事，视其为苦，而专以做分内之事为乐。假如我是帝王，每天都有一堆繁冗复杂的事务需要处理，心就确实很劳累。然而世上那些羡慕帝王的人，想要有片刻帝王的劳累还得不到呢。我认为最辛苦的事情，恰恰是人们认为最安逸的事情。作为公卿将相、百官群臣，也应该这样想。那么就不必在上朝听政、衙门办公、上敬神明、下治百姓、反思自我、修身养性之外，另外寻找其他乐事。即你所在的地方，就是行乐的场所。一挥笔就可以使天下太平，一开口就可以使百姓遂愿，以天下百姓的快乐为快乐，世间还有什么快乐比得上？如果除此之外，稍有一些清闲时间，再享一切应有的快乐。那么人间的帝王就能与天上的玉皇大帝相比，凡间的官吏也可与天上的仙吏相比，那么蓬莱三岛的仙境还有什么值得羡慕呢？

上述方法并非其他妙招，而是用了道家老子的"退一步"法。以不如自己的人为标准来看自己，那么每日所见都是快乐的事，以强于自己的人为标准来看自己，那么时时刻刻都会感到忧伤。自古以来的帝王中，最善于行乐的莫过于汉文帝和汉景帝；而最不善于行乐的莫过于汉武帝。因为文、景二帝除了帝王应做的事以外，不多做任何一件事，所以觉得安逸；而武帝则好大喜功，轻视帝王而羡慕神仙，因此白白浪费其劳苦之心。人臣之中，最善于行乐的莫过于唐代郭子仪；而最不善于行乐的，莫过于汉代李广。郭子仪被封为汾阳王之后，志满意足，不再追求其他，所以他能穷尽欲望和奢侈，充分地享受一个臣子所能享受的福分；李广则总是以自己不如他人为耻，一定要封侯才肯死心，所以不惜单独抗击匈奴单于，最终因迷失道路、贻误战机而拔刀自刎。所以善于行乐的人，首先要懂得知足。汉代的疏广、疏受叔侄曾说："知足不辱，知止不殆。"意思是"懂得满足就不会招来耻辱，懂得停下就不会感到疲倦"。所以，没有耻辱，没有疲倦，人间至乐就在其中了。

○富人行乐之法

【原文】

劝贵人行乐易，劝富人行乐难。何也？财为行乐之资，然势不宜多，多则反为累人之具。华封人祝帝尧富、寿、多男，尧曰："富则多事。"华封人曰："富而使人分之，何事之有？"由是观之，财多不分，即以唐尧之圣、帝王之尊，犹不能免多事之累，况德非圣人而位非帝王者乎？

陶朱公①屡致千金，屡散千金，其致而必散，散而复致者，亦学帝尧之防多事也。兹欲劝富人行乐，必先劝之分财；劝富人分财，其势同于拔山超海，此必不得之数也。财多则思运，不运则生息不繁。然不运则已，一运则经营惨淡，坐起不宁，其累有不可胜言者。财多必善防，不防则为盗贼所有，而且以身殉之。然不防则已，一防则惊魂四绕，风鹤皆兵，其恐惧觳觫②之状，有不堪目睹者。且财多必招忌。语云："温饱之家，众怨所归。"以一身而为众射之的，方且忧伤虑死之不暇，尚可与言行乐乎哉？甚矣，财不可多，多之为累，亦至此也。

然则富人行乐，其终不可冀乎？曰：不然。多分则难，少敛则易。处比户可封之世，难于售恩；当民穷财尽之秋，易于见德。少课锱铢之利，穷民即起颂扬；略蠲③升斗之租，贫佃即生歌舞。本偿而子息未偿，因其贫也而贳④之，一券才焚，即噪冯谖⑤之令誉；赋足而国用不足，因其匮也而助之，急公偶试，即来卜式⑥之美名。果如是，则大异于今日之富民，而又无损于本来之故我。觊觎者息而仇怨者稀，是则可言行乐矣。其为乐也，亦同贵人，可不必于持筹握算之外，别寻乐境，即此宽租减息、仗义急公之日，听贫民之欢欣赞颂，即当两部鼓吹；受官司之奖励称扬，便是百年华衮。荣莫荣于此，乐亦莫乐于此矣。

至于悦色娱声、眠花藉柳、构堂建厦、啸月嘲风诸乐事，他人欲得，所患无资，业有其资，何求不遂？是同一富也，昔为最难行乐之人，今为最易行乐之人。即使帝尧不死，陶朱现在，彼丈夫也，我丈夫也，吾何畏彼哉？去其一念之刻而已矣。

【注释】

①陶朱公：即范蠡，春秋末期政治家、军事家、经济学家和道家学者。传说他曾辅助勾践兴越国，灭吴国。功成名就之后急流勇退，之后三次经商成为巨富，三次将千金产业赠与众人。

②觳觫：恐惧颤抖的样子，出自《孟子·梁惠王上》。

③蠲：免除，除去。

④贳：宽纵，赦免。

⑤冯谖：战国时期齐国人，曾是齐相孟尝君门下的食客，是一位高瞻远瞩的战略家。据《战国策·齐策》记载，孟尝君在做齐国的相国之时，曾派冯谖去其封地薛地收息，冯谖自作主张为无力还款的老百姓免去了债

务，为孟尝君换得民心。

⑥卜式：西汉时期官员。在汉朝正在抵抗匈奴入侵时，卜式曾上书，愿意捐出一半的家财资助边事。匈奴浑邪王等归降汉朝后，朝廷粮仓和钱库空虚，卜式又拿钱二十万给河南太守，以救流民。于是，皇上把卜式尊为长者，召拜卜式为中郎，赐爵左庶长，田十顷，布告天下，给他显官尊荣来教化百姓。

【译文】

劝地位高贵的人行乐容易，劝有钱的人行乐困难。为什么呢？因为钱财是行乐的资本，但数量不宜过多，多了反而会成为累赘。《庄子·天地》篇中，华封人祝帝尧富裕长寿、多生男孩，帝尧说："富裕则会多生事端。"华封人说："富裕了就让人把钱财分给众人，还会有什么事端？"由此看来，钱财很多，却不分给众人，即使是圣贤如唐尧，尊贵如帝王，尚且不能避免多生事端的拖累，更何况那些德行不如圣人、名位不如帝王的人呢？

春秋时期的范蠡，人称陶朱公，多次赚得千金之财，又多次将其分给众人。他只要赚了钱，就一定会分出去，分完之后再重新赚，就是效仿帝尧，避免多生事端。所以想要劝说富人行乐，务必先劝他们将财富分出去；但是劝富人分财，那情形就如同拔起高山、跨越大海，这方法肯定行不通。钱财多了就要考虑如何运营，若不运营就无法产生利息。然而不运营则已，一旦运营，就要费尽心思经营筹划，常常让人心烦意乱、坐立难安，这种劳累真的难以言说。钱财多了就要善于防范，若不防范就易被盗贼偷走，甚至可能会为此丧命。然而不防范则已，一旦防范，就会令人胆战心惊、风声鹤唳、草木皆兵，其恐惧颤抖的模样，让人不忍心去看。而且钱财多了，一定会招来妒忌。常言道："温饱之家，众怨所归。"一个人一旦成为众矢之的，忧伤怕死都来不及，哪里还谈得上行乐呢？所以，钱财不能太多，多了就会受其拖累，原因就在这里。

那么，富人行乐，终究是没有什么希望了吗？我说：并非如此。多分散钱财难，少敛收租税易。处在户户都可封侯的世代，就很难向别人显示自己的恩惠，而处在民穷财尽的世代，就容易显出自己的德行。少征收一些赋税，贫穷的百姓就会大加颂扬；稍减少一些租金，贫穷的佃户就会雀跃歌舞。借债人偿还了本金而尚未偿还利息时，你可怜他贫穷而予以宽免，契约刚刚烧毁，你就会像战国时冯谖一样赢得赞誉；自己的收入充足而国库匮乏时，你予以援助，这急公好义之举虽是偶然为之，你也会像汉代卜式一样获得美名。如果真的这么做，那么你就完全不同于现在的富人，同时对你原来的状况也不会有丝毫的损害。觊觎你钱财的人打消念头,怨恨你的人也会减少,这时就可以行乐了。你的行乐,也同贵人一样,可以不必在筹划钱财之外,另寻其他乐事,就在放宽租金、减少利息、仗义援助、急公好义的时候,听听贫民百姓的欢呼赞颂,就当是器乐合奏;接受官府的奖励称赞,就当是百年荣宠。荣耀再大、快乐再多也不过如此了。

至于悦色娱声、眠花宿柳、构堂建厦、啸月嘲风这一类的乐事,别人想要实现,担心的是没有钱,你已经有了钱财,有什么愿望不能实现?同样是富人,过去是最难行乐的人,现在是最易行乐的人。即使帝尧没有死,陶朱公复活,他们是大丈夫,我也是大丈夫。我为何要畏惧他们呢?只是去掉苛刻自己的念头而已。

○ 贫贱行乐之法

【原文】

穷人行乐之方,无他秘巧,亦止有"退一步"法。我以为贫,更有贫于我者;我以为贱,更有贱于我者;我以妻子为累,尚有鳏寡①孤独之民,求为妻子之累而不能者;我以胼胝②为劳,尚有身系狱廷,荒芜田地,求安耕凿之生而不可得者。以此居心,则苦海尽成乐地。如或向前一算,以胜己者相衡,则片刻难安,种种桎梏幽囚③之境出矣。

一显者旅宿邮亭,时方溽暑④,帐内多蚊,驱之不出,因忆家居时堂宽似宇,簟⑤冷如冰,又有群姬握扇而挥,不复知其为夏,何遽困厄至此!因怀至乐,愈觉心烦,遂致终夕不寐。一亭长⑥露宿阶下,为众蚊所啮,几至露筋,不得已而奔走庭中,俾四体动而弗停,则啮人者无由厕足;乃形则往来仆仆,口则赞叹啧啧,一似苦中有乐者。显者不解,呼而讯之,谓:"汝之受困,什佰于我,我以为苦,而汝以为乐,其故维何?"亭长曰:"偶忆某年,为仇家所陷,身系狱中。维时亦当暑月,狱卒防予私逸,每夜拘挛手足,使不得动摇。时蚊蚋之繁,倍于今夕,听其自啮,欲稍稍规避而不能,以视今夕之奔走不息,四体得以自如者,奚啻⑦仙凡人鬼之别乎!以昔较今,是以但见其乐,不知其苦。"显者听之,不觉爽然自失。此即穷人行乐之秘诀也。

不独居心为然,即铸体炼形,亦当如是。譬如夏月苦炎,明知为室庐卑小所致,偏向骄阳之下来往片时,然后步入室中,则觉暑气渐消,不似从前酷烈;若畏其湫隘而投宽处纳凉,及至归来,炎蒸又加十倍矣。冬月苦冷，明知为墙垣单薄所致，故向风雪之中行走一次，然后归庐返舍，则觉寒威顿减，不复凛冽如初；若避此荒凉而向深居就燠，及其再入，战栗又作何状矣。由此类推，则所谓退步者，无地不有，无人不有，想至退步，乐境自生。予为两间第一困人，其能免死于忧，不枯槁于迍邅蹭蹬⑧者，皆用此法。又得管城一物，相伴终身，以扫千军则不足，以除万虑则有余。然非善作退步，即楮墨亦能困人。想虞卿⑨著书，亦用此法，我能公世，彼特秘而未传耳。

由亭长之说推之，则凡行乐者，不必远引他人为退步，即此一身，谁无过来之逆境？大则灾凶祸患，小则疾病忧伤。"执柯伐柯，其则不远。"取而较之，更为亲切。凡人一生，奇祸大难非特不可遗忘，还宜大书特书，高悬座右。其裨益于身者有三：孽由己作，则可知非痛改，视作前车；祸自天来，则可止怨释尤，以弭后患；至于忆苦追烦，引出无穷乐境，则又警心惕目之余事矣。如曰省躬罪己，原属隐情，难使他人共睹，若是则有包含韫藉之法：或止书罹患之年月，而不及其事；或别书隐射之数语，而不露其详；或撰作一联一诗，悬挂起居亲密之处，微寓己意，不使人知，亦淑慎其身⑩之妙法也。此皆湖上笠翁瞒人独做之事，笔机所到，欲讳不能，俗语所谓"不打自招"者，非乎？

【注释】

①鳏寡：泛指老而无妻或者无夫的人，引申为老弱孤苦者。
②胼胝：手脚因长期劳动摩擦而生的厚茧。
③桎梏幽囚：桎梏，脚镣和手铐。幽囚，囚禁或幽禁。
④溽暑：夏季潮湿闷热的气候。
⑤簟：竹席。
⑥亭长：秦代官名，又称公。属于低于县二级的行政建制长官，级别相当于现在的派出所所长。
⑦奚啻：何止，岂但。
⑧迍邅蹭蹬：路途艰阻限行，比喻事情困顿、不顺利。
⑨虞卿：舜帝后代，战国时期名士，善于战略谋划。在长平之战前主张联合楚魏迫秦求和；邯郸解围后，力斥赵郝、楼缓的媚秦政策，坚持主张以赵为主联合齐魏抵抗秦国。后因拯救魏相魏齐的缘故，抛弃高官厚禄离开赵国，终困于魏都大梁，于是发愤著书。著有《虞氏征传》《虞氏春秋》15篇。
⑩淑慎其身：出自《诗经·邶风·燕燕》中"终温且惠，淑慎其身"

一句。淑慎，贤良谨慎。

【译文】

  穷人行乐的方法，没有其他秘诀，同样只有"退一步"法。我觉得自己贫穷，还有比我更贫穷的人；我觉得自己低贱，还有比我更低贱的人；我把妻子儿女当作累赘，还有鳏寡孤独、无依无靠、想要妻子儿女这种累赘却还得不到的人；我把手脚生茧当作劳苦，还有身在牢狱、田地荒芜、想要耕田凿井、平安劳作却做不到的人。这样想来，那么苦海都变成了乐地。假如往高处比，以胜过自己的人为标准进行衡量，那么片刻也不得安稳，各种使人束缚、令人忧郁的的境况就会显现于眼前。

  曾有一位富贵之人在旅途中住在驿站，当时正值盛夏，床帐之内有很多蚊子，驱赶不出去，因此想起了在家居住时，不仅厅堂宽敞，枕席冰凉，又有许多姬妾拿着扇子，为他扇风，根本感觉不出是夏天，怎么就困苦到现在这个地步？由于他心里想着非常快乐的情景，愈加觉得心烦，于是导致整个晚上无法入睡。还有一位亭长露宿在驿站的台阶下，被很多蚊子叮咬，几乎露出筋骨，迫不得已在院子里跑来跑去，让四肢动个不停，使蚊子没有机会落脚；他的身体来回跑动十分辛苦，他的口中却在大声赞叹，好像苦中有乐。富贵之人十分困惑，叫他过来询问道："你所受的苦，比我厉害十倍百倍，我觉得痛苦，但你却觉得快乐，原因是什么？"亭长说："偶然想起某年，我被仇家陷害，身陷牢狱。当时也是夏天，狱卒为防备我私自逃跑，每天晚上将我手脚捆绑，使我动弹不得。那时的蚊子，比今晚还要多上几倍，我却只能任其叮咬，想要稍稍躲避一下都不行。比起今晚，四肢能够自由，可以不停跑动，岂止是神仙与凡人、人和鬼的区别？以往日对比现在，所以只觉得快乐，不觉得痛苦。"富贵之人听后，恍然大悟。这就是穷人行乐的秘诀。

  不仅内心的苦乐如此，即使锻炼身体，也应该是这样。比如夏天酷热，明明知道是因为房屋矮小所致，偏要在骄阳下走上片刻，然后再走回屋中，就会觉得暑气渐渐消散，不像之前那么酷热难耐；如果害怕低矮房屋的酷热，转而到宽敞之处乘凉，等到回来以后，炎热又会加重十倍了。冬天严寒，明明知道是因为墙壁单薄所致，故意在风雪中走上一趟，然后再回到室内，就会觉得寒气顿时消减，不像之前那么冰冷刺骨；如果避开简陋房屋的寒冷，转而到深宅大院取暖，等到再次进入，又会战栗成什么样子呢？以此类推，所谓退一步法，无处不有，无人不有，想到退一步，快乐自然就会产生。我是天地之间最为困苦的人，之所以没有因为忧愁而死，也没有因为困难挫折而憔悴,都是用了这个方法。又有一支笔与我终身相伴,虽然尚不能够用来横扫千军,解除忧虑却是绰绰有余的。但是如果不善于退一步,那么纸墨也能将人困住。想想战国时虞卿写书,也是用了这个方法。我能够将这个方法公之于世,而他却保秘而不传。

由亭长这个例子来类推,凡是行乐的人,不用借用他人的例子来让自己退一步,就自身而言,谁没经历过逆境?大到灾祸凶患,小到疾病忧伤。"执柯伐柯,其则不远",拿来进行比较,尤为贴切。凡人的一生,对于料想不到的巨大灾祸,不但不能遗忘,还应郑重记载,高高悬挂,以警示自我。它对人的好处有三点:如果罪孽是自己造成的,就可以知错痛改,看作是前车之鉴;如果灾祸是从天而降的,就可以停止抱怨、消除怨恨,以除后患;至于等到追忆过去的困苦和烦恼,却引出无穷的快乐时,就是警示之外的意外收获了。如果说反省自身、归罪自己,这些原属于隐私,不便让别人一起看到。如果是这样,就有可以掩饰的方法;或者可以只写遭受灾祸的时间,不提具体事件;或者另写几句影射的话,但不写具体情况;或者写一副对联或者一首诗,悬挂在起居常见的地方,暗中寄寓自己的心境,不让别人知道,也是淑良谨慎、修身自好的好方法。这都是西湖李笠翁瞒着别人独自在做的事情。信笔写来,想要避讳却也不能了,这就是俗话说的"不打自招",不是吗?

○家庭行乐之法

【原文】

世间第一乐地,无过家庭。"父母俱存,兄弟无故,一乐也。"是圣贤行乐之方,不过如此。而后世人情之好向,往往与圣贤相左。圣贤所乐者,彼则苦之;圣贤所苦者,彼反视为至乐而沉溺其中。如弃现在之天亲而拜他人为父,撇同胞之手足而与陌路结盟,避女色而就娈童①,舍家鸡而寻野鹜②。是皆情理之至悖,而举世习而安之。其故无他,总由一念之恶旧喜新,厌常趋异所致。若是,则生而所有之形骸,亦觉陈腐可厌,胡不并易而新之,使今日魂附一体,明日又附一体,觉愈变愈新之可爱乎?其不能变而新之者,以生定故也。然欲变而新之,亦自有法。时易冠裳,迭更帏座,而照之以镜,则似换一规模矣。即以此法而施之父母兄弟、骨肉妻孥,以结交滥费之资,而鲜其衣饰,美其供奉,则"居移气,养移体",一岁而数变其形,岂不犹之谓他人父,谓他人母,而与同学少年互称兄弟,各家美丽共缔姻盟者哉？

　　有好游狭斜者，荡尽家资而不顾，其妻迫于饥寒而求去。临去之日，别换新衣而佐以美饰，居然绝世佳人。其夫抱而泣曰："吾走尽章台③，未尝遇此娇丽。由是观之，匪人之美，衣饰美之也。倘能复留，当为勤俭克家，而置汝金屋。"妻善其言而止。后改荡从善，卒如所云。

　　又有人子不孝而为亲所逐者，鞠于他人，越数年而复返，定省承欢，大异畴昔④。其父讯之，则曰："非予不爱其亲，习久而生厌也。兹复厌所习见，而以久不睹者为可亲矣。"众人笑之，而有识者怜之。何也？习久而厌其亲者，天下皆然，而不能自明其故。此人知之，又能直言无讳，盖可以为善人也。

　　此等罕譬曲喻，皆为劝导愚蒙。谁无至性，谁乏良知，而俟予为木铎？但观孺子离家，即生哭泣，岂无至乐之境十倍其家者哉？性在此而不在彼也。人能以孩提之乐境为乐境，则去圣人不远矣。

【注释】

①娈童：也称"男妓"，旧时供人狎玩的美男子。
②野鹜：野鸭，比喻非正式的配偶，此处指男人到外面寻欢。
③章台：汉代长安内的一条街，指歌妓聚集的地方。
④畴昔：往昔，以前。

【译文】

　　世上最快乐的地方，莫过于家中。古语说："父母俱存，兄弟无故，一乐也。"意思是"父母都健在，兄弟没有亡故，就是一件乐事"。所以圣贤行乐的方法，也不过如此。而后来世人喜欢和崇尚的事物，却往往与圣贤不同。圣贤乐于做的事情，他们觉得痛苦；圣贤觉得痛苦的事情，他们反而视为至乐，并且沉溺其中。例如抛弃现在亲生的父母，转而拜他人为父，抛下同胞的兄弟，转而与陌生人结盟，避开女色，转而亲近娈童，舍弃妻妾，转而追玩妓女。这些都是极端违背情理的行为，但是普天下都习以为常。原因不是别的，都是由喜新厌旧、厌俗求异的念头造成的。如果是这样，那么与生俱来的身体，都觉得陈腐讨厌的话，何不一并换个新的，让自己的魂魄今天附在一个身体上，明天附在另一个身体上，会觉得越来越新鲜，越来越令人喜欢吗？身体不能变化更新，是因为生来就已经确定了。但如果想变化更新，也自有办法。时常更换衣服，变换床帐座椅，用镜子一照，就好像变了一副模样。用这样的方法来对待父母兄弟、妻子儿女，把结交外人而滥用的钱,来给他们买漂亮的衣服和首饰,丰富他们的供给,那么地位和环境可以改变人的气质,奉养可以改变人的体质。一年之内,形象多次改变,这不就跟拜别人的父母为父母、和年少的朋友称兄道弟、与各家的美女共结姻缘一样了吗?

曾有人喜欢游荡青楼妓院,花光全部家产也不管不顾,他的妻子因饥寒交迫想要离开。临走那天,妻子换上了新的衣服,并佩戴了漂亮的首饰,竟然是一位绝世佳人。她的丈夫抱着她痛哭道:"我走遍青楼妓院,未曾遇见像你这样娇艳的美人。这么看来,妓女漂亮是因为衣服将她装扮得漂亮。如果你能留下,我会勤俭持家,把你养在金屋。"妻子听他说得很好,于是留了下来。后来果真像那人说的那样,他改变浪荡的恶习,走上了正道。

还有人因为不孝而被父母驱逐,被别人收养。过了几年后,重新返回家中,早晚请安,侍奉父母,与之前大不相同。他的父亲问他,则回答道:"不是我不爱自己的亲生父母,只是相处久了,就会厌烦。现在又厌烦了常常见面的养父母,而对许久不见的亲生父母感到亲切。"众人都笑话他,而有见识的人却同情他。为什么呢?相处久了,就会厌烦父母,天下人都是这样,但自己却不知道个中缘由。这个人不仅知道,而且能直言不讳,是个可以做善事的人。

这样少见、精辟、委婉的比喻,都是为了劝导那些愚昧无知的人。谁没有天赋卓越的品性,谁缺乏良知,而在等待我的教导?你看孩童离开家,就会哭泣,难道没有其他快乐的地方,比孩童的家强十倍?因为他的兴趣就在家中而不在其他地方。人若能把孩童的快乐当作快乐,那么就离圣人不远了。

○道途行乐之法

【原文】

"逆旅"二字,足概远行,旅境皆逆境也。然不受行路之苦,不知居家之乐,此等况味,正须一一尝之。予游绝塞而归,乡人讯曰:"边陲之游乐乎?"曰:"乐。"有经其地而惮焉者曰:"地则不毛,人皆异类,睹沙场而气索,闻钲鼓而魂摇,何乐之有?"予曰:"向未离家,谬谓四方一致,其饮馔服饰皆同于我,及历四方,知有大谬不然者。然止游通邑大都,未至穷边极塞,又谓远近一理,不过稍变其制而已矣。及抵边陲,始知地狱即在人间,罗刹原非异物;而今而后,方知人之异于禽兽者几希,而近地之民，其去绝塞之民者，反有霄壤幽明之大异也。不入其地，不睹其情，乌知生于东南，游于都会，衣轻席暖，饭稻羹鱼之足乐哉！"此言出路之人，视居家之乐为乐也；然未至还家，则终觉其苦。又有视家为苦，借道途行乐之法，可以暂娱目前，不为风霜车马所困者，又一方便法门也。向平①欲俟婚嫁既毕，遨游五岳；李固②与弟书，谓周观天下，独未见益州，似有遗憾；太史公因游名山大川，得以史笔妙千古。是游也者，男子生而欲得，不得即以为恨者也。有道之士，尚欲挟资裹粮，专行其志。而我以糊口资生之便，为益闻广见之资，过一地，即览一地之人情；经一方，则睹一方之胜概，而且食所未食，尝所欲尝，蓄所余者而归遗细君，似得五侯之鲭③，以果一家之腹，是人生最乐之事也，奚事哭泣阮途，而为乘楂驭骏者所窃笑哉？

【注释】

①向平：即向子平，汉朝道家的代表人物之一。隐居不仕，性尚中和。建武年间，他将子女娶嫁之事办完之后，便与家室断绝关系。与好友一道游览五岳名山，其后不知所终。

②李固：东汉中期名臣。冲帝即位后，任太尉，与大将军梁冀等腐朽势力斗争，桓帝即位后，为梁冀所诬，逮捕治罪，遂死于狱中。

③五侯之鲭：五侯，指汉成帝母舅王谭、王根、王立、王商、王逢时，因同日封侯故号为五侯。鲭，为肉和鱼的杂烩。五侯之鲭指汉代娄护合王氏五侯家珍膳而烹成的杂烩。

【译文】

"逆旅"两个字，完全可以概括远行，旅途的环境都是逆境。然而不经受赶路的辛苦，就不知道在家的快乐，这种境况滋味，必须一一品尝。我游历边塞回来，同乡的人问我："边塞之行快乐吗？"我说："快乐。"有到过那里而心生畏惧的人说："那里是不毛之地，民族也与我们不同，一看到沙场就勇气尽失，一听到战鼓就心惊胆战，有什么快乐可言？"我说："过去未曾离开家，误以为天下都一样，各地的饮食服饰都跟我们相同。等到游历四方之后，才发现自己大错特错。如果只是游历了繁华的大城市，没有到过穷乡僻壤的边疆塞外，又会认为游历远和近，道理都一样，不过是稍微变换了一下形式。等到到达边塞，才知道罗刹本就不是罕见异物，地狱其实就在人间。从此之后，才知道人与禽兽的差别并不大。然而中原百姓与边疆百姓却有天壤之别。不到当地，没看到当地的情形，怎么知道生在东南地区、游历大城市、身着轻便的衣服、睡着暖和的被褥、用稻做饭、拿鱼做汤的乐趣已经足够呢?"这是在说远行的人,把住在家里当作乐趣;但是没回到家之前,则终究会觉得辛苦。

也有人把住在家里当作痛苦,借鉴道途行乐的方法,没有被风霜车马困住,可以暂时以眼前为乐,也是一个方便的办法。汉代向平想要等到儿女婚嫁之事全都完成,就去遨游五岳;东汉李固写信给弟弟说,他游遍天下,唯独没去过益州,似乎有遗憾;太史公司马迁因为游历名山大川,写出绝妙千古的史册。所以说,游历是男子生来就想做的事情,如果做不了,就会觉得遗憾。有道之士,尚且想要带上钱财衣食,以便专心实现这个志向。而我因为糊口谋生的便利,得以增长见闻。每路过一个地方,就会游览这个地方的风土人情;每经过一个地方,就会观赏这个地方的名胜之地。而且吃到没有吃过、尝到想要品尝的食物时,把剩余的保存起来,带回来给妻子,就像绝世美食,以满足全家人的口福,正是人生最快乐的事啊。何必要像三国时的阮籍那样,酒后穷途哭泣,立刻返回家中,而被那些当权之人暗自耻笑呢?

○春季行乐之法

【原文】

人有喜、怒、哀、乐,天有春、夏、秋、冬。春之为令,即天地交欢之候、阴阳肆乐之时也。人心至此,不求畅而自畅,犹父母相亲相爱,则儿女嬉笑自如,睹满堂之欢欣,即欲向隅而泣,泣不出也。然当春行乐,每易过情,必留一线之余春,以度将来之酷夏。盖一岁难过之关,惟有三伏,精神之耗,疾病之生,死亡之至,皆由于此。故俗话云:"过得七月半,便是铁罗汉。"非虚语也。思患预防,当在三春行乐之时,不得纵欲过度,而先埋伏病根。花可熟观,鸟可倾听,山川云物之胜可以纵游,而独于房欲之事略存余地。盖人当此际,满体皆春。"春"者,泄尽无遗之谓也。草木之"春",泄尽无遗而不坏者,以三时皆蓄,而止候泄于一春,过此一春,又皆蓄精养神之候矣。人之一身,能保一时尽泄而三时皆不泄乎?尽泄于春,而又不能不泄于夏,虽草木不能不枯,况人身之浮脆者乎?欲留枕席之余欢,当使游观之尽致。何也?分心花鸟,便觉体有余闲;并力闺帏,易致身无宁刻。然予所言,皆防已甚之词也。若使杜情而绝欲,是天地皆春而我独秋,焉用此不情之物,而作人中灾异乎?

【译文】

　　人有喜怒哀乐，天有春夏秋冬。春天这个季节，是天地冷暖交流、阴阳会和的时候。到了这个时候，人的心情也会自然而然舒畅起来，就像父母相亲相爱，儿女就会喜笑颜开。看到大家都很开心，即使想一个人面对墙角哭泣，也哭不出来。然而在春季行乐，往往容易纵情过度，一定要留一点精力，以便度过即将到来的炎夏。一年之中最难度过的关卡，就是三伏天，精神耗损、疾病产生以及死亡降临，都是因为这个。所以，俗话说："过得七月半，便是铁罗汉。"这不是假话。想到这个隐患，就要提前预防。春天行乐的时候，不要纵欲过度，从而先埋下了病根。花开时尽情观赏，鸟鸣时可以尽情赏听，山川云雾这样的美景可以纵情游览，但是唯独在房事情欲方面，需要略微留些余地。人在这时候，全身都是春情。"春"，说的就是泄尽无遗。草木的"春"，泄尽无遗而不损伤，是因为其他三个季节都在积聚，只待春季一个季节宣泄，过了春季，又是积聚的时候了，人的一身，能保证一个季节尽情宣泄，而其他三个季节不宣泄吗？在春天已经泄尽了，而在夏天又不能不宣泄。就是草木也不能不干枯，何况是人身这样脆弱的呢？想要留存枕席的欢乐，应该在游览时尽兴。为什么？分心到花鸟上，就觉得身体有空闲，把心思都花到房中，容易把身体劳累得没有一刻休息。但是我所说的，都是防备过度的话。要是摒弃感情而杜绝欲念，造成天地皆春而我独秋的局面，岂非要以这无情的东西造成人间的灾异吗？

○夏季行乐之法

【原文】

　　酷夏之可畏，前幅虽露其端，然未尽暑毒之什一也。使天只有三时而无夏，则人之死也必稀，巫、医、僧、道之流皆苦饥寒而莫救矣。止因多此一时，遂觉人身叵测，常有朝人而夕鬼者。《戴记》云："是月也，阴阳争，死生分。"危哉斯言！令人不寒而栗矣。凡人身处此候，皆当时时防病，日日忧死。防病忧死，则当刻刻偷闲以行乐。从来行乐之事，人皆选暇于三春，予独息机于九夏。以三春神旺，即使不乐，无损于身；九夏①则神耗气索，力难支体，如其不乐，则劳神役形，如火益热，是与性命为仇矣。《月令》以仲冬为闭藏②；予谓天地之气闭藏于冬，人身之气当令闭藏于夏。试观隆冬之月，人之精神愈寒愈健，较之暑气铄③人，有不可同年而语者。凡人苟非民社系身，饥寒迫体，稍堪自逸者，则当以三时行事，一夏养生。过此危关，然后出而应酬世故，未为晚也。追忆明朝失政以后，大清革命之先，予绝意浮名，不干寸禄，山居避乱，反以无事为荣。夏不谒客，亦无客至，匪止头巾不设，并衫履而废之。或裸处乱荷之中，妻孥觅之不得；或偃卧④长松之下，猿鹤过而不知。洗砚石于飞泉，试茗奴以积雪；欲食瓜而瓜生户外，思啖果而果落树头，可谓极人世之奇闻，擅有生之至乐者矣。后此则徙居城市，酬应日纷，虽无利欲熏人，亦觉浮名致累。计我一生，得享列仙之福者，仅有三年。今欲续之，求为闰余而不可得矣。伤哉！人非铁石，奚堪磨杵作针；寿岂泥沙，不禁委尘入土。予以劝人行乐，而深悔自役其形。噫，天何惜于一闲，以补富贵荣肰⑤之不足哉！

【注释】

①九夏：指夏季的九十日，泛指夏天。
②闭藏：闭塞掩藏；收藏保管。
③铄：熔化金属。
④偃卧：仰卧，睡卧。
⑤荣肰：华美，犹指富贵荣华。

【译文】

酷热夏天的可怕，前文虽然提到一些，但是并未说出酷暑害处的十分之一。假使一年只有三个季节而没有夏季，那么死亡的人数一定会减少，从事巫医僧道的这些人，都会因此失去饭碗而饥寒交迫，没有人能救他们。只是因为多了这个季节，就觉得人生难料，常常有人早上还是人，晚上就成了鬼。《礼记》中说："是月也，阴阳争，死生分。"意思是"这个季节，阴阳相争，死生分离"。这句话真吓人啊！让人不寒而栗。人但凡处在这个时候，都应时时防备生病，天天担心死亡。既然如此，就应时时忙里偷闲，及时行乐。自古以来，人们都是选在春天行乐，而我独独选择在夏天。因为人在春天精神旺盛，即使不行乐，也对身体没有损害。人在夏天则精气耗尽、体力不支，如果不行乐，就会身心劳累，犹如火上浇油，是跟性命有仇啊。《月令》认为冬天是闭藏的季节，我认为天地之气应该在冬天闭藏，但人身之气应该在夏天闭藏。试看寒冬时节，天气越冷，人就越精神，相比于夏天炎热伤人，不能与之相提并论。一般人，如果不是公务缠身、饥寒交迫，自己可以稍稍清闲的，就应该在春、秋、冬三个季节做事，在夏季养生。过了这个危险关头，然后再出来应酬人情世故，也不算晚。回想明末政局动荡,大清王朝创建之前,我视名利如浮云,没有任何念想,也不求任何官职,住在山中避乱,反而以无事可做为荣。夏天我不去拜见客人,也没有客人来访,不仅不戴头巾,就连衣服鞋子都不穿。有时候我光着身子待在杂乱的荷叶之中,妻子儿女寻觅不到;有时候我仰卧在长松之下,猿猴仙鹤经过时都发觉不了。用飞泉水洗砚台,用积雪水煮茶喝;想吃瓜就到屋外摘取,想吃果子就会有果子从树头掉落,可以说是极尽人间奇闻逸事,独占有生以来的最大乐趣。后来迁居回到城市,应酬每日不断,虽然没有因为贪财图利迷住心窍,但也觉得浮名使人劳累。算起来,我这一生,享受了像神仙一般幸福的时间仅有三年。如今想要继续享受,哪怕是一个闰月也不可能了。伤心啊!人并非铁石,怎能经受得住铁杵磨针那样的损耗;寿命岂是泥沙,哪里经受得住丢进尘土的折磨。我劝人行乐,却因让自己身体劳累而深刻忏悔。哎!上天为何还要吝惜这一时的清闲,不用它来弥补我没有富贵荣华的缺憾呢?

○秋季行乐之法

【原文】

过夏徂秋,此身无恙,是当与妻孥庆贺重生,交相为寿者矣。又值炎蒸初退,秋爽媚人,四体得以自如,衣衫不为桎梏,此时不乐,将待何时?况有阻人行乐之二物,非久即至。二物维何?霜也,雪也。霜雪一至,则诸物变形,非特无花,亦且少叶;亦时有月,难保无风。若谓"春宵一刻值千金",则秋价之昂,宜增十倍。有山水之胜者,乘此时蜡屐①而游,不则当面错过。何也?前此欲登而不可,后此欲眺而不能,则是又有一年之别矣。有金石之交②者,及此时朝夕过从,不则交臂而失。何也?襁褓阻人于前,咫尺有同千里;风雪欺人于后,访戴何异登天?则是又负一年之约矣。至于姬妾之在家,一到此时,有如久别逢,为欢特异。何也?暑月汗流,求为盛妆而不得,十分娇艳,惟四五之仅存;此则全副精神,皆可用于青鬟翠黛之上。久不睹而今忽睹,有不与远归新娶同其燕好者哉?为欢即欲,视其精力短长,总留一线之余地。能行百里者,至九十而思休;善登浮屠③者,至六级而即下。此房中秘术,请为少年场授之。

【注释】

①蜡屐:涂蜡的木屐,比喻游历。

②金石之交：比喻像金石一样坚不可摧的友谊。

③浮屠：佛塔。

【译文】

经过夏天到了秋天，身体安然无恙，就应该和妻子儿女庆贺重生，互相祝贺延寿。正值炎热潮湿开始消退之时，秋高气爽，风景怡人，四肢可以伸展自如，不再受衣服的束缚，此时不去行乐，更待何时？更何况阻碍人们行乐的两种事物不久就会到来。那这两种事物是什么？霜和雪。霜雪一到，万物的形态开始变化，不但没有花，连叶子也很少；虽然时常也有月色，但是难保没有冷风。如果说"春宵一刻值千金"，那么秋天的价值，要比春天多出十倍。如果有山水名胜之地，应趁此时登山游玩，不然就会与美景当面错过。为什么？若在此之前，天气炎热无法登山；若在此之后，美景尽失无法眺望，那么又要一年之后才能再看了。如果有生死之交，这时应在早晚互相往来，不然就会与他失之交臂。为什么？在此之前，天气炎热，衣服粗重，即使近在咫尺，也如同远在千里之外；在此之后，风雪袭人，拜访好友则难于登天。那么又要辜负一年的约定了。至于家中的姬妾，一到这个时候，就好像久别重逢，相处特别欢乐。为什么呢？夏天容易流汗，无法盛装打扮，原来十分的娇艳，只能剩下四五分；此时就可以把全部的精神，都用在梳妆打扮上。很久不见她们盛装打扮，今天突然见到，怎能不像远行方归或者新婚燕尔一样感情融洽呢？男女交欢、满足欲望，应该根据个人的精力不同，总要留一些余地。能走一百里路的人，走到九十里就会考虑休息；善登七层佛塔的人，到了第六层就会下来。这个房中秘术，请让我传授给年轻人。

○冬季行乐之法

【原文】

冬天行乐，必须设身处地，幻为路上行人，备受风雪之苦，然后回想在家，则无论寒燠晦明，皆有胜人百倍之乐矣。尝有画雪景山水，人持破伞，或策蹇驴，独行古道之中，经过悬崖之下，石作狰狞之状，人有颠蹶之形者。此等险画，隆冬之月，正宜悬挂中堂。主人对之，即是御风障雪之屏，暖胃和衷之药。若杨国忠之肉阵①、党太尉之羊羔美酒，初试或温，稍停则奇寒至矣。善行乐者，必先作如是观，而后继之以乐，则一分乐境，可抵二三分，五七分乐境，便可抵十分十二分矣。然一到乐极忘忧之际，其乐自能渐减，十分乐境，只作得五七分，二三分乐境，又只作得一分矣。须将一切苦境，又复从头想起，其乐之渐增不减，又复如初。此善讨便宜之第一法也。譬之行路之人，计程共有百里，行过七八十里，所剩无多，然无奈望到心坚，急切难待，种种畏难怨苦之心出矣。但一回头，计其行过之路数，则七八十里之远者可到，况其少而近者乎？譬如此际止行二三十里，尚余七八十里，则苦多乐少，其境又当何如？此种想念，非但可为行乐之方，凡居官者之理繁治剧，学道者之读书穷理，农工商贾之任劳即勤，无一不可倚之为法。噫，人之行乐，何与于我，而我为之嗓敝舌焦，手腕几脱。是殆有媚人之癖，而以楮墨代脂韦者乎？

【注释】

①杨国忠之肉阵：唐玄宗时，外戚杨国忠当政，穷奢极欲，冬月常选婢妾肥大者，行列于前遮风，借人气取暖。

【译文】

冬天行乐，必须要设身处地，想象自己是走在路上的行人，饱受风雪吹打的苦，然后想想自己正在家中，那么不论冷暖阴晴，都比别人幸福百倍。曾有一幅画，画的是山水雪景，画中之人手拿一把破伞，好像骑着一头瘸驴，独自行走在古道之中，正经过悬崖下，石头是狰狞可怕的形状，人好像要摔倒的样子。这样凶险场面的画作，严冬时节，正适合挂在厅堂正中的位置。主人看到它，就好像是防御风雪的屏障，温暖肠胃的良药。就像唐代杨国忠让身材肥大的婢妾列阵挡风，或者北宋党太尉用羊羔美酒御寒，开始的时候觉得温暖，稍微一停，就会特别寒冷。善于行乐的人，一定要有这样的想法，然后才能继续行乐。那么一分快乐，抵得上两三分的效果，五七分的快乐，就能抵得上十分或者十二分了。但是一旦获得极致的快乐、忘记烦恼忧愁的时候，这种快乐自己就会逐渐减少，十分的快乐，也就只抵得上五七分，二三分的快乐，也就只抵得上一分了。必须将所有痛苦的情形，再次从头想起，那么快乐就会逐渐增加而不会减少，又像当初一样。这是善讨便宜的最好方法。比如正在赶路的人，计划要走的路程是一百里，走完七八十里，剩下的路程已经不多，但是无奈他盼望抵达的想法太过强烈，于是心急难耐，各种害怕困难、抱怨辛苦的念头就会产生。但是回头一算已经走过的路程，七八十里那么远都已经走完，更何况剩下的这段路程又少又近呢？假如这时只走了二三十里，还剩七八十里没走，那么就是苦多乐少了，这种情况又该怎么办？这种想法，不仅可以作为行乐的方法，但凡是需要处理繁杂事务的做官之人，辛勤劳苦的农工商贾，全都可以遵循这个法则。唉，别人行乐，跟我有什么关系？而我为此口干舌燥，手腕几乎累断。难道是有取悦别人的癖好，就用笔墨代替阿谀？

○随时即景就事行乐之法

【原文】

行乐之事多端，未可执一而论。如睡有睡之乐，坐有坐之乐，行有行之乐，立有立之乐，饮食有饮食之乐，盥栉①有盥栉之乐，即袒裼裸裎②、如厕便溺，种种秽亵之事，处之得宜，亦各有其乐。苟能见景生情，逢场作戏，即可悲可涕之事，亦变欢娱。如其应事寡才，养生无术，即征歌选舞之场，亦生悲戚。兹以家常受用，起居安乐之事，因便制宜，各存其说于左。

【注释】

①盥栉：梳洗。
②袒裼裸裎：袒臂露身。古时认为是粗俗非礼的行为。

【译文】

行乐的事情有多种情况，不能一概而论。比如说睡觉有睡觉的快乐，坐着有坐着的快乐，行走有行走的快乐，站立有站立的快乐，饮食有饮食的快乐，梳洗打扮有梳洗打扮的快乐，就算是裸露身体、拉屎撒尿等各种污秽下流的事情，只要处理得当，也是各有各的快乐。如果能触景生情、逢场作戏，即使是悲伤流泪的事情，也能变成快乐。要是缺乏处理事情的能力，没有养生的方法，那么即使是在观赏歌舞的场所，也能产生悲伤。现在把家里日常生活之中经常遇到、与起居安乐有关的事情，根据不同的情况，制定不同的对策，分别介绍如下。

睡

【原文】

有专言法术之人，遍授养生之诀，欲予北面事之。予讯益寿之功，何物称最？颐生之地，谁处居多？如其不谋而合，则奉为师，不则友之可耳。其人曰："益寿之方，全凭导引①；安生之计，惟赖坐功②。"予曰："若是，则汝法最苦，惟修苦行者能之。予懒而好动，且事事求乐，未可以语此也。"其人曰："然则汝意云何？试言之，不妨互为印政。"予曰："天地生人以时，动之者半，息之者半。动则旦，而息则暮也。苟劳之以日，而不息之以夜，则旦旦而伐之，其死也可立而待矣。吾人养生亦以时，扰之以半，静之以半，扰则行起坐立，而静则睡也。如其劳我以经营，而不逸我以寝处，则岌岌乎殆哉！其年也，不堪指屈矣。若是，则养生之诀，当以善睡居先。睡能还精，睡能养气，睡能健脾益胃，睡能坚骨壮筋。如其不信，试以无疾之人与有疾之人合而验之。人本无疾，而劳之以夜，使累夕不得安眠，则眼眶渐落而精气日颓，虽未即病，而病之情形出矣。患疾之人，久而不寐，则病势日增；偶一沉酣，则其醒也，必有油然勃然之势。是睡非睡也，药也；非疗一疾之药，乃治百病，救万民，无试不验之神药也。兹欲从事导引，并力坐功，势必先遣睡魔，使无倦态而后可。予忍弃生平最效之药，而试未必果验之方哉？"其人艴然③而去，以予不足教也。

予诚不足教哉！但自陈所得，实为有见而然，与强辩饰非者稍别。前人睡诗道："花竹幽窗午梦长，此中与世暂相忘。华山处士如容见，不觅仙方觅睡方。"近人睡诀云："先睡心，后睡眼。"此皆书本唾余，请置弗道，道其未经发明者而已。

睡有睡之时，睡有睡之地，睡又有可睡可不睡之人，请条晰言之。由戌至卯，睡之时也。未戌而睡，谓之先时，先时者不详，谓与疾作思卧者无异也；过卯而睡，谓之后时，后时者犯忌，谓与长夜不醒者无异也。且人生百年，夜居其半，穷日行乐，犹苦不多，况以睡梦之有余，而损宴游之不足乎？有一名士善睡，起必过午，先时而访，未有能晤之者。予每过其居，必俟良久而后见。一日闷坐无聊，笔墨具在，乃取旧诗一首，更易数字而嘲之曰："吾在此静睡，起来常过午；便活七十年，止当三十五。"同人见之，无不绝倒。此虽谑浪④，颇关至理。是当睡之时，止有黑夜，舍此皆非其候矣。

然而午睡之乐，倍于黄昏，三时皆所不宜，而独宜于长夏。非私之也，长夏之一日，可抵残冬之二日；长夏之一夜，不敌残冬之半夜，使止息于夜，而不息于昼，是以一分之逸，敌四分之劳，精力几何，其能堪此？况暑气铄金⑤，当之未有不倦者。倦极而眠，犹饥之得食、渴之得饮，养生之计，未有善于此者。午餐之后，略逾寸晷，俟所食既消，而后徘徊近榻。又勿有心觅睡，觅睡得睡，其为睡也不甜。必先处于有事，事未毕而忽倦，睡乡之民自来招我。桃源、天台诸妙境，原非有意造之，皆莫知其然而然者。予最爱旧诗中有"手倦抛书午梦长"一句。手书而眠，意不在睡；抛书而寝，则又意不在书，所谓莫知其然而然也。睡中三昧，惟此得之。此论睡之时也。

睡又必先择地。地之善者有二：曰静，曰凉。不静之地，止能睡目，不能睡耳，耳目两岐，岂安身之善策乎？不凉之地，止能睡魂，不能睡身，身魂不附，乃养生之至忌也。至于可睡可不睡之人，则分别于忙、闲二字。就常理而论之，则忙人宜睡，闲人可以不必睡。然使忙人假寐，止能睡眼，不能睡心，心不睡而眼睡，犹之未尝睡也。其最不受用者，在将觉未觉之一时，忽然想起某事未行、某人未见，皆万万不可已者，睡此一觉，未免失事妨时，想到此处，便觉魂趋梦绕，胆怯心惊，较之未睡之前，更加烦躁，此忙人之不宜睡也。闲则眼未阖而心先阖，心已开而眼未开；已睡较未睡为乐，已醒较未醒更乐。此闲人之宜睡也。然天地之间，能有几个闲人？必欲闲而始睡，是无可睡之时矣。有暂逸其心以妥梦魂之法：凡一日之中，急切当行之事，俱当于上半日告竣，有未竣者，则分遣家人代之，使事事皆有着落，然后寻床觅枕以赴黑甜⑥，则与闲人无别矣。此言可睡之人也。而尤有吃紧一关未经道破者，则在莫行歹事。"半夜敲门不吃惊"，始可于日间睡觉，不则一闻剥啄，即是逻倅到门矣。

【注释】

①导引：导，指"导气"，导气令和；引，指"引体"，引体令柔。导引是中国古代呼吸运动（导）和肢体运动（引）相结合的一种养生术。

②坐功：道家指静坐的修行方式。

③艴然：因愤怒而脸色改变的样子。

④谑浪：戏谑放荡。

⑤铄金：熔化金属，此处表示夏天天气很热。

⑥黑甜：酣睡。

【译文】

有个专门研究法术的人,到处传授养生的秘诀,想要我拜他为师。我问他延年益寿的方法之中,哪个最有效?适合养生的地方,哪里最好?如果两个人的意见不谋而合,那么我就拜他为师,不然就做一般朋友。那人说:"延年益寿的方法,全凭气功;安养生命的方法,只靠打坐。"我说:"倘若如此,那么你的方法最苦,只有苦行僧能做到。我不仅懒又好动,而且事事都追求快乐,你所说的我做不到。"他说:"那么你的意见是什么?试着说说看,我们不妨相互印证。"我说:"天地根据时间来安排人的生活,一半时间活动,一半时间休息。白天活动,晚上休息。如果白天劳作,而晚上不休息,那么每天都会劳累疲乏,死亡很快就会到来。我们养生也是根据时间,一半时间纷扰,一半时间静养。纷扰指的就是行、起、坐、立,而静养指的是睡觉。如果让我因筹划经营而劳累疲惫,却不让我到床榻上睡觉休息,那就非常危险了。我的寿命也就屈指可数了。倘若如此,那么养生的秘诀,首先应该是睡好。睡觉能恢复精力,睡眠能保养元气,睡觉能健脾益胃,睡觉能强筋健骨。如果不信,就把没病的人和有病的人一起进行比较验证。一个人本来没有病,如果让他夜间劳作,累到晚上不能安心睡觉,那么眼眶就会渐渐陷落,精神也会日益颓废,虽然没有立刻生病,但是生病的症状已经出现。生病的人如果长时间不睡觉,那么病情就会日益严重;偶尔沉睡一次,那么醒来以后,一定会精神旺盛。所以,这种睡觉并非单纯的睡觉,还是治病的药;不是治疗一种疾病的药,而是包治百病、能救万民、百试百灵的神药。此时想要用气功、结合打坐,一定要先把睡魔赶走,让人不再疲倦才可以。我怎么能忍受放弃平生最为灵验的药物,而去尝试未必奏效的药方呢?"那个人生气地离开了,认为我不值得教诲。

我的确不值得教诲啊!但我只是陈述了自己的心得,实在是有所发现才这样讲,跟强词夺理掩饰错误的人稍有不同。古人曾写睡诗:"花竹幽窗午梦长,此中与世暂相忘。华山处士如容见,不觅仙方觅睡方。"近来有人提出养生秘诀:"先睡心,后睡眼。"这些都是书本上无足轻重的言论,先放着不提,只说那些别人没有发现的。

对于睡觉,既有适合睡觉的时间,也有适合睡觉的地方,有可以睡觉的人,也有不可睡觉的人。请允许我逐条清晰地进行说明。从戌时到卯时,是适合睡觉的时间。没有到戌时就睡,称为"先时",即提前。提前睡觉不好,因为这就跟生了病想要睡觉的人一样。过了卯时还在睡,称为"后时"，即延后。延后睡觉犯忌，因为这就跟长睡不醒的人没有差别。况且人的一生不过百年，其中夜晚占了一半，整天行乐，还嫌时间不够，更何况睡得过多还会损耗不足的玩乐时间。有一位名士喜欢睡觉，起床之时必过中午，在这个时间之前去拜访，没有人能见到他。我每次去拜访，必定要等上很久才能见到他。有一天我闷坐无聊，看到桌上笔墨都有，就用一首旧诗，改动几个字来嘲弄他："吾在此静睡，起来常过午。便活七十年，止当三十五。"朋友见了，无一不笑得前仰后合。这虽然只是玩笑，却颇有道理。所以适合睡觉的时间，只有夜晚，除此之外，其他时间都不合适。然而午睡的快乐，却比黄昏睡觉的快乐要多出几倍。

　　午睡对于春秋冬三个季节都不合适，唯独适合盛夏。这并不是对夏季的偏爱，而是因为盛夏的一个白天，可以抵得上深冬的两个白天；盛夏的一个夜晚，还不到深冬的半个夜晚。如果夏季人们只在夜晚休息，白天不休息，就是用一份休息去抵挡四倍劳累。人们又有多少精力，能够经受住如此折腾？况且夏季炎热，能够熔化金属，面对夏天，没有人会不感到疲倦。非常疲倦的时候，人就要睡觉，就像饥饿了就要进食，口渴了就要喝水一样，没有比这个更好的养生方法了。用完午餐，稍微过些时间，等到食物消化了，然后就在床边溜达。也不要刻意想睡，因为这样即使睡着了，睡得也不香甜。一定要让自己有事可做，事情没做完但忽然感到困倦，瞌睡虫自会找上门来。桃花源和天台山等妙境，原都不是有意制造出来的，都是不知何故而自然实现的。我最爱旧诗中"手倦抛书午梦长"这一句。拿着书睡着，本意不在睡觉；放下书睡觉，本意又不在看书，就是所谓不知其中缘故却自然而然实现了。睡觉的真谛，只有这样才能得到。这里讲的就是睡觉的时间。

　　睡觉又必定要先选择地点。适合睡觉的地方有两个要素：一个是安静，一个是凉爽。不安静的地方，只能让眼睛休息，不能让耳朵休息，眼睛和耳朵不能统一，哪里是休息身体的好方法呢？不凉爽的地方，只能让精神休息，不能让身体休息，精神和身体不能结合，这是养生的大忌啊。至于可睡之人和不可睡之人，则主要区别在于忙与闲两个字。就常理来说，忙碌的人应该睡，清闲的人可以不睡。然而让忙碌的人小睡，只能让眼睛休息，不能让心休息，心不能休息而只有眼睛休息，就跟没有休息一样。其中最难受的是在将睡未睡之时，突然想起自己还有事情没做、还有某人没见，都是万万不可以的。这一觉睡了，不免会既误事又误时，想到这里，就会觉得魂牵梦绕、胆战心惊，相比没睡之前，反而更加烦躁。因此，忙人并不适合睡觉。清闲的人眼睛还未合上，心已经在休息了；心已经清醒的时候，眼睛却还没张开。所以，睡着了会比没睡时快乐，清醒时会比没醒时更快乐，所以说闲人适合睡觉。然而天地之间，能有几个闲人？一定要等到清闲了才开始睡觉，那就没有可以睡觉的时间了。有个让人暂时放松精神做个好梦的方法：凡是当天急需处理的事情，都应在上午完成，如果没有完成的，就分派给家人代办，让每件事情都有着落。然后再上床酣睡，就跟闲人没有差别了。这说的是可睡之人。还有特别要紧的一件事情没说，就是不要做坏事。"半夜敲门不吃惊"，才可以在白天睡觉，不然一听到敲门声，就以为是官差上门抓人了。

坐

【原文】

从来善养生者，莫过于孔子。何以知之？知之于"寝不尸，居不容"①二语。使其好饰观瞻，务修边幅，时时求肖君子，处处欲为圣人，则其寝也，居也，不求尸而自尸，不求容而自容；则五官四体，不复有舒展之刻。岂有泥塑木雕其形，而能久长于世者哉？"不尸不容"四字，绘出一幅时哉圣人，宜乎崇祀千秋，而为风雅斯文之鼻祖也。

吾人燕居坐法，当以孔子为师，勿务端庄而必正襟危坐，勿同束缚而为胶柱难移②。抱膝长吟，虽坐也，而不妨同于箕踞③；支颐④丧我，行乐也，而何必名为坐忘⑤？但见面与身齐，久而不动者，其人必死。此图画真容之先兆也。

【注释】

①寝不尸，居不容：睡觉时不像死尸一样直挺着四肢僵硬，在家里不必过分讲究容貌仪态。

②胶柱难移：原意为胶住瑟上的弦柱，以致不能调节音的高低。比喻固执拘泥，不知变通。

③箕踞：两腿舒展而坐，形如畚箕，是一种随意不拘礼节的坐法。

④支颐：用手托住脸颊。

⑤坐忘：道家谓物我两忘、与道合一的精神境界。

【译文】

自古以来善于养生的人，没有人比得过孔子。怎么知道的呢？从"寝不尸，居不容"这两句话中得知的。如果孔子喜欢打扮，讲究服饰衣着，时时追求像个君子，处处想要做个圣人，那么他在日常睡觉的时候，即使不想躺得像个尸体，身体也会像尸体一样僵直；即使不想刻意追求修饰容貌，也会自觉注重衣着打扮。那么，他的五官和四肢，就不会再有舒展的时候了。哪里有人身体如泥雕木刻一般，还能在世上活得长久呢？"不尸不容"这四个字，画出了一幅时代圣人的图像，适合千秋万代的人崇拜祭祀，所以他是风雅斯文的鼻祖。

我们日常生活中的坐立举止，应当把孔子当作老师，一定不要为了端庄而正襟危坐，一定不要因为束缚而不敢改变。抱着膝盖吟诵诗文，虽然也是坐着，不妨随意伸开双腿。手托着下巴忘神地坐着，就是在行乐，何必一定要像庄子说的那样"坐忘"？凡是见到脸跟身体一样，很久都不动的人，这个人一定要死了。因为这样的场景是他遗像的先兆啊。

行

【原文】

贵人之出，必乘车马。逸则逸矣，然于造物赋形之义，略欠周全。有足而不用，与无足等耳，反不若安步当车①之人，五官四体皆能适用。此贫士骄人语。乘车策马，曳履褰裳②，一般同是行人，止有动静之别。使乘车策马之人能以步趋为乐，或经山水之胜，或逢花柳之妍，或遇戴笠之贫交，或见负薪之高士，欣然止驭，徒步为欢，有时安车而待步，有时安步以当车，其能用足也，又胜贫士一筹矣。至于贫士骄人。不在有足能行，而在缓急出门之可恃。事属可缓，则以安步当车；如其急也，则以疾行当马。有人亦出，无人亦出；结伴可行，无伴亦可行。不似富贵者假足于人，人或不来，则我不能即出，此则有足若无，大悖谬③于造物赋形之义耳。兴言及此，行殊可乐！

【注释】

①安步当车：以从容的步行代替乘车，形容轻松缓慢地行走。也指人能够安守贫贱生活。
②曳履褰裳：拖着鞋子提着衣裳，形容闲暇从容。
③悖谬：不合常理，自相矛盾。

【译文】

贵人出行的时候，一定会乘车骑马。轻松是轻松，但是从造物主创造人类身体的本意来看，就略欠周全妥当了。有脚却不用，就同没有脚一样，反而不如以走路代替乘车的人，五官和四肢都能用到。这是穷人引以为傲的说法。不管是乘车骑马，还是提着衣襟、拖着鞋子走路，一样都是行人，只有动与静的差别。如果乘车骑马的人，能以走路为乐，有时途经山水胜地，或是看到美艳的风尘女子，或是遇到头戴斗笠的贫穷友人，或是见到背着柴草的高山隐士，都能欣然停下车马，以徒步行足为乐。有时候安心坐在车上代替走路，有时候以从容的步行代替乘车，那么他对双脚的运用，又比穷人更胜一筹了。至于穷人引以为傲的，不在于有脚可以走路，而在于不管因为轻重缓急之事出门，走路都可以应对。如果事情轻缓，那么可以以从容的步行代替乘车；如果事情紧急，那么应该像骑马一样快速跑动。有仆人可以出行，没有仆人也可以出行；有同伴可以出行，没有同伴也可以出行。不像富贵之人要借助别人的脚，如果仆人不来，他就不能出行，那么有脚也好像没有，大大违背了造物主创造人类身体的本意。一时兴起讲到这里，走路实在是一件令人快乐的事。

立

【原文】

立分久暂，暂可无依，久当思傍。亭亭独立之事，但可偶一为之，旦旦如是，则筋骨皆悬，而脚跟如砥，有血脉胶凝之患矣。或倚长松，或凭怪石，或靠危栏作轼，或扶瘦竹为筇；既作羲皇上人，又作画图中物，何乐如之！但不可以美人作柱，虑其础石太纤，而致栋梁皆仆也。

【译文】

站立要分时间长短。短时间站立可以无须依靠，长时间站立就要考虑扶靠。笔直地站立这种事情，可以偶尔做一次，如果每天都这样，那么筋骨都会悬立起来，脚后跟就会硬得像磨刀石，有血脉凝固的危险。不妨靠在高大的松树上，或者靠在奇形怪状的石头上，或者靠着栏杆作为扶手，或者挂着瘦竹作为拐杖。这样既可以做上古闲人，又可以做图画中人，还有什么能像这样快乐？但是不可以拿美女做依靠，担心她身体太弱，导致依靠的人和被依靠的人都会摔倒。

饮

【原文】

宴集之事，其可贵者有五：饮量无论宽窄，贵在能好；饮伴无论多寡，贵在善谈；饮具无论丰啬，贵在可继；饮政无论宽猛，贵在可行；饮候无论短长，贵在能止。备此五贵，始可与言饮酒之乐；不则曲糵①宾朋，皆凿性斧身②之具也。

予生平有五好，又有五不好，事则相反，乃其势又可并行而不悖。五好、五不好维何？不好酒而好客；不好食而好谈；不好长夜之欢，而好与明月相随而不忍别；不好为苛刻之令，而好受罚者欲辩无辞；不好使酒骂坐之人，而好其于酒后尽露肝膈③。坐此五好、五不好，是以饮量不胜蕉叶④，而日与酒人为徒。近日又增一种癖好、癖恶：癖好音乐，每听必至忘归；而又癖恶座客多言，与竹肉之音相乱。

饮酒之乐，备于五贵、五好之中，此皆为宴集宾朋而设。若夫家庭小饮与燕闲独酌，其为乐也，全在天机逗露之中、形迹消忘之内。有饮宴之实事，无酬酢⑤之虚文。睹儿女笑啼，认作斑斓之舞；听妻孥劝诫，若闻《金缕》⑥之歌。苟能作如是观，则虽谓朝朝岁旦，夜夜元宵可也。又何必座客常满，樽酒不空，日藉豪举以为乐哉？

【注释】

①曲糵：发霉发芽的谷粒，即酒曲。此处借指酒。
②凿性斧身：戕害身体性命。
③肝膈：指肺腑，此处比喻内心。
④蕉叶：浅底的小酒杯。
⑤酬酢：酬，向客人敬酒；酢，向主人敬酒。宾主相互敬酒，泛指交际应酬。
⑥《金缕》：曲调《金缕曲》《金缕衣》的省称。

【译文】

聚会宴乐之事，有五点最为可贵：酒量不论大小，贵在喜欢喝酒；酒友不论多少，贵在善于交谈；酒具不论丰简，贵在可以续杯；酒令不论宽严，贵在能够可行；酒时不论长短，贵在能够停止。具备这五点，才可以谈得上饮酒的快乐；不然本来是以酒待客，那酒反而成了伤害身心的工具。

我生平有五种爱好，也有五种不喜欢的事情，两者是相反的，但是却势必可以并行不悖。那么五种爱好和五种不喜欢的事情是什么呢？不喜欢喝酒但喜欢待客；不喜欢贪吃但喜欢聊天；不喜欢整夜喝酒，但喜欢赏月而不忍心离开；不喜欢苛刻的酒令，但喜欢让受罚的人无法辩驳；不喜欢借酒耍疯骂人，但喜欢酒后尽吐真言。因为有这五种爱好和不喜欢的事情，我虽然酒量一般，但是却天天跟酒鬼混在一起。最近又增加了一种爱好和不喜欢的事情：喜欢听音乐，每次听都会忘记回家；不喜欢酒席上客人话多，扰乱乐声。

饮酒的快乐，都详细记录在这五贵、五好之中了，不过这都是为了宴请朋友聚会行乐而设立的。如果只是与家人小酌或是闲居独饮的话，那么乐趣全在人的天性流露和纵情忘形之中。有饮酒宴乐的事实，却没有虚假客套的应酬。看着儿女们又哭又笑，可以看作是绚烂多彩的舞蹈；听着妻子的劝诫，就好像在听《金缕曲》《金缕衣》。如果能这样看待，那么就可以称得上天天都是新年，夜夜都是元宵节了。又何必非要宾客满座、酒杯不空，每天依靠豪放的行为来取乐呢？

谈

【原文】

读书，最乐之事，而懒人常以为苦；清闲，最乐之事，而有人病其寂寞。就乐去苦，避寂寞而享安闲，莫若与高士盘桓①、文人讲论。何也？"与君一夕话，胜读十年书。"既受一夕之乐，又省十年之苦，便宜不亦多乎？"因过竹院逢僧话，又得浮生半日闲。"既得半日之闲，又免多时之寂，快乐可胜道乎？善养生者，不可不交有道之士；而有道之士，多有不善谈者。有道而善谈者，人生希觏②，是当时就日招，以备开聋启聩之用者也。即云我能挥麈③，无假于人，亦须借朋侪起发，岂能若西域之钟簴，不叩自鸣者哉？

【注释】

①盘桓：周旋，交往。
②希觏：罕见。
③挥麈：挥动麈尾。晋人清谈时，常挥动麈尾以为谈助。后因称谈论为挥麈。

【译文】

读书，是最快乐的事情，但懒人却常常觉得读书痛苦；清闲，是最快乐的事情，但有人却嫌弃它太寂寞。选择快乐而远离痛苦，逃避寂寞而享受清闲，没有比与隐士交往，与文人交谈更合适的了。为什么呢？"与君一夕话，胜读十年书。"既能享受一晚上的快乐，又能免受十年读书之苦，这便宜不是赚大了吗？"因过竹院逢僧话，又得浮生半日闲。"既得到了半日的清闲，又免去了长时间的寂寞，这快乐哪里说得完？善于养生的人，不能不结交道德高尚的人，而道德高尚的人中，有很多不善言谈的。道德高尚而且能言善道的人，人的一生很少能遇到。如果遇到，就应立刻每天邀请他过来，通过与他交流来启发自己。也就是说，即使我不需要依靠别人，就能讲玄妙的道理，但也需要借助朋友们获得启发。不然难道能像西域的自鸣钟，能够不敲自鸣吗？

沐浴

【原文】

盛暑之月，求乐事于黑甜之外，其惟沐浴乎？潮垢非此不除，浊污非此不净，炎蒸暑毒之气亦非此不解。此事非独宜于盛夏，自严冬避冷，不宜频浴外，凡遇春温秋爽，皆可借此为乐。而养生之家则往往忌之，谓其损耗元神也。吾谓沐浴既能损身，则雨露亦当损物，岂人与草木有二性乎？然沐浴损身之说，亦非无据而云然。予尝试之。试于初下浴盆时，以未经浇灌之身，忽遇澎湃奔腾之势，以热投冷，以湿犯燥，几类水攻。此一激也，实足以冲散元神，耗除精气。而我有法以处之：虑其太激，则势在尚缓；避其太热，则利于用温。解衣磅礴之秋，先调水性，使之略带温和，由腹及胸，由胸及背，惟其温而缓也，则有水似乎无水，已浴同于未浴。俟与水性相习之后，始以热者投之，频浴频投，频投频搅，使水乳融而不觉，渐入佳境而莫知，然后纵横其势，反侧其身，逆灌顺浇，必至痛快其身而后已。此盆中取乐之法也。至于富室大家，扩盆为屋，注水于池者，冷则加薪，热则去火，自有以逸待劳之法，想无俟贫人置喙①也。

【注释】

①置喙：插嘴以发表言论。

【译文】

盛夏的时候，可以取乐的事情除了酣睡之外，就只有沐浴了。只有通过沐浴，汗垢才能除去，污垢才能洗净，炎热酷毒的暑气才能消解。沐浴并非只适合于盛夏，除了严冬季节为了预防寒冷，不适合经常沐浴之外，凡是在春暖秋爽的日子，都可以以沐浴为乐。但养生家却往往忌讳沐浴，认为这会损耗元气。我认为如果沐浴能损伤身体，那么雨露也会损伤万物，难道人与草木在本质上有什么不同吗？但是沐浴伤身这个说法，也不是全然没有依据的。我曾经尝试过。最开始进入浴盆时，让还没淋湿的身体，突然遇到澎湃奔涌的热水，这样冷的身子投入热水，湿水就会侵犯干身，身体就像遭遇水攻。这样的刺激，的确能够冲散元神，耗损精气。然而我有办法可以解决：如果担心太过刺激，那就慢慢进行；如果想要避免太热，那就使用温水。脱下衣服之前，先调整水温，使其比较温和，然后从腹部到胸部，从胸部到背部，慢慢浸入。只要动作放缓，水温温和，那么有水就好像没水，沐浴完成就如同还没沐浴。等到身体慢慢适应水温之后，再开始加入热水，边洗边加，边加水边搅动，让温水和热水交融，而人却感觉不到，渐渐进入佳境，却也察觉不出。然后随意转动身体，姿势时横时竖，身体侧反皆可，水不管是顺着浇还是逆着浇，反正一定要浑身上下洗个痛痛快快才会停下。这是在浴盆中沐浴取乐的方法。至于那些富有的大户人家，可以把浴盆扩大为浴室，往浴池里注水，冷了就加柴火，热了就把火熄掉，他们会有自己以逸待劳的方法，想必不需要穷人来插嘴。

听琴观棋

【原文】

弈棋尽可消闲，似难借以行乐；弹琴实堪养性，未易执此求欢。以琴必正襟危坐而弹，棋必整架横戈①以待。百骸尽放之时，何必再期整肃？万念俱忘之际，岂宜复较输赢？常有贵禄荣名付之一掷，而与人围棋赌胜，不肯以一着相饶者，是与让千乘之国，而争箪食豆羹者何异哉②？故喜弹不若喜听，善弈不如善观。人胜而我为之喜，人败而我不必为之忧，则是常居胜地也；人弹和缓之音而我为之吉，人弹噍杀③之音而我不必为之凶，则是长为吉人也。或观听之余，不无技痒，何妨偶一为之，但不寝食其中而莫之或出，则为善弹善弈者耳。

【注释】

①整槊横戈：横戈，把戈横拿着，多指作战。此处意思为严阵以待。

②让千乘之国，而争箪食豆羹者何异哉：该典故出自《孟子·尽心下》："好名之人能让千乘之国；苟非其人，箪食豆羹见于色。"

③噍杀：声音急促，不舒缓。出自《礼记·乐记》："是故志微，噍杀之音作，而民思忧。"

【译文】

下棋可以用来消磨时间，但是似乎很难用来行乐。弹琴的确可以用来修身养性，但却不易借此寻欢。因为弹琴时必须要正襟危坐，下棋时一定要严阵以待。身体筋骨完全放松的时候，何必再要求端正严肃？世俗念头都已忘记的时候，难道适合再去计较输赢？常常有人喜欢在围观棋局时与别人打赌，不惜将官禄名誉全都抛弃，也不肯在一步棋上相让，这与孟子所说的把千乘之国让给别人，却要与他们争夺一点食物有什么区别？所以说，喜欢自己弹琴不如喜欢听人弹琴，擅长自己下棋不如擅长看人下棋。别人赢了，我为他感到开心；别人输了，我也不必替他感到难过，那么就会一直处在胜利之中。别人弹奏和缓的音乐，我认为是吉利的；别人弹奏肃杀的音乐，我也不必认为是凶兆，那么就会一直是吉利的人了。有时观看棋局听人弹琴的时候，难免也会手痒心动。不妨偶尔操弄一下，只要不沉浸其中、废寝忘食、不能自拔，那么就是善于对待弹琴和下棋的人了。

看花听鸟

【原文】

花、鸟二物，造物生之以媚人者也。既产娇花嫩蕊以代美人，又病其不能解语，复生群鸟以佐之。此段心机，竟与购觅红妆①，习成歌舞，饮之食之，教之诲之以媚人者，同一周旋之至也。而世人不知，目为蠢然一物，常有奇花过目而莫之睹，鸣禽悦耳而莫之闻者。至其捐资所购之姬妾，色不及花之万一，声仅窃鸟之绪余，然而睹貌即惊，闻歌辄喜，为其貌似花而声似鸟也。噫！贵似贱真，与叶公之好龙何异？予则不然。每值花柳争妍之日、飞鸣斗巧之时，必致谢洪钧②，归功造物，无饮不奠，有食必陈，若善士信妪之佞佛者。夜则后花而眠，朝则先鸟而起，惟恐一声一色之偶遗也。及至莺老花残，辄怏怏如有所失。是我之一生，可谓不负花、鸟；

而花、鸟得予，亦所称"一人知己，死可无恨"者乎！

【注释】

①红妆：代指美女。
②洪钧：造化，自然。

【译文】

花、鸟两种东西，是造物主为了取悦世人而创造出来的。造物主虽然创造了娇艳的花朵来代替美人，却又担心它不能说话，因此又创造出各种鸟儿来帮助它。这样的用心，竟然与寻找购买美女、教授她们练习歌舞、供养饮食、予以调教、进而取悦世人一样，考虑得都极为周全。但是世人不懂，将花、鸟视为愚蠢的东西，常常有人遇到奇花却不会去看，听到悦耳的鸟叫声却不会去听。至于他花钱购买的姬妾，美色还不及花的万分之一，歌声仅仅偷学了鸟鸣的皮毛，但他却在见到她们容貌的时候就会惊叹，听到她们唱歌的时候就会喜悦，只因为她们的容貌像花、歌声像鸟。唉！轻视真的事物却重视与它相似的事物，这与叶公好龙有什么区别？我就不是这样。每当花红柳绿争奇斗艳，禽鸟歌唱争鸣斗巧的时候，我必然会感谢上苍，将此归功于造物主，如同善男信女诚信敬佛一般，只要饮酒就会祭奠，只要有食物就会摆出来。晚上会比花儿睡得还晚，早上会比鸟儿起得还早，唯恐错过任何一种鸟的叫声或者任何一种花的美丽。等到鸟儿老去、百花凋谢，我就会快快不乐、若有所失。所以我这一生，可以说没有辜负花鸟；而花鸟有我，也可以称得上"一人知己，死可无恨"，即有一人做知己，死而无憾了吧！

蓄养禽鱼

【原文】

鸟之悦人以声者，画眉、鹦鹉二种。而鹦鹉之声价，高出画眉上，人多癖之，以其能作人言耳。予则大违是论，谓鹦鹉所长止在羽毛，其声则一无可取。鸟声之可听者，以其异于人声也。鸟声异于人声之可听者，以出于人者为人籁，出于鸟者为天籁也。使我欲听人言，则盈耳皆是，何必假口笼中？况最善说话之鹦鹉，其舌本之强，犹甚于不善说话之人，而所言者，又不过口头数语。是鹦鹉之见重于人，与人之所以重鹦鹉者，皆不可诠解之事。至于画眉之巧，以一口而代众舌，每效一种，无不酷似，而复纤婉过之,诚鸟中慧物也。予好与此物作缘,而独怪其易死。既善病而复招尤①,非殁于己,即伤于物,总无三年不坏者。殆亦多技多能所致欤?

鹤、鹿二种之当蓄,以其有仙风道骨也。然所耗不赀②,而所居必广,无其资与地者,皆不能蓄。且种鱼养鹤,二事不可兼行,利此则害彼也。然鹤之善唳善舞,与鹿之难扰易驯,皆品之极高贵者,麟、凤、龟、龙而外,不得不推二物居先矣。乃世人好此二物,以分轻重于其间,二者不可得兼,必将舍鹿而求鹤矣。显贵之家,匪特深藏苑囿,近置衙斋,即倩人写真绘像,必以此物相随。予尝推原其故,皆自一人始之,赵清献公③是也。琴之与鹤,声价倍增,讵④非贤相提携之力欤?

家常所蓄之物,鸡、犬而外,又复有猫。鸡司晨,犬守夜,猫捕鼠,皆有功于人而自食其力者也。乃猫为主人所亲昵,每食与俱,尚有听其搴帷⑤入室、伴寝随眠者。鸡栖于埘⑥,犬宿于外,居处饮食皆不及焉。而从来叙禽兽之功,谈治平之象者,则止言鸡、犬而并不及猫。亲之者是,则略之者非;亲之者非,则略之者是;不能不惑于二者之间矣。曰:有说焉。昵猫而贱鸡、犬者,犹嬖谐臣媚子,以其不呼能来,闻叱不去;因其亲而亲之,非有可亲之道也。鸡、犬二物,则以职业为心,一到司晨守夜之时,则各司其事,虽豢以美食,处以曲房,使不即彼而就此,二物亦守死弗至;人之处此,亦因其远而远之,非有可远之道也。即其司晨守夜之功,与捕鼠之功,亦有间焉。鸡之司晨,犬之守夜,忍饥寒而尽瘁,无所利而为之,纯公无私者也;猫之捕鼠,因去害而得食,有所利而为之,公私相半者也。清勤自处,不屑媚人者,远身之道;假公自为,密迩其君者,固宠之方。是三物之亲疏,皆自取之也。然以我司职业于人间,亦必效鸡犬之行,而以猫之举动为戒。噫!亲疏可言也,祸福不可言也。猫得自终其天年,而鸡犬之死皆不免于刀锯鼎镬⑦之罚。观于三者之得失,而悟居官守职之难。其不冠进贤,而脱然于宦海浮沉之累者,幸也。

【注释】

①招尤:招致他人的怪罪或怨恨。

②不赀:数量极多,无法计量。

③赵清献公:即赵抃,北宋名臣。赵抃在朝弹劾不避权势,时称"铁面御史"。平时以一琴一鹤自随,为政简易,长厚清修,日所为事,夜必衣冠露香以告于天。著有《赵清献公集》。

④讵:岂,难道。

⑤搴帷:撩起帷幕。

⑥埘：古人在墙壁上挖洞做成的鸡窝。

⑦刀锯鼎镬：刀、锯，古刑具，也指割刑和刖刑；鼎、镬，原为烹饪器，古代用以烹杀的刑具。刀、锯、鼎、镬皆为古代的刑具，也泛指各种酷刑。

【译文】

鸟中靠声音取悦世人的有两种：画眉、鹦鹉。而之所以鹦鹉的价格比画眉高，人们大多都会喜欢它，是因为它能模仿人类说话。我完全不赞同这个观点：我认为鹦鹉的优点只有羽毛，它的声音没有一点可取之处。鸟的声音之所以好听，是因为它与人的声音不同。鸟声与人声不同所以好听的原因，在于人发出的声音是人声，而鸟发出的声音是天籁。假如我想听人说话，那么满耳听到的都是，何必还要借助笼中的鸟儿？况且最善于说话的鹦鹉，它的舌头也比不善于说话的人要更加僵硬。而且它所能说的，也不过是人们挂在口头的几句话。所以说，鹦鹉受人重视和人重视鹦鹉，都是让人不能理解的事情。至于画眉的灵巧，能够用自己的一张嘴代替各种鸟的舌头，每学一种鸟叫，都非常相像，而且会更加纤细婉转，实在是非常聪明的一种鸟。我喜欢和画眉作伴，却唯独怪它容易死。画眉既容易生病，又容易招致伤害，不是自己病死，就是被其他事物伤害致死，总是没有能活过三年的。大概是因为它技能太多导致的吧？

鹤、鹿这两种动物有仙风道骨，应该畜养。但是要养它们，需要花费不少，而且居住的地方一定要宽敞，如果没有这样的财力和场所，都无法畜养。而且养鱼和养鹤不能一起进行，因为两者利害冲突。然而鹤的善鸣善舞和鹿的难以驯服，都是非常高贵的品质。因此，除了麒麟、凤凰、灵龟和龙之外，不得不首先推荐这两种动物。但是世人对于两者的喜欢，又有轻重之分，如果两者不能同时畜养，一定会先舍弃鹿而选择鹤。显贵的人家不但会把鹤深藏在苑囿之中，养置在官邸之内，即使是请人为自己写真画像，也一定要让鹤相伴。我曾经推究其中的缘故，这都是从一个人开始的，就是北宋大臣赵抃。琴和鹤的身价倍增，难道不是这位宰相提携的功劳吗？

家庭日常畜养的动物，除了鸡和狗之外，还有猫。鸡鸣晨，狗守夜，猫捉老鼠，都是对人们有功而且能自食其力的动物。猫却受到主人的特别宠爱，每次吃饭它都会跟着一起，还有一些主人会任由它进屋爬床，一起睡觉。鸡栖息在土墙上，狗睡在屋子外，两者不管是在住所还是在饮食方面都比不上猫。但是自古以来，人们讲到飞禽走兽的功劳、谈到天下治平的景象时，都会只讲鸡犬，不会提及猫。如果跟猫亲近是对的，那么谈及功劳时不提及猫就是错的；如果跟猫亲近是错的，那么不提及猫就是对的。这两种说法，让人无法不感到疑惑。我认为这是有道理的。人会亲近猫儿而轻视鸡和狗，就好像君主会偏爱佞臣，因为它们不用召唤自会前往，听到责骂也不离开；因为它跟人亲近，人也就跟它亲近，并非它有什么值得亲近的品质。鸡跟狗这两种动物，则一心想着自己的职责，一到鸣晨、守夜的时候，就会各司其职，即使给它们美食精舍，让其放弃职责来享受，它们也是宁死不肯的。在这种情况下，人们就会因为这两种动物的疏远而疏远它们，并非它们有什么应被疏远的理由。即便是它们鸣晨、守夜的功劳，也与猫捕抓老鼠的功劳有区别。鸡鸣晨，狗守夜，都是忍受饥寒、尽职尽责，并非有利可图才去做的，完全是大公无私；而猫捉老鼠，去除祸害的同时又得到了食物，是因为有利可图才去做的，公私参半。以清廉勤劳自居、不屑于谄媚他人，是让别人疏远的方法；假公济私、亲近主人，是巩固所受宠爱的方法。所以这三种动物与人之间的亲近远疏，都是由它们自己造成的。然而如果我担任什么职务，我一定会效仿鸡和狗，而以猫的行为为戒。唉！关系亲疏可以讨论，但是祸福却是无法预料的。猫通常能够终其天年，而鸡跟狗的死，都免不了刀宰和锅煮。观察这三者的得与失，可以领悟到当官守职的难处。那些弃官不做、不受官场沉浮拖累的人，真是幸运啊。

浇灌竹木

【原文】

"筑成小圃近方塘，果易生成菜易长。抱瓮太痴机太巧，从中酌取灌园方。"此予山居行乐之诗也。能以草木之生死为生死，始可与言灌园之乐，不则一灌再灌之后，无不畏途视之矣。殊不知草木欣欣向荣，非止耳目堪娱，亦可为艺草植木之家，助祥光而生瑞气。不见生财之地万物皆荣，退运之家群生不遂？气之旺与不旺，皆由动、植验之。若是，则汲水浇花，与听信堪舆①、修门改向者无异也。不视为苦，则乐在其中。督率家人灌溉，而以身任微勤，节其劳逸，亦颐养性情之一助也。

【注释】

①堪舆：堪，天道；舆，地道。堪舆即风水，中国传统文化之一。

【译文】

"筑成小圃近方塘,果易生成菜易长。抱瓮太痴机太巧,从中酌取灌园方。"这是我写山居行乐的诗。如果有人能把草木的生死当成自己的生死,就可以跟它谈论浇灌园林的乐趣了。不然的话,浇灌一两次之后,都会把它看成可怕的事情。殊不知草木欣欣向荣,不仅能愉悦耳目,也可以为种植草木的人家增添祥瑞之气。难道你没有看到凡是财运亨通的地方,万事万物都欣欣向荣,而运气衰退的地方,往往寸草不生。所以运气旺和不旺,都可以在动植物身上得到验证。如果是这样,那么提水浇花与听信风水先生进而修门改向,也就没有什么差别了。不把这件事情看成辛苦的事,那么就会乐在其中。督促、率领家人进行浇灌,自身也轻微劳作,进而调节作息,对于颐养性情也是一种帮助。

◎止忧第二　计二款

【原文】

忧可忘乎？不可忘乎？曰：可忘者非忧，忧实不可忘也。然则忧之未忘，其何能乐？曰：忧不可忘而可止，止即所以忘之也。如人忧贫而劝之使忘，彼非不欲忘也，啼饥号寒者迫于内，课赋索逋①者攻于外，忧能忘乎？欲使贫者忘忧，必先使饥者忘啼、寒者忘号、征且索者忘其逋赋而后可，此必不得之数也。若是，则"忘忧"二字徒虚语耳。犹慰下第者以来科必发，慰老而无嗣者以日后必生，迨其不发、不生，亦止听之而已，能归咎慰我者而责之使偿乎？语云："临渊羡鱼，不如退而结网。"慰人忧贫者，必当授以生财之法；慰人下第者，必先予以必售之方；慰人老而无嗣者，当令蓄姬买妾，止妒息争，以为多男从出之地。若是，则为有裨之言，不负一番劝谕。止忧之法，亦若是也。忧之途径虽繁，总不出可备、难防之二种，姑为汗竹②，以代树萱③。

【注释】

①索逋：催讨欠债。
②汗竹：借指书册、史籍。
③树萱：种植萱草。萱草，俗名忘忧草。后以"树萱"为消忧之词。

【译文】

忧愁可以忘记吗？不可忘记吗？我说：可以忘记的并非真正的忧愁，真正的忧愁其实是无法忘记的。然而没有忘记忧愁，人怎么能快乐呢？我说：忧愁虽然不能忘记但可以停止，停止就是忘记的方法。比如有人因贫穷而忧愁，却要劝他忘记，他并非不想忘记，而是饥寒交迫的妻儿在屋里啼哭，讨税追债的人在屋外紧逼，这忧愁怎么能够忘得了？想要让贫穷的人忘记忧愁，一定要先让饥寒交迫的妻儿忘记啼哭，让讨税追债的人忘记紧逼，然后才能实现，而这必定不会成功。若情况如此，那么"忘忧"这两个字就只是空话罢了。犹如安慰落榜的人下次科考必定高中，安慰到老还没有后代的人日后必定生子一样，等到他们下次没有中榜、日后没有生子，对此，他们也只是听听而已，不然还能归罪于安慰自己的人、让其赔偿自己吗？古话说："临渊羡鱼，不如退而结网。"安慰因贫穷而忧虑的人，一定要教他发财的方法；安慰科举落榜的人，一定要教他中举的方法；安慰没有后代的老人，一定要先让他蓄养和购买姬妾，禁止争风吃醋，为多多生养子女做准备。如果这样，就是说了有用的话，不辜负你的一番劝勉。停止忧愁的方法，也是这样。忧愁的形式虽然繁多，总不超出可以防备和难以防备这两种，我姑且做些记录以代替种植忘忧草，为人们解忧。

○止眼前可备之忧

【原文】

拂意之境，无人不有，但问其易处不易处，可防不可防。如易处而可防，则于未至之先，筹一计以待之。此计一得，即委其事之度外，不必再筹；再筹则惑我者至矣。贼攻于外而民扰于中，其可防乎？俟其既至，则以前画之策，取而予之，切勿自动声色。声色动于外，则气馁于中。此以静待动之法，易知亦易行也。

【译文】

不顺心的境况，谁都会有。只是要看它是否容易处理，是否可以防备。如果这境况容易处理且可以防备，那么可在其发生之前，预先准备一个对策应对。这个对策一谋划好，就可以将此境况置之度外，不必再想，再想就会产生疑惑了。如果一个国家，匪徒在城外攻打，百姓在城中内乱，这种境况可以防备吗？等到事情发生，就用事前谋划好的对策应对，切记要不动声色。一旦情感流露，内心就会气馁。这是以静制动的方法，易懂也易做。

○止身外不测之忧

【原文】

不测之忧，其未发也，必先有兆。现乎蓍龟①，动乎四体者，犹未必果验。其必验之兆，不在凶信之频来，而反在吉祥之事之太过。乐极悲生，否伏于泰，此一定不移之数也。命薄之人，有奇福，便有奇祸；即厚德载福之人，极祥之内，亦必酿出小灾。盖天道好还，不敢尽私其人，微示公道于一线耳。达者如此，无不思患预防，谓此非善境，乃造化必忌之数，而鬼神必瞯②之秋也。萧墙之变③，其在是乎？止忧之法有五：一曰谦以省过，二曰勤以砺身，三曰俭以储费，四曰恕以息争，五曰宽以弥谤④。率此而行，则忧之大者可小，小者可无；非循环之数，可以窃逃而幸免也。只因造物予夺之权，不肯为人所测识，料其如此，彼反未必如此，亦造物者颠倒英雄之惯技耳。

【注释】

①蓍龟：古人用蓍草与龟甲占卜凶吉，故用以指占卜。
②瞯：窥视，窥探。
③萧墙之变：萧墙，面对国君宫门的小墙。萧墙之变是指由内部原因所致的灾祸、变乱。
④弥谤：止息诽谤。

【译文】

不可预料的忧患，在其发生之前，一定会有征兆。那些占卜时显现在蓍草与龟甲上、呈现在身体四肢上的征兆，尚不一定会应验。而那些一定应验的征兆，并非在不好的消息频频传来的时候，而是在吉祥事情频频发生的时候显现。乐极生悲，不幸潜藏于幸运之中，这是确定不变的规律。命运不好的人，如果遇到出人意料的幸运，就会伴有出人意料的灾祸；即使是德行深厚能够承载福分的人，在遇到非常幸运的事情时，也一定会出现一些小灾祸。因为老天爷讲究善有善报、恶有恶报，不敢完全偏爱一人，也会在他身上降下小小灾祸以示公道。睿智的人遇到非常幸运的事情时，都会考虑到忧患并提前防备，认为这并非好事，而是老天爷必定会忌妒、鬼神必定会窥探的时候。萧墙之祸，就是这样导致的吧？防止忧患的方法有五种：第一，虚心，进而反省过错；第二，勤奋，进而磨砺身心；第三，节俭，进而积蓄财富；第四，原谅，进而停止纷争；第五，宽容，进而消除诽谤。遵循这些方法行事，就可将大的忧患化小，小的忧患化无；这些并非天道循环的定数，是可以私下规避从而幸免的。只是造物者掌握生杀大权，不肯让人识破，预料它会这样，它反而未必这么做，这也是造物者颠倒戏弄英雄的惯用伎俩。

◎ 调饮啜第三　计六款

【原文】

《食物本草》①一书，养生家必需之物。然翻阅一过，即当置之。若留匕箸②之旁，日备考核，宜食之物则食之，否则相戒勿用，吾恐所好非所食，所食非所好，曾皙③睹羊枣而不得咽，曹刿鄙肉食而偏与谋，则饮食之事亦太苦矣。尝有性不宜食而口偏嗜之，因惑《本草》之言，遂以疑虑致疾者。弓蛇之为祟④，岂仅在形似之间哉？食色，性也。欲藉饮食养生，则以不离乎性者近是。

【注释】

①《食物本草》：《食物本草》与《本草纲目》一起被称为中华中医学文化宝库中的两颗璀璨的明珠，是中医经典古籍。
②匕箸：进食用的羹匙和筷子。
③曾皙：春秋时期鲁国人，"宗圣"曾参之父。曾皙嗜羊枣的典故出自《孟子》。
④弓蛇之为祟：此处指的是"杯弓蛇影"的典故。相传杜宣夏至日赴宴，见酒杯中似有蛇，不敢不饮。酒后胸腹极痛，医治不愈，后得知是壁上赤弩照在杯中，形影如蛇，于是病痛立刻痊愈。后用"杯弓蛇影"比喻疑神疑鬼，妄自惊扰。

【译文】

《食物本草》这本书，是养生家的必备读物。但是把它翻阅一遍之后，就应立刻把它放置一边。如果把它放在饭桌旁边，每天用来核对，适合吃的东西才吃，不然就相互告诫不要吃，恐怕我所喜欢的都是不能吃的，而我所吃的都是不喜欢的。就像曾皙看到自己喜欢的羊枣却不能吃，曹刿讨厌吃肉却偏偏要让他吃，那么饮食这件事情就太痛苦了。曾经有人身体不适合吃某种东西但是心里却偏偏喜欢，因为担心《食物本草》书上的话，然后因为疑虑重重而导致生病。杯弓蛇影之所以会给人带来伤害，难道仅仅是因为两者外形相似吗？"食色，性也。"想要借助饮食养生，就不应该违背人的天性。

○爱食者多食

【原文】

生平爱食之物，即可养身，不必再查《本草》。春秋之时，并无《本草》，孔子性嗜姜，即不撤姜食，性嗜酱，即不得其酱不食，皆随性之所好，非有考据而然。孔子于姜、酱二物，每食不离，未闻以多致疾。可见性好之物，多食不为祟也。但亦有调剂君臣之法，不可不知。"肉虽多，不使胜食气。"此即调剂君臣之法。肉与食较，则食为君而肉为臣；姜、酱与肉较，则又肉为君而姜、酱为臣矣。虽有好不好之分，然君臣之位不可乱也。他物类是。

【译文】

天生喜欢吃的东西，就可以养身，不需要再查《食物本草》。春秋时期，还没有《食物本草》这本书。孔子生性喜欢吃姜，几乎每餐都吃有姜的食物；还生性喜欢吃酱，如果没有酱就不吃饭，都是根据自己的性情喜好而不是考据书本才这么做的。对于姜、酱两种食物，孔子每次吃饭都离不开，并未听说他因为吃得多而生病，由此可见，天生喜欢的东西，多吃也不会有坏处，但是也要有调配主次的方法，不能不知道。孔子曾说："肉虽多，不使胜食气。"这就是调配主次的方法。肉与主食相比较，应该主食是主要的，肉是次要的；姜、酱与肉相比较，则肉是主要的，姜、酱是次要的。虽然有喜欢和不喜欢的区别，但是主次的位置不能乱。其他食物也是类似。

○怕食者少食

【原文】

凡食一物而凝滞胸膛，不能克化者，即是病根，急宜消导。世间只有瞑眩①之药，岂有瞑眩之食乎？喜食之物，必无是患，强半皆所恶也。故性恶之物即当少食，不食更宜。

【注释】

①瞑眩：用药后产生的头晕目眩的强烈反应。

【译文】

只要吃完一种食物会堵在胸中不能消化的，就会落下病根，应该赶快疏导消化。世上只有吃了让人头晕目眩的药，哪有让人头晕目眩的食物？喜欢吃的食物，一定没有这种问题，多半都是自己厌恶的食物。所以天生讨厌吃的食物，应该要少吃，不吃更好。

○太饥勿饱

【原文】

欲调饮食，先匀饥饱。大约饥至七分而得食，斯为酌中之度，先时则早，过时则迟。然七分之饥，亦当予以七分之饱，如田畴之水，务与禾苗相称，所需几何，则灌注几何，太多反能伤稼，此平时养生之火候也。有时迫于繁冗，饥过七分而不得食，遂至九分十分者，是谓太饥。其为食也，宁失之少，勿犯于多。多则饥饱相搏而脾气受伤，数月之调和，不敌一朝之紊乱矣。

【译文】

想要调节饮食，要先使得饥饱均衡。大概饿到七分的时候就得进食，这是适中的程度。在这之前则太早，在这之后又太晚。然而饿到七分饥，也应吃到七分饱。犹如稻田里的水，一定要跟禾苗相称，需要多少，就浇灌多少，太多反而会伤害到庄稼，这就是平时养生的火候。有时迫于繁忙的工作，饿过了七分还没能吃饭，以至于饿到了九分、十分，称为饿过了头。这时吃饭，宁可少吃一些，切勿吃得太多。如果吃得太多，饥饱两种状态交替，脾胃容易受伤，几个月的调养也比不过这一次的脾胃紊乱。

○太饱勿饥

【原文】

饥饱之度,不得过于七分,是已。然又岂无饕餮①太甚,其腹果然之时?是则失之太饱。其调饥之法,亦复如前,宁丰勿啬。若谓逾时不久,积食难消,以养鹰之法处之,故使饥肠欲绝,则似大熟之后,忽遇奇荒。贫民之饥可耐也,富民之饥不可耐也,疾病之生多由于此。从来善养生者,必不以身为戏。

【注释】

①饕餮:传说中一种凶恶贪食的野兽,后用来比喻贪吃者或性情贪婪的人。

【译文】

饥饱的程度,上下不能超过七分,是对的。然而,难道就没有贪吃过度,将肚子撑得滚圆的时候吗?如果这样,就是吃得太饱了。那么调节饥饱的方法,也跟前面说的一样。宁可吃多一些,切勿吃得太少。如果说饭时刚过不久,积累的食物难以消化,就用养鹰的办法处理,故意让自己饿到饥肠辘辘,就像大丰收之后,突然遇到严重的荒年。疾病的产生,大多是因为这个。一直以来善于养生的人,一定不会拿自己的身体当儿戏。

○怒时哀时勿食

【原文】

喜怒哀乐之始发,均非进食之时。然在喜乐犹可,在哀怒则必不可。怒时食物易下而难消,哀时食物难消亦难下,俱宜暂过一时,候其势之稍杀。饮食无论迟早,总以入肠消化之时为度。早食而不消,不若迟食而即消。不消即为患,消则可免一餐之忧矣。

【译文】

喜怒哀乐刚刚发生的时候,都不适合进食。但是喜乐的时候还好,悲伤和愤怒的时候就一定不能进食。愤怒的时候吃东西，食物容易下咽但难以消化；悲伤的时候吃东西，食物既难下咽也难消化，都应等待一段时间，直到两种情绪稍微平缓一些。吃东西不论早晚，总是以进入肠道消化的时间为尺度。早吃了却不消化，不如晚些吃马上消化。不消化就是疾病隐患，消化了就不用担心这一餐会出问题。

○倦时闷时勿食

【原文】

倦时勿食，防瞌睡也。瞌睡则食停于中，而不得下。烦闷时勿食，避恶心也。恶心则非特不下，而呕逆随之。食一物，务得一物之用。得其用则受益，不得其用，岂止不受益而已哉！

【译文】

疲倦时不要进食，是为了防止瞌睡。睡着了食物就会停在胃里，不能往下走。烦闷时不要进食，是为了避免恶心。恶心时食物不但在胃里下不去，而且可能会被呕吐出来。吃了一种食物，一定要发挥它的效用，发挥效用身体就会受益。不能发挥效用，身体岂止是不受益而已，还会受害啊！

◎节色欲第四　计六款

【原文】

行乐之地,首数房中。而世人不善处之,往往启妒酿争,翻为祸人之具。即有善御者,又未免溺之过度,因以伤身,精耗血枯,命随之绝。是善处不善处,其为无益于人者一也。至于养生之家,又有近姹、远色之二种,各持一见,水火其词。噫,天既生男,何复生女,使人远之不得,近之不得,功罪难予,竟作千古不决之疑案哉!予请为息争止谤,立一公评,则谓阴阳之不可相无,犹天地之不可使半也。天苟去地,非止无地,亦并无天。江河湖海之不存,则日月奚自而藏?雨露凭何而泄?人但知藏日月者地也,不知生日月者亦地也;人但知泄雨露者地也,不知生雨露者亦地也。地能藏天之精,泄天之液,而不为天之害,反为天之助者,其故何居?则以天能用地,而不为地所用耳。天使地晦,则地不敢不晦;迨欲其明,则又不敢不明。水藏于地,而不假天之风,则波涛无据而起;土附于地,而不逢天之候,则草木何自而生?是天也者,用地之物也;犹男为一家之主,司出纳吐茹之权者也。地也者,听天之物也;犹女备一人之用,执饮食寝处之劳者也。果若是,则房中之乐,何可一日无之?但顾其人之能用与否,我能用彼,则利莫大焉。参、苓、芪、术①皆死药也,以死药疗生人,犹以枯木接活树,求其气脉之贯,未易得也。黄婆、姹女皆活药也,以活药治活人,犹以雌鸡抱雄卵,冀其血脉之通,不更易乎?凡借女色养身而反受其害者,皆是男为女用,反地为天者耳。倒持干戈,授人以柄,是被戮之人之过,与杀人者何尤?人问:执子之见,则老氏"不见可欲,使心不乱"之说,不几谬乎?予曰:正从此说参来,但为下一转语:不见可欲,使心不乱,常见可欲,亦能使心不乱。何也?人能摒绝嗜欲,使声、色、货、利②不至于前,则诱我者不至,我自不为人诱,苟非入山逃俗,能若是乎?使终日不见可欲而遇之一旦,其心之乱也,十倍于常见可欲之人。不如日在可欲之中,与若辈习处,则是"司空见惯浑闲事"矣,心之不乱,不大异于不见可欲而忽见可欲之人哉?老子之学,避世无为之学也;笠翁之学,家居有事之学也。二说并存,则游于方之内外,无适不可。

【注释】

①参、苓、芪、术:即人参、茯苓、黄芪、白术四味中药。

②声、色、货、利：音乐、女色、货物、财利。泛指旧时统治阶级所追求的物质享受。

【译文】

行乐的地方，首推男女的房事。然而世人不善于处理，往往会引发妒忌、造成纷争，反而变成祸害人的事情。即使有处理得当的人，又难免会过度沉溺其中，因而伤害身体；精血耗尽以至枯竭，性命也随之断送。所以善于处理或者不善处理，对于人来说，都是没有好处的。至于养生家，又有近女色和远女色两种主张，他们各持己见，水火不容。唉，上天既然创造了男人，为何还要创造女人，让人远离她们不对，亲近她们也不对，功过很难判定，竟成了千古未决的疑案！为了平息争论，让我来做出公平的判断，我认为阴阳二者不可相互分离，就像天地二者不可各成一半。天如果离开了地，就不只是没有了地，同时也就没有了天。江河湖海也就不存在了，那么日月又要藏在哪里？雨露又要依靠什么流淌？人们只知道保藏日月的是地，却不知道生育日月的也是地；人们只知道流泄雨露的是地，却不知道滋生雨露的也是地。地能够保藏天之精，流泄天之液，不但不会危害天，反而会帮助天，其原因何在？就是因为天能利用地，而不被地所利用。天想让地晦暗，地不敢不晦暗；等到天想让地明亮，地也不敢不明亮。水藏在地中，如果不借助天的风，那么水面就无法生起波浪；土附着于地，如果没有遇到天的合适气候，那么草木又从何处生长？这样看来，天是地的利用者，就像男人是一家之主，掌握管理钱财出入的大权。地听从于天，就像是女人被一人所用，负责操持饮食住处的家务。如果真的是这样，那么房事之乐，哪能一日没有呢？但是要看这人是否懂得利用，我若能利用它，那么就是最好的事情了。人参、茯苓、黄芪、白术等都是死药，用死药来治疗活人，就好像是用枯木来嫁接活树，以求能气脉贯通，不容易做到。妻子姬妾都是活药，用活药来治疗活人，就好像是用母鸡抱雄卵，希望能血脉贯通，不是更容易嘛？凡是借助女色来养身反而受其所害的，都是男被女利用，地反过来成为天了。倒拿刀剑，把刀柄交给别人，这是被杀之人的过错，为何要怨恨杀人者？有人问我：按照你的看法，那么老子的"不见可欲，使心无乱"的说法，难道不是错的吗？我说：我正是从老子的这个说法参悟出来的，但是增加了一转语，"不见可欲，使心不乱，常见可欲，也能使心不乱"。为什么呢？人能摒弃嗜好和欲望，让歌舞、女色、钱财、私利都不到眼前，那么诱惑我的东西不来，我自然不会被人诱惑。如果不是逃入深山躲避世俗，能做到吗？如果有人整天都见不到可以产生欲望的事情，突然一天遇到了，那么他内心的烦乱，要比经常见到的人严重十倍。还不如每天生活在可以产生欲望的环境之中，与这些人和事朝夕相处，那么就变成"司空见惯浑闲事"了。内心的安定，不就与整天都见不到可以产生欲望的事情而突然一天遇到的人大有不同了吗？老子的学问是避世无为的学说，笠翁的学说，是居家有为的学说。两种学说并存，那么不管是出世还是避世，全部都适用。

○节快乐过情之欲

【原文】

乐中行乐，乐莫大焉。使男子至乐，而为妇人者尚有他事萦心，则其为乐也，可无过情之虑。使男妇并处极乐之境，其为地也，又无一人一物搅挫其欢，此危道也。决尽堤防之患，当刻刻虑之。然而但能行乐之人，即非能虑患之人；但能虑患之人，即是可以不必行乐之人。此论徒虚设耳。必须此等忧虑历过一遭，亲尝其苦，然后能行此乐。噫，求为三折肱之良医①，则囊中妙药存者鲜矣，不若早留余地之为善。

【注释】

①三折肱之良医：多次断臂就成了治疗断臂的良医。后比喻对某事阅历多，富有经验，自能造诣精深。

【译文】

在快乐中行房事之乐，其乐趣是最大的。假如男子达到至乐之境，而女子还牵挂着其他事情，那么此时行乐，不用担心纵情过度。如果男女二人都处在极乐境地，而所处的环境没有什么人或物打搅他们寻欢，这就危险了。要时时刻刻担忧身体全面决堤的祸患。然而只要是行房事之乐的人，就不是会担忧祸患的人；只要是会担忧祸患的人，就可以不必行房事之乐。这个观点形同虚设。必须是亲身经历过这种祸患，亲自尝过这种痛苦之后，才能懂得行此乐。唉，想要做一个良医，囊中的妙药已经存留不多了，不如早留些余地为好。

○ 节忧患伤情之欲

【原文】

忧愁困苦之际，无事娱情，即念房中之乐。此非自好，时势迫之使然也。然忧中行乐，较之平时，其耗精损神也加倍。何也？体虽交而心不交，精未泄而气已泄。试强愁人以欢笑，其欢笑之苦更甚于愁，则知忧中行乐之可已。虽然，我能言之不能行之，但较平时稍节则可耳。

【译文】

忧愁困苦的时候，没有什么事情可以娱乐，就会想念房事之乐。这不是自己喜欢，而是形势所迫造成的。然而在忧愁时行乐，与平时相比较，会加倍地耗损精神。为什么呢？身体虽然在交合但是精神并未相交，精液还没有泄出而气力已经泄尽。试想，勉强忧愁的人去欢笑，他的欢笑之苦比忧愁之苦更甚，这样就知道忧愁之时可以停止行房事之乐。虽然我这样说，但是我却做不到，只是比平时稍微节制一些就可以了。

○ 节饥饱方殷之欲

【原文】

饥、寒、醉、饱四时，皆非取乐之候。然使情不能禁，必欲遂之，则寒可为也，饥不可为也；醉可为也，饱不可为也。以寒之为苦在外，饥之为苦在中，醉有酒力之可凭，饱无轻身之足据。总之，交媾者，战也，枵腹①者不可使战；并处者，眠也，果腹者不可与眠。饥不在肠而饱不在腹，是为行乐之时矣。

【注释】

①枵腹：空着肚子。

【译文】

饥、寒、醉、饱这四种情况，都不是适合房事取乐的时候。然而如果情感不能克制，一定要行此乐，那么寒冷的时候可以，饥饿的时候不可以；

喝醉的时候可以，吃饱的时候不可以。因为寒冷的时候，痛苦在身体之外，饥饿的时候，痛苦在身体之内。喝醉的时候尚有酒力可以凭借，吃饱的时候身体过重不足凭借。总而言之，男女交媾，如同作战，不能让饿着肚子的人去战斗；男女同床，如同睡眠，不能和吃得太饱的人一起睡。既不饥饿也不太饱，才是可以行房事之乐的时候。

○节劳苦初停之欲

【原文】

劳极思逸，人之情也，而非所论于耽酒嗜色之人。世有喘息未定，即赴温柔乡者，是欲使五官百骸①、精神气血，以及骨中之髓、肾内之精，无一不劳而后已。此杀身之道也。疾发之迟缓虽不可知，总无不胎病于内者。节之之法有缓急二种：能缓者，必过一夕二夕；不能缓者，则酣眠一觉以代一夕，酣眠二觉以代二夕。惟睡可以息劳，饮食居处皆不若也。

【注释】

①百骸：人的各种骨骼及全身。

【译文】

劳累过度就想休闲娱乐，这是人之常情，并不是大家所说的沉溺于酒色的人。世上有人劳顿过后喘息未定，就马上奔赴温柔乡，想让五官四肢、精神气血以及骨中的骨髓、肾中的精液，全都劳累耗尽才停止。这是杀身取祸的方式。疾病发作的早晚虽然不能确知，但是总会因此种下病根。节制的方法有缓和急两种：能缓的，一定要过上一夜或两夜；不能缓的，就用睡一觉代替一夜，睡两觉代替两夜。只有睡眠可以消除疲劳，饮食、安坐都不如它。

○节新婚乍御之欲

【原文】

新婚燕尔，不必定在初娶，凡妇人未经御而乍御①者，即是新婚。无论是妻是妾，是婢是妓，其为燕尔之情则一也。乐莫乐于新相知，但观此一夕之为欢，可抵寻常之数夕，即知此一夕之所耗，亦可抵寻常之数夕。能保此夕不受燕尔之伤，始可以道新婚之乐。不则开荒辟昧，既以身任奇劳，献媚要功，又复躬承异瘁。终身不二色者，何难作背城一战；后宫多嬖侍者，岂能为不败孤军？危哉！危哉！当筹所以善此矣。善此当用何法？曰：静之以心。虽曰燕尔新婚，只当行其故事。说大人，则藐之②，御新人，则旧之。仍以寻常女子相视，而不致大动其心。过此一夕二夕之后，反以新人视之，则可谓驾驭有方，而张弛合道者矣。

【注释】

①御：驾驭，此处指男女房事。
②说大人，则藐之：意思是向位高显贵的人进言，要藐视他，不要把他的显赫地位和权势放在眼里。出自《孟子·尽心下》："说大人，则藐之，勿视其巍巍然。"

【译文】

新婚燕尔，不必非得在新婚之夜。只要是与未曾交合的妇女初次交媾，就是新婚。不管是妻子还是妾侍，是婢女还是妓女，只要是新婚燕尔，其情味都是一样的。最开心的事情，莫过于新交相知。只要看看这一夜的欢愉，可以抵得上寻常的几夜，就可知道这一夜的损耗，也抵得上寻常的几夜。要能保证这一夜不受新婚燕尔的伤害，才可以谈得上新婚之乐。不然与未曾交合的妇女初次交媾，身体本就十分劳累，又要为了讨好新人加倍努力，身体就会异常疲惫。如果终身只和一个女子同房，那么在这一天全力以赴不难；如果家中有多个妾侍，怎么可能孤军作战却不伤害身体呢？危险啊！危险啊！应该想个方法好好应对。用什么方法才能好好应对呢？我说：要以平常心看待，虽然是新婚燕尔，只当是例行旧事。俗话说，"说大人，则藐之"，意思是向权贵进言，就得藐视他。同样，与新人同房，就要将她看作旧人。仍然将她看作寻常女子，而不至于太过动心。过了这一夜两夜之后，反而把她看作新人，就可以说得上是驾驭有方、张弛有度、合乎规律了。

○节隆冬盛暑之欲

【原文】

最宜节欲者隆冬，而最难节欲者亦是隆冬；最忌行乐者盛暑，而最便行乐者又是盛暑。何也？冬夜非人不暖，贴身惟恐不密，倚翠偎红之际，欲念所由生也。三时苦于褦襶①，九夏独喜轻便，袒裼裸裎之时，春心所由荡也。当此二时，劝人节欲，似乎不情，然反此即非保身之道。节之为言，明有度也；有度则寒暑不为灾，无度则温和亦致戾。节之为言，示能守也；能守则日与周旋而神旺，无守则略经点缀而魂摇。由有度而驯至能守，由能守而驯至自然，则无时不堪昵玉，有暇即可怜香。将鄙是集为可焚，而怪湖上笠翁之多事矣。

【注释】

①褦襶：衣服粗重宽大。

【译文】

最适合节制欲念的季节是深冬，而最难节制欲念的季节也是深冬；最应避免行乐的季节是盛夏，而最方便行乐的季节也是盛夏。为什么呢？冬天的夜晚，没有人睡在一起就不暖和，唯恐身体贴得不够紧密，亲近昵爱女子的时候，欲念就会由此产生。春、秋、冬三个季节苦于衣服粗重臃肿，只有夏天喜欢穿着轻便，身体袒露之时，春心就会荡漾。在冬、夏两个季节劝人节制欲望，似乎不近人情，然而不这样做，就不符合养生之道了。所谓节欲，必须要明确有度；如果适度，那么寒暑季节也不会成为灾祸；如果无度，那么温和天气也会招致祸患。所谓节欲，必须要能坚守，如能坚守，那么即使每天与女子周旋，也会精神旺盛；如不能坚守，那么女子稍微打扮一下，就会神魂摇荡。从适度渐渐训练到能坚守，由能坚守渐渐训练到自然而然，那么不论何时都可以与女子亲近，只要有闲暇时间就可以怜香惜玉。届时就会看不上我这本书，认为可以拿去烧了，反而怪我西湖李笠翁多事了。

颐养部

◎却病第五　计三款

【原文】

病之起也有因,病之伏也有在,绝其因而破其在,只在一字之和。俗云:"家不和,被邻欺。"病有病魔,魔非善物,犹之穿窬①之盗,起讼构难②之人也。我之家室有备,怨谤不生,则彼无所施其狡猾,一有可乘之隙,则环肆奸欺而祟③我矣。然物必先朽而后虫生之,苟能固其根本,荣其枝叶,虫虽多,其奈树何?人身所当和者,有气血、脏腑、脾胃、筋骨之种种,使必逐节调和,则头绪纷然,顾此失彼,穷终日之力,不能防一隙之疏。防病而病生,反为病魔窃笑耳。

有务本之法,止在善和其心。心和则百体皆和。即有不和,心能居重驭轻,运筹帷幄,而治之以法矣。否则内之不宁,外将奚恃?然而和心之法,则难言之。哀不至伤,乐不至淫,怒不至于欲触,忧不至于欲绝。"略带三分拙,兼存一线痴;微聋与暂哑,均是寿身资。"此和心诀也。三复斯言,病其可却。

【注释】

①穿窬:通过翻越墙头、凿穿墙洞进行盗窃的行为。
②构难:结成仇怨。
③祟:原意指鬼怪害人,此处指通过暗中作祟,祸害他人。

【译文】

疾病的发生是有原因的,疾病的潜伏是有源头的,想要杜绝病因、消除源头,只在一个字"和"。俗话说:"家不和,被邻欺"。生病是因为有病魔,而病魔如同翻墙凿壁的盗贼、挑起事端的小人,并非善类。如果家里有所防备,怨恨、诽谤的事情就不会发生,那么坏人的狡猾伎俩也就无处可施。一旦有了可乘之机,他就会到处寻找机会、奸诈阴险地欺负祸害我。然而树木一定是先腐朽才会生虫,如果能强固它的根,使它枝荣叶茂,那么即使虫子很多,又能把树怎么样呢?人的身体之中应该调和的,包括气血、脏腑、脾胃、筋骨等多个方面。如果一定要一样一样地调和,那么就会头绪繁多、顾此失彼,耗尽一整天的力气,却不能防备一个小小的疏忽。防备着疾病,但疾病却发生了,反而被病魔耻笑罢了。

根本解决的办法，只有善于调和内心。内心平和，那么全身各个部位都会和谐。即使身体稍有不适，内心也能处重驾轻、运筹帷幄，想出办法来应对。不然内心都不平和，如何能照顾到内心以外呢？然而调和内心的办法，却很难说明。悲哀但不至于伤害身体，快乐但不至于沉溺放纵，愤怒但不至于想要动手，忧愁但不至于痛苦欲绝。"略带三分拙，兼存一线痴；微聋与暂哑，均是寿身资。"这是调和内心的口诀。反复体会几遍，就可以抵挡疾病了。

○病未至而防之

【原文】

病未至而防之者，病虽未作，而有可病之机与必病之势，先以药物投之，使其欲发不得，犹敌欲攻我，而我兵先之，预发制人者也。如偶以衣薄而致寒，略为食多而伤饱，寒起畏风之渐，饱生悔食之心，此即病之机与势也。急饮散风之物而使之汗，随投化积之剂而速之消。在病之自视如人事，机才动而势未成，原在可行可止之界，人或止之，则竟止矣。较之戈矛已发而兵行在途者，其势不大相径庭哉？

【译文】

所谓"病未至而防之"，是指疾病虽然还没发作，但是有了可能生病的迹象和必然生病的态势。先服用药物，让疾病无法发作，如同敌人想要攻打我，而我却提前向他派兵，先发制人。比如偶尔因为衣服穿少了而着凉，稍微吃多了而积食，着凉之后就会渐渐害怕吹风，积食之后就会开始后悔多吃，这就是生病的迹象和态势。赶紧去喝散风驱寒的药物让身体发汗，去吃消除积食的药物加快食物消化。对待疾病就如同待人处事，刚刚有发动的迹象但还没有形成态势时，处在可行可止的交界状态，人们若加以制止，它就真的会停止。相比敌人的攻击已经发动，而我方军队还在行进途中，这形势难道不是大相径庭吗？

○病将至而止之

【原文】

病将至而止之者,病形将见而未见,病态欲支而难支,与久疾乍愈之人同一意况。此时所患者切忌猜疑。猜疑者,问其是病与否也。一作两歧之念,则治之不力,转盼①而疾成矣。即使非疾,我以是疾处之,寝食戒严,务作深沟高垒之计;刀圭②毕备,时为出奇制胜之谋。以全副精神,料理奸谋未遂之贼,使不得揭竿而起者,岂难行不得之数哉?

【注释】

①转盼:转眼之间,比喻时间短促。
②刀圭:既可以指药物,也可以指中药的量器。

【译文】

所谓"病将至而止之",是指疾病的症状将要显现但还未出现,生病的态势想要展现却难以展现,这跟久病初愈的人情况相同。此时患病之人切忌猜忌。所谓猜忌,就是总是询问自己是否生病了。一旦有了这种拿捏不定的想法,治疗就会不积极,很快疾病就会发作。即使不是疾病,我也把它当作疾病对待,吃饭睡觉都严加防范,务必构造坚固的防御工事;药物器材都准备齐全,及时筹划出奇制胜的谋略。精神方面全副武装,对付这个奸计未遂的盗贼,使它不能揭竿而起、举兵叛乱。这难道是难以实行、无法做到的事情吗?

○病已至而退之

【原文】

病已至而退之,其法维何?曰:止在一字之静。敌已至矣,恐怖何益?"剪灭此而后朝食"①,谁不欲为?无如不可猝得。宽则或可渐除,急则疾上又生疾矣。此际主持之力,不在卢医扁鹊,而全在病人。何也?召疾使来者,我也,非医也。我由寒得,则当使之并力去寒;我自欲来,则当使之一心治欲。最不解者,病人延医,不肯自述病源,而只使医人按脉。药性易识，脉理难精，善用药者时有，能悉脉理而所言必中者，今世能有几人哉？徒使按脉定方，是以性命试医，而观其中用否也。所谓主持之力不在卢医扁鹊，而全在病人者，病人之心专一，则医人之心亦专一，病者二三其词，则医人什佰其径，径愈宽则药愈杂，药愈杂则病愈繁矣。昔许胤宗②谓人曰："古之上医，病与脉值，惟用一物攻之。今人不谙脉理，以情度病，多其药物以幸有功，譬之猎人，不知兔之所在，广络原野以冀其获，术亦昧矣。"此言多药无功，而未及其害。以予论之，药味多者不能愈疾，而反能害之。如一方十药，治风者有之，治食者有之，治痨伤③虚损者亦有之。此合则彼离，彼顺则此逆，合者顺者即使相投，而离者逆者又复于中为祟矣。利害相攻，利卒不能胜害，况其多离少合，有逆无顺者哉？故延医服药，危道也。不自为政，而听命于人，又危道中之危道也。慎而又慎，其庶几乎！

【注释】

①剪灭此而后朝食：出自《左传·成公二年》，本意是消灭了敌人再吃早餐，后常以此形容斗志坚决，即刻就要消灭敌人。

②许胤宗：隋唐间著名的医学家，医术高明，精通脉诊，用药灵活变通，不拘一法。

③痨伤：即劳伤，指积劳损削之病，中医讲究五劳七伤。虚损：一种病名，有气虚、血虚、阳虚、阴虚之分。

【译文】

对于"病已至而退之"，它的方法是怎样的呢？我说：只在一个"静"字。敌人已经到了，恐惧还有什么用？"剪灭此而后朝食"，谁不想这么做？无奈不能立刻做到。如果宽心慢治，疾病就能慢慢消除；如果急于求成，可能就会病上加病。这时起主要作用的，不是卢医扁鹊，而是病人自己。为什么？招致疾病的人，是病人自己，而不是医生。我因为着凉生病，就应该全力驱除寒气；我因为纵欲生病，就应该专心控制欲望。最让人不能理解的是：病人请医生看病，却不肯自己讲述发病原因，而只是让医生把脉。药性容易识别，脉理却很难精通。善于用药的医生常有，精通脉理而且所言都能切中病情的医生，当今世上能有几个？只是让医生把脉开药，就是在用生命试验医生，看他是否中用。之所以说起主要作用的不是卢医扁鹊，而是病人自己，是因为病人用心专一，医生也会用心专一；若病人含糊其辞，医生就会使用多种治疗方式，而治疗方式越多，使用的药物就会越复杂，而药物越复杂，疾病就会更加严重。古代名医许胤宗曾说过，"古之上医，病与脉值，惟用一物攻之。今人不谙脉理，以情度病，多其药物以幸有功，譬之猎人，不知兔之所在，广络原野以冀其获，术亦昧矣"。意思是古代高明的医生，可以通过脉理判断病情，只用一种药物治疗。如今医生不精通脉理，只能通过主观猜测病情，多用药物企图能侥幸成功。就好像猎人，不知兔子在哪，在平原旷野之上广泛搜寻，希望能够将其捕获，但这种方法也太愚昧了。这只是说明了多用药物没有用处，却没有提及它的害处。依我看来，多用药物不但不能治病，反而可能伤身。如果一副药方里面有十种药，有治风寒的，有治积食的，也有治劳伤虚损的。这味药与病情相符，那味药就会与病情不符；这味药能治疗病症，那味药就会加重病症。所以，即使有些药与病情相符、能治疗病症，不相符的药却可能会再次伤害身体。利害相冲，益处终究无法胜过坏处，更何况一副药中，往往与病情相符的药少，与病不符的药多，有加重病症的药，却无治疗病症的药。因此请医服药，是一种危险的方式。自己不做主，却听信于他人，这是危险中的危险。必须谨慎再谨慎，大概才差不多吧！

◎疗病第六 计七款

【原文】

"病不服药，如得中医。"此八字金丹，救出世间几许危命！进此说于初得病时，未有不怪其迂者，必俟刀圭药石无所不投，人力既穷，而沉疴①如故，不得已而从事斯语，是可谓天人交迫，而使就"中医"者也。乃不攻不疗，反致霍然，始信八字金丹，信乎非谬。

以予论之，天地之间只有贪生怕死之人，并无起死回生之药。"药医不死病，佛度有缘人。"旨哉斯言！不得以谚语目之矣。然病之不能废医，犹旱之不能废祷。明知雨泽在天，匪求能致，然岂有晏然坐视，听禾苗稼穑之焦枯者乎？自尽其心而已矣。予善病一生，老而勿药。百草尽经尝试，几作神农后身，然于大黄解结之外，未见有呼应极灵，若此物之随试随验者也。

生平著书立言，无一不由杜撰，其于疗病之法亦然。每患一症，辄自考其致此之由，得其所由，然后治之以方，疗之以药。所谓方者，非方书所载之方，乃触景生情、就事论事之方也；所谓药者，非《本草》必载之药，乃随心所喜、信手拈来之药也。明知无本之言不可训世，然不妨姑妄言之，以备世人之妄听。凡阅是编者，理有可信则存之，事有可疑则阙之，不以文害辞，不以辞害志，是所望于读笠翁之书者。

药笼应有之物，备载方书；凡天地间一切所有，如草木、金石、昆虫、鱼鸟，以及人身之便溺、牛马之溲渤，无一或遗，是可谓两者至备之书、百代不刊之典。今试以《本草》一书高悬国门，谓有能增一疗病之物，及正一药性之讹者，予以千金。吾知轩、岐②复出，卢、扁再生，亦惟有屏息而退，莫能觊觎者矣。然使不幸而遇笠翁，则千金必为所攫。何也？药不执方，医无定格。同一病也，同一药也，尽有治彼不效，治此忽效者；彼是则此非，彼非则此是，必居一于此矣。又有病是此病，药非此药，万无可用之理，或被庸医误投，或为臧获③谬取，食之不死，反以回生者。迹是而观，则《本草》所载诸药性，不几大谬不然乎？

更有奇于此者，常见有人病入膏肓，危在旦夕，药饵攻之不效，刀圭试之不灵，忽于无心中瞥遇一事，猛见一物，其物并非药饵，其事绝异刀圭，或为喜乐而病消，或为惊慌而疾退。"救得命活，即是良医；医得病痊，便称良药。"由是观之，则此一物与此一事者，即为《本草》所遗，岂得谓之全备乎？虽然，彼所载者，物性之常；我所言者，事理之变。彼之所师者人，人言如是，彼言亦如是，求其不谬则幸矣；我之所师者心，心觉其然，口亦信其然，依傍于世何为乎？究竟予言似创，实非创也，原本于方书之一言："医者，意也。"以意为医，十验八九，但非其人不行。吾愿以拆字④射覆⑤者改卜为医，庶几⑥此法可行，而不为一定不移之方书所误耳。

【注释】

①沉疴：出自《晋书·乐广传》，意指久治不愈的重病。
②轩、岐：皇帝轩辕氏与其臣岐伯的并称，他们被视作中国医药的始祖。
③臧获：古代对奴婢的贱称。
④拆字：是一种占卜方法。又称"测字""破字""相字"等，是中国古代的一种推测吉凶的方式。
⑤射覆：中国民间近于占卜术的猜物游戏。
⑥庶几：表示希望的语气词，或许可以。

【译文】

"病不服药，如得中医。"这八个字如同金丹妙药，拯救了世间多少垂危的生命！若在病人刚刚生病之时，就提出这样的说法，人们都会嫌它迂腐。一定要等到尝试过所有的药物和疗法，穷尽人力，但久治不愈的疾病依然严重时，万不得已才会照这句话去做。可以说是天与人交相逼迫，病人走投无路时才会使用的方法。等到不就医、不治疗，疾病反而痊愈之时，这才相信这八字金丹，确实没错。

在我看来，天地之间只有贪生怕死的人，没有起死回生的药。俗话说："药医不死病，佛渡有缘人。"这句话说得很好！不能把它当成寻常谚语来看。然而，生病了不能不去就医，就像干旱了不能不做祈祷。明知是否下雨全在老天，而非祈求就能得到，怎么可能安然地坐视不管，任由禾苗庄稼在地里焦枯？尽自己的心力而已。我这一辈子容易生病，老了就不再吃药。各种药物全都已经尝试，几乎能做神农的后人了。可是除了大黄能够解决便秘，我没见到其他药物像它这样灵验，一试就有效。

我这一生著书立说，无一不是由自己创造，在治病的方法上也是如此。每得一种病，我就会自己推究根源、寻找病因，然后再开方用药、进行治疗。而我所说的药方，并不是医书上记载的药方，而是根据实际情况，就事论事、对症配制的药方。且我所说的药，也不是《本草纲目》上一定有记载的药，而是我随着自己的喜好，信手拈来的药。我明知没有根据的话，不能用来教诲世人，但是不妨姑且让我随便说说，让世人随便听听。凡是读过这本书的人，觉得道理可信就留着它，觉得事情可疑就丢掉它。我希望读我的书的人，不要因为内容而忽略文采，也不要因为文采而忽略主题。

药柜里应该准备的药物，都记载在医书上；凡是天地之间存在的东西，比如草木、金石、昆虫、鱼鸟，以及人和牛马的大小便，没有一样遗漏。可以说是天地间最为完备的药书，百代不可改动的经典。如果现在尝试把《本草纲目》这本书高高挂在京城的大门上，声称如果谁能增加一样可以治病的药，更正一种药的错误药性，就赏他一千两银子。我认为即使皇帝和岐伯复出，卢医扁鹊再生，也只会悄悄地退到一边，没有人敢觊觎这个奖赏。然而如果不幸遇到我，那么这一千两银子必定被我得到。为什么呢？用药不必拘泥于药方，治病没有固定的方法。同一种病，同一副药，可能医治这个人时无效，医治那个人时突然有效；治疗那个人时是对的，治疗这个人时是错的，或者治疗那个人时是错的，治疗这个人时是对的，一定是这两种情况中的一种。也有这种情况：得的是这种病，用的却不是这种药，本来完全不应用另一种药，但可能是庸医用错，或者是仆人误取，病人吃了之后不但没有死，反而活了下来。从这些事迹来看，《本草纲目》里所记载的各种药性，不是也有很多大错特错之处吗？

还有比这更离奇的情况：经常见到有人病入膏肓、危在旦夕，用药治疗没有效果，各种医术也不灵验，忽然无意之中遇见一件事情，猛然之间看到一件物品，而这件物品不是药物，这件事情不是治病。病人或是因为欢喜，或是因为惊慌，病就马上好了。能救人性命的，就是良医；能把病治好的，就是好药。这样看来，那么这件物品、这件事情，就是《本草纲目》所遗漏的，那么它还称得上完备吗？虽然如此，书上所记载的，是药物通常的性能；而我所说的，是事理的变通。书上依据的是人，别人怎么说，他就怎么记载，只求没有差错，就是万幸了；而我依据的是心，心里这么想，嘴上就这么说，为什么要听从世人的说法呢？说到底，我的话像是自创，其实不是，这原本是医书上的一句话："医者，意也。"根据自己的心意行医，十次中有八九次会灵验，但并非每个人都能做到。我希望那些拆字算卦的人改行做医生，如果这种方法可行，病人就不会被固定不变的医书耽误了。

○本性酷好之药

【原文】

一曰本性酷好之物，可以当药。凡人一生，必有偏嗜偏好之一物，如文王①之嗜菖蒲菹，曾皙②之嗜羊枣，刘伶③之嗜酒，卢仝④之嗜茶，权长孺⑤之嗜瓜，皆癖嗜也。癖之所在，性命与通，剧病得此，皆称良药。医士不明此理，必按《本草》而稽查药性，稍与症左，即鸩毒视之。此异疾之不能遽瘳也。予尝以身试之。庚午之岁，疫疠盛行，一门之内，无不呻吟，而惟予独甚。时当夏五，应荐杨梅，而予之嗜此，较前人之癖菖蒲、羊枣诸物，殆有甚焉，每食必过一斗。因讯妻孥曰："此果曾入市否？"妻孥知其既有而未敢遽进，使人密讯于医。医者曰："其性极热，适与症反。无论多食，即一二枚亦可丧命。"家人识其不可，而恐予固索，遂诡词以应，谓此时未得，越数日或可致之。讵料予宅邻街，卖花售果之声时时达于户内，忽有大声疾呼而过予门者，知其为杨家果也。予始穷诘家人，彼以医士之言对。予曰："碌碌巫咸，彼乌知此？急为购之！"及其既得，才一沁齿而满胸之郁结俱开，咽入腹中，则五脏皆和，四体尽适，不知前病为何物矣。家人睹此，知医言不验，亦听其食而不禁，病遂以此得痊。由是观之，无病不可自医，无物不可当药。但须以渐尝试，由少而多，视其可进而进之，始不以身为孤注。又有因嗜此物，食之过多因而成疾者，又当别论。不得尽执以酒解醒之说，遂其势而益之。然食之既厌而成疾者，一见此物，即避之如仇。不相忌而相能，即为对症之药可知已。

【注释】

①文王：周文王，姓姬名昌，西周奠基人。文王嗜菖蒲菹的典故出自《太平御览·百卉部六·菖蒲》。

②曾皙：春秋时期鲁国人，"宗圣"曾参之父。曾皙嗜羊枣的典故出自《孟子》。

③刘伶：魏晋时期名士，与阮籍、嵇康、山涛、向秀、王戎和阮咸并称为"竹林七贤"。刘伶嗜酒不羁，被称为"醉侯"。

④卢仝：唐代诗人，初唐四杰卢照邻之孙，被尊称为"茶仙"。

⑤权长孺：唐代朝廷重臣权德舆的本家侄子，曾在唐宪宗时期为官。

【译文】

　　第一种是本性特别喜欢的东西，可以当药。人的一生，一定会有特别喜欢的东西，就像周文王特别喜欢菖蒲腌菜，曾皙特别喜欢羊枣，刘伶特别爱好喝酒，卢仝特别爱好喝茶，而权长孺特别喜欢吃瓜，这些都是他们的嗜好。这些嗜好都与他们的性命相通，身患重病之时如果得到这种东西，都能称得上是良药。医生不明白这个道理，一定要按照《本草纲目》去检查药性，只要与病情稍有不符，就把它看作毒药。这是怪病不能很快治愈的原因。我曾经亲身经历过。庚午那年，瘟疫盛行，全家染病，而我病得尤为严重。当时正值五月份，是吃杨梅的季节，而我特别喜欢吃杨梅，相比古人喜欢吃菖蒲腌菜和羊枣，恐怕还要更加厉害，每次吃都要超过一斗。于是询问妻子儿女："杨梅上市了没有？"他们知道杨梅已经上市却不敢马上给我买来，派人偷偷去询问医生。医生说："杨梅性很热，与病症冲突。不要说吃多，即使只吃一两颗也会丧命。"家人知道我不能吃，但又怕我坚持想要，于是编造谎话来搪塞我，声称现在还没上市，再过几天或许可以买到。不料我家宅子临近大街，鲜花水果的叫卖声时时会传到屋里。忽然有人大声叫卖着从我家门前经过，我知道他在卖杨梅。于是我开始追问家人，他们才将医生的话告诉我。我说："平庸无能的医生，他哪里知道这个道理？赶紧给我买来！"买到之后，牙齿刚刚咬下去，胸中满腔的郁结也都舒展开来，等到咽进肚子里，五脏调和、四肢舒适，不知先前的病是怎么回事。家人看到这一幕，知道医生说的话不灵，也就不再禁止、任由我吃，病也因此得已痊愈。由此来看，没有什么病不可以自己医治，没有什么东西不可以当作药物。但是必须要由少到多地逐渐尝试，确定其可用然后再用，才不会拿自己的身体孤注一掷。还有人因为喜欢吃某种东西，却因吃得过多而导致生病，这又另当别论了。不能完全执着于以酒解酒的论调，就趁机多喝反而加重病情。然而对于因吃得太多而导致生病的东西，一见到它，就会像躲避仇人一样避开它。如果不会忌惮而是喜欢，这就是对症的药物了。

○其人急需之药

【原文】

　　二曰其人急需之物，可以当药。人无贵贱穷通，皆有激切所需之物。

如穷人所需者财，富人所需者官，贵人所需者升擢①，老人所需者寿，皆卒急欲致之物也。惟其需之甚急，故一投辄喜，喜即病痊。如人病入膏肓，匪医可救，则当疗之以此。力能致者致之，力不能致，不妨给之以术。家贫不能致财者，或向富人称贷，伪称亲友馈遗，安置床头，予以可喜，此救贫病之第一着也。未得官者，或急为纳粟，或谬称荐举；已得官者，或真谋铨补②，或假报量移③。至于老人欲得之遐年，则出在星相巫医之口，予千予百，何足吝哉！是皆"即以其人之道，反治其人之身"者也。虽然，疗诸病易，疗贫病难。世人忧贫而致疾，疾而不可救药者，几与恒河沙比数。焉能假太仓之粟，贷郭况④之金，是人皆予以可喜，而使之霍然尽愈哉？

【注释】

①升擢：官职的升迁，提拔晋升。
②铨补：选补官职。
③量移：泛指迁职。
④郭况：东汉光武帝刘秀郭皇后的弟弟，是当时京城首富，但为人小心谨慎、担心怕事。

【译文】

第二种是一个人急需的东西，可以当药。人，无论是富贵贫贱、穷困通达，都有急切需要的东西。比如穷人需要的是钱，富人需要的是官，贵人需要的是升擢，老人需要的是长寿，都是他们急切想要的东西。只是他的需求十分急切，所以一旦给他，他就会很开心，疾病就会痊愈。如果病人病入膏肓，医生也救不了，那么应该用这种方法治疗。有能力做到就去做，如果做不到，不妨用些手段欺骗他。家里贫穷弄不到钱的，可以向富人借钱，假称是亲戚朋友馈赠，将钱放在床头，让他能够开心，这是救治贫穷之人最好的办法。还未得到官职的，可以赶紧为他捐官，也可假称有人举荐；已经得到官职的，可以真的为他谋求补缺升官，也可向他假报已经升职。至于老人想要长寿，可以让占卜看相的人去说，许他千百年的寿命，又有什么可以吝惜的！这都是"即以其人之道，反治其人之身"的做法。话虽如此，治疗各种病容易，治疗穷病困难。世人因为担心贫穷而得病，得病之后无法医治的人，跟恒河的沙子一样多。如何能借国库的粮，贷郭况的钱，让每个人能够开心，使他们的病都能很快痊愈呢？

○一心钟爱之药

【原文】

三曰一心钟爱之人，可以当药。人心私爱，必有所钟。常有君不得之于臣，父不得之于子，而极疏极远极不足爱之人，反为精神所注、性命以之者，即是钟情之物也。或是娇妻美妾，或为嫖客娈童，或系至亲密友，思之弗得与得而弗亲，皆可以致疾。即使致疾之由，非关于此，一到疾痛无聊之际，势必念及私爱之人。忽使相亲，如鱼得水，未有不耳清目明，精神陡健，若病魔之辞去者。此数类之中，惟色为甚，少年之疾，强半犯此。父母不知，谬听医士之言，以色为戒，不知色能害人，言其常也，情堪愈疾，处其变也。人为情死，而不以情药之，岂人为饥死，而仍戒令勿食，以成首阳之志①乎？凡有少年子女，情窦已开，未经婚嫁而至疾，疾而不能遽瘳②者，惟此一物可以药之。即使病躯羸弱，难使相亲，但令往来其前，使知业为我有，亦可慰情思之大半。犹之得药弗食，但嗅其味，亦可内通腠理③，外壮筋骨，同一例也。至若闺门以外之人，致之不难，处之更易。使近卧榻，相昵相亲，非招人与共，乃赎药使尝也。仁人孝子之养亲，严父慈母之爱子，俱不可不预蓄是方，以防其疾。

【注释】

①首阳之志：首阳，山名，相传为伯夷、叔齐采薇隐居处。伯夷、叔齐是商末孤竹君的两位儿子。商朝灭亡后，二人先后前往周国考察。周武王伐纣，二人扣马谏阻。武王灭商后，他们耻食周粟，采薇而食，饿死于首阳山，这就是所谓的首阳之志。

②遽瘳：立即痊愈。

③腠理：泛指皮肤、肌肉、脏腑的纹理及皮肤、肌肉间隙交接处的结缔组织，是渗泄体液、流通气血的门户，有抗御外邪内侵的功能。

【译文】

第三种是一心钟爱的人，可以当药。人对自己心爱的人，必然情有独钟。常常有君主得不到臣属的爱戴，父母得不到子女的敬爱，然而对于极其疏远极其不值得爱的人，反而投注大量精神，能将性命相托，这就是情有独钟的人。可能是娇妻美妾，可能是嫖客娈童，可能是至亲密友，对于他们，思念的时候不能见面，见面的时候不能亲昵，都可以导致生病。即使生病的原因与此无关，一到病痛难忍、百无聊赖的时候，势必会想念自己心爱的人。忽然让他们相亲，如鱼得水，没有人不耳清目明、精神陡然振奋，好像病魔已经离去。而这几类人中，唯有美色最为厉害。少年得病，多半因此。父母不知这个道理，误听医生的话，以近女色为戒，却不知所谓美色害人，说的是寻常情况，而情感越浓，疾病痊愈越快，正是情形变化所致。人为情死，却不用感情为他治疗，不就像是人要饿死，却仍禁止他吃东西，使他成为伯夷、叔齐那样的饿死鬼吗？凡是少男少女，已经情窦初开，没有婚嫁却生病了，生病了却不能很快治愈的，只有一种药物可以用来治疗。即使病体虚弱，难以让他们亲昵，只要让心爱的人来到床前，让病人知道这个人已经属于自己，也可以慰藉大半的相思之情。犹如得到药还没吃，只是闻到气味，也可以内通气血、外壮筋骨，是一个道理。至于女子闺房以外的人，让他来不难，相处更容易。让心爱的人靠近床榻，与之相亲相昵，这并不是叫人陪她，而是买药来给她吃。仁者孝子奉养双亲，严父慈母爱护子女，都不能不事先准备这个药方，来预防这种疾病。

○一生未见之药

【原文】

　　四曰一生未见之物，可以当药。欲得未得之物，是人皆有，如文士之于异书，武人之于宝剑，醉翁之于名酒，佳人之于美饰，是皆一往情深，不辞困顿，而欲与相俱者也。多方觅得而使之一见，又复艰难其势而后出之，此驾驭病人之术也。然必既得而后留难之，许而不能卒与，是益其疾矣。所谓异书者，不必微言秘籍，搜藏破壁而后得之。凡属新编，未经目睹者，即是异书，如陈琳之檄[①]、枚乘之文[②]，皆前人已试之药也。须知奇文通神，鬼魅遇之，无有不辟者。而予所谓文人，亦不必定指才士，凡系识字之人，即可以书当药。传奇野史，最祛病魔，倩[③]人读之，与诵咒辟邪无异也。他可类推，勿拘一辙。富人以珍宝为异物，贫家以罗绮为异物，猎山之民见海错而称奇，穴处之家入巢居而赞异。物无美恶，希觏为珍；妇少妍媸，乍亲必美。昔未睹而今始睹，一钱所购，足抵千金。如必俟希世之珍，是索此辈于枯鱼之肆[④]矣。

【注释】

①陈琳之檄：陈琳，东汉末年文学家，"建安七子"之一。"陈琳之檄，可愈头风"这个典故出自《三国演义》。汉献帝时，陈琳为袁绍幕僚，所作《为袁绍檄豫州文》，历数曹操的罪状，极富煽动力。檄文传至许都，时曹操方患头风，卧病在床。左右将此檄传进，曹操读后，毛骨悚然，出了一身冷汗，不觉头风顿愈，从床上一跃而起。

②枚乘之文：枚乘，西汉时期辞赋家，与邹阳并称"邹枚"，与司马相如并称"枚马"，与贾谊并称"枚贾"。他所作的《七发》在辞赋发展史上具有重要地位——既奠定了典型汉大赋的基础，又是"七体"的开首之作。

③倩：请某人做某事，借助。

④枯鱼之肆：指卖干鱼的店铺，比喻无法挽救的绝境。

【译文】

第四种是一生未见的事物，可以当药。想要得到却未得到的事物，人人都有，比如说文人对于奇书，武士对于宝剑，酒徒对于名酒，美人对于首饰，都是一往情深、不辞辛苦地想要得到。用尽各种方法让他见上一面，但要做出非常艰难的样子，然后再拿给他，这是驾驭病人的方法。然而务必在他得到之后再表现出很难留住的样子，如果许诺给他却最终没有，这是在加重他的病情。所谓奇书，不必是珍本秘籍，必须搜寻密室、穿墙凿壁才能得到。但凡是新编的书，只要是病人还未看过，都是奇书。像陈琳的檄文、枚乘的辞赋，都是前人已经试验过的药。要知道奇文能够通神，鬼怪遇见它，没有不避藏的。而我所说的文人，也不一定是指那些才子，凡是识字的人，就可以拿书当药。传奇野史，最能驱赶病魔，请人朗读，就跟诵咒辟邪没有区别。其他可以类推，不必拘泥一格。富人把奇珍异宝看作奇物，穷人把绫罗绸缎看作奇物，山上打猎的人见到海鲜会称奇，住在洞穴的人住进房屋会赞异。事物没有好坏，少见就是珍奇；女人不论美丑，乍一亲近，必有美感。之前从未见过，如今方才见到，即使只花一文钱购买，足以与千两银子相抵。如果一定要等稀世珍宝，找到之时病人也就没救了。

○平时契慕之药

【原文】

五曰平时契慕之人,可以当药。凡人有生平向往,未经谋面者,如其惠然肯来,以此当药,其为效也更捷。昔人传韩非①书至秦,秦王见之曰:"寡人得见此人与之游,死不恨矣!"汉武帝读相如②《子虚赋》而善之,曰:"朕独不得与此人同时哉!"晋时宋纤③有远操,沉静不与世交,隐居酒泉,不应辟命④。太守杨宣慕之,画其像于阁上,出入视之。是秦王之于韩非、武帝之于相如、杨宣之于宋纤,可谓心神毕射,寤寐相求者矣。使当秦王、汉帝、杨宣卧疾之日,忽致三人于榻前,则其霍然起舞,执手为欢,不知疾之所从去者,有不待事毕而知之矣。凡此皆言秉彝⑤至好出自中心,故能愉快若此。其因人赞美而随声附和者不与焉。

【注释】

①韩非:又称韩非子,战国末期韩国人。中国古代思想家、哲学家和散文家,法家学派代表人物,有《韩非子》一书传世。
②相如:即司马相如,西汉辞赋家,代表作品《子虚赋》。
③宋纤:晋朝隐士。该典故出自《晋书·隐逸传》。
④辟命:朝廷的征召,任命。
⑤秉彝:持执常道。秉,秉持;彝,常理。

【译文】

第五种是平生仰慕的人,可以当药。只要病人有一生向往但却从未谋面的人,如果此人愿意见他,以此为药,其疗效也更加快捷。古人相传韩非的书传到秦国,秦王读了之后说:"如果我能见到这个人并与他结交朋友,我将死而无憾!"汉武帝读了司马相如的《子虚赋》后很喜欢,感慨:"我为何就不能跟这个人生活在同一时代呢!"晋代宋纤有高远的节操,性格沉静,不与世人交往,隐居在酒泉,不应朝廷的征召。太守杨宣仰慕他,画了他的画像,并将其悬于阁上,出入之时都会看它。所以秦王对于韩非,武帝对于司马相如,杨宣对于宋纤,都可以说是心神专注、梦寐以求了。假如在秦王、汉武帝、杨宣卧病在床的时候,忽让韩非、司马相如、宋纤三人来到病床前,那么他们就会马上起来、握手言欢,不知疾病去往何处,这种事情不用等到事情结束就会知道结果。这里所说的仰慕都是发自内心的喜欢，所以才能如此愉快。因为别人的赞美而随声附和的，不属于此列。

○素常乐为之药

【原文】

六曰素常乐为之事，可以当药。病人忌劳，理之常也。然有"乐此不疲"一说作转语，则劳之适以逸之，亦非拘士①所能知耳。予一生疗病，全用是方，无疾不试，无试不验，徙痈②浣肠③之奇，不是过也。予生无他癖，惟好著书，忧藉以消，怒藉以释，牢骚不平之气藉以铲除。因思诸疾之萌蘖④，无不始于七情，我有治情理性之药，彼乌能祟我哉！故于伏枕呻吟之初，即作开卷第一义；能起能坐，则落毫端，不则但存腹稿。迨沉疴将起之日，即新编告竣之时。一生剞劂⑤，孰使为之？强半出造化小儿之手。此我辈文人之药，"止堪自怡悦，不堪持赠君"⑥者。而天下之人，莫不有乐为之一事，或耽诗癖酒，或慕乐嗜棋，听其欲为，莫加禁止，亦是调理病人之一法。总之，御疾之道，贵在能忘；切切在心，则我为疾用，而死生听之矣。知其力乏，而故授以事，非扰之使困，乃迫之使忘也。

【注释】

①拘士：拘泥固执、不知变通的人。
②徙痈：一种江湖医术，传说能移去痈疽。痈疽，即发生于体表、四肢、内脏的急性化脓性疾患，是一种毒疮。
③浣肠：清洗肠胃。
④萌蘖：本意指树木萌发的新芽，此处喻指疾病的开端。
⑤剞劂：本意指刻镂的刀具，引申为雕辞琢句，此处喻指著书。
⑥只堪自怡悦，不堪持赠君：选自南北朝诗人陶弘景的古诗《诏问山中何所有赋诗以答》，意思是只愿用来自娱自乐，不愿将它赠送给您。

【译文】

第六种是平常喜欢做的事情，可以当药。病人忌讳劳累，这是常理。然而也有"乐此不疲"这样一句转语，即适度劳作可以让人休息，这就不是拘泥固执的人能明白的道理了。我这一生治疗疾病，全是用的这个方法，所有疾病都做尝试，所有尝试也都灵验，即使是割去毒疮、清洗肠胃这样奇特的医术，也都比不上它。我这一生没有其他癖好，只喜欢写书，借它消解忧愁、平息愤怒、驱除牢骚不平的怨气。因为想到各种疾病的开始，都是由七情六欲引发，我有调理性情的药物，疾病怎么可能祸害到我？于是每次刚刚得病卧床呻吟的时候，就会开始写书的第一章；如果能起能坐，就会开始展纸下笔，不然就会先打腹稿。等到久病将愈的时候，新书也就完成。是什么促使我一生写书？多半是造化这小子一手促成。写书是治愈我们文人的药，是"只堪自怡悦，不堪持赠君"的。而天下的人，都有自己喜欢做的事情，或是沉迷作诗、嗜好饮酒，或是倾慕音乐、喜欢下棋。任由他做自己想做的事情，不去禁止，也是调理病人的一种方法。总之，治病的方法，关键在于能忘；如果念念不忘，那么人就会被疾病控制，生死任由它了。知道病人没有力气，却故意让他做些事情，不是要他烦扰疲倦，而是强迫他忘记自己生病。

○生平痛恶之药

【原文】

　　七曰生平痛恶之物与切齿之人，忽而去之，亦可当药。人有偏好，即有偏恶。偏好者致之，既可已疾，岂偏恶者辟之使去，逐之使远，独不可当沉疴之《七发》乎？无病之人，目中不能容屑，去一可憎之物，如拔眼内之钉。病中睹此，其为累也更甚。故凡遇病人在床，必先计其所仇者何人，憎而欲去者何物，人之来也屏之，物之存也去之。或诈言所仇之人灾伤病故，暂快一时之心，以缓须臾之死；须臾不死，或竟不死也，亦未可知。刲股救亲，未必能活；割仇家之肉以食亲，痼疾未有不起者。仇家之肉，岂有异味可尝而怪色奇形之可辨乎？暂欺以方，亦未尝不可。此则充类至义之尽也。愈疾之法，岂必尽然，得其意而已矣。

　　以上诸药，创自笠翁，当呼为《笠翁本草》。其余疗病之药及攻疾之方，效而可用者尽多。但医士能言，方书可考，载之将不胜载。悉留本等之事，以归分内之人，俎不越庖，非言其可废也。总之，此一书者，事所应有，不得不有；言所当无，不敢不无。"绝无仅有"之号，则不敢居；"虽有若无"之名，亦不任受。殆亦可存而不必尽废者也。

【译文】

　　第七种是生平厌恶的东西或咬牙切齿的人，突然除掉，也可以当药。

人有特别喜欢的东西，也就会有特别厌恶的东西。将特别喜欢的东西带到病人面前，就可以治病，那么将特别厌恶的东西除掉，赶得远远的，难道就不能当作病重时的良药吗？没有生病的人，眼中不能容下沙子，除掉一个厌恶的东西，如同拔去了眼中钉。生病时看到厌恶的东西，病情就会加重。所以凡是遇到有人卧病在床，必先考虑他所仇恨的人是谁，他所厌恶而想要除去的东西是什么。这个人来了要挡住他，这个东西尚存要除掉它。或者诈称他所仇恨的人因灾难受伤或因生病去世，暂时让他心里痛快一下，进而延缓片刻生命。生命延缓片刻，或者竟然活了下来，也很难说。自割股肉救治父母，未必能活；割仇人的肉给他吃，再顽固的病没有不好的。仇人的肉，难道能尝出什么特别的味道，或者通过什么奇形怪色来分辨吗？暂时想个办法欺骗他，也未尝不可。这是充分推理后的极端例子。治病的方法，难道都要这样吗？照这个大意去做就可以了。

以上各种药，皆由我创造，应该称作《笠翁本草》。其他治病的药和医治的方法，灵验可用的很多。但是医生可以说，医书可以查，记载起来将没完没了。将这医界本身的事情，留给分内的人去做，我就不越俎代庖了，并不是说这些话没有价值。总之，这本书里，按理应该有的内容，不得不有，不该我说的话，不敢不去掉。"绝无仅有"的称号，我不敢自居，"虽有若无"的名头，我也不能接受。大概它就是那种可以保留而不用全部扔掉的书。